Mélanie

et les sept frères McGowan

L'auteur

Kate Brian vit dans le New Jersey. Après des études d'anglais et de journalisme, elle a travaillé pendant quatre ans dans une maison d'édition. Elle a ensuite décidé de se consacrer exclusivement à l'écriture et a déjà publié des dizaines de romans aux États-Unis.

Dans la même collection, découvrez :

La Terre, mes fesses et autres choses dodues
Carolyn Mackler

Danse avec les stars
Tucker Chaw

Guitar Girl
Au cœur de ma nuit
Sarra Manning

Du même auteur :

Pourrie gâtée

MÉLANIE

et les sept frères McGowan

Kate Brian

Traduit de l'anglais (États-Unis) par Odile Carton

POCKET JEUNESSE

Directeur de collection :
Xavier d'Almeida

Titre original :
Megan Meades Guide to the McGowan Boys

Loi n° 49 956 du 16 juillet 1949 sur les publications destinées à la jeunesse : juillet 2008.

ISBN : 978-2-266-16509-9

PROLOGUE

— Mélanie, il faut qu'on parle.

Mélanie Meade aspira une gorgée de Canada Dry avant de relâcher la paille qu'elle serrait entre ses lèvres. En même temps, son cœur faillit s'arrêter de battre et elle ferma les yeux. Pourquoi ses parents rentraient-ils si tôt de la base militaire ?

— C'est mon premier verre de la journée, promis, se défendit-elle en faisant pivoter le gros fauteuil en cuir de son père, pour leur faire face.

Dès qu'elle les vit, elle sut que sa ration quotidienne de sucre n'était pas le sujet du jour. Ça avait l'air beaucoup plus sérieux.

Debout devant elle, dans le salon de leur logement de fonction, engoncés dans leurs uniformes – malgré les 43 °C à l'ombre de l'État du Texas, sa mère devait supporter un tailleur kaki à jupe droite et des collants noirs ; son père un col boutonné tellement haut que son cou frôlait l'écarlate –, M. et Mme Meade arboraient des sourires qui sonnaient plutôt faux.

— Mon Dieu, soupira Mélanie.

Elle posa son verre de soda ruisselant de condensation sur un sous-verre à côté d'elle et rassembla ses forces. Fille de militaires, elle n'avait pas trop de mal à imaginer la suite. Elle espérait juste se tromper.

— Il est temps de faire ta valise, Kicker, annonça son père d'un ton exagérément enjoué. Nous partons en Corée du Sud !

Et voilà. On y était. Mélanie eut l'impression qu'on la poussait d'un avion alors qu'elle n'avait pas de parachute. Elle s'agrippa si fort aux bras de son fauteuil que les articulations de ses doigts blanchirent.

— Comment ? s'écria-t-elle.

Sa propre voix lui sembla venir de très loin.

— Cela faisait longtemps que nous n'avions pas été mutés, fit remarquer son père. C'est plutôt excitant...

Mélanie avait passé sa vie à déménager. Elle était née en Allemagne, à Rammstein, l'une des bases de l'armée américaine les plus importantes d'Europe. Alors qu'elle avait cinq ans, à peu près au moment où elle s'était fait une première amie, sa famille fut envoyée en Turquie. Après quelques années à jouer au football avec des garçons et à apprendre le turc avec sa meilleure amie, Medha, une autre affectation tomba, envoyant Mélanie dans le premier pays qu'elle considérait comme le sien. Pendant ses années de collège, Mélanie avait déménagé de Fort Carson dans le Colorado à Fort Bragg en Caroline du Nord, puis à Fort Leavenworth, dans le Kansas. Elle n'était pas restée assez longtemps dans ces endroits pour se faire de vrais amis.

Ici, à Fort Hood, Mélanie se sentait enfin chez elle. Elle y avait passé trois années entières. Elle jouait dans une équipe de football qui avait remporté plusieurs championnats et venait de passer son permis. Elle avait même une vraie amie, Tracy Dale-Franklin. En plus, cette année, le jour de la rentrée, elle comptait parler à Ben Palmer. Enfin, elle allait lui *adresser la parole* ! Elle avait déjà prévu sa tenue et travaillé sa tactique d'approche trois cent cinquante et une fois devant son miroir. Cette année devait être SON année. Pourquoi fallait-il que cette tuile arrive maintenant ?

— Mélanie ? Vas-tu te décider à nous dire quelque chose ?

Un peu, ouais, pensa Mélanie en se levant. Elle tourna le dos à ses parents et regarda par la fenêtre, bras croisés, poings serrés. C'était trop injuste ! Mélanie avait toujours été la fille parfaite. Elle n'avait jamais répondu à ses parents. Elle leur avait toujours épargné ses déprimes et ses coups de colère. Elle n'avait jamais protesté quand elle estimait qu'une de leurs *très* nombreuses règles était injuste. Elle ne leur avait *jamais* désobéi. Et elle était la seule fille de l'école qui ne se pavanait pas en minijupe, le nombril à l'air comme la dernière pop star à la mode. Ses parents se rendaient-ils compte de la chance qu'ils avaient ?

Tandis qu'elle fixait, furieuse, la pelouse parfaitement tondue et les plates-bandes impeccablement entretenues de la caserne, elle réalisa soudain que rien n'empêcherait ce qui allait arriver.

Elle se retourna et regarda ses parents droit dans les yeux en retenant son souffle.

— Je n'irai pas.

Elle avait eu besoin de tout son courage pour prononcer ces quelques mots.

Personne ne bougea.

— Tu peux répéter ? demanda son père.

— Je n'irai pas. Je ne déménagerai pas en Corée du Sud, redit Mélanie.

Ses parents échangèrent un regard. Apparemment, ils se demandaient si c'était bien leur fille qui se tenait devant eux.

— Je suis désolée, Mélanie. Nous savons que c'est dur pour toi, déclara sa mère. Mais nous partons seulement deux ans et tu seras de retour aux États-Unis pour entrer à l'université.

Deux ans. *Deux ans ?* Qui pouvait employer le mot « seulement » devant « deux ans » ?

— Non. Je n'irai pas, insista Mélanie.

Elle se sentait plus forte à chaque seconde qui s'écoulait sans que son père explose.

— Vous ne pouvez pas me faire ça, poursuivit-elle.

C'est ma vie, et je veux la passer *ici*. Avec mes amis ! Je veux dire... et mon équipe de foot, vous y avez pensé ? Et la fête de l'école ? Et...

... *Ben Palmer et ses fossettes parfaites ?*

— Mélanie...

— J'en ai tellement assez, maman ! Je déteste déménager. JE-NE-VEUX-PLUS-BOU-GER !

Son père inspira profondément. Puis il échangea de nouveau un long regard avec son épouse.

— Eh bien, il y a une autre option, dit enfin celle-ci.

Mélanie osait à peine y croire.

— C'est vrai ?

— Ton père et moi... nous devons partir, c'est certain, affirma sa mère en tripotant son alliance. Mais si tu veux vraiment rester...

— ... Je peux aller vivre chez Tracy ? l'interrompit Mélanie.

— Non, répondit son père. La maison des Dale-Franklin est déjà assez pleine comme ça.

Mélanie ne le savait que trop. Joe, le grand frère de Tracy, avait passé son bac et intégré l'Académie navale – au grand dam de son père qui ne jurait que par l'armée de terre. Son départ avait libéré un peu d'espace, mais Tracy devait toujours partager sa chambre avec sa sœur, Brianna, et le plus âgé de ses deux petits frères campait encore à la cave.

— Alors quoi ?

— Eh bien, hier soir, ton père a discuté avec John McGowan, commença sa mère.

— John McGowan ? répéta Mélanie, ahurie.

John McGowan était un vieil ami de la fac de médecine de son père.

— Regina et lui seraient très contents de t'accueillir pendant notre absence, continua sa mère comme si de rien n'était. Nous ne pensions pas que cela t'intéresserait. Après tout, partir en Corée du Sud est l'opportunité d'une nouvelle expérience culturelle... Cependant, si tu ressens fortement...

— John McGowan, répéta encore Mélanie, toujours sous le choc.

— Oui. Lui-même, dit son père d'un ton neutre. Il y a un problème ?

Ses parents étaient-ils devenus fous ? D'abord ils voulaient la traîner au fin fond de l'Asie, et ensuite ils envisageaient de l'expédier chez les McGowan à Boston, Massachusetts, où elle devrait vivre avec...

— Les garçons auront certainement besoin d'un peu de temps pour s'habituer, mais je suis sûre que vous finiriez par vous entendre, dit sa mère.

Les *garçons* ? Mélanie fut soudain assaillie par les souvenirs : édentés, le visage barbouillé de crème glacée visqueuse, leurs petits yeux brillants et moqueurs, les *garçons* l'avaient attirée derrière la maison sous prétexte de lui montrer leur chiot et finalement l'avaient attrapée et suspendue à un arbre avec un lasso. Cheveux gras, jambes potelées, petits et diaboliques, les *garçons* gardaient des vers au fond de leurs poches, mâchouillaient des chewing-gums ramassés par terre et lui tiraient les cheveux !

— Combien sont-ils, déjà ? demanda Mélanie en s'asseyant, tremblante, au bord du canapé.

Ses parents réfléchirent un moment.

— Aux dernières nouvelles, sept, répondit son père. Une progéniture plutôt nombreuse.

Oui. Plutôt, songea Mélanie.

Bien sûr, ils n'auraient certainement plus rien à voir avec les petits nains tout crottés, aux mains sales, qu'elle avait rencontrés sept ans plus tôt ? À l'époque, la plupart avaient à peu près son âge. Ce qui voulait dire qu'aujourd'hui ils devaient être... gloups ! des ados.

Mélanie sentit des gouttes de sueur froide glisser le long de sa colonne vertébrale. Certes, elle était capable d'envoyer valser des trolls boueux à coups de batte de base-ball. C'était d'ailleurs ainsi qu'elle avait maté Evan – le pire de tous, dodu, les cheveux filasse... – après l'incident du lasso. Mais des adolescents... ça, elle n'allait pas pouvoir gérer. À seize ans, elle n'avait pas encore été fichue de parler de la pluie et du beau temps avec un garçon de sa classe, comment lui serait-il possible de vivre avec sept individus du même sexe ?

— Je récapitule, dit son père. Soit tu viens avec nous en Corée, soit tu restes aux États-Unis, et tu pars habiter chez les McGowan.

— Il faut que je me décide maintenant ? demanda Mélanie.

— Non, mon chou, mais vite, répondit sa mère en se penchant pour passer la main dans ses cheveux blond vénitien. Nous partons dans quelques jours.

Elle planta un baiser sur le front de sa fille qui la regarda droit dans les yeux, exactement le même vert que les siens, avec juste quelques rides en plus aux coins.

— Tu vas nous manquer si tu décides de rester, enchérit-elle.

Mélanie hocha mollement la tête.

— Quoi que tu décides, nous te soutiendrons, ajouta sa mère.

Mélanie avala sa salive avec difficulté. Le matin, elle s'était réveillée avec pour unique préoccupation celle de répéter sa tirade spéciale Ben Palmer et d'ajouter huit cents mètres à son jogging quotidien. Et voilà que le monde se retrouvait sens dessus dessous.

— Merci, finit-elle par répondre.

Sa mère sourit, chassant quelques larmes d'un battement de paupières.

— Réfléchis bien, et tiens-nous au courant de ta décision.

Quand ses parents eurent quitté la pièce, Mélanie s'effondra dans le canapé. *Seule avec sept garçons ou avec mes parents... en Corée*, imagina-t-elle. Tout d'un coup, l'idée de s'enfuir pour rejoindre une troupe de cirque itinérant lui paraissait une option tout à fait envisageable.

TooDamn-Funky : tu me mank Djà !!!

Kicker5525 : Tracy ! suis même pas à l'aéroport !

TooDamn-Funky : j'arrive pas à croire ke tu me kit...

Kicker5525 : pas par choix !

TooDamn-Funky : t'as 1térêt à me mailer kan t'arrives ! 7 mecs ! veinarde !

Kicker5525 : pas veinarde. foutue. suis foutue.

TooDamn-Funky : mouais... C vrai.

Kicker5525 : merci pr ton soutien. grrr. comment j'vé m'en sortir ????

TooDamn-Funky : hé ! pt-ê ce sera l'occaz pr toi d'apprendre ENFIN à... RÉSISTE ! prouve ke tu EXISTES !

Kicker5525 : combien de fois je V devoir entendre ça ?

TooDamn-Funky : 5 345 654 ou juska ce ke tu le fasses.

Kicker5525 : Hé ! j'ai résisté à mes PARENTS !

TooDamn-Funky : C 1 Dbu. ok. G pensé o mecs. tu te souviens l'année dernière qd mon frangin a fait ce truc d'immersion au Vnezuela ?

Kicker5525 : pr apprendre l'Spagnol ???

TooDamn-Funky : ouais. tu pars 2 semN ss savoir 1 mot et qd tu reviens tu parles couramment.
Kicker5525 :... ???
TooDamn-Funky : eh ben, pour toi C un programme d'immersion dans le monde des mecs !
Kicker5525 : et quoi ? je V apprendre à parler « mec » ?
TooDamn-Funky : Xactement ! tu vas voir de koi ils parlent. comment ils se comportent. comment ils pensent. et qd tu sauras tt ça, tu pourras écrire un GUIDE POUR COMPRENDRE LES MECS !!!
Kicker5525 : T cinglée.
TooDamn-Funky : nan. suis sérieuse. tu pourrais percer le code secret des mecs.
Kicker5525 : Hum. « Les mecs : le code secret »...
TooDamn-Funky : tatoucompris. et tu m'enverras ttes T notes pr ke je puisse les publier sur le net.
Kicker5525 : j'M bien ton iD. ça marche. ☺
TooDamn-Funky : j'en étais sûre !
Kicker5525 : souhaite-moi bonne chance. je V trop en avoir besoin !
TooDamn-Funky : bonne chance ! bizzzzzzzz.
Kicker5525 : bizzzzzzz à toi !

1

Quand Regina McGowan arrêta son 4 × 4 Volvo dans l'allée qui menait à une énorme demeure ressemblant à une ferme, l'unique vision de Mélanie fut celle de garçons. Partout. Les sept fils et le père couraient, riaient et se bousculaient sur la pelouse, devant la maison, lancés apparemment dans une partie de Frisbee Ultimate, version full contact et plaquages. Pour différencier les deux équipes, ils jouaient tee-shirts contre torses nus. Tee-shirts contre très jolis torses nus...

Mélanie sentit son pouls s'accélérer. Oubliés les monstres diaboliques et ricanants. Ces mecs avaient été touchés par la grâce Calvin Klein. Pendant quelques secondes, le regard de Mélanie, perdu dans un brouillard de cheveux dorés et de peaux hâlées, ne put se fixer sur aucun d'entre eux... jusqu'à ce que l'un des torses nus marque un point. Il bondit en poussant un cri de triomphe, les bras en l'air, le Frisbee à la main. Des gouttes de sueur perlaient sur ses abdos en tablette de chocolat parsemés de brins d'herbe. Des frissons parcoururent la moelle épinière de Mélanie. Il avait des cheveux blonds ébouriffés, un menton carré et les épaules musclées les plus parfaites que Mélanie avait jamais vues. Un de ses frères lui donna une claque dans le dos et pointa la Volvo du doigt. Il se retourna et regarda droit vers Mélanie.

Le reste du monde disparut.

— Bon, eh bien, nous y sommes, dit Regina en arrêtant le moteur. Mélanie ?

Sur les lèvres minces du jeune homme se dessina un sourire parfait, ouvert, joyeux.

— Mélanie ?

Elle sentit qu'on lui touchait le bras.

— Oh, euh... oui ?

Mélanie s'arracha à la contemplation de M. Perfection et rougit. Les yeux de Regina pétillèrent de malice et de sympathie.

— Tu peux t'installer dans la voiture si tu veux. Ils trouveront quand même un moyen d'arriver jusqu'à toi.

— Euh...

Mon Dieu ! Vient-elle de me surprendre en train de baver sur un de ses fils ? Beeuurk !

— Ne t'inquiète pas, ils m'ont promis qu'ils se tiendraient bien, poursuivit Regina en détachant sa ceinture.

Une fois sortie de la voiture, elle fit voler ses longs cheveux noirs par-dessus son épaule et se pencha vers Mélanie.

— Tu veux un conseil ? Sois toi-même. Je suis sûre que tout se passera très bien.

Mélanie réussit à sourire et Regina claqua sa porte. *Être moi-même. Ouais. Bien sûr. Jusqu'à présent ça m'a tellement réussi...*

Mélanie sentit ses doigts trembler sur la poignée de la portière. Elle se mordit les lèvres consciencieusement, regrettant d'avoir rangé tous ses tubes de gloss dans sa valise, et resserra sa queue-de-cheval en sortant de la voiture. Son tee-shirt bleu clair remontait un peu sur son ventre. Quand Regina et elle s'approchèrent du groupe de garçons, quelques paires d'yeux allèrent directement se fixer sur la bande de peau nue. Mélanie tira sur l'ourlet de son haut et croisa les bras sur sa poitrine.

— Mélanie ! Quel plaisir de te revoir ! s'exclama John McGowan en venant à sa rencontre.

Il lui serra la main et recula d'un pas pour l'examiner. Mélanie en profita pour faire de même. John était grand. Ses cheveux blonds, plus longs sur le dessus, étaient maintenus en place grâce à un gel coiffant à effet « croûte ». Il portait un tee-shirt des Red Sox de Boston, un short et des Nike toutes neuves. Sa peau était légèrement tannée et ridée, style star de ciné canon et non papa vieillissant.

— Le plaisir est partagé, répondit Mélanie.

— Eh bien, on peut dire que tu as changé, poursuivit John. La dernière fois que je t'ai vue, tu trimbalais partout un ours en peluche, tu te rappelles ? Comment s'appelait-il déjà ? Monsieur Boo ? Monsieur Boony ?

Mélanie rougit comme une écrevisse tout juste ébouillantée. Les garçons ricanèrent. Il fallait qu'elle se réveille de ce cauchemar. Son *ours en peluche* ?

— John, intervint Regina sur un ton de reproche.

— Je ne m'en souviens pas vraiment, mentit Mélanie.

Tout le monde la regardait.

— Oh, mais si, forcément ! Tu ne l'aurais lâché pour rien au monde ! mugit John. Monsieur Binky ? Monsieur...

— Monsieur Boogy, finit par lâcher Mélanie.

L'éclat de rire général fut assourdissant.

— Mais oui ! Monsieur Boogie ! Tu l'as toujours ? demanda John, malicieux.

— Hum... non ! mentit encore Mélanie.

Monsieur Boogie reposait douillettement au fond de sa valise.

— Bien, je crois que ça va pour le voyage dans les souvenirs, intervint Regina en donnant un coup de coude à son mari.

— Ben, quoi ? J'essaie juste de la mettre à l'aise, dit-il.

— Ou tout le contraire, répliqua Regina entre ses dents.

Mélanie regarda ses pieds, essayant d'ignorer les neuf paires d'yeux fixées sur elle. Les seules occasions où quelqu'un lui prêtait attention – à part ses parents et Tracy –, c'était quand elle était sur un terrain de foot. Mais le regard des spectateurs ne la troublait jamais, parce que, quand elle jouait, elle ne pensait qu'au ballon. À cet instant, elle n'aurait pu se sentir plus voyante, même nue et couverte d'urticaire.

— Je vais chercher mes affaires, dit-elle en pivotant sur ses talons.

Une fois qu'elle eut le dos tourné, Mélanie fronça le visage, mortifiée. *Comment peut-il se souvenir de Monsieur Boogie ?* Elle ouvrit la portière arrière du 4 × 4 et attrapa son sac à dos et le casque de moto par la même occasion. Quand elle claqua la portière et se retourna, elle se retrouva quasiment nez contre poitrine avec le dieu Calvin Klein lui-même. Surprise, Mélanie recula et se heurta à la voiture.

Aïe !

— Oups ! Désolé, fit-il.

— Non, c'est grave, dit Mélanie.

Quelle andouille ! C'est si difficile d'aligner deux ou trois mots cohérents : "Non, c'est OK" ou "Pas grave" !

— Et désolé pour mon père. Nous avons essayé de faire jouer la garantie, mais ils n'ont pas voulu le reprendre, dit-il en souriant lentement.

Ses yeux marron étaient incroyablement chaleureux.

Mélanie pouffa. C'était ça ou partir en courant. La discussion surpassait déjà en maladresse toutes ses rencontres avec Ben Palmer réunies.

— Enfin, bref. Je pensais t'aider à transporter tes affaires.

— Euh, merci, bafouilla Mélanie.

Elle s'écarta en glissant le long de la carrosserie jusqu'au coffre.

— Sympa, ton vélo, dit l'apollon en regardant le Maverick noir et argent accroché aux barres du toit.

À l'aéroport, Mélanie et Regina s'étaient débarrassées du carton cabossé dans lequel la compagnie aérienne l'avait empaqueté.

— Euh... merci, dit-elle encore.

Elle enfila son sac à dos, le casque pendant sur sa hanche, et ouvrit le coffre.

— C'est tout ? s'étonna le garçon.

— Ouais.

— Waouh. Je croyais que les filles trimballaient toujours un max d'affaires...

— Je ne suis pas vraiment une fille, répliqua Mélanie.

Quoi ??? Qu'est-ce que tu viens de dire ???

Il l'examina des pieds à la tête et sourit.

— Eh bien, dans ce cas, tu as bien failli m'avoir...

Si le corps humain pouvait fondre spontanément,

Mélanie se serait à l'instant transformée en flaque. Ce canon méga hot et torse nu d'un mètre quatre-vingt-huit était en train de flirter avec elle (elle : Mélanie Meade, l'handicapée des mots, le garçon manqué au nez criblé de taches de rousseur) !

Il tira le filet de ballons de football hors du coffre et le balança sur son épaule. De son autre main, il attrapa la grande valise, laissant seulement l'ordinateur portable et une valise plus petite qui contenait culottes, soutiens-gorge et pyjamas. Mélanie se réjouit de ne pas avoir à le regarder porter ses dessous jusqu'à la maison.

— Au fait, moi, c'est Evan, dit-il pendant qu'elle refermait le coffre.

Mélanie faillit s'étrangler.

— Pas possible !

Evan rit.

— Euh... si.

— *Toi*, tu es Evan ?

Evan le dodu, cheveux filasse et morve au nez, s'était métamorphosé en ce dieu hollywoodien aux proportions olympiques ?!

— Ouais, confirma-t-il en plissant les yeux. Tu ne m'aurais pas éclaté la tête avec une batte de base-ball, un jour ?

— Elle était en plastique, précisa Mélanie. Et je crois que tu m'avais pendue à un arbre juste avant.

— Hum. J'ai toujours cru qu'elle était en bois, dit Evan.

— Je suis incroyablement baraquée, expliqua l'adolescente.

D'accord... Arrête de parler. A-rrête-de-pa-rler !

Evan souriait toujours quand ils traversèrent la pelouse pour rejoindre le reste de la famille.

— Alors comme ça tu joues au foot ? poursuivit-il. Ça tombe bien. Il va te falloir être rapide si tu veux survivre dans cette jungle.

Mélanie regarda les frères d'Evan, à présent rassemblés en un petit groupe agité. Le plus jeune essayait de passer entre les jambes des autres pour se mettre au milieu du cercle.

— Ça veut dire quoi « kicker » [1] ? demanda celui dont la tête dépassait du tas.

Ses cheveux blond décoloré étaient coupés à la Jules César et il portait un gros diamant à l'oreille gauche. Mélanie regarda son propre casque de moto comme si elle le découvrait. À l'arrière était écrit « Kicker » entre guillemets.

— Oh, c'est mon surnom, expliqua Mélanie.

— Naze..., commenta César.

— Elle joue au foot, abruti, dit Evan en posant le filet de ballons sur le sol.

— Evan ! gronda Regina.

1. *Kick* signifie « coup de pied ».

— D'accord, mais dis-lui d'arrêter de se comporter comme un crétin, répliqua Evan.

Mélanie sourit.

— Je me passerai de tes conseils, merci, lui renvoya Regina d'un ton narquois.

Puis elle marcha vers César et lui donna une tape à l'arrière du crâne. Il poussa un cri de douleur très exagéré et se frotta vigoureusement la tête, l'air renfrogné.

— Bon, les garçons, vous vous présentez ou vous continuez sur le mode bande d'orangs-outangs ? demanda leur père.

En grognant, les garçons desserrèrent un peu le cercle. L'un d'eux fit un pas en avant. Il était un peu plus petit qu'Evan, mais avait la même silhouette athlétique, des cheveux blond sale en bataille et des yeux gris-bleu. Le devant de son tee-shirt était barré d'un mot : « *art* ».

— Salut. Moi, c'est Finn, dit-il d'une voix douce. Je crois qu'on sera dans la même classe. Tu rentres en première, c'est ça ?

— Ouais.

— Cool. Hum, tu connais déjà Evan, dit-il avant de se tourner vers le reste du clan. Lui, c'est Sean.

Il montrait un garçon plus petit, trapu, aux cheveux brun foncé légèrement hirsutes. Malgré la chaleur, Sean portait un jean. En voyant l'insigne Harley-Davidson tatoué sur son biceps droit, Mélanie repensa à son permis moto tout neuf et aux deux vieilles Harley qu'elle avait restaurées avec son père l'année précédente. Peut-être que derrière le visage inexpressif de Sean se cachait l'âme sœur...

— Voici Doug, dit Finn en désignant César qui se prenait visiblement plutôt pour Eminem II. Une croix en or pendait autour de son cou. Ses bras massifs et musclés détonnaient avec son ventre bizarrement rondouillard. Mélanie lui sourit mais il détourna les yeux en faisant un bruit de succion avec sa langue.

— Miller, poursuivit Finn.

Cheveux blonds en brosse, celui-ci portait un tee-shirt des New York Yankees sur le devant duquel était dessinée une caricature d'A-Rod, l'un des joueurs de l'équipe. Il fixait le sol et se contenta de hocher la tête quand Finn prononça son nom.

— Lui, c'est Ian, dit Finn en pointant du doigt un gamin potelé qui, d'après les souvenirs de Mélanie, ressemblait assez à Evan à sept ans.

— Salut, Ian, dit Mélanie.

— Salut, *Kicker*, répondit Ian avant de se mettre à ricaner en se tenant le ventre.

Waouh ! C'est vraiment *le portrait craché d'Evan à sept ans*, songea Mélanie.

À cet instant, surgi de nulle part, le plus jeune déboula en faisant un bruit de moteur emballé.

— Et cet avorton, c'est Caleb, dit Evan en soulevant le petit garçon comme s'il chargeait un sac de patates.

Caleb s'assit confortablement dans les bras de son frère, la tête contre sa poitrine et un bras passé derrière son dos. Il posa le bout de ses doigts sur ses lèvres, sourit timidement et dit :

— Salut, Mélanie.

Mélanie inspira profondément.

— Salut, Caleb.

Trois sur sept, pensa-t-elle. *Ç'aurait pu être pire.*

De : Kicker5525@yahoo.com
A : Tom-n-JeanMeade@yahoo.com
Objet : Installation
Salut, les parents !
Je voulais juste vous dire que tout allait bien. Pour le dîner, on a fait un barbecue, mais j'ai mangé de la salade avec, promis. Les garçons s'habituent à ma présence et John et Regina sont adorables. J'ai hâte de voir ma nouvelle école demain. Vous me manquez déjà. J'espère que votre voyage s'est bien passé. Appelez-moi, e-mailez-moi dès que vous pouvez !
Baisers

Mélanie.

Mélanie se blottit dans le fauteuil, près de la fenêtre de sa nouvelle chambre, ordinateur portable ouvert sur ses genoux. Une chose que la jeune fille pouvait dire sur ses « appartements », c'est qu'ils étaient roses. Les murs étaient roses, le couvre-lit était rose, le tapis en forme de fleur était rose. Regina avait même décoré l'armoire blanche avec des décalcomanies de grosses fleurs... roses.

C'était l'opposé exact des chambres que Mélanie avait connues.

On frappa un coup bref à la porte et Regina passa la tête dans l'embrasure. Mélanie se redressa un peu sur son siège.

— Je t'apporte des serviettes pour demain matin, dit Regina avec un sourire en posant des draps de bain (roses) au bout de son lit. Son regard balaya la pièce et s'attarda un instant sur les valises encore pleines. Ton installation se passe bien ?

— Oui, m'dame. Merci, répondit mécaniquement Mélanie.

Elle finirait bien par défaire ses bagages, mais ça officialiserait sa nouvelle vie : elle avait d'abord besoin de s'habituer à l'idée que cet endroit était chez elle... et besoin de s'habituer au rose.

— Ne m'appelle pas « m'dame », dit Regina qui

croisa les bras en frissonnant. Ça me donne l'impression d'être vieille.

— Oh ! OK, m'da...

Mélanie se mordit la langue.

— Je me disais qu'on pourrait aller faire un peu de shopping demain soir, proposa Regina. Il va te manquer certaines choses pour l'école. Des vêtements, du maquillage... Peut-être un nouveau sac à main ?

Waouh. Cette femme est terriblement en manque de compagnie féminine, pensa Mélanie.

— Euh, d'accord, dit la jeune fille, bien qu'elle n'ait besoin de rien.

Mélanie détestait faire du shopping – particularité qui avait toujours laissé perplexe Tracy, la reine des bonnes affaires. Mais quand elle vit le sourire que provoqua sa réponse, elle se dit que Regina méritait bien ce sacrifice.

— Génial ! Je sais exactement où je vais t'emmener. Le centre commercial a été agrandi et je meurs d'envie d'aller voir ce que ça donne. On dînera à l'étage, au restaurant : une vraie soirée entre filles !

— Excellent ! approuva Mélanie.

Centre commercial ? Restaurant ?

— Bon, eh bien, bonne nuit, dit Regina. N'hésite pas à venir me voir s'il te manque quoi que ce soit.

— Regina ? fit Mélanie alors que celle-ci s'apprêtait à quitter la chambre. C'est toujours... aussi calme, ici ?

Regina fronça les sourcils.

— En gros... jamais. John et moi te bénissons pour ce moment de tranquillité et de paix. Mes fils ne savent pas trop comment se comporter quand il y a une fille dans le coin.

Exactement ce que je redoutais, songea Mélanie tandis qu'une boule d'angoisse se logeait dans sa gorge. Après un dîner tranquille durant lequel John et Regina avaient nourri la conversation, les garçons s'étaient repliés au sous-sol autour de leur Xbox. Mélanie ne les avait plus entendus depuis. Elle se passait très bien de leurs regards méfiants, mais elle ne tenait tout de même pas à ce qu'ils la détestent.

— J'espère que ma présence ne dérange personne, hasarda-t-elle.

— Je t'en prie, l'interrompit Regina en agitant la main. Je vais peut-être passer ma première bonne nuit depuis vingt ans ! Dors bien, Mélanie.

— Bonne nuit.

Quand la porte se referma, Mélanie soupira et relut le mail qu'elle avait écrit à ses parents. « Les garçons s'habituent à ma présence. » D'un côté elle se sentait coupable de ne pas leur dire la vérité – que les garçons l'ignoraient et que sa présence les contrariait –, mais de l'autre... à quoi bon ? Elle cliqua sur « Envoyer ».

Quelque part dans la maison, le plancher grinça et une porte claqua. Puis tout redevint silencieux. Cet endroit n'avait décidément rien à voir avec l'asile de fous auquel elle s'était attendue.

Le lendemain matin, Mélanie ouvrit doucement sa porte et jeta un coup d'œil dans le couloir. De la musique venait d'une des chambres, mais il n'y avait personne en vue et la porte de la salle de bains en face était ouverte. C'était le moment.

Serrant ses affaires de toilette contre sa poitrine, elle fit un pas dans le couloir. Au même instant, Finn sortit de sa chambre. Mélanie s'arrêta net. Il portait un short de sport de l'université de Boston, un tee-shirt blanc, et ses cheveux étaient hérissés vers l'arrière de son crâne. Voilà donc à quoi ressemblaient les mecs au réveil...

— Oh, salut... Tu vas à la salle de bains ? demanda Finn.

— Ouais, si c'est possible. Je veux dire, je peux attendre. Je ne vais pas déranger tes habitudes du matin.

— Non, c'est bon, vas-y, dit Finn. Frappe à ma porte quand tu as fini.

— D'acc, pas de problème.

Après une douche rapide pendant laquelle elle s'efforça d'ignorer les petites touffes de cheveux blonds et autres poils noirs qui traînaient partout, Mélanie enturbanna ses cheveux dans une serviette et réenfila son pyjama. Il lui sembla entendre du mouvement dans le couloir. Elle inspira un grand coup.

Le simple fait de circuler dans cette maison serait-il toujours aussi intimidant ?

Mélanie prit son courage à deux mains et sortit. Aussitôt, son pied nu faillit être écrasé par une voiture télécommandée. Elle fit un bond de côté juste à temps et regarda l'engin foncer à l'autre bout du couloir et franchir un tremplin rudimentaire. Ses yeux s'écarquillèrent d'horreur quand elle vit ce qui servait de point d'atterrissage.

Oh... mon... Dieu !

... une montagne de tampons (les siens) contre laquelle la voiture s'écrasa. Sous le choc, ils volèrent dans toutes les directions. Ian passa devant elle en courant. Il brandissait victorieusement la télécommande en riant comme un psychopathe. Doug sortit de sa chambre pour voir ce qui se passait, ramassa un des tampons et sourit d'un air narquois.

— Super absorbant ? dit-il juste au moment où Evan et Finn émergeaient de leurs chambres.

— Ça veut dire quoi ? demanda Ian, le front plissé.

— Je ne veux même pas le savoir, répliqua Doug en balançant le tampon vers Mélanie.

Elle l'attrapa au vol, le corps tellement brûlant de honte qu'elle craignit que ses pieds ne fassent un trou dans le tapis. Doug éclata de rire et disparut dans l'escalier, Ian à ses trousses.

— Ignore-le. C'est ce que nous faisons tous, dit Evan avec le sourire de quelqu'un qui dort encore.

— Euh... mec..., dit Finn en lançant un regard appuyé vers le caleçon d'Evan – imprimé de grenouilles et... béant.

Pas le moins du monde embarrassé, Evan se contenta de retourner dans sa chambre.

— Bon, je vais t'aider à ramasser... tout ça, dit Finn.

Il s'agenouilla par terre et commença à rassembler des tampons.

Mélanie bondit en avant et Finn bascula sur les fesses. Elle lui prit les tampons des mains.

— Non ! Je ne préfère vraiment pas !

— Mais je peux...

— Non... pas la peine, dit Mélanie en entassant maladroitement les petits emballages glissants dans ses bras. Merci.

— OK.

Finn se remit sur ses pieds et resta planté quelques instants, hésitant. Enfin, il disparut dans la salle de bains. Se retrouvant seule, Mélanie faillit éclater en sanglots. Ils étaient donc entrés dans sa chambre ! Ils avaient fouillé dans ses affaires ! Et Evan avait vu ses *tampons*.

Pas de doute : c'était le pire matin de sa vie.

Mélanie se releva, serrant sa récolte contre sa poitrine, et retourna dans sa chambre où elle jeta tout sur son lit.

OK, reprends-toi, se sermonna-t-elle. *Ç'aurait pu être pire... d'une certaine façon.*

Après avoir inspiré un bon coup pour se donner du courage, elle commençait à passer son haut de pyjama par-dessus sa tête quand un mouvement dans le coin de son champ de vision la fit s'interrompre. Elle se mit à hurler. Perchés dans un chêne du jardin, Doug et Ian étaient à présent armés de jumelles qu'ils pointaient droit sur sa fenêtre.

— Qu'est-ce que vous faites ? Vous êtes malades ? cria-t-elle.

Doug grimaça un sourire et lui fit un geste de la main.

— Comment tu trouves ma chambre ?

— *Ta* chambre ?

— Hé, ça ne me dérange pas de squatter avec Mill l'Attardé... tant que j'ai le droit de profiter de la vue ! répondit Doug en riant.

Hébétée, Mélanie baissa les stores d'un coup sec.

— Les enfants ! Petit déjeuner ! appela Regina du rez-de-chaussée. Si vous ne ramenez pas tous vos fesses d'ici cinq minutes, vous allez être en retard !

Respire. Mélanie attrapa la chaise en bois devant son bureau et la coinça sous la poignée de la porte comme elle l'avait vu faire tant de fois dans des films. Puis, se laissant tomber à genoux, elle ouvrit sa grande valise. Ses épaules s'affaissèrent de désespoir.

— Qu'est-ce que...

Il y avait des traces violettes sur le devant de son tee-shirt blanc préféré. Elle le saisit et le déplia. Pile au bon endroit, quelqu'un avait dessiné deux grands cercles agrémentés d'un point en leur centre. La simplicité du tracé suggérait qu'ils avaient été réalisés par l'un des plus jeunes des garçons. Mais ce n'était pas tout. Mélanie découvrit que trois de ses hauts favoris avaient été massacrés. Regina et John savaient-ils que leurs enfants étaient des fous dangereux ?

Respire. Mélanie jeta les vêtements barbouillés dans la corbeille près du bureau et s'habilla rapidement. Puis elle se sécha à moitié les cheveux et les attacha en queue-de-cheval. Elle avait hâte d'être à l'école. Ce devait être un endroit carrément plus agréable que cette maison. Comment avait-elle pu se plaindre de la paix et du calme de la veille au soir ?

Elle ouvrit la porte de son placard pour attraper ses tennis et fit un bond en arrière. Caleb se tenait debout devant elle, son soutien-gorge rose enroulé autour de la tête de telle façon que les deux bonnets lui faisaient des oreilles de Mickey.

— Hahahaha ! T'as eu peur !

Caleb tortillait sa petite langue en riant.

Le cœur battant à grands coups, Mélanie sauta pour l'attraper, mais il réussit à se faufiler hors du placard.

— J'ai ton sou-tif ! J'ai ton sou-tif ! chantonna-t-il en dansant autour de la chambre.

— Caleb !

Mélanie se jeta sur lui.

Le sale gosse fut trop rapide. Il l'esquiva, écarta la chaise qui tomba avec fracas et en profita pour s'enfuir. Mélanie se jeta à ses trousses dans l'escalier, mais Caleb enfourcha la rampe et glissa jusqu'en bas. Ses pieds touchèrent le sol avant même que Mélanie ait pu atteindre la deuxième marche. Il se retourna, lui fit un grand sourire et fonça vers la cuisine.

— Caleb ! Non ! hurla Mélanie.

Dans la cuisine, les garçons discutaient et riaient en petit-déjeunant. Mélanie dévala les marches et traversa le salon à toute allure. Elle passa le coin du couloir juste au moment où Caleb s'apprêtait à pousser les portes battantes.

— Stop ! cria-t-elle.

Au même instant, Sean apparut, surgi de nulle part. D'un bras, il attrapa le petit garçon par la taille et le souleva.

— Lâche-moi ! Lâche-moi ! hurlait Caleb.

Sean arracha le soutien-gorge de la tête de son frère et le tendit à Mélanie qui s'était arrêtée net. Elle n'avait aucune idée de ce qu'elle devait dire ou faire.

— Il est intenable, dit Sean.

C'étaient les premiers mots que Mélanie l'entendait prononcer.

— Ouais, merci..., répondit Mélanie. S'il était rentré là-dedans...

Sean la fixa un moment. Avec ses cheveux bruns en pétard, une trace de graisse vert-noir sous l'oreille droite, il était magnifique dans le genre ténébreux. Pourtant, quelque chose chez lui gênait Mélanie. Peut-être était-ce le regard insistant et pénétrant avec lequel il l'observait. Comme s'il se demandait qui elle était.

— Ouais, bon..., marmonna-t-il.

Il fit demi-tour et emprunta un petit couloir. Mélanie le regarda ouvrir la porte qui donnait sur le garage. Une odeur âcre de cigarette frappa ses narines et elle aperçut deux garçons et une fille, tous vêtus de noir, vautrés dans des vieux fauteuils. Au milieu du garage, une batterie trônait, entourée de haut-parleurs et de micros. Juste avant que la porte se referme, Mélanie entrevit l'arrière d'une Harley dont la carrosserie brillait comme si on venait de la cirer.

Mélanie s'adossa au mur et inspira un grand coup. Apparemment, Sean jouait dans un groupe. Et la moto devait être la sienne. Si elle arrivait un jour à se sentir à l'aise sous son drôle de regard, peut-être pourrait-elle lui en parler.

En attendant, l'urgence pour elle était de se trouver une planque afin d'y mettre en lieu sûr dessous et tampons. Ignorant les grondements de son estomac Mélanie remonta l'escalier d'un pas lourd.

De : Kicker5525@yahoo.com
A : TooDamn-Funky@rockin.com
Objet : Le manuel du mec

Guide de Mélanie Meade pour comprendre les fils McGowan
Note n° 1

Observation n° 1 : Quand ils sont beaux, ils le savent. Exemple : Evan, le deuxième de la portée. Élève de terminale. C'est la perfection faite homme. Et il le sait. Ça se voit à sa façon de sourire d'un air entendu quand vous le regardez la bave aux lèvres. Ce qui n'est pas mon cas. Absolument pas. Enfin bref. Il est encore trop tôt pour savoir si cela nuit à sa personnalité (cf. Mike Blukowski et son ego genre Stade de France).

Observation n° 2 : Ils aiment la peau.
Surtout la peau qu'ils ne sont pas censés voir. Exemple : l'espace entre le bas de votre tee-shirt et votre ceinture.

Observation n° 3 : Ils ne connaissent pas la honte.
Exemple : Evan n'était absolument pas embarrassé en évoquant l'histoire de la batte de base-ball en plastique – moi, à sa place, la première chose que j'aurais souhaitée, c'était que tout le monde l'oublie.

Observation n° 4 : Les garçons sont des pipelettes.
Hallucinant, non ? J'ai entendu Finn et Doug parler d'une fille appelée Dawn pendant à peu près VINGT MINUTES. Elle aurait repoussé les avances d'un mec dénommé Simon parce qu'elle préfère un certain Rick ! Ils ressemblaient à ces petites vieilles qui piapiatent sur un banc. Tu te rappelles celles qui nous avaient sermonnées pendant une heure sur le fait que les jeunes filles ne devraient pas porter de short ? Euh... attends, je m'égare.

Observation n° 5 : Les aînés sont adorables avec les plus jeunes.
Ils étaient en train de jouer au Frisbee quand je suis arrivée, Evan a laissé Caleb et Ian le plaquer. Trooooooooooop mignon. *(Soupir.)*

Observation n° 6 : Ils ont l'esprit de clan.
Genre clin d'œil, poignée de main secrète, et regards « pas-la-peine-de-nous-adresser-la-parole-à-moins-d'avoir-un-chromosome-Y ». Très entraînés dans l'art de la mise à l'écart.

Observation n° 7 : Ils ne connaissent pas le sens du mot « intimité ».
Il me faut un verrou sur ma porte. Point final.

Observation n° 8 : Les garçons sont des porcs.
Ne me lance surtout pas sur le thème « Salle de bains ».
J'envisage sérieusement de faire appel au Conseil supérieur de l'hygiène publique. *Sérieusement*.

Observation n° 9 : Ils ont vraiment des trucs bizarres qui se passent *là, en bas* (tu vois ce que je veux dire).
Et je ne crois pas être prête à développer ce point-là.

Observation n° 10 : Ils savent se faire des ennemis.
Carrément.

2

— Quel abruti ! Passe-moi les Chocapic !

— Je rêve... Qui a fini le jus d'orange ?

— Le café est prêt ! Qui en veut ?

Mélanie entra dans la cuisine. Après avoir rapidement évalué le chaos qui régnait à la table du petit déjeuner, elle préféra rejoindre Regina près de l'îlot central où le café infusait.

— Bonjour, Mélanie ! l'accueillit gaiement Regina.

Elle jeta un coup d'œil à la tenue de Mélanie – tee-shirt de l'armée et jean de garçon élimé – et son sourire se crispa légèrement.

— Tu as l'air... à l'aise.

— Et je le suis ! répliqua Mélanie. Je peux ? demanda-t-elle en montrant le café.

— Je t'en prie, répondit Regina. Tu es chez toi !

En fait, je crois que cette maison appartient plutôt aux tarés assis autour de la table, songea Mélanie en attrapant la cafetière. Elle n'arrivait pas à croire que, après ce que les jeunes McGowan lui avaient fait subir au réveil, ils puissent tous manger tranquillement leurs céréales, sans montrer le moindre signe de culpabilité. Ils n'avaient même pas l'air de craindre qu'elle les dénonce. Peut-être avaient-ils tout simplement senti qu'elle n'était pas du genre à cafarder.

— Regina... Ai-je vraiment récupéré la chambre de Doug ? demanda-t-elle en baissant la voix.

— Pourquoi ? Te torturerait-il à cause de ça ?

— Non, mais... je ne voulais mettre personne dehors.

— N'y pense plus, dit Regina en effleurant la main de Mélanie. (Elle se pencha vers elle et chuchota :) Entre nous, Doug avait besoin d'être remis à sa place.

Mélanie eut un sourire embarrassé et remplit sa tasse de café. À cet instant, Miller arriva et vint se camper à côté de sa mère. Un de ses bras pendait le long de son corps, tandis que de son autre main il agrippait son coude. Il regardait par terre.

C'était quoi, son problème à lui ? Miller n'avait toujours pas posé les yeux sur Mélanie depuis son arrivée. Elle savait ce que c'était être timide, mais ce garçon battait des records.

— Salut, Miller, dit-elle.

Il ne répondit pas. Essayant de ne pas se vexer, Mélanie versa du sucre dans son café. Décidément, ce n'était pas sa journée. Elle ajouta un peu de lait demi-écrémé dans sa tasse et remua son café avec une cuillère.

— Ça ne se range pas là.

Mélanie leva les yeux. Miller fixait la brique de lait avec insistance et serrait son bras encore plus fort. Occupée à farfouiller dans le réfrigérateur, Regina leur tournait le dos.

— Quoi ? demanda Mélanie, le cœur à cent à l'heure.

— Ça ne se range pas là, répéta-t-il.

Pendant un centième de seconde, il regarda Mélanie. C'était la première fois qu'elle voyait ses yeux. Ils étaient d'un bleu clair intense.

— Ça ne se range pas là, répéta-t-il. Ça ne se range pas là.

Mélanie sentit son pouls s'affoler.

— Je suis désolée. Qu'est-ce qui ne se range pas là ?

— Ça ne se range pas là, dit encore Miller, tandis que son front rougissait sérieusement.

Son ton devenait de plus en plus pressant. Mélanie recula d'un pas.

— Je suis désolée, je ne...

— Miller aime ranger les bouteilles et les cartons par ordre de taille, intervint enfin Regina en posant ses mains sur les épaules de son fils.

Ce contact sembla l'apaiser un peu.

— Ça ne se range pas là, répéta-t-il plus calmement, comme pour lui expliquer.

— Oh... OK, dit Mélanie.

Elle observa le plan de travail. Effectivement, tout y était aligné par ordre de taille, de la cafetière jusqu'au sucrier, en passant par le pichet de lait et la boîte à café en fer-blanc. Mélanie saisit la brique de lait demi-écrémé d'une main quelque peu tremblante et la remit à sa place, entre le café et le sucre.

Miller sourit, satisfait.

— Miller, je te présente Mélanie, dit Regina en se penchant sur son épaule. Tu te souviens que nous avons parlé du fait qu'elle allait venir vivre ici ? Est-ce que tu lui as dit bonjour ?

— Bonjour, dit Miller au carrelage.

— Salut, répondit Mélanie.

— Tu savais que Joe DiMaggio détenait le record de la Ligue majeure de base-ball en marquant un coup pendant cinquante-six matchs d'affilée ? demanda-t-il en lui jetant un coup d'œil rapide. C'était en 1941, quand il jouait avec les New York Yankees.

Mélanie regarda Regina qui lui fit un signe de tête encourageant.

— Ah oui ? Il faudra que je m'en souvienne.

Miller hocha la tête et leva un instant les yeux vers sa mère. Puis, fixant de nouveau le sol, il rejoignit la table. Tout d'un coup, Mélanie ne sut plus où se mettre. Qu'est-ce que c'était que cette histoire ? Et pourquoi se sentait-elle si désemparée ?

— Tes parents ne t'ont pas prévenue au sujet de Miller, hein ? chuchota Regina.

Mélanie avala sa salive avec difficulté et posa sa tasse sur le plan de travail.

— Qu'est-ce qu'il a ?

— Le syndrome d'Asperger. C'est une forme d'autisme, expliqua Regina. Tu connais un peu ?

— Pas vraiment, dit Mélanie en se retournant pour observer Miller qui parlait avec Finn. Je veux dire, j'ai entendu parler de l'autisme, mais...

— Il peut prendre plusieurs formes, mais, en gros, il s'agit d'un dysfonctionnement du comportement social, lui expliqua Regina. En ce qui concerne Miller, il faut que les choses soient ordonnées à sa façon, sinon, il s'agite, comme tu as pu le voir. Ensuite, les nouvelles têtes, ça n'est pas son truc. Mais, clairement, il t'aime bien.

— C'est vrai ?

— Normalement, il lui faut au moins une semaine pour s'habituer à une nouvelle personne. Avec toi, ça a pris une seule nuit, dit Regina. Enfin, il a une excellente mémoire et est très doué en maths, notamment en statistiques. Son obsession principale, c'est...

— ... les New York Yankees, termina Mélanie en

regardant le maillot de Derek Jeter[1] que portait Miller.

— Exactement. Tu t'imagines bien ce que John, fan inconditionnel des Red Sox, peut ressentir face à ce fils en adoration devant l'empire du mal, gloussa Regina. Enfin bref, si tu as une question à propos d'Asperger ou de quoi que ce soit d'autre, Mélanie, n'hésite pas à venir nous voir. Miller est un enfant merveilleux. Il a juste besoin d'un peu plus d'attention que les autres, c'est tout.

— Compris, dit Mélanie.

Tandis que Regina remettait de l'ordre dans la cuisine, Mélanie resta à l'écart du champ de bataille, buvant son café à petites gorgées. À un bout de la table, Caleb éternua. Mélanie observa avec surprise que Doug plaçait une serviette en papier sous le nez de son petit frère et l'aidait à se moucher. Puis il ébouriffa les cheveux de Caleb et se leva pour jeter la serviette dans la poubelle.

Il n'est peut-être pas si mauvais que ça, se dit-elle. Bien sûr, ça ne changeait rien à sa décision : elle ne remonterait jamais ses stores.

Quand Doug se leva pour attraper un mug sur le comptoir et se servir du café, Mélanie remarqua qu'une cuisse de son jean était recouverte d'un gribouillis compliqué représentant une femme avec les

1. Joueur des New York Yankees depuis 1995.

cheveux coiffés en piques et des seins monstrueux qui jaillissaient à moitié d'une combinaison moulante. Sur l'autre jambe, un personnage masculin du genre dur à cuire brandissait une épée. Sachant qu'il s'agissait de stylo à bille sur denim, on pouvait presque parler d'œuvres d'art.

— Qu'est-ce que tu regardes ? fit Doug en levant le menton.

— Rien, répondit automatiquement Mélanie.

Doug baissa les yeux vers son pantalon.

— Elles te plaisent, mes jambes ? demanda-t-il d'un ton moqueur.

— C'est... c'est toi qui les as dessinés ? demanda Mélanie en essayant d'ouvrir la conversation.

— Mais non, abrutie, j'ai laissé quelqu'un dessiner sur mes jambes cet été.

— Doug ! Langage ! dit Regina.

Doug toisa Mélanie avec dédain.

— Si jamais tu retrouves un de mes vieux *Playboy* dans la chambre, dis-le-moi.

Et il sortit.

— Doug ! Douglas Arnold McGowan ! Reviens ici tout de suite, cria Regina. Je suis désolée, Mélanie.

— Pas de problème.

Une fois assise à un bout de la table, elle se servit un bol de céréales et fit son possible pour se détendre. De tous les garçons de cette maison, Doug était celui qui l'exaspérait le plus. Elle éviterait de croiser son chemin et espérait qu'il ne se mettrait pas sur le sien.

— C'est votre école ? demanda Mélanie en regardant par la vitre arrière de la vieille Saab rouillée d'Evan.

— Eh oui, dit Finn. Baker High la Splendide.

— Impressionnée ? demanda Evan.

— Assez, avoua Mélanie.

Le bâtiment ressemblait à ceux qui apparaissaient sur les brochures de Harvard. C'était une énorme structure de brique avec une vraie horloge sur la tour centrale de la façade. Des arbres gigantesques ombrageaient l'allée menant à l'entrée principale et entouraient les terrains de sport. Des dizaines de fenêtres donnaient sur un ruisseau, qui gargouillait au bout du terrain de football américain dont la pelouse soigneusement tondue semblait artificielle. En haut des gradins courait une énorme banderole d'encouragement.

Partout, des filles aux visages frais portant des minijupes plissées poussaient des cris aigus en s'enlaçant, avant de se raconter abondamment leurs vacances. Flânant sur les marches, devant la grande porte à double battant, une bande de garçons vêtus de vestes bordeaux, uniforme du lycée, observaient la scène. Mélanie fut soulagée de voir passer un groupe de filles en jean, dont l'une serrait un ballon de football contre sa poitrine. Pendant un instant, elle avait craint de s'être retrouvée au lycée Paris-Hilton.

Evan gara la Saab dans un crissement de freins. Mélanie ouvrit sa portière et jeta son sac à dos quasi vide sur son épaule. Elle n'avait emporté que son portefeuille, un cahier et ses chaussures à crampons de foot, au cas où... À présent, au pied du haut bâtiment, elle avait presque le souffle coupé. Son lycée au Texas n'était qu'une construction de plain-pied en acier et ciment. Celui-ci semblait avoir participé à l'éducation des pères fondateurs de la nation.

— Viens, dit Finn. On va te montrer les bureaux de l'administration.

— Merci, dit Mélanie.

— Tu ne pensais quand même pas qu'on allait te laisser toute seule ! proclama Evan qui fit quelques pas en arrière avant de lui décocher un des magnifiques sourires dont il avait le secret.

Mélanie remarqua que quelques filles la dévisageaient avec curiosité alors qu'elle montait les marches encadrée par Finn et Evan. Ce dernier salua un type au gabarit de défenseur de football américain et lui donna rendez-vous à l'heure du déjeuner. Mélanie sourit. Quelle chance de faire son entrée avec des renforts !

Ils pénétrèrent dans le hall chaleureux, où s'alignaient des vitrines chargées de trophées.

— Hé ! Strickland ! appela Evan. Attends !

Mélanie et Finn s'arrêtèrent.

— Désolé, les amis, j'ai quelque chose à faire, leur dit Evan. Je vous retrouve plus tard. Bonne chance, Kicker.

Evan redescendit quelques marches pour rejoindre ses amis. Ils étaient tous du genre athlétique et ne la quittèrent pas des yeux pendant qu'Evan leur serrait la main et leur donnait des tapes dans le dos. Quand elle se rendit compte qu'ils la fixaient, elle se détourna illico.

— Ne t'occupe pas de lui. Le roi doit saluer ses gens, dit Finn avec une pointe de sarcasme.

— Le plus populaire... le plus athlétique... et celui qui réussit le mieux ? demanda Mélanie.

— Exactement.

Tandis qu'ils sillonnaient les couloirs, Mélanie remarqua que les casiers étaient peints en bordeaux et or et que des bannières portant la devise de l'école couraient sur tous les murs. Des affiches pressaient les étudiants de s'inscrire à toutes sortes d'activités, du club de photo à l'équipe de hockey en passant par l'antenne locale d'Amnesty International.

— Bon, nous y voilà, dit Finn en s'arrêtant devant une porte en bois massive où il était marqué *Bureau principal*. Ne te laisse pas impressionner par la vieille Betsy. C'est juste un être humain malheureux.

— Merci.

— De rien, dit Finn avec un demi-sourire en reculant nonchalamment. Bonne chance !

Après qu'il eut disparu, Mélanie resta un moment immobile au milieu du couloir, prenant un peu de temps pour intégrer ce qui se passait. Une fille aux cheveux roux bouclés passa tranquillement avec ses copines et lança à Mélanie un sourire curieux mais pas désagréable.

Et c'est reparti, songea Mélanie. Nouvelle ville. Nouvelle école. Des milliers de nouvelles personnes. Elle pouvait soit se laisser écraser par la situation, soit tenter d'en tirer le meilleur.

Dans un soudain élan de confiance, Mélanie se redressa. Elle était déjà passée par là plein de fois. Bon, bien sûr, jusqu'à présent ses parents avaient toujours été là pour lui remonter le moral après un premier jour médiocre... Mais elle avait grandi. Elle pouvait prendre soin d'elle-même. Mélanie pivota sur ses talons et pénétra dans le bureau. Le vrai défi, c'était de vivre avec sept garçons. Une nouvelle école, c'était de la tarte.

Le plus dur, au début, c'était toujours la cafétéria. Au moins, en cours, tout le monde se mélangeait. Les meilleurs amis étaient séparés, les groupes se retrouvaient sans leurs noyaux. Mais, à la cafèt', tout se remettait en place. Chacun s'installait à une table déterminée, et le nouveau se retrouvait plus exposé que jamais.

Mélanie pénétra dans le réfectoire de Baker High armée de ce savoir et chargée d'un monceau de cahiers et de livres. Son casier était à l'autre bout du bâtiment par rapport à sa classe, ce qui ne lui laissait pas le temps d'aller y déposer quoi que ce soit. Elle commençait à réaliser qu'elle aurait probablement à rapporter tout ce barda chez elle chaque soir.

Mélanie s'arrêta près de la porte et jeta un coup d'œil autour d'elle. Quelques filles l'avaient abordée dans la matinée, mais aucune ne lui avait suffisamment fait la conversation pour qu'elle puisse se permettre de s'installer à sa table. Et Mélanie n'allait certes pas s'incruster à celle de Doug, de Finn ou d'Evan. Elle se réjouit de voir que, juste derrière les longues tablées agitées, se trouvait une petite cour calme où s'alignaient de vieilles tables de pique-nique et des bancs grisés par le temps. Seuls quelques solitaires s'asseyaient là, dehors, loin de la foule. Des rêveurs selon elle.

Après avoir choisi un sandwich à l'apparence convenable, un sachet de chips et un soda, Mélanie passa les portes de la cour et se laissa choir à la première table libre.

Épaules voûtées, cerveau fatigué, Mélanie sortit lentement le sandwich de son emballage. Il ne lui restait plus qu'à tenir quelques cours et elle se retrouverait dans son élément : sur le terrain de foot. Elle espérait juste que la secrétaire ne s'était pas trompée le matin en lui disant que les équipes acceptaient encore des élèves. Betsy ne semblait pas être sûre de grand-chose, sauf du fait qu'elle était plus intelligente que Mélanie, et que toute autre personne d'ailleurs. Elle avait soupiré chaque fois que quelqu'un lui avait posé une question, comme si les réponses étaient évidentes, mais avait mis dix minutes pour les donner.

— Ah, le voilà ! annonça-t-elle en tirant une feuille d'un dossier sur son bureau. Coach Leonard est l'entraîneuse de l'équipe féminine de football. Les entraînements ont commencé le 20 août, mais de nouveaux élèves peuvent se présenter pour un essai. Pour cela ils doivent venir sur le terrain derrière l'école le premier jour de reprise des cours.

Elle baissa ses lunettes et jeta un regard suffisant à Mélanie.

— J'espère que tu as apporté tes tennis, ma chère, ajouta-t-elle.

— Je ne sors jamais sans, avait répliqué Mélanie en tapotant son sac à dos.

Ses crampons pendaient hors de son sac bourré de livres, et Mélanie se demandait si les filles de l'équipe l'avaient remarquée dans les couloirs. Elle jeta un œil derrière les baies vitrées de la cafétéria, essayant d'identifier les joueuses. Étaient-elles bonnes ? Étaient-elles *trop* bonnes pour qu'elle puisse intégrer l'équipe ?

Mélanie aurait tout donné pour un discours encourageant de son père. *Dommage... il est à des milliers de kilomètres*, songea-t-elle, la gorge serrée. Il ne fallait pas qu'elle pense à ses parents. Il ne lui restait que quelques heures à tenir, et elle n'allait pas se mettre à s'apitoyer sur son sort.

La porte derrière elle grinça et Miller apparut, agrippé à son plateau. Comme toujours, ses yeux étaient rivés au sol. Il marcha en ligne droite jusqu'à la table au fond de la cour, y déposa son plateau et s'assit. Puis il sortit un petit poste de radio de son sac et glissa des écouteurs sur ses oreilles. Quand il finit par lever les yeux, leurs regards se croisèrent. Pendant une fraction de seconde, aucun des deux ne bougea.

— Salut, Miller, dit enfin Mélanie.

— Les Yankees jouent leur cent trente-cinquième match de la saison, répondit-il.

Puis il tourna un bouton et Mélanie entendit la voix du commentateur grésiller. Miller posa la radio sur la table et commença à saler et poivrer sa soupe. Mélanie remarqua que sa cannette de soda, sa bouteille de jus de fruits et son sandwich étaient alignés sur son plateau par ordre de taille. Il décala le sandwich, plaça la salière et la poivrière entre lui et le jus de fruits et se cala sur son siège, l'air satisfait.

TooDamn-Funky : comment ça des « trucs bizarres *là, en bas* » ???? tu ne px pas balancer ça ss Xpliquer !
Kicker5525 : ha-llu-ci-nant : ce matin Evan C réveillé et est sorti de sa chambre le calbute béant. Calbute à grenouilles de cartoon !
TooDamn-Funky : OH ! HAHAHAHAHAHA ! tu n'aurais pas aperçu un bout de chair, par hasard ?
Kicker5525 : oh ke non ! je n'ai pas regarD.
TooDamn-Funky : tu vis à Testostéroneville maintenant ! va falloir ti faire !

3

L'équipe de football était rassemblée sur les gradins quand Mélanie approcha. L'entraîneuse – une grande femme musclée aux cheveux noirs coupés court – lui tournait le dos et parlait à son équipe. Traverser le terrain pour les rejoindre prit du temps et, quand elle arriva, toutes les filles la regardaient. Elle laissa tomber son sac sur la dernière marche et la coach s'interrompit en pleine phrase.

— Tu dois être la nouvelle dont j'ai tant entendu parler, dit-elle en jetant un coup d'œil aux chaussures à crampons sales de Mélanie.

— J'imagine.

Apparemment, elle avait eu raison de penser que ses futures partenaires de jeu remarqueraient ses crampons dans les couloirs.

— Je suis Mélanie Meade.

— Coach Leonard, répondit la femme. Quelle position tu joues, Mélanie ?

— Avant-centre.

Un éclat de rire, suivi par d'autres, accueillit sa réponse. Les chuchotements qu'elle avait entendus à son arrivée s'amplifièrent, et quelques filles secouèrent la tête, visiblement de pitié. L'entraîneuse, toutefois, ne sembla pas du tout impressionnée.

— Bon, dit-elle en hochant la tête. Les filles, si on se remuait un peu pour voir ce dont Mélanie est capable ? Tina, pour cette fois, tu restes sur le banc de touche.

Tina, la rousse qui avait souri le matin même à Mélanie, grimaça en se rasseyant tandis que la plupart des autres filles dégringolaient les marches. Elle tendit un maillot rouge roulé en boule à Mélanie, qui s'empressa de l'enfiler par-dessus son tee-shirt.

— Merci, dit Mélanie.

— Bonne chance, répondit Tina, sarcastique.

Mélanie s'éloigna en courant et rejoignit les autres rouges du côté ouest du terrain. Elle salua les filles sur la ligne et quelques-unes lui tendirent la main, mais aucun nom ne fut donné. Une fois en place, ces nanas étaient tout au jeu. Cela plut à Mélanie.

Coach Leonard marcha jusqu'au milieu du terrain avec un ballon et vint se placer entre Mélanie et l'autre avant-centre. La fille était grande, bronzée et large d'épaules, avec une taille fine et des jambes de tueuse. Ses cheveux blonds retenus en une queue-de-cheval épaisse avaient été éclaircis. Elle portait un peu trop de maquillage, mais Mélanie put voir à son regard féroce qu'au fond elle n'avait rien d'une Barbie. Voilà qui risquait d'être intéressant.

Le ballon tomba, le coup de sifflet retentit, et le match commença. Mélanie prit vite le contrôle de la balle et commença à remonter l'aire de jeu. Elle fit une passe à la fille sur sa droite et partit en avant, doublant comme une flèche la première défenseuse. Le ballon lui revint quelques secondes plus tard et Mélanie fut bousculée de façon rude, néanmoins elle fit adroitement passer la balle entre les jambes de la défenseuse. Elle mena la balle au bout du terrain, usant de super-techniques de pied pour tromper une autre joueuse. Elle fonça vers les buts laissés pratiquement sans défense. La gardienne, d'après l'expression de son visage, était dépassée. Mélanie feinta à gauche et tira à droite. La fille n'avait aucune chance.

— Goal ! cria Coach Leonard quand la balle fila au fond de la cage des buts.

Les filles de son équipe se rassemblèrent autour de Mélanie. Elles la félicitèrent avec de grandes claques dans le dos, leur paume levée pour qu'elle tape dans leurs mains. Ça avait été un peu trop facile. Mélanie espérait que la bonne gardienne se trouvait de leur côté du terrain.

— Pas mal, Mélanie, lança Coach Leonard. Les autres, l'image que vous donnez de moi n'est guère reluisante. Allez ! On se bouge !

Cette fois, l'autre avant-centre lança un regard noir à Mélanie quand elles se positionnèrent sur la ligne.

— C'est la chance des débutants, déclara-t-elle.

Mélanie l'ignora, sachant très bien que la bonne réplique ne lui viendrait à l'esprit que cinq heures plus tard – et que de toute façon elle n'aurait jamais le courage de la lui balancer. Au lieu de répondre à la fille, elle se contenterait de lui faire mordre la poussière.

Au coup de sifflet, Mélanie s'appropria de nouveau la balle, mais Blondie la récupéra tout de suite d'un coup rapide et précis entre les jambes. Tout se passa tellement vite que Mélanie n'eut même pas le temps de voir ce qui se passait. Il ne lui resta qu'à rire tout en se lançant à la poursuite de la fille.

— Jolie feinte, cria-t-elle, impressionnée.

— T'as intérêt à t'y habituer, répliqua la fille.

Elle fit une passe et le ballon fila devant Mélanie deux secondes trop tôt. La coéquipière de la fille le réceptionna mais le perdit vite. Le ballon revint vers Mélanie en volant. L'angle était parfait pour une tête, et Mélanie sauta. Mais avant même que son front ne touche le cuir, elle fut projetée au sol par un coup violent qui fit trembler tous ses os. Le temps qu'elle relève la tête, Blondie avait déjà parcouru la moitié du terrain avec la balle.

— Attention, Hailey ! cria la coach.

— Waouh ! marmonna Mélanie en regardant Hailey marquer. On dirait que ça ne rigole pas.

Elle savait que le coup d'Hailey était une faute flagrante qui lui aurait valu un carton jaune pendant un match, mais elle appréciait que la fille n'ait pas peur de jouer dur. Toutes les équipes avaient besoin de joueurs téméraires. En plus, visiblement, Hailey avait une sacrée technique.

Peut-être même meilleure que la mienne, pensa Mélanie. Elle était habituée à être une star sur les terrains de foot, mais elle accepterait volontiers de partager le devant de la scène avec cette nana. Elle espérait juste que la position d'avant-centre d'Hailey ne l'empêcherait pas d'intégrer l'équipe.

Quelques minutes plus tard, un coup de sifflet retentit et tout le monde quitta le terrain en trottinant. Mélanie rejoignit Hailey en courant et lui tendit la main.

— Joli jeu, lui dit-elle. Je ne t'ai même pas vue arriver.

Hailey regarda sa paume comme si elle était couverte de pustules.

— Ouais, comme presque tout le monde. C'est d'ailleurs pour cette raison que j'ai joué en national trois ans de suite et que tu n'auras jamais ma place.

La réponse stupéfia Mélanie. Elle ralentit pour laisser Hailey rejoindre Tina et quelques autres filles avec lesquelles elle échangea des claquements de main.

— Ne t'en fais pas pour Hailey. Personne ne l'apprécie, fit une voix.

Une autre joueuse, ailière droite au côté de Mélanie, l'avait rattrapée. Elle dégageait une impression de puissance. Ses cheveux blonds mi-longs, attachés en queue-de-cheval pendant le match, tombaient à présent librement le long de son visage luisant de transpiration. C'était une des filles les plus rapides de l'équipe.

— Même pas elles ? demanda Mélanie en désignant les amies d'Hailey.

— Elle les paie, répondit la fille en riant. En tant que sœur, j'ai le droit de refuser l'argent et de lui dire ce que je pense.

— Tu es sa *sœur* ? répéta Mélanie, surprise.

— Je sais. Je suis *tellement* plus belle qu'elle, dit la fille en battant des cils de façon comique. Bref, je suis Aimee Farmer. La petite sœur d'Hailey « Reine des Garces » Farmer.

— Ah, dit Mélanie en lui serrant la main. Moi, c'est Mélanie.

— Je sais. On était au même cours de chimie, cet après-midi, non ?

— Tu étais là ? Je suis désolée, je ne me souviens de rien à part d'avoir failli brûler les sourcils de mon voisin.

Aimee rit.

— Dis-moi... tu as été incroyable. Où as-tu appris à jouer comme ça ?

— J'ai beaucoup joué dans des équipes de garçons, expliqua Mélanie. (Elles atteignirent la ligne de touche, où toutes les filles étaient en train de téter leur bouteille d'eau.) Et l'année dernière mon équipe a remporté le championnat du Texas.

— Waouh ! Le Texas. C'est un État important.

— Tu m'étonnes...

— OK, les filles, travaillons un peu les dribbles ! annonça Coach Leonard.

Quelques filles attrapèrent les plots orange empilés à côté des gradins et les emportèrent sur le terrain.

— Mélanie, viens me voir après l'entraînement pour qu'on discute de ta position dans l'équipe.

— OK, Coach, dit Mélanie.

— Évince ma sœur, je t'en supplie, chuchota Aimee. Je te chérirai jusqu'à la fin de mes jours.

Mélanie rit et elles retournèrent sur le terrain à petites foulées. Une chaleur familière et excitante parcourut Mélanie de la tête aux pieds. Elle savoura cette sensation, même si cela lui faisait aussi penser à Tracy avec un pincement au cœur. Elle sentait qu'elle venait de se faire une nouvelle copine.

— Eh bien, Mélanie, il est évident que tu as du talent – et je suppose que tu le sais déjà, dit Coach Leonard.

Elles étaient debout dans le couloir, devant l'entrée du vestiaire des filles. Les cheveux encore trempés de la douche, Mélanie croisa les bras sur sa poitrine et essaya de calmer les papillons dans son ventre. Il fallait absolument qu'elle intègre cette équipe. Sans l'entraînement, les dribbles et les matchs, elle serait complètement perdue.

— Mais j'ai déjà une bonne avant-centre, la même depuis trois ans. (Mélanie serra les poings.) Donc, j'ai une autre proposition à te faire.

— Laquelle ? demanda Mélanie, pleine d'espoir.

— Qu'est-ce que tu penses de passer ailière gauche ? Sur le terrain, c'est notre point faible, et je suis sûre que tu seras parfaite.

Mélanie souriait jusqu'aux oreilles.

— Bien sûr, Coach. Tout ce que vous voulez.

— Parfait, dit l'entraîneuse en lui donnant une tape sur l'épaule. Contente de t'avoir parmi nous, Mélanie. Avec toi dans l'équipe, je suis sûre que nous irons loin, cette année.

— Merci, Coach.

— Alors, à demain.

Coach Leonard lui fit un petit signe de tête en s'éloignant.

Yes ! Merci, merci, merci !

— Hé ! Tu as réussi ? demanda Aimee en sortant des vestiaires quelques instants plus tard.

— Ouais. Ailière gauche, répondit Mélanie, radieuse, en hissant le sac de livres sur son épaule.

Elle suivit Aimee dehors, dans la lumière brillante du soleil. Elle se sentait plus légère que l'air. Elle avait intégré l'équipe ! Sa nouvelle vie avait officiellement commencé.

Elle avait hâte de rentrer et de l'annoncer à ses parents. *Enfin... de l'annoncer par téléphone*, se rappela-t-elle avec un gros pincement au cœur. Ça lui avait fait cet effet toute la journée. Décidément, il lui faudrait du temps pour s'habituer à l'éloignement. *Tout va bien. Tu leur diras ce soir*, songea-t-elle. *Ça sera super.*

— Bon. Voilà qui donnera encore un peu plus la grosse tête à Hailey. Je rêvais d'un petit coup à son ego, dommage, dit Aimee en riant. Mais je suis bien contente pour toi. Hé... tu veux que je te raccompagne en voiture ?

— Eh bien, ce serait...

La réponse de Mélanie resta coincée dans sa gorge. Elle venait de voir quelque chose qui immobilisa ses cordes vocales. La voiture d'Evan était garée dans le virage de l'allée de l'école, et Evan lui-même y était adossé. Il semblait perdu dans la contemplation de la pelouse luxuriante. Ses jambes étaient croisées au niveau des chevilles et ses cheveux blonds brillaient sous le soleil.

Il leva les yeux, repéra Mélanie et lui sourit. Il était

venu la chercher à la fin de son entraînement. Mélanie n'avait jamais vécu de moment aussi parfait.

Mais... oh, mon Dieu. Qu'allait-elle bien pouvoir lui dire une fois qu'ils se retrouveraient seuls dans la voiture ? D'accord, il l'avait amenée le matin, mais Finn était assis à côté de lui à l'avant et ils avaient discuté entre eux. Comment faire le trajet avec lui sans qu'elle se rende parfaitement ridicule ?

— Salut, baby ! cria Evan.

Hein ?

Hailey passa en courant devant Mélanie et Aimee, bousculant sa sœur dans sa course qui s'acheva directement dans les bras d'Evan. Il la souleva du sol pour lui donner un long baiser quasi obscène. Mélanie ne pouvait détacher ses yeux du couple.

Il a une petite copine, envisagea-t-elle, et sa bonne humeur s'évanouit instantanément. *Mais bien sûr qu'il a une petite copine ! Regarde-le.*

Pourquoi fallait-il que ce soit *elle* ?

— Ma sœur, la traînée publique numéro un, marmonna Aimee.

— Trouvez-vous une chambre ! cria une des copines d'Hailey.

Les autres filles de l'équipe éclatèrent de rire.

Hailey se décolla du visage d'Evan et leur décocha un sourire suffisant. Elle attrapa la main d'Evan et l'écarta de la voiture pour pouvoir y entrer. Evan lui ouvrit la portière. À peine assise, elle baissa le pare-soleil pour vérifier son maquillage dans le miroir.

— Hé, Mélanie ! Tu viens ? cria Evan.

Hailey redressa la tête et regarda par la fenêtre d'un air furibond.

— Euh... ouais, répondit Mélanie, forçant ses pieds à bouger. À demain, dit-elle à Aimee.

Elle baissa la tête pour attacher ses cheveux humides en un chignon rudimentaire et marcha vers la voiture. Evan lui ouvrit la portière. Elle s'écrasa sur la banquette arrière sans pouvoir le regarder. Comment pouvait-il apprécier Hailey Farmer ? Il était censé être parfait...

— Alors ? Comment s'est passée ta première journée ? demanda Evan en manœuvrant pour sortir de sa place de parking.

— Pas mal, répondit Mélanie.

— Bof, comme d'hab, dit Hailey en même temps.

Elle jeta un regard noir à Mélanie dans le rétroviseur. Evan rit.

— En fait, Hails, je parlais à Mélanie, expliqua-t-il en posant sa main sur celle d'Hailey. Tout le monde sait comment *ta* première journée s'est passée.

Evan et Hailey échangèrent un regard entendu avant d'éclater de rire.

— Eh bien, elle a été acceptée dans l'équipe de foot, dit Hailey.

— Cool, Mélanie. Félicitations.

— Merci, dit Mélanie.

— Alors, où t'a placée la coach, finalement ? demanda Hailey. On sait bien que tu ne vas pas jouer au centre...

Mélanie eut l'impression d'être enfermée dans un four. Elle regarda par la fenêtre.

— J'attaquerai à gauche.

Elle vit le sourire sournois d'Hailey dans le rétroviseur côté passager.

— Oh, eh bien, c'est une place importante, dit la blonde. Tu seras mon ailière.

Mélanie leva les yeux au ciel. Elle fulminait. Être incapable de moucher une fille comme Hailey était une chose, mais que ça arrive devant Evan était dix fois pire. Pourquoi n'arrivait-elle pas à se défendre ?

— Ne t'occupe pas d'Hailey, dit Evan. Le football, c'est sa vie.

Hailey lança un regard agacé à Evan qu'il ne remarqua pas.

— On ne plaisante pas à l'attaque, dit-elle. J'espère que tu vas pouvoir suivre le rythme.

— Oh, allez, Hails. Leonard ne l'aurait jamais prise si elle n'était pas bonne, protesta Evan.

Mélanie aurait voulu l'embrasser – s'il n'y avait pas eu un million d'obstacles physiques et psychologiques entre eux, bien sûr.

— Je dis ça en l'air, dit Hailey en levant les mains. Je veux juste qu'elle soit préparée, c'est tout.

— Ne t'inquiète pas pour moi, dit Mélanie. Mon équipe a fini championne du Texas l'année dernière.

Voilà ! Bien envoyé ! se félicita-t-elle, un sourire triomphant sur les lèvres.

— Vraiment ? demanda Evan en lui jetant un coup d'œil par-dessus son épaule. C'est excellent, Kicks.

Le sourire de Mélanie s'élargit.

— Kicks ? C'est quoi Kicks ? demanda Hailey.

— Le surnom de Mélanie, expliqua Evan. En fait, son surnom, c'est Kicker, mais je l'ai raccourci. Je trouve Kicks plus cool, pas toi ? demanda-t-il à Mélanie en cherchant son regard dans le rétroviseur.

— C'est clair, répondit Mélanie.

Hailey se raidit sur son siège et regarda par la fenêtre, la mâchoire serrée.

— Comme c'est mignon que vous vous donniez déjà des petits noms...

— Je me trompe ou il y a une pointe de sarcasme dans ta remarque, Hails ? demanda Evan d'un ton taquin.

Il profita d'un feu rouge pour attraper sa main et l'embrasser. Hailey leva les yeux au ciel, mais sourit.

— Tu te trompes, dit-elle. Bon, comment s'est passé ton entraînement à la crosse ? Tu crois que vous allez passer en national cette année ?

— Tu sais bien que je m'en fiche, dit Evan qui tenait toujours la main d'Hailey et conduisait de l'autre. La crosse, c'est pour le fun. Tant que notre équipe de hockey continue de cartonner...

— Je sais, je sais ! Les universités viendront te faire la cour ! termina Hailey.

Pendant qu'Evan et Hailey papotaient, Mélanie eut la désagréable impression de tenir la chandelle. Elle se blottit sur la banquette arrière et se perdit dans la contemplation du paysage, se demandant si la maison d'Hailey était très loin de l'école. Car, si l'idée de se retrouver seule avec Evan dans la voiture ne l'enchantait pas, écouter le babillage des deux amoureux était un supplice.

De : Kicker5525@yahoo.com
A : TooDamn-Funky@rockin.com
Objet : Programme d'immersion

Guide de Mélanie Meade pour comprendre les fils McGowan
Note n° 2

Observation n° 1 : Quand il y a de la nourriture dans leur champ de vision, les garçons ne voient pas grand-chose d'autre.
C'est comme quand le lion rencontre la gazelle sur Animal Planet. Heidi Klum pourrait entrer dans la pièce, aucun ne la remarquerait. Bon, d'accord, peut-être que si. Impossible d'expérimenter la théorie. Mais quand même, c'est un moment de concentration ultime.

Observation n° 2 : Ils se laissent facilement distraire.
Evan était censé me faire faire un petit tour de l'école, mais il a rencontré des potes et a changé de plan. Je pré-

fère ne pas considérer cela comme une atteinte personnelle.

Observation n° 3 : Ils savent prendre la pose.
Evan. Sa voiture. Un rayon de soleil. Une pause langoureuse, l'air de rien. (Soupir.)

Observation n° 4 : Ils ont de drôles de goûts en matière de femmes.

4

— Alors ? Tu t'es bien amusée ? demanda Regina ce soir-là en ouvrant la porte d'entrée.

— Ouais, merci encore, répondit Mélanie. Mais, vraiment, il ne fallait pas vous sentir obligée de m'acheter tout ça.

Elle portait quatre sacs remplis de vêtements et de maquillage que Regina avait absolument voulu lui offrir.

— Je ne me suis pas sentie obligée ! J'en ai eu envie, corrigea Regina. As-tu idée du plaisir que ça me fait de passer un peu de temps dans les rayons féminins de Gap ?

Mélanie éclata de rire.

— Eh bien... Merci encore.

— Mais de rien. Je vais me préparer du thé. Tu en veux ?

— Non, merci. Je crois que je vais plutôt monter ranger tout ça.

— Alors bonne nuit, ma chérie, dit Regina avec un sourire.

— Bonne nuit.

Mélanie emprunta le couloir qui menait à l'escalier et s'immobilisa en entendant des voix monter du sous-sol. Doug commentait ce qui semblait être un jeu de football américain.

— Et voilà les Patriots de Ian qui récupèrent le ballon, scandait-il d'une voix grave dans une imitation parfaite d'Al Michaels[1]. Ian, fraîchement entré en sixième et qui, encore récemment, buvait son jus de fruits dans une tasse en plastique pour bébé, pourra-t-il battre le champion complètement triso de la dernière saison – le tueur looser Miller ?

Mélanie sourit. Doug était assez drôle, finalement. Qui l'eût cru ?

— Brady cherche à faire une passe... il regarde... il regarde...

Nouvelles acclamations, Mélanie les entendit se taper dans la main.

— Incroyable ! hurla Doug. Ian marque après une ma-gni-fi-que passe ! Personne ne l'avait vu arriver, et encore moins la lamentable défense de Miller – si on peut parler de défense. Aïe !

Apparemment, Miller avait frappé Doug. Bien fait. Mélanie sourit. Elle serait bien descendue les

1. Célèbre commentateur sportif.

rejoindre, mais elle ne voulait pas s'incruster. Se sentant fatiguée et tout d'un coup très seule, elle monta les marches en écoutant exploser leurs rires graves.

— Regina t'a acheté du maquillage ? demanda sa mère au téléphone.

— Je sais, je sais. J'ai essayé de l'en dissuader, mais elle a insisté, répondit Mélanie en jetant un regard oblique vers la demi-douzaine de tubes et palettes dont elle ne se servirait jamais.

Mélanie ne se considérait pas comme une fille à maquillage. La seule fois où elle avait laissé Tracy opérer sur elle un « léger relooking », l'allumeuse qu'elle avait découverte dans son miroir l'avait horrifiée et elle avait foncé jusqu'au lavabo.

— Ne te tartine pas, c'est tout, lui recommanda sa mère. Tu es bien trop jolie pour ça.

— Merci, dit Mélanie en souriant.

Elle était fière de ses yeux verts et de ses épais cheveux blond vénitien. Mais avec son petit nez retroussé, ses taches de rousseur et ses pommettes inexistantes, elle ne s'était jamais sentie « trop jolie ».

— Je suis sûre que ça fait du bien à Regina d'avoir une autre femme dans la maison, dit sa mère. Mais je lui avais dit que tu n'avais besoin de rien.

Les yeux de Mélanie tombèrent sur les sacs de chez Gap et Abercrombie, et elle se recroquevilla.

— Nous n'avons pas acheté tant de trucs que ça.

Et puis j'ai l'impression qu'elle a vraiment passé un bon moment. Je veux dire que *nous* avons passé un bon moment, rectifia-t-elle.

Pour elle, ça avait plutôt été un marathon – deux heures entières passées au centre commercial à jouer les top models –, mais des Cinnabon[1] avaient aidé à faire passer cette séance de shopping intensif.

— Eh bien, tant mieux. Je me réjouis, alors, dit sa mère.

Mélanie sourit. Parler à sa mère n'était pas aussi pénible qu'elle se l'était imaginé. Sa poitrine s'était serrée au début quand elle avait entendu sa voix, mais elle n'en était pas non plus à vouloir se téléporter en Corée. Peut-être était-elle déjà en train de s'habituer à sa solitude.

Plus loin dans le couloir, une porte claqua. Mélanie sursauta. Quelque part au rez-de-chaussée, Caleb et Ian s'insultaient copieusement. Dans la chambre mansardée au-dessus de la sienne, Mélanie entendit Sean s'affaler sur son lit et s'y blottir dans un couinement de ressorts, sur fond de solo de guitare électrique.

— Mélanie ?

— Oui, m'man. Quoi ?

— Ton père veut savoir s'il y a une fille dans ton équipe de foot qui peut prétendre se mesurer à toi.

1. Pâtisserie à la cannelle.

Mélanie rougit de fierté. En même temps, elle ressentit une bouffée de désespoir. Elle aurait donné beaucoup pour voir apparaître le visage de son père devant elle. Hum, finalement, peut-être que cette séparation n'était pas *si* facile que ça.

— Il y a une fille qui est vraiment bonne, dit-elle. Les autres sont OK.

Quelques coups rapides furent frappés à sa porte pendant que sa mère rapportait l'information à son père.

— Entrez, dit Mélanie.

C'était Evan. Il s'appuya au chambranle de la porte, les mains dans les poches. Il portait un pantalon de toile usé, un tee-shirt blanc et un caban en daim vieilli à la perfection.

— Hello, dit-il.

Deus ex *catalogue de Calvin Klein*, pensa Mélanie.

— Comment ? Mélanie ? Tu m'entends ?

— M'man, il faut que j'y aille, dit Mélanie.

— OK, ma douce, lui répondit sa mère. On se reparle bientôt.

— D'acc, m'man. Embrasse papa pour moi ! dit-elle en balançant ses jambes par-dessus l'accoudoir de son fauteuil pour poser ses pieds par terre.

— Ciao, je t'aime !

— Moi aussi ! répondit Mélanie.

Elle raccrocha et lança le téléphone sans fil sur son lit.

— Salut, dit-elle en osant un regard vers Evan.

— Je vais avec des copains à Logan pour regarder les avions décoller, dit-il. Tu veux venir ?

— Oh... Euh...

Mélanie sentit son estomac se tordre. Elle regarda sa montre, histoire de gagner un peu de temps. Il lui faisait cette proposition probablement parce que ses parents lui avaient demandé d'être sympa avec elle. En plus, elle avait cours le lendemain. Et si les McGowan lui reprochaient d'être sortie tard un soir de la semaine ? Comme l'avaient souligné ses parents un million de fois, les McGowan lui accordaient une grande faveur en l'accueillant chez eux. Il ne fallait pas qu'elle abuse de leur générosité. Elle pouvait très facilement jouer la carte grosse fatigue de rentrée et dire qu'elle avait besoin de dormir.

— Il est un peu tard, fit-elle, haïssant la note enfantine dans sa voix.

— C'est un peu ça l'idée, répliqua-t-il. Allez. Tu vas voir, c'est trop cool. En plus j'ai vraiment envie que tu rencontres mes potes. Tu vas les adorer.

Mélanie se força à le regarder. Son visage était d'une perfection ! Et il avait réellement l'air d'avoir envie qu'elle vienne.

— Allez. Je sais que quelque part en toi se cache une *bad girl*, insista-t-il.

Son sourire dévastateur éclaira un instant son visage.

Tu ne pourrais pas te tromper davantage, se dit Mélanie. Mais elle ne put s'empêcher de sourire en entendant ces mots. Il était temps qu'elle étrangle la poule mouillée en elle et qu'elle prenne quelques risques. Elle repensa à Ben Palmer – le garçon pour lequel elle avait craqué pendant trois ans et auquel elle n'avait jamais été fichue de dire une phrase cohérente.

— D'accord.

Elle se leva et attrapa son portefeuille dans son placard. Son sang battait si fort dans ses oreilles qu'elle s'entendit à peine dire :

— Je viens, fit-elle.

Mélanie s'agrippa à son siège. La voiture d'Evan cahotait sur une route poussiéreuse et tortueuse qui grimpait entre les arbres jusqu'en haut d'une petite colline. Ce n'était ni la route difficile ni l'obscurité totale qui l'avaient mise dans cet état d'angoisse, mais les vingt dernières minutes de conversation poussive. Evan lui posant des questions auxquelles elle ne trouvait que des non-réponses affligeantes. Jamais elle ne s'était autant entendue dire « je ne sais pas » – une phrase qu'elle n'avait cessé de répéter parce que c'était plus sûr que d'essayer de trouver quelque chose de cool à dire. Elle avait hâte de sortir de la voiture.

— Et... le Texas te manque ? demanda Evan, essayant courageusement de rompre le silence.

— Un peu, répondit Mélanie.

— Tu as laissé des gens derrière ? Meilleurs potes... Petits copains... ?

Mélanie rit nerveusement.

— Non. Enfin, ouais... Je veux dire...

— Meilleur ami ou petit copain ?

— Meilleure amie. Tracy, répondit Mélanie. Pas de petit copain.

— Oh. Parfait.

Mélanie regarda son profil. Il souriait d'un air satisfait. *Je t'en prie, Mélanie. Il sort avec Hailey. La magnifique, l'artiste du maquillage, l'athlétique Hailey. Redescends sur terre.*

Enfin, ils arrivèrent dans une clairière où quelques voitures étaient déjà garées. Les phares scintillèrent, révélant des visages curieux. Quelques garçons sourirent en reconnaissant le conducteur. Hailey se détacha du groupe en courant, et atteignit la portière d'Evan avant même qu'il ait éteint le moteur.

— Salut, baby, dit-elle.

Elle prit son visage dans ses mains par la fenêtre ouverte et planta un baiser rapide sur ses lèvres.

Mélanie aurait voulu se gifler. Quand Evan avait mentionné ses amis, elle s'était imaginé une bande de mecs. Il ne lui était même pas venu à l'idée qu'Hailey pouvait être présente.

Celle-ci venait d'apercevoir Mélanie.

— Oh. Salut, dit-elle platement.

— Salut, répondit Mélanie. Ça va ?

— Bien, dit Hailey. Toi ?

— Bien.

OK, respire profondément, pensa Mélanie tandis que la douzaine de jeunes s'agglutinaient autour de la voiture et la dévisageaient ouvertement. Mélanie reconnut Tina et une autre joueuse de l'équipe – une grande et belle fille du Moyen-Orient aux cheveux noirs et bouclés. Evan et Hailey, enlacés, contournèrent la voiture pour venir se placer du côté de Mélanie.

— Hé ! tout le monde, voici Mélanie, annonça Evan à la cantonade. Mélanie, je te présente tout le monde.

— Salut, Mélanie ! chantonnèrent-ils, telle une classe de maternelle.

Mélanie rit et leva une main.

— Salut.

— Je vais nous chercher des bières, annonça Evan à Hailey. Tu en veux une ? demanda-t-il à Mélanie.

— Non, merci.

— Je reviens tout de suite, dit Evan.

Il partit en trottinant, laissant Hailey et Mélanie en tête à tête. Mélanie put enfin se remettre à respirer. Elle lorgna Hailey du coin de l'œil.

Peut-être qu'Hailey s'est sentie menacée cet après-midi. Après tout, tu es *une super-footballeuse et tu* es *la fille qui vit avec son petit copain. Mais nous avons plein de points communs – et donc une chance de bien nous entendre.*

— Alors, Hailey, raconte-moi : quel a été le record de l'équipe l'année dernière ?

— Nous avons plus gagné que perdu, répondit Hailey en enfonçant ses mains dans les poches de son jean moulant. Pourquoi ? Tu as peur que le niveau de l'équipe ne soit pas assez bon pour toi ?

Mélanie la regarda.

— Non, je faisais seulement la conversation.

— Eh bien, nous sommes arrivées jusqu'en finale du championnat du comté, mais nous avons perdu. Bien sûr, le coach pense que cette année, avec toi dans l'équipe, nous gagnerons.

— Merci.

— J'ai dit : « le coach pense... »

À cet instant, un avion décolla et vola juste au-dessus de la clairière. Ses trains d'atterrissage passèrent si près que Mélanie eut l'impression qu'ils allaient arracher les arbres derrière eux. Le rugissement était assourdissant. Mélanie vit Evan et ses amis hurler à pleins poumons, poings et bières brandis vers le ciel, mais elle n'entendit rien. Elle aurait voulu crier aussi – sur Hailey. Dans sa tête, la voix de Tracy lui intimait de se défendre. Si elle avait pu résister à ses parents, elle pouvait certainement tenir tête à cette fille. Mais rien que d'y penser, ses mains devinrent moites et son cœur se mit à battre plus fort.

Je dois faire quelque chose, se dit Mélanie en essayant de se motiver. *Elle va me piétiner si je ne réagis pas.*

Dès que le bruit des moteurs se fut estompé, Mélanie se tourna de nouveau vers Hailey.

— Je peux te poser une question ?

— Quoi ?

— Est-ce que je t'ai offensée ? demanda Mélanie. Tu sais, tout ce que je veux, c'est faire mon trou dans une nouvelle école, peut-être me faire quelques amis, jouer au foot. Mais tu as l'air de ne pas m'aimer du tout.

Mélanie retint son souffle. Elle n'en revenait pas d'avoir réussi à exprimer ses pensées d'une façon relativement cohérente. Pendant une fraction de seconde, l'expression d'Hailey s'adoucit et Mélanie réalisa que, sans son air renfrogné, elle était vraiment jolie. Elle semblait même sur le point de dire quelque chose d'humain. C'est alors qu'Evan apparut avec ses bières. Hailey lui jeta un coup d'œil, puis à Mélanie, et elle tendit les bras vers son mec.

— Viens, baby, lui dit-elle en s'accrochant à son bras. Trouvons-nous un endroit un peu plus intime.

— Cool, dit Evan en tendant une canette à Mélanie. Va te présenter, Kicks. Les mecs meurent d'envie de te rencontrer, ajouta-t-il avec un clin d'œil.

— Oh... bon.

Elle regarda avec désespoir Hailey entraîner Evan. Derrière elle, la bande rit à une blague qu'elle n'avait pas entendue. Hailey regarda derrière elle et lança un regard triomphant à Mélanie juste avant de s'enfoncer avec Evan entre les arbres.

— D'accord. Je récapitule. À Boston, nous avons des arbres, de l'eau, les Red Sox, l'aquarium, et le... le...

Mélanie regarda Darnell Wilcox. Il avait énuméré les éléments de sa liste sur ses doigts et fixait maintenant son auriculaire comme si celui-ci allait lui donner la réponse. De son autre main, il agrippait le col d'une bouteille de Budweiser à moitié vide – sa cinquième ou sixième, selon les estimations de Mélanie. Darnell était un joli garçon qui, d'après sa veste, était capitaine de l'équipe de football américain. Au début de la soirée, il s'était révélé intelligent, amical et drôle. Maintenant qu'il était officiellement soûl, il restait amical et drôle, mais l'intelligence était partie se promener.

— L'histoire, intervint Mélanie. Tu oublies l'histoire.

— Exact ! s'exclama Darnell. (Ses grands yeux bruns brillèrent quand il la regarda.) Et vous, quel genre d'histoire vous avez au Texas ?

Mélanie se laissa aller en arrière, sur le capot de la vieille Corvette de Darnell et soupira.

— Oh, je ne sais pas. Nous avons Coronado, Alamo... Nous avons même déclaré notre indépendance, une fois, dit-elle en lui jetant un coup d'œil.

Darnell la fixa une seconde, confus, comme si sa bande sonore était passée en mode codé.

— Ouais, ben, nous on a la Boston Tea Party, le massacre de Boston, le... le...

— Les Red Sox ! cria quelqu'un, provoquant une vague d'acclamations dans l'obscurité.

— Exactement ! Merci ! dit Darnell en levant sa bouteille. Les Red Sox de Boston.

— Tu les as déjà comptés..., fit remarquer Mélanie en bâillant.

— Oh, désolé, dit Darnell qui commençait à avoir du mal à articuler. Je t'ennuie ?

— Non.

Mélanie secoua la tête. Il était en fait assez drôle. Mais il était minuit passé, et la soirée commençait à traîner en longueur.

— Ouais. Ben, moi, je commence à me fatiguer moi-même, dit Darnell en s'allongeant à côté d'elle.

Ensemble, ils contemplèrent le ciel tandis qu'un autre avion passait au-dessus d'eux en vrombissant. Tout le monde l'acclama, mais Mélanie ferma les yeux et se boucha les oreilles.

— Hé ! Vous vous amusez bien ?

Mélanie rouvrit les yeux et découvrit Evan penché sur elle. Alléluia ! Elle ne l'avait pas vu depuis qu'Hailey l'avait enlevé deux heures plus tôt. Ils allaient enfin pouvoir s'en aller.

— On y va ? demanda Mélanie en se laissant glisser jusqu'au sol.

Elle jeta un œil à Hailey, remarqua le suçon tout frais dans son cou et se détourna. Son cœur brûlait de jalousie. Elle ne voulait même pas savoir où les lèvres d'Evan avait pu se poser. Mais elle ne put s'empêcher de l'imaginer.

— Déjà ? protesta Hailey en attrapant la main d'Evan. Je n'ai encore parlé à personne...

Ah, ouais ? Et la faute à qui ? grogna intérieurement Mélanie.

Evan adressa à Mélanie un regard suppliant, et l'humeur de la jeune fille s'assombrit. Tout d'un coup, elle se sentit épuisée.

— Vous savez quoi ? Pas de problème, dit Mélanie en attrapant la main de Darnell et en le forçant à s'asseoir. Les yeux du garçon roulaient tandis qu'il essayait de se concentrer sur ce qui se passait. Darnell va me raccompagner. Tu te sens capable de conduire, pas vrai, Darnell ? lui demanda-t-elle en lui donnant une grande claque dans le dos qui le fit glisser de la voiture.

Il tituba un instant quand ses pieds touchèrent le sol, puis il attrapa ses clés dans la poche de son blouson.

— Ca-rré-bent, dit-il. Dis-boi juste où tu habites...

De ses clés, il visait la serrure mais ne touchait que la vitre.

Mélanie haussa les sourcils en regardant Evan. Celui-ci soutint son regard, amusé et visiblement impressionné. Mélanie elle-même avait du mal à croire qu'elle ait pu lui tenir tête.

Tous deux savaient qu'elle n'était pas assez stupide pour monter en voiture avec Darnell et qu'elle bluffait. La question à présent était : qu'allait faire Evan ?

Il se tourna vers Hailey.

— On devrait peut-être y aller.

Le cœur de Mélanie enfla comme un drapeau de la victoire par grand vent.

Quant à Hailey, elle se décomposa mais se reprit vite.

— Très bien. Je vais chercher mon sac.

— En fait, je me disais... Tu pourrais raccompagner Darnell ? demanda Evan avec une moue et un haussement de sourcils... adorables.

Tout le monde considéra la silhouette voûtée de Darnell qui, à deux mains, essayait vainement de glisser la clé dans la serrure...

— Evan...

— Hails, tu habites à deux maisons de la sienne, l'interrompit Evan. Et il faut bien que quelqu'un le fasse.

Tandis qu'un autre avion les survolait, les coupant un instant du reste du monde, Hailey jeta un coup d'œil au reste de la bande derrière elle.

— D'accord, tu as raison, dit-elle en soupirant. (Elle rejoignit Darnell et passa son bras autour de ses larges épaules.) Tu te trompes de portière, D.

— Hein ? Mais je dois raccompagner Mélanie...

— Changement de programme. C'est moi qui te ramène, dit Hailey. Allez, viens.

Mélanie regarda Hailey le guider gentiment du côté passager. Evan lui prit les clés des mains et lui ouvrit la portière. Ensemble, ils poussèrent son corps de footballeur dans la voiture. Ensuite, Hailey farfouilla sous le siège et l'ajusta de façon que les genoux de Darnell ne soient pas écrasés contre le tableau de bord. Surnaturel. Juste au moment où Mélanie pensait que la fille était une incarnation du diable, elle se mettait à se comporter comme un être humain.

— OK, à plus tard, dit Hailey en embrassant Evan avant de s'installer derrière le volant.

— Sois prudente, répondit Evan, récoltant ainsi un sourire de sa petite copine.

— Ciao, Hailey, dit Mélanie quand celle-ci démarra.

Hailey partit en trombe sans répondre, abandonnant Evan et Mélanie au milieu d'un nuage de poussière.

— Charmante, grogna Mélanie.

Evan lui jeta un regard oblique avant de marcher vers sa voiture.

— Allez, on rentre.

— Bon, est-ce que tes parents vont nous tuer ? demanda Mélanie en consultant sa montre. (Il était une heure et quart du matin. Parce que les miens nous tueraient, c'est sûr.

— Ne t'inquiète pas, je contrôle parfaitement la situation.

Evan éteignit les phares au moment où la Saab s'engageait dans la rue tranquille des McGowan. Une fois sa voiture garée tout au bout de l'allée, il coupa le contact. Le crissement de centaines de criquets emplit l'air. L'unique lumière qui brillait venait d'une lampe devant la fenêtre du salon.

— Alors, chuchota Evan. Tu as passé un bon moment ?

Mélanie se tourna pour lui faire face, le cœur battant à tout rompre. Il était penché au-dessus du frein à main.

— Tes amis sont sympas.

— J'étais sûr que tu les aimerais, murmura-t-il.

Il la regardait si intensément qu'elle fut incapable de détourner les yeux.

— En fait, j'étais sûr qu'*ils* t'aimeraient.

Mélanie avala sa salive avec difficulté.

— Ah oui ?

— Ben... qu'est-ce qu'ils pourraient ne pas aimer en toi ? demanda-t-il avec un sourire.

Oh, mon Dieu ! Il allait l'embrasser. Il allait l'embrasser, là, dans l'allée. Et elle en avait tellement, *tellement* envie. Elle le sentait dans chaque molécule de son corps.

Mais il a une petite copine, Mélanie, se sermonna-t-elle. Hailey avait beau être une chienne, elle était d'abord une fille et une partenaire de foot. En plus, même si elle n'avait jamais vécu une telle situation, Mélanie n'était pas du genre à voler les amoureux des autres, aussi atroces qu'elles soient.

— OK, ferme juste... (Mélanie resta sans voix.) ... ta portière très doucement, murmura Evan.

Il se détourna et sortit de la voiture. Mélanie redescendit sur terre.

Elle se glissa dehors et suivit Evan en silence dans l'allée jusqu'à la maison, qu'ils contournèrent. À part les criquets, Mélanie n'entendait que le bruit de sa propre respiration. Elle s'attendait à chaque instant qu'une fenêtre s'ouvre au-dessus d'eux, qu'une lumière s'allume... mais tout resta tranquille. Evan avait vraiment l'air de savoir ce qu'il faisait.

Quand ils atteignirent la porte de derrière, Evan ouvrit la moustiquaire et la bloqua avec le bout de sa tennis en daim.

— Leçon numéro un, murmura-t-il. Si tu ne l'ouvres que jusque-là, elle ne grince pas.

Mélanie sourit.

— Compris.

Il se pencha et souleva un coin du paillasson sous lequel était cachée une clé.

— Leçon numéro deux : utiliser cette clé est beaucoup plus discret que de sortir ton propre trousseau.

Mélanie retint son souffle quand Evan ouvrit la porte. Il replaça la clé sous le paillasson et fit signe à Mélanie de passer devant lui. Mélanie hésita un long moment, considérant l'espace étroit entre Evan et le chambranle de la porte.

Elle dut se mettre de profil pour pouvoir se glisser dans la maison. Tout son corps frotta contre celui du garçon. Jambe contre jambe, poitrine contre poitrine, sa joue frôla son nez et elle put sentir son souffle chaud sur son visage. Elle avait cru qu'il se décalerait un peu pour lui laisser plus de place, mais il ne bougea pas d'un pouce.

Mélanie se retrouva enfin dans la cuisine, libre. Elle ne pouvait s'empêcher de sourire tandis que l'air frais de la pièce l'enveloppait, accentuant la sensation de chaleur qui lui picotait la peau. Dans la maison régnait un silence de mort.

— Escalier de service, souffla Evan.

Son chuchotement fit frissonner Mélanie. Elle le suivit sur la pointe des pieds. Quand il s'arrêta en bas des marches pour la laisser passer, le cœur de l'adolescente battait à tout rompre. Elle posa un pied sur la première marche et s'arrêta, réalisant qu'elle avait besoin de dire quelque chose – qu'elle se sentait presque capable de formuler une phrase. Peut-être même de dire quelque chose de cool.

Cela ne lui arrivait pas souvent. Il lui fallait saisir l'occasion.

Elle se retourna si brutalement qu'Evan lui rentra dedans. Il tituba, reposa son pied sur le sol pour retrouver son équilibre et s'appuya contre le mur. Ils éclatèrent de rire et écrasèrent leur main sur leur bouche. Mélanie savoura ce moment privilégié avec Evan, seuls et hors la loi dans la grande maison plongée dans l'obscurité.

— Quoi ? Qu'est-ce qu'il y a ? demanda-t-il.

Ses sourcils brillaient dans la douce lumière de la lune.

— Je voulais juste... Je voulais juste te remercier. Tu sais, de m'avoir emmenée ce soir, dit Mélanie. C'était très sympa de ta part.

Evan sourit et plongea son regard dans le sien avant de se pencher vers elle. Mélanie arrêta de respirer. On y était... On y était *vraiment* cette fois... Tout d'un coup, elle oublia Hailey et le fait qu'une demi-heure plus tôt il était en train d'embrasser une autre fille. Tout ce qui comptait à présent, c'était qu'elle avait *vraiment* envie de l'embrasser... Et qu'elle devrait essayer d'inhaler de l'oxygène. Il s'agissait de son premier baiser, et il n'était pas question qu'elle s'évanouisse. Les yeux de Mélanie papillotèrent avant de se fermer tandis qu'Evan se penchait un peu plus sur elle. Et là, tout doucement, il toucha sa joue. Ensuite elle sentit qu'il s'écartait et elle rouvrit les yeux. Il tendait un doigt devant son nez.

— Un cil, chuchota-t-il. Fais un vœu.

Les battements de cœur de Mélanie s'accélérèrent encore. Elle se mordit la lèvre, fit son vœu et souffla.

— Mais que se passe-t-il ?

La cage d'escalier fut soudain inondée de lumière.

— P'pa !

— Je rêve ou il est plus d'une heure du matin ? dit John, du palier.

Les marches montaient en spirale, si bien qu'ils ne pouvaient pas le voir, mais Mélanie devina à son ton qu'il était furieux.

— Crotte, grogna Evan.

— Tu n'arranges pas ton cas, Ev, dit son père.

— Oh, mon Dieu ! chuchota Mélanie en se couvrant les yeux d'une main.

— Tous les deux, hop ! dans vos chambres, dit John. On parlera de tout ça demain.

— Désolée, articula Evan en silence.

— *Tout de suite* ! dit son père.

Et, en un rien de temps, Evan passa devant elle et grimpa les marches en courant.

De : Kicker5525@yahoo.com
A : TooDamn-Funky@rockin.com
Objet : Le manuel du mec

Guide de Mélanie Meade pour comprendre les fils McGowan
Note n° 3

Observation n° 1 : Les garçons sont très discrets quand ils le veulent.
Evan connaît un tas de trucs pour rentrer chez lui sans faire de bruit à des heures tardives. (Je suis sûre que tu meurs d'envie de savoir comment j'ai découvert ça.)

Observation n° 2 : Les garçons perdent leur sang-froid quand ils se font attraper par leurs parents.
Une fois dans la maison, Evan n'est pas si discret. Bon, bien sûr, s'il ne s'était pas arrêté dans l'escalier pour attraper un cil sur ma joue et me faire faire un vœu, on ne se serait jamais fait prendre. (Ahhhhhh !!!!)

Observation n° 3 : L'esprit des garçons ne suit qu'une voie à la fois.
Malheureusement, le train d'Evan n'est pas sur MA voie. (Eh oui, grosse déception.) Mais qui sait ? Peut-être fera-t-il un arrêt imprévu à Mélanieville ? ☺

OK. Désolée. Plus jamais de métaphores à une heure aussi tardive. Promis.

5

Le mercredi, rentrée de son entraînement, Mélanie s'installa dans son fauteuil et consulta sur Google la liste des sites traitant du syndrome d'Asperger. Il y en avait plusieurs. Elle cliqua sur le premier site.

Dans le garage, le groupe de Sean jouait de façon chaotique un morceau qui lui semblait vaguement familier. Mélanie était très tendue. Elle s'attendait à chaque seconde que quelqu'un frappe à sa porte et que le couperet du jugement tombe.

« *Le syndrome d'Asperger est un trouble du développement caractérisé par des déficiences dans les interactions sociales et la mise en place de répétitions ritualisées dans les centres d'intérêt, comportements, activités...* », lut Mélanie. Ça avait l'air d'être ce dont souffrait Miller. Comment faire pour qu'il se sente à l'aise avec elle ? Elle fit défiler le texte, sautant les passages concernant les causes et les comparaisons avec l'autisme, et trouva finalement la section qui l'intéressait : « Vivre avec la maladie d'Asperger ».

La porte arrière de la maison claqua. Doucement, Mélanie écarta deux lames du store pour regarder dehors. Finn traversa la cour et entra dans l'appentis. Mélanie attendit qu'il ressorte, se demandant ce qu'il était allé chercher. Elle attendit un moment. Pas de Finn. Que pouvait-il bien faire dans ce cabanon ?

— M'man ! M'man ! Ian est assis sur ma casquette des Patriots et il refuse de me la rendre ! hurla Caleb.

Mélanie pouffa de rire.

— Ian ! Caleb ! Venez ici tout de suite ! brailla John, mettant fin à la dispute. Tout le monde dans le salon ! Et que quelqu'un aille chercher Finn. Réunion familiale !

Le cœur de Mélanie fit un bond. Peut-être que si elle restait immobile et silencieuse, ils oublieraient son existence... ? Les garçons râlèrent en chœur, mais, d'après les bruits dans le couloir, ceux qui étaient dans leur chambre en sortirent en traînant les pieds et descendirent l'escalier. La musique dans le garage s'arrêta sur une explosion de cymbales tandis que Miller sortait chercher Finn. Apparemment, ces réunions familiales étaient une affaire sérieuse.

— Mélanie ? Peux-tu descendre ? appela John.

Mélanie ferma les yeux. Elle posa son ordinateur portable, inspira profondément et se mit en route. De l'escalier, on avait une vue plongeante sur le salon et elle vit les fils McGowan installés dans le grand canapé en U. On les aurait crus dans la salle d'attente du médecin.

La jeune fille descendit les dernières marches d'un pas lourd, sentant tous les regards braqués sur elle. Regina et John se tenaient debout devant la cheminée, face à leurs fils. Il y avait une place libre entre Finn et Doug, au centre du canapé. Un rapide regard circulaire lui révéla que, en suivant un ordre de taille, c'était là qu'elle devait s'asseoir. Visiblement, c'était Miller qui s'était occupé du placement.

— Mélanie, tu veux bien t'asseoir à côté de Finn, s'il te plaît ? demanda Regina.

— Bien sûr, répondit-elle en essuyant ses paumes moites sur son jean.

Elle se tassa entre les deux garçons. Doug tourna ses genoux de façon qu'aucune partie de son corps ne soit en contact avec le sien, ce qui ne fit que la presser un peu plus contre Finn.

— Désolée, souffla-t-elle en rougissant.

Finn s'éclaircit la voix.

— Pas grave, dit-il.

Il leva le bras et l'appuya derrière elle, sur le dossier du canapé, pour leur donner à tous deux un petit peu plus d'espace. Mélanie replia les bras sur sa poitrine et croisa ses jambes bien serré, se faisant la plus petite possible. Elle espérait que la réunion ne serait pas trop longue, car elle avait l'intention de rester parfaitement immobile.

— Bon. Je suis sûr que vous avez tous une idée du sujet du jour, commença John. Votre mère et moi sommes sûrs, les garçons, que vous faites votre possible pour que Mélanie se sente chez elle.

Doug émit un grognement que seule Mélanie entendit, et Finn bougea légèrement, s'enfonçant un peu plus dans le canapé. Le cœur de Mélanie battait à cent à l'heure.

— Nous espérions vraiment ne pas devoir avoir cette conversation. Nous comptions sur vous pour donner le bon exemple, continua John. Mais le comportement d'Evan hier soir ne nous laisse pas le choix.

— T'as gagné, pauv'tache, balança Doug à son frère.

Puis il sortit un Bic de sa poche, le décapuchonna avec les dents et entreprit de compléter les dessins sur son jean – le même qu'il portait la veille.

— Au cas où l'un d'entre vous aurait de drôles d'idées concernant notre invitée, retenez une chose : ne considérez pas Mélanie comme une fille.

Doug gloussa. Mélanie se recroquevilla et concentra son attention sur un nœud dans le bois du plancher.

— Mais alors, qu'est-ce qu'elle est ? demanda innocemment Caleb, faisant rire Doug et quelques autres.

— Caleb, gronda Regina. Ce que votre père essaie

de dire, c'est que tant que Mélanie vit avec nous, vous devez la traiter comme une sœur, compris ?

Mélanie mourait d'envie de jeter un coup d'œil à Evan. Son regard se posa d'abord sur Ian qui faisait des bulles avec son chewing-gum, puis sur Sean qu'elle surprit à lorgner sa montre, et enfin sur Evan qui fixait le vide droit devant lui, ses talons marquant un rythme incertain sur le sol.

— Mélanie ?

Elle tourna la tête vers John.

— Oui ? demanda-t-elle.

— Est-ce que tu comprends ?

— Oh, oui, monsieur.

— Et vous ? demanda-t-il à ses fils.

— Ouais : pas touche à Mélanie, dit Doug. On peut y aller, maintenant ?

— Attendez ! Est-ce que ça inclut Caleb ? demanda Ian, riant de sa propre blague.

— Rigole, petit malin, lâcha Regina d'un ton sec. Tu viens de remporter la corvée poubelle pour une semaine.

Doug se leva.

— Nous n'avons pas fini, l'arrêta son père.

Doug retomba en arrière avec un grand soupir.

— Je sais que vous avez l'habitude d'être les maîtres dans cette maison, mais il faut que ça change, dit John en haussant légèrement la voix. Les parents de Mélanie nous ont confié leur fille, et cela nous implique tous. À partir de maintenant, vous êtes priés de respecter son intimité. Ce qui veut dire que vous ne pouvez pas entrer dans sa chambre sans son autorisation, ni toucher à ses affaires, et que le chêne dans le jardin de derrière est interdit jusqu'à nouvel ordre.

— C'est pas juste ! protesta Caleb.

— C'est l'arbre d'escalade ! renchérit Ian.

— Eh bien, plus maintenant, dit John. (Il marqua une pause.) Et nous allons mettre en place un couvre-feu.

— Quoi ? C'est n'importe quoi ! explosa Doug. Il n'y a jamais eu de couvre-feu pour Sean !

— La situation était différente quand Sean était au lycée, dit Regina.

— Ouais. *Kicker* la rabat-joie n'était pas là, maugréa Doug.

— Tu veux une semaine de corvée poubelle ? demanda John dont les yeux lançaient des éclairs.

Oh, mon Dieu, je suis morte. Ils vont me lyncher, pensa Mélanie.

— L'heure limite autorisée est minuit, déclara John en considérant sévèrement ses fils chacun à leur tour. Et sachez que votre mère et moi, nous ne ferons pas de cadeau ! Ne nous cherchez pas ! Une nouvelle ère commence. Il va falloir vous y faire, conclut-il d'un ton solennel.

— P'pa ! protesta Evan en s'avançant sur son siège.

— Ev, tu es vraiment mal placé pour te plaindre, l'interrompit son père.

— Merci bien, marmonna Doug.

Finn lui envoya une tape à l'arrière du crâne et Mélanie se dit que si ces mecs ne la haïssaient pas jusqu'à présent, c'était certainement chose faite.

— Parfait, dit Regina en tapant dans ses mains. Et maintenant, tout le monde à table !

Ce soir-là, Mélanie se nettoya vigoureusement le visage avec l'exfoliant à l'abricot que lui avait offert Regina dans sa chambre. Apparemment, celle-ci allait continuer à vouloir la réconcilier avec son côté fille, qu'elle le veuille ou non. Mais c'était bien le cadet de ses soucis. Evan ne lui avait pas accordé un regard de tout le dîner, Doug n'avait pas arrêté de lui donner des coups de pied sous la table, et, chaque fois que quelqu'un lui avait passé un plat, Ian avait crié « Pas touche ! » avant d'exploser de rire. Un moment profondément humiliant.

Tout va bien se passer, dit-elle à son reflet dans le miroir, les yeux dans les yeux. Malheureusement, elle n'y croyait pas véritablement. Les parents McGowan venaient d'annihiler toute chance, si petite soit-elle, qu'il se passe quoi que ce soit entre Evan et Mélanie. Et apparemment, Doug la haïssait encore plus – ce qu'elle n'aurait pas cru possible. Le seul point positif de toute cette histoire, c'est que John, pressé par

Regina, avait posé un verrou sur la porte de sa chambre et celle de la salle de bains. Sans cette précaution, elle aurait risqué d'être étouffée par Doug avec un oreiller !

Mélanie s'aspergea le visage avant de se sécher avec une serviette. *Hum. D'accord, ça sent vraiment bon*. Soudain, elle entendit des voix de l'autre côté du mur. Elle s'immobilisa. Ça venait de la chambre d'Evan.

— Ça craint, murmura quelqu'un. Depuis quand sont-ils si à cheval sur les horaires ?

— Devine, répliqua un autre.

Mélanie frissonna et replia ses bras sur son ventre. Elle marcha sur la pointe des pieds jusqu'à la cuvette des toilettes et s'y assit pour écouter.

— Je n'avais jamais vu les parents aussi catégoriques, dit une troisième voix. Bande de singes, préparez-vous à être mis en cage...

— J'y crois pas. Quand je pense qu'on commençait à être pépères, dit Doug. Cette gonzesse a tout fichu en l'air. Moi, je suggère qu'on l'ignore jusqu'à ce qu'elle craque. On lui pourrit la vie pour qu'elle supplie d'être envoyée en Corée.

Mélanie avala péniblement la grosse boule qui s'était formée dans sa gorge. Quelqu'un allait-il prendre sa défense ? Finn ? Evan ?

— Vous saviez que les Yankees avaient remporté vingt-six matchs des World Series sur les trente-neuf qu'ils ont joués ?

Mélanie sourit tristement.

— Ouais, on sait, abruti, répondit Doug d'un ton méprisant. Mais qui a gagné en 2004 ?

— Les Red Sox. Mais...

— Et qui ont-ils écrabouillés ?

— Les Yankees, mais...

— Alors pourquoi tu la fermes pas ?

Mélanie inspira profondément. Elle glissa son drap de bain sur le porte-serviette et se jeta un long regard dans le miroir. Si quelqu'un lui lançait un défi pareil sur un terrain de foot, ça rameuterait du monde. Mais, à sept contre une, ça sentait mauvais. Non seulement ces mecs avaient l'avantage du terrain, mais en plus ils avaient leur propre langage, leur histoire, leurs règles. Mélanie allait jouer en aveugle.

Tu devrais y aller. Taper un grand coup. Tu devrais leur dire que tu as tout entendu et qu'ils n'arriveront pas à te mettre dehors sans combattre, se dit Mélanie. Mais, bien sûr, elle n'en ferait rien.

Tandis que la conversation dans la pièce à côté dégénérait en débat sportif, Mélanie se détourna de son reflet. Elle commençait sérieusement à se demander si sa décision de venir vivre chez les McGowan n'avait pas été la pire erreur de sa vie.

De : Kicker5525@yahoo.com
A : TooDamn-Funky@rockin.com
Objet : Le manuel du mec

Guide de Mélanie Meade pour comprendre les fils McGowan
Note ° 4

Observation n° 1 : Les mecs ne savent pas parler à voix basse.

6

Mélanie attacha ses cheveux humides en queue-de-cheval et tira sa capuche rouge sur sa tête. Le soleil était encore rose dans le ciel du matin et on entendait les garçons remuer dans leurs chambres. Elle glissa son sac à dos sur ses épaules, enfila ses tennis et marcha vers l'escalier sur la pointe des pieds.

La cuisine silencieuse était encore plongée dans l'obscurité, exactement comme elle l'espérait. Elle ouvrit la porte de la réserve et y pénétra. L'endroit était aussi plein qu'un abri antiatomique. Douze boîtes de céréales, au moins cinquante bricks de soupe, des rangées de boîtes de raviolis, des biscuits salés, sucrés, et d'énormes paquets de bretzels. Regina et John devaient aller faire des courses tous les jours pour nourrir leur horde de démons.

Mélanie passa les étagères en revue. Elle découvrit une boîte ouverte de barres de céréales et en prit deux. Puis elle attrapa une bouteille de jus de fruits dans le réfrigérateur et se dirigea vers la porte de derrière. Rien de tel qu'un petit déjeuner en cavale.

Sa bicyclette était rangée avec une demi-douzaine d'autres sous un porche de métal qui prolongeait l'appentis. Une barre de céréales entre les dents, Mélanie dégagea le guidon et poussa son vélo dans l'allée. Elle glissa la boisson dans le panier, sauta en selle et pédala vers le lycée, en espérant qu'elle se souviendrait du chemin.

Quinze minutes plus tard, elle traversait la pelouse jusqu'au parking à vélos devant l'école. Des élèves arrivaient et des petits groupes s'étaient formés devant le bâtiment, pour discuter ou se montrer leurs cours. Mélanie déchira l'emballage de sa seconde barre de céréales et prit une longue gorgée de jus de fruits en montant les marches. Elle se sentait bien, indépendante. Elle n'avait nul besoin des fils McGowan. Elle savait prendre soin d'elle-même. Du coin de l'œil, elle vit Hailey et ses amies la regarder gravir les dernières marches.

— Eh bien... *Kicker*, dit Hailey d'un ton narquois. Tu ne te sers plus de mon petit copain comme chauffeur ?

Mélanie n'était pas d'humeur. Elle s'arrêta et fixa Hailey un long moment, jusqu'à ce que la peste se décompose. Puis elle passa en revue toutes les filles qui avaient ri à la blague. Il y avait deux filles qui n'avaient ni ri ni réagi. Mélanie leur sourit en mordant dans sa barre de céréales, passa devant elles à grandes enjambées et entra dans le hall.

Miller était déjà assis à sa table dans la cour quand Mélanie sortit avec son plateau pour déjeuner. Sur Internet, Mélanie avait appris quelque chose qui lui servirait à entrer en contact avec Miller. Pour qu'il se sente à l'aise avec elle, il fallait qu'il comprenne qu'elle était là pour rester – et donc qu'elle était une personne à laquelle il devrait s'habituer. Si éviter les autres garçons semblait être *le* bon plan pour elle, passer du temps avec Miller était le seul moyen de l'aider, lui. Pourquoi ne pas commencer tout de suite ?

Afin de ne pas envahir son espace personnel, elle s'assit le plus loin possible de lui, de l'autre côté de la table et à l'extrémité opposée. À travers ses écouteurs, elle entendit un commentateur annoncer un point. Miller leva la tête et posa sur elle un regard inexpressif. Comme il la fixait, Mélanie se sentit rougir et baissa les yeux vers son plateau. Elle commença à ordonner tout ce qu'il y avait dessus par ordre de taille. Canette de soda, pomme, mini-bouteille de ketchup, salade de fruits. Le burger et les frites restèrent devant elle. Quand elle eut fini, elle leva de nouveau les yeux vers Miller, qui lui sourit.

Miller avait un sourire merveilleux qui lui illuminait le visage. Mélanie lui rendit son sourire et il se reconcentra sur son déjeuner. Mélanie mordit à belles dents dans son hamburger. Une ombre apparut alors sur son plateau. Elle leva la tête et découvrit Evan debout au bout de la table. Avec ses joues pleines, elle devait ressembler à un hamster. À tâtons, elle attrapa une serviette en papier et se couvrit la bouche, le temps de finir sa bouchée.

— Comment ça va ? demanda Evan en se glissant sur la chaise en face de la sienne.

Il n'avait ni sac, ni livres, ni déjeuner.

— Salut, Mills, dit-il en adressant un signe de tête à son frère.

Miller leva la main et augmenta le volume de son poste de radio.

— C'est plutôt cool de ta part de t'asseoir avec lui dehors, continua Evan.

Dans la lumière du soleil, elle pouvait voir étinceler les éclats d'or dans ses yeux bruns. Mais il était hors de question qu'elle se laisse hypnotiser.

— Et pourquoi vous, ses frangins, vous ne vous asseyez pas avec lui ? demanda Mélanie en s'adossant à sa chaise et en croisant les bras sur sa poitrine.

Evan ne semblait pas aussi énervé que la veille au soir.

— Oh, tu sais bien comment ça se passe, répondit-il en haussant les épaules. Alors ? Qu'est-ce qui t'est arrivé ce matin ? Tu es partie...

— Exact, coupa Mélanie d'un ton neutre. Je suis partie.

Il y eut un long silence, durant lequel on n'entendait que la voix du commentateur.

— Tu nous as entendus hier soir, hein ? dit Evan, les épaules voûtées et les mains coincées entre les genoux.

Mélanie lui jeta un regard qui confirma qu'elle n'avait pas perdu une miette de leur conversation. La tête d'Evan plongea en avant.

— Tu sais quoi ? Ça n'a aucune importance, dit Mélanie en attrapant une frite. Je vais me contenter de vivre dans mon coin, sans embêter personne... et vous oublierez tout simplement que je suis là.

— Ouais, ben, très mauvaise idée, dit Evan.

— Pardon ?

— Écoute, ignorer mes frères n'est pas une solution, expliqua Evan. Crois-moi, je vis avec eux depuis plus longtemps que toi. Et puis, tu *ne peux pas* nous ignorer, ajouta Evan. Au cas où tu n'aurais pas remarqué, nous sommes partout.

Mélanie ne put s'empêcher de lâcher un petit rire, qu'elle essaya de camoufler en prenant une gorgée bruyante de soda.

— Si tu leur laisses croire qu'ils peuvent te piétiner, ils le feront, poursuivit Evan. L'attitude « rentre-dedans » est à peu près la seule à laquelle ils réagissent.

Mélanie mordilla le bord de sa canette de soda.

— Mélanie ? Tu es là ? demanda Evan en agitant une main devant son visage.

Mélanie hocha la tête et reposa la canette sur son plateau.

— Je vais essayer, dit-elle en fixant le plateau. Merci. (Elle leva les yeux vers lui :) Je veux dire pour le conseil.

— Ouais, pas de problème, dit Evan en lui volant une frite. Je n'arrive toujours pas à comprendre mes parents. Qu'est-ce qui leur a pris avec ce couvre-feu ? Je parie que les tiens ne t'ont jamais imposé ça.

Mélanie haussa les épaules. Ses parents n'avaient jamais eu besoin de lui imposer d'horaires. Elle rentrait toujours bien plus tôt que n'importe quel adolescent qui se respecte.

— Enfin, bref. Je m'en tape, dit Evan. Sean n'a jamais connu de couvre-feu. Ils pensent que, maintenant que tu es là, nous avons besoin de « repères », continua-t-il sur un ton moqueur en dessinant les guillemets avec deux frites volées dans l'assiette de Mélanie. Je n'ai pas l'intention de me plier à leurs règles.

Le pouls de Mélanie se fit plus rapide devant son sourire malicieux. Incluait-il la règle « pas touche à Mélanie » ?

— Tu sais quoi ? C'est un bon jour de frites. Je vais aller chercher quelque chose à manger, dit-il.

— OK... à plus...

Evan la regarda, perplexe.

— Je vais chercher quelque chose à manger et je reviens, articula-t-il lentement, comme s'il s'adressait à quelqu'un qui ne parlait pas bien français.

— Oh, dit Mélanie. D'acc.

Il poussa les portes et Mélanie le suivit des yeux, un sourire ridicule sur son visage. Evan allait déjeuner avec elle. Par choix. Et, à moins qu'elle ne se trompe, ils venaient d'avoir une vraie conversation, avec seulement un petit ricanement à son actif. Cette journée était en train de s'améliorer.

Elle allait baisser la tête vers son déjeuner quand elle aperçut, assises à une table au centre du réfectoire, Hailey et ses amies qui lui jetaient des regards assassins. L'estomac de Mélanie se noua et elle détourna immédiatement les yeux, faisant celle qui n'avait rien remarqué. Incroyable. Comment Evan pouvait-il sortir avec une telle furie ? Il méritait tellement mieux ! Mélanie attrapa son hamburger dans lequel elle mordit férocement. *À partir de maintenant, c'est chacune pour soi*, songea-t-elle. Sur ce, gloussant de sa soudaine témérité, elle attrapa son exemplaire d'*Hamlet* dans son sac à dos et plongea son visage rouge entre ses pages.

Le soleil se couchait dans le dos de Mélanie quand elle intercepta la balle sur la ligne de touche. Elle fonctionnait à l'adrénaline pure. Du sang coulait d'une écorchure à son genou, souillant sa chaussette et le matelassage de son protège-tibia. Des traces de poussière striaient son bras et son nez menaçait de couler. Pourtant, ce qui lui importait en ce moment même, c'était la vitesse à laquelle elle courait en remontant le terrain. Tout ce qu'elle voyait, c'était la cage des buts en face d'elle. Tout ce qu'elle sentait, c'était le souffle d'Hailey dans son cou. La blonde était sur ses talons.

Mélanie se prépara à faire une passe, mais, à la dernière seconde, quelque chose bloqua sa cheville et elle décolla du sol. La chute en avant avait été favorisée par une poussée rapide entre ses omoplates. Sa tête partit en arrière tandis que le reste de son corps s'écrasait sur le sol. La douleur fut infernale, mais elle ne resta pas longtemps à terre. Elle n'allait pas laisser Hailey profiter encore une fois de la situation, et ce en dépit de tous les tacles impitoyables que l'autre lui infligeait pour la mettre au tapis.

— Hailey ! Non, mais ça va pas ? hurla Ria Walkins en tendant la main à Mélanie.

Ria était une défenseuse tout en puissance. Elle et Aimee avaient secondé Mélanie pendant l'entraînement, essayant de la protéger quand elles s'étaient rendu compte qu'Hailey essayait de tuer Mélanie chaque fois qu'elle avait la balle.

— Quoi ? demanda Hailey en s'arrêtant et en faisant sauter le ballon dans sa main. Je ne fais que mon travail.

— Je t'en prie ! protesta Aimee. Tu l'as carrément poussée !

— Les filles, tout va bien, déclara Mélanie en reprenant son souffle. Il n'y a pas eu faute.

— Bien sûr que si, et tu le sais parfaitement ! répliqua Ria. Je suis désolée, mais il me semble que quand une super-joueuse intègre ton équipe, tu n'es pas censée chercher à la mettre au tapis systématiquement.

— Qu'est-ce que tu suggères, Ria ? demanda Hailey en se plantant devant elle. Tu sous-entends que je me fiche de cette équipe ?

— Hé ! C'est toi qui l'as dit, pas moi, répliqua Ria en regardant Hailey droit dans les yeux.

Soudain un coup de sifflet strident retentit et Coach Leonard entra dans le cercle qui grossissait. Mélanie fit un pas de côté et s'essuya le nez avec le dos de sa main. Hailey s'était montrée vraiment violente aujourd'hui, mais Mélanie avait rendu les coups. Même si Mélanie n'avait commis aucune faute, Hailey avait eu droit à sa ration de gazon. Son épaule était enflée et son visage strié d'herbe et de terre. Ça faisait partie du jeu.

— OK, les filles. Je crois qu'on va arrêter l'entraînement un peu plus tôt que d'habitude, dit Coach Leonard en balayant l'équipe d'un regard furieux.

J'adore voir l'énergie que vous déployez sur le terrain mais, Hailey et Mélanie, si vous ne vous mettez pas vite à un jeu propre, les arbitres vont vous envoyer sur le banc de touche avant que j'aie pu compter jusqu'à 10. Nous n'irons pas très loin sans vous deux sur le terrain, donc je vous suggère de trouver un moyen pour travailler ensemble.

— Oui, Coach, répondit immédiatement Mélanie.

— Oui, Coach, ajouta Hailey.

— Parfait. Maintenant, avant que vous fonciez sous la douche, je voudrais vous rappeler que le dernier samedi d'entraînement avant le match contre Hacketstown, nous élirons notre nouveau capitaine. Alors commencez à réfléchir à la personne que vous voulez voir à la tête de cette équipe.

Presque toutes les joueuses regardèrent Hailey. Il était clair que le poste de capitaine lui était acquis. Mélanie pensa à son équipe au Texas – l'équipe dont elle aurait dû être capitaine cette année. Elle prit une grande bouffée d'air et expira lentement, essayant d'ignorer les regrets qui lui pinçaient le cœur.

— Allez ! À la douche ! dit Coach Leonard.

Le groupe s'éparpilla et Vithya Jane, la fille que Mélanie avait reconnue l'autre nuit, à Logan, s'approcha d'elle.

— Joli jeu ! dit-elle à Mélanie.

— Merci, répondit Mélanie, surprise qu'une amie d'Hailey lui montre du respect.

Vithya sourit et partit en courant rejoindre Hailey et Tina, tandis qu'Aimee et Ria encadraient Mélanie.

— On devrait aller nettoyer ce genou, suggéra Ria en faisant la grimace.

— Hé ! Je l'aime assez comme ça ! dit Mélanie. C'est ma première blessure de guerre chez les Wildcats.

Aimee et Ria éclatèrent de rire et elles marchèrent jusqu'au gymnase en papotant.

Mélanie était sûre d'aller très bien jusqu'à ce qu'elle descende de sa bicyclette dans l'allée des McGowan et qu'elle sente tous ses muscles se contracter. Elle avait sans doute besoin de faire un peu plus d'étirements. Hailey lui avait vraiment mené la vie dure pendant l'entraînement. Si cette nana ne faisait pas attention, elle allait finir par aider Mélanie à progresser au lieu de l'inscrire sur la liste des grands blessés du football.

Au moment où elle atteignait l'arrière de la maison, une porte claqua et elle vit Finn traverser la cour et disparaître de nouveau dans l'appentis. Mélanie poussa sa bicyclette jusqu'au mur du fond et l'appuya contre les autres. Elle resta un moment immobile, l'oreille tendue. Il n'y avait pas un bruit. Qu'est-ce qu'il pouvait bien faire là-dedans ?

J'espère que ce n'est pas une histoire de Playboy ou un truc du même genre, pensa-t-elle en fronçant le nez.

Malgré cette idée peu ragoûtante, elle ne put

résister à la curiosité. Après tout, elle était censée s'immerger dans le monde des garçons. Cela ne consistait-il pas, entre autres, à découvrir ce qu'ils faisaient quand ils étaient seuls dans une remise ?

Mélanie prit son courage à deux mains, marcha vers la porte et l'ouvrit. Finn se retourna brutalement. Il portait un tee-shirt qui proclamait : *Les mecs bien votent*, moucheté de taches de peinture violette. Ses cheveux étaient un peu plus ébouriffés que d'habitude.

— OK, ma vie défile devant mes yeux, dit-il en soufflant fort. Tu viens de me faire flipper à mort.

— Désolée, dit Mélanie.

Une petite voix dans sa tête lui suggéra de partir, mais elle était trop abasourdie pour pouvoir bouger. Finn ne faisait rien d'embarrassant – merci, mon Dieu. Il se tenait debout devant un chevalet, une palette et un pinceau dans les mains. Autour de lui, derrière lui, par terre et contre les murs, il y avait des dizaines de toiles dont aucune, à première vue, n'était terminée.

— Waouh ! dit Finn en la regardant de haut en bas. Où es-tu allée traîner ?

Mélanie baissa la tête et contempla la blessure de son genou gauche ainsi que le vilain bleu qui s'était formé sur son tibia.

— Nulle part. C'était... l'entraînement, dit Mélanie. Excuse-moi... Tu préfères que je m'en aille ?

— Non, non ! protesta Finn en tirant un tabouret. Assieds-toi et relax ! Tu as l'air d'en avoir besoin.

Mélanie sourit. Elle traversa précautionneusement l'atelier, de peur de heurter quelque chose. Elle contourna le chevalet pour aller s'asseoir sur le tabouret, qui bascula en arrière sous son poids. Mélanie tendit les bras devant elle, cherchant à retrouver son équilibre, et Finn lui attrapa la main.

— Désolé, c'est un peu vieux tout ça, dit-il.

— Pas de problème.

Elle regarda la main qui serrait la sienne. Il la lâcha, s'éclaircit la gorge et fit claquer ses paumes sur son jean.

— Alors, c'est Hailey qui t'a fait ça ? demanda-t-il en regardant ses jambes.

Il pressa un tube au-dessus de sa palette et trempa son pinceau dans la couleur.

— Comment tu le sais ?

— Je la connais, répondit simplement Finn en soufflant sur une boucle blonde qui lui tombait devant les yeux. L'année de mes sept ans, pendant la fête organisée à la piscine municipale pour le 4 Juillet[1], elle m'a volé mon esquimau et m'a poussé dans le bassin du côté profond. Depuis, elle me fait peur.

1. Fête nationale aux États-Unis.

— Sérieusement ? s'étonna Mélanie avec un air malicieux.

— Je ne plaisante jamais quand il y a des esquimaux en jeu, répliqua Finn avec un demi-sourire.

Mélanie rit et regarda autour d'elle. Une peinture, à peine commencée, montrait des mains reposant l'une sur l'autre en une pose gracieuse. Les doigts, cependant, n'avaient pas été détaillés et rétrécissaient avant de disparaître. Derrière étaient ébauchés l'épaule et le cou nus d'une jeune fille de profil, dont les traits et les cheveux n'avaient jamais été peints. Chaque tableau, en fait, représentait une partie différente d'un corps, vue depuis un angle bizarre, mais aucun n'était achevé et aucun n'annonçait un portrait classique, de face.

— Je sais ce que tu penses, dit Finn en effleurant la toile devant lui, du bout de son pinceau : ce mec ne finit jamais rien.

Mélanie rougit.

— Non, c'est juste...

— C'est toujours ce qui me vient à l'esprit quand j'arrive ici, continua Finn. C'est trop bizarre. J'ai ces flashs d'inspiration et je déboule ici fin prêt pour jeter ma vision sur la toile, mais, une fois l'élan passé, je coince. Je ne sais plus comment continuer.

Finn déposa son pinceau dans un verre d'eau et jeta un coup d'œil à Mélanie par-dessus son épaule.

— Alors ? Elle te fait la vie dure ?

— Qui ça ?

— Hailey.

Mélanie eut un petit sourire narquois.

— Rien que je ne puisse gérer.

Finn se détourna de sa peinture et lui sourit.

— Bien, dit-il.

Sans trop savoir pourquoi, ce simple mot soulagea Mélanie. Peut-être avait-ce été la façon dont il l'avait dit. Comme s'il était fier d'elle. Ou impressionné. Ou au contraire pas du tout surpris.

— Peut-être même que je la ferais payer pour ton esquimau, plaisanta-t-elle.

— Ce n'est pas la peine. Je ne suis plus trop fan d'esquimaux, dit Finn. Je suis plus un mec à milk-shake maintenant.

Il tira sur la boucle de sa ceinture, mimant le mec content de lui, et ils éclatèrent de rire. Finn soutint le regard de Mélanie jusqu'à ce qu'elle détourne les yeux. Elle se retrouva soudain écrasée par cette impression familière de se retrouver bientôt en panne sèche de mots. Finn avait plutôt l'air d'un gentil garçon, et pourtant il avait participé au débat sur « Comment faire fuir Mélanie ». Était-il agréable uniquement parce qu'aucun de ses frères n'était là ? Jouait-il la comédie ?

Finn se racla de nouveau la gorge. Tout en peignant, il l'observait du coin de l'œil. Mélanie songea à ce que lui avait dit Evan un peu plus tôt ce jour-là

– ce qui marchait le mieux, avec ses frères, c'était la confrontation. Mélanie eut la chair de poule rien qu'en pensant à l'idée de leur rentrer dans le lard. Mais il fallait profiter du fait que Finn était seul. D'ailleurs, peut-être qu'en prenant les frères un par un, ce ne serait pas trop difficile. En plus, sans qu'elle sache pourquoi, discuter avec Finn semblait beaucoup plus facile qu'avec n'importe quel autre McGowan.

— Je... je vous ai entendus parler de moi hier soir, dit Mélanie en regardant ses mains.

Finn laissa retomber son bras et lui jeta un coup d'œil, visiblement embarrassé.

— Oh. D'accord. Tu... cool.

— Cool ? répéta Mélanie.

Finn rougit.

— Ouais, ça m'arrive de temps en temps. Je voulais dire : « Tu nous as entendus ? » Mais aussi : « Pas cool », expliqua-t-il en posant son pinceau et sa palette sur une étagère encombrée. J'ai mon propre langage, en quelque sorte...

Mélanie sourit. Elle connaissait ça.

— Alors, tu nous as donc entendus, dit Finn en enfonçant ses mains dans les poches de son jean.

— Ouais. J'en conclus que... vous voulez tous que je parte ? demanda Mélanie.

— C'est juste que nous étions habitués à une certaine organisation...

— J'ai bien compris, dit Mélanie. Mais ça ne vous

vient pas à l'idée que c'est difficile pour moi aussi ? Je n'ai jamais vécu avec autant de gens, mes parents sont loin et, au cas où tu n'aurais pas remarqué, les garçons, vous êtes un peu...

— Écrasants ? avança Finn.

— Le mot est bien choisi.

— Écoute, tout le monde a seulement besoin d'une période d'ajustement, dit Finn en haussant les épaules. Essaie simplement de ne pas les laisser te blesser.

Mélanie releva la tête et rencontra le regard gris-bleu de Finn. Le conseil la fit sourire.

— Tu ne te mets pas dans le lot ?

Finn lui rendit son sourire. Tout comme Miller, son visage s'éclaira et le coin de ses yeux se plissa.

— T'avoir parmi nous... disons juste que c'est inhabituel, répondit-il. Mais ne t'inquiète pas pour moi, je crois que je peux m'y faire.

Mélanie haussa les sourcils.

— Oh, vraiment ?

— Ouais, dit-il d'un ton neutre en la regardant droit dans les yeux. Vraiment.

De : Kicker5525@yahoo.com
A : TooDamn-Funky@rockin.com
Objet : Le manuel du mec

Guide de Mélanie Meade pour comprendre les fils McGowan
Note ° 5

Observation n° 1 : Les garçons sont sans scrupule quand il s'agit de piquer de la nourriture dans votre assiette.
Je te l'avais dit : TOUT ce qui compte, c'est leur estomac.

Observation n° 2 : Les garçons ne passent pas leur temps à courir après un ballon.
Il semble que Finn, comme moi, aime papoter.

Observation n° 3 : Les garçons PEUVENT penser tout seuls. Evan s'est assis à côté de moi pendant l'heure du déjeuner et Finn n'approuve pas non plus le plan « ignorons Mélanie ». Finalement, peut-être que Doug ne représente pas le démon en chef qu'il croit être.

7

Mélanie sortit de la file du self avec son plateau. Un numéro de *Motorcycle* sortait de la poche arrière de son pantalon baggy. Si elle devait encore s'asseoir dehors avec Miller le Silencieux, autant apporter de quoi s'occuper. Elle n'était pas folle au point de s'attendre à ce qu'Evan la rejoigne deux jours de suite.

— Mélanie ! Par ici !

Debout au milieu du réfectoire, Aimee lui faisait signe. Mélanie jeta un coup d'œil dans la cour et vit que Miller était déjà captivé par son match de base-ball. La veille, il ne lui avait pas décoché un mot, pas plus qu'à Evan. Même si elle avait très envie de rompre la glace avec Miller, Mélanie estima qu'un petit peu d'interaction sociale lui ferait le plus grand bien. Elle fila vers Aimee, Ria et leurs amies.

— Salut ! l'accueillit Aimee en se laissant retomber sur sa chaise.

— Salut, répondit Mélanie. Salut, Ria.

— Ça va ? dit Ria. Tu connais Jenna et Pearl ? demanda-t-elle en désignant les deux filles assises en face d'elle.

— Non... Salut, dit Mélanie en se glissant sur le siège à côté des deux inconnues.

En fait, elle avait déjà vu Pearl, blonde, cheveux coupés court, dans l'équipe. Penchée sur une boîte de perles de couleur, elle était occupée à confectionner un bracelet. Jenna avait une longue natte brune qui lui tombait au milieu du dos et portait une paire de lunettes de soleil style aviateur.

— Salut, dit Jenna. Tu es dans ma classe d'espagnol, non ?

— Avec Mme Krantz ? demanda Mélanie. J'ai l'impression qu'elle ne m'aime pas trop.

— C'est parce que tu parles mieux espagnol qu'elle, répondit Jenna avec un grand sourire.

— Pearl était le prénom de ma grand-mère, annonça Pearl en glissant une perle violette à côté d'un enchaînement hasardeux de bleues, de vertes et de bleu-vert.

— Oh, d'accord, répondit Mélanie. C'est très joli, ajouta-t-elle en désignant le bracelet.

— Tu en veux un ? Je peux t'en faire un. J'en fais pour tout le monde ! dit-elle soudain excitée.

Aimee, Ria et Jenna levèrent lentement leurs bras. Leurs poignets disparaissaient sous les bracelets.

— Elle est incapable de rester assise sans rien faire, expliqua Aimee.

— Vraiment ? Moi non plus, dit Mélanie.

— C'est vrai ? Je vous l'avais bien dit, les filles : je n'ai pas besoin de médicament pour me stimuler. Mélanie et moi sommes parfaitement normales. Alors, Mélanie, tu en veux un ? Je viens juste d'inventer des nouveaux modèles.

— Ouais, bien sûr, j'adorerais, répondit Mélanie.

— Super !

Pearl passa son bras sous le nez de Jenna et déposa la boîte de perles devant Mélanie.

— Choisis des couleurs.

Mélanie rit.

— D'accord, mais je peux le faire après le déjeuner ?

— Bien sûr !

— Bon, Mélanie, j'irai droit au but, dit Ria en posant ses coudes sur la table. Comment, exactement, as-tu fait pour atterrir au paradis des garçons ?

Mélanie mordit dans son sandwich.

— Je n'appellerais pas ça un paradis.

— Tu plaisantes ? Les fils McGowan ? dit Aimee, c'est genre la brigade des canons !

Mélanie rit et prit une longue gorgée de soda.

— La brigade des canons ?

— Quoi ? C'est ça, non ? insista Aimee. Je n'arrive toujours pas à croire que ma sœur sorte avec l'un d'entre eux.

— Oh, allez ! Quand Evan et Hailey ont gagné le prix du plus beau mec et de la plus belle nana en quatrième, nous savions tous qu'ils finiraient par mélanger leurs salives à un moment ou à un autre, dit Ria en piochant dans ses pâtes.

— Ria ! s'exclamèrent ses amies.

— Beurk ! ajouta Aimee.

— Bon, alors... quoi ? demanda Ria à Mélanie en ignorant les autres. Tu as gagné un concours ou quelque chose dans le genre ?

— Nos parents sont de vieux amis, expliqua Mélanie qui rougissait encore en pensant à Evan et Hailey « mélangeant leurs salives ». Mon père a été transféré outre-mer. Je n'ai pas voulu partir, et les McGowan ont proposé de m'héberger.

— Waouh ! Et est-ce que par hasard tu en aurais vu un à poil ? demanda Ria.

Jenna, Aimee et Pearl étaient pendues à ses lèvres.

— Non, aucun, répondit Mélanie avant de jeter un coup d'œil autour d'elle et de se pencher sur la table. Mais je les ai presque tous vus en caleçon.

Jenna faillit s'évanouir.

— J'y crois pas, Evan McGowan en calbute. Comment c'était ?

— C'était... intéressant.

— Evan McGowan est tellement parfait, dit Pearl. (Elle interrompit un instant son enfilage de perles et leva des yeux rêveurs.) Il m'a inspiré mon premier fantasme.

— C'est vrai ? demanda Mélanie.

— Je crois que c'est notre cas à toutes, dit Aimee. Ça n'a rien d'étonnant : il drague toutes les filles.

Mélanie sentit une chaleur l'envahir et elle abandonna son sandwich pour boire une gorgée de soda.

— Ah oui ?

— Quoi ? Tu n'as pas remarqué ? demanda Ria. Ce mec drague n'importe où, n'importe quand, n'importe qui. Même les filles moches.

— Ria ! protestèrent ses amies.

Mélanie se força à respirer. *Bien sûr que c'est un dragueur*, se dit-elle. *Tu croyais vraiment avoir quelque chose de spécial ?* Mais en même temps qu'elle formulait la question, elle se rendit compte que oui. Elle avait cru que les commentaires du garçon et ses sourires signifiaient quelque chose. Pour elle, il *fallait* qu'ils signifient quelque chose.

— Quoi ? C'est une bonne chose ! se défendit Ria, les yeux écarquillés. Un Adonis pareil flirte avec les trolls ? Ça me semble très bon pour l'estime de soi.

OK, je vais me gifler ici, maintenant, songea Mélanie.

— Désolée. Ria ne se rend pas compte que nous n'avons pas toutes besoin de l'attention des jolis garçons pour avoir confiance en nous, dit Jenna en relevant ses lunettes sur son nez.

Mélanie se rappela la façon dont la tête lui tournait et combien elle se sentait sûre d'elle dès qu'Evan plaisantait avec elle ou l'appelait Kicks. Une vague de honte la submergea. Sa féministe de mère serait consternée. *Mais je n'ai pas* besoin *de son attention*, se dit-elle. *Je... l'*apprécie, *c'est tout*.

— Enfin, bref, coupa Aimee. J'adorerais qu'il arrête son petit jeu tout de suite. Si ça continue, Hailey va nous faire une rupture d'anévrisme.

— Elle n'aime pas trop ça, hein ? demanda Mélanie, la gorge serrée.

— Elle déteste, tu veux dire, corrigea Aimee en piquant avec sa fourchette des feuilles de laitue dans sa salade. Elle ne vit que pour ce mec. Pour être honnête, je ne vois pas trop pourquoi elle fait tout ce foin. Il peut vraiment se comporter comme un crétin et ce n'est même pas le plus mignon.

— Oh, non. C'est Finn, ajouta Ria.

— Tu crois ? demanda Mélanie, ravie de changer de sujet.

— N'importe quoi ! Evan est *beaucoup* plus mignon que Finn, protesta Pearl.

— En fait, je pensais à Miller, dit Aimee.

— Miller ? répétèrent en chœur ses amies, stupéfiées.

Aimee jeta un coup d'œil dans la cour où Miller, renversé sur sa chaise, écoutait la radio.

— Je ne sais pas. Il a quelque chose..., dit-elle.

— Ouais, quelque chose de bizarre, dit Ria.

— Ria ! grondèrent les autres.

— Non, je vois ce que tu veux dire, dit Mélanie. Lui, c'est le genre fort et silencieux.

— Ouais, approuva Aimee avec un sourire timide. (Elle se redressa sur sa chaise.) De toute façon, je sais très bien que je ne pourrai jamais avoir un mec comme ça. Ni n'importe quel mec d'ailleurs.

— Hein ? fit Mélanie.

— Je t'en prie ! Regarde-moi...

— Eh bien, quoi ? Tu es magnifique !

— Laisse tomber, Mélanie, dit Ria en agitant sa fourchette en l'air. Nous n'arrêtons pas de lui dire qu'elle est – honnêtement ! – la plus belle des Farmer, mais elle refuse de nous croire.

— Mes bras sont plus gros que les mollets d'Hailey, dit Aimee en fronçant les sourcils. Alors, arrêtez avec ça.

Ria et Jenna levèrent les yeux au ciel. Aimee avait des épaules larges, un paquet de muscles et peut-être un petit peu de chair en rab sur les os, mais elle n'avait rien du mastodonte qu'elle décrivait.

— Tout ça n'a aucune importance ! Vous savez bien que j'assume parfaitement ma taille. Un jour, un mec tombera raide amoureux de moi. Seulement, ce ne sera pas au lycée. Les garçons, au lycée, sont trop superficiels.

— Eh bien, peut-être pas tous, dit Mélanie qui jeta un coup d'œil à Miller avant de se pencher par-dessus la table. Tu l'as déjà vu sourire ? demanda-t-elle.

— À vrai dire, je ne crois pas, répondit Aimee.

— Attends de voir ça, dit Mélanie. Tu vas halluciner.

Aimee se mordit la lèvre inférieure et regarda de nouveau Miller. Tout d'un coup, il leva les poings en hurlant, faisant sursauter le groupe de gothiques de l'autre côté de la cour. Aimee rit et se replongea dans sa salade.

— Bon. Mais, moi, je persiste à dire que c'est Finn le plus mignon. Vous n'avez simplement pas les mêmes goûts raffinés que moi. J'aime les mecs profonds qui ont une âme, dit Ria en regardant derrière Mélanie. Non, mais, regardez-moi ce mec. Ces yeux bleus, ces cheveux genre je-viens-juste-de-sortir-de-mon-lit. Et ses fringues ! Je vote pour n'importe quel mec qui peut se mettre n'importe quoi sur le dos et rester magnifique.

Mélanie regarda par-dessus son épaule. Finn était assis à l'une des tables qui longeaient la fenêtre, vêtu d'un tee-shirt noir décoloré, d'un jean baggy et de ses sempiternelles bottes tachées de peinture. Malgré le chahut autour de lui, les yeux de Finn restaient rivés sur son carnet de croquis. Sa main glissait rapidement sur la page. Quand un de ses amis jeta une orange devant son nez, il releva à peine les yeux.

— Il est clair qu'on ne peut qu'admirer son niveau de concentration, dit Jenna.

— Ouais... À quoi bon ? Le jeune homme n'a d'yeux que pour une seule fille, dit Ria.

— Ah oui ? Laquelle ? demanda Mélanie.

— Kayla Bird.

La fourchette en plastique de Ria désigna une belle fille à la peau mate qui, au même instant, flottait, grande et svelte, vers la table de Finn en jupe longue et bottes noires. Elle s'assit face à lui et souleva ses cheveux brun clair et ondulés pour les faire passer dans son dos. Finn leva les yeux et ferma instantanément son carnet.

— Qui est-ce ? demanda Mélanie.

— Kayla Bird, première. Artistique, magnifique, et perpétuellement bronzée, résuma Ria.

— Elle met des strings à la piscine municipale, ajouta Aimee. On est dans le Massachusetts.... Qui peut se mesurer à elle ?

Mélanie fixa le dos de Kayla. Elle avait une tache de naissance juste à côté de la bretelle de son débardeur blanc. À son fin poignet brillait une délicate montre en or style bijou ancien. Tout chez elle était gracieux. Rien qu'en levant sa bouteille d'eau pour en dévisser le bouchon, elle avait l'air d'une ballerine.

Mélanie jeta un coup l'œil à Finn. Il la regardait. Pas Kayla, *elle* ! Le cœur de Mélanie dérapa : Finn venait de la prendre en flagrant délit de « bouche bée » et lui adressait un regard interrogateur. Puis il lui fit un signe de la main et Mélanie le salua à son tour avant de se retourner illico vers sa table. Elle se blottit dans son siège, rouge comme une tomate. Le seul des fils McGowan qui ne la prenait pas pour une folle et maintenant... eh bien, c'était fait.

— Oh ! Je crois que nous savons à présent quel McGowan tu préfères, Mélanie, taquina Ria en la pointant du doigt. Tu es une fan de Finn. Je savais qu'on allait s'entendre !

— Pas du tout, protesta Mélanie. Je ne suis absolument pas une fan de Finn.

— Je t'en prie ! insista Ria. Regarde-toi !

— Elle a raison, confirma Jenna. Tu es écarlate.

— Eh bien, ça, c'est moi. Ça m'arrive souvent, se défendit Mélanie en se redressant et en se raclant la gorge. Croyez-moi. Je ne suis pas une fan de Finn.

— Comme tu veux, dit Ria en agitant de nouveau sa fourchette.

— Bon, au moins tu ne craques pas pour Evan, ce qui serait désastreux, fit remarquer Aimee.

— Ouais, répondit Mélanie en évitant de croiser leurs regards. Ça, au moins, c'est clair.

Un peu plus tard, dans l'après-midi, Mélanie se dirigeait vers les vestiaires, impatiente de faire passer toutes ses frustrations de la journée sur le ballon. Personne dans son cours de chimie n'avait voulu se mettre avec elle à cause de l'incident du premier jour, et Mme Krantz l'avait grondée pour avoir pris de l'avance par rapport au niveau de sa classe. Apparemment, Mélanie troublait les autres élèves. Et qu'était-elle censée faire ? Oublier qu'elle connaissait les conjugaisons des verbes espagnols ?

En empruntant le couloir menant à l'aile d'éducation physique, Mélanie entendit deux personnes discuter de façon animée. On se disputait au prochain tournant, juste devant la boutique de l'école. Et Mélanie crut reconnaître les voix. N'était-ce pas... Evan ?

— ... sais bien que ça ne veut rien dire.

— On s'en fiche que *je* le sache. *Les autres* non, répondit Hailey. La moitié des filles de l'école me regardent comme si elles savaient quelque chose que j'ignore. Tu as une idée de ce que ça peut me faire ?

— Je ne comprends pas. Que savent-elles de plus que toi ? demanda Evan.

— Elles pensent qu'elles te plaisent, Evan ! Elles pensent qu'elles ont quelque chose en plus puisque tu les allumes sous mon nez.

Il y eut un soupir. Mélanie jeta un coup d'œil derrière elle pour vérifier que personne n'arrivait. Le couloir était désert. Elle ne voulait pas qu'on la surprenne à espionner, mais tout ça était très intéressant...

— Hailey, je suis comme ça, se défendit Evan. Je suis quelqu'un d'amical.

— Ouais, c'est ça, dit Hailey d'un ton sarcastique.

— C'est la vérité ! Et tu l'as toujours su ! Oh, allez ! Tu ne me fais donc pas confiance ?

— Bien sûr que si, dit Hailey. C'est juste... enfin... Essaie d'imaginer ce que ça te ferait si tous les garçons de l'école me bavaient dessus.

Mélanie cligna des yeux. Hailey semblait assez vulnérable. Elle songea à ce qu'avait dit Pearl à propos de ses fantasmes sur Evan. Apparemment, sortir avec le mec le plus canon de l'école n'était pas si facile.

— Eh bien, c'est le cas, dit Evan d'un ton léger.

Mélanie leva les yeux au ciel.

— Evan ! J'essaie d'être sérieuse, là ! protesta Hailey.

— OK, OK ! Qu'est-ce que tu veux que je fasse ? Que j'arrête de parler aux filles ?

— Ça me semble une très bonne idée, répondit Hailey.

— Tu plaisantes, dit Evan.

— C'est clair, marmonna Mélanie pour elle-même.

Peut-être que la relation d'Hailey n'était pas facile, mais elle ne pouvait pas prétendre *contrôler* Evan.

Au même moment, elle entendit un groupe de joueuses approcher. Elle se jeta en avant et poussa brutalement la porte des vestiaires, faisant comme si elle venait juste d'arriver. Aimee, Ria et quelques autres apparurent, faisant assez de bruit pour qu'Hailey et Evan interrompent leur discussion.

— Hé ! dit Mélanie. Prêtes pour la baston, les filles ?

— Un peu, oui, dit Ria. C'est très mal si je fais

comme si le ballon était la tête de notre prof de maths ?

Mélanie rit. Que lui importait ce qui allait se passer entre Evan et Hailey. Elle se sentait enfin dans son élément. Et si ça, ça pouvait arriver, alors tout était possible.

Après l'entraînement, Mélanie s'assit sur un banc dans les vestiaires pour laisser Ria lui faire une tresse africaine. Elle balançait les jambes et lorgnait sa grosse montre en plastique noir. Son nouveau bracelet de perles rouges allait et venait sur son bras dès qu'elle bougeait.

— Il y en a encore pour longtemps ? demanda-t-elle.

— J'ai presque fini, répondit Ria.

Aimee sortit de la salle de douche et attrapa son sac à dos et son sac de gym.

— Tu devrais les laisser sécher comme ça et les lâcher pour la fête, ce soir, dit-elle. Je parie que les cheveux ondulés t'iraient très bien.

Mélanie sentit sa bouche devenir sèche.

— Quelle fête ? demanda-t-elle en se penchant pour attraper son jus de fruits coincé entre ses pieds.

— Si tu n'arrêtes pas de bouger, on ne risque pas de terminer, la gronda Ria.

— D'accord, répondit Mélanie.

Peut-être que c'était pour ça qu'elle n'avait jamais eu de vraie bande de copines. Toutes ces séances de coiffage, maquillage et autres attifements n'étaient pas son truc.

— L'équipe masculine de foot organise une soirée, expliqua Aimee en passant la sangle de son sac par-dessus sa tête. Je pensais t'avoir prévenue.

— Tu devrais venir, lui glissa Ria en se penchant sur son épaule. C'est la première grosse fête de l'année, et en général ça se termine en drame.

— Ouais. L'année dernière, les flics ont débarqué pour tout arrêter, dit Pearl qui attachait ses lacets. Trop cool.

— Pearl, tu n'y étais même pas, dit Ria.

— Eh bien, on m'a raconté que c'était trop cool, répliqua Pearl, imperturbable.

Ria attrapa un élastique sur le banc et attacha la tresse de Mélanie.

— Ça y est. Fini.

Mélanie bondit sur ses pieds.

— Merci, dit-elle en attrapant ses affaires. Bon, ben, à ce soir je pense.

Mélanie se tourna pour marcher vers la porte juste au moment où Hailey et ses copines surgissaient de la seconde rangée de casiers. Hailey fusilla Mélanie du regard. Celle-ci leva les yeux au ciel et poussa la porte. Hailey bondit au même moment, si bien que leurs deux sacs de gym bourrés à craquer s'entrechoquèrent et, pendant un centième de seconde, les deux filles restèrent coincées dans l'embrasure.

— Oh... je te fais mal ? demanda Hailey d'un ton narquois.

Mélanie se creusa l'esprit pour trouver une bonne repartie, mais en vain, comme d'habitude. Elle secoua donc la tête en signe d'agacement et força le passage.

Juste une fois, fulmina-t-elle. *J'aimerais juste une fois dans ma vie pouvoir me défendre.*

— Mélanie ! Attends ! appela Aimee.

Mélanie s'arrêta devant l'entrée du bâtiment. Encore une fois, la voiture d'Evan était garée en face. Celui-ci discutait avec Darnell et quelques amis qui venaient de terminer leur entraînement de football américain. Quand Mélanie se retourna, presque toute l'équipe arrivait derrière elle.

— Tiens, voilà l'adresse de Christian Todd pour la fête, dit Aimee. (Elle arracha une feuille d'un de ses cahiers et la lui tendit.) Appelle-moi si tu as besoin que quelqu'un t'amène en voiture.

— Tu sais, Aimee, je ne suis pas sûre que Mélanie puisse aller à la soirée, dit Hailey qui s'approchait à grandes enjambées. Tu ne devais pas pratiquer tes tirs de penalty ? On a un match très bientôt.

— Mes tirs de pénal sont très bien, répondit froidement Mélanie.

— Pardon ? Tu en marques combien ? Trois sur sept ? demanda Hailey en jetant un œil à Deena, la gardienne. J'ai du mal à croire que tu aies remporté un championnat avec une jambe pareille. À moins que tu ne te sois inventé quelques victoires pour nous impressionner ?

Mélanie eut l'impression qu'on venait de lui flanquer une gifle. Quelques-unes de leurs coéquipières chuchotèrent, d'autres se regardèrent, mal à l'aise.

— Tu sais, si j'étais toi, je ferais un petit bilan de mes propres compétences avant de critiquer les autres, lança Mélanie d'un ton sec.

— Mes compétences vont bien, merci, répondit Hailey du tac au tac.

— Tu crois ? Hum, il me semble que l'enregistrement de l'entraînement d'aujourd'hui dirait autre chose.

— Ooooh, soufflèrent les filles de l'équipe.

Mélanie sentait son cœur tambouriner dans sa poitrine. Hailey ouvrit la bouche pour répliquer, mais l'attention générale fut détournée vers quelque chose derrière Mélanie. Celle-ci se retourna et vit Evan qui marchait vers elles en faisant tourner ses clés autour de son doigt.

— Salut, Kicks. Il faut qu'on y aille, dit-il en jetant à peine un regard à Hailey.

Mélanie rougit légèrement de ce moment de triomphe.

— Où ça ? demanda Hailey.

— Nous sommes chargés d'aller chercher le dîner,

répondit Evan d'un ton brusque. Je peux te ramener, mais il va falloir que tu nous attendes à Bamboo House.

Hailey enrageait visiblement, mais elle réussit à contrôler sa voix.

— Merci, une autre fois, dit-elle. Aimee, je viens avec toi.

— Oh. D'accord.

Hailey s'éloigna et Aimee fourra son cahier dans son sac.

— À plus tard, Mélanie.

Confuse, elle jeta un coup d'œil rapide à Evan et se précipita derrière sa sœur.

Evan les suivit des yeux, impassible. Mélanie était de tout cœur avec lui, même si elle n'avait aucune idée de ce qu'il ressentait. Était-il déçu qu'Hailey soit aussi jalouse ? Se sentait-il triste parce qu'ils étaient en train de rompre ? Ou quoi d'autre ?

— Allons-y, dit-il enfin. Nous ne pouvons pas prendre le risque que les mioches s'impatientent. Crois-moi.

Mélanie plia le papier sur lequel était inscrite l'adresse de la fête et le glissa dans sa poche. Elle avait hâte de se retrouver dans sa chambre, devant son ordinateur. Mélanie Meade avait enfin – *enfin !* – réussi à se défendre. Tracy allait être drôlement fière.

TooDamn-Funky : tu as rembarré barbie ?? ? C Gnial !! !
Kicker5525 : JE C ! J'ASSURE !
TooDamn-Funky : je n'ai jamais été aussi fière.
Kicker5525 : ah oui ? Je V aussi à une fête ce soir !
TooDamn-Funky : les mcg ont créé un monstre !
Kicker5525 : enfin, je CROIS ke ji V...
TooDamn-Funky : ÉVIDEMMENT ! suis ta conseillère spéciale programme d'immersion, et je te l'ordonne !
Kicker5525 : OK, OK...
TooDamn-Funky : et mets du rose !
Kicker5525 : ne pousse pas trop.

8

— À qui écris-tu ? demanda Evan.

— À une amie, dit Mélanie en éteignant son téléphone qu'elle jeta dans son sac. Alors, tu vas à la fête, ce soir ? lui demanda-t-elle, enhardie par sa confrontation avec Hailey et par les idées folles de Tracy.

La voiture stoppa à une intersection et il soupira.

— Oui, je suppose. Et toi ?

— Je pense, dit Mélanie en touchant la natte dans son dos. Ça pourrait être une occasion sympa de rencontrer des gens.

Evan la regarda et sourit.

— C'est clair, tu devrais y aller.

— Tu crois ?

— Absolument, ça va être cool.

Il passa la première et tourna dans Oak Street. Mélanie tripotait un gros fil qui pendait de l'ourlet de son tee-shirt blanc. Il allait à la soirée. Il voulait qu'elle y aille aussi. Que du bon.

— Que s'est-il passé entre toi et Hailey, tout à l'heure ? demanda Evan.

Bonne question, pensa Mélanie.

— Rien, dit-elle. L'entraînement a été violent. (Elle le lorgna du coin de l'œil.) Tout va bien entre vous ?

— Pourquoi ? Elle a dit quelque chose ? demanda Evan.

Ses yeux jetèrent des éclairs.

— Non. J'ai juste... senti des mauvaises ondes.

— Je n'ai pas très envie de parler d'Hailey, dit Evan.

Il se gara dans l'allée en écrasant le frein. La voiture s'immobilisa, mais le cœur de Mélanie s'emballa. *Le ciel se couvre, au paradis.*

— Il faut que quelqu'un aille chercher Finn dans l'appentis, dit Evan en se retournant pour attraper leur dîner sur la banquette arrière.

— J'y vais ! lança Mélanie en sautant de la voiture.

— Génial ! Et ne t'inquiète pas pour moi, je peux tout trimballer seul, plaisanta Evan.

Mélanie l'ignora et fit le tour de la maison au pas de course. Elle était tellement survoltée que la tête lui tournait. Elle commençait à sentir une certaine excitation à l'idée de la soirée. Elle avait des amies avec qui y aller, Evan et Hailey étaient en crise... La vie était pleine de surprises.

Elle frappa un coup à la porte de l'atelier et entra. Finn avait commencé une nouvelle peinture. Au bas de la toile, deux bras fins étaient croisés. Les traits d'un visage anguleux et un cou délicat planaient au-dessus. Impossible de se tromper sur le sujet.

— Salut, dit Finn en jetant un coup d'œil par-dessus son épaule.

— Kayla Bird, hein ? dit Mélanie en se glissant avec précaution sur le tabouret.

Finn arrêta de peindre.

— Comment connais-tu Kayla ?

— Je ne la connais pas personnellement, mais on m'a parlé d'elle au déjeuner, répondit Mélanie. Elle te plaît, pas vrai ?

Finn lui tourna le dos et se passa les deux mains dans les cheveux. Quand il lui fit face de nouveau, une traînée bleue partant de son front avait collé une de ses boucles.

— J'ignorais que tout le monde était au courant, dit-il.

— Oh, je t'en prie, c'est si évident ! répondit Mélanie. L'as-tu déjà invitée à sortir avec toi ?

— Pas vraiment.

— Qu'est-ce que ça veut dire ?

— Ça veut dire non, dit Finn avec un sourire.

— Bon, eh bien, il y a cette grosse fête, ce soir. Tu y vas ? demanda Mélanie en jouant avec son nouveau bracelet. Moi, je pense que tu devrais lui proposer d'y aller.

Finn fit une grimace.

— Mais qui es-tu, en fait ?

Mélanie éclata de rire.

— De quoi tu parles ? demanda-t-elle, soudain gênée.

Elle se mit à tripoter une boucle dans son cou tout en l'observant à travers ses cils.

— Sérieusement, tu as l'air tout excitée, dit Finn en faisant un pas vers elle. Ne serais-tu pas en train de faire une réaction allergique à quelque chose ?

— Mais non ! protesta Mélanie.

Pourtant elle comprenait ce qu'il voulait dire. Elle n'était pas comme d'habitude. Elle disait à Finn ce qu'elle pensait, elle en avait envie et lui donnait même des conseils. Un peu comme Tracy le faisait avec elle. Et c'était la première fois de sa vie qu'elle prenait de telles initiatives. Bizarre.

— Écoute. Je suis simplement de bonne humeur, expliqua Mélanie en se laissant glisser du tabouret. Et je veux... en faire profiter les autres ou un truc de ce genre. Je vais à la fête avec quelques copines de mon équipe et je trouve que ce serait bien que tu viennes aussi.

— Tu penses que je devrais proposer à Kayla de m'accompagner ? dit Finn.

— Pourquoi pas ? Tant qu'on n'a pas essayé, on ne

peut pas savoir, n'est-ce pas ? dit Mélanie, les yeux brillants.

Elle donna une tape sur le bras de Finn, et le trouva étrangement contracté. Pendant un long moment, il garda les yeux fixés sur l'endroit où sa main s'était posée.

— Tu es sûr que ça va ? demanda-t-il.

Mélanie haussa les épaules et enfonça ses mains dans ses poches.

— À vrai dire, je ne me suis jamais sentie aussi bien. (Elle se tourna vers la porte et s'arrêta.) Allez, viens. On mange chinois ce soir.

— J'arrive dans une seconde, dit Finn en sortant son portable de la poche arrière de son pantalon.

Il l'agita devant elle et sourit.

— J'ai un coup de fil à passer.

Mélanie lui fit un grand sourire et sortit. Ce serait la première soirée importante de sa vie.

— Oui, p'pa, je serai prudente. Ne t'inquiète pas, dit Mélanie au téléphone en jetant un œil dans la cuisine où toute la famille McGowan commençait à dîner.

Doug et Miller étaient en train de se disputer au sujet du carton de crevettes aux épices tandis que Ian battait son assiette avec ses baguettes, comme s'il jouait du tambour.

— J'en suis sûre, Kicker, dit son père. Et nous

sommes ravis que tu t'amuses et te fasses des amis. Tes copines m'ont l'air de filles bien.

— Elles le sont, répondit Mélanie.

— Est-ce que des fils de John sortent avec toi ? demanda son père.

Mélanie regarda Evan servir une portion de poulet aigre-doux à Caleb et sentit son cœur palpiter.

— Ouais, Evan. Et Finn aussi, je crois.

— Parfait. Je suis sûr qu'ils garderont un œil sur toi, dit son père.

— P'pa...

— Non pas que tu aies besoin qu'on te surveille, se rétracta-t-il. Tu comprends, je suis ton père...

— Je sais, je sais, dit-elle en fixant le sol. Écoute, on va dîner, alors je ferais mieux d'y aller.

— D'accord. Amuse-toi.

— J'y compte bien. Je t'aime, lui dit Mélanie.

— Moi aussi, répondit-il.

Mélanie raccrocha et replaça le téléphone sur son socle avant de se laisser tomber sur sa chaise. Finn lui tendit le riz sauté dont elle se servit une bonne cuillerée. Au bout de la table, Caleb aspirait ses nouilles et Ian arrêta de tambouriner avec ses baguettes, juste le temps de manger. Le menton collé à son assiette, Doug enfournait des quantités impressionnantes de nourriture ; on avait l'impression qu'il participait à un concours de goinfres. Adossé à sa chaise, Sean approchait de sa bouche des fourchetées de riz tout en lisant la quatrième de couverture d'un livre.

— Tu veux du soda, Mélanie ? proposa John en approchant la bouteille de son verre.

— Oui, merci, répondit-elle en souriant.

Cette maison n'était pas avare, côté soda.

— Alors, qu'est-ce que vous faites, ce soir ? demanda Regina en arrangeant les plis de sa jupe après s'être assise à côté de son mari.

— Fête, dit Doug.

Une boulette de riz tomba de sa bouche quand il releva la tête.

— Sympa. Serviette, s'il te plaît, dit Regina.

Doug leva les yeux au ciel quand Sean, sans décrocher de son livre, lui tendit une serviette depuis l'autre bout de la table.

— Chez qui ?

— Chez Christian, répondit Evan. Tu sais, il en organise une tous les ans.

— Ah, la fameuse soirée de Christian Todd, dit Regina en piquant un bout de brocoli. La police n'avait-elle pas tout arrêté l'année dernière ?

— Ouais, mais cette année il y aura beaucoup moins de monde, dit Evan. Il invite seulement les premières et les terminales.

— Alors pourquoi Doug y va-t-il ? demanda leur mère.

Tout le monde regarda Doug, qui interrompit sa séance d'autogavage.

— J'ai des contacts, expliqua-t-il.

Regina secoua la tête puis fixa Mélanie.

— Et toi, tu y vas ?

— Oui. Des filles de mon équipe m'ont invitée. D'ailleurs, j'allais vous demander si vous pourriez m'accompagner en voiture. Je n'ai aucune idée de l'endroit où c'est.

— Pas de problème. Je te conduirai, dit Regina.

— Est-ce vraiment nécessaire ? demanda John en reposant sa fourchette. Si Doug et Evan y vont, il y en a bien un des deux qui pourra l'accompagner.

Doug éclata d'un rire sarcastique. Evan gigota sur sa chaise.

— Qu'y a-t-il de drôle ? demanda John.

Doug regarda Mélanie, puis son père.

— Rien, mais c'est G-Mart qui m'emmène et sa bagnole est déjà pleine, dit-il. Do-mmage ! dit-il, riant de nouveau.

— Bon, dit son père. Finn, tu y vas ?

— Oh, oui. Mais j'ai un rencard, en quelque sorte, répondit-il en adressant un clin d'œil complice à Mélanie.

— Ah oui ? Avec qui ? demanda Regina.

— Mec, tu as enfin réussi à te déclencher pour Kayla Bird ? demanda Evan.

— Ouais, apparemment, répondit Finn dont les joues s'empourprèrent.

— Il était temps, vieux ! dit Evan, malicieux.

Il présenta sa paume à Finn qui y fit claquer sa main en souriant largement.

— OK, donc, Evan, on dirait que c'est toi qui vas amener et ramener Mélanie, dit John en prenant une gorgée de soda.

— En fait, p'pa...

— Tu as une voiture, tu l'emmènes, dit son père. Il y a un problème ?

Le brouhaha s'interrompit d'un coup. Tous dévisageaient Evan en attendant sa réponse. Même Sean interrompit sa lecture – mais il garda son livre levé devant son visage. Evan essuya ses paumes sur son pantalon et avala sa salive.

— Non. Je suppose que non, dit-il enfin, évitant de croiser les regards pointés sur lui.

Dans la bouche de Mélanie, la nourriture se transforma en une boulette peu appétissante. Pourquoi Evan réagissait-il si bizarrement ? Ne lui avait-il pas dit dans la voiture qu'il avait envie qu'elle vienne à la fête ?

— Parfait. Bon, vous vous souvenez tous du couvre-feu ? demanda John en faisant un tour de table du regard.

— Oui, marmonnèrent en chœur Doug, Finn, Evan et Mélanie.

— Bien content de l'apprendre, dit John en mordant dans un morceau de poulet. Evan, tu es responsable de Mélanie. S'il se passe quoi que ce soit, tu la ramènes illico.

Intéressant, songea Mélanie en dissimulant son sourire. Voilà que, par décret parental, Evan allait devoir rester auprès d'elle toute la soirée. Malheureusement, quand elle jeta un œil sur lui pour voir sa réaction, elle vit qu'il grimaçait comme s'il venait d'avaler un morceau de poisson pourri. Mélanie sentit sa gorge se serrer.

— Ne vous inquiétez pas, John, s'entendit-elle dire. Je n'ai besoin de personne pour...

— Mélanie, je t'en prie. Les grands frères sont là pour ça, non ? l'interrompit John.

Mélanie regarda de nouveau Evan. Collé au dossier de sa chaise, il contemplait son assiette à moitié vide.

— Ouais, dit-elle. Je suppose.

Mais si Evan devait faire cette tête pendant toute la soirée, elle n'était pas sûre d'avoir envie de la passer avec lui.

Mélanie détestait le rose, mais Tracy lui disait toujours que c'était sa couleur. D'ailleurs, l'année précédente, pour son anniversaire, Tracy lui avait offert un tee-shirt rose qui, selon elle, allait merveilleusement avec sa jupe longue en toile vert forêt. « Au cas où tu voudrais un jour ressembler à une vraie fille », lui avait dit Tracy.

Aussi, quand Mélanie défit sa tresse et vit ses cheveux onduler sur ses épaules en vagues magnifiques, elle décida qu'elle était déjà à mi-chemin. Alors pourquoi pas ? Elle vivait dans une nouvelle maison, dans une nouvelle ville, avec de nouveaux amis. Peut-être était-ce le moment d'essayer un nouveau look.

Ou peut-être aurais-je dû en rester à la queue-de-cheval et au sweat-shirt, pensa-t-elle quand Evan gara sa voiture au milieu d'une douzaine d'autres devant l'énorme demeure de pierre de Christian Todd. Elle ne se sentait pas elle-même, ce qui lui rendait encore plus difficile d'encaisser la froideur d'Evan. Quand elle avait descendu l'escalier pour le rejoindre, il n'avait pas fait un seul commentaire sur ses cheveux ni sur sa tenue. Du reste, il lui avait à peine dit un mot depuis qu'ils avaient quitté la maison. Si seulement elle pouvait frotter le couvercle de la boîte à gants pour en faire sortir un génie, elle lui demanderait ce que pensait Evan à cet instant.

Il éteignit les phares et, un moment, tout fut silencieux, jusqu'à ce que quelques personnes passent à côté de la voiture en bavardant et en riant. Evan défit sa ceinture et se tourna vers elle.

— Je sais que ce que je vais dire va te sembler assez nul, mais je préférerais que nous n'arrivions pas ensemble, dit-il.

— Hein ?

— Écoute. (Evan s'éclaircit la voix :) Hum, en fait, Hailey a légèrement pété les plombs ces derniers temps, et ça te concerne un peu.

— Quoi ?

Mélanie cligna des yeux dans le noir.

— Comment ça ? fit-elle.

Evan regarda le plafond et prit une longue inspiration.

— Je t'explique. Hailey et moi, ça fait un an qu'on est ensemble. On pourrait croire qu'il y a une confiance entre nous. Au lieu de ça, depuis que tu es arrivée, elle se comporte comme si j'étais l'ennemi public numéro un.

— Je crois que l'ennemi, c'est plutôt moi, en fait, corrigea Mélanie.

— Elle a toujours été jalouse, mais avec toi vivant dans ma maison... Ç'a été la goutte d'eau qui a fait déborder le vase.

— Et donc... ?

Mélanie eut envie de répliquer : *D'accord, et en quoi est-ce mon problème et qu'est-ce que je suis censée faire ?* Évidemment, elle n'en dit rien.

— ... et donc je pense que ce serait mieux pour tout le monde si nous ne... s'il n'y avait pas de scène ce soir, dit Evan, plein d'espoir. Tu vois ce que je veux dire ?

— Ouais, j'ai compris, dit Mélanie en essayant d'avoir l'air compatissante.

Elle grinça des dents et serra les poings. Ne voyait-il pas qu'Hailey était folle ? Comment pouvait-il entrer dans son jeu ?

Pleine de surprises, la vie ? Tu m'étonnes... Voilà qu'elle lui offrait finalement une nuit en solo.

— Tu trouves que je suis un looser total, hein ? dit Evan en regardant au loin, l'air triste.

Mélanie dut se mordre la lèvre pour s'empêcher de crier : « Exactement ! » Cependant, elle fut touchée par sa question, car il se préoccupait de ce qu'elle pensait.

Elle ouvrit sa portière.

— Tu sais quoi ? Ça n'a aucune importance, dit-elle. Amuse-toi bien ce soir.

Elle claqua la porte et marcha vers la maison de Christian aussi vite que le lui permit sa jupe étroite. Devant elle, quelques personnes entraient justement à l'intérieur de la maison. Quand la porte s'ouvrit, les rires, les cris et la musique explosèrent, et Mélanie sentit son cœur s'emballer. Elle fut soudain submergée par une vague d'angoisse, si puissante qu'elle en eut la nausée. Mais elle n'allait pas laisser Evan voir ça. Elle avala sa salive, se redressa, secoua ses cheveux fraîchement ondulés et pénétra dans la maison.

De : Kicker5525@yahoo.com
A : TooDamn-Funky@rockin.com
Objet : Le manuel du mec

Guide de Mélanie Meade pour comprendre les fils McGowan
Note n° 6

Observation n° 1 : Les mecs ont leurs humeurs.
Genre humeurs prémenstruelles.

Observation n° 2 : Les mecs sont inconstants.
Genre les revirements de Tracy Dale-Franklin devant un présentoir de maquillage.

Observation n° 3 : Les mecs sont difficiles à déchiffrer.
Comme si on ne le savait pas déjà...

9

— Ah ! mon Dieu ! Tessa ! Tu es venue !

À peine Mélanie eut-elle posé un pied dans le hall qu'une fille se jeta à son cou, l'enveloppant dans une étreinte étouffante. Elle s'était aspergée d'un parfum musqué agressif et une de ses boucles blondes, croustillantes, vola directement dans la bouche de Mélanie. Elle avait un goût aigre.

— J'étais sûre que tu viendrais ! hurla la fille dans l'oreille de Mélanie.

La moitié de sa bière se déversa hors du gobelet et vint s'écraser au sol, derrière Mélanie.

— Alors, tu me pardonnes ? lui demanda-t-elle. Parce que j'te jure que je n'avais pas l'*intention* de l'embrasser. Je... tu sais... j'ai glissé !

Mélanie tira la langue pour se libérer de la mèche de cheveux. Quelques garçons redescendant du premier étage remarquèrent sa grimace et éclatèrent de rire.

— Hum... pas Tessa, dit Mélanie en tapotant maladroitement le dos de la fille.

Celle-ci se recula, étudia le visage de Mélanie et fronça les sourcils.

— Mais tu es qui, *toi* ?

— Euh... désolée, répondit Mélanie.

Elle se faufila hors de l'entrée et passa dans la pièce, sur sa gauche, où la fête battait son plein. Des dizaines d'inconnus l'entouraient, riant, chantant, s'interpellant les uns les autres. Un groupe de garçons l'inspectèrent de la tête aux pieds avant de se concerter à voix basse. Apparemment, elle obtint un bon score, car l'un d'entre eux fit mine d'aller lui parler. Mélanie paniqua et se précipita, la tête rentrée dans les épaules, vers la porte la plus proche.

Dans la pièce voisine, quatre parties de Jenga[1] étaient entamées simultanément sur une table de billard tapissée de violet. Une vingtaine de personnes s'étaient rassemblées pour voir le spectacle. Mélanie s'arrêta pour regarder jouer un garçon maigrichon à la peau moite. La tour vacilla un moment avant de basculer, projetant des pièces de bois dans tous les sens. La foule poussa des acclamations et siffla en pointant du doigt le perdant. Celui-ci hocha la tête et

1. Jeu d'équilibre consistant à enlever les pièces de bois inférieures d'une tour pour les replacer au-dessus. Bien sûr, celui qui provoque l'effondrement perd.

leva une main, puis il attrapa une bière et la descendit en trois gorgées.

— Hé ! Mélanie !

Finn émergea de la foule, la tignasse en bataille. Il portait un maillot de base-ball bordeaux aux manches gris chiné.

— Salut. Waouh !

Il fit une pause et la regarda comme s'il ne l'avait jamais vue auparavant.

— Tes cheveux sont... waouh ! Ondulés.

Mélanie éclata de rire et sentit ses joues s'empourprer.

— Oui, je crois qu'on peut le dire, dit-elle.

— Sympa, dit-il avec un hochement de tête appréciateur.

— Merci.

Finn prit une gorgée dans son verre.

— Alors, où est Evan ? demanda-t-il en jetant un regard circulaire.

— Pas la moindre idée, répondit Mélanie. Et où est Kayla ?

— Oh, elle est partie aux toilettes, dit Finn en hurlant le dernier mot à cause des cris alentour. Pour être honnête, je ne crois pas qu'elle s'éclate.

— Pourquoi ? demanda Mélanie.

— J'ai l'impression que les fêtes de ce genre ne sont pas son truc, expliqua Finn.

— Désolée. Si j'avais su, je ne t'aurais pas tordu le bras jusqu'à ce que tu l'appelles...

Finn rit.

— Ne t'inquiète pas, tout va bien. Au moins, je l'aurais fait – enfin ! Je ne sais pas si tu avais remarqué, mais je ne suis pas ce qu'on appelle un tombeur.

Mélanie sourit, amusée.

— Je crois que nous allons nous esquiver tôt et trouver un endroit où nous pourrons discuter, poursuivit Finn en désignant d'un signe de tête l'émeute autour de la table de billard.

Tout à coup, Mélanie eut un flash : elle imagina Finn emmenant Kayla dans son atelier pour lui montrer ses toiles inachevées. Tous les deux, seuls dans la nuit. Quand Mélanie releva les yeux vers le profil de Finn, elle sentit comme une onde dans sa poitrine. Elle préféra ignorer cette étrange sensation.

— Mélanie ! Te voilà enfin !

Ria et Aimee surgirent de la foule.

— Allez, viens ! On est tous en train de danser dehors, derrière la maison ! dit Aimee en lui attrapant le bras. Oh, mon Dieu ! J'étais sûre que tes cheveux seraient fantastiques coiffés comme ça !

Mélanie rit.

— Eh bien, je crois que je vais aller danser, annonça-t-elle à Finn. Bonne chance avec Kayla !

Mélanie suivit ses amies jusqu'à la véranda où les

meubles en osier avaient été poussés contre les murs. Les baffles aux quatre coins faisaient exploser du hip-hop pour des dizaines de jeunes luisant de transpiration. Aimee et Ria rejoignirent Jenna et Pearl au milieu de la meute. Jenna avait lâché ses cheveux et Mélanie la vit pour la première fois sans ses lunettes. Ses bras étaient accrochés au cou d'un mec grand et mince dont les mains reposaient sur ses fesses.

— Qui est-ce ? demanda Mélanie.

— Bobby, le petit copain de Jenna, expliqua Ria. Dans moins d'une heure, tu peux être sûre qu'ils seront quelque part dans les bois à se rouler des pelles.

— Pardon ?

— C'est tous les ans la même chose, dit Aimee. D'ici la fin de la nuit, ce sera une véritable orgie sous les arbres.

— C'est un peu... spécial, dit Mélanie en jetant un coup d'œil vers le fond du jardin.

Vaguement dégoûtée, mais aussi curieuse, elle se demanda combien de personnes il y avait déjà là-bas, et si – pincement au cœur – Evan et Hailey se trouvaient parmi elles.

Ça n'a plus aucune importance, de toute façon, se dit-elle. *Il n'a rien dans le ventre. Il t'a jetée de sa voiture.* Mais, malgré cela, elle savait que s'il venait l'enlacer là, maintenant, tout de suite, elle passerait le reste de la nuit à danser avec lui.

Les premières notes du dernier tube d'Usher retentirent, et Aimee lâcha un tel cri d'excitation que Mélanie ne put s'empêcher de sourire.

Finies les mauvaises pensées ! C'était sa première soirée dans la nouvelle ville où elle habitait avec ses nouvelles copines. D'ailleurs, c'était sa première soirée tout court. Pour une fois dans sa vie, elle avait envie de se laisser aller. Faire une fixette sur Evan ne pouvait que l'empêcher d'avancer. Elle n'allait pas gâcher une seconde de plus.

Ria, Aimee et Pearl acclamèrent Mélanie quand elle leva les bras et commença à danser. Elle ferma les yeux et s'imagina dans sa chambre, au Texas, en train de délirer avec Tracy sur n'importe quelle chanson passant à la radio. Elle ondula des hanches, secoua ses cheveux, et laissa la musique guider son corps. Quand elle rouvrit les yeux, elle croisa le regard de Pearl et elles se sourirent. C'était bon. Vraiment bon.

Elle n'avait pas besoin d'Evan. Ni d'aucun mec, du reste. Elle était arrivée jusqu'ici toute seule, non ? Finalement, avec les garçons, on ne faisait que se torturer les méninges. Était-ce bien nécessaire ?

Bobby murmura quelque chose à l'oreille de Jenna qui répondit par un sourire complice. Il lui prit la main avec douceur et la guida hors de la piste de danse. Jenna trébucha, retrouva son équilibre en riant bruyamment. Mélanie les regarda pousser la porte battante de la véranda et traverser la pelouse.

— Et voilà, dit Ria.

Mélanie sentit une pointe d'envie lui titiller le cœur mais l'ignora.

— Je ne comprends pas. Je pensais qu'elle était... je ne sais pas...

— Un rat de bibliothèque refoulé ? suggéra Aimee. Ouais. Mais c'est comme ça qu'elle... disons... se défoule.

Mélanie s'apprêtait à repartir sur la musique quand elle repéra Hailey debout près de la porte. Elle portait un haut tube noir et une jupe en jean tellement mini qu'on aurait pu la confondre avec une ceinture. Quatre garçons l'entouraient, bavant presque dans leurs bières. Hailey but une longue gorgée dans son verre qu'elle posa sur le rebord d'une fenêtre et jeta ses bras autour du cou de l'un des types. Le verre bascula et s'écrasa sur le sol, éclaboussant de bière leurs chaussures. Hailey éclata de rire, pliée en deux, accrochée à son « cavalier ». Elle était complètement paf.

C'est à cet instant qu'Evan fit son entrée. Il marcha droit sur Hailey, l'attrapa par le bras et la tira hors de son cercle d'admirateurs.

Mélanie s'arrêta de danser en plein milieu du chaos. Evan avait baissé la tête vers Hailey et murmurait quelque chose à son oreille. Elle gardait les yeux obstinément fixés sur un point au loin. Finalement, elle tourna son visage vers Evan et lui hurla quelque chose. Puis elle sortit dans le jardin comme une tornade. Evan posa les mains sur ses hanches et prit quelques inspirations profondes. Puis il secoua lentement la tête et repartit vers la salle du billard.

Mélanie pouvait à peine respirer.

— Hé ! Qu'est-ce qui t'arrive ? lui demanda Aimee.

— Rien ! cria Mélanie.

Un poids lui écrasait la poitrine. Que venait-il de se passer ? Evan allait-il bien ? Voulait-il partir ? Mélanie faillit courir après lui. Mais non, il avait été clair sur le fait qu'il ne voulait pas qu'elle l'approche. De toute façon, ça ne la regardait pas. Elle se retourna vers ses amies et se remit à danser.

Mélanie arriva en haut des marches. Devant elle s'étendait un long couloir où s'alignaient des portes closes. Quelques personnes s'y étaient rassemblées, les unes pour discuter, d'autres pour s'embrasser. Un garçon coiffé d'une casquette de base-ball à l'envers arriva derrière elle, colla son torse contre son dos et posa une main sur son épaule.

— Alors, jolie demoiselle ! On est perdue ?

Mélanie fit un écart et croisa les bras sur sa poitrine.

— Je cherche les toilettes.

— Eh bien, alors, je suis l'homme qu'il te faut, dit-il. Je me présente, Christian Todd.

— Oh, salut..., dit Mélanie. Et donc... les toilettes ?

— Et tu es... ?

— Mélanie Meade, répondit-elle en faisant un pas en arrière quand il s'inclina vers elle.

— Pas possible ! C'est toi la nana qui a débarqué chez les McG ! Sympathique ! s'exclama-t-il tout en l'inspectant de la tête aux pieds. Tu es canon !

Mélanie devint écarlate.

— Euh... merci. Toilettes ?

— Waouh ! Envie vraiment pressante, hein ? dit Christian. C'est juste là.

Il pointa d'un geste mal assuré la première porte à gauche. Mélanie s'éloigna sans plus attendre. Elle ouvrit la porte de la salle de bains et s'immobilisa. Mauvaise porte... et coïncidence intéressante. Au milieu de la pièce se trouvait un lit double sur lequel était allongé Evan McGowan. Les pieds par terre, il avait ramené ses poings fermés près de ses tempes, et était apparemment perdu dans la contemplation du plafond. Il se redressa d'un coup quand la porte s'ouvrit.

— Salut, dit-il.

— Salut, répondit Mélanie. Désolée, je te laisse.

— Attends, l'arrêta-t-il. Entre.

Le cœur de Mélanie tambourinait dans sa poitrine, comme s'il voulait en sortir. Sans savoir comment, elle parvint à refermer la porte derrière elle, ce qui les laissa dans la pénombre. Le seul éclairage dans la pièce venait d'un lampadaire qui illuminait un patio.

— Depuis combien de temps es-tu enfermé là ? demanda Mélanie.

— À peu près une demi-heure, je crois, répondit Evan.

— Je... euh... t'ai vu avec Hailey, hésita Mélanie. Ça va ?

Evan expira bruyamment.

— Non, pas vraiment. Elle essaie de se venger. Je l'ai trouvée en train de flirter avec ce crétin de Mike Bagley et ses gros nazes de potes, alors que je n'ai rien fait.

— Bon... mais elle était un peu pétée, plaida Mélanie.

Evan laissa échapper un rire sarcastique.

— Je t'en prie. Elle savait très bien ce qu'elle faisait quand elle est arrivée ici ce soir. Le truc qui me tue, c'est qu'elle le fait exprès. Quand je flirte... *si* je flirte... ce n'est pas comme si c'était prémédité. Je suis comme ça, c'est tout. Je veux dire, je suis un mec sympa et je suis sympa avec les filles. Ce n'est pas ma faute si elles m'apprécient. Mais je ne l'ai jamais trompée. Pas une seule fois. Ça devrait compter, quand même.

Il se laissa retomber en arrière, croisant les bras sur son front. Il semblait si vulnérable. Il était si... sexy.

Mélanie fit quelques pas hésitants et s'assit au bord du lit. Il la regarda par-dessous son bras et soupira de nouveau.

— Tu vois, là, je ne devrais pas être avec toi, pour tout un tas de raisons, dit-il.

Mélanie se mordit la lèvre. C'était bizarre de lui parler en lui tournant le dos. Elle enfonça ses mains dans le matelas et pivota pour lui faire face en ramenant ses jambes sous elle. La jupe ne facilitait pas la manœuvre, si bien qu'elle se retrouva assise sur ses mollets. Evan écarta les bras de son visage et la regarda d'un air surpris, comme s'il venait juste de remarquer sa présence.

— Tu veux savoir ce que j'en pense ? demanda Mélanie en baissant les yeux vers lui.

Evan s'assit et se tourna pour lui faire face. Un de ses genoux touchait les siens.

— Vas-y, répondit-il.

— Je pense que tu es un mec chouette et un super-petit copain, lui dit Mélanie. Je veux dire, peut-être qu'Hailey se sent un peu menacée, mais finalement tu tiens toujours compte de ses sentiments. Tu ne voulais même pas qu'on nous voie ensemble ce soir parce que tu pensais que ça la blesserait. Tu l'aimes. Elle t'aime. Les choses se remettront en place d'elles-mêmes.

Evan la regarda droit dans les yeux. Mélanie entendait son sang battre à ses oreilles. Ses paumes devinrent moites, sa nuque la brûlait. Son visage n'était qu'à quelques centimètres de celui d'Evan McGowan. Ses yeux plongeaient dans les siens. Elle ne pouvait plus respirer. Rêvait-elle ou était-il réellement en train de se pencher vers elle ? Était-ce le moment de son premier... ?

— Oh ! Tu te fiches de moi !

La porte cogna contre le mur et Mélanie bondit. Hailey se tenait dans l'embrasure, les jambes écartées pour conserver son équilibre, son haut glissant sur sa poitrine.

Les yeux d'Evan, écarquillés, allaient de Mélanie à Hailey.

— Hailey, je sais ce que tu penses...

— Je monte pour discuter, et je te trouve tout seul dans le noir avec elle, cria-t-elle. Avec *elle* ?

— Nous étions juste...

— Mélanie, arrête, l'interrompit Evan.

Mélanie eut l'impression que son corps se consumait sous le coup de l'humiliation.

— Waouh ! Vous êtes hallucinants, tous les deux, dit Hailey qui tira sur son bustier si brusquement qu'elle faillit tomber à la renverse. Amuse-toi bien avec ta petite Kicker ou je ne sais trop quoi.

— Hailey, attends !

Evan bondit à sa poursuite. Mélanie fonça derrière eux, traversant une foule de curieux, bouche bée. Hailey dévala les marches d'un pas mal assuré et disparut dans le salon, juste au moment où un groupe de fêtards s'engouffraient dans la cage d'escalier. Evan se fraya un chemin en jouant des coudes, mais il arriva trop tard en bas. Hailey avait disparu. Quand Mélanie le rejoignit, il était debout dans l'entrée, le souffle court.

— Evan...

— C'est bon. J'en ai ras le bol, rugit-il. Je me tire.

— Evan ! Attends ! cria Mélanie.

Mais il se précipita hors de la maison sans un regard en arrière.

— Alors ? demanda Aimee en tirant sur ses genoux un coussin à franges pour que Mélanie puisse s'asseoir à côté d'elle.

— Rien, répondit Mélanie en se laissant tomber avec un grand soupir dans le canapé en velours.

Elle leva les yeux vers le gros poisson bleu turquoise qui tournait dans l'aquarium à côté d'elle. Il flottait juste au niveau de son visage, sa bouche s'ouvrant et se refermant sur des bulles.

— Finn est introuvable, ajouta-t-elle. (Mélanie fronça les sourcils et regarda son amie.) Tu n'es pas fâchée ?

— Pourquoi serais-je fâchée ? demanda Aimee en appuyant sa joue contre le dossier du canapé. Ce n'est pas ta faute si Hailey a flippé. En plus, cette nana a passé la plus grande partie de sa vie à me torturer. Une petite nuit de déprime ne va pas la tuer.

— Merci, dit Mélanie.

Elle pouvait supporter que le reste des gens de la fête cassent du sucre dans son dos, mais elle ne voulait pas perdre ses nouvelles amies.

La nouvelle de ce qui s'était passé à l'étage s'était répandue comme une traînée de poudre, et Mélanie était passée du statut de nouvelle inconnue à celui de « fille dont tout le monde parle ». Elle avait cherché Finn partout pour voir s'il pouvait la raccompagner en voiture. Apparemment, lui et Kayla s'étaient déjà esquivés pour une conversation intime. Mélanie n'avait qu'une envie : rentrer. Mais elle ne pouvait pas appeler les McGowan pour qu'ils viennent la chercher, vu qu'Evan avait été officiellement chargé de le faire. Aimee avait bu et Pearl et Ria étaient parties avec des garçons acheter quelque chose à manger. Mélanie était coincée.

— Oh, mon Dieu ! Les filles !

Revenant de la véranda, Jenna zigzagua dans la pièce et tomba agenouillée devant le canapé. Ses cheveux étaient en bataille et son cardigan boutonné n'importe comment. Bobby arriva derrière elle et s'adossa au mur, le regard rêveur, l'air très en paix.

— Jenna ? Qu'est-ce qui se passe ? demanda Aimee.

— Vous n'allez jamais me croire... Devinez qui je viens de voir à moitié à poil dans les bois ! dit Jenna. Une seconde ! Je dois faire cette révélation debout, ajouta-t-elle en se relevant.

— Qui ça ? demanda Aimee.

— Ta sœur ! dit Jenna en désignant Aimee. Avec le *frère* de son petit copain !

Au bord de la panique, Mélanie s'avança sur son siège.

— Quoi ? s'exclama Aimee, l'air plus sobre qu'elle ne l'avait été de toute la soirée.

— Lequel ? demanda Mélanie.

— Le « gangster », dit Jenna qui éclata d'un rire incontrôlable tout en dessinant d'énormes guillemets dans l'air. Hallucinant, non ?

— Doug ? dit Mélanie, la gorge sèche. Hailey est en train de faire des galipettes dehors avec *Doug* ?

— Scandale ! annonça Jenna en agitant les mains.

Mélanie regarda Aimee, bouche bée. Comment Doug pouvait-il faire ça à Evan ? Comment *Hailey* pouvait-elle faire ça à Evan ?

— Cette soirée tourne très mal, commenta Aimee.

— Oh ! fit Jenna en se tenant le ventre. Hohoho !...

Elle se retourna et vomit sans plus attendre dans l'aquarium high tech de Christian Todd.

— Crade ! s'exclama Mélanie.

— Jenna ? Ça va ? demanda Aimee en se levant.

— Oh, mon Dieu ! gémit Jenna, une main sur la bouche. J'ai tellement honte !

Elle tourna les talons, bouscula son petit copain, et partit en titubant vers la salle de bains.

— Bon, ça ne va pas, là, décréta Mélanie en se détournant de l'eau trouble.

Entre la révélation de Jenna et sa régurgitation, Mélanie se sentait elle-même un peu malade.

— Tu m'étonnes, enchérit Aimee qui suivait Jenna du regard. Elle était censée me ramener en voiture.

— Je parle de Doug et Hailey, dit Mélanie. (Elle posa sa main sur son estomac.) Comment ont-ils pu faire ça ?

— Non ! Ne me dis pas que toi aussi tu vas être malade ! gémit Aimee en se rasseyant.

Mélanie laissa aller sa tête contre le canapé et respira profondément.

— Je crois que ça va aller, dit-elle. Si j'arrive à oublier l'image de Doug en train de déshabiller Hailey...

Aimee pâlit.

— Génial. Maintenant c'est *moi* qui ai envie de vomir.

— Tu sembles à peine surprise..., fit remarquer Mélanie.

— Crois-moi : après seize ans de vie commune avec ma sœur, il n'y a plus grand-chose qui me surprend, répondit Aimee.

Bobby traversa la pièce et vint se planter devant elles, les mains enfoncées dans les poches arrière de son pantalon.

— Euh... L'une d'entre vous serait-elle assez sobre pour conduire ? demanda-t-il. Jenna n'est pas très en forme.

Mélanie soupira et jeta un œil à sa montre. Elle laissa retomber sa tête, défaite. Il était minuit moins le quart. C'était sa première soirée et elle échouait déjà au test du couvre-feu. La nuit était définitivement terminée, et il était plus que temps de tourner la page.

— Moi, c'est bon, dit-elle. (Elle se mit debout et tendit les mains à Aimee pour l'aider à se lever.) Tirons-nous d'ici.

— C'est là, indiqua Jenna en désignant une maison qui ressemblait à s'y méprendre à toutes celles de la rue.

Mélanie arrêta la petite Focus et la mit au point mort en soupirant. Il était minuit pile.

— Tu es sûre ? demanda Mélanie.

— Bien sûr que je suis sûre. C'est ma maison, non ? répondit Jenna avant de plisser les yeux et de se pencher en avant. Cela dit, elles sont toutes exactement pareilles, non ?

— On est au numéro 22, précisa Mélanie après un coup d'œil à la boîte aux lettres.

— Bingo ! s'exclama Jenna en levant les bras.

Mélanie leva les yeux au ciel et sortit de la voiture. Jenna contourna le véhicule pour rejoindre le côté conducteur.

— Merci mille fois, Mélanie, dit Jenna en serrant son amie contre elle. (Elle sentait encore un peu le vomi.) Je te jure que je ne boirai plus jamais.

— Pas de problème, dit Mélanie.

Elle retint sa respiration et repoussa doucement Jenna qui oscilla légèrement.

— Comment vas-tu faire pour rentrer ?

— Je vais trouver une solution, répondit Mélanie en jetant un regard dans la rue sombre. Rentre chez toi. Ça ira pour moi.

— D'accord. Bon, merci encore. On s'appelle plus tard, dit Jenna.

Mélanie la regarda tituber jusqu'à la porte d'entrée de chez elle et attendit qu'elle soit bien à l'intérieur. Ensuite, elle inspira un grand coup, s'assit sur le pare-chocs arrière de la voiture et sortit son téléphone portable de son sac. Le jeudi, Finn l'avait aidée à entrer tous les numéros des McGowan en cas d'urgence. Qui aurait pensé qu'ils lui seraient utiles si vite ?

Elle fit défiler les noms du répertoire jusqu'à Evan et pressa le bouton appel. Pendant qu'elle faisait le tour de la ville pour déposer Aimee, Bobby et Jenna, elle avait essayé de le joindre à trois reprises mais était tombée chaque fois sur son répondeur. Et d'ailleurs... *« Salut, c'est Evan. Laissez un message et je vous rappellerai... peut-être. »* Ricanement. Bip.

Mélanie grogna et raccrocha. Elle était obligée d'appeler Finn. Il était probablement déjà rentré, observant sagement le couvre-feu, et devait être en train de revivre mentalement son rencard avec Kayla.

À moins que ses parents ne soient en train de le harceler de questions...

Finn répondit à la première sonnerie.

— Mélanie ?

— Salut. J'ai un petit problème, dit Mélanie en plissant les yeux pour essayer de déchiffrer le panneau de la rue. Je suis coincée sur Stony Brook Road. J'ai ramené quelques personnes mais maintenant je me retrouve sans voiture.

— Et Evan ? demanda Finn.

— Oh ! la ! la !... Je ne te raconte pas...

Mélanie entendit une voix de fille dans le fond.

— C'est Kayla ? Tu es toujours avec elle ? s'enquit-elle.

— Ouais, en quelque sorte, répondit Finn.

— Je suis désolée !

— Ne t'inquiète pas. J'arrive tout de suite.

— Je ne veux pas gâcher ta soirée...

— Dix minutes, coupa Finn. Ne bouge pas.

Huit minutes plus tard, il était là.

Mélanie se laissa tomber sur le siège passager de la Volvo de Regina et cala ses genoux contre le tableau de bord.

— La nuit a été rude ?

— Tu n'imagines pas.

— Ben... ce n'est pas fini, dit Finn en lorgnant l'horloge de la voiture.

— Tu crois qu'ils nous ont attendus ? demanda Mélanie.

— C'était notre première sortie depuis le décret du couvre-feu, dit Finn en enclenchant la première. Ils sont probablement en train d'enregistrer nos heures d'arrivée sur le PalmPilot de mon père.

Mélanie soupira et regarda par la fenêtre. Elle se demandait si Doug était déjà rentré. La simple idée de le voir lui donna envie de vomir.

— Alors ? Comment as-tu trouvé ta première soirée Baker ? demanda Finn alors qu'ils approchaient de la maison McGowan.

La voiture d'Evan était déjà garée dans l'allée.

— Très intéressante, répondit Mélanie. Et comment s'est passé ton rendez-vous galant ?

La lumière du porche s'alluma au moment où Finn détachait sa ceinture. L'estomac de Mélanie se tordit.

— Peut-être devrions-nous garder cette histoire pour plus tard, dit Finn en voyant le visage de son père apparaître à la fenêtre.

— Ouais, approuva Mélanie, serrant les dents en prévision de la suite. Ça me semble une bonne idée.

De : Kicker5525@yahoo.com
A : TooDamn-Funky@rockin.com
Objet : Le manuel du mec

Guide de Mélanie Meade pour comprendre les fils McGowan
Note n° 7

Observation n° 1 : Les garçons peuvent ressentir de la souffrance.
Même ceux qui semblent parfaitement heureux, sûrs d'eux et qui ont l'air de croire qu'ils dominent le monde.

Observation n° 2 : Quand le pénis prend le contrôle de la situation, il PREND LE CONTRÔLE. Doug a couché avec Hailey. Il a COUCHÉ avec HAILEY. Je n'arrive même pas à faire la liste de toutes les contre-indications qu'ils ont dû ignorer pour en arriver là.

Observation n° 3 : On peut compter sur les garçons.
Finn m'a vraiment tirée d'affaire ce soir, allant même

jusqu'à écourter son rencard avec Kayla pour venir me sauver. Bon, évidemment, quand tu lis l'observation n° 2, tu vois bien qu'on ne peut pas TOUJOURS compter sur les garçons. Hum... peut-être qu'il faudrait une note de bas de page : On peut avoir confiance en eux, sauf quand ils réfléchissent avec leur pénis. Bien sûr, Finn se trouvant en charmante compagnie, on peut supposer qu'il fonctionnait en mode pénis. Euh... je m'embrouille. Hé ! Tu ne trouves pas que *pénis* est un mot très rigolo ? Surtout si tu le répètes plusieurs fois...

10

Samedi matin. Assise à la table jonchée de bols de corn-flakes sales et de verres de jus d'orange à moitié vides, seule et à cran, Mélanie terminait sa première ration de céréales. Elle s'en servit une seconde fournée, puis, saisissant son bol, se prépara à monter dans sa chambre. Aujourd'hui, il valait sûrement mieux rester planquée.

— Bonjour, Mélanie ! chantonna Regina en entrant dans la cuisine. Tu vas quelque part ?

Mélanie s'immobilisa, les fesses déjà à moitié décollées de sa chaise.

— En fait, je m'apprêtais à monter dans ma chambre.

Regina attrapa le pot de café.

— J'espère que tu ne m'évites pas à cause d'hier soir.

Mélanie sentit ses joues s'empourprer en revoyant la scène. Elle et Finn assis à cette même table.

L'expression déçue de John et Regina. Et ces mots : *vous êtes punis* – des mots qu'on n'avait encore jamais adressés à Mélanie et qu'elle n'aurait jamais pensé entendre un jour. Les McGowan avaient compris l'excuse de Mélanie : elle n'avait pas pu faire autrement que de reconduire les autres. Mais, selon eux, ils ne pouvaient commencer à faire des exceptions. Du coup, Finn et Mélanie se retrouvaient privés de télé, de jeux vidéo et de sorties pendant une semaine. Par chance, Mélanie n'était pas vraiment branchée télé ou jeux vidéo. Quant aux sorties, elle s'était de toute façon juré de les éviter dans un futur immédiat.

— Je ne vous évite pas, finit-elle pas répondre. *Ce sont les autres que je fuis*. J'ai des devoirs à faire.

— D'accord, bon. Mais avant que tu y ailles, je voudrais qu'on parle.

Regina s'approcha de la table, une tasse de café fumant à la main.

Mélanie jeta un regard vers la porte – la liberté. Elle l'avait ratée de peu.

— Oui ? demanda-t-elle à Regina qui la fixait, pensive.

— Tu sais, tu étais très jolie, hier soir. Tu devrais porter du rose plus souvent.

— Euh... Merci.

— Voilà. Je me disais que ce serait bien de passer plus de temps ensemble, dit Regina en souriant. Rien que toutes les deux.

— Oh, fit Mélanie. D'accord, oui, bien sûr, un jour...

— Samedi prochain. (Mélanie cligna des yeux.) Je nous ai pris rendez-vous dans un petit spa super, dans le centre. (Regina but une gorgée de café.) Ils vont nous faire la totale : masque, massage, manucure et pédicure. Je n'y suis allée qu'une fois, mais je me rappelle que ça m'avait fait un bien fou.

Mélanie sentit les muscles de ses épaules se mettre en boule. Masques ? Massages ? Manucure ? Il lui faudrait rester assise pendant des heures et laisser d'illustres inconnus la *toucher*. Elle stressait déjà.

En plus, le samedi suivant, elle avait entraînement toute la journée – c'était le dernier avant leur match. L'équipe était censée élire son capitaine. C'était archi-important.

— Qu'est-ce que tu en dis ? lui demanda Regina, pleine d'appréhension.

— Oh... euh...

Mélanie baissa la tête vers ses ongles rongés.

— En fait, je pense...

Elle jeta un coup d'œil à Regina qui souriait, débordante d'espoir. Cette femme se jetait presque à ses pieds, la suppliant de lui accorder une journée entre filles.

Mélanie se rappela soudain tout ce que les McGowan faisaient pour elle – tout ce qu'elle leur devait. Et elle les avait déjà déçus deux fois.

— Je crois que ce serait super, finit-elle par dire en se forçant à sourire.

Le visage de Regina s'illumina.

— Fantastique ! Nous allons bien nous amuser !

— Oui, renchérit Mélanie. J'ai hâte.

— Tu sais, j'ai quelques pulls roses dans mon placard, dit Regina. Tu peux me les emprunter quand tu veux.

— Merci, mais ça va.

— Non ! Tu devrais, je t'assure ! s'exclama Regina. Et si tu les essayais ? Comme ça tu pourrais te faire une idée.

— Vraiment, je...

— Oh, ne sois pas si polie ! J'insiste ! dit Regina en se levant. Allez, viens.

Résignée, Mélanie se leva lentement et suivit Regina dans l'escalier. *Et encore un peu plus de rose*, songea-t-elle en soupirant. *Youpi*...

— Redresse la tête, mec. N'aie pas peur de la balle. Tu *es* la balle.

Mélanie posa son livre et se pencha pour espionner à travers les stores de sa fenêtre. Dans la cour en contrebas, Ian agrippait une batte de base-ball, les lèvres serrées dans un effort de concentration. Quelques mètres plus loin, Doug tenait une balle dans son gros gant de cuir.

— OK. Tu es prêt ? demanda ce dernier.

Ian hocha la tête et Doug lança la balle qui décrivit un arc de cercle parfait jusqu'à la zone de frappe de Ian. Celui-ci recula et la frappa si bien qu'elle fila droit sur la tête de Doug. Mélanie s'étrangla.

— Tu vois ? dit Doug qui se frottait le crâne d'une main. Tu es un Ortiz miniature.

Ian sourit, sans complexe. Mélanie se recula sur son siège. Le garçon, en train d'apprendre à son petit frère comment se servir d'une batte, ne semblait pas être le genre à coucher avec la nana de son aîné. Doug détestait peut-être Mélanie, mais il adorait ses frères. Était-il possible que Jenna se soit trompée, qu'elle ait mal vu ?

Mélanie ferma son ordinateur et s'extirpa de son fauteuil. Elle avait besoin de bouger. Elle décida de rejoindre Finn dans l'appentis, où il était enfermé depuis au moins une heure. Peut-être apprécierait-il une petite pause.

Ian et Doug s'immobilisèrent en la voyant sortir de la maison.

— Salut, dit-elle en passant devant eux. Joli coup.

— Merci, dit Ian.

— Quoi ? Rien sur le lancer ? demanda Doug.

Mélanie haussa les épaules et ouvrit la porte de l'atelier en prenant son temps. Finn fixait d'un air perplexe un portrait à moitié achevé de Kayla Bird. Il avait peint une grande partie des cheveux et avait commencé le cou, mais sa muse restait sans visage.

— Salut, dit-elle doucement.

— Salut, répondit Finn en lui jetant un coup d'œil, un pinceau coincé entre les dents. Tu arrives pile au bon moment.

— Pour quoi ? demanda-t-elle en se glissant à l'intérieur.

— Pour ma crise de nerfs, expliqua Finn avec un sourire crispé en laissant tomber son pinceau sur le chevalet.

Il pressa ses paumes sur ses yeux et s'assit sur un banc de jardin, contre le mur.

— Je suis nul. Est-ce que tu savais que tu te trouvais en présence du mec le plus nul de la planète ?

— Aïe, dit Mélanie. Ça n'a vraiment pas l'air d'aller.

Elle jeta un œil à Kayla-sans-tête. Elle était assez effrayante à regarder – quelques traits du visage dessinés au crayon, entourés par tous ces détails, toutes ces couleurs...

— Je pensais qu'après la soirée d'hier je serais inspiré et pourrais enfin terminer cette toile, mais... (Finn balança une main vers le tableau et soupira.) Il ne se passe rien.

Il s'essuya les mains sur son jean.

— Raconte. Comment c'était ? demanda Mélanie en grimpant sur son tabouret habituel.

Finn se pencha et appuya ses coudes sur ses cuisses.

— Je ne sais pas, j'ai eu l'impression... Je l'ai sentie

un peu condescendante. Elle s'ennuyait à la soirée, d'accord. On est donc allés au Starbuck pour discuter. Apparemment, elle a voyagé dans le monde entier, et elle n'a pas arrêté de me demander si j'avais été à tel endroit, à tel autre...

— Et tu n'as pas été à tel endroit, ni à tel autre...

— Ni ailleurs, compléta Finn avec un faible sourire. Pas facile de voyager quand on est sept gamins. Tu ne peux pas aller beaucoup plus loin qu'au cap Cod ou en Floride.

— Forcément, approuva Mélanie. Bon, et tu le lui as dit ?

— Ouais. J'ai sorti une blague là-dessus, mais j'ai bien vu qu'elle était déçue. J'ai eu la vague impression d'être un lépreux parce que je n'avais ni skié à Vail ni vu la tour Eiffel.

— Oh, crois-moi, ça ne vaut pas tant le coup que ça.

— Tu l'as visitée ? demanda Finn.

— Quand j'étais petite.

— Évidemment – toi aussi tu es allée partout, dit Finn. Peut-être que c'est toi qui devrais sortir avec elle, ajouta-t-il en souriant.

— À vrai dire, ce n'est pas mon type de fille.

Finn éclata de rire.

— Ça, c'est clair que ce n'est pas le genre de nana à jouer au football. Voilà bien la seule chose dont je sois sûr.

Il baissa les yeux et se mit à gratter une tache de peinture sèche sur la jambe de son jean.

Mélanie inspira un grand coup.

— Écoute, Finn. J'ai vécu dans plein d'endroits et j'ai rencontré plein de gens, et s'il y a une chose que j'ai apprise, c'est qu'il y a des gens qui se croiront toujours mieux que les autres, dit-elle. J'ai l'impression que Kayla en fait partie. Elle ne comprend pas que ce n'est pas parce que vous avez des expériences différentes que tu aimes une chose et elle une autre... qu'elle est mieux que toi. Ça fait juste de vous deux personnes distinctes. (Mélanie se mordit la lèvre.) Tu as compris quelque chose à ce que je viens de dire ?

— Bien sûr.

— Et si elle pense qu'elle vaut plus que toi, eh bien, elle se trompe, dit Mélanie. Et elle n'est pas intéressante.

Mélanie fut soudain terriblement embarrassée. Elle pensait chaque mot qu'elle avait prononcé, elle savait qu'elle avait raison, mais quelque chose dans la façon dont Finn la regardait lui donna l'impression qu'il pouvait lire au plus profond d'elle-même.

— Est-ce que je peux te peindre ? lui demanda-t-il à brûle-pourpoint.

Mélanie cligna des yeux.

— Euh, je ne m'attendais pas à ce que tu me proposes ça...

Mais Finn était déjà debout et il descendait la toile de Kayla du chevalet. Soudain il se mit à tourbillonner, nettoyant ses pinceaux, pressant un tube de peinture sur sa palette, chiffonnant des serviettes en papier qu'il jetait vers une corbeille plus que pleine.

— Alors ? Je peux ? demanda-t-il.

— Euh... ben... oui, dit Mélanie, troublée.

Aussi vrai qu'elle n'aimait pas le rose, Mélanie ne voyait pas comment elle pourrait servir de modèle. Elle n'avait jamais vu de fille au visage mangé de taches de rousseur, aux épaules larges et aux mollets musclés dans les pages des magazines de mode de Tracy. Jamais.

À présent, Finn préparait la nouvelle toile sur son chevalet. Mélanie fit mine de se lever.

— Je peux... ?

— Non ! Non. Reste là, l'arrêta Finn.

Il tourna le chevalet de façon à se retrouver face à elle.

— C'est parfait. J'aime l'éclairage à cet endroit.

Mélanie soupira.

— Il va falloir que je reste assise sans bouger ? demanda-t-elle. Je ne suis pas très forte pour ça !

Finn fit un grand sourire et lui jeta un coup d'œil rapide.

— Ne t'inquiète pas. On se débrouillera.

Perchée sur son tabouret, Mélanie observa Finn pendant qu'il esquissait ses traits. Son crayon crissait légèrement sur la toile. Il était absorbé par sa tâche, concentré, mais c'était comme si ses bras et ses mains bougeaient selon leur propre volonté. Mélanie était complètement hypnotisée. Elle gardait ses yeux plongés dans les siens. Sous l'intensité de ces échanges, il lui sembla que sa peau se réchauffait. Elle souleva sa queue-de-cheval pour rafraîchir sa nuque humide et la caresse de ses cheveux la fit frissonner.

— Tout va bien ? lui demanda Finn.

Mélanie rougit et détourna immédiatement les yeux.

— Ouais.

— Parce qu'on peut arrêter si ça ne te plaît pas, insista-t-il.

— Non, je... Tout va bien, répondit Mélanie.

En fait, elle aurait pu rester assise là toute la journée.

— Parfait, dit Finn.

Une onde de chaleur parcourut le corps de Mélanie. Pendant une seconde, aucun des deux ne bougea.

Des cris rompirent le silence. Mélanie se tourna vers la porte. Les hurlements venaient de l'intérieur de la maison et semblaient se rapprocher. La porte de derrière finit par s'ouvrir en grinçant, puis claqua bruyamment. La dispute éclata, version dolby stéréo.

— Dis-moi la vérité ! Dis-moi la vérité ! hurlait Evan en boucle.

Finn laissa tomber son pinceau et se précipita dehors, Mélanie sur ses talons. Doug et Evan se tenaient face à face au milieu de la cour. Apparemment, Ian avait déguerpi. Evan fixait son frère avec des yeux de dément. Le visage de Doug était couvert de plaques rouges.

— Raconte, mec. Raconte-moi ce qui s'est passé, dit Evan en poussant Doug des deux mains.

— Evan ! cria Finn.

— Tu le sais déjà, man. Alors pourquoi tu t'excites ? cria Doug en refaisant un pas vers lui.

— Parce que je veux t'entendre le dire, répliqua Evan. Je veux entendre mon frère me dire en face qu'il s'est tapé ma petite copine, voilà pourquoi.

— Quoi ? souffla Finn.

La porte du garage s'ouvrit sur Sean qui essuyait ses mains grasses sur un chiffon encore plus gras. Il adressa un regard interrogateur à Finn qui se contenta de hausser les épaules. Mélanie sentit son estomac se retourner. Apparemment, elle était la seule ici à savoir de quoi il s'agissait.

— Allez, mec ! Allez, crache !

Evan poussa son frère jusqu'à ce que Doug titube en arrière.

— OK ! hurla Doug.

Il poussa à son tour le torse de son frère des deux mains, si bien qu'Evan dut faire quelques pas pour retrouver son équilibre.

— OK ! C'est vrai ! Je suis sorti avec ta nana ! C'est ça que tu voulais entendre ?

Evan rugit et se jeta sur Doug, le projetant en arrière et le plaquant au sol. Mélanie poussa un hurlement. Finn et Sean foncèrent vers la mêlée. Le temps qu'ils l'atteignent, Evan avait déjà écrasé son poing plusieurs fois sur le visage de Doug. Ses phalanges étaient ensanglantées. Le nez de Doug était sanguinolent.

— Lâche-le, mec ! Lâche-le ! criait Sean en essayant de retenir les bras d'Evan.

— Je te hais, sale punk ! hurla Evan en martelant Doug comme un possédé. Tu me rends malade !

Enfin, Sean réussit à enserrer Evan de ses deux bras et à le séparer de Doug. Evan continuait de donner des coups de pied et de crier. Finn aida son petit frère à se relever. Il était couvert de sang. Finn ôta son tee-shirt, le roula en boule et le maintint sous le nez de Doug.

— Mais pour qui tu te prends !? continua Evan.

Doug se remit maladroitement sur ses pieds, pressant le tee-shirt sur son visage.

— Tu n'es vraiment qu'un salaud et un hypocrite, cracha-t-il à Evan.

— Moi, je suis un salaud ? cria Evan. Tu as couché avec ma copine et c'est moi le salaud ?

— Tu étais dans la chambre en train d'emballer la nouvelle, petit malin ! cria Doug en désignant Mélanie. Hailey s'est jetée sur moi en pleurant. Qu'est-ce que tu voulais que je fasse ?

— Quoi ?? s'exclamèrent en chœur Evan et Mélanie.

— Tu avais tourné la page, frérot, dit Doug en pointant son frère du doigt. Alors n'essaie pas de me faire porter le chapeau.

— Qui t'a dit ça ? demanda Evan en se dégageant de l'emprise de Sean et en marchant de nouveau vers son frère. Qui t'a dit que je me tapais Mélanie ?

Doug sembla perdre un peu de son assurance.

— Hailey. Elle m'a dit que tu l'avais trompée. Que c'était fini entre vous.

Evan fixa le sol.

— J'y crois pas, souffla-t-il. *J'y crois pas !* cria-t-il.

Il fit demi-tour, passa comme une flèche devant Mélanie et Finn et monta dans sa voiture garée au bout de l'allée. Les autres restèrent plantés là, perplexes. Comme il démarrait en trombe, ils entendirent les crépitements d'une rafale de graviers et des coups de klaxon furieux, et restèrent immobiles jusqu'à ce que le bruit du moteur s'évanouisse.

— C'est faux, dit enfin Mélanie, submergée par le chagrin. Il ne s'est rien passé entre Evan et moi. (Elle regarda Doug droit dans les yeux.) Hailey t'a menti.

Doug resta silencieux un moment, le souffle court, l'air si confus que Mélanie le plaignit presque.

— Je ne... je ne savais pas, balbutia Doug.

Pendant une fraction de seconde, Mélanie lut du regret dans son regard. Il savait qu'il avait fait une erreur. Une erreur monumentale. Doug ferma les yeux.

— Et puis merde, dit-il, les mots étouffés par le tee-shirt sanguinolent.

Il leur tourna le dos et partit en courant vers la maison.

Finn lâcha un soupir et s'assit sur une des chaises longues du patio, la tête ballante.

— Ça va ? lui demanda Mélanie.

— Je ne les avais jamais vus comme ça, répondit-il, décomposé.

— Allez ! Vous devez bien vous disputer de temps en temps.

— Pas comme ça, insista Finn.

Mélanie avala sa salive avec difficulté.

— C'est vrai ?

— Il y a les bastons occasionnelles pour un skate-board cassé ou un CD perdu, mais rien à voir avec ce qui s'est passé, expliqua Finn.

— Donc, ce qui vient d'arriver est vraiment grave, dit Mélanie.

Finn soupira.

— Exactement.

Ce soir-là, Mélanie contemplait ses ballons de foot alignés sur une étagère près de son lit. Elle les avait rangés par ordre chronologique, du premier ballon que son père lui avait offert en Allemagne jusqu'à celui de la demi-finale de l'année précédente contre le lycée William Clements. Pour faire venir le sommeil, Mélanie s'était repassé mentalement l'histoire de chaque ballon et le nom de toutes les joueuses de ses équipes. Elle l'avait fait trois fois de suite : clairement, cela ne marchait pas.

Elle soupira et se laissa rouler sur le dos. Elle pouvait toujours essayer de se changer les idées, le film de la dispute continuait de passer en boucle dans son esprit. Mélanie avait déjà assisté à bien des bagarres, mais jamais entre deux personnes qu'elle connaissait. Et jamais entre deux frères.

John était resté sans voix quand il avait appris l'incident. Il avait emmené Doug à l'hôpital pour faire vérifier l'état de son nez. Finalement, Doug n'avait rien, mais il resta sombre et silencieux durant tout le dîner. Evan ne reparut qu'une fois la nuit tombée, et monta directement dans sa chambre, sans un mot pour personne.

Un bruit dans le jardin fit se redresser Mélanie d'un coup. Elle marcha sur la pointe des pieds jusqu'à la fenêtre et regarda discrètement dehors. Quelqu'un marchait juste sous sa fenêtre. Elle se cacha vite derrière le rideau et tenta de distinguer quelque chose dans le mince espace laissé entre l'ourlet de dentelle et le bord de la fenêtre. Une grande pièce de tissu se déroula d'un coup et fut déployée sur le sol.

C'était Evan. Il venait d'étaler un sac de couchage dans l'herbe.

Mélanie se recula et s'assit, le souffle coupé. Elle jeta un œil vers son propre sac de couchage, roulé dans un coin de sa chambre. Sans réfléchir, elle le ramassa, attrapa son oreiller, glissa ses pieds dans ses tongs et descendit l'escalier sur la pointe des pieds.

Evan leva les yeux en entendant la porte s'ouvrir. Il était en train de glisser ses jambes dans son duvet.

— Salut, dit-il.

— Salut.

Elle marcha vers lui d'un pas hésitant, serrant son sac de couchage contre sa poitrine.

— J'ai vu... que tu étais dehors...

— Avant on dormait en famille sous les étoiles au moins une fois, pendant l'été, expliqua Evan en attirant son attention vers le magnifique ciel nocturne. Je me suis dit que ce devait être une des dernières nuits chaudes.

Mélanie approuva de la tête. Elle restait debout, un peu gênée, pas trop sûre de ce qu'elle devait faire.

— Alors, tu installes ton duvet ou quoi ? demanda Evan avec un petit sourire.

Mélanie s'exécuta, déroulant son sac à un mètre du sien. Elle laissa tomber l'oreiller au niveau de l'ouverture et se glissa à l'intérieur en se tortillant, savourant la sensation du coton frais sur ses jambes. Evan plia son oreiller en deux pour surélever un peu sa tête, et Mélanie l'imita.

— Je suis allé chez Hailey, cet après-midi, dit Evan.

— Pas possible ! Et qu'est-ce qu'elle a dit ?

— Rien. Je ne suis jamais arrivé jusqu'à sa porte.

— Oh.

— Je ne comprends pas. Pourquoi lui a-t-elle dit que je t'avais emballée ? dit Evan. Tu penses que c'est possible qu'elle croie vraiment nous avoir vus faire quelque chose ?

Mélanie resta muette un moment. Evan était-il en train de chercher un alibi à Hailey ?

— Je... je ne sais pas, dit-elle. Elle était assez bourrée, mais...

— Je sais, je sais, dit Evan en regardant de nouveau vers le ciel. Je veux dire... elle a dit à Doug que c'était fini entre nous, et je sais bien que nous n'avons jamais eu cette conversation. Elle invente des trucs, c'est tout.

— Ouais. C'est un peu l'impression que ça donne.

Dis-lui que c'est une garce. Dis-lui qu'il mérite bien mieux, gémissait une petite voix dans sa tête.

— Je ne comprends pas, continua Evan. Comment peut-on se comporter de cette façon avec quelqu'un qu'on aime ? Je veux dire : il est clair qu'elle n'en a rien à faire de moi, non ?

Mélanie ne l'aurait pas mieux exprimé, aussi restat-elle silencieuse.

— Tu sais quoi ? Je ne veux même plus y penser, dit Evan. Parlons d'autre chose.

— Comme quoi ? demanda Mélanie.

— Comme... je ne sais pas... Qu'est-ce que tu veux faire après le lycée ?

— Eh bien, heu... Aller à la fac...

— Tu sais où ?

— Non, répondit Mélanie. L'idée de rester quatre ans au même endroit est si bizarre pour moi que je n'y ai même pas encore réfléchi.

— Ça ne doit pas être évident de déménager tout le temps.

— On s'habitue, dit Mélanie sans réfléchir.

— Moi, ce dont je suis sûr, c'est que je veux me tirer d'ici, déclara Evan. BC et New Hampshire essaient de me recruter pour le hockey, mais je pense plus à Michigan ou Northwester. Un endroit qui soit au moins à une journée de voiture d'ici.

— Tu ne veux pas de visiteurs ?

— Là, tu vois, ça ne me dérangerait pas de ne plus revoir aucun membre de ma famille, répondit Evan.

— Tu ne le penses pas. C'était juste... une sale journée.

— Tu ne peux pas comprendre, dit Evan en se tournant de nouveau vers les étoiles. Est-ce que tu sais combien de fois les profs m'ont appelé Sean, ou

Finn, ou même Miller ? M. Robertson a fini par décider de nous appeler tous McGowan, parce qu'il est trop gâteux pour se rappeler nos prénoms. C'est tout simplement impossible pour moi d'avoir une identité dans cette ville ou de sentir que je suis une personne à part entière. Tant que je reste là, je ne suis que l'un des fils McGowan.

Mélanie le regarda, choquée.

— Tu le penses vraiment ? dit-elle.

— Parfois, oui, répondit-il en fronçant légèrement les sourcils. Ne le répète à personne.

— Pas de souci.

— Je n'arrive pas à croire que je t'aie raconté ça, dit-il en se couvrant les yeux d'une main. Je ne l'avais jamais dit à personne.

Mélanie sentait son cœur près de déborder. Il ne l'avait jamais dit à personne, mais il le lui avait dit à *elle*.

— Ne t'inquiète pas, le rassura-t-elle. Mais, pour info, je suis sûre que tu te trompes. Tout le monde sait parfaitement qui tu es.

— Ouais, eh bien, pourtant, il me semble qu'Hailey vient de donner la preuve que j'ai raison, fit remarquer Evan d'un ton morose en basculant pour lui faire face.

Il arracha une poignée d'herbe dont il laissa les brins s'échapper de sa main ouverte.

— Elle a couché avec Doug, ajouta-t-il. Elle est

censée être amoureuse de moi, et elle couche avec mon petit frère.

Il se laissa retomber sur le dos et se perdit dans la contemplation du ciel.

Mélanie observa son visage qu'éclairait à moitié la lumière pâle de la lune. Il avait l'air si blessé, si dégoûté, si triste... Elle mourait d'envie de le toucher – de presser sa paume contre sa joue et de lui dire qu'Hailey était une idiote de ne pas voir qu'il était merveilleux. Il était Evan McGowan. Personne ne pouvait le confondre avec Doug ou qui que ce soit d'autre.

Mélanie glissa sa main dans l'herbe et retint son souffle. Elle mourait d'envie de le toucher, mais en fut incapable. Sa poitrine était au bord de l'explosion.

— Tout va bien se passer, finit-elle par dire.

Evan plongea ses yeux dans les siens, puis les baissa vers sa main à moitié tendue. Il en approcha la sienne et enroula son index autour du sien.

— Merci. Je suis content que tu sois descendue.

— Moi aussi, dit Mélanie.

Elle s'attendait à ce qu'il retire sa main, mais il n'en fit rien. Il s'allongea sur le dos et ferma les yeux. Tout doucement, Mélanie s'étendit sur le ventre et enfonça sa joue dans son oreiller. En un instant, la respiration d'Evan se fit profonde et régulière. Il dormait à quelques pas d'elle. Il dormait et ils se touchaient encore. Mélanie se mordit la lèvre et sourit, contemplant leurs doigts entrelacés.

C'était, sans aucun doute, la meilleure nuit de sa vie.

De : Kicker5525@yahoo.com
A : TooDamn-Funky@rockin.com
Objet : Le manuel du mec

Guide de Mélanie Meade pour comprendre les fils McGowan
Note n° 8

Observation n° 1 : Si ! Les garçons sont capables d'exprimer ce qu'ils ressentent.
Je crois qu'il suffit juste d'être au bon endroit au bon moment. Ou peut-être d'être la bonne personne.

11

Dimanche après-midi, Mélanie se sentait tellement légère qu'elle se balançait sur la chaise de son bureau tout en surfant sur le Net. Après une heure de recherches sur le syndrome d'Asperger, elle décida qu'il était temps d'essayer de mettre en pratique ce qu'elle avait appris. De toute façon, elle n'arrivait plus à se concentrer sur ses devoirs.

Mélanie referma son portable et descendit l'escalier en sautillant. Le clan McGowan, à l'exception de Doug et Miller, était rassemblé devant un match Yankee-Red Sox à la télé. Tous portaient des casquettes des Red Sox, des tee-shirts ou des maillots de l'équipe, et la table basse croulait sous des tonnes de sachets de chips et autres canettes de soda. Mélanie attendit que le manager des Yankees apparaisse afin de remplacer son frappeur, pour parler.

— Quelqu'un sait où est Miller ? demanda-t-elle.

Evan tourna la tête et sourit en la voyant.

— Sous-sol, répondit John dont les yeux restèrent rivés sur l'écran.

— Il n'a pas le droit de regarder les matchs Yankee-Red Sox avec nous, expliqua Evan. Parce que, tu comprends, papa risquerait de le tuer.

Mélanie jeta un coup d'œil à Finn, assis à côté d'Evan, puis à John.

— Hum... tu n'es pas censé être puni ? chuchota-t-elle.

— Chutttt ! dit Finn en se penchant pour attraper un sachet de mini-bretzels. Mon père est tellement hypnotisé qu'il ne m'a pas encore remarqué.

— Cool.

— Hé, on se retrouve à l'atelier tout à l'heure ? demanda Finn en lançant un bretzel dans sa bouche.

— Oh, d'accord, répondit Mélanie en rougissant légèrement.

— Qu'est-ce que vous faites dans l'appentis, tous les deux ? demanda Evan en haussant les sourcils.

Mélanie devint écarlate.

— Un artiste ne parle jamais de son travail, répondit Finn.

— Ah oui ? Tu es un artiste maintenant ? demanda Evan. En général, tu passes plutôt ton temps à radoter sur ta nullité.

Finn donna un coup de poing dans le bras de son frère, qui le frappa à son tour. Mélanie leva les yeux au ciel.

— À plus tard, les mecs.

Elle descendit à la cave où elle trouva Miller assis sur un pouf, tout seul. Il avait mis son tee-shirt d'A-Rod et une casquette des Yankees pour assister au match. Mélanie fut frappée par l'impression de solitude qui se dégageait de la scène.

— Salut, Miller, dit-elle en sautant les dernières marches.

Une publicité passait, mais il ne décolla pas pour autant les yeux de l'écran.

— Les Yankees sont en train de jouer.

— Oui, je sais, dit Mélanie. Ça t'ennuie si je regarde le match avec toi ?

Un ange passa.

— D'accord, dit enfin Miller.

Mélanie tira un autre pouf et s'assit près de Miller. Une autre publicité apparut. C'était le moment.

— Tu sais, j'espérais qu'on pourrait discuter un peu, dit Mélanie. J'aimerais bien te connaître mieux.

Miller avala.

— Qu'est-ce que tu veux dire ?

Il ne l'avait toujours pas regardée.

— Eh bien, je voudrais savoir plus de trucs sur toi, dit Mélanie. Je sais que tu aimes les Yankees, mais c'est à peu près tout. Toi, tu ne voudrais pas en savoir plus sur moi ?

— Peut-être, répondit Miller.

— OK, alors, qu'est-ce qui t'intéresserait ? demanda Mélanie en s'enfonçant un peu plus dans le pouf.

Miller frotta ses mains sur son coussin en regardant vers le sol. Il frottait de plus en plus vite, et son visage commençait à s'empourprer. L'estomac de Mélanie se noua, mais elle se força à rester calme. Les articles qu'elle avait lus expliquaient que ce genre de réaction pouvait se produire.

— Bien, je crois que je sais comment faire pour que tu puisses me poser des questions. Miller ?

Il resta silencieux un moment et se détourna très légèrement.

— Ouais ?

— Et si tu me racontais quelque chose sur les Yankees ? Ce que tu veux. Tu aimes bien parler des Yankees, non ? fit Mélanie.

— Ouais...

— Alors, dis-moi quelque chose sur eux, et tout de suite après demande-moi quelque chose sur moi, proposa Mélanie. Tu veux voir si tu peux y arriver ?

— Je peux y arriver.

Mélanie sourit.

— Parfait, alors vas-y.

Miller la regarda une fraction de seconde, puis se concentra de nouveau sur le sol.

— Les Yankees ont été les premiers à remporter trois World Series d'affilée. Pourquoi tu sens comme ça ?

Mélanie éclata de rire. Miller lui jeta un regard confus puis se mit à rire à son tour.

— Je sens comment ? demanda Mélanie.

— La plage, expliqua Miller. Tu sens comme ma mère à la plage.

— Noix de coco, répondit-elle. J'utilise un shampoing à la noix de coco. Je n'arrive pas à croire que tu l'aies senti.

Miller sourit et hocha la tête.

— C'est très bien. Allez, on essaie encore, dit Mélanie.

— Derek Jeter a été le premier capitaine des Yankees depuis Thurman Munson, dit Miller. Est-ce que tu vas rester vivre avec nous pour toujours ?

Cette fois-ci, Miller la regarda, droit dans les yeux, pendant quelques bonnes secondes.

— Eh bien, non, dit Mélanie. Mais j'espère cette année, et peut-être l'année prochaine. Pourquoi ? Ça t'ennuie que je vive ici ?

Miller haussa les épaules et se tourna de nouveau vers la télévision où la pause pub s'achevait.

— Ça va, dit-il en souriant. Le match reprend.

Mélanie ne s'était jamais sentie particulièrement paranoïaque, mais quand elle arriva au lycée le lundi matin, elle aurait juré que *tous* les regards de *toutes* les filles étaient braqués sur sa nuque. Quand elle se retournait, elle les découvrait, têtes penchées, en train de chuchoter.

En approchant de son casier, Mélanie vérifia en vitesse qu'elle n'avait pas mis son pantalon devant derrière. Mais non, tout était normal. Peut-être qu'en vivant avec les garçons McGowan elle avait attrapé une sorte de syndrome d'anxiété. Elle se détendit un peu en apercevant Pearl et Ria devant le casier de Pearl à quelques pas du sien.

— Salut, les filles, dit Mélanie. Comment s'est passé votre week-end ?

Le visage de Pearl s'empourpra et elle s'accroupit pour fourrer quelques livres dans son sac.

— Bien, dit-elle. Il s'est... bien passé.

— À mon avis, la bonne question est : comment s'est passé le tien ? demanda Ria.

Quelque chose dans sa manière de parler donna à Mélanie la chair de poule. À moins que ce ne soit les regards furieux que lui adressèrent quelques élèves en passant à côté d'elles.

— OK... Qu'est-ce qui se passe ? demanda Mélanie. J'ai fait quelque chose ?

— C'est à toi de nous le dire, répondit Ria qui la fixait d'un air accusateur.

— Il faut qu'on y aille, intervint Pearl en tirant sur la manche du pull de Ria. Nous avons un devoir à terminer, pas vrai ?

— Ouais. À plus, dit Ria.

Elles filèrent sans demander leur reste. Le visage brûlant sans trop savoir pourquoi, Mélanie se tourna vers son casier et commença à faire son code.

— Salut, dit Aimee en s'approchant.

Elle s'adossa au mur à côté de son amie, l'air fatigué. Puis elle laissa échapper un long soupir et baissa les yeux vers le sol.

— Salut, répondit Mélanie en attrapant son livre d'histoire. Je peux te poser une question ?

— Bien sûr.

— C'est moi qui déraille ou les gens se comportent bizarrement, aujourd'hui ?

— Ouais, à propos de ça..., commença Aimee. Je crois que le bruit court que toi et Evan êtes sortis ensemble vendredi soir, et que c'est ta faute si Evan et Hailey ont rompu.

— Quoi !? s'exclama Mélanie. Qui a raconté ça ?

— Je n'en ai aucune idée, répondit Aimee, mais c'est ce que tout le monde raconte.

— Eh bien, et alors ? Ça regarde quelqu'un ? demanda Mélanie.

— Écoute. Evan et Hailey représentaient un peu le couple idéal, ici, chuchota Aimee. Toute l'école les admire. Si on croit qu'il l'a trompée avec toi...

— Mais il ne l'a pas fait, protesta Mélanie dont le cœur battait la chamade. C'est *elle* qui l'a trompé. Evan et moi ne sommes pas les méchants, dans cette histoire.

Aimee haussa les épaules.

— Ouais, ben...

— Nous ne sommes pas sortis ensemble, Aimee, insista Mélanie, un peu désespérée.

— Hé, je t'ai crue vendredi et je te crois toujours maintenant. C'est de l'école que tu dois t'inquiéter.

— Je me fiche des autres, dit Mélanie en fermant son sac à dos. Tant que tu connais la vérité, tout va bien pour moi.

Aimee sourit, touchée. Elle adressa à Mélanie un regard compatissant.

— Eh bien, c'est le cas.

— Parfait, dit Mélanie en faisant claquer la porte de son casier.

— C'est juste que... Hailey n'est vraiment pas le genre de personne qu'il faut avoir comme ennemie, conclut Aimee. Crois-moi.

— Salut, Miller, dit Mélanie en se décollant du mur.

Devant elle défilait un fleuve d'étudiants en route vers la cafétéria. Le flot de corps s'ouvrit pour contourner Miller qui avait pilé dans l'embrasure de la porte.

— Il me semble que les Yankees ne jouent pas aujourd'hui, hein ?

— Non, c'est un jour de transit, répondit Miller.

— Nous pourrions peut-être déjeuner à l'intérieur,

suggéra Mélanie en se mettant en route vers le réfectoire. En plus, on dirait qu'il va pleuvoir.

Mélanie était sûre qu'il allait refuser. Il était loin d'être prêt. Mais Miller serra les dents et hocha la tête.

— En plus, on dirait qu'il va pleuvoir, répéta-t-il.

Et il lui emboîta le pas, le menton haut, presque avec un air de défi. Il alla jusqu'à la première table, tira une chaise et s'assit, serrant son sac sur ses genoux. Mélanie le suivit, osant à peine y croire. *Waouh ! Quel progrès !* songea-t-elle avec fierté.

— Tu veux que j'aille te chercher ton déjeuner ? demanda-t-elle après avoir posé son sac à dos sur le siège en face de lui.

Il donnait l'impression de mal maîtriser ce qui était en train de se passer.

— Oui, s'il te plaît, dit-il en lui jetant un coup d'œil. Un hamburger, un Coca sans glaçons et un cookie au chocolat.

— Parfait. Je reviens tout de suite. Ne bouge pas.

Miller jeta un regard rapide à droite et à gauche, comme pour s'assurer que personne n'était assis à côté de lui. Mélanie sentait qu'il ne bougerait plus, à moins que quelqu'un n'attrape sa chaise et ne le traîne loin de là. Elle fonça dans la queue, vérifiant régulièrement que Miller allait bien. Les quelques nouvelles qui s'asseyaient d'habitude à la table réquisitionnée par Miller l'aperçurent et partirent trouver d'autres places.

De retour à la table, Mélanie posa le plateau devant Miller. Il arrangea le plateau à sa façon, puis considéra son repas et poussa un long soupir.

— C'est sympa à l'intérieur, non ? dit Mélanie.

— C'est bruyant.

— Pas aussi bruyant que ta radio à plein volume.

Miller sourit. D'un geste lent, il prit son sac sur ses genoux et le posa sur la chaise à sa droite, exactement comme l'avait fait Mélanie. Puis il saisit son hamburger et y mordit timidement. Son sourire s'élargit.

Mélanie était en train de mâchouiller une frite, légèrement grisée par son succès, quand Evan fit son entrée dans la cafétéria. Mâchoires serrées, yeux plissés, on aurait dit un agent secret en mission.

La table d'Hailey se trouvait dans la rangée du milieu, du côté de l'entrée. Ses amies se turent en le voyant approcher. Dans la cafétéria, il y avait ceux qui regardaient Evan pour voir ce qui allait se passer et ceux qui fixaient obstinément leur déjeuner en prétendant que cela ne les intéressait pas. Evan s'arrêta près de la chaise d'Hailey qui ne leva pas les yeux.

— Je peux te parler ? demanda le jeune homme.

— Bien sûr, dit Hailey en reposant son bagel sur son assiette. Vas-y.

— Dehors, dit Evan.

Hailey lança un regard appuyé à ses amies, puis elle posa ses mains sur la table et repoussa sa chaise. Evan fit un pas de côté de façon qu'elle ouvre la route jusqu'à la cour. Quand ils passèrent près de sa table, Mélanie sentit ses épaules se contracter, mais ils n'échangèrent pas un seul regard.

Tout d'un coup consciente des regards curieux braqués sur elle, Mélanie fit semblant d'être captivée par son repas. Elle était cependant persuadée que son émotion était perceptible à deux tables à la ronde.

Dès que la porte se fut refermée sur le couple, la pièce se mit à bruisser de conversations passionnées. À la table voisine de celle de Mélanie, des garçons firent des paris sur Evan et Hailey : lequel giflerait l'autre ? Miller ne broncha pas, occupé qu'il était à engloutir son déjeuner.

Mélanie s'efforça de ne pas lever les yeux, mais elle ne put s'empêcher de lorgner discrètement par la fenêtre. Evan gesticulait tandis qu'Hailey, plantée devant lui, gardait les bras croisés sur sa poitrine. Mélanie dut faire un effort phénoménal pour ne pas sourire. Elle savait qu'Evan était en train d'expliquer à Hailey qu'il était au courant de son mensonge. Elle savait que, aussitôt cette conversation terminée, il pourrait enfin mettre les choses au clair avec ses amis et le reste de l'école. Elle savait que, dans peu de temps, ce serait vraiment fini entre Hailey et Evan.

La porte s'ouvrit d'un coup et Hailey se précipita

à l'intérieur, l'air dévastée, les yeux humides. Quand elle se précipita vers les toilettes, quelques filles à sa table se levèrent pour la suivre. Le cœur battant la chamade, Mélanie leva les yeux vers Evan ; elle s'attendait à ce qu'il lui adresse un signe de tête ou un sourire indiquant qu'il avait lavé son nom de toutes les fausses accusations. Au lieu de ça, le jeune homme la regarda comme s'il ne la connaissait pas. Mélanie fit mine de se lever. Instantanément, Evan se détourna et regarda de l'autre côté de la cour.

Ce soir-là, quand elle entra dans sa chambre, Mélanie découvrit Caleb en train de sauter à quatre pattes sur son lit en miaulant. Par terre gisait un tube de mascara neuf dont il s'était apparemment servi pour se dessiner des moustaches. Quand il la vit, Caleb se contenta de rire mais continua de sauter. Mélanie n'était pas d'humeur. Hailey avait séché l'entraînement durant lequel personne, à part Aimee et Jenna, ne lui avait adressé la parole. Pour couronner le tout, elle avait joué n'importe comment. Maintenant, il fallait qu'elle essaye de se concentrer sur trois heures de devoir tout en se demandant où Evan pouvait bien être et pourquoi il l'avait rembarrée au déjeuner et évitée toute la journée.

— Caleb ! Dehors ! dit-elle en lui désignant la porte ouverte.

— Miaou ? fit-il alors que le lit rebondissait une dernière fois sous lui.

— Dehors ! hurla-t-elle.

Caleb sauta du lit, s'agenouilla et frotta sa tête contre le tibia de Mélanie avant de ramper dans le couloir et de fermer la porte derrière lui avec sa « patte ». Mélanie attrapa sa serviette et son peignoir et s'apprêtait à aller prendre une douche quand on frappa à sa porte.

— Ouais ? demanda-t-elle.

— C'est moi, dit Evan.

Mélanie vérifia rapidement son reflet dans le miroir, lissa ses cheveux en arrière et laissa retomber ses affaires de toilette sur le lit. Ses mains tremblaient quand elle tendit le bras vers la poignée de la porte.

— Salut, dit Evan en la frôlant pour rentrer dans la chambre.

— Salut, répondit-elle. Qu'est-ce qui se... ?

— J'aimerais savoir pourquoi tu m'as menti, dit-il en se plantant devant elle.

— Quoi ? fit-elle, interloquée.

— Arrête de faire comme si tu ne comprenais pas. Je sais ce que tu as fait, Mélanie.

— Euh... peut-être. Mais pas moi.

— Ne prends pas ce petit air innocent, continua Evan. Je ne me ferai pas avoir, cette fois.

— Quel air innocent ?

— Allez... Je sais que tu as dit à Hailey que nous étions sortis ensemble.

Mélanie eut l'impression de recevoir un grand coup de batte de base-ball dans le ventre. Se sentant vaciller, elle s'assit au bord de son lit.

— Quoi ? réussit-elle à articuler.

— Hailey m'a raconté comment tu es allée la voir pour lui dire que tu pensais qu'il valait mieux qu'elle sache la vérité, expliqua Evan. As-tu la moindre idée de ce que veut dire ce mot ?

Mélanie leva les yeux vers lui, estomaquée. Il devait être en train de parler une autre langue, parce que rien de ce qu'il disait n'avait de sens.

— Evan, je ne sais pas du tout de quoi tu parles, articula-t-elle lentement.

— C'est ça, oui ! cracha-t-il en retour. Tu lui as raconté que je t'avais embrassée, prétendant vouloir jouer l'honnêteté et être réglo. La vache ! Et moi qui te trouvais si chouette ! En fait, tu es complètement mytho. Pourquoi as-tu... ?

— Attends ! l'interrompit Mélanie d'une voix tremblante. Arrête une seconde, tu veux ? Je n'ai jamais rien fait de tel.

— Tu n'as jamais rien fait de tel, répéta Evan, sarcastique.

— Non.

— Alors quoi ? Tu es en train de me dire qu'Hailey

me pipote, maintenant ? demanda Evan dont les yeux lançaient des éclairs.

Mélanie se sentit mal : il ne la croyait pas.

— Ça y ressemble, dit-elle.

— Tu te moques de moi ? cria Evan. Et comment expliques-tu alors qu'Hailey ait foncé coucher avec Doug ?

— Je n'en sais rien ! hurla Mélanie à son tour. Mais je n'ai rien fait !

Evan la regarda, les yeux remplis de dégoût et de confusion.

— Je me demande à quoi pensaient mes parents quand ils ont décidé de t'accueillir, dit-il enfin. En tout cas, à partir d'aujourd'hui, ne t'avise plus de m'approcher.

Le cœur de Mélanie se déchira.

— Evan... Attends...

Mais ce dernier fit volte-face et sortit de la chambre en lui claquant la porte au nez.

De : Kicker5525@yahoo.com
A : TooDamn-Funky@rockin.com
Objet : Le manuel du mec

Guide de Mélanie Meade pour comprendre les fils McGowan
Note n° 9

Observation n° 1 : Les mecs sont nuls.

12

Mélanie lissa le devant de son tee-shirt bleu marine et prit une longue inspiration pour se détendre. Elle était restée éveillée la moitié de la nuit mais ne se sentait pas fatiguée. Apparemment, l'adrénaline faisait son travail. Chaque fois qu'elle repensait à la façon dont Evan l'avait regardée la veille au soir, elle avait envie de vomir.

Je n'ai qu'à lui dire que nous avons besoin de parler, se dit Mélanie. *Qu'est-ce que je risque ?*

Mais elle n'osait même pas y penser : un million de scénarios catastrophes étaient possibles. Elle ferma les yeux, effondrée.

Mélanie attrapa son sac à dos et sortit dans le couloir, la tête haute. Quand elle arriva dans la cuisine, elle n'y trouva que Ian et Caleb, devant l'évier.

— Où sont les autres ? demanda-t-elle.

— Partis.

— Comment ça partis ? demanda Mélanie.

— Partis. À l'école, répondit platement Ian. Allez, viens, Caleb. On va rater le bus.

Caleb attrapa son sac à dos Spiderman et sortit derrière son frère. Mélanie les suivit jusqu'à l'entrée et passa la tête dehors. Quand elle vit que l'allée était déserte, elle se sentit soudain vide et épuisée.

— OK, ce n'est pas grave, dit-elle tout haut en fermant la porte. Je serai juste un petit peu en retard.

Elle se rendit dans l'appentis et tira sa bicyclette hors de la mêlée. Les roues émirent un bruit métallique : les pneus étaient à plat.

Les garçons lui déclaraient la guerre.

Mélanie soupira et longea le garage d'un pas lourd, se dirigeant vers la rue.

— Finalement, je ne serai que *très* en retard.

— Hé !

Mélanie s'arrêta au bout de l'allée. Sean se tenait debout sous le porche, une tasse fumante à la main. Il portait un tee-shirt noir et un jean, et ses cheveux bruns étaient hérissés comme à leur habitude. Une barbe de quelques jours recouvrait son menton et ses joues.

— Salut, dit-elle d'un ton hésitant.

— Tu pars à pied ?

— On dirait bien, répondit-elle.

— Tu vas être en retard, répliqua-t-il.

— On dirait bien, répéta-t-elle.

— Je t'emmène.

— C'est vrai ?

Sean n'était-il pas au courant de sa mise en quarantaine ?

— Va chercher ton casque, dit-il.

Mélanie enfourcha la moto derrière Sean. Au début, ce fut un peu bizarre pour elle d'attraper par la taille un garçon auquel elle n'avait presque jamais parlé. Mais, petit à petit, Mélanie se détendit et profita pleinement de la balade. Sean avait fait un boulot de pro sur sa Harley. Sans qu'il ait besoin de la pousser, Mélanie pouvait sentir et entendre la puissance du moteur. Il prit un virage à toute vitesse et Mélanie s'agrippa un peu plus fort à sa veste.

— Désolé ! cria Sean. Pas l'habitude des passagers.

— Pas de problème ! répondit Mélanie. Qu'est-ce que tu as comme suspensions ?

— Deux à l'arrière et une devant, répondit Sean.

— Ça se sent, dit Mélanie. Tu penses que tu pourras me la montrer mieux plus tard ?

— Bien sûr. D'accord, répondit Sean.

— Le moteur est de quelle année ? 97 ? 98 ?

— 98, répondit Sean. Mais il y a des pièces plus récentes.

Il semblait étonné, ce qui ne surprit pas Mélanie. Les filles qui s'y connaissaient en moto ne couraient pas les rues.

Sean gara sa Harley devant Baker High. Quelques élèves traînaient encore devant, ignorant crânement l'heure, tandis que d'autres traversaient le parking en courant pour arriver avant la sonnerie.

— Merci mille fois, dit Mélanie en ôtant son casque et en balançant sa jambe par-dessus la moto.

— Tu t'y connais en Harley..., dit Sean.

— Ouais... J'ai aidé mon père à en restaurer deux l'année dernière, expliqua la jeune fille. Il a dû les vendre avant de partir en Corée. C'est dommage car elles étaient architop.

— Tu conduis ?

— J'ai le permis, répondit Mélanie en lissant ses cheveux. Mais il n'est valable qu'au Texas.

Sean hocha la tête et, pour la première fois, il la regarda vraiment.

— Je t'emmènerai faire une autre balade, un de ces quatre, dit-il.

— Ouais ? Tu n'es pas obligé de...

— Je t'emmènerai faire une autre balade, un de ces quatre, répéta-t-il avec un sourire amusé. Allez, tu ferais mieux d'y aller.

Mélanie sourit.

— Bon, ben, merci encore.

Elle monta quatre à quatre les marches de l'école, juste au moment où les élèves qui traînaient près des portes décidaient qu'il était temps de rentrer.

— Hé ! appela Sean en démarrant sa bécane.

Mélanie se retourna, son casque pendant au bout de ses doigts.

— Ne te laisse pas impressionner par mes frères ! dit Sean. Ce sont des crétins.

Mélanie sourit de nouveau et Sean partit en trombe.

Quand Mélanie arriva devant les portes de la cafétéria, elle vit Miller s'écarter du mur pour la rejoindre. Surprise.

— Salut, Miller, dit-elle.

— Salut, répondit-il en la suivant dans le réfectoire. On retourne s'asseoir à l'intérieur ?

Mélanie s'arrêta et balaya la salle du regard. Ria, Pearl et Jenna étaient déjà assises à leur table. Les trois filles avaient pris bien soin d'ignorer Mélanie toute la matinée. Finn se trouvait à l'autre bout de la cantine, carnet de croquis ouvert devant lui, dos à la porte. Quelques copines d'Hailey la regardaient de travers depuis leur table. Quant à Evan, il était invisible.

— Comment Evan McGowan a-t-il pu fricoter avec *elle* ? dit une fille à son amie en passant à côté de Mélanie.

— Je parie qu'elle ne s'est jamais regardée dans un miroir, répliqua l'autre.

— Allons dehors, dit enfin Mélanie. C'est une journée magnifique.

— Ouais. C'est une journée magnifique, répéta Miller en hochant la tête.

Ils posèrent leurs affaires à une table et retournèrent à l'intérieur faire la queue. Les deux filles devant Mélanie discutaient à voix basse et riaient bruyamment, avec ostentation. Mélanie paya son déjeuner et ressortit avec Miller.

— Pourquoi tu te balades avec ça ? demanda Miller en apercevant son casque.

— Oh, il ne rentrait pas dans mon casier, expliqua Mélanie en secouant sa bouteille de thé glacé. (Elle s'immobilisa et regarda Miller, les yeux écarquillés.) Hé ! Tu viens de me poser une question ?

Miller rougit et haussa les épaules en fixant son plateau.

— Je me suis entraîné.

— C'est vrai ? demanda Mélanie qui rosit de fierté. Miller ! C'est génial !

— Qu'est-ce qui est génial ?

Mélanie et Miller levèrent les yeux en même temps vers Aimee qui se tenait, hésitante, près de leur table avec son plateau. C'était la première fois de la journée que Mélanie la voyait. Ses cheveux étaient retenus en arrière par des barrettes et elle portait un tee-shirt bleu pâle qui accentuait l'éclat de ses yeux.

— Oh... rien. Juste un projet sur lequel nous avons travaillé, répondit Mélanie, quelque peu troublée.

Vu que personne ne lui avait parlé de la journée, elle osait à peine croire en la présence de son amie.

— Qu'est-ce que tu fais là ?

— C'est tellement ensoleillé, ici... J'ai eu envie de

voir comment c'était dehors, dit Aimee en regardant autour d'elle comme si elle découvrait la cour. C'est sympa.

Mélanie sentit une vague de chaleur envahir sa poitrine.

— Alors, je peux... ? demanda Aimee en jetant un coup d'œil à Miller, extrêmement concentré sur l'arrangement de son plateau.

— Miller ? Ça te dérange si Aimee s'assoit avec nous ? demanda Mélanie.

— Aimee ? répéta Miller.

— Ouais, c'est mon amie, expliqua Mélanie.

— Salut, dit Aimee.

— Bonjour, répondit Miller sans lever les yeux.

— C'est bon, articula silencieusement Mélanie à l'intention de son amie.

Dès qu'Aimee se fut assise, Mélanie tendit les bras par-dessus la table et ordonna tout ce qu'il y avait sur son plateau par ordre de taille. Aimee considéra un instant le résultat, haussa les épaules et attrapa son sandwich.

— Alors, qu'est-ce que tu penses de ta nouvelle école ? demanda Aimee à Mélanie avec une pointe de sarcasme.

— Oh, j'adore ! répondit Mélanie sur le même ton. Tout le monde est très *sympa* !

— Eh bien, en tout cas, certains d'entre nous le sommes, dit Aimee. Pas vrai, Miller ?

Miller ne répondit pas. Il joignit les mains sous la table et fixa son déjeuner qu'il n'avait pas encore touché. Aimee jeta à Mélanie un regard incertain. Mélanie posa sa fourchette et s'éclaircit la gorge.

— Hé, Miller, et si tu demandais quelque chose à Aimee ? suggéra Mélanie. Tu peux utiliser le truc qu'on a mis au point l'autre jour. Tu sais, avec le base-ball ?

Miller jeta un coup d'œil à Mélanie. Il semblait un peu affolé, comme un lapin dans une cage dont Mélanie cognerait les barreaux. Mais Mélanie discerna de l'espoir derrière son angoisse. Miller voulait tellement en être capable !

— Vas-y, interroge-là sur ce que tu veux, l'encouragea-t-elle. Elle est vraiment gentille, je te le promets.

Le dos de Miller s'était courbé en un C parfait, mais il était architendu. Il prit une longue inspiration.

— Thurman Munson, le capitaine des New York Yankees, est mort dans un crash aérien en 1979, débita-t-il à toute vitesse. Es-tu dans la classe de Mélanie ?

Aimee eut l'air interloquée mais reprit rapidement contenance.

— Euh, oui, dit-elle. Nous sommes toutes les deux en première.

Mélanie fit un grand sourire.

— Le capitaine des New York Yankees, Derek

Jeter, a gagné son premier Gant d'or en 2004. Tu aimes le base-ball ? demanda Miller.

Aimee rit et lança un regard interrogateur vers Mélanie. Celle-ci haussa une épaule. Aimee allait devoir apprendre à connaître Miller comme tout le monde. Doucement mais sûrement.

— Eh bien, oui, figure-toi, répondit Aimee. Je suis une fan des Oakland A's. Je sais, c'est bizarre, mais mon père a grandi en Californie du Nord, et...

— Tu savais que Reggie Jackson, du Hall of Fame, a joué pour les Oakland A's pendant neuf ans ? demanda Miller à Aimee en la regardant pour la première fois.

— Non, je ne savais pas, dit la jeune fille avec un sourire. Je crois qu'on en apprend tous les jours.

Mélanie sourit à son tour.

— Ouais, dit-elle. Je crois aussi.

Ce soir-là, Mélanie sortit de sa chambre juste au moment où Evan arrivait en haut de l'escalier. Tous deux s'arrêtèrent net. Pendant une fraction de seconde, Mélanie fut persuadée qu'Evan allait dire quelque chose. Finalement, il passa devant elle sans un regard et entra dans sa chambre dont il claqua si fort la porte qu'elle en trembla.

Elle fit volte-face, les poings serrés, et fixa, furieuse, la porte qu'il venait de refermer. Elle mourait d'envie d'y tambouriner et de la faire voler en morceaux. Evan. Tu parles du mec idéal...

Au même moment, elle entendit un bruit dehors, derrière la maison. Elle alla jusqu'au fond du couloir et regarda par la fenêtre : la porte de l'appentis se refermait.

Finn.

Il ne valait pas mieux que son frère. Lui aussi l'avait laissée en plan le matin. En plus, il ne l'avait même pas remerciée après leur cours d'espagnol alors qu'il n'aurait jamais réussi l'interro surprise sans son aide. Mélanie fit demi-tour et retraversa le couloir comme un ouragan. Elle avait peut-être peur d'affronter Evan, mais Finn... Elle allait lui dire le fond de sa pensée.

— Vous, les mecs, vous êtes vraiment nuls ! cria-t-elle en ouvrant d'un seul coup la porte de l'atelier.

Finn lâcha son pinceau qui tomba sur la jambe de son jean, où il laissa une traînée orange, avant de rouler sur le sol.

— Pardon ? dit-il.

— Toi ! Tu es nul ! fulmina Mélanie.

— On en a déjà parlé. Je sais que je suis nul.

— Pas ton *art*. Toi ! Les *mecs* ! hurla Mélanie.

Finn cligna des yeux.

— Ben, en fait, je crois que je suis plutôt un garçon sympa.

— Oh, allez ! protesta Mélanie en se plantant

devant lui. C'est quoi votre *problème* ? Vous êtes tous nés comme ça ?

— Mélanie, je crois que tu devrais t'asseoir, conseilla Finn en la saisissant prudemment par les épaules.

Gardant les bras tendus pour la maintenir à distance, il la poussa vers le vieux banc et la força à s'asseoir.

— Et maintenant, dis-moi : ce que tu dis a quelque chose à voir avec Hailey et Evan ?

— Non ! Avec toi ! Tu m'as plantée ce matin ! dit Mélanie. Et après, j'ai voulu prendre ma bicyclette, mais vous aviez crevé mes pneus ! C'est quoi, cette baraque ? Le Foyer McGowan pour délinquants tarés ?

— Holà ! protesta Finn. D'abord, je ne t'ai pas « plantée » ce matin. Evan m'a dit que tu voulais aller en cours à vélo.

— Ouais, c'est ça !

— Je te jure !

— Eh bien, je n'ai jamais dit ça. J'ai l'impression que tout le monde ment ici.

Finn s'essuya les mains sur un vieux chiffon et croisa les bras.

— Est-ce que je t'ai déjà raconté des salades ?

Mélanie le regarda.

— Non, pas que je sache, marmonna-t-elle en détournant les yeux.

— Bon, on progresse, dit Finn en rapprochant son

tabouret. Maintenant, tu voudrais bien avoir la gentillesse de me raconter ce qui s'est véritablement passé à la fête, vendredi soir ?

— Tu plaisantes ? Quelqu'un s'intéresserait-il vraiment à *ma* version de l'histoire ?

— Ouais, dit Finn, amusé. Moi.

Mélanie inspira un grand coup et se redressa.

— D'accord. J'ai vu Hailey et Evan se disputer et Evan partir dans la salle de billard. Un peu plus tard, en cherchant les toilettes, je l'ai trouvé dans la chambre d'amis, allongé sur le lit. Tout ce que j'ai fait, c'est m'asseoir à côté de lui et lui demander ce qui se passait. Nous étions en train de parler quand Hailey a débarqué. En nous voyant, elle a pété un plomb. Nous lui avons couru après, mais elle a filé hors de la maison et disparu. Ensuite, Evan est parti de son côté et voilà.

— C'est tout ? dit Finn.

— Ouais, c'est tout, répéta Mélanie. Une heure plus tard environ, Aimee et moi étions en train de papoter quand Jenna est arrivée et nous a raconté qu'elle venait de voir Hailey et Doug batifoler dans les bois. C'est tout ce que je sais.

— OK. Je récapitule. Tu *étais* sur le lit avec Evan ? demanda Finn.

— Tu parles d'une histoire ! s'exclama Mélanie en roulant des yeux. Oui, pendant cinq secondes, je me suis assise à côté de lui.

— Donc Hailey n'a rien vu, continua Finn.

— Il n'y avait rien à voir !

— Et tu ne lui as pas dit qu'Evan et toi étiez sortis ensemble...

— Bien sûr que non !

— Je te crois, conclut Finn en se levant.

— Vraiment ? dit Mélanie, abasourdie. Tu ne veux même pas y réfléchir ?

— Réfléchir à quoi ? demanda Finn en ramassant son pinceau. Tu es quelqu'un de bien et d'honnête, et, apparemment, cette histoire te rend folle de rage. Evan et Hailey adorent les drames, et ce n'est pas nouveau. Voici donc mon avis d'expert : connaissant toutes les parties impliquées, j'estime que tu n'es qu'une spectatrice innocente qui s'est fait happer par l'ouragan Evan-Hailey. (Il trempa le pinceau dans l'eau et le fit tourner, puis il jeta un coup d'œil malicieux à Mélanie :) Tu trouves toujours que je suis nul ?

Mélanie sourit.

— Plus tant que ça.

— Écoute, dit Finn. Evan finira par revenir sur ce qu'il a dit.

— Tu crois ?

— Ouais.

Mélanie faisait confiance à Finn. Après tout, il connaissait Evan beaucoup mieux qu'elle. Mais elle n'arrivait toujours pas à oublier l'expression dégoûtée d'Evan quand il lui avait dit de ne plus l'approcher. Il n'avait pas eu l'air d'être près de revenir là-dessus.

— En ce qui concerne Evan et Doug, j'avoue que je ne sais pas, dit Finn.

Mélanie inspira profondément.

— Tu sais ce qui est dingue ? Je comprends presque Doug.

— Hein ?

— Imagine... La fille la plus canon de l'école – une terminale – se jette sur toi en te disant qu'elle a cassé avec son petit copain... Et puis, même si je sais que ce n'est pas une bonne excuse, ils étaient tous les deux bourrés...

Finn fronça les sourcils en posant son pinceau pour le faire sécher.

— Tu es quoi ? Un garçon ? demanda-t-il.

— Non. Je rapporte simplement l'évidence, répondit-elle.

— En tout cas, je veux que tu saches que je ne serais jamais parti sans toi ce matin si j'avais su la vérité, dit Finn.

Tout d'un coup, Mélanie s'en voulut terriblement d'avoir cru Finn capable d'une chose pareille.

— Donc, demain, on t'emmène au lycée en voiture, poursuivit l'adolescent.

— Non, merci. Je crois qu'il vaut mieux que j'y aille à vélo pendant un moment.

— Mais tu m'as dit que quelqu'un t'avait crevé les pneus...

— Exact. D'ailleurs il faut que je m'occupe de les réparer, dit Mélanie en se remettant sur ses pieds. Vous avez une pompe à vélo quelque part ?

— Quelque part..., répondit Finn. Probablement dans le garage. Je vais t'aider à la chercher.

Ils quittèrent l'atelier.

— Merci, dit Mélanie. Alors, une petite idée de l'identité de mon saboteur ?

— Trop immature pour Evan, réfléchit Finn pendant que Mélanie récupérait sa bicyclette. J'aimerais pouvoir dire la même chose pour Doug, mais soyons réalistes : lui et Ian sont les parfaits candidats.

Mélanie soupira.

— Eh bien, au moins je sais qui sont mes ennemis.

— Et qui sont tes amis aussi, j'espère, dit Finn.

Son sourire la toucha. Elle baissa les yeux.

— Merci.

Mélanie et Finn venaient d'atteindre la porte du garage quand ils entendirent une voiture s'arrêter dans un hurlement de freins, devant la maison. Mélanie appuya sa bicyclette contre le mur et ils se précipitèrent au bout de l'allée, arrivant juste à temps pour voir Doug plonger la tête la première sur la banquette arrière d'une Honda Civic customisée. Les feux de position violet fluorescent et les jantes chromées avaient probablement coûté plus cher que le véhicule lui-même. Mélanie fronça le nez. Des nuages de fumée de cigarette s'échappaient par les fenêtres. Les passagers hurlèrent quand le moteur rugit et que la voiture décolla. Le conducteur prit le tournant au bout de la rue à toute vitesse, sans se préoccuper le moins du monde du panneau stop, et la Honda disparut dans un crissement de pneus.

— Voilà qui n'annonce rien de bon, soupira Finn.

Mélanie pensa exactement la même chose.

— Tu es sûre que tu ne veux pas que je t'accompagne, Mélanie ? demanda Regina le matin suivant en rangeant son portefeuille et ses lunettes de soleil dans son sac à main.

Mélanie était assise en face de Ian et Caleb dans la cuisine. À sa droite, Sean sirotait son café, plongé dans un nouveau livre intitulé *La Cité de verre*, de Paul Auster.

— Non, merci, répondit-elle. J'aime bien faire du vélo.

— OK. Bon, si jamais tu changes d'avis... (Elle consulta sa montre et ajusta la bride de son sac à main, l'air excédée.) ... Doug ! On y va ! Je vais être en retard au travail !

— Ça imprime ! Pète un coup et calme-toi ! hurla Doug de l'autre bout de la maison.

Regina regarda Mélanie.

— J'ai bien entendu « pète un coup » ?

— Il me semble, répondit Mélanie avec un petit sourire.

— Ce garçon a de la chance de ne pas avoir grandi avec ma mère, dit Regina. À l'heure qu'il est, il n'aurait plus de dents.

— Que fait-il ? demanda Mélanie.

— Il vérifie l'orthographe de sa dissertation sur *La Lettre écarlate* de Nathaniel Hawthorne sur l'ordinateur de son père. Je devrais me réjouir qu'il fasse ses devoirs cette année, non ? L'an passé, j'ai été convoquée au moins cinq fois par ses professeurs pour parler de la façon dont il dilapidait son potentiel.

— Vraiment ? s'étonna Mélanie.

— Doug est le cerveau de la famille, intervint Sean avec un ton d'une grande platitude.

— Il n'est pas le seul, répliqua Regina en jetant un regard appuyé à Sean, tout en attrapant ses clés.

Sean l'ignora et prit une énorme cuillerée de Chocapic.

— Doug ! hurla Regina.

— Un peu de patience, femme, dit Doug en déboulant dans la cuisine.

Les restes de ses coquards dus à sa bagarre avec Evan brillaient dans la lumière du matin. Il fourra son devoir dans son sac, passa devant sa mère et sortit sous le porche où Miller les attendait déjà.

Regina inspira profondément.

— Seigneur, donnez-moi la patience..., marmonna-t-elle en suivant son fils. Sean ! Assure-toi que les garçons prennent bien leur bus !

— À plus, dit Mélanie en se levant pour déposer son bol dans l'évier.

— Ouais, répondit Sean.

Mélanie enfourcha sa bicyclette et pédala jusqu'au lycée en repensant à l'échange entre Sean et sa mère. Si Doug et Sean étaient vraiment les « cerveaux de la famille », Mélanie pouvait imaginer la frustration de leurs parents. Doug se contentait d'être odieux et de gribouiller sur ses vêtements tandis que Sean passait tout son temps à jouer de la guitare et à réparer sa moto.

Comme elle passait le coin du parking de l'école, Mélanie remarqua un attroupement devant le mur ouest de Baker High. Elle freina net : quelqu'un avait tagué le bâtiment en bleu et argent. À cette distance, elle n'arrivait pas à distinguer le dessin qui recouvrait pourtant presque tout le mur.

— Qu'est-ce qui se passe ? demanda-t-elle à un garçon qui attachait son vélo à côté d'elle.

— Va voir, se contenta-t-il de répondre. C'est une bombe atomique.

Sceptique, Mélanie le regarda filer vers le rassemblement. Elle était en train d'attacher son vélo quand une ombre se dessina sur le sol devant elle. C'était Finn. Il n'avait pas l'air dans son assiette.

— Qu'est-ce qu'il y a ? demanda-t-elle en se redressant.

— Je t'avais bien dit que ça n'annonçait rien de bon.

Mélanie sentit son cœur s'arrêter. Alerte rouge.

— Oh, non, dit-elle.

— Oh, si, répliqua-t-il.

Ils grimpèrent ensemble la colline qui faisait face au mur ouest et rejoignirent la foule. Professeurs, élèves, personnel de l'administration, concierges – bouche bée, hilares ou consternés –, tout le monde s'était rassemblé devant les énormes lettres bleues et argentées qui proclamaient : BAKER, L'HORREUR ! En dessous, on avait dessiné, avec un certain talent, un personnage de dessin animé célèbre en train d'uriner sur un blazer de Baker High.

— Ç'aurait pu être pire, dit une fille devant Finn. Ceux qui ont commis ce truc auraient pu passer à l'action plutôt que de dessiner.

Quelques personnes gloussèrent tandis que Mélanie et Finn échangeaient un regard sombre. À présent, Mélanie savait ce qu'était parti faire Doug, la nuit précédente. Et, à moins que les étudiants et les enseignants n'aient jamais remarqué les tenues archi-décorées de Doug, ce qui était quasiment impossible, il ne faudrait pas bien longtemps pour que la rumeur fasse le tour du lycée.

De : Kicker5525@yahoo.com
A : TooDamn-Funky@rockin.com
Objet : Le manuel du mec

Guide de Mélanie Meade pour comprendre les fils McGowan
Note n° 10

Observation n° 1 : Les garçons ont des façons très immatures d'exprimer leurs opinions.
Genre vous laisser en plan quand ils devraient vous emmener en cours. Ou crever vos pneus. Ou faire un énorme graffiti incluant un personnage en train de faire pipi.

Observation n° 2 : Le son de leur voix suffit parfois à vous apaiser.
En tout cas celle de Finn.

13

Il y avait au moins une chose que Mélanie devait reconnaître à Doug et à ses copains : leur petite intervention artistique avait définitivement détourné l'attention de ses prétendues frasques. Ce jour-là, le graffiti fut l'unique sujet de conversation. Qui était le responsable ? Un élève d'une école rivale ? Comment avait-on pu dessiner si haut sur le mur ?... Tout le monde avait oublié jusqu'à l'existence de Mélanie.

Le couloir bourdonnait du dernier ragot quand Finn et Mélanie sortirent de leur cours d'espagnol cet après-midi-là. Aimee les attendait dans le couloir.

— Betsy est venue chercher Chad Linus pendant mon cours de trigo, en plein milieu d'une interro.

— Oh, non, gémit Finn.

Ils venaient de tourner le coin qui débouchait dans le hall principal. Un peu plus loin, un homme grand et large d'épaules, mâchoire carrée et lunettes sacrément épaisses, poussait Doug vers un bureau. Le type ressemblait à Frankenstein, sans les clous.

— Qui est-ce ? demanda Mélanie.

— Dr Frank, expliqua Aimee. Le sous-directeur.

— Tu plaisantes, dit Mélanie.

— Même pas, confirma Finn.

Doug entra dans le bureau les yeux collés au plancher. On aurait dit un petit garçon. Un petit garçon qui faisait son possible pour avoir l'air d'un dur, mais sans y parvenir. Mélanie hésitait entre la compassion et une grande envie d'aller lui flanquer une gifle. Avait-il vraiment cru qu'on ne découvrirait pas les coupables ?

— J'y vais, dit Finn en marchant d'un pas décidé vers le bureau.

— Quoi ? Pourquoi ? demanda Mélanie. Que penses-tu pouvoir faire ?

— Je n'en sais rien, mais c'est mon frère, répondit Finn en haussant les épaules.

— Je comprends, dit Mélanie. En tout cas, ça ne lui ferait sans doute pas de mal d'être puni... Peut-être que ça lui remettrait un peu les idées en place.

Finn laissa échapper un profond soupir.

— Mélanie, ne le prends pas mal, mais tu ne connais pas toute l'histoire, OK ?

— Quelle histoire ? demanda Mélanie.

— Doug. Pourquoi il est comme ça, dit Finn. Ce n'est pas aussi simple que tu le penses. Imagine ce que c'est d'être quasiment le frère jumeau d'un garçon comme Miller, avec cinq autres gosses autour. Ce n'est pas quelqu'un de mauvais, tu vois ? C'est juste...

Mélanie avala sa salive avec difficulté.

— Ton frère.

— Ouais, approuva Finn. Je ne dis pas que c'est une bonne excuse. Simplement, j'ai vu ce que ça a été pour lui. Ce n'est pas drôle quand le plus proche de tes frères reçoit toute l'attention des autres. Et en plus, tu ne peux pas te permettre de dire grand-chose, vu qu'il est malade, tu comprends ?

Mélanie et Aimee échangèrent un regard.

— D'accord, mais qu'est-ce que tu vas dire ? finit par lui demander Mélanie.

Finn soupira et regarda le plafond.

— Je ne sais pas. Peut-être que Doug était avec moi la nuit dernière, répondit-il.

— Ils ne vont jamais gober ça venant de toi, lui dit Aimee.

— Elle a raison, approuva Mélanie, le cœur battant.

Elle repensa à l'expression de Doug après la terrible bagarre avec Evan. Elle l'avait vu avec Ian et Caleb. Quelque part, sous ses airs de gangster, il y avait un garçon bien.

— Et peut-être que, moi, ils me croiront, ajouta-t-elle.

Elle tendit la main vers la poignée de la porte, mais Finn attrapa son bras.

— Mélanie...

— Réfléchis, Finn. Je n'ai aucune raison de le protéger, n'est-ce pas ? fit-elle.

Finn médita sur cette idée.

— Effectivement, tu ne peux pas le blairer. Alors... pourquoi fais-tu ça ?

— Je déteste voir mes amis souffrir, dit-elle d'un ton léger. (Finn sourit et Mélanie sentit son cœur gonfler comme un soufflé.) Tu as compris que je parlais de toi, pas de lui, hein ?

Finn rit.

— Allez, vas-y.

Mélanie entra dans le bureau et laissa la porte se refermer derrière elle. Doug était assis sur un vieux canapé en cuir contre le mur de gauche, face à une porte fermée. Sur ses genoux, il tenait une pile de cahiers dont les couvertures étaient recouvertes de ses fameux dessins. Mélanie fit claquer sa langue et attrapa la pile en se laissant tomber à côté de lui.

— Tu sais, pour un soi-disant génie, tu n'es vraiment pas très malin, dit-elle en ouvrant la fermeture Éclair de son sac à dos.

— Qu'est-ce que tu fais ? demanda Doug.

— Je sauve ta peau.

Elle sortit quelques-uns de ses cahiers et les posa sur les genoux du garçon, puis elle fourra les siens dans son sac.

— Où est ton devoir sur *La Lettre écarlate* ? demanda-t-elle ensuite.

— Quoi ? Tu planes complètement...

— Où est-il ? insista-t-elle.

Doug fit une grimace, se pencha en avant et tira la copie d'un de ses cahiers. Mélanie plaça les pages fraîchement imprimées sur le dessus et referma son sac.

La porte s'ouvrit. Le Dr Frank fit un demi-pas hors de son bureau.

— Qui est-ce ? s'enquit-il en voyant Mélanie.

— Je suis venue en tant que témoin, expliqua la jeune fille en se levant.

— J'ai pas besoin de ton aide, dit Doug en se levant à son tour.

Mélanie fut soulagée de voir qu'il ne portait pas le jean compromettant, mais une paire propre, quoique déchirée.

Mélanie l'ignora. Elle tendit sa main droite au Dr Frank qui, perplexe, la serra.

— Mélanie Meade. Je suis arrivée dans votre établissement il y a une semaine. J'ai des informations sur Doug à propos de la nuit dernière.

— Oh ? dit le Dr Frank en croisant ses longs bras sur sa poitrine. Alors entrez.

Mélanie sourit au sous-directeur en passant devant lui, suivie par Doug qui, exceptionnellement, ne moufta pas. Le bureau, triste et sombre, ressemblait à un donjon. Les murs avaient été peints en gris et le seul éclairage de la pièce venait de la petite lampe de bureau. Les stores verticaux avaient été tirés au maximum et la décoration se limitait à deux cadres : un diplôme du Dr Frank et une affiche représentant des coureurs de cross-country intitulée : *Discipline*.

— Asseyez-vous, dit le Dr Frank en indiquant les deux chaises qui faisaient face à sa table de métal.

Doug s'effondra sur son siège. Mélanie s'assit au bord du sien, le dos droit. S'il y avait une chose qu'elle savait faire, c'était parler à des adultes stricts qui croyaient tout savoir. Après avoir grandi entourée d'officiers de l'armée de terre, un sous-directeur d'école, c'était de la gnognotte.

— Avant que l'un d'entre vous intervienne, je tiens à vous informer que quand nous avons découvert le graffiti ce matin, nous avons naturellement supposé que les responsables devaient être des étudiants d'un établissement rival. Mais, bien sûr, avant de confier l'enquête aux autorités, nous avons tenu à nous assurer que les responsables n'étaient pas dans nos murs.

Mélanie hocha la tête tandis que Doug se tortillait sur son siège.

— Monsieur McGowan, je sais de source sûre que le... personnage qui orne notre mur est l'un de vos favoris, dit le Dr Frank. (Il s'adossa et croisa les mains sur son estomac.) La plupart de vos amis ont déjà admis leur implication dans cet acte de vandalisme.

Je ne vois pas très bien ce que vous pourriez dire pour le disculper, mademoiselle Meade.

— Allez, mec. J'ai rien...

— Doug et moi avons travaillé ensemble, hier soir, le coupa Mélanie, avant qu'il ne prononce une parole désastreuse. Je l'ai aidé pour sa dissertation sur *La Lettre écarlate*. J'ai étudié cette œuvre pendant un trimestre, l'année dernière, et je la connais sur le bout des doigts. Enfin, bref. Nous avons travaillé au moins jusqu'à minuit, et Doug était déjà endormi quand j'ai quitté sa chambre, donc...

— Elle vous a aidé à faire votre devoir ? demanda le Dr Frank à Doug.

— C'est ce qu'elle dit, répondit ce dernier, provocant.

Mélanie soupira. Il n'y mettait vraiment pas du sien.

— Puis-je *voir* ce devoir ? demanda le Dr Frank.

— Je l'ai là, dit Mélanie d'une voix douce. J'avais dit à Doug que je le relirais pendant mon heure d'étude.

Elle sortit la copie de son sac et la tendit au Dr Frank.

— Ça a l'air plutôt bien, d'ailleurs, dit-elle à Doug.

Le Dr Frank tourna lentement les pages. Mélanie savait qu'il ne faisait que gagner du temps, avant de décider ce qu'il allait faire.

— Comment puis-je savoir si vous n'essayez pas

seulement de protéger M. McGowan ? l'interrogea-t-il.

— Moi ? Le protéger, *lui* ? protesta Mélanie. Tout d'abord, sachez que mes parents travaillent tous les deux dans l'armée et qu'ils m'ont inculqué de ne jamais mentir aux représentants de l'autorité, dit Mélanie sérieusement. *Ils m'ont également transmis de toujours être loyale avec ma section, mais ça ne le regarde pas.* Ensuite, je n'ai aucune raison de protéger Doug. On se déteste.

— Ça, c'est clair, dit Doug.

— Si vous vous détestez tant que ça, pourquoi l'avez-vous aidé à faire son devoir ? demanda le Dr Frank, visiblement fier de sa remarque.

— Eh bien, ce n'est pas facile de résister à quelqu'un qui vient vers vous avec un air suppliant et pathétique..., répondit Mélanie avec un sourire indulgent.

Doug roula des yeux avant de regarder ailleurs. Le Dr Frank les examina un long moment. Pour finir, il soupira et tendit son devoir au garçon.

— Bon, Douglas. Aucun de vos amis n'a mentionné votre implication dans l'incident. J'ai suivi mon instinct... et votre penchant pour le dessin, dit-il. Sans preuve, je ne peux pas vraiment vous tenir pour responsable.

— À plus.

Dans un mouvement dramatique, Doug s'extirpa bruyamment de sa chaise et fit un pas vers la porte.

— Mais..., l'arrêta le Dr Frank... mais je peux vous charger, vous et Mlle Meade ici présente, de l'équipe de nettoyage.

— Quoi ? Mais elle vient de vous dire que j'ai rien fait, protesta Doug.

— Que vous *n'*avez rien fait, monsieur McGowan. Croyez-moi, si vous ne souhaitez pas que j'examine d'un peu plus près cette affaire, vous feriez mieux de profiter de mon élan de générosité, déclara le Dr Frank en se levant. Composez une équipe. Nous nous occupons de réunir le matériel.

— C'est trop...

— Nous serons là, dit Mélanie qui se leva et ouvrit la porte. Ravie de vous avoir rencontré, docteur Frank.

Le sous-directeur sourit pour la première fois, révélant une rangée de dents très grandes et très jaunes.

— Tout le plaisir fut pour moi, mademoiselle Meade.

— Hé ! Alors ! Qu'est-ce qui s'est passé ?

Finn se tenait juste derrière les portes de la cafétéria quand Mélanie y entra après l'entretien avec le Dr Frank. Doug lui avait jeté ses cahiers et repris les siens. Ensuite il était parti comme un ouragan dans la direction opposée, sans rien lui accorder de plus qu'un grognement de remerciement.

— Il s'en est sorti... à peu près, dit Mélanie.

— Comment ça ? demanda Finn.

— Eh bien, il n'a pas été renvoyé.

Le visage de Finn s'éclaira.

— Mélanie, c'est génial ! Merci mille fois.

— Ouais, enfin, je ne crois pas que le Dr Frank ait gobé notre histoire. Il nous a nommés responsables du nettoyage des graffitis, expliqua Mélanie. Il faut que nous formions une équipe et que nous nous retrouvions à la fin des cours devant le mur.

— Aïe ! Enfin, te voilà à l'endroit idéal pour une séance de recrutement.

Ils contemplèrent autour d'eux les centaines d'élèves qui, assis devant leur déjeuner, n'attendaient que d'être cueillis pour une corvée de nettoyage.

— Je suppose que je ferais bien de m'y mettre tout de suite.

— Et Doug ? demanda Finn.

— Je crains qu'il ne me soit pas d'une grande utilité, répondit Mélanie en s'éloignant à reculons. Souhaite-moi bonne chance.

— Bonne chance, dit Finn avec un sourire.

Mélanie savait bien que la plupart des gens n'avaient pas spécialement envie de lui parler, mais elle n'avait pas le choix. Le Dr Frank ne semblait pas du genre à plaisanter. Elle décida de commencer avec ses soi-disant amies, estimant que les gens qui lui avaient adressé la parole un jour étaient les plus susceptibles de lui reparler aujourd'hui.

— Salut, les filles, dit-elle en s'approchant de la table de Ria, les mains enfoncées dans les poches de son jean.

Silence. Jenna leva un instant les yeux de sa salade de fruits et répondit :

— Salut.

— Donc... ça va être comme ça, maintenant ? demanda Mélanie. Quelques rumeurs naissent et je me transforme en lépreuse ?

Ria soupira et continua à manger. Pearl semblait très mal à l'aise.

— Enfin, bref. De toute façon, je ne suis pas venue vous parler de ça... J'essaie de rassembler quelques personnes pour aider à nettoyer le tag cet après-midi, et j'ai pensé que vous auriez peut-être envie de venir.

— Je croyais que ceux qui commettaient les délits en payaient le prix, dit Ria. À moins que tu n'en fasses partie ?

— Je ne suis pas une vandale, répondit Mélanie.

— Qui sait ce que tu es ? demanda Ria.

— Ria..., protesta Jenna d'une voix douce.

— C'est bon, Jenna, intervint Mélanie qui sentit sa température grimper d'un coup. Tu sais quoi, Ria ? Je n'ai fait aucune des choses qu'on me met sur le dos, mais ce n'est même pas le problème. Il ne s'agit pas de moi. Il s'agit de la dégradation de notre école et de savoir si toi ou n'importe qui d'autre se sent suffisamment concerné par cette affaire. Ça ne fait qu'une semaine que je suis là, et je ne supporte déjà plus ce tag. C'est quoi ton excuse ?

Ria baissa les yeux vers la table et se tassa sur sa chaise.

— Croyez ce que vous voulez à mon sujet, ajouta Mélanie. J'espère simplement vous voir tout à l'heure, les filles.

Mélanie fit volte-face et marcha vers la table suivante. Pas question d'être afffectée par l'attitude de Ria. D'un autre côté, il lui fallait un minimum d'indignation pour affronter le reste des élèves.

— Salut, je suis Mélanie Meade. Je rassemble une équipe pour aider à nettoyer le graffiti...

Tandis qu'elle se lançait dans son discours, Mélanie repéra Finn qui, à l'autre bout de la salle, s'adressait à une tablée d'élèves aux looks d'artistes. Quand leurs regards se croisèrent, ils échangèrent un clin d'œil complice.

Derrière lui, elle vit que Miller et Aimee déjeunaient ensemble dehors. Ils ne se parlaient pas, mais n'avaient pas l'air mal à l'aise non plus. Mélanie reporta son attention sur la tablée devant elle. Si elle ne se dépêchait pas, les bonnes ondes de ses amis allaient calmer sa colère avant qu'elle ait le temps d'en faire bon usage.

Plus tard dans l'après-midi, après avoir présenté ses excuses à une Coach Leonard très contrariée, Mélanie se dirigea vers l'aile ouest de l'école. Elle espérait que quelqu'un, *n'importe qui*, se joindrait à elle. Quelque chose lui disait que même Doug ne viendrait peut-être pas. Et sachant que personne ne lui avait vraiment prêté attention au déjeuner...

C'est alors que Mélanie s'arrêta, abasourdie. Finn se tenait au milieu d'une foule d'élèves, dont faisaient partie Ria, Jenna, Pearl, Aimee et Doug, ainsi que d'autres filles de l'équipe de foot.

— Salut, dit Mélanie en rejoignant le groupe.

— Salut, répondit Finn avec un sourire. J'étais justement en train de montrer à tout le monde comment se servir de ce truc.

Il désignait à ses pieds un bidon ouvert rempli d'un liquide visqueux. Il y avait également des boîtes pleines de lunettes protectrices, de gants en plastique et de spatules. Cinq échelles avaient été alignées contre le mur.

— Qui t'a nommé responsable ? demanda Mélanie.

— Eh bien, Steve, le chef du service d'entretien, répondit Finn en se frottant les mains. Il ne voulait pas t'attendre, alors il m'a tout expliqué. J'ai cru comprendre qu'il était pressé parce qu'il avait une soirée bowling...

— D'accord. Bon, raconte, dit Mélanie.

— Il faut étaler cette espèce de cataplasme censé dissoudre la peinture, expliqua Finn en s'agenouillant pour enfiler des gants en plastique. Le problème, c'est que ça pue et qu'on ne doit surtout pas s'en mettre sur nous.

— Génial. Ça n'a pas du tout l'air craignos, fit remarquer Mélanie d'un ton ironique. Alors, au travail.

Tout le monde se rassembla autour du matériel de protection et commença à s'équiper. Mélanie se retrouva à côté de Ria et lui tendit une paire de gants.

— Merci, dit Ria.

— De rien, répondit Mélanie.

— Écoute, je voulais te dire que je trouve ça assez cool de ta part de t'être occupée de rassembler l'équipe, continua Ria en attrapant quelques masques en plastique. Je veux dire, vu que tu es nouvelle, tout ça...

— Ouais, bof ! fit Mélanie. En fait, je n'étais pas spécialement volontaire, mais il me semble que c'est important d'ôter ce truc.

— Ça l'est, approuva Ria.

Elle gardait les yeux baissés et tripotait la lanière de ses lunettes de protection. Mélanie sourit. Cet accès d'humilité détonnait complètement chez Ria, ce qui la rendait touchante.

— Et... hum... je suis désolée pour ces derniers jours. J'ai été vache. En plus, je ne sais même pas comment j'ai pu croire Hailey.

— Je comprends, dit Mélanie en riant. Cette fille est flippante.

Ria rit à son tour.

— Ouais, mais pas aussi flippante que moi.

— C'est pas faux, répliqua Mélanie. Allez, au boulot ! On a intérêt à terminer fissa si on veut éviter de se faire tuer par Coach Leonard.

Mélanie se mit à l'ouvrage et elle sentit rapidement qu'elle commençait à se détendre. Tout le monde bavardait – sans qu'il soit jamais question d'elle, d'Evan ou d'Hailey. Avec le soleil dans leur dos et les cris parvenant des divers terrains de sport alentour, Mélanie se sentit en paix.

Elle venait juste d'effacer le blazer quand elle aperçut Aimee qui mélangeait le produit.

— Alors... ? Je t'ai vue tout à l'heure avec Miller, dehors, lui dit-elle. Vous avez discuté ?

Aimee rougit.

— Pas tout à fait. J'aime bien être avec lui, c'est tout.

— Ouais, c'est justement parce qu'il parle pas, intervint Doug en projetant un peu du liquide visqueux sur le mur. Tu crèverais d'ennui s'il l'ouvrait.

— Oublie-le, conseilla Mélanie à Aimee en essayant d'ignorer sa propre rage. Il en veut au monde entier.

— Oh, parce que maintenant tu crois que tu me connais ? dit Doug.

— Ouais, parfaitement, lui renvoya Mélanie. Tu es

intelligent, drôle, doué, et tu as une famille géniale, mais tout ce que tu fais c'est jouer la victime. C'est franchement soûlant.

Waouh. D'où ça sort, ça ? se demanda Mélanie. Elle avait commencé à extérioriser sa pensée, et rien ne pouvait plus l'arrêter.

Le teint de Doug virait au violet.

— Tu ferais mieux de la fermer, sale pétasse, parce que t'as aucune idée de ce que tu viens de dire.

— Hé ! cria Finn. Comment tu viens de l'appeler ?

— Tu m'as très bien entendu, dit Doug, le visage déformé par la colère.

— Excuse-toi, Doug, dit Finn.

— Ouais, compte là-dessus, répondit-il d'un ton moqueur.

— C'est quoi ton problème, mec ? demanda Finn. Tu sais, Mélanie t'a sauvé la vie, aujourd'hui. Tu aurais pu être suspendu... *encore une fois*. Tu aurais même pu te faire virer. Tu devrais la remercier !

Mélanie croisa les bras sur sa poitrine et attendit en regardant Doug. Une envie de sourire lui chatouillait les lèvres, mais elle essaya de la réprimer. Finn et Doug s'affrontaient du regard tandis que tout le monde autour d'eux attendait la suite. Enfin, Doug fut le premier à détourner les yeux, qu'il planta sur Mélanie.

— Merci beaucoup, dit-il, sarcastique.

Puis il retira d'un coup sec ses gants en plastique,

les balança aux pieds de la jeune fille et partit, hors de lui.

Finn suivit son frère du regard et soupira.

— Vous savez quoi ? Mes parents auraient dû s'arrêter de procréer après moi.

Tout le monde éclata de rire et se remit au travail. Mélanie adressa à Finn un sourire de gratitude.

— C'était vraiment chouette de ta part de l'aider, dit le jeune homme. Surtout après la façon dont il t'a traitée.

— Eh bien, quelqu'un m'a dit deux-trois choses qui m'ont fait reconsidérer ma position, expliqua Mélanie. Cependant, je pense toujours qu'il aurait besoin d'un bon coup de pied aux fesses.

— Je crois que tu viens juste de le lui donner, commenta Finn. À mon avis, il ne s'attendait pas à ce que tu lui dises qu'il est intelligent, drôle et doué.

— Je n'ai fait qu'exprimer ce que je pensais.

De : Kicker5525@yahoo.com
A : TooDamn-Funky@rockin.com
Objet : Le manuel du mec

Guide de Mélanie Meade pour comprendre les fils McGowan
Note n° 11

Observation n° 1 : Les garçons sont vulnérables.
Même les crétins irrécupérables.

Observation n° 2 : Les garçons ne voient pas quand il est temps de faire une trêve.
Surtout les crétins irrécupérables.

14

Vendredi, à l'heure du déjeuner, Mélanie et Miller s'approchèrent de la table d'Aimee qu'ils occupaient officiellement depuis la séance de nettoyage. Ils avaient fait l'essai le mercredi. Mélanie n'avait aucune idée de la façon dont réagirait Miller au fait de s'asseoir avec plus de deux nouvelles personnes pour la première fois de sa vie. Finalement, il s'était contenté de manger en silence, et tout s'était très bien passé. À présent, Aimee, Ria, Pearl et Jenna attendaient Mélanie et Miller, leurs repas déjà devant elles. Mélanie voyait bien qu'elles mijotaient quelque chose à la façon dont elles restaient assises bien droites, en silence, mains jointes, et en se forçant à ne pas sourire.

— Qu'est-ce qu'il y a ? demanda Mélanie.

Le visage de Miller s'illumina et Mélanie comprit enfin. Les plateaux de ses amies avaient été rangés « à la Miller », par ordre de taille, de gauche à droite.

— Salut, Miller, dit gaiment Aimee quand il s'installa à côté d'elle, en face de Mélanie.

— Bonjour, Aimee, dit Miller qui rougit en commençant à organiser son plateau.

— Cette place est libre ?

Mélanie leva les yeux et découvrit Finn qui se glissait près de Miller. Il portait un tee-shirt bleu clair qui donnait à ses yeux une couleur surnaturelle. Ils étaient magnifiques.

— Salut, dit Mélanie.

— Salut.

Son sourire lui fit penser à l'autre soir, derrière la maison, quand il l'avait accompagnée jusqu'au garage. Mélanie ne savait pas très bien pourquoi ce moment précis lui revenait à l'esprit, mais elle sentit son cœur faire un bond. Hum... intéressant.

— Ladies, dit Finn en hochant la tête à l'intention du reste de la tablée.

— Gentleman, taquina Ria.

— Qu'est-ce qui t'arrive, Miller ? demanda Finn.

— Ça ne va pas, dit Miller en louchant sur le plateau de Finn.

— Oh, désolé, s'excusa Finn qui arrangea rapidement son déjeuner. C'est mieux ?

— Ouais. C'est Aimee, répondit Miller en désignant Aimee du pouce. C'est ma nouvelle amie.

Aimee fut si surprise que sa bouche prit la forme d'un Cheerios.

— Je ne savais pas que tu avais une nouvelle amie, Miller. C'est génial, le félicita son frère.

— Mélanie est ma nouvelle amie aussi, dit Miller.

Finn regarda Mélanie, les yeux pétillants de malice.

— Ouais, je sais. C'est assez clair.

Mélanie plongea le nez dans sa salade. Elle avait soudain l'impression que tous ses amis la fixaient et elle ne releva les yeux qu'une fois qu'ils eurent commencé à manger. Ria lui lança un regard impressionné.

— Quoi ? articula silencieusement Mélanie en fronçant les sourcils.

Ria grimaça. Après moult coups d'œil insistants, elle fit comprendre à Mélanie que, selon elle, Finn était venu s'asseoir avec elles parce que Mélanie lui *plaisait*.

Celle-ci secoua la tête avec force et se plongea de nouveau dans la contemplation de son plateau pour empêcher Ria de poursuivre ses grimaces et ses insinuations. Retenant son souffle, elle jeta un œil vers Finn qui se détourna en toute hâte. Il était en train de la regarder.

Mélanie sentit son cœur s'emballer. Elle prit une longue gorgée de soda pour faire diversion. Ria était complètement folle. Elle ne pouvait pas plaire à Finn, puisqu'il aimait les filles comme Kayla Bird. Même si ça n'avait pas marché avec elle, Kayla était le genre de fille qu'il aimait, et elle n'avait rien à voir avec Mélanie. Non. Décidément, Ria se trompait.

Cet après-midi-là, après sa douche, Mélanie décida d'aller à l'appentis. Passer un peu de temps avec Finn serait la meilleure façon de redescendre sur terre après avoir pensé à lui tout l'après-midi. Depuis les insinuations de Ria – qu'elle avait ensuite clairement formulées pendant l'entraînement –, Mélanie était obsédée. Est-ce qu'elle lui plaisait ? Est-ce qu'il lui plaisait ? Et s'il lui plaisait ? Où était la vérité ?

Au stade du brossage de cheveux, elle se trouvait à deux doigts de la folie. Tout ça à cause d'une petite graine que Ria avait déposée dans sa tête. La veille, elle n'avait pas du tout pensé à Finn. Enfin... pas vraiment. Ils étaient amis. Et Finn ne voyait rien de plus en elle.

Résolue à tuer dans l'œuf cette obsession avant qu'elle ne devienne incontrôlable, Mélanie tressa ses cheveux mouillés et sortit derrière la maison. D'un coup, toute sa détermination s'envola. Debout au milieu de la cour, en pleine conversation, se trouvaient les deux derniers individus que Mélanie avait envie de voir à cet instant : Evan et Hailey.

Comment ces deux-là pouvaient-ils être en train de discuter ? Comment Evan avait-il pu pardonner à Hailey d'avoir couché avec Doug, mais pas le prétendu mensonge de Mélanie ? Le couple l'accueillit avec la même expression glaciale.

— Je rentre, dit Hailey en s'écartant d'Evan.

Mélanie la suivit des yeux tandis qu'elle passait devant elle en l'ignorant. Evan emboîta le pas à sa merveilleuse amoureuse, fusillant Mélanie du regard. Il y avait tant de dégoût dans ses yeux que Mélanie sentit ses intestins se tordre. C'en était trop. Elle ne supporterait pas ça plus longtemps.

— Impossible de me regarder en face, hein, Hailey ? dit Mélanie en se retournant. Cela dit, ça ne m'étonne pas, avec tous tes mensonges...

Hailey s'arrêta à la porte, mais Evan fit volte-face, hors de lui.

— Pourquoi tu ne lui fiches pas la paix ? dit-il.

— Toi, tu es dix fois pire qu'elle, tu sais ça ? dit Mélanie. Au moins, elle, elle avait une bonne raison d'agir comme elle l'a fait. Mais toi, je ne t'ai jamais menti, et pourtant tu as décidé de ne pas me croire. C'est tellement plus simple d'être aveugle...

— Oh, n'importe quoi ! s'exclama Hailey.

— C'est ça, ton argument ? « Oh, n'importe quoi » ? dit Mélanie en se tournant vers Hailey. Tu vas rester là et faire comme si nous ne savions pas, toi et moi, ce qui s'est vraiment passé ?

Hailey la fixa avec fureur avant de baisser les yeux.

— Demande-lui, dit Mélanie à Evan. Demande-lui *maintenant* si je suis jamais allée la trouver pendant la fête pour lui dire que toi et moi étions sortis ensemble. Vas-y. Je veux voir quel genre de sale menteuse elle est.

Evan regarda Mélanie un long moment, serrant et desserrant les mâchoires.

— Je n'arrive pas à croire que j'aie pu gâcher ne serait-ce qu'une seconde de ma vie à penser à toi.

Mélanie poussa Hailey pour rentrer dans la maison et remonta dans sa chambre. Sa frustration la dévorait. Plutôt que de se taper la tête contre les murs, elle attrapa son téléphone et composa le numéro de Tracy – la seule personne sur Terre à qui elle pouvait parler de cette histoire.

— Mélanie ? répondit Tracy en décrochant, surprise.

— Tracy, devine quoi ! Ce programme d'immersion chez les mecs est vraiment efficace, dit Mélanie en faisant les cent pas dans sa chambre.

Elle s'arrêta et regarda par la fenêtre. Evan était à présent assis dans le hamac, la tête entre les mains.

— Et tu sais ce que j'ai appris ? ajouta-t-elle.

— Oh-oh. Non, quoi ? demanda Tracy.

— Que les garçons ne valent vraiment pas le coup.

Détends-toi, Mélanie. Détends-toi.

Lemon, la « technicienne de peau » personnelle de Mélanie, lui étala une nouvelle couche de crème visqueuse et puante sur le visage, puis elle s'appliqua à la faire pénétrer en massant. La mixture semblait pleine de petits éclats de verre. Ou de gravillons. Quoi que ce soit, cela ne stimulait pas seulement l'épiderme de Mélanie : ses nerfs aussi étaient mis à rude épreuve.

Comment ce traitement était-il supposé vous détendre ? Depuis sa confrontation de la veille avec Evan et Hailey, Mélanie ne rêvait que d'une chose : deux heures d'exercice physique intense pour chasser toute la tension de son corps. Et voilà que non seulement on la forçait à rester tranquille, mais en plus quelqu'un s'appliquait à lui arracher la peau.

— Relax, Mélanie. Tu es là pour te laisser aller, dit Lemon d'une voix flûtée en faisant remonter ses mains vers ses tempes.

Les cheveux hirsutes de Lemon étaient à peu près de la même couleur que le fruit dont elle portait le nom[1], et elle avait un brillant rouge dans le nez qui scintillait chaque fois qu'elle bougeait la tête.

— Qu'est-ce qui vous fait croire que je ne me laisse pas aller ?

— Eh bien, pour commencer, tes pieds n'ont pas arrêté de gigoter depuis que tu t'es assise, répondit Lemon avec un sourire éblouissant. Ensuite, tu n'as pas réussi à garder les yeux fermés plus de trois secondes d'affilée.

1. *Lemon* : « citron », en anglais.

— Et alors ? Peut-être que c'est ma façon d'être détendue.

— Oh, mon chou. J'espère que non, commenta Lemon avec un froncement de sourcils compatissant.

Elle baissa les yeux vers une partie du corps de Mélanie, mais celle-ci, la tête renversée en arrière, ne put suivre son regard.

— Quoi ? demanda sèchement Mélanie.

— Détends tes mains, mon chou, dit Lemon.

Mélanie relâcha ses poings qu'elle avait serrés sans même s'en rendre compte. Au moment où elle desserra les doigts, elle ressentit une douleur fulgurante dans ses paumes. En les observant, Mélanie vit que ses ongles y avaient laissé de profondes marques rouges en demi-lunes.

Une symphonie de cloches de vache passait en boucle. Mélanie essaya de se concentrer sur la mélodie. Peut-être qu'ainsi le temps passerait plus vite.

— Maintenant, inspire par le nez et expire par la bouche, dit Lemon en élevant et en abaissant ses mains. Inspire par le nez, expire par la bouche.

Mélanie obéit. Inspiration, expiration. Inspiration, expiration.

— Doucement, mon chou. Doucement, intervint Lemon. Tu n'es pas en train de courir un marathon.

Ooooh... Courir un marathon. Voilà *qui me détendrait*, se dit Mélanie.

Elle imagina ses pieds rebondissant sur la piste de

terre battue, ses cheveux rejetés en arrière par la vitesse, la brûlure dans ses poumons augmentant au fur et à mesure qu'elle accélérait toujours plus. Mélanie imagina Hailey et Evan courant devant elle. Elle se vit les doubler. L'air choqué d'Hailey. L'admiration d'Evan comprenant enfin que Mélanie était bien meilleure qu'Hailey... Evan abandonnait Hailey pour essayer de rattraper Mélanie, mais celle-ci filait comme le vent, le laissant loin derrière dans un nuage de poussière.

— Tu vois ? Tu souris, dit Lemon.

— Ouais. On a fini ? demanda Mélanie.

Ce n'était pas en restant vautrée dans un fauteuil le visage tartiné de crème gluante qu'elle allait réussir à se libérer de ses démons – Evan et Hailey. Il fallait qu'elle aille à son entraînement de foot et qu'elle utilise un peu de cette énergie. En fait, il fallait qu'elle sorte d'ici, point.

— Eh bien, je suis censée te laisser ce masque encore trois minutes, mais si tu te sens régénérée, mon boulot est fait, dit Lemon. Tu te sens régénérée ?

— Vous n'avez pas idée, répondit Mélanie.

— Alors, rinçons, déclara Lemon joyeusement.

Enfin, songea Mélanie. *Enfin cette abominable séance est terminée.*

Lemon rinça le visage de Mélanie à l'eau tiède et lui tendit une serviette douce et moelleuse. Mélanie n'avait jamais rien senti d'aussi agréable contre sa peau. Peut-être était-elle un peu régénérée, après tout. À moins que ce ne soit la perspective de quitter cet endroit qui lui donnait des frissons.

— Merci, dit Mélanie à la jeune femme en sortant du box « Soins du visage ». En rejoignant les vestiaires où Regina et elle avaient troqué leurs vêtements contre des peignoirs de l'institut, elle put presque discerner les crampons sous ses pieds fraîchement pédicurés. L'entraînement durerait encore une heure et demie, ce qui lui donnerait largement le temps de décharger son agressivité.

Regina l'accueillit avec un sourire radieux.

— Coucou ! Tu es prête pour le massage ?

L'enthousiasme de Mélanie retomba d'un coup.

— Le quoi ?

— Le massage ! répéta Regina en se levant. La touche finale de notre journée de spa. Je nous ai réservé une cabine pour toutes les deux.

Mélanie sentit des larmes lui picoter les yeux. Elle avait été si près de la liberté.

— Mélanie et Regina ?

Un homme grand et musclé venait d'apparaître dans l'embrasure de la porte. Avec sa coiffure, il semblait sortir d'une série des années 1970 et son visage finement dessiné faisait penser aux couvertures des romans à l'eau de rose.

— Ici ! dit Regina. Ça va être délicieux, chuchota-t-elle à Mélanie tandis qu'elles suivaient le géant dans le couloir. Je parie que, après tous ces entraînements de foot, ça ne te fera pas de mal d'être frictionnée.

Mélanie avala sa salive avec difficulté tandis que l'homme les faisait entrer dans une petite pièce. Un autre type les rejoignit bientôt, même gabarit, mais afro-américain et carrément canon. Mélanie était debout, tétanisée, et fixait les deux tables recouvertes de draps blancs.

Dites-moi que ce ne sont pas ces mecs qui vont nous... frictionner, pria Mélanie au bord de la panique.

Le premier fit les présentations.

— Je suis Corey, et voici Ben. C'est nous qui vous masserons aujourd'hui.

La chaleur dans la pièce se fit étouffante. Pourtant, Mélanie se surprit à serrer le col de son peignoir tandis que sa vue se brouillait.

— Est-ce que vous avez des points douloureux à nous signaler ? demanda Ben.

Elle rêvait ou Ben lui faisait vaguement de l'œil ?

— Des points douloureux ? couina-t-elle.

— Vous savez, des nœuds ou des élancements. N'importe quel endroit du corps qui aurait besoin d'une attention particulière, expliqua Ben.

— Oh... non, répondit Mélanie.

— Tout va bien, dit Regina.

— OK. Nous allons vous laisser vous déshabiller et...

— Dé... quoi ? lâcha Mélanie.

— ... Déshabiller, compléta Corey.

— Vous voulez dire enlever mes *vêtements* ? Devant *vous* ? s'exclama Mélanie en se cramponnant encore plus fort au col de son peignoir et en reculant de quelques pas.

— Non : nous sortirons de la pièce quelques instants, expliqua lentement le masseur.

— Et quand vous reviendrez, je serai nue...

— Vous pouvez garder votre culotte et votre soutien-gorge, si ça vous met plus à l'aise. Comme vous voulez.

— Ma culotte *et* mon soutien-gorge ? Vous vous moquez de moi ! gémit Mélanie.

— Mélanie, relax, intervint Regina.

— Je *suis* relax ! répondit Mélanie.

Dos au mur, elle glissa jusqu'à la porte, serrant toujours les pans de son peignoir.

— Enfin, je le serais si j'étais à mon entraînement de foot ! C'est comme ça que je me détends : en courant, en transpirant, en donnant des coups de pied dans un ballon. Pas en me déshabillant pour que des inconnus me *frictionnent* !

— Mélanie, je...

— Non, Regina, je suis désolée, mais je ne peux pas rester, poursuivit Mélanie. Je sais que c'est ainsi que vous concevez un bon moment, et que vous avez très envie que je sois... la fille que vous n'avez jamais eue ou un truc dans le genre, mais je ne me maquille pas, je déteste le rose et les soins du visage... euh... en fait, si, j'aime bien les soins du visage, mais pour vous dire la vérité, cette séance est un cauchemar. Il faut que j'y aille.

Puis elle rentra la tête dans ses épaules et s'enfuit aussi vite que ses orteils brillants et polis le lui permirent.

Kicker5525 : SOS !
TooDamn-Funky : où es-tu ?
Kicker5525 : ds le bus. pas tt à fait sûre ke ce soit le bon. G fui Cance massage avec R.
TooDamn-Funky : L t'a emmenée te fR maC ? ms tu Dtestes ke des 1connus te touchent !
Kicker5525 : JE C !
TooDamn-Funky : pq tu ne lui as PAS DIT ?
Kicker5525 : je crois ke je viens de le fR. je crois ke tt le spa est o courant.
TooDamn-Funky : wouah. kan tu Xploses, tu Xploses...
Kicker5525 : je commence à m'en rendre compte.
TooDamn-Funky : et maintenant ?
Kicker5525 : entraînement de foot. ensuite sûrement punie. encore.
TooDamn-Funky : t'envoie bonnes ondes.
Kicker5525 : merci. (smiley triste.) je t'M !
TooDamn-Funky : moi Ossi, ma zarbie chérie.

15

Elle va me tuer. Elle va m'assassiner...

Bien sûr, Regina n'avait pas l'air d'une tueuse. Et puis, si elle avait des tendances à la violence, elle aurait indubitablement déjà blessé quelqu'un depuis le temps qu'elle cohabitait avec huit représentants de la gent masculine. Pourtant, Mélanie ne pouvait empêcher ce refrain de tourner dans sa tête, ni oublier l'expression de Regina quand elle lui avait annoncé qu'elle partait. Ce mélange de déception, de choc et d'inquiétude – comme si elle commençait à se demander si elle et son mari n'avaient pas accueilli une psychopathe.

— Meade ! Qu'est-ce que tu fais là ? demanda Coach Leonard quand Mélanie laissa tomber son sac de gym au pied des gradins. Je croyais que tu avais un truc de famille.

— Ça s'est fini tôt, expliqua Mélanie, légèrement essoufflée d'avoir sprinté depuis le parking à vélos.

— Eh bien, c'est super, dit la coach. (Elle leva son sifflet et souffla.) Vargas ! Tu laisses ta place à Meade !

Tina Vargas quitta le terrain en trottinant et fit un signe de tête à Mélanie quand elles se croisèrent. Celle-ci fut légèrement surprise de ce geste de la part d'une membre du camp d'Hailey, mais elle l'oublia vite. Tout ce qui l'intéressait à cet instant, c'était le ballon. Il lui fallait le ballon.

— Tu as pu venir, finalement ! s'exclama Aimee tandis qu'elles se mettaient en ligne pour la remise en jeu. Et tu es resplendissante !

— Ouais... vive les protéines de concombre, grogna Mélanie.

La balle vola. Mélanie bondit devant Vithya, arrêtant le ballon sur sa poitrine. Elle commença à remonter du terrain, évitant Jessica Peraita qui trébucha en essayant de changer de direction. Ensuite, comme deux défenseuses la chargeaient, elle fit une passe à Ria, contourna les deux filles et sprinta. Elle était seule devant la cage des buts quand Ria lui fit une passe. Mélanie regarda vers la gauche, feintant Deena, la gardienne, puis envoya la balle dans le coin de droite. Deena mordit la poussière tandis que le ballon s'enfonçait dans le filet. L'équipe de Mélanie fonça pour la rejoindre.

— C'était dément ! s'exclama Aimee.

— Qu'est-ce que tu faisais, ce matin ? Tu mangeais du lion ? demanda Ria.

Mélanie sourit sans répondre. Elle rejoignit la ligne médiane en courant et fit face à Hailey, plus que prête à recommencer. Comme Mélanie s'y attendait, elle avait beau fixer Hailey, celle-ci refusait de la regarder dans les yeux.

— OK, mesdemoiselles. J'aimerais bien voir un peu de défense ! hurla Coach Leonard.

Pearl arriva en courant pour déposer le ballon entre les deux joueuses. Au moment où elle leva le ballon, elle adressa à Mélanie un sourire discret. Mélanie s'éclaircit la gorge et essaya de garder un visage impassible. Mais comme c'était bon d'avoir retrouvé ses amies !

La balle tomba et Hailey l'intercepta. Elle remonta le terrain en dribblant, Mélanie sur ses talons. Son sang battait aussi fort que si elle avait bu douze litres de café. Elle n'allait pas laisser Hailey arriver aux buts. C'était hors de question.

Hailey se prépara à faire une passe et Mélanie glissa sur le sol, lançant sa jambe droite au moment précis où Hailey reculait son pied pour frapper. Les crampons de Mélanie arrivèrent les premiers sur le ballon qui partit dans l'autre sens, directement sur Lisa Bronson, la défenseuse de Mélanie. Lisa eut l'air presque aussi surprise qu'Hailey, mais elle se reprit en vitesse et ramena la balle. Mélanie bondit et retraversa le terrain en courant, savourant la brûlure dans ses poumons et sa gorge. Pour la première fois depuis sa confrontation avec Hailey et Evan, elle se sentait merveilleusement bien.

Lisa fit une passe à Aimee qui fut dans l'instant assaillie par Kathy Cash.

— Centre ! hurla Mélanie. Centre !

Aimee dégagea la balle par-dessus la tête de Kathy, exécutant une passe parfaite qui envoya le ballon pile au pied de Mélanie. Du coin de l'œil, elle put voir Hailey foncer sur elle. Mélanie dribbla vers les buts, se préparant pour l'impact. Hailey la percuta violemment, essayant de la faire tomber pour lui voler le ballon. Mélanie grogna, poussa et lutta. La main d'Hailey était collée à son visage, son coude enfoncé dans son ventre. Mélanie ferma les yeux une fraction de seconde pour se protéger des doigts de la blonde, shoota dans le ballon, se dégagea d'un coup de hanche et rouvrit les yeux. Le ballon avait filé quelques mètres plus loin.

Ria et Jessica couraient vers lui, mais Mélanie était encore le plus près. Elle fonça sur le ballon et l'envoya aussi fort qu'elle put à Aimee, de l'autre côté du terrain. Son amie arrêta la balle pendant que Mélanie courait et s'arrêtait juste devant les buts. L'attention de Deena était sur Aimee. Mélanie croisa le regard de la gardienne au moment où Aimee lui faisait une passe. Deena réagit, mais trop tard. Mélanie bondit et fit une tête qui envoya le ballon en plein milieu du filet.

— C'est pas vrai ! hurla Hailey en se plantant juste devant la gardienne. Deena ! Qu'est-ce que tu fabriques ? Sers-toi de ta tête !

Deena épousseta son épaule et tourna lentement le dos à Hailey.

— On ne gagnera jamais de match sans défense, les minettes ! cria Hailey. Et elle n'est pas *si* bonne que ça !

Mélanie rit. Elle ignorait si quelqu'un avait prêté attention à Hailey. De toute façon, elle s'en fichait. Deux buts en moins de deux minutes était un record pour elle. Du pur bonheur.

Un coup de sifflet retentit et Coach Leonard frappa dans ses mains pour attirer l'attention de l'équipe.

— OK, les filles, on y retourne ! cria-t-elle. Bien joué, Meade. Quand tu te pointes, tu ne fais pas semblant.

— Merci, Coach, répondit Mélanie.

— Allez, mesdemoiselles ! Voyons si quelqu'un peut l'arrêter ! lança le coach qui siffla de nouveau. Montrez-moi de quoi vous êtes capables !

Mélanie trottinait vers le milieu du terrain quand Aimee la rejoignit et passa un bras autour de ses épaules.

— Elles n'ont encore rien vu ! dit-elle.

— Tu l'as dit, répliqua Mélanie.

Elle prit sa place face à Hailey qui, pour la première fois depuis des lustres, la regardait – méchamment.

Mélanie sourit devant son air méprisant et déterminé. Elle allait bien s'amuser...

Mélanie et ses coéquipières s'assirent en cercle dans le grand gymnase. Autour d'elles pendaient les drapeaux bordeaux et or des divers championnats disputés par l'école les années précédentes. Mélanie leva les yeux vers la bannière de l'équipe féminine de football accrochée au-dessus de la pendule encagée. Le dernier championnat du comté avait été remporté en 1996.

Tout ça va changer cette année, pensa Mélanie en s'appuyant sur ses coudes. Elle se sentait pleine d'assurance.

— Très bien, mesdemoiselles, vous savez comment ça marche, dit Coach Leonard en faisant passer des feuilles de papier et des stylos. D'abord, vous nommez vos candidates, et ensuite vous procédez à un vote anonyme. J'ai chargé Pearl de compter les voix. Si vous avez des questions, je suis dans mon bureau. J'ai des vidéos de matchs de l'année dernière à regarder. Que le nouveau capitaine passe me voir avant de partir. Bonne chance.

L'entraîneuse fit demi-tour et s'éloigna. Quand la porte à l'autre bout du gymnase se referma, Mélanie jeta un regard circulaire à l'équipe. Toutes les filles s'observaient avec circonspection.

— Bon, eh bien, il me semble que nous devrions proposer les candidatures, dit enfin Pearl.

Jessica leva une main.

— Je propose Hailey Farmer.

Quelle surprise ! se dit Mélanie.

— OK. Hailey, acceptes-tu de te présenter ? demanda Pearl.

— Oui, répondit gravement Hailey.

— Quelqu'un d'autre ? demanda Pearl.

Ria se redressa et leva la main. Toutes les filles la regardèrent, ébahies.

— Ria ? demanda Pearl.

— Je propose Mélanie Meade.

Le cœur de Mélanie cogna dans sa poitrine.

— *Quoi ?* lâcha Hailey. Tu as fumé ou quoi ?

Dans un brouhaha général, Mélanie replia les genoux sous son menton et serra ses jambes contre elle. Capitaine. Pourquoi Ria la proposait-elle au poste de capitaine d'une équipe qu'elle venait juste de rejoindre ? En était-elle capable ? D'ailleurs, en avait-elle même *envie* ?

Finalement, un sourire se dessina sur son visage.

— Bien ! fit Ria en levant les bras. Votons, d'accord ? Ce qui doit arriver arrivera.

Hailey la fusilla du regard. D'un coup, tout devint si calme que Mélanie put entendre son propre cœur battre.

— Bon, y a-t-il d'autres propositions ? demanda Pearl d'un ton hésitant.

Silence.

— Alors à vos stylos, dit Pearl.

Hailey gribouilla quelque chose sur son bout de papier, se leva et le tendit à Pearl. Elle retourna d'un pas assuré à sa place dans le cercle et se rassit. Puis, avec un air détaché, elle croisa les jambes au niveau des chevilles et s'appuya en arrière sur ses mains. Une par une, les filles rendirent leur bulletin de vote. Mélanie écrivait son nom sur sa propre feuille.

Une fois tous les bulletins en main, Pearl s'écarta du groupe et fit son pointage sur un bloc-notes.

— Hum... ex-aequo...

— Tu te moques de moi, dit Hailey.

— Non. Sept contre sept, confirma Pearl en regardant son bloc.

— Qui a voté pour elle ? demanda Hailey en repliant ses jambes et en se penchant en avant. Je ne plaisante pas. Qui a voté pour elle ?

— Euh... j'ai un prénom, dit Mélanie interloquée.

— Toi, je ne te parle pas, dit Hailey d'un ton sec. Je veux savoir qui a voté pour elle alors que vous savez *toutes* ce qu'elle a fait. Je suis avec vous dans cette équipe depuis trois ans, et *sept* d'entre vous votent pour elle ?

— Moi j'ai voté pour elle ! annonça joyeusement Ria.

— On s'en doute, dit Hailey. Mais... et les autres ? Vous avez trop la trouille d'admettre que vous avez voté pour une sale traîtresse plutôt que pour votre capitaine ?

Mélanie n'en pouvait plus. Pour qui cette fille se prenait-elle ?

— OK ! Ça suffit !

Mélanie leva des yeux interrogateurs vers Aimee qui avait bondi sur ses pieds.

— Qu'est-ce qui t'arrive ? lui demanda sa sœur.

— Je ne supporte plus ça, dit Aimee, les mains tremblantes. Je ne peux pas rester assise à t'écouter mentir. Mélanie n'a rien fait, d'accord ? Elle n'est pas sortie avec Evan. Et elle ne t'a pas dit non plus qu'elle était sortie avec lui. Quelle que soit la version que vous ayez entendue, les filles, tout est faux.

Hailey devint toute verte.

— Aimee, assieds-toi.

— Non, pas question, protesta celle-ci en fermant les yeux.

Mélanie voyait bien que son amie devait faire un gros effort pour tenir tête à sa grande sœur.

— Je t'ai entendue, tu sais ? enchaîna-t-elle. Je t'ai entendue raconter à Jessica ce que tu avais fait.

Aimee regarda le reste de l'équipe.

— Hailey a tout inventé. Elle était ivre et jalouse ; elle a dit à Doug que Mélanie et Evan étaient sortis ensemble alors qu'ils n'avaient rien fait. Et après avoir couché avec Doug et réalisé qu'elle avait tout faux, elle a raconté à Evan que Mélanie lui avait dit qu'ils étaient sortis ensemble afin d'avoir une excuse. Mais ce n'était qu'un mensonge. Elle était jalouse de Mélanie, alors elle lui a tout mis sur le dos. La vérité, c'est que *Mélanie n'a rien fait du tout*.

Toutes les filles regardaient Hailey et Aimee, bouche bée. Quant à Mélanie, elle pouvait à peine respirer.

— Elle ment, dit Hailey en haussant les épaules et en éclatant d'un rire qu'on sentait forcé. Je vous jure, parfois je n'arrive pas à croire que nous sommes sorties du même ventre.

Quelques filles pouffèrent.

— Elle a tout inventé ! s'exclama Hailey. Les filles, vous n'allez quand même pas la croire ! Jessica, dis-leur !

Jessica pâlit et regarda ses compagnes.

— Je... euh...

Quelques joueuses échangèrent un regard entendu.

— Personne ne pourrait inventer une histoire pareille, Hailey, intervint Ria. À part toi, peut-être, ajouta-t-elle dans sa barbe.

— Je suis désolée de ne rien avoir dit avant, Mélanie, s'excusa Aimee en se tournant vers son amie. Je ne savais pas quoi faire.

— Pas de problème, dit Mélanie avec un petit sourire.

Elle comprenait bien que le choix n'avait pas été évident à faire.

— Je crois que nous devrions voter de nouveau.

Deena venait de briser un silence pesant.

— Quoi ? s'exclama Hailey en se tournant vers elle. Deena !

Mais Deena se contenta de la fixer, impassible. Hailey lâcha un soupir indigné et consulta les autres du regard. Toutes les filles détournèrent la tête. Mélanie observa Hailey qui, paniquée, réalisait qu'elle se retrouvait seule. Tout s'écroulait autour d'elle. Mélanie avait vécu la même chose il y avait très peu de temps.

— Les filles, je ne crois pas que tout ceci doive influer sur l'élection du capitaine, intervint Mélanie.

— Hein ? s'étonna Ria.

— On vote pour choisir qui mènera notre équipe, expliqua Mélanie. Pas pour savoir qui a menti.

Tout le monde la regarda en silence.

— OK. On revote, dit Ria.

— Il fallait qu'on le fasse, de toute façon, expliqua Pearl, pragmatique. Il y a deux noms ex-aequo.

— Ouais, parce que la moitié d'entre vous sont dingues, siffla Hailey.

Mais l'expression sur son visage trahissait son manque d'assurance.

Pearl fit le tour du cercle pour redistribuer des feuilles. Lentement, les joueuses écrivirent leur choix.

Mélanie sentait son cœur faire des bonds dans sa poitrine.

Une fois encore, Hailey fut la première à rendre son bulletin, mais, ce coup-ci, elle resta debout pendant que Pearl procédait au dépouillement. Le comptage prit deux fois moins de temps que la première fois. Mélanie retint son souffle.

— Le résultat est de trois voix pour Hailey et onze pour Mélanie, annonça Pearl solennellement. Mélanie Meade est notre nouvelle capitaine.

Mélanie fit un beau dérapage en s'arrêtant devant l'appentis. Elle poussa la porte du petit studio de Finn, surexcitée.

— Hé ! Qu'est-ce qui se passe ? demanda Finn en souriant.

— Je suis capitaine ! J'ai été nommée capitaine ! annonça Mélanie, à bout de souffle.

— Quoi ? Tu plaisantes ! s'exclama Finn dont le visage s'illumina. C'est génial !

— Oh ! la ! la ! C'était trop cool ! commença Mélanie en marchant vers lui et en le tirant par la manche pour qu'il s'assoie sur le banc. D'abord, on a voté, mais il y a eu égalité. Du coup, Hailey a flippé et m'a traitée de traîtresse et de sale menteuse, et Aimee s'est levée pour dire à tout le monde que la sale menteuse, c'était Hailey !

— Waouh. Sérieux ?

— Ouais ! Ça a fait tout un foin ! Mais ensuite, on a revoté et j'ai gagné ! Je n'arrive toujours pas à y croire !

— Eh bien, félicitations, dit Finn.

— Merci. J'avais trop hâte de te l'annoncer, dit Mélanie avec un grand sourire. Tu aurais dû voir sa tête. On aurait dit...

Mélanie s'interrompit d'un coup – c'était Finn qui faisait une drôle de tête, à présent. Il ne souriait plus. Il semblait avoir arrêté de respirer.

— Qu'est-ce qu'il y a ? demanda Mélanie.

Il l'observait. Scrutait son visage, de sa mâchoire à ses pommettes en passant par ses mèches indisciplinées.

Finn tendit le bras et passa rapidement une main dans les cheveux de la jeune fille, les repoussant en arrière.

— Ça, dit-il.

Et là, il se pencha vers elle et l'embrassa. Pendant un bref moment, Mélanie resta pétrifiée. Elle n'avait aucune idée de ce qu'elle devait faire. Elle ignorait s'il fallait qu'elle bouge les lèvres, les mains, et même comment respirer.

Embrasse-le, pour l'amour du ciel ! se dit-elle.

Elle étouffa alors un rire plein d'embarras et de joie, et se laissa aller. Elle tendit le bras pour attraper maladroitement sa manche. Une main de Finn se plaça en coupe derrière sa tête et l'autre se posa légèrement sur son genou. La peau de Mélanie s'enflamma. Finn était en train de l'embrasser. *Finn* était en train de l'*embrasser* !

Il se recula tout d'un coup et la regarda dans les yeux.

— Ça va ? demanda-t-il.

Muette et à bout de souffle, Mélanie hocha la tête. Tout ce qu'elle voulait, c'était ses lèvres sur les siennes. Il sourit et l'embrassa de nouveau. Cette fois-ci, Mélanie glissa sur le banc et pencha son corps un peu plus vers le sien. Elle n'arrivait pas à croire à la perfection de cet instant : excitant, joyeux, palpitant et doux à la fois.

Et, tout à coup, elle comprit : ça avait toujours été Finn.

Celui avec qui elle voulait partager toutes les bonnes nouvelles. Celui à qui elle pouvait parler. Celui auquel elle pensait quand quelque chose de drôle, de bizarre ou d'intéressant lui arrivait. Finn était intelligent, comique gentil et attentionné.

Pourquoi ai-je perdu tant de temps à penser à Evan ? se demanda-t-elle tandis que Finn faisait doucement glisser son doigt le long de sa joue.

Derrière Mélanie, la porte laissa échapper un petit couinement familier et Finn s'écarta d'elle si brusquement qu'elle faillit tomber. Pas assez vite, cependant : Regina se tenait dans l'embrasure, bras croisés.

Mélanie avala une gorgée d'air et regarda Finn. Ouais, Finn McGowan était un garçon merveilleux. Mais, maintenant, c'était aussi un homme mort.

De : Kicker5525@yahoo.com
A : TooDamn-Funky@rockin.com
Objet : Oh ! la ! la !

J'AI EMBRASSÉ FINN ! J'AI EMBRASSÉ FINN ! OH ! LA ! LA ! J'AI EMBRASSÉ FINN ! OÙ ES-TU ???

16

Assise bien droite sur une chaise de la cuisine, Mélanie flottait quelque part entre l'extase et la terreur. Dans la pièce voisine, Regina et John discutaient à voix basse, sans doute au sujet d'une décision à prendre qui la concernait. Mélanie savait qu'elle ferait bien de se préparer à la discussion qui allait suivre, mais elle ne pouvait s'empêcher de penser à Finn. Et, chaque fois, elle tremblait de bonheur.

Elle sentait encore la caresse de son doigt sur sa joue, sa main courant dans ses cheveux. Ses lèvres frissonnaient encore de leur baiser. La façon dont il l'avait regardée l'avait fait se sentir si belle...

Regina et John entrèrent dans la pièce, l'air épuisés et préoccupés. Ils la considérèrent un instant en silence.

— Eh bien, pour être honnête, Mélanie, nous ne savons pas quoi faire, dit enfin John en se frottant la nuque. Tu connaissais les règles et nous espérions que la punition de la semaine dernière aurait remis les choses au clair, mais apparemment pas. Alors, qu'est-ce qu'on fait ?

Mélanie lui jeta un regard perplexe.

C'est alors que Finn entra dans la pièce, et les yeux de Mélanie s'illuminèrent.

— Salut. Je sais que vous m'avez dit d'attendre dans ma chambre, mais j'ai quelque chose à dire, dit-il en frottant ses paumes sur son jean.

— Très bien, dit Regina.

Elle semblait espérer que l'intervention de Finn réglerait la situation.

Le garçon s'éclaircit la gorge.

— Ce n'était pas la faute de Mélanie. C'est moi qui l'ai embrassée. Moi seul mérite d'être puni.

— Bien essayé, gamin, mais il faut être deux pour danser le tango, dit John.

— Oui, je sais, techniquement..., insista Finn. Mais Mélanie ne m'a pas rendu mon baiser... n'est-ce pas ?

Au fur et à mesure qu'il parlait, Finn devenait de plus en plus rouge. Il regarda Mélanie, les sourcils haussés, attendant qu'elle confirme sa version de l'histoire. Mélanie n'arrivait pas à croire ce qu'elle entendait. Avait-elle été assez maladroite pour qu'il croie qu'elle ne l'avait pas embrassé ? Ou était-il en train de se conduire comme le mec le plus cool de la Terre pour la sauver ?

— C'est vrai, dit-elle pour finir. C'est arrivé comme ça...

Elle ne savait pas quoi dire d'autre. Regina et John s'interrogèrent du regard. Finalement, John lâcha un soupir. Leur soulagement n'échappa pas à Mélanie.

— Bon, très bien. Finn, tu connaissais les règles et tu les as ignorées, donc tu es puni... encore une fois, dit son père. Tu iras en cours, tu feras tes devoirs, et c'est tout. Pendant deux semaines.

— Et le studio ? demanda l'adolescent.

— Pas de peinture non plus, dit son père. Compris ?

Pendant un bref instant, Finn sembla vouloir discuter, mais, après un bref coup d'œil à Mélanie, il baissa la tête.

— Ouais, compris.

— Parfait. Monte dans ta chambre.

Finn fit demi-tour et grimpa les marches d'un pas lourd. Mélanie mourait d'envie de courir le rejoindre pour le remercier, mais elle se retint, estimant que ça ne ferait pas très bonne impression.

— John, j'aimerais parler à Mélanie seule à seule, si ça ne t'ennuie pas, dit Regina.

Mélanie se raidit. Elle n'avait pas vu Regina depuis son esclandre au spa le matin, et les événements de l'après-midi le lui avaient presque fait oublier.

— Bien sûr, dit John.

Il hésita un moment, faisant un effort pour regarder Mélanie dans les yeux.

— Je ne sais pas très bien comment formuler ça, alors je vais juste le dire. Je suis désolé du comportement de mes fils. Si l'un d'entre eux t'a mise – te met mal à l'aise...

— Oh, non ! Tout va bien, le rassura Mélanie, mortifiée à l'idée que Regina et John puissent croire que Finn avait abusé d'elle.

— Tu es sûre ? insista John. Parce que ça ne me pose aucun problème d'aller broyer quelques crânes si besoin.

— John, il n'y a pas de problème, intervint Regina en riant.

Elle posa une main rassurante sur l'épaule de son mari.

— Va voir ton match.

— Bien. D'accord, dit John.

Puis il sourit d'un air penaud et sortit.

— Ne t'occupe pas de lui. Ce sont les testostérones qui parlent..., dit Regina. Mais je suppose que tu commences à avoir l'habitude de ce genre de réactions !

— Ouais, je suppose, dit Mélanie. Regina... je suis vraiment désolée. Je n'aurais jamais dû partir du spa comme ça. J'ai été brutale, irrespectueuse et je m'en veux.

— Tu n'as pas à t'excuser, Mélanie, dit Regina en

s'installant sur une chaise en face d'elle. Je ne t'ai jamais demandé si cette séance te ferait plaisir avant de faire la réservation, et j'aurais dû. Donc c'est *moi* qui suis désolée.

— Vous vouliez juste être gentille, dit Mélanie, pleine de culpabilité... (Ses parents seraient profondément déçus s'ils apprenaient la manière dont elle avait traité Regina.) Me pomponner, me relaxer et tous ces trucs-là, ce n'est pas ma tasse de thé, ajouta-t-elle pour essayer de s'expliquer.

— ... Et j'aurais dû m'en rendre compte, dit Regina qui la regardait d'un air doux. Je crois que j'étais si excitée à l'idée qu'il y ait une autre fille dans la maison...

— Au lieu de ça, vous vous retrouvez avec un autre garçon, conclut Mélanie en baissant les yeux.

— Non ! Pas du tout ! protesta Regina.

Elle attrapa la main de Mélanie par-dessus la table, la forçant à la regarder.

— Je me retrouve avec une fille qui sait qui elle est et qui est très douée pour l'affirmer.

Mélanie sourit, stupéfaite.

— Bon, finit par dire Regina en libérant la main de Mélanie, dans cette maison, quand quelqu'un est élu capitaine de son équipe de foot, il choisit le dessert.

— Comment êtes-vous au courant ? demanda Mélanie.

— Je suis tombée sur Pearl Porcoro et sa mère au supermarché, après votre entraînement, expliqua Regina dans un sourire. Alors ? De quoi as-tu envie ?

Mélanie songea à sa mère. Elle n'avait rien d'une grande cuisinière, mais il y avait quelques plats qu'elle préparait très bien, dont un que Mélanie adorait.

— Je tuerais pour manger un *apple pie*.

— C'est comme si c'était fait !

— Je crois que je vais appeler mes parents pour leur annoncer la nouvelle, si ça ne pose pas de problème, dit Mélanie en se levant.

— Vas-y, dit Regina. Ils vont être ravis.

Mélanie monta l'escalier à toute vitesse, brûlant d'une nouvelle énergie. Entre le résultat du vote, Finn, la non-punition et le « moment Regina », elle était plus que prête à partager son excitation. Bien sûr, ses parents n'entendraient parler que de son poste de capitaine, mais ainsi elle serait dix fois plus excitée en en parlant.

Dès que Mélanie eut terminé la conversation avec ses parents, on frappa à la porte de sa chambre.

— C'est Finn. Je peux entrer ?

Le cœur de Mélanie se mit à battre la chamade.

— Ouais, entre.

Elle lissa ses cheveux en arrière, regrettant de ne pas avoir pris une douche.

Finn ouvrit grand la porte.

— Salut.

— Salut.

Il était tellement, tellement beau. Ces yeux bleu-gris, ses cheveux blonds mi-longs. Elle pouvait encore sentir son odeur – ce mélange de coton fraîchement lavé et de peinture qui lui picotait les narines. La peau de Mélanie était toujours tiède à l'endroit où les bras et les mains de Finn l'avaient touchée. Elle n'avait qu'une envie : l'embrasser. Ressentait-il la même chose ?

— Je voulais juste vérifier que tout allait bien, dit-il, debout sur le pas de la porte.

— Ouais, ça va, dit Mélanie. Merci pour... ce que tu as dit dans la cuisine. Tu n'étais pas obligé.

— Ouais, bon. De toute façon, j'avais de la lecture en retard, dit-il avec un petit sourire.

Mélanie baissa les yeux. Les orteils du garçon ne dépassaient pas la ligne entre le plancher foncé du couloir et celui, plus clair, de sa chambre.

— Tu veux entrer ? demanda-t-elle.

Finn regarda sur sa droite dans le couloir.

— Hum... Je ne crois pas que ce soit une très bonne idée.

Mélanie comprenait qu'il n'ait pas envie de s'attirer plus d'ennuis. C'était la dernière chose qu'elle souhaitait. Quoique... À cet instant, elle aurait été capable de risquer d'être punie jusqu'à la fin de l'année rien que pour se blottir contre lui. Il était clair que Finn ne souffrait pas autant. Autrement, ça n'aurait pas été aussi facile pour lui de rester planté sur le seuil de sa chambre.

— Bon, enfin, voilà. Je suppose que je ferais mieux de retourner dans ma cellule.

Mélanie se leva. Peut-être que si elle se rapprochait un peu de lui, il ne pourrait s'empêcher de tendre le bras pour la toucher.

— OK, dit-elle.

Finn la regardait dans les yeux. *Embrasse-moi*, pensa-t-elle en s'essayant à la télépathie. *Embrasse-moi, embrasse-moi, embrasse-moi !*

— Hé ! Finn ! J'espère que tu es dans ta chambre, cria John du rez-de-chaussée.

— Bon, à plus, souffla Finn.

Et il disparut.

Le lundi matin, en entrant dans les toilettes de l'école, Mélanie tomba sur la dernière personne qu'elle avait envie de voir : Hailey. Il était clair, à voir son visage boursouflé, qu'elle avait pleuré. Penchée au-dessus du lavabo face au miroir, elle essayait de rectifier son eye-liner. Mélanie resta figée un petit peu trop longtemps, tiraillée entre l'urgence de s'enfuir et sa volonté nouvelle de se montrer forte. Mais, avant qu'elle ne puisse décider quoi que ce soit, Hailey leva les yeux, s'éclaircit la gorge et souffla :

— Salut.

Mélanie fit quelques pas hésitants.

— Tout va bien ? lui demanda-t-elle, plus par réflexe qu'autre chose.

— Tu n'as pas besoin de faire semblant de t'inquiéter, dit Hailey en laissant tomber son eye-liner dans un petit sac de toile.

Son ton n'était ni sarcastique ni agressif, simplement fatigué et triste.

— Je ne fais pas semblant... du moins, je ne crois pas, dit Mélanie en s'appuyant contre le lavabo.

— Eh bien. Tout le monde me déteste, c'est officiel, annonça Hailey avec un haussement d'épaules.

Elle remit fébrilement ses affaires dans son sac à dos, faisant tomber une brosse et un spray posés sur le comptoir.

— Même Jessica m'ignore. Quelle hypocrite !

Leurs yeux se rencontrèrent dans le miroir quand Hailey chargea son sac sur ses épaules. Celle-ci prit une grande inspiration et se retourna.

— Écoute, je ne vais même pas essayer de t'expliquer, dit-elle, toute fragile. C'est juste que je l'aime vraiment et...

— C'est bon, je comprends, dit Mélanie.

Sauf qu'elle n'en était pas tout à fait sûre. Après tout, elle n'avait jamais été amoureuse elle-même. Mais elle ne pouvait pas rester là à regarder Hailey s'effondrer sans faire preuve d'un peu de compassion.

— Non, tu ne comprends pas, dit Hailey. Je ne suis

pas aussi prise de tête, normalement. C'est juste... Ça avait un sens à ce moment-là, tu vois ? Ça tenait debout. En fait, j'ai tout gâché.

— Eh bien, je suppose que tout le monde peut se tromper, dit Mélanie.

Elle tira une serviette en papier du distributeur et la tendit à Hailey.

Hailey la prit et se tamponna le coin de l'œil.

— Pourquoi es-tu si sympa ? demanda-t-elle.

Mélanie battit des paupières.

— Honnêtement, je n'en ai aucune idée.

Et là, soudain, il se produisit quelque chose de très étrange : elles éclatèrent de rire. Pour Mélanie, le fait de rire avec son ennemie jurée pendant que celle-ci faisait son possible pour ne pas pleurer fut une libération. Elle voulait seulement que les choses redeviennent simples. Il n'y avait aucune raison pour que tout le monde soit aussi malheureux. En plus, après ce qui venait de se passer avec Finn, Hailey pouvait parfaitement récupérer Evan. Mélanie n'en avait plus rien à faire.

— Je suis désolée, dit Hailey en faisant une boule avec la serviette en papier. Tu n'as pas idée comme je m'en veux, ajouta-t-elle d'un ton amer, et Mélanie savait qu'elle pensait à Evan.

En regardant Hailey faire tant d'efforts, elle se surprit à la plaindre profondément. Elle sentait que les semaines qui allaient suivre seraient pires pour Hailey que les quelques jours qu'elle-même venait de traverser.

— C'est bon, dit Mélanie en hochant la tête.

Hailey laissa échapper un soupir et jeta la serviette en papier directement dans la corbeille.

— Ne me dis pas que tu joues *aussi* au basket, dit Mélanie d'un ton léger.

Hailey la regarda et soupira.

— Cette année va être très longue.

Mélanie déposa son plateau à leur table habituelle et regarda vers la cour. Miller était assis dehors, écouteurs sur les oreilles, concentré sur un match. Elle avait été surprise de ne pas le trouver à l'entrée de la cafétéria où il l'avait attendue toute la semaine, mais maintenant elle était encore plus confuse.

— Qu'est-ce qui se passe avec Miller ? demanda Ria en s'asseyant.

— C'est exactement ce que je me demandais, répondit Mélanie.

— Il a dit qu'il n'avait pas le droit de s'asseoir avec toi, intervint Aimee qui secouait son jus de pomme en regardant Mélanie.

— Pas le *droit* de s'asseoir avec moi ? répéta celle-ci, perplexe. C'est bizarre. Je vais lui parler.

— Dis-lui qu'il nous manque ! dit Pearl en ouvrant une boîte de perles.

Mélanie allait s'éloigner quand Hailey apparut avec son plateau.

— Salut, dit-elle avec un sourire forcé.

— Euh... salut, répondit Mélanie.

— Qu'est-ce qui se passe ? demanda Aimee d'un ton soupçonneux.

— Jessica et les autres se comportent comme si elles avaient toutes leurs règles, alors je me demandais si je pourrais m'asseoir avec vous pendant quelques jours, dit Hailey.

Mélanie sentit les regards de ses amies braqués sur elle. Elle hésita. Elle pouvait encaisser des excuses larmoyantes dans les toilettes, mais déjeuner avec Hailey la semaine entière, c'était un peu trop lui demander. L'expression suppliante d'Hailey fit pourtant fondre ses résistances. La honte d'être vue assise seule à la cafétéria était sans doute son pire cauchemar.

— Bien sûr, répondit finalement Mélanie.

Aimee suffoqua. Pendant quelques instants, personne ne parla. Mélanie s'était assise et enroulait des spaghettis autour de sa fourchette. Il fallait que quelqu'un dise vite quelque chose, sinon elles allaient toutes s'étouffer en mangeant.

— Alors, vous êtes prêtes pour notre premier match ? demanda enfin Aimee.

— Un peu, oui ! s'exclama Ria.

— Nos adversaires ont un nouveau gardien de but, dit Hailey. Il paraît qu'elle est douée.

— Coach dit qu'elle est gauchère, et donc qu'elle est vulnérable sur son flanc droit, dit Mélanie. Il faut qu'on exploite cette faille au maximum.

— Hum, les filles, je réfléchirai avant de vous confier mes points faibles, plaisanta Jenna, dont les yeux brillaient derrière ses lunettes.

— Hé, Hailey, tu veux un bracelet ? offrit Pearl.

Tout le monde se tourna vers elle. Faire la conversation était une chose. Offrir des cadeaux une autre.

— Euh... bien sûr, dit Hailey.

Profitant de ce qu'Hailey s'était retournée pour chercher quelque chose dans la petite poche extérieure de son sac à dos, Ria fondit sur Pearl.

— Tu vas lui faire des bijoux ? chuchota-t-elle.

— Qu'est-ce que ça peut bien faire ? murmura Pearl en retour.

— Cette nana ne mérite pas qu'on lui fasse des cadeaux ! répliqua Ria.

— Ben... je peux plus revenir en arrière, dit Pearl, l'air misérable.

Mélanie observa Hailey dont les fouilles s'intensifiaient. Il était évident qu'elle ne perdait pas une miette de la messe basse en cours.

— Vous savez quoi, les filles ? Pas de problème, je n'ai pas besoin de bijoux, déclara Hailey en sortant un tube de gloss.

Quelque chose jaillit du sac en même temps et atterrit pile au centre de la table, devant Mélanie. C'était un petit écusson bordé d'or. Dessus, on lisait CAPITAINE en lettres bordeaux.

Toutes se figèrent. Mélanie n'aurait pu en détacher les yeux même avec la meilleure volonté du monde.

— Qu'est-ce que c'est ? demanda-t-elle enfin.

— Oh, c'est juste... Ma mère me l'avait fait faire... tu sais, balbutia Hailey en le ramassant. C'était pour la veste de mon uniforme.

Elle s'interrompit. Aimee gigota sur son siège, l'air mal à l'aise. Mélanie eut envie de disparaître.

— Enfin, bref. Je suppose que maintenant tu peux l'avoir, finit par dire Hailey en le laissant tomber sur le plateau de Mélanie.

Cette dernière ne voulut même pas y toucher. Elle songea à son équipe, au Texas, et à la perte qu'elle avait ressentie en réalisant qu'elle n'en serait jamais capitaine. Devoir passer le badge de capitaine à une inconnue lui aurait brisé le cœur.

— Hé, les filles, vous saviez que M. McKenna sort avec Marcy Sherman ? lança Ria.

— Beurk ! Dégueu ! s'exclama Pearl.

— C'est qui, Marcy Sherman ? demanda Mélanie, ravie de cette diversion.

— Elle était élève ici, dit Hailey en attrapant sa bouteille d'eau. Elle n'a que deux ans de plus que moi.

— Ouf ! C'est n'importe quoi, dit Jenna. M. McKenna est *vieux*.

La conversation continua de battre son plein. L'écusson était toujours sur la table. Mélanie attendait qu'Hailey le ramasse, mais elle savait que, si les rôles étaient inversés, elle ne voudrait certainement pas que ce truc traîne dans son sac et lui rappelle la place de capitaine qui lui était passée sous le nez. Même si elle n'avait pas pardonné à Hailey ce qu'elle lui avait fait, elle se sentait désolée pour elle.

Comment pouvait-on à la fois détester et plaindre quelqu'un ?

Pourquoi la vie était-elle si compliquée ?

De : TooDamn-Funky@rockin.com
A : Kicker5525@yahoo.com
Re : Oh ! la ! la !

Tu as embrassé FINN ??? Pas Evan... FINN ??? QUAND ? POURQUOI ? COMBIEN DE TEMPS ? COMMENT PEUX-TU ME DONNER CETTE INFO SANS COMMENTAIRE ? Et, excuse-moi, mais où es-TU passée !????

-------Message d'origine-------
De : Kicker5525@yahoo.com
A : TooDamn-Funky@rockin.com
Objet : Oh ! la ! la !

J'AI EMBRASSÉ FINN ! J'AI EMBRASSÉ FINN ! OH ! LA ! LA ! J'AI EMBRASSÉ FINN ! OÙ ES-TU ???

17

— Tu es sûre de toi, Meade ? demanda Coach Leonard.

— Ouais, Coach. Je sais que ça a l'air dingue, mais je suis sûre que c'est la bonne décision.

On frappa un coup rapide à la porte du bureau. Mélanie se retourna au moment où Hailey passait la tête dans l'embrasure.

— Salut, Coach. Vithya m'a dit que vous vouliez me voir ? dit Hailey.

Elle s'immobilisa en voyant Mélanie.

— Ouais, Farmer. Assieds-toi, dit l'entraîneuse.

Hailey se laissa tomber sur la chaise à côté de Mélanie et disposa soigneusement sa veste sur ses deux sacs par terre. Tout d'un coup, elle semblait petite et fragile, comme un enfant qui attendrait d'être vacciné contre le tétanos.

— Bien, Farmer, je t'explique. Meade vient de me dire que le vote pour la nomination du capitaine n'avait probablement pas été juste, dit Coach Leonard en s'avançant sur son siège pour appuyer ses épais avant-bras sur le bureau.

— Comment ça ? demanda prudemment Hailey.

— Si j'ai bien compris, vous étiez ex-aequo au premier tour, puis un genre de ragot aurait influencé le second vote, dit-elle en regardant Hailey droit dans les yeux. Ça te semble correct, comme interprétation ?

Mélanie et Hailey échangèrent un regard. Hailey semblait toujours confuse.

— Ouais, dit-elle.

Coach Leonard tapotait le bord de son bureau avec un feutre.

— Eh bien, je dois malheureusement reconnaître que ce genre d'incident s'est déjà produit – c'est-à-dire que des éléments sans rapport avec l'équipe affectent le vote, expliqua l'entraîneuse en se renfonçant dans son siège. Par contre, c'est la première fois en douze ans qu'un capitaine vient me demander si elle peut repasser son titre à une autre joueuse.

— Quoi ? s'exclama Hailey en se tournant vers Mélanie. Tu plaisantes ?

— Pour moi, ça n'a aucun sens d'être capitaine, expliqua Mélanie en se redressant. Tu es là depuis beaucoup plus longtemps et tu as toujours été la meneuse de cette équipe... Si je n'avais pas été transférée dans cette école, il est clair que tu aurais gagné.

— Non, mais... est-ce que tu t'entends ? Tu réalises ce que tu es en train de faire ? demanda Hailey.

— Ouais, très bien, répondit Mélanie.

— Je ne comprends pas, dit Hailey. J'ai été tellement...

Elle s'interrompit et elles regardèrent leur entraîneuse qui ne perdait pas une miette de leur conversation.

— Quoi ? Tu as été tellement quoi ? demanda Leonard.

— Rien, répondit Mélanie. Écoute, Hailey, je ne suis pas en train de te dire que je veux que nous soyons les meilleures amies du monde. Je considère simplement que c'est toi qui devrais être capitaine. En plus, tu es en terminale et moi en première. C'est ta dernière année.

Hailey se radossa, abasourdie. Mélanie jeta un coup d'œil à Coach Leonard. Il était temps que l'autorité suprême intervienne.

— Bon, même si j'adore les petits drames de l'après-midi, il y a un match qui nous attend. Je vais donc devoir trancher, annonça celle-ci en arrangeant une pile de papiers pour se donner un peu de temps pour réfléchir. Meade, tout honorable que soit ton idée, on ne peut pas ignorer le résultat du vote de l'équipe, alors je propose un compromis. À partir de maintenant, vous êtes toutes deux cocapitaines. Vous pensez pouvoir y arriver ?

Mélanie regarda Hailey. Travailler avec elle toute la saison pour mener l'équipe ? Elle n'était pas sûre qu'elles en seraient capables sans s'entretuer.

— Ça m'a l'air juste, dit Hailey d'un ton hésitant.

— Nous étions ex-aequo au premier tour, ajouta Mélanie.

— OK, trancha la coach. Et maintenant, allez enfiler vos tenues et brisons du Black Bear !

Mélanie rassembla ses affaires et sortit. Hailey accéléra un peu le pas pour la rattraper.

— J'espère que tu es prête pour ce match, la nouvelle ! dit Hailey qui sourit à Mélanie en lui ouvrant la porte des vestiaires.

— Contente-toi de regarder et d'apprendre, la rembarra Mélanie d'un ton enjoué.

Mélanie se précipita dans la maison. Elle avait tant de nouvelles à annoncer qu'elle se sentait près d'exploser. Non seulement elle avait marqué le but final, mais en plus le match s'était déroulé sans une faute. Elles avaient dominé les Bears, et le bruit courait que ce pourrait bien être *ze* année de l'équipe. Hailey et elle allaient la mener jusqu'au championnat final. C'était peut-être un peu prématuré, mais ça n'empêcha pas Mélanie d'être surexcitée.

Un rugissement monta de la cave et Mélanie dévala les marches, hors d'haleine. Caleb et Ian tenaient les manettes de la console de jeux, Caleb assis sur les genoux d'Evan. Sur le canapé, contre le mur du fond, Doug était avachi à côté de Miller qui lisait *Sporting News*. Mélanie fut déçue de l'absence de Finn, mais cela ne l'arrêta qu'une seconde.

— Les mecs ! Vous n'allez pas le croire ! Mon équipe vient de battre Hacketstown 4-0 ! s'exclama-t-elle. Vous auriez dû voir ça ! On était à fond ! Il faut absolument que vous veniez assister à un de mes matchs !

Pas un mot. Pas un regard.

— Allô ? Vous m'avez entendue ? dit Mélanie en agitant la main.

La tête de Miller plongea un peu plus dans son magazine. Evan fixa l'écran de la télé en serrant les dents. Caleb commença à se tortiller en regardant ses frères l'un après l'autre.

Mélanie sentit son estomac se nouer. Non seulement ils faisaient exprès de l'ignorer, mais en plus ils avaient réussi à faire entrer Miller dans leur jeu. Voilà pourquoi il n'avait pas eu le *droit* de déjeuner avec elle ce jour-là. Apparemment, il y avait eu une autre réunion et la mise en quarantaine de Mélanie avait de nouveau été votée.

Mélanie secoua la tête.

— Je ne vous comprends pas, les mecs, dit-elle. Qu'est-ce que j'ai fait, cette fois ?

— Finn a été puni à cause de toi, dit enfin Ian.

— Ouais, et il allait me montrer comment passer le deuxième niveau de *Halo 2*, ronchonna Caleb.

Mélanie éclata de rire.

— Ce n'est pas possible... Vous vous moquez de moi.

Mais ils ne la regardaient toujours pas, et aucun ne rit. D'un coup, toute la bonne humeur de Mélanie disparut, faisant place à une colère sourde.

— Comptez-vous me mettre sur le dos tout ce qui se passe dans cette maison ? demanda-t-elle.

— Finn n'aurait pas croqué dans tes cookies si tu ne les lui avais pas agités sous le nez..., se moqua Doug.

— C'est ça qui s'est passé, d'après vous ? s'exclama Mélanie. Je l'ai allumé, ou un truc dans le genre ? Eh bien, le gangster, un flash info spécial pour toi : *il* m'a embrassée, d'accord ? Non, mais c'est pas vrai ! Il n'y en a pas un qui pourrait assumer la responsabilité de ses actes ? J'en ai ras le bol !

— Oh, oh, attention ! La fillette va nous faire un caca nerveux, dit Doug en levant les mains.

Caleb et Ian éclatèrent de rire. Mélanie fusilla Doug du regard, et il finit par détourner les yeux.

— Vous deux, depuis quand êtes-vous en position de vous moquer de moi ? demanda la jeune fille en marchant sur Ian et Caleb. Vous savez combien de fois j'aurais pu vous dénoncer avec tous les trucs que vous m'avez faits ? Vous êtes rentrés dans ma chambre, vous avez bousillé mes vêtements, vous m'avez volé mon maquillage, vous avez crevé mes pneus. Et qui sait quoi d'autre ? Mais je n'ai rien dit. Je vous ai carrément couverts.

Les garçons regardèrent leurs pieds et Mélanie poursuivit.

— Et toi, Miller. Tu n'aurais jamais parlé à Aimee si je n'avais pas été là.

— Tu parles aux filles, maintenant, l'Attardé ? demanda Doug.

— Et toi ! s'exclama Mélanie en se tournant vers Doug. Quelque part au fond de ton cerveau obtus, tu sais que tu as une énorme dette envers moi.

— De quoi tu parles ? intervint Evan d'un ton coupant.

— Alors toi, ne me cherche pas ! dit Mélanie, les yeux étincelants de colère. Ce n'est pas moi qui ai couché avec ta copine, alors arrête de me tenir pour responsable. Ça t'arrange trop !

Evan la fixa un long moment avant de se tourner de nouveau vers la télé.

— Vous êtes tellement inconsistants, les gars ! Vous ne vous préoccupez que de vous. Vous vous en fichez que Finn soit puni « à cause de moi ». Vous cherchiez juste une nouvelle occasion pour me mettre à l'écart, parce qu'ainsi vous vous sentez super virils. Eh bien, laissez-moi vous dire une chose, les *garçons* :

pour moi, vous êtes loin d'être des hommes. Vous n'êtes qu'une bande de bébés chouineurs.

Les yeux de Doug brillèrent, mais quand il vit que Mélanie s'était rendu compte qu'elle avait touché juste, il se mit à ricaner.

— Quelle finesse, Doug. Quelle repartie ! se moqua Mélanie en posant sa main sur sa poitrine. Tu m'as touchée en plein cœur.

Elle les planta là, grimpa les marches d'un pas lourd et claqua la porte de sa chambre.

Je n'arrive pas à croire que j'aie vidé mon sac, se dit-elle, le cerveau à cent à l'heure.

Les jambes tremblantes, Mélanie marcha jusqu'à son lit sur lequel elle se laissa tomber à plat ventre. Dans son esprit, elle revoyait le profil furieux d'Evan, le sourire railleur de Doug et l'air menaçant de Caleb tandis que Miller s'efforçait de ne pas la regarder et que Ian gardait les yeux braqués sur la télévision. À son soulagement se mêla une infinie tristesse. Ils lui avaient montré ce qu'ils ressentaient vraiment. Et malgré tous les efforts qu'elle avait faits, ils la détestaient toujours. Ils la détestaient réellement, profondément, tous.

— Ça n'a aucune importance, dit Mélanie à haute voix. Ce sont des crétins.

Et qu'est-ce que ça pouvait lui faire qu'une bande de crétins la déteste ? Rien. Absolument rien.

Doucement, Mélanie tira un oreiller vers elle et y

enfouit son visage. Elle passa la demi-heure suivante à essayer de ne pas pleurer.

Mélanie fit claquer son manuel de chimie et regarda la pendule. Pendant la dernière heure, elle n'avait rien assimilé de son cours. Entre la présence obsédante de Finn derrière la porte à côté et la dispute de l'après-midi qui repassait en boucle dans sa tête, il n'y avait plus aucune place dans son cerveau pour le tableau périodique des éléments de Mendeleïev.

Le dîner avait été silencieux et tendu. Mélanie s'était contentée de pousser son poulet et ses légumes sur les bords de son assiette et de boire des petites gorgées d'eau. Bizarrement, manger en présence d'une demi-douzaine de personnes qui la haïssaient lui était impossible. Et bien sûr, maintenant, elle mourait de faim.

Mélanie attrapa son sac à dos et y farfouilla jusqu'à trouver le Snickers qu'elle s'était acheté après le déjeuner. Elle l'expédia en quatre bouchées, mais son estomac resta noué : il était temps qu'elle aille voir Finn.

Il avait forcément entendu parler de ce qui s'était passé l'après-midi. Ces garçons étaient plus pipelettes que toutes les filles de Baker High réunies. Mélanie était d'ailleurs assez surprise qu'il ne soit pas déjà venu la voir.

Elle sortit dans le couloir et frappa doucement à sa porte.

— Oui ?

Mélanie inspira un grand coup et entra.

— Salut !

Finn leva les yeux de son bureau et sursauta.

— Salut, répondit-il en pressant ses mains sur les cuisses de son jean.

Il jeta un coup d'œil derrière elle dans le couloir comme s'il y avait quelqu'un derrière elle, mais, quand Mélanie se retourna, elle vit qu'ils étaient seuls.

— Quoi de neuf ? demanda la jeune fille.

— Tu ne devrais pas être là, dit Finn.

Mélanie se pétrifia.

— Je sais que tes parents sont fâchés, mais tu crois qu'ils vont jusqu'à exiger que nous ne nous parlions pas ?

— Oui... non... je ne sais pas, répondit Finn en pivotant sur sa chaise. C'est juste... Tu ne crois pas qu'on ferait mieux de laisser les choses se calmer un peu ?

— Ouais, comme si ça risquait d'arriver un jour dans cette maison, plaisanta Mélanie.

Finn ne rit pas. Mélanie sentit sa gorge se serrer ; elle regarda autour d'elle, mal à l'aise. Elle était venue rendre visite à Finn pour qu'il la rassure, pour qu'il lui remonte le moral comme il en avait le don, mais son comportement fuyant ne faisait qu'empirer les choses.

— Écoute... Être avec toi est... Ce n'est pas facile, dit Finn en regardant partout sauf vers elle.

Il aurait pu tout aussi bien lui jeter un verre d'eau froide à la figure.

— Bon. Je suis désolée, répondit Mélanie en reculant. Je te laisse, comme ça tu n'auras plus ce problème.

— Mélanie. Attends...

Il était hors de question qu'elle craque devant lui.

— Non, sérieusement, je m'en vais, fit-elle au bord des larmes.

Finn avala sa salive, l'air de vouloir dire quelque chose. Pendant une fraction de seconde, Mélanie se prit à espérer, mais il se détourna et regarda de nouveau son cahier.

— Ouais... d'accord, marmonna-t-il.

Je suis une belle idiote, songea Mélanie. Au moins réussit-elle à regagner sa chambre sans verser une seule larme. Elle ferma sa porte et s'agrippa à la poignée, juste pour avoir quelque chose à quoi se retenir. Elle avait l'impression que tout s'écroulait. Tout ce qui comptait pour elle. Finn était censé être son ami. Plus que ça : il l'avait embrassée. Il l'avait tenue dans ses bras. Elle s'était sentie en sécurité avec lui. Il était la seule personne à ne l'avoir jamais laissée tomber.

À présent, elle avait l'impression d'avoir été abandonnée – d'être complètement seule.

Mélanie attrapa le téléphone sur son bureau et composa à la hâte un numéro. Le tremblement de ses doigts rendait la manœuvre difficile. Elle pressa le bouton « appel » et porta le combiné à son oreille, serrant les paupières le plus fort possible. Il fallait qu'elle le fasse avant de changer d'avis.

— Major Meade à l'appareil.

Dès qu'elle entendit sa voix, elle sut qu'elle faisait le bon choix.

— Papa ? dit-elle rapidement. Je veux aller en Corée. Je veux rentrer à la maison.

De : Kicker5525@yahoo.com
A : TooDamn-Funky@rockin.com
Objet : Le manuel du mec

Guide de Mélanie Meade pour comprendre les fils McGowan
Note n° 12

Observation n° 1 : Les mecs sont incompréhensibles. Je pensais qu'il m'aimait bien, Trace. Je pensais vraiment qu'il m'aimait bien.

18

— Tu t'en vas ?!

On était mardi soir. La mère de Mélanie venait de l'appeler : ses parents lui avaient réservé un billet sur le vol de jeudi soir. Mélanie était à présent assise dans la cuisine avec Regina et John qui la regardaient comme si elle venait de leur annoncer qu'elle voulait changer de sexe.

— J'ai discuté avec mes parents. Ils approuvent ma décision, expliqua Mélanie, le cœur battant la chamade.

Elle voulait en dire le moins possible. Il n'était pas question qu'elle explique à ces gens qui avaient été si gentils avec elle que c'étaient leurs fils qui la mettaient dehors.

— Nous savons que cela n'a pas été facile, Mélanie, mais tu ne t'es même pas donné le temps de t'adapter, commenta Regina.

— Et nous non plus, ajouta John. Si nous pouvons

faire quoi que ce soit pour que tu te sentes plus à l'aise, je t'en prie, dis-le-nous.

— Ce n'est pas ça, répondit Mélanie. Vous avez été fantastiques, vraiment adorables. Mais... mes parents me manquent.

C'était un argument honnête. Et il se trouvait au milieu de la liste de ceux qu'elle n'allait pas mentionner.

— Bien sûr qu'ils te manquent, ma chérie, dit Regina. Mais es-tu sûre de vouloir t'expatrier en Corée ? Quand ton père nous a appelés la première fois, tu semblais ferme sur ta décision de rester aux États-Unis.

Mélanie avala sa salive avec difficulté, essayant de ne pas penser à toutes les choses qui allaient lui manquer. Les matchs avec sa nouvelle équipe, les déjeuners avec Aimee et les autres, les fêtes, les soirées de fin d'année. Son père lui avait parlé de l'école où elle irait en Corée. C'était un établissement de filles où l'on portait un uniforme et dont le règlement strict interdisait, entre autres, de se maquiller. Mélanie supposait aussi que les sorties tardives étaient plutôt mal vues.

Bien sûr, après tout ce qui s'était passé les dernières semaines, un univers plus policé et sans garçons ferait peut-être du bien à Mélanie...

— Je crois que j'ai fait une erreur, dit Mélanie.

C'est énorme, vous savez ? Au moins, si je suis avec mes parents, je serai... je ne sais pas...

Elle ne savait pas comment présenter la chose sans les offenser. Ce dont elle avait besoin, c'était de se sentir à l'aise, en sécurité, dans un univers familier.

Regina et John échangèrent un long regard.

— Y a-t-il quelque chose que nous puissions faire pour que tu changes d'avis ? demanda John.

— Pas vraiment, répondit Mélanie. Mais c'est adorable de vouloir essayer.

Regina laissa échapper un soupir.

— Eh bien, tu nous manqueras, dit-elle. Et sache que tu es la bienvenue ici quand tu veux.

Mélanie la remercia d'un sourire. John et Regina semblaient tous les deux émus, mais Mélanie savait que, au fond, ils devaient être soulagés. L'arrivée de Mélanie avait rompu un équilibre, bouleversé le fonctionnement bien rodé de la maisonnée. Elle était persuadée que, au fond, les parents McGowan avaient hâte de retrouver le semblant d'ordre qu'ils avaient réussi à établir – même s'il s'agissait plutôt de désordre organisé.

— Écoutez... Pensez-vous qu'il serait possible de ne pas le dire à... tout le monde ? demanda Mélanie. J'ai peur que cela ne rende les choses plus difficiles.

... Pour moi. Je les vois déjà organiser une fête qui déchire pour fêter mon départ, songea-t-elle.

— Tu trouves ça correct ? demanda John.

— Ça ne les dérangera pas, répondit Mélanie. Croyez-moi. Je leur écrirai un e-mail ou quelque chose. Promis.

— Bon, d'accord, dit John. Je suppose que nous pouvons respecter ça.

— Merci, dit Mélanie en se levant. Je vais commencer à ranger mes affaires.

Mélanie monta l'escalier, le corps lourd. Elle pensait qu'annoncer la nouvelle à John et à Regina la soulagerait, mais en fait elle se sentait assez triste.

Tu as pris la bonne décision, se dit-elle.

Elle referma doucement la porte de sa chambre et jeta un regard autour d'elle. Circulez, y a rien à voir... Il était temps de passer à autre chose.

Le jeudi soir, Mélanie s'assit au bord de son lit, ses valises bouclées et soigneusement empilées sur le matelas. Son pied tapotait le sol dans un mouvement spasmodique. Cela faisait une heure qu'elle était prête à partir, et il manquait encore quarante-cinq minutes avant que la voiture vienne la chercher. John avait proposé de l'emmener à l'aéroport, mais Mélanie avait décliné son offre. Elle voulait rompre au plus vite avec la maison McGowan. Faire une coupure nette.

Bien sûr, maintenant que le moment approchait, Mélanie se rendait compte qu'elle n'arriverait jamais à partir sans que tout le monde le sache. En sortant de sa chambre avec ses bagages, elle allait probablement attirer l'attention.

Quoi qu'il se passe, je gérerai, s'encouragea-t-elle. Elle commença à arpenter sa chambre, faisant machinalement claquer son poing dans sa paume. Elle avait l'impression d'être coincée dans ce moment d'angoisse qui précède la présentation d'un exposé en classe – multiplié par cent. Elle mourait d'envie d'aller trouver Finn, Evan, Doug ou même Miller et de leur dire leurs quatre vérités. Mais à quoi bon ?

Elle jeta un coup d'œil par la fenêtre. Evan se balançait dans le hamac en contemplant le ciel, un bras replié derrière sa tête. Vu son expression mélancolique, il était sûrement en train de penser à Hailey. Mélanie eut soudain envie de le gifler. Deux semaines auparavant, chaque fois qu'elle croisait Evan, elle voyait un mec gentil, profond, canon... parfait. À présent, elle le considérait comme un gros bébé.

Evan connaissait la vérité. Tout le monde en parlait à l'école. Il savait que c'était Hailey qui avait menti. Mais s'était-il excusé auprès de Mélanie ? Non. Avait-il rattrapé le coup avec Doug ? Non. C'était comme s'il voulait rester une pauvre victime.

Tout d'un coup, Mélanie réalisa que cela valait la peine de parler à Evan. Peut-être parviendrait-elle à le faire redevenir le garçon qu'elle croyait avoir connu. Peut-être arriverait-elle à le secouer.

Soudain déterminée, Mélanie sortit de sa chambre

et se précipita dehors. Le soleil commençait à se coucher, voilant le jardin d'ombres.

— Il faut que je te parle, dit-elle à Evan qui se redressait. (Elle se tourna vers la maison.) Hé, Doug ! J'ai trouvé un de tes vieux *Playboy* ! Si ça t'intéresse, je suis dehors !

Evan s'extirpa du hamac et partit vers la maison.

— Je ne lui parlerai pas.

— Oh que si, dit Mélanie en croisant les bras sur sa poitrine. De toute façon, tu ne crois pas que tu me dois une conversation ?

Evan pouvait à peine la regarder.

— Ouais, à toi peut-être, admit-il enfin. Mais pas à lui.

Doug jaillit de la maison. Dès qu'il vit Mélanie et Evan – sans *Playboy* –, il fit machine arrière.

— Je voulais vous dire à tous les deux que je pars en Corée, annonça Mélanie. Dans une demi-heure à peu près.

Evan resta bouche bée. Doug s'immobilisa. Il se retourna lentement, un grand sourire étalé sur son visage.

— Enfin ! soupira-t-il.

— Ouais, tu l'as dit. Avant de partir, il y a quelque chose que je voulais vous dire, les mecs, déclara Mélanie.

— Les fameuses dernières paroles ? demanda Doug, sarcastique.

Mais il s'assit sur le bord d'une chaise de jardin, les jambes écartées, et la regarda, l'air d'attendre qu'elle parle. Evan ne bougea pas. Mélanie prit une grande inspiration. Ce serait la seule occasion qu'elle aurait d'exprimer correctement les choses.

— Depuis que je suis toute petite, j'ai toujours rêvé d'avoir un frère ou une sœur, commença Mélanie, ses yeux allant de l'un à l'autre. J'ai toujours cru que ce serait génial. Avoir quelqu'un avec qui tout partager, quelqu'un qui serait toujours là, quelqu'un qui compterait pour moi et dont je prendrais soin, pour qui je compterais et qui prendrait soin de moi. Mais après avoir vu comment vous vous traitiez les uns les autres, j'ai comme un doute.

Evan regarda ses pieds et Doug leva les yeux au ciel, mais Mélanie continua.

— Le fait de laisser quelqu'un comme Hailey Farmer... un dérapage qui ne voulait rien dire... se mettre entre vous... c'est n'importe quoi. La fille vous a menti à tous les deux. Elle vous a manipulés. Vous êtes frères pour la vie, et ce qui me tue, c'est que vous ne vous rendez même pas compte de la chance que vous avez.

L'expression de Doug avait changé. Lui et Evan fixaient Mélanie d'un regard dur, comme s'ils s'efforçaient de ne pas exprimer ce qu'ils ressentaient. Pour la première fois, Mélanie fut frappée par la ressemblance entre ces deux garçons si différents. Le même entêtement, la même ignorance et, apparemment, le même goût en matière de femmes.

— La vérité, c'est que je vous plains, les garçons, dit Mélanie. Vous êtes tellement occupés à essayer d'être numéro un que vous ne vous rendez même pas compte que vous blessez les gens autour de vous. Des gens qui vous aiment vraiment. Ou pourraient vous aimer, si vous leur en laissiez la possibilité, conclut-elle en regardant Evan.

Elle soutint son regard jusqu'à ce qu'il cligne des yeux.

Mélanie se tourna vers Doug.

— Alors, ne crois pas que c'est ta mise en quarantaine qui me fait partir, car ça n'a rien à voir, ajouta-t-elle. C'est juste que je ne supporte plus d'être entourée de petits garçons gâtés qui pensent que tout leur est dû.

Mis à part les oiseaux dans les arbres qui murmuraient leurs chants du soir, le jardin était silencieux. Mélanie avait fini sa tirade. Elle se sentait capable de tout. Soudain, elle fut submergée par le désir pressant de parler à Finn. Elle se détourna et, par habitude, marcha vers l'appentis, oubliant la punition en cours. La porte s'ouvrit d'une simple poussée et le monde autour de Mélanie s'arrêta de tourner.

Sur le chevalet juste en face d'elle reposait sa propre image. Achevée jusqu'au dernier cil. Elle en eut le souffle coupé.

Mélanie s'approcha lentement de la toile. Cela ne ressemblait à rien de ce que Finn avait peint jusqu'à présent. Il ne s'agissait pas de morceaux d'elle-même. C'était un portrait entier, de face – et incroyablement ressemblant. Mélanie trouva qu'elle y était peut-être plus douce que dans la réalité. Plus jolie. Plus ouverte. Ses lèvres remontaient d'un côté en une sorte de sourire complice. Sa peau rayonnait, et les taches de rousseur sur son nez lui parurent plaisantes. Mais ce furent les yeux qui l'impressionnèrent. Au moins cinq nuances de vert y tourbillonnaient, parsemées de délicates paillettes dorées. Était-ce ainsi que Finn la voyait ? Pensait-il vraiment qu'elle était aussi... belle ?

Mélanie tendit la main et effleura la toile. La peinture était sèche.

Quand l'avait-il terminée ? Elle se rappela soudain que cela faisait plusieurs jours qu'il était puni. Il avait dû venir en cachette toute la semaine pour y travailler. Et il l'avait finie. Il avait achevé une toile. D'elle.

Un coup de klaxon retentit dans l'allée. La voiture de Mélanie était arrivée. Tôt. Prête à l'emmener loin d'ici.

Va-t'en ! se dit-elle pour se secouer. *Tire-toi d'ici tout de suite.*

Mélanie tourna le dos à son double et courut chercher ses affaires dans sa chambre. Cet endroit la dépassait. Elle s'y sentait trop mal à l'aise, trop submergée par les émotions, trop tout. Il était temps pour elle de retrouver un monde sans garçons.

— Votre attention, s'il vous plaît. Pour le vol 233 à destination de Los Angeles, annonça l'hôtesse debout devant les portes vitrées. Les passagers des rangées 15 à 25 sont priés de se présenter pour l'embarquement. 15 à 25, s'il vous plaît, préparez vos cartes d'embarquement.

Mélanie inspira un grand coup et regarda les gens rassembler sacs et enfants. Derrière la salle d'attente où elle se trouvait, un grand couloir menait au hall principal du terminal. Cela faisait une heure que Mélanie regardait dans cette direction en espérant voir un visage familier apparaître. N'importe qui, quelqu'un, qui viendrait pour d'ultimes adieux. Mais, apparemment, la vie n'avait rien à voir avec les films. Dans moins d'une demi-heure, elle serait dans les airs. Dans moins d'un quart d'heure, elle ne pourrait plus faire marche arrière.

Enfilant les bretelles de son sac à dos, Mélanie se leva et alla se placer dans la longue file qui serpentait depuis la porte d'embarquement.

Tu ne veux *pas faire marche arrière*, se dit-elle en redressant ses épaules. Mais comment avait-elle pu partir sans dire au revoir à Finn ? Il avait été son meilleur ami chez les McGowan. Son confident. Son premier baiser. Elle n'arrivait pas à croire qu'elle allait monter à bord d'un avion pour la Corée sans lui avoir parlé une dernière fois.

— Hé ! Mélanie ! Attends !

Mélanie sentit son cœur bondir dans sa poitrine quand elle fit volte-face. Il était là, courant à sa rencontre à travers la foule. Jamais elle n'aurait cru qu'elle serait un jour aussi heureuse de voir...

Doug.

— Où tu crois que tu vas, comme ça ? fit-il.

Plié en deux, la sueur dégoulinant de ses tempes, il reprenait son souffle. Mélanie jeta un coup d'œil derrière lui pour voir s'il y avait quelqu'un dans son sillage.

— Tu es tout seul ? demanda-t-elle.

— Il faut que je m'assoie, dit Doug, qui respirait avec difficulté.

Il recula et se laissa tomber lourdement sur le premier siège libre. Mélanie sortit de la queue et le suivit d'un pas hésitant. Elle jeta un regard circulaire, s'attendant presque à découvrir une caméra quelque part. Ça ne pouvait être qu'une blague.

— Qu'est-ce que tu fais là ? demanda Mélanie en plissant les yeux, méfiante. Et comment as-tu passé les contrôles ?

— J'ai dû acheter un billet, incroyable, non ? souffla-t-il en tirant de sa poche un coupon American Airlines. Si j'veux, j'peux aller à Chicago, là.

Mélanie s'assit au bord du siège voisin du sien.

— Doug, sérieusement. Je dois embarquer.

— Hé, si tu veux te barrer, c'est ton problème, dit-il en fourrant son billet froissé dans la poche arrière de son jean. Mais écoute-moi d'abord.

Mélanie soupira et s'adossa.

— D'accord. Tu as cinq minutes.

— OK. Tu sais, après ton départ, moi et Evan, on a discuté pour la première fois depuis la fameuse dispute. J'ai réalisé que je m'étais comporté comme un crétin ces derniers temps.

— Oh, tu as réalisé ça, hein ?

— Laisse-moi finir, femme ! dit Doug.

Soudain, Mélanie se rendit compte de l'effort qu'il avait dû faire pour venir la chercher et lui parler. Elle serra donc les lèvres et attendit.

— Je me suis super bloqué contre toi dès le départ, parce que tu squattais ma chambre. Mais j'ai réfléchi, et j'ai compris pourquoi tu m'énervais autant, dit Doug.

Mélanie haussa les sourcils.

— Et pourquoi donc ?

— Eh bien, parce que tu as débarqué et que tu as fait tous ces trucs... Des trucs que personne n'arrive à faire, dit Doug.

Pour la première fois depuis qu'elle était arrivée chez eux, Doug la regardait sans animosité. Il n'était ni sarcastique ni provocant – il se contentait de discuter avec elle.

— Du genre faire parler Miller d'autre chose que de base-ball, poursuivit-il. Remettre Ian et Caleb un peu à leur place. Faire sortir Sean du garage de temps en temps. Et ma mère ? Elle a complètement changé depuis que tu es là. Elle est, j'sais pas, plus calme...

— C'est vrai ?

— Sérieux. Comme si une présence féminine l'avait détendue. Elle ne m'a flanqué qu'une seule rouste depuis que tu es là, ajouta-t-il.

Mélanie ne put s'empêcher de sourire.

— Et puis ce que tu as fait pour moi..., dit Doug. C'était assez cool. Je ne comprends toujours pas pourquoi tu es intervenue, d'ailleurs.

— Petit penchant pour les causes perdues ? hasarda Mélanie en haussant les épaules.

— Ouais, enfin... Merci.

Ce n'était qu'un mot, mais Mélanie avait l'impression qu'il était sincère.

— De rien, dit-elle.

— Donc... Écoute, tu ne peux pas partir, dit Doug en se redressant et en se tournant vers elle. Si tu pars, Miller va se refermer comme une huître, Caleb et Ian vont redevenir insupportables, Sean se retransformera en fantôme et Finn...

Le cœur de Mélanie bondit.

— Finn, quoi ?

— Finn sera démoli, dit Doug en la regardant dans les yeux. Ce mec t'a dans la peau, tu es au courant ?

— Qu'est-ce que tu veux dire ?

— Tout ce que j'sais, c'est que quand il a su que tu étais partie, il est allé s'enfermer dans l'appentis et a barricadé la porte. Quand je me suis barré, Sean et Evan essayaient de faire grimper Caleb sur le toit pour vérifier par la verrière qu'il était pas mort.

Mélanie avala sa salive avec difficulté.

— Waouh !

Pendant quelques instants, Doug et Mélanie contemplèrent silencieusement la file des passagers qui se réduisait petit à petit. Mélanie remâchait lentement toutes ces informations. Avait-elle vraiment changé la vie des McGowan comme le prétendait Doug ? Elle qui pensait que sa présence n'avait provoqué que des problèmes, était-il possible qu'elle ait en fait amélioré certaines choses ?

— On avait toujours pensé que c'était cool que notre mère n'ait eu que des garçons, reprit Doug. Comment savoir qu'on avait plutôt besoin d'une sœur ?

Mélanie mit ses mains sur son visage.

— Oh, non ! Tu vas pas te mettre à chialer ? demanda Doug.

Mélanie rit.

— Non.

— Alors tu rentres avec moi ou pas ?

Mélanie releva la tête et soupira.

— J'ai des conditions.

— J'aurais dû m'en douter, dit Doug en levant les yeux au ciel.

— D'abord, la salle de bains. Chez vous, on se croirait dans les toilettes d'une aire d'autoroute, dit Mélanie. Il va falloir que vous vous mettiez à nettoyer derrière vous, les mecs. Plus de cheveux, plus de poils, plus de taches bizarres que je ne veux même pas essayer d'identifier.

— OK, OK, fit Doug. T'as fini ?

— Non, je commence, dit Mélanie. Je veux une règle « pas touche » pour toutes mes affaires. Y compris ma *bicyclette*.

— D'accord...

— Et personne ne m'appelle plus Mélanie bonnet C derrière mon dos.

Doug ouvrit la bouche, écarlate.

— Comment tu sais ça ?

Mélanie haussa un sourcil, l'air de dire « tu me prends pour une débile ? ».

— OK, ça marche. C'est tout ? demanda Doug.

— Tu crois pouvoir plaider ma cause ? demanda Mélanie.

— Eh bien, je vais sûrement devoir en cogner quelques-uns d'abord, mais ouais, pas de problème, affirma Doug d'un air détaché.

— Ne cogne personne, lui conseilla Mélanie.

— Ne m'explique pas comment je dois faire mon travail, dit Doug en faisant craquer ses phalanges.

— Bien, fit Mélanie en se levant. (Pour la première fois de la journée, elle se sentait calme – sûre d'elle.) Je rentre.

— Alléluia ! s'exclama Doug. Tirons-nous d'ici !

— Oh, attends ! Une dernière chose, ajouta Mélanie, freinant Doug dans son élan.

Les épaules du garçon s'affaissèrent. Il se retourna.

— Quoi ? Tu veux un de mes reins ?

— Je veux participer à la prochaine partie de Frisbee Ultimate.

Doug lui fit un grand sourire.

— D'accord. Tu joues dans l'équipe des torses nus.

Mélanie lui rendit son sourire.

— C'est ce qu'on verra.

Mélanie fut projetée contre Sean quand elle accéléra pour remonter Oak Street à toute vitesse sur la Harley. Le vent fit jaillir quelques larmes de ses yeux et elle hurla de joie. En quelques semaines, elle avait presque oublié combien elle aimait conduire une moto.

— Super ! Allez, on rentre ! cria Sean dans son oreille.

Mélanie ralentit et engagea la moto dans l'allée des McGowan. Evan, Finn, Caleb, Ian et Doug interrompirent leur partie de Frisbee pour assister à la manœuvre. Mélanie descendit de l'engin, ôta son casque et s'essuya le visage en riant.

— Tu as ça dans le sang, dit Sean en lui adressant un de ses rares sourires.

— Merci, répondit-elle.

— Le week-end prochain, on ira chercher ton permis du Massachusetts, dit-il. Je parlerai à mon pote Deke qui travaille chez un ferrailleur pour voir s'il peut te trouver une bécane.

— Vraiment ?

Mélanie ne savait pas ce qui la sidérait le plus – la générosité de sa proposition ou la quantité de mots qu'il venait d'enchaîner.

— Attention !

Mélanie intercepta le Frisbee juste avant qu'il ne lui arrache l'œil.

— Désolé !

Evan leva la main en un geste d'excuse avant de se diriger vers le porche où il but directement à un pichet d'eau. C'était la première fois qu'il s'adressait à elle depuis ses très étranges excuses du jeudi soir. Il était venu la voir dans sa chambre après qu'elle et Doug furent rentrés de l'aéroport pour lui dire qu'il était désolé. Depuis, il l'avait fuie comme la peste.

Miller et Aimee assistaient au match assis sur les marches, à côté des rafraîchissements. Mélanie relança le Frisbee aux garçons et salua Aimee de la main. Celle-ci lui sourit et lui rendit son salut.

— Miller et Aimee en week-end..., souffla Mélanie, impressionnée.

— Ouais, ça fait bizarre, commenta Sean en venant se planter à côté d'elle.

— Hé ! Les nullos ! Vous jouez ou quoi ? hurla Doug depuis le centre du terrain.

— On arrive ! répliqua Mélanie en trottinant vers eux.

— Parfait. Toi, moi et Finn contre Evan, Sean et les deux andouilles, annonça Doug quand Mélanie fut à sa hauteur.

— Nous ne sommes pas des andouilles ! protesta Ian quelques mètres plus loin.

Mélanie rejoignit ses coéquipiers.

— Les mecs, vous savez que vous ne respectez même pas les règles de l'Ultimate ? demanda Mélanie. J'ai vérifié sur Internet et je vous garantis que vous faites n'importe quoi.

— Nous jouons façon McGowan, expliqua Doug avec un hochement de tête entendu.

— Et ça veut dire ?

— C'est du football avec un Frisbee, lui dit Finn. En plus, à la fin de la partie, nous adorons nous taper dans la main et aboyer. Personne ne sait pourquoi ni quand nous avons commencé. C'est comme ça.

— Ah ! lâcha Mélanie avec un petit sourire.

C'était bien agréable de pouvoir de nouveau approcher Finn et qu'il lui parle comme à un être humain normal. Bien sûr, ça n'empêchait pas Mélanie de se demander ce qu'il pensait.

— Alors, quelle tactique ? demanda-t-elle, essayant de se concentrer sur le jeu.

Ils se rapprochèrent un peu plus l'un de l'autre et son bras frôla celui de Finn, ce qui fit passer son pouls à mille battements par minute. Tous deux regardèrent l'endroit où leurs peaux s'étaient touchées puis s'écartèrent un peu l'un de l'autre. Mélanie retint son souffle.

— OK, je feinte vers Finn et je passe à Mélanie, dit Doug. Voyons de quoi tu es capable, Kicker.

— Bien, bien, dit Mélanie, sarcastique.

Ils se tapèrent dans la main et allèrent prendre position sur la ligne. Dès que Doug eut le Frisbee, Mélanie fila sur la droite en esquivant Sean et courut vers l'allée, Ian et Caleb sur ses talons. Elle se retourna pour voir Doug feinter sa passe à Finn. Evan bondit pour intercepter le Frisbee, qui en fait fonçait comme une fusée vers Mélanie.

Elle sauta pour l'attraper, mais dès que ses pieds retouchèrent le sol, Ian et Caleb s'agrippèrent à ses jambes.

— Aidez-moi ! hurla Mélanie.

Luttant pour avancer, elle fut prise d'un fou rire incontrôlable.

— Meurs, Kicker ! Meurs ! cria Ian en tenant bon.

Finn se précipita. Mélanie essaya de lui envoyer le Frisbee, mais il le laissa filer, attrapa Caleb et le chatouilla jusqu'à ce qu'il lâche Mélanie.

— C'est de la triche ! cria Ian.

Caleb roula sur le sol en gloussant, Mélanie trébucha sur lui et tomba en avant, entraînant Finn dans sa chute, créant à eux tous un gros tas de bras et de jambes emmêlés. Mélanie se retrouva allongée sur Finn, torse contre torse, sa jambe entre ses cuisses, son poignet coincé sous son cou. Ian avait grimpé sur son dos, l'empêchant de se dégager.

Non pas qu'elle y tînt particulièrement...

— Eh bien, voilà qui est un peu embarrassant, dit Finn qui riait en essayant de se rasseoir. Ian ! Descends de là !

— Bon, d'accord ! dit Ian en roulant sur lui-même.

Il s'empara du Frisbee sur le sol et partit comme une flèche en le tenant bien haut, Caleb sur ses talons.

Mélanie put enfin se dégager et s'assit par terre à côté de Finn. Tous deux reprirent un instant leur souffle – quoique le manque d'oxygène de Mélanie n'eût rien à voir avec le jeu.

— Ça va ? lui demanda Finn.

— Ouais. Toi ?

Elle aurait adoré pouvoir rester contre lui.

— Ouais », répondit-il, le sourire jusqu'aux oreilles. (Il se mit à quatre pattes et rapprocha un instant son visage du sien.) Je suis content que tu sois restée, chuchota-t-il, et son souffle chaud caressa la joue de Mélanie.

— Moi aussi, réussit-elle à répondre.

Puis Finn se releva et repartit vers le centre du terrain. Pendant un moment, Mélanie fut incapable de bouger. Puis Doug s'approcha d'elle et lui offrit sa main. Mélanie s'y accrocha avec reconnaissance et il la remit debout sur ses jambes tremblantes.

— Hé, mec ! Je t'échange Finn contre Sean ! cria Doug. J'ai un problème avec mes joueurs...

— Pas de problème, répondit Evan.

— Concentre-toi sur le jeu, dit Doug à Mélanie.

Mélanie le bouscula en riant et se plaça sur la ligne. Elle se retrouva pile en face de Finn et d'Evan. Mélanie sentait son pouls accélérer en voyant Finn lui sourire ouvertement. Mais quand elle se tourna vers Evan, son cœur s'arrêta. Le garçon la regardait droit dans les yeux, exactement comme il l'avait fait les deux ou trois fois où elle avait cru, pendant un centième de seconde, qu'il allait l'embrasser.

Eh bien, voilà qui est... intéressant, songea-t-elle.

Doug attrapa le Frisbee. Mélanie inspira un grand coup et se faufila entre Finn et Evan. Elle remonta le terrain à toute vitesse, les deux garçons à ses trousses. Le Frisbee s'envola, décrivant un arc de cercle parfait au-dessus de la tête des garçons. Tous trois sautèrent les bras tendus pour l'attraper, mais ce fut Mélanie qui le cueillit au vol, la tête dans les nuages.

De : Kicker5525@yahoo.com
A : TooDamn-Funky@rockin.com
Objet : Le manuel du mec

Guide de Mélanie Meade pour comprendre les fils McGowan
Note n° 13

Observation n° 1 : Les garçons sont imprévisibles.
Ce n'est pas un scoop, mais je commence à croire que c'est l'un des trucs les plus chouettes chez eux.

Cet ouvrage a été composé par
PCA - 44400 REZÉ

IMPRIMÉ EN FRANCE PAR BUSSIÈRE
Groupe CPI – Saint-Amand-Montrond (Cher)

Dépôt légal : juillet 2008
N° d'impression : 081832/1

Imprimé en France

POCKET jeunesse
12, avenue d'Italie
75627 PARIS Cedex 13

George Dyson

Turings Kathedrale

Die Ursprünge des digitalen Zeitalters

Aus dem Amerikanischen
von Karl Heinz Siber

Propyläen

Die Originalausgabe erschien 2012
unter dem Titel *Turing's Cathedral. The Origins of the Digital Universe*
bei Pantheon, New York.

FSC
www.fsc.org
MIX
Papier aus verantwortungsvollen Quellen
FSC® C014496

Propyläen ist ein Verlag der Ullstein Buchverlage GmbH
www.propylaeen-verlag.de

3. Auflage 2014

ISBN 978-3-549-07453-4

Lektorat: Andy Hahnemann

Gesetzt aus der Janson und Frutiger
Satz: LVD GmbH, Berlin
Druck und Bindearbeiten: GGP Media GmbH, Pößneck
Printed in Germany

Sie wurde nicht für jene gemacht, die Öl oder Sardinen verkaufen.

Gottfried Wilhelm Leibniz über die von ihm erfundene Rechenmaschine, den Vorläufer des modernen Computers

Inhalt

VORWORT

Die Punktquelle

> Ich denke über etwas sehr viel Wichtigeres nach als über Bomben. Ich denke über Computer nach.
>
> *John von Neumann, 1946*

Es gibt zwei Arten von Schöpfungsmythen: solche, in denen das Leben aus Lehm entsteht, und solche, in denen es vom Himmel fällt. In diesem Schöpfungsmythos entstanden die Computer aus Lehm, und der Code fiel vom Himmel.

Ende 1945 trommelte der aus Ungarn stammende Mathematiker John von Neumann am Institute for Advanced Study in Princeton, New Jersey ein kleines Team von Ingenieuren und Technikern zusammen, um einen elektronischen Digitalrechner zu konzipieren, zu bauen und zu programmieren. Das Gerät besaß 5 Kilobytes Speichervolumen und benötigte eine Schaltzeit von 24 Mikrosekunden, um die jeweils nächste Speicherzelle zu beschreiben oder auszulesen. Sein Hauptspeicher aus 32×32×40 Bits bot weniger Speicherplatz, als heute für die Darstellung eines einzigen Icons auf einem Computerbildschirm gebraucht wird.

Von Neumanns Projekt war die physische Inkarnation von Alan Turings Universalmaschine, die dieser 1936 als theoretisches Konstrukt entworfen hatte. Es war nicht die erste Rechenmaschine, nicht einmal die zweite oder dritte. Es war jedoch einer der ersten Rechner, die konsequent auf eine Hochgeschwindigkeits-Speichermatrix mit wahlfreiem Zugriff (RAM) setzten, und wurde zu dem Modell, dessen Codiertechnik auf breitester Front kopiert wurde und dessen logische Architektur den Standard für die meisten in der Folge entwickelten Computer setzte. Der Rechner mit Programmspeicher, wie Alan Turing ihn als Erster beschrieb und John von Neumann ihn als Erster baute, setzte die Unterscheidung zwischen Zahlen, die etwas *bedeuten*, und Zahlen, die etwas *tun*, außer Kraft. Unser Universum war danach nicht mehr dasselbe.

In einem von der Privatwirtschaft abgeschotteten Reservat, abseits des regulären Hochschulbetriebs und ganz überwiegend vom amerikanischen Staat finanziert, konzipierten und bauten ein Dutzend Ingenieure im Alter von 20 bis 40 Jahren den Von-Neumann-Rechner in weniger als fünf Jahren für weniger als eine Million Dollar. »John von Neumann war zur richtigen Zeit am richtigen Ort, mit den richtigen Beziehungen und den richtigen Ideen«, erinnert sich Willis Ware, der als Vierter für das Projektteam rekrutiert wurde. »Auf wessen Mist diese Ideen tatsächlich gewachsen sind, ist natürlich umstritten und wird wahrscheinlich nie endgültig geklärt werden – aber davon will ich jetzt lieber gar nicht erst anfangen.«[1]

Als der Zweite Weltkrieg sich seinem Ende näherte, fragten sich die Wissenschaftler, die in Los Alamos die Atombombe gebaut hatten: »Was kommt als Nächstes?« Manche, wie etwa Richard Feynman, schworen sich, nie wieder auf einem Gebiet zu arbeiten, das etwas mit Atomwaffen oder militärischer Geheimhaltung zu tun hatte. Andere, etwa Edward Teller und John von Neumann, brannten darauf, noch »fortschrittlichere« Atomwaffen zu entwickeln, namentlich die *Super* oder Wasserstoffbombe. Am 16. Juli 1945 kurz vor Sonnenaufgang erleuchtete eine Explosion, »heller als tausend Sonnen«, die Wüste von New Mexiko. Achteinhalb Jahre später erleuchtete eine tausendmal stärkere Explosion den Himmel über dem Bikini-Atoll. Ohne den Elektronenrechner hätte es keine Wasserstoffbombe gegeben, und umgekehrt beschleunigte der Rüstungswettlauf den Bau des Von-Neumann-Computers.

Die Rechner waren eine notwendige Vorbedingung für die Herbeiführung atomarer Explosionen und für ein wissenschaftliches Verständnis dessen, was dabei und danach abläuft. In »The Point Source Solution«, einem 1947 in Los Alamos erstellten Bericht über die bei einer Nuklearexplosion erzeugten Schockwellen, erklärte von Neumann: »Für sehr heftige Explosionen … mag es gerechtfertigt sein, die ursprüngliche, zentrale Zone hohen Drucks als einen Punkt zu behandeln.«[2] Mit dieser Prämisse kam man der physischen Realität einer atomaren Explosion nahe genug, um einige der ersten brauchbaren Voraussagen über die Auswirkungen solcher Waffen erstellen zu können.

Die numerische Simulation nuklearer Kettenreaktionen im Computer löste ihrerseits eine Kettenreaktion in der Informationsverarbeitung aus: Die Anzahl der Maschinen und Codes explodierte ebenso wie die Bomben, die mit ihrer Hilfe gebaut werden sollten. Es ist kein Zufall, dass die destruktivste und die konstruktivste aller menschlichen Erfindungen gleichzeitig das Licht der Welt erblickten. Nur die kollektive Intelligenz der Computer konnte die Menschheit vor den destruktiven Kräften der Waffen bewahren, deren Entfesselung die Computer möglich gemacht hatten.

Turings Konzept eines Universalrechners war eindimensional: Als Code diente eine Kette von Symbolen auf einem Papierstreifen. Von Neumanns Umsetzung von Turings Modell war zweidimensional: Er schuf eine Adressenmatrix, die seither das Rückgrat aller Rechner bildet. Heutzutage ist die Computerlandschaft dreidimensional, doch lässt sich das Internet nach wie vor als eine Ansammlung vieler Turingmaschinen auffassen, die sich einen unendlichen Papierstreifen teilen.

Wie passt die Zeit in dieses Bild? Zeit im digitalen Universum und Zeit in unserem realen Universum sind zwei sehr verschiedene Dinge. In unserem Universum ist die Zeit ein Kontinuum. Im digitalen Universum ist Zeit (T) eine abzählbare Zahl diskreter sequentieller Rechenschritte. Ein digitales Universum hat einen definierten Anfang, an dem T = 0 ist, und ein Ende, wenn T angehalten wird. Selbst in einem vollkommen deterministischen Universum existiert keine Methode, das Ende frühzeitig vorauszusagen. Aus unserer Sicht scheint es so, als würde sich das digitale Universum beschleunigen. Von der anderen Seite aus betrachtet, wird unser menschliches Universum einfach immer langsamer.

Universelle Codes und Universalmaschinen, eingeführt von Alan Turing in seinem Aufsatz »On Computable Numbers, with an Application to the *Entscheidungsproblem*« von 1936, sind so erfolgreich und so selbstverständlich geworden, dass wir das dem Ansatz zugrundeliegende Interesse Turings am Entscheidungsproblem nur allzu leicht übersehen. In seiner Antwort auf das Entscheidungsproblem führte Turing den Nachweis dafür, dass kein systematisches Verfahren existiert, das es uns erlauben würde, durch das bloße Betrachten eines Codes vorauszusehen, was dieser Code tun wird. Das ist es, was das digitale Universum so interessant macht.

Es ist unmöglich vorauszusagen, wohin sich das digitale Universum entwickeln wird; dagegen ist es möglich nachzuvollziehen, wie es begann. Indem wir uns mit der Entstehung der ersten vollelektronischen Speichermatrix mit wahlfreiem Zugriff und mit der anschließenden Ausbreitung der durch sie generierbar gewordenen Codes beschäftigen, kommen wir einer Punktquelle so nahe, wie das annäherungsweise überhaupt nur möglich ist.

KAPITEL EINS

1953

Wenn es so einfach ist, lebende Organismen zu erschaffen, warum machen Sie dann nicht ein paar selbst?

Nils Aall Barricelli, 1953[1]

Es geschah am 3. März 1953 um 22:38 Uhr in einem eingeschossigen Backsteinbau am Ende der Olden Lane in Princeton, New Jersey: Der italo-norwegische Mathematiker und Biologe Nils Aall Barricelli simulierte ein 5 Kilobytes großes digitales Universum aus Zufallszahlen, indem er Spielkarten aus einem vorher gemischten Stapel zog. Sein Ziel war, »in einer Serie numerischer Experimente festzustellen, ob in einem künstlich erschaffenen Universum eine Evolution ähnlich der von lebenden Organismen möglich ist«.[2]

Ein digitales Universum – ob 5 Kilobytes groß oder so groß wie das gesamte Internet – besteht aus zwei Arten von Bits: Die einen repräsentieren räumliche, die anderen zeitliche Unterschiede. Digitale Rechner übersetzen nach bestimmten Regeln zwischen diesen beiden Formen von Information – Struktur und Sequenz. Bits, die Strukturen verkörpern (variabel im Raum, invariabel im Zeitablauf), verstehen wir als Daten, während wir Bits, die zeitliche Abfolgen oder Sequenzen repräsentieren (variabel in der Zeit, unveränderlich im Raum), als Code wahrnehmen. An den *Gates* (Gattern) gehen die Bits von der einen Gestalt in die andere über.

Der Ausdruck Bit (»binary digit«) wurde vom Statistiker John W. Tukey geprägt, kurz nachdem er im November 1945 zu von Neumanns Projekt gestoßen war. Der Begriff bezeichnet eine eindeutige Unterscheidung zwischen zwei Alternativen und damit die Grundeinheit kommunizierter Information – ein Gedanke, der auf den Informationstheoretiker Claude Shannon zurückgeht. Shannon hatte ihn 1945 in seiner damals unter Verschluss gehaltenen Schrift *Mathematical Theory of Cryptography* formuliert, die er in der Nachkriegszeit zu dem Buch *Mathematical Theory of Communication* (1948) ausarbeitete.[3] Ein Bit ist »ein Unterschied, der einen Unterschied bewirkt«, so übersetzte der Kybernetiker Gregory Bateson die Definition Shannons in die Alltagssprache.[4] Der einzige Unterschied, der für einen digitalen Rechner einen Unterschied bewirkt, ist der Unterschied zwischen einer Null und einer Eins.

Dass zwei Symbole genügen, um jede beliebige Mitteilung darzustellen, hatte schon Francis Bacon 1623 nachgewiesen. »Die Verschlüsselung von zwei Buchstaben durch fünf Stellen hindurch ergibt zweiunddreißig Unterscheidungsmerkmale, weit mehr als vierundzwanzig, die Anzahl der Buchstaben in unserem Alphabet«, schrieb er und gab auch gleich ein paar Beispiele dafür, wie solche binären Zeichenfolgen auf dem Papier sowie mit Schall- oder Lichtgeschwindigkeit übertragen werden könnten.[5]

Dass die Null und die Eins für alle logischen und arithmetischen Operationen ausreichen, zeigte Gottfried Wilhelm Leibniz 1679, wobei er den Faden aufnahm, den Thomas Hobbes in seinem Aufsatz »Berechnung oder Logik« von 1656 gesponnen hatte. »Unter Schlussfolgerung verstehe ich … Berechnung«, hatte Hobbes verkündet. »Berechnen aber meint, die Summe mehrerer zugleich hinzugefügter Dinge ziehen oder nach Abzug des einen vom anderen den Rest erkennen. Schlussfolgern ist also dasselbe wie Hinzufügen und Abziehen; und will jemand Vervielfältigen und Teilen anreihen, so weise ich das nicht zurück. … Alles Folgern lässt sich also auf die zwei Geistestätigkeiten der Hinzufügung und des Abzugs zurückführen.«[6]

Der neue Computer war bei allen Wunderdingen, die er vollbrachte, nicht mehr als eine sehr schnelle Addiermaschine mit einer Speicherkapazität von 40 960 Bits. Im März 1953, als Barricelli das digitale Universum mit Zufallszahlen fütterte, um der Evolution auf die Spur zu kommen, existierten auf dem Planeten Erde gerade einmal 53 Kilobytes an Hochgeschwindigkeits-RAM.[7] 5 Kilobytes befanden sich in dem Gebäude am Ende der Olden Lane, 32 Kilobytes verteilten sich auf die acht baugleichen Exemplare des am Institute for Advanced Study (IAS) entwickelten Computers, und weitere 16 Kilobytes waren in ungleichen Portionen über ein halbes Dutzend weitere Rechner verteilt. Daten und die wenigen rudimentären Programme, die es damals gab, wurden in der Geschwindigkeit von Lochkarten und Lochstreifen transportiert. Jeder Computer war eine Insel in dem neuen elektronischen Archipel – ein in sich abgeschlossenes Universum.

1936 hatte der Logiker Alan Turing die Möglichkeiten und Grenzen digitaler Rechner formalisiert, indem er zunächst präzise Beschreibungen einer Klasse von Geräten geliefert hatte, die die Fähigkeit besaßen, auf einem endlosen Streifen Zeichenfolgen zu lesen, zu schreiben, zu speichern und zu löschen. Diese »Turingmaschinen« waren in der Lage, die in Struktur gegossenen, räumlich definierten Bits in zeitlich definierte, sequentielle Bits zu übersetzen. Turing demonstrierte damit die Möglichkeit einer »Universal Computing Machine«, die unter der Voraussetzung, dass genug Zeit, genug Papierstreifen und eine präzise Beschreibung vorliegen, das Verhalten jeder anderen Rechenmaschine nachvollziehen und kopieren kann. Die Rechenergebnisse hängen nicht davon ab, ob die Befehle von Tennisbällen oder von Elektronen ausgeführt und ob sie auf Halbleitern oder auf Lochstreifen gespeichert werden. »Dass es digital passiert, ist von größerer Bedeutung, als dass es elektronisch passiert«, betonte Turing.[8]

John von Neumann schickte sich an, diese universelle Turingmaschine zu bauen. Ihren Kern bildete ein Hochgeschwindigkeits-RAM – eine dreidimensionale Matrix mit 32×32×40 Bits –, bis heute das »Gehirn« aller Digitalrechner. RAM stand für »Random Access Memory«, was bedeutete, dass sämtliche Speicherzellen – die in ihrer Gesamtheit den aktuellen Wissensstand der Maschine verkörperten – zu jeder Zeit gleichermaßen ansprechbar waren. Mit »Hochgeschwindigkeit« war gemeint, dass der Speicher mit Lichtgeschwindigkeit, nicht nur Schallgeschwindigkeit ausgelesen werden konnte. Es war insbesondere diese Neuerung, die Turings bis dahin eher unpraktischer universaler Maschine Zauberkräfte verlieh.

Zwar waren elektronische Bauteile 1945 weithin verfügbar, doch bildeten digitale Prozesse eher die Ausnahme als die Regel. Bilder wurden fernübertragen, indem man sie zeilenweise abtastete, nicht indem man sie in Bits zerlegte. Das Radar lieferte ein analoges Abbild von Echos, die durch das kontinuierliche Aussenden eines rotierenden Mikrowellenstrahls erzeugt wurden. Plattenspieler erfüllten die Wohnzimmer der Nachkriegsgeneration mit dem warmen Klang analoger, auf Vinyl gepresster Musikaufnahmen. Was es an digitalen Techniken gab – Fernschreiber, Morse-Signale, Rechenmaschinen auf Lochkartenbasis –, galt als antiquiert, störungsanfällig und langsam. Analoge Technik war das Maß aller Dinge.

Die Forschergruppe am Institute for Advanced Study um von Neumann schuf einen zu 100 Prozent elektronischen Speicher mit wahlfreiem Zugriff, indem sie auf analoge Kathodenstrahlröhren zurückgriff – Vakuum-Glasröhren in der Größe von Sektflaschen, doch mit Wandungen so dünn wie die eines Sektglases. Am Boden jeder Röhre befand sich ein »Bildschirm« in Form einer Kreisscheibe, beschichtet mit fluoreszierendem Material; am anderen Ende, im »Flaschenhals«, steckte eine unter Hochspannung stehende Elektronenkanone, die einen kontinuierlichen Elektronenstrahl aussendete, der durch ein zweiachsiges elektromagnetisches Feld zielgenau gelenkt werden konnte. Die Kathodenstrahlröhre arbeitete analog: Jede Veränderung der Spannung in den Ablenkspulen veränderte die Schussrichtung des Elektronenstrahls. Man konnte mit der Kathodenstrahlröhre auch Signale addieren, subtrahieren, multiplizieren und dividieren – die Rechenergebnisse ließen sich direkt als Funktion der Amplitude und deren Frequenz darstellen. Aus diesen analogen Anfängen heraus nahm das digitale Universum Gestalt an.

Die von John von Neumann rekrutierten Ingenieure griffen auf die Erfahrungen zurück, die sie während des Krieges als Radartechniker, Kartographen oder Flakschützen gesammelt hatten; sie unterwarfen die Ablenkspulen einer pulskodierten Steuerung und unterteilten den Bildschirm in 32×32 numerisch adressierbare Zellen, die der Elektronenstrahl individuell ansteuern konnte. Weil die vom Strahl erzeugte elektrische Ladung auf der beschichteten Glasscheibe für den Bruchteil einer Sekunde erhalten blieb und periodisch aufgefrischt werden konnte, vermochte jede dieser Kathodenstrahlröhren mit ihren rund 17 Zentimeter Durchmesser 1024 Bits zu speichern, wobei der Energiezustand jeder Zelle jederzeit abfragbar war. Der Übergang von analog zu digital hatte begonnen.

Der Rechner des Institute for Advanced Study bestand aus 40 Kathodenstrahlröhren; die Vergabe einer bestimmten Speicheradresse erfolgte für alle Röhren gleichzeitig (man kann sich etwa ein 40-stöckiges Hotel vorstellen, in dem auf einen Schlag 40 Gäste in Zimmern mit korrespondierenden

Zimmernummern einquartiert werden). Und weil jeweils zwei 5-Bit-Koordinaten (zwei hoch fünf gleich 32) einen der 1024 Speicherorte eindeutig identifizierten, ergab sich jeweils eine Zeichenfolge (oder ein »Wort«) aus 40 Bits. Jedes dieser 40-Bit-Worte ließ sich binnen 24 Mikrosekunden abfragen. Diese 40 Bits konnten nicht nur Daten beinhalten (Zahlen, die etwas *bedeuteten*), sondern auch zu befolgende Anweisungen (Zahlen, die etwas *bewirkten*), darunter auch Anweisungen, die zuvor gegebene Anweisungen ersetzten oder einen anderen Speicherort ansprachen, wo dann neue Anweisungen warteten.

Da ein aus 10 Bits bestehender Befehlscode in Verbindung mit weiteren 10 Bits, die die Adresse einer Speicherzelle angaben, ein »Wort« aus 40 Bits ausgab, war die Folge eine Kettenreaktion im Verhältnis zwei zu eins. Wie bei der Freisetzung von Neutronen im Kern einer Atombombe brach gleichsam eine Lawine los. Der Speicher verschaffte den Maschinen Macht über die Welt der Zahlen – und den Zahlen Macht über die Maschinen.

Der schmucklose Betonquader, der den inneren Kern des Computerkomplexes bildete, war gemeinsam von der U. S. Army und der Atomic Energy Commission (AEC) der USA finanziert worden. Um das ästhetische Empfinden der Anwohner mit dem provisorischen Funktionsbau zu versöhnen, hatte das Institute for Advanced Study zusätzlich 9000 Dollar lockergemacht und den Quader mit einer Klinkerfassade ausstatten lassen.

Es gab enge Querverbindungen zwischen dem IAS und der AEC. J. Robert Oppenheimer war Direktor des IAS und Vorsitzender des Allgemeinen Beratenden Ausschusses der AEC. Lewis Strauss war Vorsitzender der AEC und Präsident des Kuratoriums des IAS. Das fröhliche Miteinander von wissenschaftlicher Forschung und Waffenentwicklung, das so typisch für Los Alamos in den Kriegsjahren gewesen war, kennzeichnete auch die Arbeit am IAS. »Der von der Army erteilte Auftrag sieht eine allgemeine Aufsicht durch das Ballistische Forschungslabor vor«, heißt es in einer Notiz vom 1. November 1949, »während die AEC für eine Beaufsichtigung durch von Neumann sorgt.«[9] Solange der Rechner für waffentechnische Berechnungen zur Verfügung stand, konnte von Neumann dessen verbleibende Betriebszeiten nach seinem Gutdünken nutzen.

Noch während sich der Rechner im Bau befand, bezog ein kleines Team aus Los Alamos unter der Führung von Nicholas Metropolis und Stanley Frankel unauffällig Quartier am Institut. Eigentlich gab es am IAS lediglich zwei verschiedene Kategorien von Forschern: permanente Institutsmitglieder, durch einen Beschluss des Fakultätsrats auf Lebenszeit ernannt, und Gastmitglieder, die auf Einladung der einzelnen Lehrstühle in der Regel für höchstens ein Jahr blieben. Metropolis und Frankel gehörten keiner der beiden Kategorien an, sondern waren eines Tages plötzlich da. »Alles, was ich erfuhr, war, dass Metropolis zu uns rauskam, um die Machbarkeit einer Wasserstoffbombe zu berechnen«, erinnert sich Jack Rosenberg (ein Ingenieur, der 1949 zu Albert Einsteins 70. Geburtstag in dessen Haus unter Verwendung einiger Vakuumröhren und anderer Bauteile aus dem Fundus des Computerprojekts eine Hi-Fi-Musikanlage installiert hatte). »Mehr wusste ich nicht. Und dann fühlte ich mich schmutzig. Einstein hatte allerdings damit gerechnet, dass sie den Computer für die Entwicklung von Kernwaffen benutzen wollten. Er hatte recht behalten.«[10]

Die neue Maschine erhielt die Bezeichnung MANIAC (Mathematical and Numerical Integrator and Computer); ihrer ersten Bewährungsprobe wurde sie im Sommer 1951 unterzogen, in Gestalt einer thermonuklearen Berechnung, die

60 Tage lang rund um die Uhr lief. Die empirische Bestätigung der Ergebnisse lieferten zwei Mega-Explosionen im Südpazifik: Die Bombe Ivy Mike, gezündet am 1. November 1952 auf Eniwetok, explodierte mit einer Sprengkraft von 10,4 Millionen Tonnen TNT, Castle Bravo detonierte am 28. Februar 1954 auf dem Bikini-Atoll und setzte 15 Megatonnen frei.

Das Jahr 1953 stand im Zeichen fieberhafter Vorbereitungen auf die zweite Detonation. Die Amerikaner hatten die kleineren Bomben, die Russen hingegen die größeren Raketen. Von Neumann ging davon aus, dass die zunehmende Größe der Raketen und die abnehmende Größe atomarer Sprengköpfe die Sowjets bald in die Lage versetzen würde, interkontinentale ballistische Trägerraketen zu entwickeln – er sprach in diesem Zusammenhang von »Atomwaffen in ihrer bösartigsten Form«.[11] Die Air Force bildete auf Drängen von Trevor Gardner und Bernard Shriever eine Projektgruppe namens Strategic Missiles Evaluation Committee unter Vorsitz von Neumanns – der Startschuss für die zügige Weiterentwicklung der interkontinentalen Atlas-Raketen, die seit 1946 nur schleppend vorangegangen war. 1953 war das erste Jahr, in dem die Vereinigten Staaten mehr als eine Million Dollar für die Entwicklung lenkbarer Raketen ausgaben. Auch wenn die Zielgenauigkeit dieser »lenkbaren« Raketen noch zu wünschen übrigließ. »War die Rakete einmal losgeflogen, wussten wir lediglich, in welcher Stadt sie einschlagen würde«, erklärte von Neumann 1955 dem Vizepräsidenten der USA.[12]

Numerische Simulationsläufe waren eine unerlässliche Voraussetzung für die Konstruktion von Waffen, bei denen sich »jede Form einer experimentellen Entwicklungsmethode« von vornherein verbot, wie Oppenheimer es ausdrückte.[13] Als Nils Barricelli 1953 in Princeton eintraf, war eine große thermonukleare Berechnung gerade abgeschlossen und eine weitere im Gang. Die Los-Alamos-Gruppe unter Führung von Foster und Cerda Evans nahm den Computer gewöhnlich bis in die Nachtstunden in Beschlag. Am 20. März einigte man sich darauf, dass die Forscher am IAS den Computer zumindest an den Samstagen und Sonntagen ein wenig länger als in der Zeit zwischen Mitternacht und acht Uhr morgens benutzen durften.[14] Barricelli musste sein numerisches Universum eingezwängt zwischen Bombenberechnungen zur Welt bringen und mit den spätabendlichen und frühmorgendlichen Betriebsstunden vorliebnehmen, die für ihn abfielen.

In der Nacht auf den 4. März 1953, als Barricellis numerische Organismen zum ersten Mal in die computersimulierte freie Wildbahn entlassen wurden, fiel in Moskau Josef Stalin nach einem Schlaganfall ins Koma. Er starb zwei Tage später – fünf Monate vor dem ersten Test einer sowjetischen Wasserstoffbombe bei Semipalatinsk. Niemand wusste, wer oder was auf Stalin folgen würde, aber man rechnete mit dem Schlimmsten: Als aussichtsreichster Kandidat galt Lawrenti Beria, der Direktor des NKWD und Chef des sowjetischen Atomwaffenprogramms. Nachdem Barricellis »Symbiose-Problem« die Nacht über störungsfrei gelaufen war, verzeichnete das Logbuch der Maschine am Morgen des 4. März den Eintrag »over to blast wave« (Übergabe an Schockwelle). Ein weiterer, im Verlauf des Tages hinzugekommener Eintrag lautet einfach »Übergabe an«, gefolgt von der Bleistiftzeichnung eines Atompilzes.

Neben den thermonuklearen Waffen und dem Computer ist im Jahr 1953 eine dritte wissenschaftliche Revolution zu verzeichnen: die Entdeckung der DNA. Am 2. April übermittelten James Watson und Francis Crick ihren Aufsatz »A Structure for Deoxyribose Nucleic Acid« an die Zeitschrift *Nature* mit der Anmerkung, die Doppelhelix-Struktur deute auf einen »möglichen Kopiermechanismus« für das genetische Material hin. Offenbar gelang es den lebenden Zellen mit einem Codiersystem aus lediglich 2 Bits pro Baustein, genetische Information zu lesen, zu schreiben, zu speichern und zu kopieren. Wesentlich war die Abfolge von vier Nukleotiden. »Wenn Adenin Bestandteil eines Paares ist, muss diesen Prämissen zufolge der zugehörige Partner Thymin sein; Entsprechendes gilt für Guanin und Cytosin«, erklärten sie. »Wenn sich nur bestimmte Basenpaare bilden können, folgt daraus, dass wenn die Reihenfolge der Basen in einem Strang gegeben ist, die Sequenz in dem anderen Strang automatisch feststeht.«[15]

Mit der Entdeckung der DNA näherten sich Technologie und Biologie an. Biologische Organismen hatten gelernt, sich in einer analogen Umwelt voller »Störgeräusche« mittels eines digitalen, zur Fehlerkorrektur fähigen Prozesses zu duplizieren, ähnlich wie ein Repeater dazu dient, lesbare Botschaften durch störanfällige Unterseekabel zu schleusen.

Der Wettlauf um die Entschlüsselung biologischer Lebensvorgänge war eröffnet – und damit waren auch die ersten Schritte in Richtung auf die Erschaffung künstlichen Lebens getan. »Nur weil die besonderen Bedingungen, die auf der Erde herrschen, offenbar Lebensformen begünstigen, die auf organo-chemischen Komponenten beruhen, ist es nicht gesagt, dass es nicht möglich wäre, andere Lebensformen auf einer ganz anderen Grundlage zu erschaffen«, erklärte Barricelli.[16]

Dem neuen Computer kamen also zwei Funktionen zu: Er sollte der Entwicklung von Waffen zur Vernichtung des Lebens dienen und er sollte neuartige, uns unbekannte Lebensformen erschaffen.

Was als eine isolierte 5-Kilobyte-Matrix begann, wächst heute um über 2 Billionen Transistoren pro Sekunde (ein Maß für die Vermehrung der Prozessor- und Speicherleistung) und um 5 Billionen Bits Speicherkapazität pro Sekunde (ein Maß für die Vermehrung der Programmcodes).[17] Andererseits stehen wir noch vor denselben Problemen wie 1953. Turing stellte die Frage, wie man einer Maschine das Denken beibringen sollte. Und von Neumann fragte sich, wie man Maschinen bauen könnte, die sich selbst reproduzieren.

Als das Institute for Advanced Study sich gegen alle Einwände bereitfand, von Neumann und sein Team einen Computer bauen zu lassen, lag die Befürchtung in der Luft, die Anwesenheit von Ingenieuren könne die Mathematiker beim Denken stören. Niemand konnte sich vorstellen, welche Wirkmacht die mathematische Logik durch die neue Technik erhalten sollte. »Wir waren seinerzeit so beschäftigt, dass wir kaum einen Gedanken an die enorme Explosion verschwendeten, die wir auslösten«, sagt Willis Ware.[18] Aber kam diese Explosion wirklich so unerwartet? »Die Militärs wollten Computer«, erklärt Harris Mayer, ein Physiker, der in Los Alamos sowohl mit Johnny von Neumann als auch mit Edward Teller zusammenarbeitete. »Das Militär hatte den Wunsch und hatte das Geld – was ihnen fehlte, waren die genialen Köpfe. Und Johnny von Neumann war das Genie schlechthin. Sobald ihm klarwurde, dass zur Entwicklung der H-Bombe ein Computer benötigt wurde, stand ihm nach meiner Überzeugung alles bereits klar vor Augen.«[19]

KAPITEL ZWEI

Die Olden-Farm

> Es waren die Lenni Lenape … die Stämme der Lenape! Die Sonne stieg empor aus Wasser, das salzig war, und ging unter in Wasser, das süß war, und nie verbarg sie sich vor ihren Augen. … Es ist noch nicht lange her, dass die Kinder der Lenape Herren über die Welt waren.
>
> *James Fennimore Cooper*[1]

Im Sommer ist die Gegend um Princeton in New Jersey so feucht wie das Innere einer Hundeschnauze. Die ursprünglichen Bewohner der Region, die Lenni Lenape (»ursprüngliche Menschen«), verließen das Binnenland von New Jersey und suchten entweder an der Atlantikküste oder auf Lagerplätzen entlang der Flussmündungen an der Delaware Bay Zuflucht vor der Hitze. »Von Juni bis August«, berichtete William Penn 1683, während seines ersten am Delaware-Fluss verbrachten Sommers, »haben wir außerordentliche Hitzewellen erlebt.«[2] Penn war am 27. Oktober 1662 an der Delaware Bay angelandet, nach 59-tägiger Überfahrt aus dem englischen Deal an Bord der *Welcome*; unterwegs waren 31 seiner 99 Mitauswanderer an den Blattern gestorben. Penn, der als Dreijähriger einen Blattern-Ausbruch überlebt hatte, hatte sich um die Kranken gekümmert und war kerngesund in Amerika angekommen.

Die Lenni Lenape gehörten zu den Algonquin-Indianern und wurden von den holländischen, schwedischen und englischen Siedlern, die im Lauf des 17. Jahrhunderts auf den Spuren des italienischen Seefahrers Giovanni da Verrazzano (1524) hergekommen waren, auch »Delaware« genannt. Sie hatten sich den Neuankömmlingen diplomatisch genähert, doch die Kolonisten hatten die fortgeschrittene Technik und eine erprobte Immunabwehr auf ihrer Seite. »Was ist nur los mit uns Indianern«, fragte Häuptling Tenoughan vom Schuylkill River gemäß den Aufzeichnungen William Penns, »dass wir in unserer eigenen Luft so krank sind und diese Fremden so gesund?«[3]

Die in der Gegend des heutigen Princeton lebenden Lenni Lenape gehörten dem Unami-Volk an und sahen sich als Teil der Schildkröten-Sippe. In New Jersey waren elf Schildkrötenarten beheimatet, die sich an die verschiedensten Lebensbedingungen angepasst hatten: Einige überwinterten an zugefrorenen Teichen, andere aalten sich mit Vorliebe in der heißen Mittsommersonne. Für die amerikanische Schnappschildkröte, eine seit 60 Millionen Jahren genetisch unveränderte Spezies, liegt zwischen William Penn und uns ein einziges Zwinkern ihrer mit doppelten Lidfalten ausgestatteten Äuglein.

1609 erkundete Henry Hudson im Auftrag der Niederländischen Ostindien-Kompanie die Gestade von Newark, bevor er den Fluss hinaufsegelte, der heute seinen Namen trägt. 1614 vermaß Kornelius Jacobsen Mey, ebenfalls Holländer, die Delaware-Bucht und befuhr den Delaware River und fand ihn bis zu den Wasserfällen auf Höhe des heutigen Trenton schiffbar. Der englische König Charles II. bestritt nach seiner Wiedereinsetzung 1660 die Besitzansprüche der Holländer in Nordamerika und sprach das gesamte Territorium zwischen Virginia und New France 1664 seinem Bruder, dem Herzog von York (und späteren König James II.) zu. Das Territorium erhielt den Namen New York, und ein Teil davon, zwischen den Flüssen Delaware und Hudson, wurde noch einmal aufgeteilt: Die westliche Hälfte (mit dem Delaware River und der Delaware Bay als Begrenzungen) ging an Lord Berkeley, die östliche (vom Hudson River bis zum Atlantik) an Sir

George Carteret. Die Kolonie wurde New Jersey genannt und fiel bald darauf in die Hände der Quäker.

Lord Berkeley verkaufte 1675 seine Eigentumstitel am westlichen New Jersey für 1000 Pfund an John Fenwick und Edward Byllynge, zwei Quäker, deren anschließender Streit darüber, wem was gehörte, dazu führte, dass William Penn als Schlichter bestellt wurde. Fenwick segelte mit seiner Familie und weiteren Gefolgsleuten aus den Reihen der Quäker an Bord der *Griffin* aus England nach Amerika, um sich an einer »angenehmen, fruchtbaren Stelle« am Delaware, in Salem, niederzulassen. Byllynge machte zu viele Schulden und übertrug sein Eigentum letzten Endes an eine Gruppe von Gläubigern, zu der auch Penn gehörte.[4]

Penn, der in London Jura studiert hatte, entwarf für die neue Kolonie eine Verfassung, die 1676 unter dem Titel »Konzessionen und Vereinbarungen der Eigentümer, Freisassen und Einwohner der Provinz von West New Jersey« verabschiedet wurde. 100 Jahre vor der amerikanischen Unabhängigkeitserklärung stipulierte dieses Dokument eine repräsentative Demokratie mit Religions- und Versammlungsfreiheit, Rechtsprechung durch Schwurgerichte, Gewerbefreiheit und anderen Grundsätzen, die später in die Verfassung von Pennsylvania sowie in die der Vereinigten Staaten übernommen wurden. Gemeinsam mit elf weiteren Männern, zehn davon Quäker, ersteigerte Penn 1682 die Provinz East New Jersey für 3400 Pfund von den Erben Carterets.

William Penn war der rebellische Sohn von Admiral Sir William Penn, der die englische Flotte in zwei Kriegen gegen die Holländer befehligt und 1655 (in den Diensten Cromwells) Jamaika erobert hatte. Während des englischen Bürgerkrieges hatte sich Admiral Penn auf die Seite des Parlaments und gegen den König gestellt, insgeheim jedoch einen Seitenwechsel angeboten; in der Folge hatte er die Gunst des Königsbruders erworben. Penn jun. wurde mit 15 zum Studium nach Oxford geschickt, dort aber nach kurzer Zeit rausgeworfen, weil er sich geweigert hatte, die Kapelle zu besuchen und einen Talar zu tragen und stattdessen auf seinem Zimmer Gottesdienste zelebrierte. Nachdem er zwei Jahre lang Europa bereist hatte, vertraute ihm sein Vater die Verwaltung seiner irischen Besitzungen an. In Irland kam er in Kontakt mit den Quäkern, einer nonkonformistischen christlichen Sekte, die zu der Zeit großen Zulauf hatte. Prompt wurde er verhaftet und in den Kerker gesteckt, was in der Folge noch sechs weitere Male vorkam. »Mr. Will Penn, der kürzlich aus Irland gekommen ist, [ist] wohl wieder zum Quäker geworden – oder einfach nur schwermütig«, vermerkte Samuel Pepys am 29. Dezember 1667.[5]

Nach seiner Rückkehr nach London veröffentlichte Penn einige Streitschriften, als Erstes »The Sandy Foundation«, worin er die heilige Dreifaltigkeit in Frage stellte, was ihm eine achtmonatige Haft im Londoner Tower einbrachte. Im August 1670 wurde er erneut festgenommen, dieses Mal zusammen mit William Mead – beide hatten auf offener Straße gepredigt, nachdem die Behörden das Versammlungsgebäude der Quäker in der Gracechurch Street zugesperrt hatten. Penn und Mead wurden beschuldigt, »sich rechtswidrig und aufrührerisch versammelt und zusammengerottet zu haben, zwecks Störung des königlichen Friedens«.[6]

Nach zwei Wochen im Newgate-Gefängnis erklärten sich Penn und Mead für nicht schuldig: »Wir waren nicht die Verursacher des Aufruhrs, sondern diejenigen, die uns störten«, behauptete Penn. »Es ist wohlbekannt, dass wir friedlich sind und keinem Menschen Gewalt antun.«[7] Die Geschworenen entschieden auf nicht schuldig, woraufhin sie wegen Missachtung des Gerichts ebenfalls eingesperrt wurden. »Ihr werdet nicht entlassen werden, bis wir ein Urteil haben, das das Gericht akzeptiert, und ihr werdet eingesperrt bleiben ohne Fleisch, Trank, Feuer und Tabak; ihr sollt nicht glauben, das Gericht so missbrauchen zu können; wir werden einen Urteilsspruch haben, mit Hilfe Gottes, oder ihr werdet verhungern«, lautete die Botschaft der Krone an die Geschworenen.[8] Diese Justizwillkür löste einen öffentlichen Aufschrei aus, der nicht nur zur Folge hatte, dass Penn und Mead mitsamt ihren Geschworenen auf freien Fuß gesetzt wurden, sondern auch zu einer Gesetzesänderung führte. Es dauerte jedoch nicht lange, bis Penn erneut im Gefängnis landete und sechs Monate absitzen musste, weil er sich weigerte, ein Treuegelübde auf den König abzulegen. Ein Jahr zuvor, 1670, war Admiral Sir William Penn verstorben; er hinterließ eine Geldforderung an die englische Krone in Höhe von 16 000 Pfund für »Beköstigungsausgaben« – es ging das Gerücht, der Admiral habe für den König eine Spielschuld beglichen. Penn jun. ersuchte den König 1680 um die Begleichung der Schuld und schlug vor, die Krone möge ihm »eine Länderei in Amerika« übertragen, »nördlich von Maryland, im Osten durch den Delaware River begrenzt, im Westen so wie Maryland und nordwärts so weit reichend, wie man pflanzen kann«. Das gesamte Territorium sei, so fügte er hinzu, »indianisch«.[9] Charles und James willigten ein, um ihre Schulden – und Penn selbst – loszuwerden. Es war eine Entscheidung mit weitreichenden Folgen.

Penn traf 1682 am Delaware ein, übernahm das Amt des Gouverneurs und bereiste ausgiebig die umliegende Wildnis; er erlernte die Sprache der Lenni Lenape gründlich genug, um sich ohne Dolmetscher mit ihnen auszutauschen, und lobte ihre Gerechtigkeits- und Gleichheitsideale. »Ich finde bei ihnen … eine tiefe natürliche Weisheit«, schrieb er 1683 seinem Freund Robert Boyle von der Royal Society. »Das gemeine Rechtsempfinden des armen Indianers überstrahlt das Leben jener Christen, die sich für moralisch überlegen halten.«[10]

Westlich von Pennsylvania lag offene Wildnis, während im Nordosten die Naturlandschaft von New Jersey zunehmend zwischen zwei wachsenden Siedlungszentren eingezwängt wurde: Philadelphia und New York. Die direkte Verbindung zwischen den beiden Städten verlief über Land, zwischen dem höchsten schiffbaren Punkt des Delaware River (unweit der heutigen Stadt Trenton) und der höchsten schiffbaren Stelle des Raritan River (bei New Brunswick). Dieser alte Trampelpfad der Lenni Lenape entwickelte sich in der Folge zu einem Reitweg, einer mit Planwagen befahrbaren Straße, dem »King's Highway« für Postkutschen und schließlich zu den State Routes 27 und 206.

1683 eröffnete ein Siedler namens Henry Greenland ungefähr auf halber Strecke eine Gastwirtschaft, um die herum sich ein Dorf bildete. 1683 trafen sich in Greenlands Gasthaus die Grundeigentümer von East und West New Jersey, um die gemeinsame Grenze festzulegen. Den Ort selbst nannten sie Prince Town. Die umliegende Wildnis zog eine kleine Gruppe von Quäkern an, die möglichst viel Abstand zu den weltlichen Einflüssen Philadelphias und New Yorks gewinnen wollten. Zwischen dem Raritan und dem Delaware befand sich, ein Stück weit südlich vom Überlandweg, ein Bach, den die Lenni Lenape Wapowog nannten. Er durchfloss ein Areal, das 1693 William Penn als seinen Anteil an der ursprünglichen Landschenkung an die Eigentümer von West New Jersey in Besitz nahm. Sechs eng miteinander verbandelte Quäker-Familien gründeten hier – mit Penn als stillem Teilhaber – 1696 eine Ansiedlung und nannten sie Stony Brook. Anstelle einer Gastwirtschaft errichteten sie ein Versammlungslokal für ihre Gemeinde.

Die Patriarchen dieser Familien waren Benjamin Clarke,

William Olden, Joseph Worth, John Hornor, Richard Stockton und Benjamin FitzRandolph, wobei Stockton zum größten Anteilseigner wurde, als er 1701 für 900 Pfund 2200 Hektar hinzukaufte – von William Penn, der für sich selbst 420 Hektar behielt.[11] Benjamin Clarke kaufte 1696 360 Hektar Grund zwischen Stony Brook, der heutigen Stockton Street und der heutigen Springdale Road, wovon er 160 Hektar (darunter das spätere Areal des Institute for Advanced Study) 1709 seinem Schwager William Olden überschrieb und knapp 4 Hektar für das Versammlungshaus und den Friedhof der Quäkergemeinde zur Verfügung stellte. Das Versammlungshaus wurde 1726 fertiggebaut; zusätzlich eröffneten die Siedler eine Schule und erbauten Mühlen mit Wasserrädern. Spätestens ab 1737 verkehrte zweimal die Woche eine Postkutsche zwischen Trenton und New Brunswick, wobei Princetown (oder Princeton, wie es später genannt wurde) als Zwischenstation diente, an der man die Pferde wechseln oder übernachten konnte.

Da zwischen der Yale University in New Haven, Connecticut und dem College of William and Mary in Williamsburg, Virginia keine höhere Bildungseinrichtung existierte, gründeten einige Presbyterianer 1746 das College of New Jersey, das seinen Unterricht zunächst in Elisabeth und danach in Newark abhielt, bis die Quäkergemeinde in Princeton ihm im Januar 1753 4 Hektar gerodetes Land und 80 Hektar Waldgebiet stiftete. Die ersten Studenten trafen 1756 in Princeton ein, und als 20 Jahre später Revolutionsstimmung herrschte, unterstützten die Studenten die Unabhängigkeitsbewegung, indem sie im Januar 1774 den Teevorrat verbrannten, den der Rektor für den Winter angelegt hatte.

Als Ende November 1776 der Krieg Princeton erreichte, befand sich die amerikanische Seite in Auflösung: George Washington zog sich nach einer Reihe von Niederlagen, unter anderem bei Brooklyn Heights auf Long Island, bei White Plains und bei Fort Washington auf der Insel Manhattan mit seiner erschöpften Truppe nach Pennsylvania zurück.

Mit rund 3000 Mann traf General Washington am Abend des 1. Dezember 1776 in Princeton ein, verfolgt von den Truppen von Lord Cornwallis mit ihrer »Fremdenlegion« aus zwangsrekrutierten jungen Hessen, die eine Spur der Verwüstung hinter sich herzogen. In Princeton stellte Washington seine Truppen neu auf, bevor er sich über den Delaware-Fluss in Sicherheit brachte, während die Briten sich in Trenton sammelten, um die Verfolgung fortzusetzen.

Am Heiligabend setzte Washington mit 2400 Mann heimlich über den Delaware und überfiel die britische Stellung überraschend am 26. Dezember um acht Uhr morgens mitten in einem heftigen Schneetreiben. Anschließend kehrte er nach Pennsylvania zurück, verstärkte bis zum Neujahrstag seine Truppe, so gut es ging, und marschierte mit rund 5000 Mann (überwiegend Kriegsfreiwillige) nach Trenton, entschlossen, es mit den Truppen von Cornwallis aufzunehmen. Vorerst kam es jedoch nur zu einem Abtasten der Kräfte entlang der Ufer des Flüsschens Assunpink Creek. Die Nacht vom 2. auf den 3. Januar war eisig kalt; die schlammigen Wege froren ein, sodass sich Washingtons Truppe mitsamt ihrer Artillerie im Schutz der Dunkelheit auf Feldwegen in Richtung Stony Brook zurückziehen konnte.

Bei Sonnenaufgang am 3. Januar befand sich das Hauptkontingent der amerikanischen Streitkräfte unweit des Versammlungshauses der Quäker im Anmarsch auf das Dorf Princeton, auf einer Straße, die an einem flachen Wassergraben zwischen der Olden-Farm und Stony Brook entlangführte. Die Truppe querte die Flur, die heute das offene Gelände hinter dem Institute for Advanced Study ist, und wandte sich dann nach rechts in Richtung des Dorfes Princeton. Ihr

Weg führte sie durch eine flache Senke, in der 170 Jahre später das Gebäude für das Electronic Computer Project am Ende der Olden Lane errichtet werden sollte. An diesem Punkt befand sich das Hauptkontingent, als die Schlacht von Princeton begann.

Washington hatte seinen guten Freund, General Hugh Mercer, mit ungefähr 350 Männern beauftragt, die stromaufwärts gelegene Brücke über den Stony Brook bei Worth's Mills (wo heute die State Route 206 das Flüsschen quert) zu zerstören. Mercers Kommandotrupp wurde jedoch von britischen Kräften entdeckt, die aus Princeton kamen und sich in Trenton ins dort erwartete Schlachtgetümmel stürzen wollten; es kam zu einem kurzen, aber heftigen Gefecht, das die Amerikaner etwa 50 Tote und 150 Verwundete kostete (wohingegen die Briten 24 Gefallene und 58 Verwundete zu beklagen hatten). General Mercer, der von den Briten irrtümlich für Washington gehalten wurde, blieb nach einem Bajonettangriff verletzt auf dem Schlachtfeld zurück. Als Washington mit Verstärkungen zu Hilfe eilte, sammelte er die Überlebenden, vertrieb die Briten und stürmte deren Hauptquartier in der Nassau Hall des Colleges; die nicht von den Amerikanern gefangengenommenen Briten zogen sich derweil durchs Hügelland in Richtung New Brunswick zurück. General Mercer kam wieder zu sich und blieb noch neun Tage am Leben, gepflegt in dem zum Feldlazarett umfunktionierten Farmhaus der Familie Clarke unweit des Kampfplatzes. Von Beruf Arzt, erkannte er, dass seine Kopfwunden nicht lebensgefährlich waren, wohl aber seine Verletzungen im Bauchraum. Das Kriegsglück hatte sich derweil gewendet. Die Truppen Washingtons wuchsen dank neuer Rekrutierungen an, der Aufstand gegen die britische Kolonialmacht fand immer breitere Unterstützung, und die Briten zogen sich aus New Jersey nach New York zurück.

Nach der ersten amerikanischen Revolution kehrte auf der Olden-Farm wieder Ruhe ein – bis die Mathematiker kamen und eine zweite einleiteten.

KAPITEL DREI

Veblens Kreis

Was könnte man Klügeres tun als Menschen, die denken können, die Muße dafür zu geben?

Walter W. Stewart an Abraham Flexner, 1939[1]

Am 2. Mai 1847 kehrten die frisch verheirateten Thomas und Kari Veblen ihrem Heimatbezirk Valdres im Landesinneren Norwegens den Rücken, um nach Amerika auszuwandern. Englisch sprachen sie nicht. Hinter sich ließen sie eine schwere Wirtschaftskrise und den Leichnam ihres im Säuglingsalter gestorbenen Sohns. Die Reise dauerte 19 Wochen, und ein epidemisches Fieber an Bord kostete Thomas seine Gesundheit und alle Passagiere unter sechs Jahren das Leben. Am 16. September trafen die Veblens in Milwaukee ein, kurz bevor Wisconsin sich als Bundesstaat der USA konstituierte. Nachdem Kari ihren Mann gesund gepflegt hatte, baute der gelernte Schreiner Thomas ein Haus in dem Dorf Port Ulao am Westufer des Michigan-Sees. Im September 1848 kam Andrew Anders Veblen auf die Welt, das erste ihrer elf amerikanischen Kinder, von denen immerhin neun die Kleinkindzeit überlebten. Die Veblens zogen noch dreimal um: 1849 ins Sheboygan County, 1854 ins Manitowoc County und 1864 ins Rice County in Minnesota. Nach jedem Umzug baute Thomas Veblen wieder ein Haus einschließlich Scheune und Nebengebäuden und rodete eigenhändig seine Landparzelle.

Die Kinder der Veblens arbeiteten viele Stunden täglich auf der Farm. Karis Vater, Thorstein Bunde, hatte den Familienbesitz in Norwegen dank der Machenschaften skrupelloser

Anwälte verloren und unter der Last dieser Schmach sein Leben ausgehaucht, als.Kari fünf Jahre alt war. Entschlossen, in Amerika für sich und die Ihren eine bessere Zukunft zu ermöglichen, schickten die Veblens alle ihre Kinder aufs College, darunter vier Töchter und zwei Söhne, die es zu Ruhm und Ehre bringen sollten: Andrew Veblen wurde Professor für Mathematik und Physik an der University of Iowa, und der 1857 geborene Thorstein Veblen wurde ein einflussreicher Gesellschaftstheoretiker, der in seinem Meisterwerk *Theorie der feinen Leute* (1899) den Begriff »Geltungskonsum« prägte.

Der am Rande der Wildnis aufgewachsene Thorstein Veblen hatte einen an Darwin geschulten Blick für die wechselseitige Abhängigkeit von Unternehmen, Finanzmarkt und technologischer Entwicklung. In einer Serie von Büchern – darunter *The Theory of Business Enterprise* (1904), *The Instinct of Workmanship and the State of the Industrial Arts* (1914), *An Inquiry into the Nature of Peace and the Terms of Its Perpetuation* (1917), *The Higher Learning in America: A Memorandum on the Conduct of Universities by Business Men* (1918), *The Vested Interests and the Common Man* (1919), und *Absentee Ownership and Business Enterprise in Recent Times: The Case of America* (1923) – entwickelte Veblen die »evolutionäre Ökonomie« weiter und wandte sie auf die gesellschaftlichen Probleme seiner Zeit an. Er gehörte zu den Gründern der New School of Social Research, des *Journal of Political Economy* und der Technokratischen Bewegung. Die Bücher wurden viel gelesen, seine Warnungen jedoch weithin ignoriert, und er starb als enttäuschter Mann 1929, am Vorabend der Weltwirtschaftskrise, im kalifornischen Menlo Park. »Er hörte Mitglieder seiner Familie, die längst tot waren, auf Norwegisch zu ihm sprechen«, notierte ein Nachbar kurz vor dem Ende.[2]

Oswald Veblen, Thorsteins Neffe, das erste der acht Kinder Andrew Veblens, ging in Iowa City zur Schule und studierte anschließend an der Universität von Iowa, wo er eine Auszeichnung als Scharfschütze und eine weitere im Fach Mathematik errang. Er unterbrach sein Studium, um im Stil des Huckleberry Finn den Iowa River und den Mississippi zu befahren, und blieb sein Leben lang ein passionierter Naturfreund. Er war hochgewachsen, bewegte sich geschmeidig und wirkte stets so, als käme er geradewegs aus dem Wald. »Ich erinnere mich nicht, an ihm jemals ein neues Kleidungsstück gesehen zu haben«, sagt Herman Goldstine.[3] Und Albert Tucker fügt hinzu: »Er hatte immer einen vierten Knopf an seinem Jackett, weil er so lang und schlank war.«[4] Die Liebe zur freien Natur war Teil seines norwegischen Erbes. »Er ist ein exzellenter Mensch«, gab Abraham Flexner, erster Direktor des Institute for Advanced Study, zu Protokoll, »aber Wörter wie ›Gebäude‹ oder ›Farm‹ machen ihn regelrecht krank.«[5]

Nachdem Oswald Veblen 1898 mit 18 Jahren seinen Universitätsabschluss in Mathematik gemacht hatte, blieb er noch ein Jahr als Assistent am Physikalischen Institut der Universität von Iowa, ging dann nach Harvard und absolvierte dort 1900 eine zweite Bachelor-Prüfung. Dann zog es ihn an die Universität von Chicago, wo zu der Zeit Thorstein als Assistenzprofessor für Politikwissenschaft lehrte. Hier machte Oswald seinen Doktor mit einer Arbeit über die Grundlagen der Geometrie, die ihm 1905 einen Ruf an die Princeton University einbrachte – diese war gerade in eine Phase der Expansion eingetreten, nachdem Woodrow Wilson, der spätere US-Präsident, 1902 das Amt des Universitätspräsidenten übernommen hatte.

Die Umbenennung des College von New Jersey in Princeton University war 1896 Ausdruck des erklärten Willens, stärker in die naturwissenschaftliche Forschung zu investieren. Wilson, der erste Nicht-Geistliche auf dem Präsidentenstuhl, engagierte etwa eine Reihe »Präzeptoren« – Jungprofessoren, die eng mit den Doktoranden zusammenarbeiteten, um die Forschung zu fördern. Während die Türen von Princeton für farbige Studenten bis 1942 und für Frauen bis 1969 verschlossen blieben, berief Wilson das erste katholische und das erste jüdische Fakultätsmitglied. Die Zahl jüdischer Studenten stieg bis zum Jahr 1925 auf 23.

Wilson verließ die Universität 1911, um das Amt des Gouverneurs von New Jersey zu übernehmen, und wurde 1913 zum Präsidenten der USA gewählt. Die amerikanische Kriegserklärung an Deutschland erfolgte im April 1917, zu Beginn seiner zweiten Amtszeit. Rund 138 Mitglieder des Lehrkörpers von Princeton meldeten sich zum Kriegsdienst, bis der Krieg zu Ende war, und Veblen war einer der Ersten. Er begann seinen Dienst als Hauptmann der Reserve und wurde später zum Major befördert und dem Büro für Ballistische Forschungen in Sandy Hook, New Jersey zugeteilt, kurz bevor dieses auf das Gelände des Schießplatzes Aberdeen in Maryland verlegt wurde, eines 14 000 Hektar großen militärischen Sperrgebiets an der Küste der Chesapeake Bay.

Das Aberdeen des Jahres 1918 mit seinen provisorischen Dreckpisten bot einen Vorgeschmack auf das Los Alamos von 1943. Veblens Aufgabe war es, die amerikanische Wissenschaft und Wirtschaft für den Kampf gegen die deutsche Kriegsmaschinerie zu mobilisieren. Als der Übungsplatz einigermaßen einsatzbereit war, näherte sich der Krieg in Europa allerdings schon seinem Ende. Nach Thorstein Veblens Überzeugung waren die USA zu spät in den Krieg eingetreten und ausschließlich mit dem Ziel, in der europäischen Nachkriegsordnung die eigenen wirtschaftlichen Interessen durchsetzen zu können. Oswald Veblen, Scharfschütze durch und durch, hatte keine Skrupel, sein Wissen in den Dienst des Krieges zu stellen – die Treffgenauigkeit von Schusswaffen zu verbessern, warf für ihn keine der moralischen Fragen auf, wie sie sich später bei der Entwicklung der Atombombe stellen sollten. Nach Angaben von Herman Goldstine beschäftigte sich Veblen nach Abschluss seiner Grundausbildung in Sandy Hook vor dem Umzug nach Aberdeen vor allem damit, »aus einem Flugzeug hängend Bombenattrappen von Hand abzuwerfen, um herauszufinden, wie diese ganze Bomberei funktionierte«.[6]

Der Stellungskrieg in Europa führte dazu, dass ein Wettlauf um größere und bessere Geschütze entbrannte. Artilleriefeuer verursachte rund drei Viertel aller Verluste, während Flugzeuge und Bomben nur eine Nebenrolle spielten – ihre große Stunde sollte erst im Zweiten Weltkrieg schlagen. Die Vereinigten Staaten griffen in den Ersten Weltkrieg noch mit von Pferden gezogener Artillerie ein und feuerten den letzten Schuss aus einer 155-Millimeter-Haubitze ab, die den Spitznamen »Calamity Jane« trug. In aller Eile wurden neue Granaten und Kanonen produziert und zum Probeschießen nach Aberdeen geliefert, bevor man sie nach Europa expedierte.

Die erste Schießübung in Aberdeen fand am 2. Januar 1918 statt, mitten im schlimmsten Winter seit Menschengedenken. Veblen traf am 4. Januar ein. Mit derselben lässigen Selbstverständlichkeit, mit der später Oppenheimer in Los Alamos die Zügel in die Hand nahm, übernahm Veblen das Kommando über die in Aberdeen versammelte Ballistik-Gruppe. Als ältestem von acht Kindern fiel ihm diese Rolle nicht besonders schwer, und mit seiner Bereitschaft, die körperlichen Strapazen auf dem Schießplatz mit seinen Leuten zu teilen, sicherte er sich ihre Loyalität.

»Veblens ungeheurer Einfluss war nicht offen wahrnehmbar«, erklärt sein Kollege aus Princeton, Albert Tucker. »Er hatte eine eher zögerliche Art zu sprechen, sehr tastend und schüchtern«, ergänzt der Mathematik-Kollege Deane Montgomery, »aber er war ein Energiebündel par excellence.« Klári von Neumann erinnert sich an Veblen als einen »hochgewachsenen, hageren Mann, der vor lauter Schüchternheit beim Reden stotterte, sich jedoch als formidabler Widersacher entpuppte, wenn ihm irgendjemand in die Quere kam«. Herman Goldstine beschreibt ihn als »den Typ von Mann, der so lange Wasser auf einen Stein tröpfeln lässt, bis dieser endlich ausgehöhlt ist«.

Seit den Zeiten des Archimedes und seiner Belagerungsmaschinen hatten sich Truppenbefehlshaber immer wieder der Hilfe von Mathematikern versichert. Das Problem, mit dem Veblen sich konfrontiert sah, war so alt wie das Artilleriewesen: Wenn man mit einem Geschütz in eine bestimmte Richtung zielt und eine Kugel oder Granate abfeuert, wo wird diese einschlagen? Oder anders herum: Wie muss man ein Geschütz ausrichten, wenn man ein bestimmtes Ziel treffen will? Auf dem Papier ließ sich die Flugbahn eines Projektils gemäß Newton und Galilei zwar berechnen, aber in der Praxis erwies es sich als schwierig, das Verhalten einer fliegenden Granate vorherzusagen.

Mit der Einführung des Hinterladergeschützes mit gezogenem Lauf verbesserte sich die Zielgenauigkeit der Artillerie so weit, dass es möglich wurde, mit einem Geschütz eine Serie von Testschüssen abzufeuern und aus der Verteilung der Einschlagpunkte eine komplette Flugbahntabelle zu erstellen. Reichweite, Geschwindigkeit und Höhe der Projektile waren so weit verbessert worden, dass man ihre Flugbahn in Abhängigkeit von diversen Faktoren berechnen konnte: von der wechselnden Dichte der Erdatmosphäre und sogar von der Erdrotation. Für die Erstellung der Flugbahntabellen bedurfte es enorm vieler Rechenschritte, die überwiegend von Hand gemacht wurden. Die Diskrepanz zwischen den berechneten und den tatsächlichen Einschlagpunkten wurde, soweit es ging, durch den »ballistischen Koeffizienten« verringert, eine empirisch abgeleitete Konstante, die leider weniger konstant war, als man es gerne gesehen hätte. Um es mit den Worten von Veblens Mitarbeiter Forest Ray Moulton zu sagen: Ihr wurde »eine sehr schwere Verantwortungslast aufgebürdet«.[7]

Veblen stellte die Teams der zweibeinigen Rechner zusammen und führte hektographierte Rechenblätter ein, die die schrittweise Abarbeitung von Algorithmen für die Auswertung der Ergebnisse der Probeschuss-Serien schematisierten. Es dauerte den ganzen Februar, bis die ersten 40 Schüsse abgefeuert waren, doch im Mai war Veblens Gruppe bei 40 Schüssen pro Tag angelangt, und die Teams konnten dank ihrer wachsenden Rechenpower damit Schritt halten. Veblen warf sein Fangnetz weit aus und bewies ein gute Nase für die Entdeckung und den bestmöglichen Gebrauch der Wissenschaftler.

Einer der von Veblen Rekrutierten war Norbert Wiener, ein 24-jähriges Wunderkind, das nach seiner Habilitation in Europa zwar bestens ausgebildet, aber unsicher im Auftreten war und entmutigt, nachdem er an der Universität nicht reüssiert hatte. Sogar die Armee hatte ihn nicht genommen, weil er schlecht sah und weder mit einem Gewehr schießen noch ein Pferd reiten konnte. Als Veblen Wiener ausfindig machte, lebte dieser in Albany, New York und hielt sich mit dem Verfassen von Artikeln für die *Encyclopedia Americana* über Wasser. »Ich bekam ein dringliches Telegramm von Professor Oswald Veblen vom neuen Waffenerprobungsplatz in Aberdeen, Maryland«, erinnerte Wiener sich später. »Das war meine Chance, richtige Kriegsarbeit zu leisten. … Ich nahm den nächsten Zug nach New York, wo ich nach Aberdeen umstieg.«[8]

Wiener tat die Atmosphäre vor Ort sichtlich gut. »Wir

lebten in einer verkehrten Welt, in der beruflicher, militärischer und akademischer Rang gleichermaßen eine Rolle spielten und wo ein Leutnant einen Gefreiten als ›Doktor‹ anredete oder Anweisungen von einem Feldwebel erhielt. … Wenn wir nicht an den geräuschvollen mechanischen Rechenmaschinen arbeiteten, die bei uns ›Crasher‹ hießen, spielten wir abends zusammen Bridge, wobei wir dieselben Rechenmaschinen benutzten, um unsere Spielstände festzuhalten. Wir gingen zusammen schwimmen im lauwarmen Brackwasser der Chesapeake Bay oder unternahmen Spaziergänge durch den Wald. … Bei allem, was wir taten, redeten wir stets über Mathematik. … Und vieles von dem, was wir diskutierten, spielte für unsere alltägliche Arbeit keine Rolle.«

Wie Wiener feststellte, war die Arbeitsatmosphäre in Aberdeen »ein Pendant zu dem klösterlichen, enthusiastischen Geistesleben, das ich zwar zuvor im englischen Cambridge erlebt hatte, aber an keiner amerikanischen Universität«.[9] Veblen hatte eine Gruppe um sich geschart, die in der Zwischenkriegszeit die amerikanische Mathematik revolutionieren sollte. »Für viele Jahre nach dem Ersten Weltkrieg«, schrieb Wiener, »ging die überwältigende Mehrzahl der bedeutenden amerikanischen Mathematiker aus den Reihen jener hervor, die die Disziplin des Schießplatzes durchlaufen hatten. Die Öffentlichkeit merkte so zum ersten Mal, dass wir Mathematiker zu etwas nütze waren.«[10]

Nachdem die Kriegsmächte im November 1918 den Waffenstillstand unterschrieben hatten, unternahm Veblen eine viermonatige Europareise, auf der er seine europäischen Kollegen über ihre Erfahrungen in den Kriegsjahren befragte. Viele waren bereits an die Universitäten zurückgekehrt, was Veblen Gelegenheit gab, aus erster Hand einen Überblick über den Stand der europäischen Mathematik zu gewinnen. Göttingen, Berlin, Paris und Cambridge waren damals die

Zentren der mathematischen Welt, wohingegen Harvard, Chicago und Princeton noch viel aufzuholen hatten. Als Veblen nach Princeton zurückkehrte, war er entschlossen, den Erfolgen der europäischen Institutionen nachzueifern, aber auch etwas von der legeren Kameraderie der Schießplatz-Mathematiker von Aberdeen zu bewahren.

Er formulierte drei kurzfristig zu erreichende Ziele: Habilitationsstipendien für vielversprechende junge Mathematiker einzuführen, die Professoren von erdrückenden Lehrverpflichtungen zu befreien und die Interdisziplinarität zu fördern. »Nicht selten hat der Versuch, ein physikalisches Problem zu lösen, zur Entstehung eines neuen Zweiges der Mathematik geführt«, schrieb er an Simon Flexner, den Direktor des Rockefeller-Instituts für Medizinische Forschung; er schlug dem Rockefeller-Institut vor, die bereits bestehenden Stipendien des Nationalen Forschungsrats der USA, die sich bislang auf Physik und Chemie konzentrierten, auf die mathematische Forschung auszudehnen.[11]

Veblens Antrag wurde angenommen, und vier Monate später wandte er sich erneut an Simon Flexner, diesmal mit einer noch ehrgeizigeren Anfrage. »Der nächste Schritt«, legte er dar, »wäre die Gründung und Finanzierung eines mathematischen Instituts. Die materielle Ausstattung eines solchen Instituts wäre sehr einfach: eine Bibliothek, ein paar Büros und Hörsäle und ein kleiner Bestand an Apparaten wie Rechenmaschinen.« Er malte eine Mathematiker-Utopie aus, etwas irgendwo zwischen den High Tables von Cambridge und Oxford und den Rechenbaracken von Aberdeen. »Die Finanzmittel eines solchen Instituts«, betonte er, »sollten hauptsächlich für die Gehälter der Forscher verwendet werden.«[12]

Simon Flexners Antwort lautete: »Ich wünschte mir, Sie würden irgendwann mit meinem Bruder sprechen, Abraham Flexner vom General Education Board.«[13] Das General Education Board der Rockefeller-Stiftung hatte vom Kongress 1903 ein Mandat »zur Förderung der Bildung innerhalb der Vereinigten Staaten von Amerika ohne Ansehen von Hautfarbe, Geschlecht oder Religion« übertragen bekommen und legte den Schwerpunkt seiner Fördertätigkeit auf die weiterführende Bildung in den amerikanischen Südstaaten, es stand ihm jedoch frei, jede Form der höheren Bildung zu unterstützen.

Simon und Abraham Flexner waren als fünftes bzw. siebentes von neun Kindern in Louisville, Kentucky geboren und auf sehr verschiedenen Wegen bei der Rockefeller-Stiftung gelandet. Ihr Vater Moritz Flexner, 1820 in Böhmen geboren, war ein jüdischer Einwanderer, der sich 1854 in Louisville als Krämer niedergelassen und seine Waren zunächst auf dem Rücken transportiert hatte, bis er 4 Dollar für ein Pferd angespart hatte. Simon Flexner, geboren 1863, war nach der siebten Klasse von der Schule abgegangen und hatte sich eine Weile eher ziellos durchs Leben geschlagen, bis ein Job in einer Drogerie und ein fast tödlich verlaufenes Rendezvous mit dem Typhus sein Interesse an der Mikrobiologie geweckt hatten. In der Folge hatte er als Mediziner Karriere gemacht, war zu einer Kapazität auf dem Gebiet der Infektionskrankheiten geworden und zum Direktor des Rockefeller-Instituts für Medizinische Forschung berufen worden. Errichtet auf dem Areal einer 260 Hektar großen Farm in Princeton und später auf 320 Hektar erweitert, wurde das Rockefeller-Institut zur führenden mikrobiologischen Forschungseinrichtung in den Vereinigten Staaten.

Abraham Flexner, 1866 geboren und der einzige Flexner, der studieren durfte, besuchte mit finanzieller Unterstützung seines ältesten Bruders Jacob (der Vater war inzwischen verstorben) die Johns Hopkins University und machte dort 1886 seinen Abschluss. Er kehrte nach Louisville zurück und unterrichtete an der dortigen Highschool Latein und Griechisch. Er machte auf sich aufmerksam, indem er einmal eine ganze Klasse durchfallen ließ, und eröffnete danach seine eigene Schule. Er rechnete es seinen Eltern hoch an, dass sie »klug genug waren zu erkennen, dass sie den Einfluss auf ihre Kinder stärken konnten, indem sie die Zügel locker ließen«,[14] eine Maxime, an der er auch seine Erziehungsphilosophie ausrichtete, wohl wissend, dass man die Schüler damit »zu der einen oder anderen harmlosen Dummheit« einlud.[15]

»Flexner, ein kleiner, habichtartiger drahtiger Mann mit einem wunderbaren Schalk in den Augen und von einer so offenkundig falschen Bescheidenheit, dass man sofort die Kraft und Durchsetzungsfähigkeit, die List und Schlauheit erahnte, die sich hinter einem bezaubernden Humor verbargen, war kein Gelehrter«, erklärte Klári von Neumann, »hatte aber einen eminent praktischen Verstand, der ihm sagte, es müsse einen Ort geben, an dem Menschen, deren einziges Arbeitswerkzeug ihr Gehirn war, ganz allein entscheiden konnten, womit sie sich die Zeit vertrieben, ohne jede Verpflichtung, Vorlesungen zu halten oder sich um Studenten zu kümmern, einen Ort des entspannten Nachdenkens, wo sie sich austauschen konnten, wenn ihnen danach war, wo sie aber andernfalls auch respektvoll in Ruhe gelassen wurden.«[16]

1898 heiratete Abraham Flexner eine seiner ehemaligen Studentinnen, Anne Crawford, die kurz darauf erfolgreiche Stücke für den Broadway schrieb (*The Marriage Game*, *All Soul's Eve*, *Mrs. Wiggs of the Cabbage Patch*), was den beiden die Möglichkeit eröffnete, Louisville hinter sich zu lassen. Flexner verkaufte seine Schule 1905, ging zunächst nach Harvard, wo er 1906 den Magister in Philosophie machte, und dann nach Deutschland, wo er eine schneidende Kritik am amerikanischen Hochschulwesen verfasste, die 1908 veröffentlicht wurde. Daraufhin beauftragte ihn die Carnegie-

Stiftung, ein Gutachten über die medizinische Ausbildung in den USA zu erstellen, deren Niveau noch ein Stückchen niedriger war. Er besichtigte rund 155 medizinische Fakultäten und Institute, und die Missstände, die er dabei feststellte, führten zur Schließung von zwei Dritteln aller medizinischen Fakultäten in den USA. 1911 erteilte John D. Rockefeller jun. Flexner den Auftrag, eine »gründliche und umfassende« Studie der Prostitution in Europa zu erstellen. Die Arbeit daran führte ihn in 28 Städte in zwölf Ländern, von London bis Budapest. Sein Bericht kam 1914 heraus und wurde in den USA mit viel Beifall aufgenommen; in Frankreich wurde Flexner zum Ritter der Ehrenlegion ernannt. 1913 war er in das General Education Board der Rockefeller-Stiftung eingetreten und übte dort wachsenden Einfluss aus, bis er 1928 abgewählt wurde.

Veblens Antrag an die Flexners zeitigte keine unmittelbaren Folgen, aber später beschloss das General Education Board, der Princeton University 1 Million Dollar zur Verfügung zu stellen, wenn es der Universität gelang, aus anderen Quellen zwei weitere Millionen aufzutreiben. Veblen reichte die Zusage an Woodrow Wilson und Henry Fine weiter. »Ich glaubte nicht, dass meinem kleinen Traum von einem Mathe-Institut zu viel Gewicht beigemessen werden sollte«, schrieb er später im Rückblick. »Der Aufbau eines mathematischen Instituts an der Princeton University hatte schließlich schon unter der Ägide von H. P. Fine einige Fortschritte gemacht.«[17]

Henry Burchard Fine, Sohn eines Presbyterianer-Predigers aus dem ländlichen Pennsylvania, hatte 1876 sein Studium am College of New Jersey aufgenommen und sich in seinem letzten Studienjahr, in dem er als Redakteur der Zeitschrift *Princetonian* fungiert hatte, eng mit Woodrow Wilson angefreundet. Nachdem er 1885 in Leipzig seinen Doktor der Philosophie gemacht hatte, war er nach Princeton zurückgekehrt, wo Wilson ihn 1903 zum Dekan ernannt hatte. Fine machte Veblen zu einem der neuen Präzeptoren und legte den Grundstein für die mathematische Fakultät. Er holte vielversprechende junge Mathematiker nach Princeton, ermöglichte es ihnen zu forschen, und machte ihnen keine Vorwürfe, wenn sie einem Ruf nach anderswo folgten.

Am späten Nachmittag des 21. Dezember wurde der 70-jährige Henry Fine beim Radfahren von einem Automobil erfasst und starb. Thomas Davies Jones, ein enger Freund Wilsons und Fines, sagte eine Spende von 500 000 Dollar für den Bau und die Erhaltung eines neuen Gebäudes für die mathematische Fakultät zu, das Fines Namen tragen sollte. Als Veblen nach Princeton kam, verteilten sich die Mathematiker auf ein paar kleine Arbeitszimmer in der Palmer Hall. »Die Idee hinter der *Fine Hall* war«, erläuterte Veblen später, »dass ein Ort entstehen sollte, der so attraktiv war, dass die Leute lieber in diesen Räumlichkeiten arbeiten würden als zu Hause.«[18] Jones wies getreu seiner Überzeugung, dass »für Harry Fine nur das Beste gut genug ist«, Veblen an, ein Gebäude zu errichten, »das jeder Mathematiker nur mit größtem Widerwillen verlassen würde«.

Mit einer halben Million (nach heutigen Maßstäben über 6 Millionen Dollar) kam man 1929 ziemlich weit. Die Fine Hall wurde im Oktober 1931 eingeweiht. Sie hatte alles, was das Herz begehrte: von Duschen und Umkleideräumen im Untergeschoss (»Fakultätsmitglieder, die die nahegelegenen Tennisplätze oder die Turnhalle in Anspruch nehmen möchten, werden es unnötig finden, sich zum Umziehen nach Hause zu begeben«) bis zur tageshellen Bibliothek im Obergeschoss, einem zentralen Atrium und einem Verbindungsgang, der es den Mathematikern erleichtern sollte, sich mit den Physikern in der benachbarten Palmer Hall auszutauschen. »Es gibt neun Arbeitsräume mit offenem Kamin und fünfzehn ohne«, berichtete Veblen. »An die Stelle von Stühlen und Schreibtischen sind Polstersessel und Davenport-Sekretäre getreten, und die Seminarräume sind wie private Studierzimmer möbliert«, berichtete die Zeitschrift *Science*.[19] Die Räume waren mit amerikanischer Eiche getäfelt und mit Einbau-Aktenschränken und versenkbaren Schiefertafeln ausgestattet. Wichtige Gleichungen der Gravitations-, Relativitäts- und Quantentheorie, die fünf platonischen Körper und drei Kegelschnitte waren in bleigefasste Mosaikglasfenster eingearbeitet, und den zentralen Kaminsims zierte eine Schnitzarbeit, die eine die Oberfläche eines Möbiusbandes entlangkriechende Fliege zeigte. »Veblen wachte höchstpersönlich über jeden kleinen Türknauf, jeden Wasser speienden Kobold, jedes Stückchen Bleiglas, in das ein Wort graviert ist«, schrieb Herman Goldstine im Rückblick.[20]

Im April 1930 bat Veblen in einem Brief Albert Einstein um die Erlaubnis, einen Ausspruch, den Einstein 1921 in Princeton getan hatte – »Raffiniert ist der Herrgott, aber boshaft ist er nicht« –, in den Kaminsims der Professorenlounge eingravieren zu lassen. »Das war Ihre Antwort, als jemand Sie fragte, ob Sie meinten, dass Dayton C. Millers Ergebnisse verifiziert werden würden«, erklärte Veblen. »Ich hoffe, Sie haben keine Einwände dagegen, dass wir dieses Kind Ihres Esprits verwenden.«[21] Einstein erklärte in seiner Antwort, das Wort »Herrgott« könne vielleicht Missverständnisse auslösen; was er wirklich habe sagen wollen, sei: »Die Natur verbirgt ihr Geheimnis durch die Erhabenheit ihres Wesens, aber nicht durch List.«[22]

Mit der feierlichen Eröffnung der Fine Hall und der Berufung Veblens auf den ebenfalls von der Familie Jones gestifteten Henry-Burchard-Fine-Lehrstuhl für Mathematik schien die Stellung Veblens (ebenso wie die der Mathematik in

Princeton) gesichert. Es bedurfte jedoch einiger unheilvoller Entwicklungen – der Weltwirtschaftskrise, der Machtergreifung des Nationalsozialismus in Deutschland und des heraufziehenden Zweiten Weltkrieges – und eines weiteren unverhofften Geschenks des Schicksals, um Veblens Traum einer autonomen mathematischen Institution wahr zu machen.

In den drei Jahrhunderten, seit Henry Hudson 1609 die Küste von Newark erkundet hatte, war die nichteingeborene Bevölkerung Newarks von 61 versprengten puritanischen Siedlern im Jahr 1666 auf knapp 350 000 angewachsen, wobei sie sich allein zwischen 1890 und 1910 fast verdoppelt hatte. Unter den Neuankömmlingen war ein gewisser Louis Bamberger, geboren 1855 ein Stockwerk über dem Trockenwarenladen seines Vaters in eine Familie jüdischer Kaufleute, die 1823 aus Bayern ausgewandert war und sich in Baltimore niedergelassen hatte. Mit 14 begann er im Ladengeschäft eines Onkels mütterlicherseits zu arbeiten, der ihn dann als Einkäufer nach New York City schickte. Dort sparte Louis genug Geld zusammen, um 1892 die Lagerbestände eines pleitegegangenen Gemischtwarenhandels aufkaufen zu können. Die Ware verkaufte er mit so hohem Gewinn in einem angemieteten Ladenlokal in einem heruntergekommenen Viertel von Newark, dass er ein eigenes Geschäft eröffnen konnte; als Partner gewann er seine Schwester Carrie, deren Ehemann Louis Frank und Felix Fuld, einen gemeinsamen guten Freund.

1928 hatte das Kaufhaus Bamberger's eine Verkaufsfläche von über 100 000 Quadratmetern, beschäftigte 3500 Mitarbeiter und setzte 32 Millionen Dollar im Jahr um. Bamberger's war das Amazon seiner Zeit: Alle Artikel waren mit einem Preisschild versehen und konnten umstandslos zurückgegebenen werden; es gab gebührenfreie Telefonnummern, sichere Arbeitsplätze und eine Mitarbeiterbibliothek. Auf der

Beletage des Kaufhauses in der Market Street in Newark befand sich die Radiostation WOR mit 500 Watt Leistung, und Bamberger's begründete die heute von Macy's fortgeführte Tradition der Thanksgiving-Day-Parade.

Die vier Geschäftspartner, alle kinderlos, lebten in einem gemeinsamen Haushalt auf einem 12 Hektar großen Anwesen in South Orange am Stadtrand von Newark. Nach dem Tod Louis Franks 1910 heiratete Carrie Felix Fuld, der im Januar 1929 starb. Die beiden überlebenden Bambergers beschlossen, in den Ruhestand zu gehen, und traten im Juni 1929 in Verkaufsverhandlungen mit R. H. Macy & Co. ein, die im September zum Abschluss führten, nur sechs Wochen vor dem großen Börsenkrach. Sie erhielten 146 385 Aktien des Unternehmens Macy's, deren Kurs am 3. November einen Höchststand von 225 Dollar erreichte, ehe er in die Abwärtsspirale geriet und 1932 auf 17 Dollar fiel. Die Bambergers, die vom Verkaufserlös 11 Millionen Dollar in bar erhalten hatten, verteilten eine Million unter jenen 225 Mitarbeitern, die 15 Jahre oder länger für sie gearbeitet hatten, und überlegten zusammen mit ihrem Chefbuchhalter Samuel D. Leidesdorf und ihrem Rechtsberater Herbert H. Maass, was sie mit dem Rest tun sollten.

»Weil es ihnen in Newark wirtschaftlich so außerordentlich gut ergangen war, stand für sie fest, dass entweder die Stadt Newark oder der Staat New Jersey etwas von ihrem Geld haben sollte«, erinnerte sich Maass 1955.[23] So schmiedeten sie den Plan, auf ihrem Anwesen in South Orange eine medizinische Hochschule zu gründen, die vorzugsweise jüdische Lehrkräfte und Studenten ausbilden sollte. Maass und Leidesdorf bekamen den Tipp, sich an Abraham Flexner zu wenden, dem sie im Dezember 1929 in seinem Büro bei der Rockefeller-Stiftung ihre Aufwartung machten. »Er sagte, es gebe schon jede Menge medizinische Fakultäten in den Vereinigten Staaten«, erinnert sich Maass. Flexner, der 1925 in einem in der *Atlantic Monthly* erschienenen Artikel die amerikanischen Universitäten als »Bildungskaufhäuser« abqualifiziert hatte, sah seine Chance gekommen und ergriff sie.[24] »Gegen Ende unserer ersten Unterredung«, berichtet Maass, »fragte er uns: ›Hatten Sie jemals einen Traum?‹.«[25]

In Flexners Erinnerung spielte sich die Geschichte folgendermaßen ab: »Ich ging gerade den üblichen Geschäften nach, als das Telefon klingelte und mich zwei Herren um eine Unterredung baten. Sie wollten sich nach möglichen Zwecken für eine beträchtliche Summe Geldes erkundigen.«[26] Seit Jahren zog Flexner gegen die Defizite der amerikanischen Hochschulbildung zu Felde, und als ihn jetzt Maass und Leidesdorf aufsuchten, lagen vor ihm auf dem Schreibtisch die Druckfahnen seines angekündigten Buches *Universities: American, English, German*. Er gab seinen Gästen nach der Besprechung ein Exemplar mit.

Das Buch war aus Vorlesungen hervorgegangen, die Flexner 1928 in Oxford gehalten hatte. Es malte ein bedrückendes Bild des höheren Bildungswesens in den USA und schloss mit der Forderung nach »dem sofortigen Aufbau einer Einrichtung der höheren Bildung, an der gereifte Persönlichkeiten, beseelt von geistigen Bestrebungen, die Möglichkeit erhalten müssen, eigene Ziele auf eigene Weise zu verfolgen, gleich ob sie ein College absolviert haben oder nicht«. Nach Flexners Überzeugung sollte diese »freie Gesellschaft von Gelehrten« nicht von Verwaltungsleuten, sondern selbstbestimmt geleitet werden.[27]

Maass war »fasziniert«, Leidesdorf »beeindruckt«. Man arrangierte eine Reihe von Arbeitsessen mit den Bambergers, und bevor Louis und Carrie nach Phoenix, Arizona abreisten, um im dortigen Biltmore-Hotel wie gewohnt den Winter zu verbringen, verfasste Flexner ein Kodizill zu ihren testamentarischen Verfügungen. »Nachdem wir uns einen ausgiebigen Überblick über das Gebiet verschafft haben«, formulierte er für sie, »sind wir gegenwärtig der Meinung, der beste Dienst, den wir der Menschheit erweisen können, bestehe darin, ein akademisches College zu errichten und mit Stiftungskapital auszustatten, das frei von all den Beschwerlichkeiten sein soll, mit denen die heutigen akademischen Hochschulen wegen des an sie angeschlossenen Lehrbetriebs zu kämpfen haben.«[28]

Während die Bambergers noch sorgfältig das Pro und Contra prüften, war Flexner sich seiner Sache sicher. Er nahm Verbindung zu Oswald Veblen auf, der gerade mit dem Bau der Fine Hall beschäftigt war. Veblen witterte sogleich, dass etwas Interessantes in der Luft lag. Er berichtete Flexner über die Fortschritte in Princeton und betonte: »Meiner Meinung nach sollten wir uns als Erstes dem Aufbau des Mathematik-Instituts widmen.«[29] Flexner schluckte den Köder. »Was würden amerikanische Gelehrte und Naturwissenschaftler tun, wenn irgendjemand eine wirklich unabhängige Studieneinrichtung aufbauen wollte?«, fragte er. »Wäre es unbedingt nötig, ihr den Klotz des Lehrbetriebs ans Bein zu binden?«[30]

Am 20. Mai 1930 wurde die Gründungsurkunde für »die Errichtung eines Instituts für fortgeschrittene Studien und für die Förderung der Wissenschaft auf allen Gebieten in oder nahe bei Newark, New Jersey« unterzeichnet und zugleich Flexner zu dessen erstem Direktor bestellt. Sein Jahresgehalt wurde auf 20 000 Dollar festgelegt, was heute mindestens 250 000 Dollar entspräche. Die Bambergers stellten als Anschubfinanzierung 5 Millionen Dollar zur Verfügung. »Soweit uns bekannt«, erklärten sie in ihrer ersten Botschaft an das Kuratorium, »gibt es in den Vereinigten Staaten keine Einrichtung, an der Naturwissenschaftler und Gelehrte einer seriösen Forschungstätigkeit nachgehen und sich zugleich mit der Ausbildung kompetenter Doktoranden beschäftigen, und wo sie beides völlig unabhängig und getrennt von den Verlockungen und Ablenkungen tun können, die zwangsläufig mit einer Einrichtung einhergehen, deren vorrangiges Interesse die Unterrichtung von Studenten ist.«[31]

Zwei Jahre lang existierte das Institut nur auf dem Papier, als Vision Flexners von einem »Paradies für Gelehrte, denen, genau wie Dichtern und Musikern, das Recht zustand, ihren ureigenen Interessen zu folgen«.[32] Es war eine Sache, Kritik am Niveau des Hochschulwesens zu üben, wie Flexner es seit 22 Jahren tat, aber eine andere, etwas Besseres an dessen Stelle zu setzen. Die Erschaffung eines Forscherparadieses war, selbst für jemanden, dem mitten in der Weltwirtschaftskrise 5 Millionen Dollar in den Schoß fielen, leichter gesagt als getan.

Flexner verbrachte sechs Monate damit, führende Intellektuelle und Bildungsfunktionäre aus Europa und den Vereinigten Staaten zu Rate zu ziehen. Er traf auf unterschiedliche Vorstellungen davon, wie ein solches Paradies aussehen könnte. Altphilologen rieten Flexner, mit den klassischen Fächern anzufangen, Physiker plädierten für die Physik, Historiker für Geschichte, Mathematiker für die Mathematik. Der britische Biologe Julian Huxley machte sich für die mathematische Biologie stark mit dem Argument: »In der Biologie herrscht ein beklagenswerter Mangel an allgemeiner Anerkennung für systematische und deskriptive Ansätze.«[33] Die Bambergers äußerten den Wunsch, mit Ökonomie und Politik anzufangen; diese Disziplinen würden, so hofften sie, »nicht nur das Wissen vergrößern, sondern letzten Endes auch der Sache der sozialen Gerechtigkeit dienen, die uns sehr am Herzen liegt«.[34]

Manche waren der Meinung, das neue Institut solle eng an eine bestehende Universität angekoppelt werden, andere plädierten für die größtmögliche Unabhängigkeit. »Es ist die

Vielzahl ihrer Daseinszwecke, die die amerikanische Universität für Gelehrte zu einem so unerquicklichen Ort macht«, konstatierte Veblen. »Nur wenn man allen Versuchungen widersteht, wird einem ein intellektueller Höhenflug gelingen.«[35]

War ein Gelehrtenparadies überhaupt möglich? Der Historiker Charles Beard prophezeite einem solchen Paradies jenen »intellektuellen Tod«, der »im Mittelalter so manches gutausgestattete Kloster heimgesucht« habe.[36] Felix Frankfurter, der spätere Richter am Obersten Gerichtshof der USA, kritzelte quer über einen Brief von Flexner den Satz »Nachrichten aus dem Paradies. Nicht mein Stil!« und fügte erläuternd hinzu: »Zum einen ist die Geschichte des Paradieses kein allzu zuversichtlich stimmender Präzedenzfall. Für eine Person war es anscheinend ein wunderbarer Ort, aber schon für zwei eine Katastrophe.«[37]

Flexner, der im Lauf seiner Tätigkeit für die Rockefeller-Stiftung rund 600 Millionen Dollar verteilte, war indes der Meinung, die meisten Spenden für den Bildungsbereich seien mit zu vielen Fußangeln versehen gewesen. Jetzt sah er seine Chance, etwas Neues zu probieren. »Ich würde mir das Institut für fortgeschrittene Studien als einen Kreis Gleichgesinnter denken«, extemporierte er 1931. »Innerhalb dieses Instituts würde ich Schritt für Schritt, und immer unter der Voraussetzung, dass hinreichend Personal und Geldmittel zu Verfügung stehen, eine Reihe von Fakultäten oder Gruppen aufbauen: die mathematische, eine ökonomische, eine für Geschichte, eine für Philosophie usw. Diese Fakultäten können sich im Verlauf der Zeit verändern, sich neue Aufgabengebiete suchen und in personeller Hinsicht umgruppieren.«[38]

»Ein Institut ist vom Gesichtspunkt der Organisation her die einfachste und informellste Sache, die man sich vorstellen kann«, erklärte er. »Jede Fakultät bestünde aus einer fest bestallten Gruppe von Professoren und einer jährlich wechselnden Gruppe von Gastmitgliedern. Jede Fakultät würde sich selbst verwalten; innerhalb jeder Arbeitsgruppe würde jeder Einzelne nach seinem Gutdünken über seine eigene Zeit und Arbeitskraft bestimmen. ... Die Früchte, die das Ganze für den Einzelnen und für die Gesellschaft trägt, werden ihrem eigenen Reifeprozess überlassen.«[39] Nach Überzeugung Flexners sollte das Institut keine wirtschaftlichen Interessen verfolgen, sondern allein dem Erkenntnisfortschritt dienen. »Wie die Geschichte zeigt, sind wissenschaftliche Entdeckungen, die sich letzten Endes zum Segen der Gesellschaft – sei es finanziell oder sozial – ausgewirkt haben, von Männern wie Michael Faraday und James Clerk Maxwell gemacht worden, die nie einen Gedanken an einen möglichen finanziellen Gewinn aus ihrer Arbeit verschwendet haben«, schrieb er 1933 an die Redaktion der Zeitschrift *Science* mit empörtem Blick auf jene Universitäten, die angefangen hatten, sich um Patente für ihre Forschungsergebnisse zu bemühen.[40] Das bedeutete nicht, dass man von der Grundlagenforschung nichts erwarten durfte. In einem im *Harper's Magazine* erschienenen Essay mit dem Titel »The Usefulness of Useless Knowledge« (»Die Nützlichkeit nutzlosen Wissens«) erläuterte Flexner die Idee, die hinter der Gründung des Institute for Advanced Study stand. Dabei wagte er die These: »Die Hingabe an solche nutzlosen Tätigkeiten erweist sich als Quelle völlig unerwarteter Vorteile.«[41]

Flexner erwog ernsthaft, mit einer ökonomischen Fakultät anzufangen – sowohl um den Bambergers entgegenzukommen, als auch weil »die Pest gerade über uns gekommen ist und man mit ihrer Erforschung nicht zu lange warten sollte«[42] –, entschied sich dann aber doch, der Mathematik den Vorzug zu geben. »Die Mathematik ist ein hervorragender Schrittmacher für unser Vorhaben«, erklärte er dem Kuratorium. »Mathematiker beschäftigen sich mit theoretischen Konzepten um ihrer selbst willen und regen mit ihrer Arbeit Naturwissenschaftler, Philosophen, Ökonomen, Dichter und Musiker an, ohne jemals bewusst an den unmittelbaren Nutzen zu denken.« Es gebe auch praktische Vorteile: Eine mathematische Fakultät »benötigt nicht viel – ein paar Leute, ein paar Studenten, ein paar Räume, Bücher, eine Tafel, Kreide, Papier und Bleistifte«.[43]

Es gab noch zwei weitere Gründe, die dafür sprachen, mit einer mathematischen Fakultät anzufangen: Flexner musste einen starken ersten Eindruck hinterlassen, und in der Mathematik schien die Auswahl exzellenter Forscher weniger subjektiv zu sein. Allerdings reichte er, was die Kandidatenauswahl betraf, den Schwarzen Peter an Veblen weiter, weil, wie er den Kuratoriumsmitgliedern erklärte, »Mathematiker für mich, wie Kühe in der Nacht, alle gleich aussehen«. Zum zweiten wusste Flexner, dass er, um die Geduld der Bambergers nicht zu strapazieren und sich auch noch den Rest ihres Erbes zu sichern, möglichst schnell Ergebnisse vorzuweisen hatte. Also griff er auf die fertige Blaupause für ein mathematisches Utopia zurück, die im Zusammenhang mit Fine Hall entstanden war. Und wie machte Flexner sie den Bambergers schmackhaft? »Jeder, der einen brillanten Mathematiker sucht, wird zum Einkaufen nach Princeton kommen«, schrieb er ihnen nach Phoenix, »genauso wie Leute, die wissen, was sie wollen, zu L. Bamberger & Company in Newark gehen.«[44]

Am 5. Juni 1932 erhielt Oswald Veblen die erste Professur am neuen Institut (mit Wirkung vom 1. Oktober 1932), gefolgt von Albert Einstein (mit Wirkung vom 1. Oktober 1933). Zu ihnen gesellten sich bald John von Neumann, Hermann Weyl und James Alexander sowie 1934 Marston Morse. »Ich musste berücksichtigen, dass nicht alle Mitglieder gleichzeitig die Altersgrenze erreichen durften«, schrieb Flexner Ende

1932 an Veblen. »Sie und Einstein sind Anfang 50, Weyl ist Mitte 40, Alexander Anfang 40 – somit haben wir uns gegen ein Schicksal versichert, wie es jenen wunderbaren Einspänner des Diakons ereilte, der, wie Sie sich erinnern, auf einen Schlag zu Staub zerfiel, nachdem er zuvor 100 Jahre lang keinerlei Anzeichen von Verschleiß gezeigt hatte.«[45] Von Neumann hatte bei seiner Einstellung im Januar 1933 gerade erst seinen 29. Geburtstag hinter sich. Die Universität Princeton erklärte sich bereit, dem neuen Institut eine vorläufige Unterkunft in der Fine Hall zu gewähren.

Die Nazis begannen im April 1933 mit der Säuberung der deutschen Universitäten, sodass der Exodus von Mathematikern aus Europa genau zu dem Zeitpunkt einsetzte, als das Institute for Advanced Study seine Pforten öffnete. »In Deutschland wird es immer schlimmer, heute berichteten die Zeitungen von der Ausweisung von 36 Hochschulprofessoren – die halbe mathematische und physikalische Fakultät Göttingen«, berichtete von Neumann am 26. April an Flexner und fügte hinzu: »Wohin wird das führen, wenn nicht zum Niedergang der Naturwissenschaft in Deutschland?«[46]

Als Flexner, die Bambergers und Veblen das Institut von der lähmenden Bürokratie der amerikanischen Hochschulen abkoppeln wollten, ahnten sie noch nichts von der humanitären Katastrophe, aus der ihr Gelehrten-Refugium einen rettenden Ausweg bot. »Das Institut war ein Leuchtturm in der hereinbrechenden Finsternis«, schrieb Direktor Harry Woolf 1980 im Rückblick auf die ersten 50 Jahre, »ein Eingangstor in ein neues Leben, und für einige wenige der letzte Zufluchtsort, an dem sie ihre Arbeit fortsetzen und die europäische Tradition des akademischen Forschens und Lehrens an andere weitergeben konnten.«[47] Veblen übernahm den Vorsitz des der Rockefeller-Stiftung angeschlossenen Emergency Committee for Displaced German Scholars; unter Rückgriff auf Rockefeller-Stiftungsgelder und befristete Anstellungen am Institut half er mit, die katastrophalen Folgen des Antisemitismus in Europa und der Wirtschaftskrise in den Vereinigten Staaten abzumildern.

Das Problem bestand darin, vertriebene deutsche Gelehrte in einem schrumpfenden Arbeitsmarkt unterzubringen, ohne genau den Antisemitismus zu provozieren, dem sich diese Gelehrten zu entziehen versuchten. Die Vereinigten Staaten stellten für Lehrer und Professoren besondere Einreisevisa außerhalb der festgelegten Quoten zur Verfügung, doch in einer Situation, in der es schon zu wenige offene Stellen für amerikanische Bewerber gab, war es ein höchst schwieriges Unterfangen, den Exilanten Arbeitsmöglichkeiten zu verschaffen, namentlich in Princeton. Eine vom Institute for Advanced Study ausgesprochene Einladung eröffnete der Princeton University, die jüdischen Studenten und Lehrkräften traditionell die kalte Schulter gezeigt hatte, die Chance, aus den akademischen Flüchtlingen Nutzen zu ziehen, ohne die damit verbundenen Kosten tragen zu müssen. Die Ankunft Einsteins trug dazu bei, diese Türe zu öffnen. Princeton war ungeachtet seiner Rolle in der amerikanischen Revolution zu einer eher konservativen Enklave in der amerikanischen Hochschullandschaft geworden, »ein verschrobenes und kleinkrämerisches Dorf mickriger Halbgötter auf Stelzen«, wie Einstein 1933 in einem Brief an die belgische Königin schrieb.[48]

Veblen kämpfte nicht nur um akademische Posten, sondern auch um Land: Er wollte genug Platz, um neben einem Reservat für Ideen auch eines für die freie Natur zu schaffen. »Ich kenne keine Bildungseinrichtung in den Vereinigten Staaten, die nicht am Anfang den Fehler gemacht hat, zu wenig Grund und Boden zu erwerben«, schrieb er an Flexner und mahnte ihn, »ein Areal von ausreichender Größe zu kaufen, das man von unerwünschten Eindringlingen frei halten kann.«[49] Veblen setzte sich damit gegen die Bambergers durch, denen der »Ankauf so großer Grundflächen durch eine Einrichtung, die sich nicht Größe, sondern Exzellenz auf die Fahnen geschrieben hat, missfiel«.[50] Bis 1936 wechselten rund 100 Hektar für rund 290 000 Dollar den Besitzer, darunter die alte Olden-Farm mit ihren 80 Hektar.[51] Zu dem Anwesen gehörten das Herrenhaus Olden Manor (das einstige William-Olden-Haus, heute als Wohnhaus des Direktors genutzt), eine Ansammlung von Farmarbeiterhäuschen am Ende der Olden Lane und eine große Scheune. Im Verlauf der nächsten Jahre sicherte sich Veblen in harten Verhandlungen mit den von der Weltwirtschaft gebeutelten Grundbesitzern weitere Areale und dehnte das Institutsgelände auf insgesamt 2440 Hektar aus. Darunter war der Landstreifen entlang des Flüsschens Stony Brook, auf dem heute der Institutswald steht.

1937, nachdem sich Verhandlungen mit dem Springdale Golf Club zerschlagen hatten, die es dem Institut erlaubt hätten, das alte Clubhaus an der College Road in Beschlag zu nehmen (im Gegenzug hätte der Club sein neues Haus auf dem Grund und Boden des Instituts errichten dürfen), wurde beschlossen, mitten auf dem Areal der Olden-Farm, auf einer ebenen Fläche ziemlich genau zwischen Olden Manor und Stony Brook, ein neues Haupthaus für das Institut zu bauen. Die Bambergers, die es lange abgelehnt hatten, dass ihr Geld für Bauten verwendet wurde, ließen sich umstimmen. Die Herablassung, die sie seitens der alten Garde der Golfclubmitglieder erfahren hatten, mag dazu beigetragen haben.

Die Fuld Hall war ein vergrößerter Ableger der Fine Hall. Im Gemeinschaftsraum spielten die Mathematiker Schach, während die Mitglieder des Kuratoriums in den Direktionsräumen im Obergeschoss Kartenspiele bevorzugten. »Im

Vorstand saßen vor allem alte Freunde von Herrn Bamberger«, erinnert sich Herman Goldstine. »Maass war sein Anwalt; Leidesdorf sein Binokelpartner, Busenfreund und Buchhalter, und so saßen sie im Vorstand. Wie Lewis Strauss waren es alles Typen vom Schlage jüdischer Kaufmannsfürsten.«[52]

Das akademische Jahr am Institut, geteilt in zwei Semester, dauerte von Oktober bis April, mit einer großzügig bemessenen Winterpause und ohne jede Pflichten oder Verantwortlichkeiten außer der, während des Studienjahres dauerhaft anwesend zu sein, also etwa die Hälfte des Jahres. »Die andere Hälfte des Jahres wird das Personal *de jure* im Urlaub sein«, hieß es in einem Bericht von 1933, »aber wie Dr. Flexner herausgefunden hat, erbringen die Forscher ihre besten Leistungen oft im Urlaub.«[53] Flexner war überzeugter Befürworter großzügiger Gehälter für die festen Fakultätsmitglieder; Wohlstand könne zwar zu Ablenkungen von der akademischen Arbeit führen, aber die Annahme, der Erkenntnisfortschritt könne »durch Reichtum behindert und durch Armut gefördert werden«, sei ein Fehlschluss.[54] Gastmitgliedern wurde diese finanzielle Großzügigkeit nicht zuteil, weil sie »ungern wieder gehen würden«, wenn man sie finanziell verwöhnte.[55] Trotz der Weltwirtschaftskrise und des Krieges stiegen die Gehälter für Fakultätsmitglieder weiterhin an, bis sich sogar die Professoren selbst Gedanken machten. »Professor Earle, der äußerst dankbar für die Erhöhung seines Gehalts ist, hat sich von seinem Gewissen zu der peinlichen Frage verleiten lassen, ob die Gehaltserhöhungen der letzten Zeit rechtmäßig seien«, notierte Flexners Nachfolger Frank Aydelotte 1945.[56]

In der Professorenschaft der Princeton University sprach man vom »Institute for Advanced Salaries«, ihre Doktoranden witzelten über das »Institute for Advanced Lunch«. Das Institut war die inoffizielle Verwirklichung von Thorstein

Veblens 1918 ausgerufenem Ideal einer »finanziell üppig ausgestatteten zentralen Einrichtung, an der Lehrer und Studenten aller Nationalitäten ... ihrer selbstgewählten Arbeit als Gäste der amerikanischen Gelehrtengemeinde nachgehen können«.[57] Ungeachtet der Visionen Flexners vom Gelehrtenparadies schafften es Veblen und seine Mathematiker nicht, die informelle Kameraderie, die in den Rechnerbaracken von Aberdeen oder in den Anfangstagen der Fine Hall herrschte, lange aufrechtzuerhalten.

Flexners eigene Amtszeit war kurz. Er war mit dem Vorsatz angetreten, keine »langweiligen und hochfrequenten Sitzungen zuzulassen. Einmal in Gang gebracht, lässt sich diese Tendenz hin zu Organisation und formaler Beschlussfassung nie wieder stoppen.«[58] Bald jedoch, nach einigen als unglücklich empfundenen Entscheidungen Flexners, darunter zwei permanenten Berufungen an die schlingernde Fakultät für Ökonomie und Politik, berief das Personal eine Reihe von Versammlungen ein, in denen es den Aufstand probte. Flexner erklärte am 9. Oktober 1939 seinen Rücktritt; zu seinem Nachfolger wurde (unter Missachtung aller eventuellen Ambitionen Veblens) seine linke Hand Frank Aydelotte gewählt, ein Lehrerkollege aus Louisville, der es zum Präsidenten des Swarthmore College gebracht hatte, mit den Quäkern sympathisierte und sowohl die Interessen der Natur- als auch der Geisteswissenschaftler vertreten konnte, weil er weder dem einen noch dem anderen Lager angehörte.

Flexner maßte sich, obwohl er sein Leben lang Forschung und Lehre förderte, niemals an, selbst zur akademischen Elite zu gehören. »Ich bin nie ein Gelehrter gewesen, denn zwei Jahre an der Johns Hopkins University zwischen 1884 und 1886 machen einen nicht zum Gelehrten – sie können einen jedoch zu einem Bewunderer der Gelehrsamkeit machen und diese Einstellung möchte ich an dich weiterreichen«, schrieb er, als er die Leitung des Instituts 1939 an Aydelotte übergab.[59] Flexner war zutiefst gekränkt von dem Aufstand der Fakultät, der ihn seine Stellung kostete. Von Neumann war neutral geblieben – er vergaß nie, dass Flexner es ihm ermöglicht hatte, in den Vereinigten Staaten zu bleiben. Die Sympathie beruhte auf Gegenseitigkeit. »Es machte wirklich Spaß zu beobachten, wie Flexner sich zu Johnny verhielt«, schreibt Klári. »Es war eine Mischung aus dem Wohlwollen eines Onkels gegenüber seinem Lieblingsneffen und einem Zirkustrainer, der anderen stolz zeigt, welche wunderbaren Tricks er seinem gezähmten Löwen beigebracht hat.«[60]

Aydelotte, der von Anfang an dem Kuratorium des Instituts angehört hatte, übte sein Präsidentenamt in den Weltkriegsjahren mit großem diplomatischen Geschick aus; er ließ jene Wissenschaftler zeitweise ziehen, die wie von Neumann, Veblen und Morse anderswo kriegswichtige Arbeit zu leisten hatten, und gewährte allen anderen weiterhin eine sichere Zuflucht. »An diesen bitteren Tagen, an denen überall in Europa die Lichter ausgehen und das, was sich während der Verdunkelung an Lichtschein zeigt, von brennenden Städten herrührt, könnten manche skeptisch fragen, ob es gerechtfertigt ist, Geld für geisteswissenschaftliche Studien auszugeben – Studien zu Epigraphik und Archäologie, zu Paläographie und Kunstgeschichte«, schrieb er im Mai 1941. Dass sein Institut hinter den Kulissen bereits an der Entwicklung der Atombombe beteiligt war, konnte er nicht öffentlich sagen; er verkündete jedoch, nach wie vor für »das kritische Studium jener Zivilisation einzutreten, deren Bewahrung der Sinn und Zweck dieses Krieges ist. Denn wir können und werden nicht auf längere Sicht für etwas kämpfen, das wir nicht verstehen.«[61]

Auf Aydelotte folgte 1947 J. Robert Oppenheimer, dessen Präsidentschaft bis 1966 andauerte. Flexner und Aydelotte waren zwar fähige Lehrer und Organisatoren, nicht aber Wissenschaftler gewesen. Ganz anders Oppenheimer, der sowohl ein erstrangiger Naturwissenschaftler als auch ein fähiger Administrator und dazu noch ein profunder Kenner der Geschichte und der Kunst war. Der Dichter T. S. Eliot, der *The Cocktail Party* (1950) als seine einzige »mit meinem Aufenthalt am IAS zusammenhängende Veröffentlichung« bezeichnete, traf, noch von Aydelotte eingeladen, zum Herbstsemester 1948 als erster Gast des neuen Direktors in Oppenheimers »intellektuellem Hotel« ein.[62]

Die Fakultät für Mathematik war 1933 in Betrieb genommen worden, gefolgt von der geisteswissenschaftlichen Fakultät (1934) und der Fakultät für Ökonomie und Politik (1935). Die Historische Fakultät wurde erst 1949 eröffnet und die Fakultät für Naturwissenschaften als Ableger der Mathematischen Fakultät 1966. Die Fakultät für Sozialwissenschaft wurde 1973 eingerichtet. So etwa einmal in jedem Jahrzehnt hatte es einen Versuch gegeben, einen Biologen ins Institut einzuschmuggeln. Mit J. B. S. Haldane machte man 1936 den Anfang. »Haldane interessiert sich für die Anwendung der Mathematik auf biologische Phänomene«, erklärte Veblen in einem Brief an Flexner und betonte, die Anwesenheit eines Biologen würde keineswegs die Einrichtung einer weiteren Fakultät erfordern. »Das Wissensgebiet, auf das er die Erkenntnisse anzuwenden gedenkt, ist die Genetik.«[63] Haldane verschmähte die Einladung jedoch; er zog es vor, »nach Spanien zu gehen und bei der Verteidigung Madrids gegen die deutschen und italienischen Invasoren mitzuhelfen«.[64] Erst 60 Jahre später, 1999, wurde am IAS eine provisorische Gruppe für theoretische Biologie eingerichtet, 2005 folgte die Gründung eines Zentrums für Systembiologie.

Im Grunde hatte man es mit zwei unterschiedlichen Instituten zu tun, die friedlich koexistierten. »Das eine bestand vornehmlich aus Geisteswissenschaftlern«, schreibt Deane Montgomery, »also aus einer Gruppe bedeutender Gelehrter, die hin und wieder mit der Öffentlichkeit kommunizieren und große Ideen haben.« Die meisten dieser Gelehrten sahen sich selbst als »so etwas wie lebenslange Stipendiaten«, was Veblen, Einstein und Weyl allerdings »nicht behagt« habe.[65] Das zweite Institut bestand aus einer jährlich wechselnden Gruppe zumeist junger Gastmitglieder, unter die sich gelegentlich ein arrivierter Wissenschaftler mischte, der ein Jahr Auszeit nahm. Benoît Mandelbrot, der auf Einladung von Neumanns im Herbst 1953 ans Institut kam, um eine Erhebung über die Häufigkeitsverteilung von Wörtern zu machen (er begann mit der Auszählung des Vorkommens von »probably«, »sex« und »Africa« in englischen Texten), aus der später die fraktale Mathematik hervorging, gewann den Eindruck, das IAS habe »eine klare Aufgabenstellung und eine ziemlich seltsame Struktur gehabt: Ganz weit oben wie Himmelskörper standen die ständigen Mitglieder, dann kam lange nichts, und dann überwiegend junge Leute. Heute weist es eine sehr viel ausgewogenere Verteilung auf, was Alter und Status betrifft.« Mandelbrot verstand sich mit von Neumann aufs Beste und fand es bewundernswert, dass er »eine Anzahl Leute um sich gesammelt hatte, die nicht in die typischen Princeton-Schablonen passten«. Mandelbrots Beobachtung nach hatten die kurzfristigen Gäste »das grässliche Gefühl, dies müsse das beste Jahr ihres Lebens sein. Aber wieso, fragten sich viele, machte es dann nicht mehr Spaß?«[66] Die Freiheit von täglichen Verpflichtungen hatte ihren Preis: eine allgegenwärtige und manchmal lähmende Erwartung, in diesem Jahr der Auszeit etwas Bemerkenswertes zustande bringen zu müssen.

Obwohl Veblen sich, um den Physiker Paul Dirac zu zitieren, »das ganze Projekt ausgedacht hatte«, hielt er sich auch hier im Hintergrund, wie schon auf dem Schießplatz von

Aberdeen.[67] 1959 fragte Oppenheimer brieflich bei Veblen an, ob er eine der Privatstraßen des Instituts, eine kurze Sackgasse, die einen Ausblick auf das historische Schlachtfeld bot, von Portico Lane in Veblen Lane umbenennen dürfe. In einer Notiz hielt Oppenheimer die Antwort Veblens fest: »Sagte nein. Würde lieber bis nach Tod warten.«[68] Die Straße heißt heute »Veblen Circle« – Veblens Kreis.

In der Zeit, in der das IAS gegründet wurde, war die Mathematik in zwei Reiche geteilt: das der reinen und das der angewandten Mathematik. Das Wirken John von Neumanns sorgte dafür, dass die Grenzen verschwammen. »Die Fakultät für Mathematik hat eine permanente Einteilung in drei Gruppen. Eine ist der reinen Mathematik gewidmet, eine der theoretischen Physik und eine bestand aus Professor von Neumann«, erklärte Freeman Dyson 1954 einer Kontrollkommission.[69]

Ein drittes Reich der Mathematik nahm somit Gestalt an. Das erste Reich war das der mathematischen Abstraktionen. Das zweite war das der auf die reale Welt angewandten Zahlen. Im dritten Reich der Mathematik sollten die Zahlen ein Eigenleben entwickeln.

KAPITEL VIER

János Neumann

> Wir sind Marsmenschen, zur Erde gekommen, um alles zu verändern – und wir befürchten, dass man uns nicht besonders willkommen heißen wird. Deshalb versuchten wir, unsere wahre Identität geheim zu halten und wie Amerikaner zu erscheinen … Aber das konnten wir nicht wegen unseres Akzents. Also ernannten wir uns zu Einwohnern eines Landes, von dem keiner je gehört hat, und gaben uns als Ungarn aus.
>
> *Edward Teller, 1999*[1]

John-Louis von Neumann (oder János Lajos Neumann Margittai für seine ungarischen Landsleute), das erste Kind von Max Neumann und Margit Kann, kam am 28. Dezember 1903 in Budapest zur Welt, dem Jahr, in dem Oswald Veblen seinen Doktor machte. Es war eine Zeit, in der sich die ungarische Nation, die Stadt Budapest und die Familie von Neumann prächtig entwickelten.

Die Errichtung der österreichisch-ungarischen Doppelmonarchie 1867 hatte eine Phase des Friedens und Wohlstands eingeläutet in einem Land, das, wie Klári von Neumann es ausdrückte, für »die Galanterie seiner Männer, die Schönheit seiner Frauen und nicht zuletzt für seine hoffnungslos verunglückte Geschichte« bekannt war.[2] Die Juden wurden rechtlich weitgehend gleichgestellt. Als 1873 die sich an der Donau gegenüberliegenden Städte Buda und Pest vereinigt wurden, wurde die neue ungarische Hauptstadt, die sich anschickte, Wien seinen Rang als kulturelles und wirtschaftliches Zentrum des österreichisch-ungarischen Reichs streitig zu machen, zur am schnellsten wachsenden Großstadt Europas. Das

Budapest des jungen János Neumann punktete mit den weltweit anspruchsvollsten Gymnasien und dem ersten U-Bahn-Netz auf dem europäischen Kontinent.

Max Neumann, 1873 als Miksa Neumann geboren, war in Pécs südlich von Budapest aufgewachsen, hatte Jura studiert und sich als Anwalt und Bankier in den Jahren vor dem Ersten Weltkrieg auf besonders zukunftsträchtige technische und finanzielle Bereiche spezialisiert. Er hatte in die Familie von Jacob Kann eingeheiratet, dessen Firma, der Landmaschinenhandel Kann-Heller, im Erdgeschoss eines der repräsentativsten Gebäude Budapests residierte. Max und Margit bewohnten eine 18-Zimmer-Wohnung im obersten Stock des Hauses, den Rest der beiden oberen Stockwerke teilten sich Margits drei Schwestern und ihre Familien. Um seinen Kindern ein Denkmal zu setzen, gab Max ein Mosaikglasfenster in Auftrag, auf dem John als Hahn, Michael (geboren 1907) als Kater und Nicholas (1911) als Hase dargestellt waren. »Als wir um 1983 herum zum ersten Mal wieder nach Budapest reisten«, erzählt Nicholas, »herrschte dort noch ein kommunistisches Regime, aber die Hausmeister empfingen uns freudestrahlend und höflich, und das Fenster war noch da.«[3]

1913 wurde Max von Kaiser Franz Joseph zum Dank für seine »Verdienste im Finanzwesen« mit einem erblichen Adelstitel belohnt. Die Familie nannte sich von da an Margittai, der ungarischen Entsprechung zum deutschen »von« Neumann. Nach dem Tod von Max 1928 traten alle seine drei Söhne zum Katholizismus über (»aus Opportunismus, nicht aus Überzeugung«, betont Nicholas) und wanderten in die Vereinigten Staaten aus. Michael nannte sich als Amerikaner wieder Neumann, Nicholas entschied sich für Vonneumann, während John an von Neumann festhielt; für seine ungarischen Freunde war und blieb er einfach Jancsi, für seine amerikanischen Freunde wurde er Johnny.[4]

»Zweifellos war der Adelstitel von 1913 nicht mehr von so großer Bedeutung wie im Feudalismus«, erklärt Nicholas, der sich 1942 zum Dienst in der U. S. Army meldete, später mehrere Jahre beim Office of Strategic Services (OSS) arbeitete und dann eine Laufbahn als Patentrechtsanwalt einschlug. »Ob mein Vater den Titel gekauft hatte oder nicht, war ebenfalls nebensächlich. Er war eine Belohnung für erbrachte Leistungen im ungarischen Wirtschaftsleben. Das feudale Zeitalter war vorbei.« Was wirklich zähle, betont Nicholas, sei, dass »mein Vater das Geistesleben sehr zu schätzen wusste«.[5]

Max richtete eine private Bibliothek ein, wo John in seinen Kinder- und Jugendjahren unersättlich las, darunter Wilhelm Onckens 44-bändige *Allgemeine Geschichte in Einzeldarstellungen*, aus der er auswendig zitierte, wenn er danach gefragt wurde. Er studierte die tausendjährige Geschichte des Byzantinischen Reichs, ein Thema, das ihn nie losließ, auch nicht als seine mathematischen Fähigkeiten gegen Ende seines Lebens schwanden. »Die Macht und die Organisation des Byzantinischen Reichs faszinierten ihn«, erinnert sich Stan Ulam.[6] Wie Herman Goldstine zu berichten weiß, konnte John von Neumann »ein Buch oder einen Artikel, den er einmal gelesen hatte, wörtlich zitieren«, selbst noch nach Jahren. »Einmal stellte ich ihn auf die Probe, indem ich ihn bat, mir die Anfangssätze des Romans *Geschichte zweier Städte* von Charles Dickens zu rezitieren. Worauf er unverzüglich anfing, das erste Kapitel vorzutragen, und fortfuhr, bis man ihn bat aufzuhören.«[7] Die Kinder hatten alle Freiheiten, ihre Zeit zwischen den benachbarten Haushalten aufzuteilen, während sich draußen die Gewitterwolken des Krieges zusammenzogen. »Eines der Spiele, die die Kinder unter Johns Führung spielten, bestand darin, historische Schlachten auf kariertem Papier nachzuspielen, auf dem Burgen, Straßen, Befestigungen usw. eingezeichnet waren«, erinnert sich Nicholas. »Es ging darum,

Kriegsstrategien der Antike zu demonstrieren. Die Rollen der an den Schlachten Beteiligten oder der Sieger und der Besiegten wurden ohne jede Querelen verteilt.«[8] Ungarn fand sich in beiden Weltkriegen des 20. Jahrhunderts auf der Verliererseite wieder.

Die Kinder der von Neumanns wurden, wie ihre Vettern und Cousinen, von französischen und deutschen Gouvernanten betreut und von Privatlehrern in den verschiedensten Fächern unterrichtet, darunter Italienisch, Fechten und Schach. John lernte fließend Latein, Griechisch, Deutsch, Englisch und Französisch. Während des Ersten Weltkriegs hatten die Kinder Englischunterricht bei zwei Briten, Mr. Thompson und Mr. Blythe, die in Wien als feindliche Ausländer unter Arrest gestellt worden waren; auf Betreiben von Max wurden sie jedoch »ohne viel Aufhebens nach Budapest verlegt«.[9]

Nach Kriegsende wurde Ungarn 133 Tage lang vom kommunistischen Regime des Béla Kun regiert. »Ich bin ein grimmiger Antikommunist«, erklärte von Neumann 1955 nach seiner Nominierung zum Mitglied der US-amerikanischen Atomic Energy Commission, »namentlich seit ich 1919 in Ungarn drei Monate Kommunismus kosten durfte.«[10] Max konnte dank seiner Beziehungen erreichen, dass das Haus im Besitz der Familie blieb, auch nachdem diese in ihrer Sommerresidenz an der Adria unweit von Venedig Zuflucht vor den schlimmsten Wirren in Budapest gesucht hatte. »Nach dem Grundsatz gleichen Wohnraums für alle wurden große Wohnungen aufgeteilt«, erinnert sich Nicholas, der sieben Jahre alt war, als eine Abordnung aus einem Funktionär der kommunistischen Partei, einem Soldaten der regulären Streitkräfte und dem Hausmeister auftauchte, um über die Neuverteilung zu entscheiden. »Auf dem Flügel deponierte mein Vater ein Bündel britischer Pfundnoten unter einem Briefbeschwerer, ich weiß nicht wie viel«, berichtet Nicholas. »Der kommunistische Funktionär mit der roten Armbinde ging schnurstracks hin, nahm es an sich, die Abordnung zog ab und wir blieben in der Wohnung.«[11]

Bei den Mahlzeiten saßen die Kinder mit den Erwachsenen am Tisch. »Es war damals noch üblich, dass sich die ganze Familie zu einem relativ ausgiebigen und langen Mittagessen versammelte, nach dem wir wieder an unseren Schreibtisch zurückkehrten, bis es Zeit fürs Abendessen war«, erläutert Nicholas. Max gab in seinem Haus häufig Empfänge, bei denen die Kinder, wie Nicholas sich erinnert, »in die hohe Kunst der Verhandlung und der Geschäftsdiplomatie eingeweiht wurden.[12] Max war ausgefuchst, aber umgänglich. Nicholas erinnert sich daran, wie der Chauffeur einmal den teuren französischen Renault der Familie Neumann unerlaubt für einen privaten Zweck benutzte, dabei einen Unfall baute und mit seiner Entlassung rechnete. Max verzichtete jedoch auf Sanktionen und ließ das Auto reparieren.

Max von Neumann liebte es, seinen Familienangehörigen die praktische Seite des finanzwirtschaftlichen Handelns zu demonstrieren. Wenn es etwa »um die Finanzierung eines Zeitungsunternehmens ging und sich die Diskussionen um die Druckerpresse drehten, ließ er sich Mustergeräte nach Hause liefern und vorführen«, erzählt Nicholas. »Oder wenn es um ein Textilunternehmen ging, zum Beispiel um die Textilweberei Hungaria Jacquard, drehten sich alle Gespräche um den automatischen Jacquard-Webstuhl. Man braucht nicht viel Phantasie, um Johns späteres Interesse an Lochkarten auf diese Erfahrungen zurückzuführen!«[13]

Dass ein wohlhabender jüdischer Mittelständler, der als junger Mann aus Pécs in die Hauptstadt gekommen war, in die Reihen des ungarischen Adels aufstieg, war im Budapest des Fin de Siècle außergewöhnlich, wenn auch nicht einmalig. Nach dem »Ausgleich« mit Österreich 1867 hatte sich für die ungarischen Juden ein Fenster der Liberalisierung aufgetan, das sich erst mit der Machtübernahme von Béla Kun und der Konterrevolution von Ende 1919 unter Admiral Horthy wieder schloss. Unter Horthy wurde ein »Numerus clausus« eingeführt, der vorschrieb, dass die Zusammensetzung der Studentenschaft an den Universitäten den Anteilen der einzelnen Gruppen an der Gesamtbevölkerung entsprechen musste; faktisch kam das einer Quote für die Zulassung von Juden zum Studium und zu akademischen Laufbahnen gleich. Familien wie die Kanns und die Neumanns waren zu dem Zeitpunkt allerdings bereits assimiliert und gehörten der ungarischen Oberschicht an.

Max von Neumann ließ sich weder von Béla Kun noch vom anschließenden weißen Terror schrecken und konnte sich wieder als Bankier etablieren; er trat in die Effektenbank Adolf Kohner und Söhne ein und öffnete der Bank Türen zu hohen und höchsten Stellen mit derselben charmanten Leichthändigkeit, mit der sein Sohn später in den Vereinigten Staaten die Türen zu den politisch Mächtigen öffnete. »Das Wesensmerkmal seines philosophischen, wissenschaftlichen und rein menschlichen Erbteils war der Ehrgeiz, das Unmögliche zu schaffen, Dinge zu tun, die niemand zuvor getan hatte«, so charakterisiert Nicholas das, was John von ihrem Vater Max gelernt hatte.[14]

1100 Jahre lang hatten die Ungarn das Unmögliche bewerkstelligt und als ein Volk mit begrenzten Ressourcen und in strategisch günstiger Lage, die im Lauf der Geschichte das Interesse der Römer, Osmanen, Russen, des Heiligen Römischen Reiches, der Habsburger, des napoleonischen Frankreichs, Nazideutschlands und schließlich der Sowjetunion auf sich zog, allen Annäherungen fremder Mächte getrotzt. Von Neumann schrieb die intellektuellen Höhenflüge der Ungarn einem »unbewussten Gefühl der extremen Unsicherheit« zu, gepaart mit der »Notwendigkeit, entweder das Ungewöhnliche zu bewerkstelligen oder unterzugehen«.[15] Die ungarische Sprache, der finno-ugrischen Sprachfamilie zugehörig, war für die Nachbarvölker unverständlich und nur mit dem Finnischen und dem Estnischen verwandt. Einerseits immunisierte sie Ungarn gegen Einflüsse von außen, andererseits animierte sie ungarische Intellektuelle dazu, sich des Deutschen als Mittel zur Verständigung zu bedienen. Um in der Welt draußen zu überleben, wandten sich begabte Ungarn auch gerne universellen Sprachen wie der Musik, der Mathematik oder der bildenden Kunst zu. Budapest, die Stadt der Brücken, brachte eine Reihe von Genies hervor, die zahlreiche künstlerische und naturwissenschaftliche Klüfte überbrückten. Sowohl in der Mathematik als auch in der Filmkunst gab es den Spruch: »Du musst nicht Ungar sein, aber es hilft.«

Von Neumanns Begabung stach jedoch sogar in Budapest hervor. »Johnnys typischer Wesenszug war seine grenzenlose Neugier auf alles und jedes, sein zwanghaftes Verlangen zu lernen, jedes Problem zu verstehen, gleich auf welcher Ebene«, erinnert sich Klári. »Alles, was seine Neugierde kitzelte, musste er ergründen; er wurde einsilbig, launisch und rundherum unerträglich, bis er eine zufriedenstellende Antwort gefunden hatte.«[16] Er besaß die Fähigkeit, jedes Problem zu zerlegen und es dann wieder so zusammenzusetzen, dass die Antwort sich gleichsam von selbst ergab. Und er hatte die, wie Stan Ulam erklärt, »unter Mathematikern eher seltene Gabe, mit Physikern kommunizieren zu können, ihre Sprache zu verstehen und diese fast auf der Stelle in die Ideen und die Ausdrucksweise eines Mathematikers zu übersetzen. Wenn er dann die Probleme als solche durchdacht hatte, konnte er sie in Formulierungen rückübersetzen, die den Physikern vertraut waren.«[17]

Jedes Thema konnte ihn faszinieren. »Ich weigere mich

allerdings, die Dummheit der Börsianer als Erklärung für den Verlauf der Aktienkurse zu akzeptieren«, sagte er 1939 zu Ulam. »Sicher sind die Jungs dumm, aber es muss eine Erklärung geben, die ohne diese Tatsache auskommt.«[18] Sein Nachdenken darüber mündete in die *Theory of Games and Economic Behavior*, die er während der Kriegsjahre zusammen mit Oskar Morgenstern veröffentlichte, wobei von Neumann diesem Projekt lediglich seine zunehmend spärlicher werdende Freizeit opferte, während Morgenstern von der »intensivsten Arbeitsphase seines Lebens« sprach.[19]

»Johnny kam am Abend nach Hause, nachdem er an einer Reihe von Sitzungen teilgenommen hatte«, erinnert sich Klári. »Kaum war er da, rief er auch schon Oskar an, und dann arbeiteten sie die halbe Nacht an dem Buch. Mit gelegentlichen Unterbrechungen ging das fast zwei Jahre lang so. Manchmal kamen sie für die Dauer von zwei Wochen nicht zusammen, doch sobald Johnny wieder da war, machte er genau dort weiter, wo sie aufgehört hatten.«[20]

Nachdem der Verlag Princeton University Press zwischendurch gedroht hatte, den Vertrag wegen der ausufernden Länge des Manuskripts zu kündigen, erschien die *Theory of Games and Economic Behavior* endlich 1944. Auf 673 Seiten legten von Neumann und Morgenstern detailliert dar, wie sich eine zuverlässige Volkswirtschaft aus lauter unzuverlässigen Teilen zusammenbauen lässt; sie stellten dabei grundlegende Prinzipien der Ökonomie, der Evolution und der Intelligenz auf eine gemeinsame mathematische Grundlage. »Die Vereinigung von [Wissensgebieten], die früher geteilt und weit voneinander getrennt waren«, dozierten sie in der Einleitung, sei »selten« und trete »nur auf, nachdem jedes Gebiet durch und durch erforscht ist«.[21] Die Ersten, die sich die Spieltheorie aneigneten, waren die Militärstrategen, dann folgten die Ökonomen. 50 Jahre später sagte der renommierte Wirtschaftswissenschaftler Paul Samuelson über von Neumanns Stippvisite, sie habe die Wirtschaftswissenschaft »für immer grundlegend verändert«.[22]

Klári beschrieb John von Neumann als einen Menschen, »der mit seinen Händen so ungeschickt war wie mit seinem Gehirn behände«. In seiner Zeit als Chemiestudent galt er als allgemeine Gefahr. »Unlösbare« Probleme zogen ihn magisch an: das Wetter vorherzusagen, das menschliche Gehirn zu verstehen, das Wirtschaftsgeschehen zu erklären, aus unzuverlässigen Teilen zuverlässige Computer zu bauen. »Es war für ihn eine Art Ehrensache, die tiefschürfendsten Fragen im Geist einer einfachen Denksportaufgabe anzugehen«, sagt Klári, »so als habe die Welt ihm eine Rätselfrage gestellt und warte mit der Stoppuhr in der Hand auf eine Antwort.«[23]

Edward Teller äußerte die Überzeugung: »Wenn sich je eine dem Menschen geistig überlegene Rasse entwickeln sollte, werden deren Angehörige Johnny von Neumann ähnlich sein.« Er bescheinigte von Neumann eine unerklärliche »neurale Supraleitfähigkeit« und fügte hinzu: »Wenn dir das Denken Spaß macht, entwickelt sich dein Gehirn. Und das war bei von Neumann so. Er hatte Freude am Funktionieren seines Gehirns.«[24] Wenn er einmal nichts hatte, worüber er sich den Kopf zerbrechen konnte, begann er unaufmerksam zu werden. Wie Herman Goldstine es formulierte: »Nichts war jemals so vollständig wie die Gleichgültigkeit, mit der Johnny jemandem zuhörte, dessen Vortrag ihn nicht interessierte.«[25]

Als Kind war von Neumann der Klassenbeste in Mathematik, Geschichte, Sprachen und Naturwissenschaften – in allem außer Musik und Sport. Schon als Jugendlicher habe er, wie Klári sich erinnert, »mopsig wie ein Kleinkind und rundlich wie der Mann im Mond in einer Kinderzeichnung« ausgesehen. Er war unsportlich, aber ein leidenschaftlicher Fußgänger. »Wir haben endlos lange Strecken zurückgelegt, um die ›Bear's Bathtub‹ zu sehen, den ›Bridal Veil‹ im Yosemite-Park, den ›Devil's Cauldron‹ im Yellowstone-Park, den ›Devil's Tower‹ irgendwo in den Dakotas«, erzählt Klári. »Die Orte reizten ihn so sehr, dass wir mehrere Male einen Umweg von mehreren Hundert Meilen fuhren und zahllose Meilen wanderten, nur weil diese Phantasienamen seine Neugier weckten.«[26] Er hatte auch ein Faible für Treppen »und nahm, obwohl er sich dabei ungeschickt anstellte, gerne zwei Stufen auf einmal«, erinnert sich Cuthbert Hurd, der von Neumann während der Arbeit am Manhattan-Projekt in Oak Ridge kennenlernte und später Direktor der Computersparte bei IBM wurde.[27]

Klári versuchte John das Skifahren näherzubringen, doch nach zwei oder drei Anläufen »bot er mir ganz schlicht und und ohne ein böses Wort die Scheidung an. ... Wenn die Ehe mit einer Frau, ganz gleich welcher, bedeutete, dass er auf zwei Holzlatten irgendwelche eisglatten Berghänge hinunterrutschen musste, würde er es vorziehen, allein zu leben und seine täglichen Turnübungen darauf beschränken, in eine angenehm warme Badewanne und wieder aus ihr herauszusteigen.«[28] Man sah John von Neumann nur selten ohne Anzug und Krawatte, eine Gepflogenheit, die er damit erklärte, dass man ihn, als er mit 26 Jahren als Gastprofessor nach Princeton gekommen war, für einen Studenten gehalten hatte. In jeder anderen Beziehung genoss er das Fehlen förmlicher Zwänge im amerikanischen Leben. »Johnny war einerseits ein besessener Arbeiter, wirkte andererseits aber wie der Bonvivant schlechthin, der für ein paar gute Enchiladas in einem der naheliegenden mexikanischen Lokale alles stehen und liegen ließ«, erinnert sich Françoise Ulam. »Vielleicht erinnerten sie ihn an das ungarische Gulasch.«[29] Wie Klári zu berichten weiß, war von Neumann auch außerordentlich abergläubisch.

»Eine Schublade durfte nicht geöffnet werden, bevor sie nicht siebenmal herausgezogen und wieder hineingeschoben worden war, desgleichen bei einem Lichtschalter, den man auch erst siebenmal betätigen musste, bevor man das Licht brennen ließ.«[30]

Herman Goldstine beobachtete an John von Neumann »eine chamäleonartige Fähigkeit, auf sein Gegenüber einzugehen«. Nie zog er sich darauf zurück, jemandem etwas nicht erklären zu können, nur weil der oder die Betreffende keine mathematischen Kenntnisse besaß. »Mit ihm zu reden war, wie auf einer Glasfläche zu wandeln, so glatt und mühelos. Irgendwie wusste er immer genau, wie er einen durch den Parcours führen konnte. Wenn er einen Vortrag hielt, war alles immer so klar und einfach, man brauchte nicht mitzuschreiben.«[31] Nicholas erinnert sich an einen Besuch seines Bruders im heimatlichen Budapest, wo er eine Vorlesung über die Quantenmechanik halten sollte und vorher der versammelten Familie eine allgemeinverständliche Zusammenfassung gab. »Dabei sind die Lichttheorien Diracs alles andere als leicht zu erklären«, betont Nicholas.[32]

»Das Erste, was mir an ihm auffiel, waren seine Augen – braun, lebhaft und sehr ausdrucksvoll«, erinnert sich Stan Ulam, der von Neumann erstmals 1935 in Warschau begegnete. »Er hatte einen imposant großen Schädel und einen leicht watschelnden Gang.« Ulam erlebte ihn als leutselig, unbeschwert und »alles andere als abgehoben oder unnahbar«, gewann aber auch den Eindruck, er tue sich »mit Leuten schwer, die aus bescheidenen Verhältnissen kamen und sich hochgearbeitet hatten. Am wohlsten fühlte er sich in der Gesellschaft wohlhabender Juden der dritten oder vierten Generation.«[33] Bei aller Leutseligkeit, die von Neumann an den Tag legte, gewann Oberst Vincent Ford den Eindruck, es gebe »so etwas wie einen dünnen Schleier«, mit dem er andere auf Distanz zu sich hielt. Ford war von Neumanns Attaché beim Strategic Missiles Evaluation Committee der Air Force und assistierte ihm in seinen letzten Lebensjahren, als er im Behandlungszentrum der Army im Walter Reed Hospital das Bett hüten musste. »Irgendwie schien er nur teilweise von dieser Welt zu sein.«[34]

Anders als die übrigen Professoren pflegte er mit den für das Computerprojekt arbeitenden Ingenieuren einen vertrauten Umgang. Dennoch kriegten sie es mit der Angst zu tun, wenn er ihnen einen Besuch im Maschinenraum oder am Schreibtisch abstattete. »Die Wahrscheinlichkeit, brauchbare numerische Resultate zu bekommen, war sehr viel größer, wenn er nicht im Computerraum war, weil alle so nervös wurden, wenn er auftauchte«, sagt Martin Schwarzschild. »Wenn man jedoch eine harte Denknuss zu knacken hatte, ging man zu von Neumann und zu keinem anderen.«[35]

»Wir können alle mehr oder weniger klar denken, mindestens zeitweise«, meint der ebenfalls aus Ungarn stammende Mathematiker Paul Halmos, »aber von Neumann war uns, was die Klarheit des Denkens betraf, um Längen voraus, und zwar die ganze Zeit.«[36] Er verfügte über eine enorm ausgeprägte rechnerische, logische Intelligenz und »bewunderte und beneidete vielleicht sogar Menschen, die die dazu komplementäre Gabe besaßen, jene irrationalen intuitiven Geistesblitze zu produzieren, die manchmal die Richtung des wissenschaftlichen Fortschritts verändern«, fügt Halmos hinzu.[37] »Vielleicht ist das Bewusstsein von Tieren verschwommener als unseres und ihre Wahrnehmungen sind immer traumartig«, sinnierte der Physiker Eugene Wigner 1964. »Andererseits: Immer wenn ich mit von Neumann redete, hatte ich den Eindruck, dass er allein hellwach war.«[38] Er hatte die Fähigkeit, Klarheit in allem und über alles zu schaffen. »Du sagtest irgendetwas Verworrenes, und er sagte: ›Ach, du meinst …‹ –

und es kam als wunderbar ausformuliertes Echo zurück«, erinnert sich sein ehemaliger Kollege Raoul Bott. »Allerdings konnte er Leute, die wirklich sehr gut waren, nicht von weniger guten Leuten unterscheiden«, fügte Bott hinzu. »Vielleicht weil aus seiner Warte alle so viel langsamer waren.«[39]

1914 begann der zehnjährige János von Neumann, das Lutheranische Gymnasium zu besuchen, eines von drei Budapester Elitegymnasien, die ein achtjähriges Unterrichtsprogramm anboten. Die Schule beschäftigte eine kleine Gruppe ambitionierter Mathematiker, die ihr Lehramt mit echter Forschungsarbeit verbanden. János erregte die Aufmerksamkeit von László Rátz, der, so erinnert sich sein Klassenkamerad, der spätere Wirtschaftswissenschaftler William Fellner, »gegenüber Johnnys Vater die Meinung äußerte, dass es unsinnig wäre, Johnny auf herkömmliche Weise Schulmathematik beizubringen«.[40] Rátz hatte ein gutes Auge für mathematische Begabungen und verstand es, sie zu fördern. »Wie kann jemand wissen, dass dieser frühreife Zehnjährige eines Tages ein großer Mathematiker wird?«, fragt Eugene Wigner. »Natürlich kann das niemand mit Sicherheit wissen, doch Rátz schien es irgendwie zu ahnen. Und zwar schon sehr früh.«[41]

Unter Anleitung Joseph Kürscháks von der Budapester Universität und mit Hilfe von Privatlehrern wie Gabriel Szegö, Michael Fekete und Leopold Fejér sowie Rátz selbst begann János von Neumann im Alter von 13 Jahren eine ernstzunehmende Mathematik-Ausbildung. Seine erste veröffentlichte Arbeit schrieb er (mit Fekete als Ko-Autor) im Alter von 17, und als er 1921 sein Abitur machte, hatte er sich bereits den Ruf eines Wissenschaftlers von Rang erworben. Sein Vater hegte allerdings Zweifel, ob die Mathematik allein eine ausreichende Perspektive bot. Theodore von Kármán erinnert sich daran, dass eines Tages »ein bekannter Budapester

Bankier mit seinem 17-jährigen Sohn zu Besuch kam. ... Er hatte eine ungewöhnliche Bitte. Er wollte, dass ich den jungen Johnny davon abbringen sollte, Mathematiker werden zu wollen. ›Mit Mathematik‹, sagte er, ›verdient man kein Geld.‹«

»Ich unterhielt mich mit dem Jungen«, fährt von Kármán fort. »Er war begnadet. Mit 17 beschäftigte er sich bereits selbständig mit den unterschiedlichen Konzepten der Unendlichkeit, was zu den tiefgründigsten Problemen der abstrakten Mathematik gehört. ... Ich hätte es für ein Unding gehalten, ihm seine natürliche Neigung ausreden zu wollen.«[42] Man fand eine Kompromisslösung: Von Neumann begann ein Studium als Chemie-Ingenieur an der Eidgenössischen Technischen Hochschule (ETH) in Zürich, »um sich das Rüstzeug für einen nach damaligen Maßstäben vernünftigen Beruf anzueignen«. Gleichzeitig schrieb er sich jedoch sowohl an der Berliner als auch an der Budapester Universität als Student der Mathematik ein. In den darauffolgenden vier Jahren verbrachte er seine Zeit abwechselnd in Zürich und Berlin, absolvierte seinen Studiengang in Chemie, während er sich zugleich selbständig in Mathematik fortbildete. Am Ende eines jeden Studienjahres kehrte er nach Budapest zurück, um dort seine Prüfungen abzulegen, die er bestand, ohne Vorlesungen oder Seminare besucht zu haben. Seinen Studienabschluss als Chemie-Ingenieur machte er 1925 an der ETH in Zürich, gefolgt von seiner Promotion zum Doktor der Mathematik in Budapest. Mit seiner Dissertation zur »Axiomatisierung der Mengenlehre« schloss er eine Arbeit ab, die er in seinem ersten Studienjahr begonnen hatte. Abraham Fraenkel, der 1922–23 Redakteur beim *Journal für Mathematik* war, erinnert sich, »wie das lange Manuskript eines unbekannten Autors namens Johann von Neumann auf meinen Schreibtisch flatterte. Es trug den Titel ›Die Axiomatisierung der Mengenlehre‹. ... Ich behaupte nicht, dass ich alles verstanden hätte, aber genug, um zu erkennen, dass das eine herausragende Arbeit war; *ex ungue leonem* – aus der Klaue eines Löwen.«[43] Die Arbeit wurde 1925 und in erweiterter Fassung 1928 veröffentlicht.

Ein ambitionierter früherer Versuch von Bertrand Russell und Alfred North Whitehead hatte trotz seines gewaltigen Volumens (1984 Seiten, verteilt auf drei Bände) grundlegende Fragen unbeantwortet gelassen. Von Neumann hatte das Thema noch einmal neu aufgerollt. »Die Kompaktheit seines Axiomensystems erstaunt«, kommentiert Stan Ulam. »Die Axiome nehmen wenig mehr als eine Druckseite ein und reichten aus, um praktisch die gesamte naive Mengenlehre und damit die gesamte moderne Mathematik daraus zu entwickeln. ... Und die formale Strenge der Gedankenführung schien dem Hilbertprogramm zu genügen.«[44]

Die Welt der Mathematik stand im frühen 20. Jahrhunderts ganz im Zeichen des Göttinger Professors David Hilbert, nach dessen Überzeugung alle mathematischen Wahrheiten durch eine Abfolge wohldefinierter logischer Schritte aus einer streng begrenzten Anzahl von Axiomen abgeleitet werden können. Hilberts kühne These, die von Neumann aufgriff und weiter ausformulierte, führte auf direktem Weg sowohl zu den Folgerungen Kurt Gödels über die notwendige Unvollständigkeit formaler Systeme (1931) als auch zu Alan Turings Erkenntnissen über die Existenz nichtberechenbarer Funktionen (1936). Von Neumann wies den Weg zu diesen beiden Revolutionen, versäumte es aber, die entscheidenden Schritte selbst zu tun.

Gödel führte den Beweis dafür, dass es in jedem formalen System, das mächtig genug ist, gewöhnliche Arithmetik zu enthalten, immer Aussagen geben wird, deren Richtigkeit sich weder beweisen noch falsifizieren lässt. Turing bewies, dass es innerhalb jedes formalen (oder mechanischen) Systems nicht nur Funktionen gibt, für die eine endliche, definierte Beschreibung möglich ist, die sich jedoch mit keiner finiten Maschine innerhalb eines endlichen Zeitraums berechnen lassen, sondern dass auch keine definitive Methode existiert, die es erlaubt, berechenbare von nichtberechenbaren Funktionen im Vorhinein zu unterscheiden. Das war die schlechte Nachricht. Die gute war, dass wir offenbar, wie schon von Leibniz vermutet, in der besten aller möglichen Welten leben: Die berechenbaren Funktionen machen das Leben gut genug vorhersagbar, um überleben zu können, während die nichtberechenbaren Funktionen das Leben unvorhersehbar genug machen, um keine Langeweile aufkommen zu lassen – ganz egal, wie leistungsfähig unsere Computer sind.

Wie Ulam 1958 in der Rückschau konstatierte, ließ sich schon in dieser frühen Arbeit zur Mengenlehre »von Neumanns späteres Interesse an Rechenmaschinen ansatzweise erkennen«. Aus der Knappheit seiner Darlegungen lasse sich ablesen, dass er »eher an der Prägnanz des Ausdrucks als an der Virtuosität um ihrer selbst willen Gefallen fand«. Damit habe er »den Boden für eine Erkundung der Grenzen endlicher Berechnung in formalen Systemen mittels einer Maschine bereitet«.[45]

Mit dieser Arbeit fand von Neumann auch seinen Stil. Er fasste ein Thema ins Auge, identifizierte die grundlegenden Axiome und erweiterte dann den Gegenstandsbereich radikal. »Was war es, das ihn in die Lage versetzte, so viele Beiträge zu so vielen unterschiedlichen Bereichen der Mathematik zu leisten?«, fragt Paul Halmos. »Es war seine geniale Fähigkeit zur Synthese und Analyse. Er konnte große Einheiten nehmen – Operatorenringe, Maße, kontinuierliche Geometrie, direkte Integrale – und sie in kleine Bausteine zerlegen. Und er konnte umgekehrt bei den kleinen Bausteinen beginnen und etwas beliebig Großes bauen. Das war Johnnys besondere Fähigkeit, auf die sich niemand so gut verstand wie er.«[46]

Zusammen mit seinem Doktortitel bekam von Neumann 1926 – nach einem Rigorosum, in dessen Verlauf David Hilbert angeblich nur eine einzige Frage stellte, nämlich: »In all den Jahren habe ich nie so einen schönen Abendanzug gesehen: Mein Gott, was für einen Schneider hat der Kandidat?« – ein Rockefeller-Stipendium, das ihm die Möglichkeit eröffnete, bei Hilbert in Göttingen zu arbeiten, eine Rettungsleine aus Amerika in einer Zeit, in der Europa wenige akademische Stellen zu vergeben hatte.[47] Von Neumann veröffentlichte in den folgenden drei Jahren 25 Arbeiten, darunter 1928 einen Aufsatz über Spieltheorie, in dem er sein Min-Max-Theorem formulierte und den Nachweis für die Existenz optimaler Strategien in einem Zwei-Personen-Nullsummenspiel erbrachte, und das Buch *Mathematische Grundlagen der Quantenmechanik*, das laut Klári zu seinem »Dauervisum für die Welt der Wissenschaft« wurde und das noch heute, über 80 Jahre später, verlegt wird. 1927 lehrte er als Privatdozent an der Berliner Universität, 1929 wechselte er an die Universität Hamburg.

Zu diesem Zeitpunkt befand sich der Nationalsozialismus in Deutschland auf dem Vormarsch, und die USA waren in den Sog der Wirtschaftskrise geraten. Oswald Veblen rekrutierte Personal für die Mathematische Fakultät der Princeton University und traf Vorkehrungen für den Umzug nach Fine Hall. »Auf seiner Suche nach Talenten stieß er auf Johnny«, berichtet Klári, »und setzte alle Hebel in Bewegung, um zuerst die Princeton University, dann das Institut zur Berufung dieses jungen, relativ unbekannten Ungarn zu überreden«.[48] Die ursprüngliche, von der Universität ausgesprochene Einladung bezog sich auf eine Gastdozentur, die von Neumann sich mit Jenö Wigner teilen sollte – die beiden Ungarn würden, so war es vorgesehen, zwischen Europa und den Vereinigten Staaten pendeln. In den Augen der Bürokraten in Princeton waren zwei ungarische Teilzeitkräfte akzeptabler als eine ungarische Vollzeitkraft.

»Eines Tages wurde mir per Telegramm eine Gastprofessur angeboten für rund das Achtfache der Vergütung, die ich an der Technischen Hochschule in Berlin erhielt«, erinnert sich Wigner. »Ich glaubte erst an einen Übertragungsfehler. John von Neumann erhielt aber ein gleichlautendes Telegramm, woraufhin wir zu dem Schluss kamen, es habe vielleicht doch seine Richtigkeit, und wir nahmen das Angebot an.« Die angebotene Bezahlung betrug 3000 Dollar für das Semester zuzüglich 1000 Dollar Reisespesen – zu der Zeit ein kleines Vermögen.

Von Neumann war damals frisch mit Mariette Kövesi verheiratet, der Tochter eines bekannten Arztes, der dem jüdischen Krankenhaus in Budapest als Direktor vorstand. Als er mit seiner Frau im Februar 1930 in Princeton eintraf, fühlte er sich, wie Wigner bezeugt, »vom ersten Tag an in Amerika zu Hause«. Bei ihrer Ankunft in New York verabredeten Jenö Wigner und János von Neumann, »dass wir versuchen würden, einigermaßen amerikanisch zu werden: dass er sich ›Johnny‹ von Neumann und ich mich ›Eugene‹ Wigner nennen würde«.[49]

Von Neumann erhielt schon 1931 eine feste Anstellung an der Princeton University. »Johnny gehörte zu den Allerersten, die Europa verließen«, sagt Klári. »Er gab seine hervorragende akademische Stellung auf, lange bevor die Nazis die Macht hatten, ihn hinauszuwerfen.«[50] Er traf diese Entscheidung nicht nur aus wirtschaftlichen, sondern auch aus politischen Gründen. »Die Wirtschaftskrise in Deutschland ist jetzt sehr akut geworden«, schrieb er im Januar 1931 an

Veblen, »und weil die Leute mit ihrem Elend nicht gerne alleine sind, wird jetzt viel über die Probleme in Amerika geredet. Ist da irgendetwas Wahres dran?«[51]

Im Januar 1933 bot Abraham Flexner (unter Rückgriff auf Geldmittel, die eigentlich für den unschlüssigen Hermann Weyl bereitgestellt worden waren) von Neumann eine Professur am Institute for Advanced Study an, an der Seite von Oswald Veblen, Albert Einstein und James Alexander, die sich bereits in Fine Hall, der provisorischen Heimstätte des Instituts, eingerichtet hatten. Das Einstiegsgehalt war mit 10 000 Dollar im Jahr höher als an der Universität, dazu kamen Zusatzleistungen wie ein Zuschuss für den Kauf eines Hauses (oder für den Bau eines solchen auf dem Institutsgelände, das gerade entlang der Battle Road unweit der Olden-Farm parzelliert wurde).

Im Frühjahr 1933 kündigte von Neumann seine Dozentur in Berlin, im Januar 1935 trat er aus der Deutschen Mathematiker-Vereinigung aus. »Mehr als irgendjemand anders, den ich kenne«, kommentiert Klári, »empfand er es als persönlichen Affront, dass irgendein Volk, eine Gruppe von Menschen oder ein Einzelner auch nur auf die Idee kommen konnte, die erbärmliche und primitive Philosophie des Nazismus oder irgendeines anderen ›-ismus‹ solchen Menschen wie Einstein, Hermann Weyl, Wolfgang Pauli, Erwin Schrödinger und vielen, vielen anderen vorzuziehen, darunter nicht zuletzt auch seiner eigenen Person.«[52]

Nach Angaben Kláris hatte Johnny »im Verlauf der 30er Jahre den Atlantik mindestens zwanzig Mal überquert«, bis 1939 die Schranken heruntergingen. »Hier tut sich nicht viel, außer dass die Menschen in Ungarn neuerdings äußerst stolz auf die Fähigkeit dieses Landes sind, seine Revolutionen und Konterrevolutionen sehr viel reibungsloser und zivilisierter durchzuziehen als die Deutschen«, berichtete er im April 1933 aus Budapest an Veblen. »Ich habe nichts über Veränderungen oder Hinauswürfe in Berlin gehört, es scheint, dass die Säuberungswelle bis jetzt erst Frankfurt, Göttingen, Marburg, Jena, Halle, Kiel, Königsberg erreicht hat – die anderen zwanzig Universitäten werden aber gewiss folgen.«[53] An den Ausgängen, die in Richtung USA führten, begannen sich Schlangen zu bilden. Das US-amerikanische Einwanderungsquotengesetz von 1921 und die in dem 1924 verabschiedeten Johnson-Reed-Gesetz enthaltene Quotierung nach Staatsangehörigkeit begrenzte die Zahl derer, die aus Ungarn einwandern konnten, auf 869 Personen pro Jahr. Ausnahmen wurden nur für Lehrer oder Professoren mit einer Vollzeitstelle an einer amerikanischen Hochschule gemacht, doch Professuren waren Mangelware.

Veblen konzentrierte alle verfügbaren Ressourcen – von den Bambergers, der Rockefeller-Stiftung, der Princeton University und einem Netzwerk mathematischer Fakultäten – darauf, so viele europäische Mathematiker wie möglich ans rettende Ufer zu holen. Obwohl von Neumann lange vor Einsetzen der Flüchtlingswelle nach Amerika gekommen war und es ihm ein Leichtes gewesen wäre, anderswo unterzukommen, bezeichnete er Veblen stets als denjenigen, der ihm die Chance für ein neues Leben eröffnet hatte. »Es bestand eine echte Zuneigung zwischen den beiden«, sagt Klári. »Johnny, der in ziemlich jungem Alter seinen Vater verloren hatte, akzeptierte Veblen als eine Art Ersatzvater. Er war überzeugt, dass er ohne die Hilfe Veblens in dem europäischen Schlamassel untergegangen wäre.«[54]

»Sein Hass, seine Abscheu gegen die Nazis war grenzenlos«, fügt Klári hinzu. »Sie kamen und zerstörten eine ganze intellektuelle Kultur. Binnen kürzester Zeit zerstreuten sie eine bisher nie dagewesene Konzentration von Denkern und ersetzten sie durch Konzentrationslager, in denen viele, die nicht schnell genug flüchteten, auf qualvollste Weise umkamen.«[55] Diese Erfahrung hinterließ bei von Neumann Spuren, die er in seinem Leben nicht mehr loswurde. »Es gab sich als leutseliger Typ«, erklärt seine Tochter Marina, »aber hinter der Fassade pflegte er eine eher zynische und pessimistische Weltsicht.«[56]

»Ich empfinde das Gegenteil von Heimweh nach Europa, denn jeder Winkel, den ich kannte, erinnert mich an die Welt, an die Gesellschaft, an die so aufregend nebulösen Zukunftserwartungen meiner Kindheit und Jugend, an eine Welt, die untergegangen ist und deren Trümmer kein Trost sind«, berichtete von Neumann nach seinem ersten Nachkriegsaufenthalt in Europa 1949. »Der zweite Grund für meine Abneigung gegen Europa ist die Erinnerung an den vollständigen Verlust meines Glaubens an menschlichen Anstand zwischen 1933 und September 1938.«[57]

Das Institute for Advanced Study war genau zum richtigen Zeitpunkt gegründet worden. Hier gab es keine Quoten, und Flexner, Veblen und die Bambergers sprachen so viele Einladungen aus, wie ihr Budget es hergab. Kurt Gödel kam aus Wien dank eines mit 2400 Dollar dotierten Stipendiums für das Jahr 1939 (er durfte allerdings erst 1940 ausreisen), Stan Ulam aus Warschau wurde mit einem 300-Dollar-Stipendium ausgestattet und Paul Erdös aus Budapest erhielt 750 Dollar für ein Studienjahr in Princeton.

John von Neumann wurde zur zentralen Figur der aufblühenden Mathematiker-Gemeinde; er übernahm die Rolle, die Hilbert im Göttingen des Jahres 1926 gespielt hatte. »Wenn ich morgens zur Fine Hall kam, hielt ich Ausschau nach von Neumanns Luxusschlitten«, erinnert sich Israel Halperin, der 1933 am Institut weilte, »und wenn er dastand, vor dem Palmer Lab, hatte man den Eindruck, dass die Fine Hall leuchtete. Ich wusste, dass ich drinnen etwas Außergewöhnliches erleben konnte. Wenn dagegen das Auto nicht dastand, war das Gebäude langweilig und tot.«[58]

Johnny und Mariette (bzw. ab 1938 Johnny und seine zweite Ehefrau Klári) versuchten, ihr Budapester Leben, so gut es ging, wiederherzustellen. Sie gaben zahlreiche Empfänge – ihr Hausstand wurde zu einer »Oase in dem ansonsten eher stickigen Princeton«, wie Robert Richtmyer sich erinnert.[59] Die Partys im Hause von Neumann waren »eine Kombination aus intensiver wissenschaftlicher Diskussion und Smalltalk«, berichtet Oskar Morgenstern. »Mann ging immer leichten Herzens zu ihnen, weil dort ein freiheitlicher Geist wehte.«[60] »Und weil es immer etwas zu trinken gab«, fügte Richtmyer hinzu.[61]

Von Neumann tat sein Bestes, um den Ruf des IAS als eines stillen Refugiums großer Geister zu untergraben. »Er konnte nicht arbeiten ohne Lärm oder zumindest eine gewisse Betriebsamkeit«, erklärt Klári. »Einige seiner besten Sachen entstanden auf überfüllten Bahnhöfen und Flughäfen, in Zügen, Flugzeugen, Schiffen, Hotelfoyers, auf turbulenten Cocktailpartys oder sogar in Gesellschaft einer Horde kreischender Jungspunde, die einen draufmachten.«[62] Die Tür zu von Neumanns Arbeitszimmer in der Fine Hall stand immer offen. »Weyl fühlt sich wohler in einem kleineren Zimmer als das Ihre, und Johnny ist am produktivsten in einem Zimmer kleiner als das von Weyl«, schrieb Abraham Flexner an Oswald Veblen in einer ablehnenden Stellungnahme zu einem Antrag auf großzügiger bemessene Arbeitsräume in der Fuld Hall.[63]

Während von Neumann sich in kleinen, unscheinbaren Arbeitsräumen pudelwohl fühlte, liebte er große, schnelle Autos. Auf die Frage, warum er immer einen Cadillac fuhr, pflegte er zu antworten: »Weil mir niemand einen Panzer verkaufen wollte.«[64] Er kaufte sich mindestens einmal pro Jahr ein neues

Auto. »Ich versuchte immer, es so hinzubiegen, dass ich fahren konnte«, erinnert sich Cuthbert Hurd, der von Neumann einen Beraterjob bei IBM besorgt hatte und oft mit ihm zusammen zur IBM-Zentrale in Poughkeepsie nördlich von New York fuhr. »Wenn das Gespräch stockte, pflegte er zu singen. Die Melodie war nicht zu erkennen, aber er schunkelte gerne dazu, sodass das Auto Schlangenlinien fuhr.« Regelmäßig erhielt von Neumann Strafzettel für zu schnelles Fahren. »Ich nahm die Zettel an mich und gab sie an den Geschäftsführer der Niederlassung in New York weiter, wo sich das Verkehrsgericht befand, und der ging dann hin und bezahlte die Strafgelder«, erzählt Hurd.[65]

»Er fuhr wie ein Gestörter und brauchte nur drei oder vier Stunden Schlaf pro Nacht«, erzählt Marina im Gedenken an eine der frühen Spritztouren quer durch die Vereinigten Staaten.[66] Herman Goldstine, mit dem von Neumann hin und wieder ein Hotelzimmer teilte, wenn sie in staatlichem Auftrag unterwegs waren, erinnert sich: »Er wachte gewöhnlich um zwei oder drei Uhr nachts auf und ordnete in seinem Gehirn die Dinge, an denen er gearbeitet hatte. Dann schrieb er alles auf.«[67]

Von Neumann besaß die Fähigkeit, auf Anhieb einen veröffentlichungsreifen Text oder eine mathematische Beweisführung niederzuschreiben. »Ich schreibe ziemlich flüssig und schnell, wenn ein Thema in meinem Kopf herangereift ist«, erklärte er 1945 in einem Brief, in dem er sich für die Nichtablieferung eines Manuskripts entschuldigte. »Ich verfalle jedoch in Pedanterie und Unproduktivität der schlimmsten Art, wenn ich mich an der vorläufigen Darstellung eines Themas versuche, das ich noch nicht in eine für mich selbst glaubhafte endgültige Form gebracht habe.«[68] Seine handschriftlichen Briefe enden manchmal mit einem spontan hinzugefügten Postskriptum, das mehrere Seiten umfasst und in dem er eine neugewonnene Erkenntnis beschreibt. »Er begann jeden Tag schon vor dem Frühstück mit dem Schreiben«, erzählt Ulam. »Und sogar wenn in seinem Haus eine Party stattfand, kam es vor, dass er die Gäste allein ließ und sich für eine halbe Stunde in sein Arbeitszimmer zurückzog, um etwas aufzuschreiben, das ihn beschäftigte.«[69] Seine Darlegungen, ob mündlich oder schriftlich, zeichneten sich stets durch gedankliche Präzision aus. »Von Neumann war einer der größten Künstler unter den Mathematikern«, meint Goldstine. »Er gab sich nie damit zufrieden, lediglich ein Resultat zu verkünden; es musste elegant und stilvoll formuliert sein.«[70]

Nach der Zuerkennung der amerikanischen Staatsbürgerschaft am 8. Januar 1937 bewarb sich von Neumann um einen Offiziersrang bei der U. S. Army, wurde jedoch trotz glänzend bestandener schriftlicher Prüfung nicht genommen, weil er zu alt war. Oswald Veblen sorgte dafür, dass die Army von Neumann wenigstens als Berater engagierte. Der Schießplatz des Waffenamts der U. S. Army in Aberdeen hatte nach Ende des Ersten Weltkriegs zunächst in einer Art Dornröschenschlaf gelegen, mit einem Jahresbudget von rund 6 Millionen Dollar. 1937 wurden die Finanzmittel auf 17 Millionen verdreifacht, um zwei Jahre später, am Vorabend des Zweiten Weltkriegs, auf 177 Millionen in die Höhe zu schießen. Die Zusammenarbeit von Neumanns mit dem US-Militär intensivierte sich im Verlauf der nächsten 20 Jahre. »Offenbar bewunderte er Generäle und Admiräle und verstand sich gut mit ihnen«, erklärt Ulam und fügt hinzu: »Dass das Militär ihn so faszinierte, hatte mit seiner Bewunderung für Menschen, die Macht besaßen, zu tun. Er bewunderte Leute, die den Gang der Dinge beeinflussen konnten. Dazu kam noch, wie ich glaube, dass er als prinzipiell gutmütiger Mensch eine latente Bewunderung für Personen oder Organisationen hegte, die Härte zeigen konnten.«[71]

Von Neumann wurde von Militärs aller drei Waffengattungen hofiert, besonders in seiner Rolle als Vorsitzender diverser Ausschüsse. »Während er seine Ansichten in technischen Fragen mit Nachdruck vertrat, ließ er sich in Personal- oder Organisationsfragen ziemlich leicht umstimmen.«[72] Konteradmiral Lewis Strauss sagt über von Neumann, er sei fähig gewesen, »das schwierigste Problem in seine Einzelteile zu zerlegen, woraufhin alles wunderbar einfach aussah und wir uns alle fragten, warum wir nicht selbst darauf gekommen waren.«[73]

War der Erste Weltkrieg ein Wettlauf um die größeren Kanonen gewesen, so entwickelte sich der Zweite (und der darauffolgende Kalte Krieg) zu einem Wettstreit um die größeren Bomben. Als sich die Kriegsgefahr 1937 abzeichnete, war es an der Zeit, die Wissenschaft zu mobilisieren, und die Army holte Veblen als Chefmathematiker auf den Schießplatz von Aberdeen zurück. Von Neumann wurde in rascher Abfolge in mehrere Ausschüsse berufen: in den wissenschaftlichen Beraterausschuss des Ballistischen Forschungslabors, in den Ausschuss für Kriegsvorbereitung der American Mathematical Society und der Mathematical Association of America sowie in den Nationalen Ausschuss für Rüstungsforschung. »Die Aufgaben aller dieser Mengen und Teilmengen sind noch nicht sehr genau definiert, aber ich vermute, sie werden es sein, wenn der Tag kommt«, schrieb er 1940 an Ulam. »Bis jetzt habe ich mir hauptsächlich über sphärische und Gauß'sche Maße für diverse Funktionen Gedanken gemacht.«[74] Das waren Codewörter für die Aufgabe, das Verhalten energiereicher Sprengladungen zu berechnen – das überraschende an großen Detonationen war nicht, wie viel Energie sie freisetzten, sondern wie unvorhersehbar die von ihnen verursachten Schäden waren.

Von Neumann war überzeugt, die Mathematik gedeihe am

besten, wenn sie sich von »den Bestrebungen und Problemen der Welt« befruchten ließ,[75] und er schloss in der Folge enge Freundschaften mit Waffentechnikern. »Physiker – insbesondere Experimentalphysiker – sind für rüstungswichtige Arbeiten eher gefragt«, erklärte er einem Mathematikerkollegen nach dem Kriegseintritt der USA, »wohingegen wir die Nachfrage nach unseren Dienstleistungen sozusagen selbst schaffen müssen.«[76] Die Waffentechnik ließ von Neumann so bald jedenfalls nicht mehr los. Die Wirkung sowohl hochexplosiver Sprengstoffe als auch überschallschneller Projektile hing von der Ausbreitung von Stoßwellen ab, die nichtlinearer Natur und noch kaum erforscht war. Was passierte, wenn eine Stoßwelle sich mit einer höheren Geschwindigkeit fortpflanzte als der Schall oder zwei oder mehr Stoßwellen kollidierten, war noch weitgehend unklar.

Stoßwellen sind plötzliche Diskontinuitäten, die sich in einem komprimierten Medium – gewöhnlich Luft – fortpflanzen. »Unter den Bedingungen, die in und um ein Explosionsereignis herrschen, müssen alle bekannten Substanzen als komprimiert angesehen werden«, schrieb von Neumann.[77] Er stützte sich auf seine Ausbildung als Chemiker und seine Kenntnisse in mathematischer Physik und nahm die Waffentechnik weitwinklig ins Visier: von der Bestimmung der in einer Sprengladung enthaltenen chemischen Energie über die Analyse der Detonation bis zur Druckwelle, die die zerstörerischen Wirkungen entfaltet. Die daraus gewonnenen Einsichten in die Genese von Stoßwellen (und insbesondere von reflektierten Stoßwellen) trug zur Entwicklung geformter Sprengladungen bei, wie sie bei Anti-Panzer-Waffen, Torpedos und panzerbrechenden Granaten Verwendung finden, desgleichen zur Entwicklung effektiverer Wasserbomben gegen U-Boote und zur Verbesserung der Treffgenauigkeit konventioneller Bomben. Von Neumanns neuartiges mathematisches Verfahren zur Berechnung von Stoßwellen spielte auch bei der Entwicklung der Implosionsmethode zur Zündung einer atomaren Explosion eine Rolle und bei der Berechnung, in welcher Höhe eine Bombe explodieren musste, um maximale Zerstörungswirkung zu entfalten. Er war damit einer der wenigen, die Beiträge sowohl zur Entwicklung der Atombombe als auch zu ihrem zielgenauen Einsatz leisteten.

Die Menge spaltbaren Materials, die vonnöten ist, um eine sich selbst reproduzierende Kettenreaktion in Gang zu setzen, hängt nicht nur von der Masse, sondern auch der Dichte ab. Man kann eine subkritische Masse Plutonium in eine kritische Masse verwandeln, indem man sie ausreichend stark komprimiert. Wenn sie in einem Gehäuse aus dichtem, neutronenreflektierenden Material eingeschlossen ist – dem Tamper –, wird sie unter Freisetzung gewaltiger Energien explodieren. Auf von Neumann ging die Idee zurück, die Implosionslinsen wie die Wabenstücke eines Fußballs anzuordnen, was es erlaubte, deutlich kleinere Mengen spaltbaren Materials zur Explosion zu bringen.

Von Neumanns Theorie der reflektierten Stoßwellen ließ sich auch zur Maximierung der Schadwirkungen von Bomben nutzen. »Wenn eine Explosion knapp über dem Boden stattfand und man wissen wollte, wie die ursprüngliche Stoßwelle auf den Boden auftreffen und sich mit den reflektierten Wellen überlagern und verstärken würde, so war das ein Problem, das eine extrem nichtlineare Hydrodynamik beinhaltete«, erinnert sich Martin Schwarzschild. »Man hatte zu der Zeit nur ein rein deskriptives Wissen darüber, weshalb sich von Neumann brennend dafür interessierte. Er war immer auf der Suche nach realen Problemen, für deren Lösung man einen Computer brauchte.«[78]

Als die Vereinigten Staaten in den Krieg eintraten (am 8. Dezember 1941 gegen Japan, am 11. Dezember gegen

Deutschland), »hatte Johnny bereits in den Reisemodus geschaltet«, wie Klári schreibt. »Er war fast ständig auf Achse: von Princeton nach Boston, von Boston nach Washington, von Washington nach New York – ein kurzer Aufenthalt in Princeton, dann nach Aberdeen, Maryland zum Schießplatz der Armee – zurück nach Washington, vielleicht eine Nacht zu Hause, dann Aufbruch zu einer neuen Runde, nicht zwangsläufig in derselben Reihenfolge, aber immer die Ostküste rauf und runter mit gelegentlichen Abstechern ins Inland – aber noch nicht in den Westen, das kam erst später.«[79]

Im Februar 1943 erhielt von Neumann nach einigem Hin und Her die Anweisung, sich für ein Projekt der US-Marine nach England zu begeben; sein offizieller Auftrag lautete, an der Ausarbeitung eines statistischen Ansatzes im Problembereich Minen, U-Boote, Gegenmaßnahmen und Abwehr feindlicher Gegenmaßnahmen mitzuwirken. Der Feind versenkte so viel alliierte Schiffstonnage, dass der Krieg zu kippen drohte. Was von Neumann während seines Aufenthalts in England konkret machte, bleibt ein Mysterium, insbesondere ob und inwieweit er in die Arbeit der britischen Teams einbezogen wurde, die unter großer Geheimhaltung an der Entschlüsselung deutscher Codes arbeiteten und die Machbarkeit nuklearer Bomben sondierten. Was wir wissen, ist, dass er Ende April 1943 in Begleitung von John Todd dem königlichen Nautical Almanac Office einen Besuch abstattete, in dem zu der Zeit eines der größten nichtgeheimen rechnergestützten Projekte lief. Das Office war aus Greenwich nach Bath verlegt worden, um die Gefahr deutscher Luftangriffe zu minimieren. Von Neumann informierte sich über die Fähigkeiten einer mit sechs Registern ausgestatteten Rechenmaschine der Firma National Cash Register und arbeitete auf der Zugfahrt zurück nach London einen kurzen Interpolations-Algorithmus aus. Wie er später an Todd schrieb: »Ich erhielt in jener Phase einen entscheidenden Impuls für mein Interesse an Rechenmaschinen.«[80]

Nach seiner Rückkehr aus England im Juli 1943 wurde von Neumann für das Projekt Y verpflichtet – so lautete der Codename für das Manhattan-Projekt. Als mathematischer Berater des Projekts hatte er die Erlaubnis, Los Alamos jederzeit zu verlassen, ein Privileg, das den meisten anderen Beteiligten versagt blieb – sie mussten ihre Familien zu sich holen und blieben bis zum Kriegsende kaserniert. »Anderswo erzielte Fortschritte im maschinellen Rechnen wurden von John von Neumann nach Los Alamos gebracht«, sagt Nicholas Metropolis. »Er wirkte als Berater mehrerer staatlicher Projekte und legte dabei ein Tempo vor, das einen glauben ließ, er halte sich an mehreren Orten gleichzeitig auf.«[81]

Von Neumann traf am 21. September 1943 in Los Alamos ein; er kam zusammen mit Isidor Rabi aus Chicago an Bord des *Super Chief*-Zuges, der mit seinem dieselelektrischen Antrieb und seiner Stromlinienform zu der Zeit das Prachtstück der Atchison, Topeka und Santa Fe Railway war. Am Bahnhof von Lamy, New Mexico, wurden sie abgeholt und »über eine Anzahl beachtlicher Canyons und Mesas hinweg« zu der neuen Forschungseinrichtung chauffiert, die von Neumann tags darauf in einem Brief an Klári als »eine seltsame Kombination aus einem Militärstützpunkt, einem Nationalpark mit Berghütte und diversen anderen Dingen« beschrieb. Sein Eindruck war, dass das Projekt »der Anstrengung wert ist, aber man sollte ihm wahrscheinlich nicht seine Seele verkaufen«. In einem Postskriptum fügte er hinzu: »Rechner sind, wie du vermutet hast, hier ebenfalls stark gefragt.«[82] Zwei Tage später schrieb er: »Der ganze Ort ist schräger, als ich es beschreiben kann. Und … glaube mir, wenn ich anfange, ein Verlangen nach Normalität und Realität zu entwickeln, dann steht es ziemlich schlimm.«[83]

Mit »Rechnern« meinte von Neumann zweibeinige Rechner, wie Oswald Veblen sie während des Ersten Weltkriegs am Schießplatz von Aberdeen um sich geschart hatte. Als von Neumann in Los Alamos ankam, waren dort rund 20 solcher Rechner tätig, darunter einige Ehefrauen der Physiker, aber auch Leute vom Special Engineering Detachment der Army; ihre Ausrüstung bestand aus elektromechanischen Dezimal-Rechenmaschinen der Firma Marchant. Zu einer Zeit, als man noch nicht einmal eine einzelne Stoßwelle richtig verstand, war die Aufgabe, das Verhalten einer Implosionsbombe genau genug vorauszusehen, um eine bauen zu können, für das kleine Team nicht zu lösen. Um die Vorgänge von Anfang bis Ende erfassen zu können, mussten sie in Phasen zerlegt und diese modelliert werden: die ursprüngliche Ausbreitung der Detonationswelle durch die Sprengladung, die Übertragung der ausgelösten Stoßwelle durch den Tamper und ins spaltbare Material hinein (unter Berücksichtigung der Reflexion der Stoßwelle im Mittelpunkt), die Ausbreitung einer weiteren Stoßwelle infolge der Explosion des Kerns, der Durchgang der Stoßwelle (auf die eine ebenso gewaltige Verdünnungswelle folgte) nach außen durch die Überbleibsel der vorhergehenden Explosion und in die Atmosphäre sowie schließlich die Reflexion der Druckwelle in Bodennähe. Von Neumann war genau zur rechten Zeit gekommen.

Von IBM wurde eine Anzahl von Rechen- und Tabelliermaschinen mit Lochkartenmechanik angefordert, ohne dass man der Firma sagen durfte, wofür die Maschinen bestimmt waren und wohin sie gingen. Die Geräte – drei Multiplikationsmaschinen vom Typ 601, eine Tabelliermaschine vom Typ 402, eine Reproduziermaschine, ein Lochkartenvergleicher, ein Sortierer und ein Kartenmischer – trafen in großen Holzkisten ein, ohne Gebrauchsanleitung und geschultes Personal. IBM wurde gebeten, den Namen ihres besten Technikers zu übermitteln, der zum Wehrdienst eingezogen worden war. Der Mann wurde umgehend zum Geheimnisträger ernannt und nach Los Alamos versetzt, was in der Praxis jedoch einige Zeit dauerte. Unterdessen gelang es Stanley Frankel, der in Berkeley bei Oppenheimer studiert hatte und zum Leiter der Teams zweibeiniger Rechner berufen worden war, und Richard Feynman, einem Doktoranden (und Amateur-Tresorknacker) aus Princeton, der ein Faible für abseitige Herausforderungen hatte, die Maschinen zum Laufen zu bringen.

Feynman und Frankel hatten Blut geleckt. »Mr. Frankel begann an der Rechnerkrankheit zu leiden, die jeder kennt, der mit Rechnern arbeitet«, erklärte Feynman später. »Das Dumme an Rechnern ist, dass man mit ihnen spielt.« Verstärkt durch Nicholas Metropolis, machten Feynman und Frankel die IBM-Maschinen fit dafür, die Arbeit des Rechnerteams zu beschleunigen. »Wenn wir genügend von diesen Maschinen in einen Raum kriegten, konnten wir die Lochkarten durch einen Zyklus schicken«, erklärte Feynman. »Jeder, der numerische Berechnungen ausführt, weiß heute genau, wovon ich rede, aber damals war das etwas Neues – Massenproduktion mit Maschinen.«[84]

Die Strategie bestand darin, von einem festgesetzten Anfangszustand auszugehen und das Fortschreiten der Explosion von einem Punkt im Raum zum nächsten und von einem zeitlichen Intervall zum nächsten zu modellieren. Für jeden Punkt im Raum wurde eine einzelne Lochkarte angelegt, und ein Stapel dieser Karten repräsentierte den Status der Explosion zu einem bestimmten Zeitpunkt. »Die Einspeisung eines Stapels Karten in einen Rechenzyklus integrierte im Endeffekt die Differentialgleichungen um einen Schritt in der zeitlichen Dimension nach vorne«, erklärt Metropolis. »Dieser eine Zyklus erforderte die Verarbeitung der Karten durch ein rundes Dutzend separate Maschinen, wobei jede Karte eine bis fünf Sekunden in jeder Maschine verblieb.«[85] Als Ergebnis spuckten die Maschinen einen neuen Stapel Karten aus, der als Eingabesatz für den nächsten Zeitschritt fungierte. Das Verfahren war umständlich, repetitiv, nicht fehlertolerant und konnte nach kurzer Zeit steckenbleiben.

»Das wirkliche Problem war, dass niemand diesen Jungs jemals irgendetwas erklärt hatte«, erinnert sich Feynman. »Die Army hatte sie aus allen Ecken des Landes für ein Ding namens Special Engineer Detachment zusammengeklaubt – clevere Gymnasiasten, die das Zeug zu Ingenieuren hatten. Man hatte sie in Los Alamos in Baracken gesteckt, ihnen aber nichts erklärt.« Feynman holte sich von Oppenheimer die Erlaubnis, den Rekruten einen Vortrag zu halten. »Sie fanden das total aufregend: ›Wir führen einen Krieg! Wir bekommen zu sehen, wie das läuft!‹ Und plötzlich konnten sie mit den Zahlen etwas anfangen. Wenn als Ergebnis ein größerer Druck herauskam, bedeutete das, dass mehr Energie freigesetzt wurde. Alles wurde anders! Sie begannen, Mittel und Wege zu finden, die Vorgehensweise zu verbessern. Sie arbeiteten bis in die Nacht.«[86] Die Produktivität erhöhte sich um den Faktor zehn.

Unversehens sah sich von Neumann mit Lochkarten konfrontiert, die ihn an die Steuereinheit eines Jacquard-Webstuhls erinnerten, die sein Vater einst mit nach Hause gebracht hatte. »Im März oder April 1944«, berichtet Metropolis, »arbeitete von Neumann sich in die Funktionsweise der Lochkartenmaschine ein, schleuste Karten durch die diversen Maschinen, lernte Schalttafeln zu verdrahten und Lochkarten zu entwerfen und machte sich gründlich mit der Arbeitsweise der Maschinen vertraut.«[87]

Von den ersten theoretischen Modellen bis zum erfolgreichen Test einer Atombombe am nördlichen Rand des Versuchsgeländes in Alamogordo am 16. Juli 1945 vergingen weniger als zwei Jahre. Trotz des immensen Arbeitsdrucks fanden die Physiker Zeit, ab und zu zu entspannen. »Sonntags machten wir Spaziergänge«, erinnert sich Feynman. »Wir wanderten durch die Canyons, oft in Gesellschaft von Bethes, von Neumanns und Bachers – ein großes Vergnügen. Und von Neumann brachte mich auf einen interessanten Gedanken: dass man sich nicht verantwortlich fühlen muss für die Welt, in der man lebt. Ich habe mir danach getreu dem Rat von Neumanns konsequent eine Haltung der gesellschaftlichen Unverantwortlichkeit zugelegt. Das hat mich zu einem sehr glücklichen Menschen gemacht.«[88]

Von Neumann ließ sich nur selten in die Karten gucken. »Einmal, Anfang 1945, kam er aus Los Alamos zurück und legte ein ganz untypisches Verhalten an den Tag«, erinnert sich Klári. »Er traf vormittags zu Hause ein, legte sich sofort ins Bett und schlief zwölf Stunden. Nichts hätte mich in größere Besorgnis stürzen können als die Tatsache, dass er zwei Mahlzeiten ausließ und so lange an einem Stück schlief, das hatte ich noch nie erlebt. Irgendwann spät abends wachte er auf und begann in einer Geschwindigkeit zu reden, die selbst für seine Verhältnisse außerordentlich schnell war.«

»Was wir gerade erschaffen, ist ein Ungeheuer, das den Lauf der Geschichte verändern wird, vorausgesetzt es bleibt uns noch eine Geschichte«, erklärte er laut Kláris Bericht. »Aber es wäre undenkbar, es nicht zu Ende zu bringen, nicht nur aus militärischen Gründen; es wäre auch vom wissenschaftlichen Standpunkt aus unethisch, etwas, von dem wir wissen, dass es machbar ist, nicht zu machen, ungeachtet der furchtbaren Folgen, die es nach sich ziehen mag. Und das ist nur der Anfang!«

Die Skrupel, die von Neumann an diesem Abend quälten, bezogen sich nicht so sehr auf die Atombombe, sondern in erster Linie auf die zunehmende Leistungsfähigkeit der Maschinen. »Als er die Details der zukünftigen technischen Möglichkeiten ausmalte«, fährt Klári fort, »redete er sich allmählich in einen solchen Erregungszustand hinein, dass ich ihm schließlich zwei Schlaftabletten und einen sehr starken Drink verabreichte, um ihn in die Gegenwart zurückzuholen und ihm zu etwas mehr Gelassenheit gegenüber seinen Untergangsvisionen zu verhelfen.«

»Von da an beschäftigte sich Johnny mit nie mehr nachlassender Faszination mit der Zukunft«, resümiert Klári am Ende ihrer Schilderung. In den darauffolgenden sieben Jahren vernachlässigte er die Mathematik und widmete sich ganz der Weiterentwicklung der Technik in allen ihren Spielarten. »Es schien fast so, als wisse er, dass ihm nicht mehr viel Zeit blieb.«[89]

Welche Gedanken Johnny von Neumann zuletzt bewegten, können wir nicht mit Sicherheit sagen. »Als ihm mit der Zeit immer klarer wurde, dass die Herrschaft über die physischen Naturkräfte, die er und seine Mitarbeiter ihren Mitmenschen in die Hand gegeben hatten, sowohl für schlimme als auch für gute Dinge verwendet werden konnte, machten ihm mit stetig wachsender Intensität die moralischen Probleme zu schaffen, die damit zusammenhingen«, berichtet Pater Anselm Strittmatter, der Benediktinermönch, der von Neumann in seinen letzten Lebensmonaten viele Stunden am Krankenbett Gesellschaft leistete und von dem er die Sterbesakramente empfing. »Was seine eigene Rolle in diesem komplexen Geschehen betraf, so hatte er trotz der bedrückenden Möglichkeiten, die er voraussah, keine Selbstzweifel und bedauerte nichts.«[90]

»Es gibt eine vereinheitlichende Kraft hinter allen Äußerungsformen der Natur, die wir nicht zur Gänze begreifen können; wir können jedoch versuchen, sie mit den uns zur

Verfügung stehenden Mitteln zu erklären«, sagt Nicholas Vonneumann in der Rückschau auf das Leben seines Bruders. »In diesem Geist versuchte John die Dinge zu verstehen … Die Geheimnisse der atomaren und subatomaren Partikel mit Hilfe der Quantenmechanik, die Geheimnisse des Wetters mit Hilfe der Hydrodynamik und Statistik, die Geheimnisse des Zentralnervensystems mit Hilfe künstlicher Rechner, die Geheimnisse der Genetik und Vererbung mittels seiner Theorie sich selbst reproduzierender Automaten.«[91]

Selbst Klári, die von Neumann näher stand als irgendjemand sonst, gestand freimütig, dass sie »seine eigenartige, widersprüchliche und umstrittene Persönlichkeit« nie vollständig verstanden habe: »Kindisch und leutselig, hochgebildet und wild, blitzgescheit und doch mit einer weitgehenden, fast primitiv zu nennenden Unfähigkeit geschlagen, seine Gefühle zu kontrollieren – ein Rätsel der Natur, das ungelöst bleiben muss.«[92]

»John von Neumann passte in keine Rubrik«, erklärt Klári. »Die reinen Mathematiker behaupteten, er sei zum theoretischen Physiker geworden; die theoretischen Physiker sahen in ihm einen großartigen Berater in Sachen angewandter Mathematik; der mathematische Praktiker war unheimlich beeindruckt, dass ein so versierter Elfenbeinturm-Mathematiker ein so großes Interesse an den Anwendungsproblemen zeigte, und ich vermute, dass er in manchen Regierungskreisen womöglich als Experimentalphysiker oder sogar als Ingenieur eingestuft wurde.«[93]

Am 6. August 1945 wurde eine mit Uran geladene Atombombe mit 13 Kilotonnen Sprengkraft über Hiroshima abgeworfen, gefolgt von einer mit Plutonium geladenen 20-Kilotonnen-Bombe, die am 9. August auf Nagasaki fiel. Japan kapitulierte am 15. August. »Ist es nicht wunderbar, dass der Krieg vorbei ist?«, schrieb Marina am 28. August an Klári.

»Wird Papa weiterhin so viel unterwegs sein, jetzt da der Krieg aus ist? Ich hoffe nicht.«[94] Von Neumanns Reisen – zwischen Princeton, Aberdeen, Los Alamos, Santa Monica, Chicago, Oak Ridge und Washington – gingen jedoch weiter.

Der Zweite Weltkrieg war vorüber, aber der Kalte Krieg hatte begonnen.

KAPITEL FÜNF

MANIAC

Möge die ganze Außenwelt aus einem langen Papierstreifen bestehen.

John von Neumann, 1948[1]

Am Montag, den 12. November 1945 um 12:45 Uhr versammelten sich sechs Personen unter Leitung John von Neumanns im Büro von Vladimir Zworykin im RCA-Forschungslabor in Princeton, New Jersey. Vladimir Kosma Zworykin war ein Pionier der Fernsehtechnik, der später einmal bedauern sollte, dass seine für die Übertragung von Bildinformationen bestimmte Erfindung sich zu einem Medium für die Verbreitung von »Schrott« entwickelt hatte. Hauptmann Herman Goldstine (eine Leihgabe der U. S. Army vom Schießplatz Aberdeen) war federführend an der von der Army vorangetriebenen Entwicklung des Electronic Numerical Integrator and Computer (ENIAC) beteiligt, von dessen Existenz die Öffentlichkeit erst im Februar 1946 erfuhr. Der Statistiker John Tukey von der Princeton University (und der Firma Bell Laboratories) fungierte als direktes Bindeglied zu Claude Shannon, dessen mathematische Kommunikationstheorie aufzeigte, wie ein aus unzuverlässigen Komponenten bestehender Rechner zu einem zuverlässigen Übermittler von Informationen gemacht werden konnte. Jan Rajchman und Arthur Vance waren Ingenieure, George Brown war Statistiker – alle drei arbeiteten für die Radio Corporation of America (RCA). Bei dieser ersten Besprechung für das Electronic Computer Project des Institute for Advanced Study wurden einige Grundsätze festgezurrt, die für die nächsten 60 Jahre als Leitlinien für die Entwicklung der Computertechnik fungieren würden.

»Das Herz des Systems ist eine zentrale Uhr, die ein enormes Pensum zu leisten hat«, hält das Protokoll fest. Die Schaltung werde »modular aufgebaut sein, weil eine solche Ausführung für die Massenproduktion geeignet ist«, erklärten die Ingenieure. »Wörter, die Befehle kodieren, werden im Speicher genauso verarbeitet wie Zahlen«, erklärte von Neumann und beseitigte damit die Unterscheidung zwischen Zahlen, die etwas *bedeuten*, und Zahlen, die etwas *bewirken*. Die Geburtsstunde der Software hatte geschlagen. Numerische Kodierungen würden die uneingeschränkte Steuerung übernehmen und in der Lage sein, sich selbst zu modifizieren.[2]

Das Zeitalter der Elektronik hatte 1906 begonnen, mit der Erfindung der Vakuumröhre durch Lee De Forest. (Die Briten, die unter der Leitung von John Ambrose Fleming schon vor De Forest an dieser Technik arbeiteten, sprachen von einer »thermionischen« Röhre.) In einem luftleeren Glaszylinder wurde eine geladene Kathode so hoch erhitzt, dass sie Elektronen absonderte, die zu einer Anode strömten und durch ein feines, ebenfalls unter Strom gesetztes Drahtgitter gesteuert werden konnte. Schaltvorgänge und Signalverstärkungen konnten jetzt im Funkfrequenzbereich erfolgen, um Größenordnungen schneller als mit den bis dahin benutzten Relais und Morsecodes.

Zworykin, geboren 1889 als jüngstes von sieben Kindern eines Dampfschiffbetreibers am Fluss Oka in Russland, ging mit 17 zum Studium ans Institut für Technologie in Sankt Petersburg. Dort wurde er dabei erwischt, wie er die Instrumente im physikalischen Labor für Experimente benutzte, die den Rahmen der den Studenten zugewiesenen Aufgaben sprengten. Sein Professor Boris Rosing bestellte den jungen Zworykin ein, doch anstatt ihm eine Rüge zu erteilen, bot er ihm eine Stelle in seinem privaten Laboratorium an. Rosing produzierte dort eigene Elektronenröhren, indem er Vakuumpumpen baute und Glas mit den geeigneten Eigenschaften selbst herstellte. Rosing machte Zworykin mit dem Verhalten der Elektronen vertraut und zeigte ihm, wie diese gezähmten Teilchen mit dem Licht außerhalb der Glasröhre kommunizieren konnten.

»Ich stellte fest, dass er am Problem der Television arbeitete, wovon ich nie zuvor etwas gehört hatte«, erinnerte Zworykin sich 60 Jahre später. »Das war meine erste Begegnung mit dem Problem, das mich schließlich für die längste Zeit meines Lebens beschäftigen sollte.« Als Zworykin 1912 sein Studium als diplomierter Elektro-Ingenieur abschloss, hatte »Rosing ein funktionsfähiges System entwickelt, das aus rotierenden Spiegeln und einer Photozelle auf der Empfängerseite und einer Kathodenstrahlröhre mit partiellem Vakuum bestand und sehr grobe Bilder reproduzierte«.[3] Zworykin widmete den größten Teil seiner beruflichen Laufbahn der Aufgabe, immer bessere Verfahren für die Zwei-Wege-Kommunikation zwischen Photonen und Elektronen zu erfinden – das kommerzielle Fernsehen trug die Kosten.

Rosing verschaffte Zworykin eine Stelle im Labor von Paul Langevin in Paris, wo er an der Beugung von Röntgenstrahlen arbeitete, bis der Erste Weltkrieg dazwischenkam. Zurück in Russland, wurde Zworykin zum Wehrdienst eingezogen und erhielt eine Offiziersstelle bei der Fernmeldetruppe, wo seine Kenntnisse in der Funktechnik und seine Fähigkeit, Gerätschaften aller Art, vom Generator bis zum Maschinengewehr, zu reparieren, ihm das Leben erleichterten und später in der Kriegsgefangenschaft wohl auch retteten. Im Verlauf der bolschewistischen Revolution war der drahtlose Funk zumindest in den entlegeneren Teilen Russlands das einzige Mittel, um zu erfahren, wer aktuell wo die Macht ausübte. Zworykin konnte sich schließlich an den Ob in Sibirien absetzen, in ein Gebiet, dessen Bewohner mangels überregionaler

Kommunikationsmittel noch nicht einmal wussten, dass eine Revolution stattgefunden hatte. Flussabwärts gelangte er zum russischen Nordmeer und von dort in Etappen über Nowaja Semlja, Tromsø, Kopenhagen und London nach New York, wo er am Silvestertag des Jahres 1919 ankam.

Zworykin stellte sich bei Boris Bachmetjeff vor, dem russischen Botschafter in Washington, und ergatterte eine Stelle als Addiermaschinen-Operateur bei der russischen Einkaufskommission in New York. Seine Frau Tatjana, die er in Russland zurückgelassen hatte, folgte ihm bald darauf in die Vereinigten Staaten. 1920, nach der Geburt ihres ersten Kindes, fand Zworykin zusammen mit einer kleinen Gruppe ausgewanderter russischer Landsleute in den Laboratorien der Firma Westinghouse in East Pittsburgh ein Anstellung, wo er die Möglichkeit hatte, in seiner freien Zeit wieder am Fernsehen zu forschen. Er erlebte eine Serie von Rückschlägen, darunter die Implosion des Prototyps einer Bildröhre, die vom Rücksitz seines Autos rutschte, als er an einer roten Ampel bremsen musste. Der Knall alarmierte einen Polizeibeamten, der immer misstrauischer wurde, während Zworykin in gebrochenem Englisch zu erklären versuchte, dass das Gerät, das zersplittert im Rückraum seines Autos lag, über Radiowellen Bilder empfangen konnte. »Man sieht jetzt also Bilder im Radio? Aber klar doch, Freundchen!«, versetzte der Beamte und nahm Zworykin mit aufs Revier, wo er festsaß, bis die Dinge geklärt waren.[4]

Nach dem vergeblichen Versuch, die Firma Westinghouse für die kommerziellen Möglichkeiten des Fernsehens zu interessieren, wechselte Zworykin zu RCA (der Nachfolgerin der American Marconi Co. und Vorläuferin von NBC, wo David Sarnoff, ebenfalls ein Exilrusse, ihm die Ressourcen der Firma zur Verfügung stellte. Unter dem Strich investierte Sarnoff 50 Millionen Dollar in die Entwicklung des Fernsehrundfunks – und führte parallel dazu einen langwierigen Patentrechtsstreit gegen den amerikanischen Erfinder Philo Farnsworth, der bereits vorher eine Kameraröhre entwickelt hatte, die dem Ikonoskop von Zworykin ähnelte, auf dem das TV-System der RCA basierte.

Zworykin wurde 1941 zum Direktor der neuen RCA-Forschungslabors in Princeton ernannt, die an das Rockefeller-Institut für Medizinische Forschung angrenzten. Zworykin war nicht nur einer der Väter des kommerziellen Fernsehens, sondern leistete auch entscheidende Beiträge zur Entwicklung des Photoelektronenvervielfachers und des Elektronenmikroskops. In seinen späteren Jahren widmete er sich der Entwicklung Medizinischer Geräte. »Nur wer rennt, kann über eine Idee stolpern«, pflegte Zworykin den Neuankömmlingen in seinem Forschungslabor zu sagen.[5]

Zworykins enges Verhältnis zu Theodor von Kármán, der ihm für die Arbeit an elektronischen Waffensystemen Zugang zu geheimen militärischen Einrichtungen gewährte, erregte das Misstrauen des FBI. Trotz seiner erwiesenen antisowjetischen Einstellung und seiner Beiträge zur amerikanischen Rüstungstechnik (darunter Nachtsicht-Zielgeräte und Fernsteuerungen für Lenkbomben) wurde ihm 1945 eine Reise nach Moskau im Rahmen einer Delegation amerikanischer Techniker verwehrt. J. Edgar Hoover persönlich stufte Zworykin als politisch unzuverlässig ein und ließ ihn bis 1975 überwachen. 1956 begründete Zworykin seine Weigerung, Fragen eines FBI-Beamten zu beantworten, mit dem Satz: »Ich verließ Russland, weil ich die Staatspolizei vom Hals haben wollte.«[6]

Nach Auffassung Zworykins ließ sich die Entwicklung der Elektronik in drei Epochen einteilen. In der ersten, die mit der Erfindung der Elektronenröhre durch De Forest 1906 begann und mit dem Ersten Weltkrieg endete, »wurden Elektronenströme in Vakuumröhren auf sehr ähnliche Weise gesteuert wie Dampf in einem Rohr«, erklärte er. »Dem Verhalten des einzelnen Elektrons in der Röhre wurde nicht mehr Beachtung geschenkt als den Bewegungen der einzelnen Dampfmoleküle durch das Ventil.«

In der zweiten Ära, die Zworykin zufolge in den 1920er Jahren begann, sei erstmals mit einer gerichteten »Bewegung der Elektronen im Vakuum« der Kathodenstrahlröhre gearbeitet worden. Seit den 1930er Jahren habe man die Elektronenstrahlen schließlich in Gruppen unterteilt, »entweder wie beim Klystron oder Magnetron auf zeitlicher Basis, wobei jede Gruppe einer bestimmten Phase eines angelegten Hochfrequenzfeldes entsprach, oder auf räumlicher Basis, etwa bei bildgebenden Anordnungen«, erklärte Zworykin. »Das Elektronenmikroskop und die Bildröhre sind typische Vertreter dieser Gruppe.«[7]

Im Verlauf des Zweiten Weltkriegs versuchten Zworykin und sein Mitarbeiter Jan Rajchman, ein gebürtiger Pole, der in Zürich studiert und sich an Silvester 1936 Zworykins Gruppe angeschlossen hatte, eine vierte Ära in der Evolution der Vakuumröhren einzuleiten. Kurz nachdem Deutschland 1939 Polen überfallen hatte, wandte sich Oberst Leslie Simon vom Ballistischen Forschungslabor der U. S. Army an RCA mit der Frage, ob und wie sich die Treffgenauigkeit von Flak-Geschützen verbessern ließe. Um Ziele am Boden zu treffen, konnte ein Artillerieschütze vorbereitete Tabellen zu Rate ziehen. Um mit einer Granate ein fliegendes Flugzeug anzuvisieren, bedurfte es hingegen komplizierter Berechnungen in Echtzeit; unter anderem musste die Flugzeit der Granate geschätzt und der Zeitzünder so eingestellt werden, dass die Granate möglichst nahe am Flugzeug detonierte. »Die Deutschen hatten eine klare Luftherrschaft inne, und die Peilung der alliierten Flak-Geschütze war sehr dürftig«, erklärt

Rajchman. »Oberst Simon hatte den Weitblick, daran zu glauben, dass sich die Peilung mit elektronischen Mitteln beschleunigen ließ.«[8]

Von Zworykin ermuntert, entwickelte Rajchman eine Serie digitaler Röhrengeräte, die in der Lage waren, den Kathodenstrahl zu schalten, zu kanalisieren und elektronisch erzeugte Ladungen zu speichern, das Ganze im Inneren eines einzigen Glaskolbens und im Megahertz-Bereich. Das Computron und dass Selectron, vorsintflutliche Vorfahren des integrierten Festkörperschaltkreises, waren Mikroprozessor und Speicherchip im Gewand einer Vakuumröhre. »Der Grundgedanke war, eine Röhre zu bauen, die zwei Zahlen multiplizieren und zu dem Produkt eine dritte Zahl addieren konnte, wobei die Zahlen im digitalen, binären Code dargestellt wurden«, erklärt Rajchman. »Eine Reihe von Elektronenstrahlen, die von einer einzigen Zentralkathode ausgingen, wurden von jeweils drei Elektroden abgelenkt, die jeweils eine Ziffer des Multiplikators, eine des Multiplikanden und eine Übertragsziffer verkörperten.«[9]

Das Computron, erfunden von Rajchman und Richard L. Snyder, war eine Röhre mit einer 14-Bit-Recheneinheit und 64 Pins; sie bestand aus insgesamt 737 einzelnen Bauteilen. War die Röhre erst einmal verschlossen, konnte an ihrem Aufbau nichts mehr verändert werden. »Zahlen lassen sich schnell addieren oder multiplizieren ohne erschwerende Prozessschritte wie Zeitimpulse, Löschimpulse oder dergleichen«, schrieben Rajchman und Snyder in ihrer Patentanmeldung vom 30. Juli 1943 für ein »Rechengerät«.[10] Nachdem sie einen funktionierenden Prototyp ihres Geräts gebaut hatten, stellte sich freilich heraus, »dass der Weg zu einem Flak-Peilgerät, das bald genug unter realen Kriegsbedingungen eingesetzt werden konnte, noch weit war«.[11]

Das Selectron war eine digitale elektrostatische Speicherröhre mit einem 4096-Bit-Speicher, gebaut mit den Mitteln der Vakuumröhren-Technologie und dabei funktionell äquivalent mit modernen Speicherchips auf Siliziumbasis. »Man müsste in der Lage sein, jedes einzelne Element ansprechen zu können und gespeicherte Werte unbegrenzt lange aufzubewahren, ohne dass sie aufgefrischt werden müssen. ... Die Werte sollten einfach so lange gespeichert bleiben, bis wir die Information brauchen«, erklärte Rajchman 1946.[12] Es war die Arbeit am Selectron, die von Neumann zu der Überzeugung brachte, der Weg zum digitalen Rechner führe über die Firma RCA. »John von Neumann besuchte uns oft«, erinnert sich Rajchman, »und erhielt tiefe Einblicke in unsere Forschung.«[13] Neben dem Computron und dem Selectron entwickelte Rajchman auch die sogenannte Reflektor-Matrix-Funktionstafel, einen nicht beschreibbaren, sondern nur lesbaren Speicher, also einen ROM. »Wir bauten ziemlich große Matrix-Anordnungen mit rund 150 000 Widerständen«, sagt Rajchman.[14] Am 30. Oktober 1943 meldete er ein Patent auf ein digitales, elektronisches Rechengerät an, das in der Lage sein würde, binäre Rechenoperationen in großer Geschwindigkeit durchzuführen. Die Widerstandsmatrizen des Geräts speicherten sowohl unveränderliche Funktionstabellen als auch variable, in Rechenoperationen einfließende Daten. »Die gesamte Berechnung erfolgt innerhalb des binären Zahlensystems, sodass jede Zahl als Summe von Zweierpotenzen ausgedrückt wird.«[15] Der so beschriebene Rechner, der parallel und asynchron zugleich arbeitete, wäre außerordentlich schnell gewesen. Er hatte keine beweglichen Teile. Die Widerstandsmatrizen ließen sich mit unterschiedlichen Funktionen und Daten initialisieren, je nach Bedarf, und würden so zum Beispiel eine maßgeschneiderte Programmierung von Zielvorrichtungen für bestimmte Geschütze ermöglichen.

Nach und nach fanden sich die Bausteine für ein universelles Rechengerät zusammen. »Wann genau wir die Probleme, zu deren Lösung die Maschine eigentlich gebaut werden sollte, vergaßen und ernsthaft an einem Universalrechner zu arbeiten begannen«, sagte Rajchman 1970 rückblickend, »kann ich nicht mehr sagen.«[16]

Als die Vereinigten Staaten Vorkehrungen für den Eintritt in den Zweiten Weltkrieg trafen, zeigte sich, dass auf dem Schießplatz von Aberdeen ein Mangel an zweibeinigen Rechnern herrschte; daraufhin wurde am elektrotechnischen Institut der Universität von Pennsylvania, der Moore School, eine provisorische Rechner-Abteilung eingerichtet.

Flak-Granaten und ihre Zielobjekte flogen jedoch mit zunehmend höheren Geschwindigkeiten, und die beiden Rechenzentren schafften es selbst mit vereinten Kräften nicht, damit Schritt zu halten. Ein Mensch brauchte rund zwölf Stunden, um eine einzige Flugbahn zu berechnen, und man brauchte Hunderte von Flugbahnen, um eine Flugbahntabelle für jede denkbare Kombination aus Granate und Geschütz zu erstellen. Der elektromechanische Differentialanalysator des Ballistischen Forschungslabors (ein Ableger des Analog-Computers, den Vannevar Bush am MIT entwickelt hatte) brauchte 10 oder 20 Minuten. Die Erstellung einer einzigen Flugbahntabelle beschäftigte ihn noch immer einen ganzen Monat lang. Selbst im Zweischichtbetrieb (und unter Hinzunahme eines zweiten Differentialanalysators) sah die Army kein Land. »Die Zahl der Tabellen, mit deren Erstellung wir noch nicht einmal begonnen haben, weil es uns an Rechenkapazität fehlt, übersteigt bei weitem die Zahl der in Arbeit befindlichen«, berichtete Herman Goldstine im August 1944. »Und täglich gehen etwa sechs neue Bestellungen ein.«[17]

Herman Heine Goldstine hatte für Gilbert A. Bliss an der

University of Chicago Einführungsvorlesungen zum Thema Ballistik gehalten, als er im Juli 1942 von der U. S. Army eingezogen, der Luftwaffe zugeteilt und nach Ford Stockton in Kalifornien geschickt wurde, zur Ausbildung für einen Einsatz gegen die Japaner an der Pazifikfront. Von Gilbert Bliss um Hilfe gebeten, zog Oswald Veblen alle Register für Goldstine. »Es stand Spitz auf Knopf, ob ich nach Übersee gehen oder ob Veblen einen Schritt schneller sein würde.«[18] Letztendlich kamen beide Einberufungsbefehle am selben Tag. Goldstine rief den befehlshabenden General an und erhielt von diesem den Rat: »Junge, wenn ich du wäre, würde ich schnellstens aus der Kaserne verschwinden. Wenn du ein Auto hast, dann solltest du dich da reinsetzen und losfahren.« Goldstine machte sich auf den Weg an die Ostküste.[19]

Nach seiner Ankunft in Aberdeen wurde Leutnant Goldstine dem Oberst Paul N. Gillon zugeteilt, der die Außenstelle des Ballistischen Forschungslabors an der Universität von Pennsylvania leitete. Die Dinge sahen nicht gut aus. »Keine noch so große Aufstockung des Personals – es waren damals rund 200 zweibeinige Rechner beschäftigt – würde ausreichen«, schrieb der inzwischen zum Hauptmann beförderte Goldstine in einem nach Kriegsende erstellten Bericht. »Demgemäß wurde beschlossen, die Entwicklung einer grundlegend neuen Maschine zu finanzieren, des ENIAC, der die für die Erstellung einer Flugbahntabelle erforderliche Rechenzeit von einigen Monaten auf einige Tage verkürzen sollte.«[20]

Gebaut wurde der ENIAC von einem Team unter Führung von John W. Mauchly und J. Presper Eckert. Mauchly war bei Projektbeginn 34 Jahre alt. Er hatte am Ursinus College am Rande von Philadelphia Physik gelehrt und in seiner Freizeit versucht, eine statistische Korrelation zwischen Schwankungen der Sonnenflecken-Aktivität und Klimaschwankungen auf der Erde nachzuweisen. Später belegte er an der Moore School einen Einführungskurs in militärischer Elektronik. Noch vor dem Ende des Kurses erhielt er das Angebot, Mitglied der Fakultät zu werden, und nahm es an. Eckert stammte aus Philadelphia und hatte, während er noch die Highschool besuchte, einen Job in Philo Farnsworths Forschungslabor für Fernsehtechnik angenommen, eine Tätigkeit, der er gründliche Elektronik-Kenntnisse verdankte, die ihm aber auch ein langlebiges Misstrauen gegen Zworykin und die RCA bescherten.

Eckert und Mauchly waren amerikanische Unternehmertypen, groß geworden in einer Welt, die sich wesentlich vom vorrevolutionären Sankt Petersburg Zworykins oder vom Budapest der 1920er Jahre unterschied. Wie sich Willis Ware erinnert: »Pres Eckert gehörte zu den Jungs, die immer alles hatten. Sein Vater war ein sehr wohlhabender Mann in Philadelphia, und deshalb hatte Pres immer das größte und beste und schönste Spielzeug.«[21]

Als Erstes versuchten Mauchly und Eckert, den an der Moore School verwendeten Differentialanalysator zu verbessern, indem sie seine elektromechanischen Steuerungen ersetzten, die insbesondere bei vielen Verzweigungen durch elektronische Schaltkreise ungenau arbeiteten. Im August 1942 brachte Mauchly ihre gemeinsame Überzeugung zu Papier, dass ein voll digitalisierter, voll elektronischer Computer (Mauchly schrieb »Computor«, um das Gerät von den menschlichen Rechnern zu unterscheiden, die sich zu Hunderten an der Moore School tummelten) die zukunftsträchtigste Lösung wäre.[22]

Die offizielle Projektskizze für einen »elektronischen Diff.-Analysator« wurde am 2. April 1943 eingereicht. Die absichtlich uneindeutige Schreibweise »Diff.« signalisierte den Übergang von einem analogen »Differential« zu einer digitalen

»Differenz« – ein Fortschritt mit weitreichenden Implikationen. »Mauchly, der mit Geigerzählern … vertraut war, hatte erkannt, dass elektronische Schaltkreise, wenn sie zählen konnten, auch in der Lage sein müssten, zu rechnen und somit unter anderem auch Differentialgleichungen zu lösen, und zwar in fast unglaublicher Geschwindigkeit«, erklärt Nicholas Metropolis, der das ursprüngliche »Los-Alamos-Problem« von der neuen Maschine durchrechnen lassen wollte. Eckert wurde zum Chefingenieur des Projekts bestellt.[23]

Vor dem Hintergrund rigider militärischer Fristen und sukzessiver Budgetverlängerungen um jeweils sechs Monate rekrutierten Eckert und Mauchly Mitarbeiter – »von jungen Fabrikarbeiterinnen bis zu Telefontechnikern« – für den Bau der an die 30 Tonnen schweren Maschine, deren modulare Bauweise ihren späteren Transport zum Schießplatz in Aberdeen erleichtern sollte.[24] 20 separate, miteinander verbundene Prozessoren (oder »Akkumulatoren«) wurden um einen Multiplizierer und ein kombiniertes Rechenwerk ergänzt, das dividieren und Quadratwurzeln ziehen konnte. Ein- und Ausgabe erfolgten mittels Lochkarten, die auf IBM-Geräten gestanzt wurden. Die Programmierung war auf die einzelnen Prozessoren verteilt, deren Arbeit von einem Rechenkern mit 60 Bits Speicherkapazität koordiniert wurde.

Zehn Röhrenpaare, in einem Dualmodus arbeitend und daher Flipflops genannt (ein Teil jedes Röhrenpaars befand sich jeweils in elektrisch geladenem, leitenden Zustand), waren zu ringförmigen Zählern zusammengesetzt, die zehn Zustände annehmen und auf diese Weise jede Dezimalziffer in den zehnstelligen Akkumulatoren verkörpern konnten – sie stellten praktisch ein elektronisches Gegenstück zur Marchant-Addiermaschine dar, nur dass sie 300 000 rpm (»Umdrehungen« pro Minute) schafften. Eine »Initiating and Cycling

Unit« fungierte als Starter und Taktgeber (bei einer Taktrate von 5 Kilohertz). Ein Konstanten-Transmitter übersetzte auf Lochkarten angelieferte Daten in für die Maschine lesbare elektrische Impulse, wobei Relaisbanken als Pufferspeicher dienten. Drei Funktionstafeln vom Typ Widerstandsmatrix, für die Jan Rajchman von RCA die Blaupause geliefert hatte, speicherten jeweils 104 zwölfstellige Zahlen.

Im ENIAC waren 17 468 Vakuumröhren und 1500 Relais verbaut; er verbrauchte 174 Kilowatt Strom, nahm eine Fläche von 10×17 Metern ein und war mit 500 000 handgelöteten Kontakten bestückt. »Auf seine Art war der ENIAC ein echter *Personal Computer*«, erinnert sich der Mathematiker Harry Reed, der 1950 in Aberdeen zum Team stieß. »Heute verstehen wir unter einem *Personal Computer* einen Rechner, den man mit sich herumträgt. Im ENIAC konnte man dagegen wohnen.«[25] Die U. S. Army hatte den Auftrag zum Bau des ENIAC ursprünglich an RCA vergeben wollen, doch hatte, wie Rajchman berichtet, »Zworykin … geschätzt, dass er rund 20 000 Röhren brauchen würde und dass die mittlere störungsfreie Laufzeit deshalb bei rund zehn Minuten liegen würde. … Er wollte von etwas, das so kolossal störungsanfällig war, lieber die Finger lassen.« RCA lehnte den Auftrag ab, stellte aber freigiebig sein Expertenwissen zur Verfügung. »Wir wurden aufgefordert, unser ganzes Knowhow mit der Moore School zu teilen«, erinnert sich Rajchman. »Das Ganze spielte sich natürlich wegen des Krieges in einer euphorischen Aufbruchsstimmung ab, und niemand machte sich Gedanken über Patente oder Erstgeburtsrechte.«[26]

Nach Meinung des Bezirksrichters Earle R. Larson in Minneapolis, der sechs Jahre lang das Patentrechtsverfahren Honeywell Inc. gegen Sperry Rand Corp. leitete und dabei 34 426 Beweisdokumente sichtete, waren wesentliche Teilelemente des ENIAC (dessen ursprünglich von Eckert und

Mauchly angemeldete Patente auf die Firma Sperry Rand übergegangen waren) von John Vincent Atanasoff aus Ames, Iowa vorweggenommen worden, der im Juni 1941 Mauchly einen elektronischen Digitalrechner vorgeführt hatte. Der Atanasoff-Berry-Computer hatte einen vollelektronischen Zentralprozessor mit einem Speicher, der aus 3000 einzelnen Kondensatoren bestand, die zu 30-Bit-Reihen auf der Oberfläche zweier rotierender Trommeln angeordnet waren. Mauchly beteuerte bis an sein Lebensende, von Atanasoff kaum etwas übernommen zu haben. Atanasoff hatte die Arbeit an seinem Rechner-Projekt ruhen lassen, als die Streitkräfte ihn für die Arbeit an zielgenaueren Flak-Geschützen rekrutiert hatten. Nach Kriegsende startete er ein von der US-Marine finanziertes Computerprojekt, doch als deutlich wurde, dass John von Neumann mit seinem Projekt weit voraus war, ließ man Atanasoffs Rechnerprojekt finanziell verhungern.

Es war angesichts der Aufgabe, die Erstellung von Flugbahntabellen zu beschleunigen, kein Zufall, dass die Rechnerarchitektur des ENIAC ein Großraumbüro nachbildete, in dem 20 zweibeinige Rechner an dezimalen Büro-Rechenmaschinen arbeiteten und ihre Ergebnisse untereinander austauschten. Die Akkumulatoren des ENIAC arbeiteten parallel, ähnlich wie die Multicore-Prozessoren heutiger Computer. »Der ENIAC hatte einige sehr moderne Merkmale – wir benutzten dafür aber andere Begriffe«, erklärt Eckert.[27] Der ENIAC, 1947 um einen Programmspeicher erweitert und 1953 mit einem Magnetkernspeicher mit einer Kapazität von 100 Wörtern aufgerüstet, absolvierte insgesamt 80223 Betriebsstunden, bis er am 2. Oktober 1955 um 23:45 Uhr für immer heruntergefahren wurde.[28]

Der ENIAC war »eine absolute Pionierleistung, der erste vollständig automatische, digitale, elektronische Allzweck-

Rechner«,[29] resümierte von Neumann bereits 1945; zugleich ermahnte er jedoch Nicholas Metropolis und die anderen Programmierer der ersten Stunde, »wie die Habichte über ihn zu wachen und ihm nur so weit zu trauen, wie man ihn werfen kann«.[30] Revolutionär war der ENIAC nicht wegen seiner Technik, sondern wegen seiner Größe. »Alle elektronischen Röhren, Widerstände und Dioden des ENIAC stammten aus ausrangierten Beständen von Army und Navy«, erklärt Metropolis, »sodass man ihn im Prinzip auch schon vor dem Krieg hätte bauen können.«[31]

Das ENIAC-Projekt stieß dabei anfangs auf wenig Gegenliebe. »Als die Projektbeschreibung vorsorglich an mehrere bekannte Persönlichkeiten zur Beurteilung geschickt wurde, waren die Stellungnahmen, die zurückkamen, durch die Bank negativ«, erinnert sich J. Grist Brainerd, der im Auftrag der Moore School das ENIAC-Projekt beaufsichtigte.[32] Schließlich war es Oswald Veblen in seiner Eigenschaft als Vorsitzender des wissenschaftlichen Ausschusses des Ballistischen Forschungslabors in Aberdeen, der grünes Licht gab. Am 9. April 1943 stellte Herman Goldstine dem Direktor des Forschungslabors, Oberst Leslie E. Simon, das Projekt vor – im Beisein Veblens, der »meiner Präsentation lauschte und dabei auf den Hinterbeinen seines Stuhls wippte, bis der Stuhl krachend umkippte und Veblen, nachdem er sich aufgerappelt hatte, sagte: ›Simon, geben Sie Goldstine das Geld.‹ Danach verließ er den Raum, und die Sitzung endete mit diesem fröhlichen Akkord.«[33]

Am 5. Juni 1943 wurde ein auf sechs Monate befristeter, mit 61 700 Dollar dotierter Vertrag für die »Entwicklung eines elektronischen numerischen Integrators und Rechners« unterzeichnet. In den Folgejahren übernahm Oberst Gillon die Aufgabe, das Projekt »gegen die Konkurrenz nur scheinbar dringlicherer Projekte« zu verteidigen.[34] Samuel H. Caldwell vom Computation Laboratory der Harvard University äußerte sich in einem Bericht an Warren Weaver kritisch zu den Aussichten des ENIAC. Er hatte bei einem Besuch am 18. Oktober 1945 den Eindruck gewonnen, dass »die Jungs bis über beide Ohren in technischen Umsetzungsschwierigkeiten stecken. Diese Maschine beinhaltet mehr Annahmen über die Zuverlässigkeit billiger, massenproduzierter Radioteile als irgendetwas anderes, das mir je vor Augen gekommen ist, und ich würde keinen Penny darauf setzen, dass sie sie zum Laufen bringen, es sei denn nach einer umfangreichen Rekonzeptionierung und nach Austausch der unzulänglichen Teile.«[35] Dieser Bericht datierte vom 16. Januar 1946 – zu diesem Zeitpunkt liefen auf dem ENIAC schon seit über einem Monat die ersten Berechnungen für die Wasserstoffbombe.

Von Neumann stattete dem ENIAC seinen ersten Besuch entweder im August (nach Angaben Goldstines) oder im September (laut Eckert und Mauchly) 1944 ab. »Und dieses Erlebnis«, betont Goldstine, »veränderte sein Leben.«[36] Goldstine befand sich nach einem Termin am Schießplatz von Aberdeen auf dem Rückweg zur Moore School, als er »Professor von Neumann auf dem Bahnsteig stehen sah, ganz allein, und beschloss, diesen berühmten Menschen anzusprechen. ... Zuerst wirkte er desinteressiert, aber als ich ihm erzählte, dass wir an einer Maschine arbeiteten, die 300 Multiplikationen pro Sekunde schaffen würde, hatte ich seine Aufmerksamkeit.«[37]

Als Mitglied des wissenschaftlichen Beirats des Ballistischen Forschungslabors erhielt von Neumann die Sicherheitsfreigabe für die Beschäftigung mit dem ENIAC, und man führte ihm die beiden ersten Akkumulatoren vor, die sich gerade in der Testphase befanden: Die Testaufgabe bestand in der Lösung einer Differentialgleichung und im Austausch codierter Pulse im 5-Kilohertz-Geschwindigkeitsbereich. »Hätte er als Erstes Fragen gestellt wie ›Wie schnell arbeitet er?‹, wären wir enttäuscht gewesen«, sagt Eckert. »Weil er sich aber nach der Steuerlogik erkundigte, stimmte die Chemie sofort.«[38]

Der unmittelbare Grund für den Bau des ENIAC war der Stau bei der Erstellung von Flugbahntabellen für Flakgeschütze, aber Eckert, Mauchly, Goldstine und der damals 28-jährige Arthur Burks (ein für die Dauer des Krieges zum Elektronik-Ingenieur umgeschulter Logiker und Philosoph) hatten von Anfang an auch über andere Anwendungsmöglichkeiten nachgedacht. »Die ganze Ökonomie des maschinellen Rechnens kehrte sich über Nacht um«, erklärte Goldstine. »Anstatt uns in einer Welt des teuren Multiplizierens und des billigen Speicherns zu bewegen, fanden wir uns unversehens in einer Welt wieder, in der das Erstere sehr billig und das Letztere sehr teuer war. Praktisch alle Algorithmen, die die Menschheit für die Durchführung von Berechnungen entwickelt hatte, mussten überdacht werden.«[39]

Die Programmierung des ENIAC erfolgte durch Drehschalter mit jeweils zehn Schaltpositionen und durch Tausende von Hand geknüpfter Kabelverbindungen. Eine Umprogrammierung nahm Stunden, manchmal Tage in Anspruch. »Programmierschritte waren sehr teuer«, sagt Eckert. »Man brauchte dazu kistenweise Kabel und anderes Zeug. Dagegen war es sehr billig, einen Rechenlauf zu wiederholen oder iterativ weiterzuführen – wir waren 100 000-mal schneller als ein Mensch.«[40]

Daten und Rechenbefehle wurden von der Maschine gleich behandelt. »Ein Puls, ganz gleich, was seine Funktion war, hatte in fast allen Situationen im gesamten ENIAC dieselbe physikalische Definition«, erklärt Mauchly. »Manche Pulse dienten zur Steuerung der Operationen, andere stellten Daten dar. … Man konnte einen Puls, der ein algebraisches Zeichen für irgendwelche Daten verkörperte oder einen Zahlenwert, in einen Steuerkreislauf eingeben und sicher sein, dass er dort wie jeder andere Steuerpuls funktionieren würde.«[41] Zu der Frage, wann das Konzept des Programmspeichers erstmals Gestalt annahm, bemerkt Mauchly, der ENIAC habe über »weniger als 700 Bits Hochgeschwindigkeitsspeicher« verfügt; dazu kamen »rund 150 Bits an schnellem elektronischen Speichervolumen für die ›Programmsteuerung‹, die im Programmier-Modul und in den einzelnen Programmzählern zur Verfügung standen«.[42] Mehr als 20 Prozent der im ENIAC ursprünglich vorhandenen Hochgeschwindigkeits-Speicherkapazität wurden für die Speicherung von Programm-Informationen genutzt, die sich auch während eines laufenden Rechenzyklus abändern ließen.

Was dem ENIAC Grenzen setzte, war das Speichervolumen, nicht die Geschwindigkeit. »Man stelle sich zwanzig Personen vor, die für die Dauer von drei Jahren in einem Zimmer sitzen. Es gilt die Regel, dass während der ganzen Rechenorgie alle zusammen nie mehr als eine vollbeschriebene Seite produzieren dürfen«, erläuterte von Neumann. »Sie dürfen beliebig viel löschen und die Seite neu beschreiben, müssen sich aber zu jedem Zeitpunkt auf maximal eine Seite beschränken. Es ist klar, wo der Engpass liegt.«[43]

Zwischenergebnisse ließen sich auf Lochkarten speichern, doch war das Verfahren fehleranfällig und langsam. Die Berechnungen für die Wasserstoffbombe, ein Problem, das Stan Frankel und Nick Metropolis im Dezember 1945 aus Chicago und Los Alamos mitbrachten, verbrauchte fast eine Million Lochkarten, die meisten für die vorübergehende Speicherung von Zwischenergebnissen. »Ich erinnere mich, wie Metropolis und Frankel herkamen und uns ihre Aufgabe erklärten«, sagt Arthur Burks. »Sie gaben uns deutlich zu verstehen, dass sie uns nicht sagen durften, worum es bei den Gleichungen ging.«[44]

»Die Los-Alamos-Berechnungen, die am 10. Dezember 1945 anliefern, nutzten 99 Prozent der Kapazität des ENIAC.« Die Berechnungen liefen über einen Monat lang, bis in den Januar 1946 hinein. »Die auftretenden Probleme hatten nichts mit der Maschine zu tun«, bezeugte Presper Eckert, »sondern mit der mathematischen Natur des Problems und mit Fehlern der Mathematiker, die das Problem für die Maschine aufbereitet hatten.«[45]

»Ich bin oft gefragt worden: ›Wie groß war der Speicher des ENIAC?‹«, erzählt Mauchly. »Die Antwort lautet: unendlich groß. Die Produktion von Lochkarten war zwar langsam, aber mengenmäßig nicht limitiert. Jede gelochte Karte konnte man wieder eingeben, und so gingen Metropolis und Frankel auch vor, um Zyklus nach Zyklus des großen Los-Alamos-Problems durchzurechnen.«[46] Die Schwierigkeit lag, wie Mauchly erläutert, darin, dass »der schnelle Speicher nicht billig war und der billige Speicher nicht schnell«. Ein Vakuumröhren-Tandem wies eine Reaktionszeit von etwa einer Mikrosekunde auf, während das Einlesen oder Beschreiben einer IBM-Karte circa eine Sekunde dauerte. Das war ein Unterschied von sechs Zehnerpotenzen.

Eckert schlug vor, ein sowohl schnelles als auch billiges Speichermedium zu nutzen. »Er kam auf den Gedanken, den akustischen Tank, der zu der Zeit zum Anpeilen beweglicher Ziele diente, zu einem dynamischen Typ von Speicher umzufunktionieren«, erläuterten von Neumann und Goldstine später. »Die Nutzung eines solchen Bauelements würde die Möglichkeit eröffnen, 1000 binäre Ziffern zum Preis von 5–10 Vakuumröhren zu speichern, während man beim ENIAC dafür 1000 Flipflops benötigt.«[47] Akustische Verzögerungsleitungen, wie sie in den Kriegsjahren am Radiation

Laboratory des MIT entwickelt worden waren, machten sich das Phänomen zunutze, dass Schallwellen sich durch ein flüssiges Medium deutlich langsamer fortpflanzen als Radarwellen, die sich mit Lichtgeschwindigkeit ausbreiten. Ein ankommendes Radarsignal wurde mit Hilfe eines Schwingquarzes, der an einem Ende eines mit Flüssigkeit – idealerweise mit Quecksilber – gefüllten Tanks saß, in ein akustisches Signal umgewandelt. Wenn dieses das andere Ende des Tanks erreichte, wurde es von einem zweiten Kristall in ein elektrisches Signal zurückverwandelt; es erfuhr hierdurch eine Verzögerung, aber keine Veränderung. Indem man dieses verzögerte Signal invertierte und mit dem nächsten eingehenden Radarecho synchronisierte, konnte man das Hintergrundrauschen herausfiltern und Objekte (wie etwa feindliche Flugzeuge) sichtbarer machen, die zwischen zwei aufeinanderfolgenden Radarzyklen ihre Position verändert hatten.

In der Millisekunde, die ein akustisches Signal brauchte, um einen rund 1,60 Meter langen Tank zu durchwandern, ließen sich jeweils tausend um eine Mikrosekunde gegeneinander versetzte Pulse speichern. Indem man die Pulsfolge regenerierte und den Datenstrom en passant abführte, konnte man Daten mit einer Zugriffszeit im Millisekundenbereich lesen und schreiben. »Nachdem das zentrale Steuerungsorgan alle 32 Wörter einer Kolonne abgehört hat, wendet es sich der nächsten Kolonne zu«, erklärte von Neumann 1945 Warren Weaver – das erste Mal, dass er die aus jeweils 30 Bits bestehenden Code-Segmente als »Wörter« bezeichnete.[48] Die auf akustischen Verzögerungsstrecken beruhende Speichertechnik (Lautzeitspeicher) kam in vielen Programmspeicher-Rechnern der ersten Generation zur Anwendung, auch wenn deren Programmierung, wie der britische Topologe Max Newman klagte, »sich anfühlt wie das Fangen von Mäusen, die gerade durch ein Loch in der Wand verschwinden«.[49]

Als von Neumann seine Zusammenarbeit mit der ENIAC-Gruppe begann, waren die Planungen für das Nachfolgemodell des ENIAC – ebenfalls mit akustischer Verzögerungsleitung – bereits im Gang. Der Electronic Discrete Variable Automatic Computer, kurz EDVAC, sollte, wie Goldstine und von Neumann berichteten, »mit einer ziemlich flexiblen Steuertechnik ausgestattet sein und über ein rund 50-mal so großes Speichervolumen verfügen. Es sollte in der Lage sein, rund tausend 10-stellige Dezimalzahlen zu speichern, und sollte 90 Prozent weniger Röhren enthalten«.[50] Programmiert werden sollte das Gerät durch die Eingabe von Codesequenzen in den Hochgeschwindigkeitsspeicher, nicht mehr durch das Stecken und Schalten von Kabelverbindungen von Hand.

»Die Idee des gespeicherten Programms, der Königsweg zur Entwicklung eines Universalrechners, wurde nicht über Nacht geboren«, erklärt Rajchman. »Sie entwickelte sich vielmehr allmählich. Zuerst waren da von Hand umsteckbare Kabelverbindungen, Relais, und schließlich wurden aus den variierbaren Kontakten selbst elektronische Schaltungen. Als Nächstes kam die Idee, den Status dieser Schalter in einem elektronischen Gedächtnis zu speichern. Dies alles mündete schließlich in die Idee des modernen gespeicherten Programms, bei dem ›Anweisungen‹ und ›Daten‹ in einem gemeinsamen Speicher vorgehalten werden.«[51]

Schon vor der Fertigstellung des ENIAC hatten die Teilelemente, die später in das Konzept des Rechners mit Programmspeicher eingingen, Gestalt angenommen. Im Juli 1944 ließen sich von Neumann und Stan Frankel im Rahmen ihrer Arbeit an der Implosionstechnik für die Los-Alamos-Bombe in New York die Relais-Rechner vorführen, die Samuel B. Williams und George R. Stibitz dort für die Firma Bell Telephone bauten. Gesteuert wurden diese neuen Rechenmaschinen von Lochstreifen. Wie von Neumann am 1. August an

Oppenheimer berichtete, konnte der Streifen »numerische Daten und operative Anweisungen« zugleich aufnehmen. Er erläuterte Oppenheimer das Prinzip an einem Beispiel: »Eine Anweisung auf dem Steuerstreifen sieht also ungefähr so aus: ›Nimm den Inhalt von Register A, dazu den Inhalt von Register B, addiere (oder subtrahiere oder multipliziere usw.) und stelle das Ergebnis in Register C.‹« Im Prinzip konnte ein solcher Rechner sogar seine eigenen Anweisungen modifizieren: »Die Maschine kann einen Streifen benutzen, der aus ihrem eigenen Lochstanzer kommt – den sie also selbst gelocht hat.«[52]

Die Ideen Eckerts und Mauchlys gingen in dieselbe Richtung. »Das ganze Jahr 1944 hindurch und auch noch 1945 führten wir ein Doppelleben«, erinnert sich Mauchly. »Zwischen acht Uhr morgens und Mitternacht haben wir den Bau des ENIAC und den Testbetrieb beaufsichtigt, und wenn die anderen Beschäftigten nach Hause gingen, haben wir uns Gedanken über die nächste Maschine gemacht. Natürlich standen am Anfang die Rechnerarchitektur und die logische Organisation im Zentrum. Eckert und ich verwendeten eine ganze Menge Hirnschmalz auf die Kombination eines seriellen Laufzeitspeichers mit der Idee eines einheitlichen Speichers für Daten und Programm.«[53]

In den letzten Monaten des Zweiten Weltkrieges pendelte von Neumann zwischen Princeton, Los Alamos, Washington, Philadelphia und Aberdeen und brachte dabei eine Fülle neuer Ideen unter die Leute. »Keiner von uns war bedeutend genug, um die Leute für unsere Sache einzunehmen«, sagt Goldstine. »Entscheidend war letztendlich, dass von Neumann in Los Alamos auf eine handfeste Notlage stieß. ... Sie betrieben dort draußen eine gigantische Anlage mit IBM-Lochkarten, mit der sie Implosionsberechnungen anstellten. Ich kann mir einfach nicht vorstellen, dass irgendeiner von uns jemanden wie

Fermi von der Wichtigkeit numerischer Berechnungen hätte überzeugen können. Bei von Neumann war das etwas anderes.«[54]

Anfang 1945, als die Anstrengungen zur Fertigstellung und Erprobung der Atombombe in die Schlussphase gingen, wurden die Anmerkungen von Neumanns zum EDVAC-Projekt unter Goldstines Aufsicht ins Reine getippt und zu einem 105-seitigen Bericht destilliert, den *First Draft of a Report on the* EDVAC. In einer begrenzten Anzahl hektographierter Exemplare wurde er am 30. Juni 1945 von der Moore School einem ausgewählten Kreis von Empfängern zugänglich gemacht. Im Wesentlichen handelte es sich um eine Gedankenskizze für den Bau eines elektronischen Hochgeschwindigkeits-Digitalrechners mit Programmspeicher, ergänzt um Vorgaben für die Ausformulierung und Interpretation codierter Anweisungen an die Maschine – Anweisungen, »die ihr in absolut erschöpfender Detailgenauigkeit erteilt werden müssen«.[55]

Als Funktionselemente des Rechners listete von Neumann einen hierarchischen Speicher, ein Leitwerk, ein zentrales Rechenwerk und eine unbestimmte Zahl von Ein- und Ausgabekanälen auf; er traf damit Festlegungen, die wir bis heute als die »Von-Neumann-Architektur« von Computern kennen. Ein interner Speicher mit Schnellzugriff, verbunden mit einem größeren sekundären Speicher und einem unbegrenzten Vorrat an Lochkarten oder Lochstreifen, lieferte das unbegrenzte Speichervolumen, das Turing gefordert hatte. Die Tatsache, dass zwischen Speicher und Prozessor nur ein einziger Kanal zur Verfügung stand, ist als »Von-Neumann-Flaschenhals« in die Technikgeschichte eingegangen, obwohl von Neumann selbst dieses Problem früh erkannte und – vergeblich – versuchte, es zu beseitigen. »Das ganze System wird gut ausbalanciert sein, sodass es darin, wenn man es zweckmäßig und intelligent einsetzt, keine Flaschenhälse geben wird«, erklärte er Max Newman, »auch nicht an den Übergabestellen zum menschlichen Intellekt, mit dem es synchronisiert werden muss.«[56]

Wenn ein Thema das Interesse von Neumanns fesselte, nahm er es auseinander und setzte es nach seinen eigenen logischen Kriterien neu zusammen. Bei seinem Konzept des Digitalrechners bedurfte es keiner analytischen Zerlegung; es bestand von Anfang an durchweg aus Axiomen. 1945 waren der ENIAC und der EDVAC noch geheime militärische Projekte. Von Neumann konnte sich jedoch frei äußern, solange er auf der Ebene logischer Abstraktionen blieb und nicht konkrete elektronische Schaltungen beschrieb. Daran hielt er sich. Er war auch, wie Julian Bigelow es ausdrückt, »klug genug, zu wissen, dass seine Stärke nicht im Bereich der experimentellen Arbeit oder darin lag, Dinge zur Anwendungsreife in der wirklichen Welt zu entwickeln.«[57]

In den Kriegsjahren war die Praxis der Veröffentlichung von Forschungsergebnissen und der Nennung von Urhebernamen suspendiert worden – zumindest was die Rechner- und die Bombenentwicklung betraf. Nach Kriegsende entschied man sich dafür, Bomben weiterhin im Geheimen zu bauen, die Computerentwicklung dagegen öffentlich zu machen, woraufhin ein Wettstreit um die Urheberschaft begann. Der EDVAC-Bericht löste trotz der geringen Anzahl von Exemplaren eine breite Kontroverse aus. Von Neumann war als alleiniger Autor angegeben, es fehlte jeder Hinweis auf die Beiträge, die andere Mitglieder der EDVAC-Gruppe geleistet hatten. Eckert und Mauchly, die man in Sachen ENIAC und EDVAC zum Schweigen verpflichtet hatte, fühlten sich ausgebootet von einer Publikation, die auf ihren eigenen unveröffentlichten Arbeiten basierte. »Johnny hatte unsere Logik neu formuliert, aber es war noch *dieselbe* Logik«, sagt Mauchly.[58] Wie um der Kränkung noch eine Schädigung hinzuzufügen, wurde dem EDVAC-Bericht in der Folge eine rechtliche Bindewirkung zugesprochen, die bedeutete, dass alle nicht innerhalb eines Jahres angemeldeten Patentansprüche verfielen.

»Dabei war es noch nicht einmal ein Entwurf, als er es niederschrieb«, erklärt Eckert. »Er schrieb diese Briefe an Goldstine, und als wir damals fragten, was er damit vorhatte, sagte Goldstine: ›Er versucht nur, in seinem eigenen Kopf Klarheit über diese Dinge zu gewinnen, und tut das dadurch, dass er mir Briefe schreibt, damit ich zurückschreiben kann, wenn er etwas nicht richtig verstanden hat.‹« Der Bericht, von Goldstine zusammengestellt und mit von Hand auf die Matrizen aufgetragenen Grobzeichnungen illustriert, wies Leerzeilen auf, in die Literaturverweise eingefügt werden sollten. Der Ausdruck EDVAC taucht im Text des Berichts kein einziges Mal auf. »Von Neumann verstand sehr schnell, was wir da machten«, fügt Eckert hinzu. »Ich hätte nicht gedacht, dass er damit rausgehen und es mehr oder weniger als sein eigenes Ding hinstellen würde.«[59]

»Ich beabsichtige ganz gewiss, meinen Teil zu tun, damit so viel wie möglich aus diesem Bereich öffentlich zugänglich bleibt«, erklärte von Neumann, als er Stan Frankel seine Argumente für eine Politik der Offenheit am IAS vortrug.[60] »Der hauptsächliche Sinn und Zweck dieses Berichts bestand darin, einen Beitrag zur Klärung und Koordinierung des Denkens der am EDVAC arbeitenden Gruppe zu leisten«, gab er 1947 zu Protokoll, als erstmals die Frage nach möglichen Patenten aufgeworfen wurde. In zweiter Linie sei es seine Absicht gewesen, die vorläufigen Erkenntnisse der Gruppe so schnell wie möglich zu veröffentlichen, »um die weitere Entwicklung von Hochgeschwindigkeitsrechnern zu fördern«, wie er erklärte. »Meine persönliche Überzeugung«, resümierte er, »war es zu allen Zeiten und ist es auch heute, dass das vollkommen rechtmäßig war und im besten Interesse der Vereinigten Staaten lag.«[61]

Nach dem Krieg gewannen jedoch die Partikularinteressen die Oberhand über das nationale Wohl. Die Moore School war Eckert und Mauchly zu akademisch und für von Neumann nicht akademisch genug. Eckert und Mauchly verabschiedeten sich und gründeten die Firma Electronic Control Company, die Rechner baute, erst den BINAC, dann den UNIVAC, der eine Zeitlang zum Synonym für den Elektronenrechner wurde. Von Neumann wiederum, der sich mit der freien Rechenzeit des ENIAC nicht begnügen wollte, beschloss, seinen eigenen Computer zu bauen, aber anderswo. »Es war für von Neumann fast selbstverständlich, dass er eine solche Maschine zu seiner eigenen Verfügung haben wollte«, sagt Willis Ware.[62] »Wenn er wirklich einen Computer haben wollte, dann bestand die Lösung darin, einen zu bauen«, fügt Arthur Burks hinzu.[63]

Ursprünglich verfolgte von Neumann die Idee, die gesamte Kerngruppe des ENIAC-Personals zu verpflanzen. »Bei Kriegsende wälzte er eine Reihe neuer Ideen, die im ENIAC noch nicht verwirklicht waren«, erklärt Ware. »Ich kann mir vorstellen, dass Johnny sich sagte: ›Gut, wir haben mich selbst und Goldstine und Eckert und Mauchly und Burks. Ein gutes Team, das sollten wir hinkriegen!‹«[64]

Eckert schlug von Neumanns Einladung aus, die Leitung des Ingenieurteams am IAS zu übernehmen, und zog es vor, sich gemeinsam mit Mauchly unternehmerisch zu betätigen, während von Neumann mehrere lukrative Beraterverträge mit IBM einging. »Von Neumann erklärt sich einverstanden, der Firma IBM mit Ausnahme der weiter unten genannten Erfindungen sämtliche Rechte an allen von ihm eingebrachten Verbesserungen und Erfindungen zu überschreiben«, heißt es im Entwurf zu einem Beratervertrag mit IBM, der das Datum des 1. Mai 1945 trägt.[65] Wie Eckert sich später beklagte: »Er verkaufte alle unsere Ideen durch die Hintertür an IBM.«[66]

Von Neumanns Gutmütigkeit hatte offenbar ihre Grenzen. »Eckert und Mauchly sind kommerzielle Akteure mit einer kommerziellen Patentpolitik«, erklärte er Stanley Frankel, der eine freundschaftliche Beziehung zu Eckert und Mauchly pflegte, seit sie Ende 1945 und Anfang 1946 nächtelang mit rauchenden Köpfen zusammengesessen hatten. »Wir können mit ihnen nicht auf dieselbe offene Art und Weise zusammenarbeiten wie mit einer akademischen Gruppe«, warnte von Neumann. »Wenn du mit der Eckert-Mauchly-Gruppe in Kontakt bleiben willst, was deine Entscheidung und deine allein ist, kannst du nicht zugleich mit uns zusammenarbeiten.«[67]

An der Moore School verwaiste der EDVAC derweil, weil Eckert und Mauchly ihre eigene Firma gründeten und von Neumann sein Rechnerprojekt am IAS weiterverfolgte. Zum Zeitpunkt der Fertigstellung des EDVAC 1951 waren seine serielle Architektur und sein Quecksilber-Laufzeitspeicher bereits durch die technischen Neuerungen überholt, die von Neumann in seinem EDVAC-Bericht angeregt hatte. Gegen Ende des EDVAC-Berichts heißt es, das von Farnsworth und Zworykin entwickelte Ikonoskop sei für einen praktikablen, vollelektronischen RAM-Speicher eine »natürlichere« Lösung als die Eckert'sche Verzögerungsstrecke. »In ihrer jetzigen Form speichert diese Vorrichtung den Status von 400 × 500 = 200 000 separaten Punkten«, konstatiert der Bericht. »Diese Speicherinhalte werden von einem Lichtstrahl dort platziert und von einem Elektronenstrahl abgetastet, aber man kann leicht erkennen, dass es bald möglich sein wird, das Platzieren der Speicherinhalte ebenfalls durch einen Elektronenstrahl vorzunehmen.« Das Ikonoskop verhalte sich »in diesem Fall wie 200 000 selbständige Speichereinheiten«, wobei »ein einziger Elektronenstrahl« das Umschalten zwischen einzelnen Kondensatoren übernehmen könne. »Der eigentliche Schaltvorgang läge darin, diesen Strahl so zu steuern, dass er den gewünschten Punkt auf der Platte trifft.«[68]

Noch 60 Jahre später sind die meisten Primärspeicher unserer Computer als dynamisch aufgefrischte Kondensatorenbänke auf Siliziumbasis eine zeitgemäße Implementierung der ursprünglich von Farnsworth, Zworykin und Rajchman entwickelten Idee zur Übersetzung zwischen kodierten Sequenzen in der zeitlichen und Ladungsanordnungen in der räumlichen Dimension. 10 Millionen Kondensatoren kosten heute weniger als einen Cent. Die Speicherzellen werden unmittelbar durch digitale Schaltung adressiert, nicht mehr indirekt durch die Ablenkung eines Elektronenstrahls, doch das grundlegende Funktionsprinzip und die logische Architektur sind unverändert geblieben. Unser unaufhaltsam expandierendes digitales Universum ist ein direkter Abkömmling jener Bildröhre, die implodierte, als sie von Zworykins Autositz fiel.

Aber wo sollte der neue Rechner gebaut werden? Das Institut verfügte nicht einmal über eine Werkbank, an der man einen Lötkolben einstöpseln konnte. »Man hätte sich kaum einen ungeeigneteren Standort ausdenken können«, kommentiert Julian Bigelow.[69] Am Institute for Advanced Study des Jahres 1946 spielte angewandte Mathematik eine Nebenrolle. Von Mathematikern, die während des Krieges notgedrungen an praktischen Anwendungen gearbeitet hatten, erwartete man jetzt die Rückkehr zum Kern der Disziplin. Von Neumann hatte jedoch Blut geleckt. »Als der Krieg vorbei war und die Wissenschaftler wieder an ihre jeweiligen Hochschulen oder Forschungseinrichtungen zurückgingen, kehrte Johnny ans Institut in Princeton zurück«, erinnert sich Klári. »Einige seiner Mathematikerkollegen aus dem Elfenbeinturm der abstrakten Gelehrsamkeit zeigten sich ausgesprochenen befremdet oder sogar entsetzt darüber, dass er offen sein großes Interesse an anderen mathematischen Werkzeugen als Schiefertafel und Kreide oder Bleistift und Papier bekundete. Sein Vorschlag, in den heiligen Hallen des Instituts eine elektronische Rechenmaschine zu bauen, wurde nicht mit Beifall aufgenommen, um es gelinde auszudrücken.«[70] Es waren aber nicht nur die Vertreter der reinen Mathematik, denen der Gedanke an einen Computer Unbehagen bereitete. Auch die Geisteswissenschaftler begegneten dem Projekt von Neumanns, von dem es hieß, es werde das Jahresbudget der Mathematischen Fakultät verdreifachen, mit Misstrauen. »Mathematiker in unserem Flügel? Nur über meine Leiche! Und Ihre?«, telegraphierte der Paläograph Elias Lowe an Aydelotte.[71]

Aydelotte sprach sich jedoch für eine aktive Rolle des Instituts im Bereich der experimentellen Forschung aus. Die Wissenschaftler, die während des Krieges in Los Alamos kaserniert gewesen waren – mit unbegrenzten Forschungsbudgets und ohne Lehrverpflichtungen –, kehrten jetzt in großer Zahl an ihre akademischen Arbeitsplätze entlang der Ostküste zurück. Ein Konsortium aus 13 akademischen Institutionen ersuchte General Leslie Groves, den ehemaligen Kommandeur des Manhattan-Projekts, ein neues nukleares Forschungslabor zu errichten, das zum Los Alamos des Ostens werden könne. Aydelotte befürwortete den Antrag und schlug sogar vor, das neue Labor in den Wäldern des Instituts zu errichten. »Wir hätten einen idealen Standort dafür, und ich könnte mir kaum einen Ort im Osten vorstellen, der geeigneter wäre«, telegraphierte Aydelotte von Bord der *Queen Elizabeth* (er war gerade auf dem Weg nach Palästina) an von Neumann.[72] Auf einer Sitzung der Mathematischen Fakultät, die zur Beratung dieses Themas einberufen worden war, war die gewichtigste ablehnende Stimme die von Albert Einstein, der laut Protokoll »die Gefahren geheimer Kriegsarbeiten hervorhebt« und »die Befürchtung äußert, das Vorantreiben solcher Projekte werde Gedanken an Präventivkriege salonfähig machen«.[73] Tatsächlich hofften Aydelotte und von Neumann, das Rechnerprojekt werde dem Institut den Zugang zu lukrativen Staatsaufträgen öffnen – genau das, was Einstein fürchtete.

Aydelotte drängte auf eine Budgetschätzung und erhielt von von Neumann die Antwort: »Ungefähr 100 000 Dollar pro Jahr für drei Jahre für den Bau einer automatischen elektronischen Allzweck-Rechenmaschine.«[74] »Es ist äußerst wichtig«, fuhr er fort, »dass ein solches Projekt von einer rein wissenschaftlichen Organisation durchgeführt wird«, denn in staatlichen Einrichtungen würden nur Geräte für »eng definierte, oft sehr spezialisierte Anwendungszwecke« gebaut, und »jedes Industrieunternehmen, das ein solches Projekt anpacken würde, ließe sich von seinen eigenen Erfahrungen und Routinen leiten und wäre daher nicht in der Lage, einen neuen Anfang zu machen.«[75]

Aydelotte wandte sich für die Finanzierung zuerst an den Philanthropen Samuel Fels; er unterstrich, welche »Beiträge zur Mathematik, Physik, Biologie, Ökonomie und Statistik ein elektronischer Rechner leisten könnte«, und versprach, die neue Maschine werde neue Wissensbereiche erschließen, »auf dieselbe bemerkenswerte Weise, wie das 200-Zoll-Teleskop neue Himmelswelten sichtbar machen wird, die im Augenblick vollkommen außerhalb der Reichweite unserer Instrumente sind«.[76] Trotz einer ihm in Aussicht gestellten Begegnung mit Einstein erteilte Fels dem Fördergesuch eine Absage.

Aydelotte wandte sich daraufhin an Warren Weaver von der Rockefeller-Stiftung, der mit den Arbeiten anderer Forschungseinrichtungen an Elektronenrechnern vertraut und damit mehr als jeder andere in der Lage war, das vom IAS vorgelegte Projekt zu beurteilen. »Ich bin etwas überrascht, dass von Neumann selbst Interesse am Bau und Betrieb einer großen neuen Rechenmaschine hat«, antwortete Weaver am 1. Oktober 1945. »Die Apparatur, von der wir alle träumen, wäre sehr viel mehr als eine Rechenmaschine. ... Es wäre ein Gerät, mit dem man bestimmte elektrische und mechanische Prozesse, die mit bestimmten wichtigen mathematischen Prozessen isomorph sind, akkurat und schnell durchführen kann.« Weaver brauchte nicht davon überzeugt zu werden, dass von Neumanns Projekt bedeutsam war, doch er ließ Aydelotte wissen: »Ich gehe von der Annahme aus, dass das Institut keineswegs der naheliegendste Ort ist, um eine derartige Maschine zu bauen. Ich würde mich jedoch nur allzu gerne von Ihnen eines Besseren belehren lassen.«[77]

Von Neumann tat sein Bestes. »Ich schlage vor, alles, was von der Maschine erinnert werden muss, in diesen Speicherorganen abzulegen«, erklärte er Weaver in einem Anfang November 1945 geschriebenen elfseitigen Brief. »Dazu gehören die ... numerische Information, die das Problem definiert, die von der Maschine während der Arbeit erzeugten Zwischenergebnisse ... und die kodierten logischen Anweisungen, mit denen die Maschine gesteuert wird.« Ein »ganz einfacher Befehlscode« reiche aus, »um alles abzuarbeiten«. Mit Hilfe dieses einfachen Codes lasse sich »die zentrale Steuerung durch Subroutinen bewegen, die man zu jeder gewünschten Struktur organisieren kann«. Dieses Zusammenmischen von Daten und Anweisungen ermögliche, so fuhr er fort, »eine Abänderung von Befehlen in Abhängigkeit von den numerischen Ergebnissen der Berechnungen, die im Verlauf des Prozesses durchgeführt werden«. Zuletzt erläuterte er, auf welche Weise codierte Anweisungen, die im internen Speicher abgelegt sind, »die Maschine so agieren lassen, als besitze sie bestimmte Organe, über die sie im physikalischen Sinn nicht wirklich verfügt«.[78]

Weaver warf seinen persönlichen Einfluss und seine Unterstützung für das Projekt in die Waagschale, zögerte aber, der Rockefeller-Stiftung die finanzielle Förderung eines Unternehmens zu empfehlen, an dem sowohl das Militär als auch die Firma RCA unmittelbar beteiligt waren. Er beschloss abzuwarten, wie »diese ziemlich neuartige Kombination aus Institut, Universität, Industrielabor und Kaserne« sich anlassen würde, bevor er Rockefeller-Gelder zusagte. Während sich Aydelotte in Palästina aufhielt, wurde ein Brief an ihn von Weaver, in dem dieser um einen Sachstandsbericht zum Computerprojekt bat, von Marston Morse abgefangen, dem Aydelotte für die Zeit seiner Abwesenheit die Verantwortung übertragen hatte. »Ich möchte Ihnen im Vertrauen mitteilen, dass Sie dem Institut einen großen Dienst erweisen würden, wenn Sie weiterhin hartnäckig ein Budget für das neue Projekt fordern würden«, antwortete Morse. »Ein paar zurückhaltende Schätzungen, und die ganze Einstellung des Instituts könnte sich ändern. Je größer die Sache wird, desto größer die Bedenken.«[79] Was Morse fürchtete, war nicht, dass das Rechnerprojekt fehlschlagen, sondern dass es zu erfolgreich werden würde.

Andere, die gebeten wurden, den Vorschlag von Neumanns zu beurteilen, äußerten sich weniger wohlwollend. »Von Neumann legt eine gewisse Neigung an den Tag, das Problem in der wissenschaftlichen Stratosphäre beginnen zu lassen, und nicht als eines, das am Boden beginnt und nach oben strebt«, kommentierte Samuel Caldwell vom Harvard Computation Laboratory. »Der Relais-Rechner weist ›jeweils 5000–15 000 Relais‹ auf. Na und? Glaubt von Neumann, dass seine elektronische Maschine nicht auch Tausende von diesem oder jenem aufweisen wird?«[80]

Einen engen Verbündeten fand von Neumann in Lewis Strauss, dem jüdischen Kaufmannsfürsten, IAS-Kurator und Konteradmiral, der maßgeblichen Einfluss auf das Office of Naval Research hatte. Strauss erkannte das Potential des kompromisslosen Ansatzes, den von Neumann vertrat. »Wenn wir ... mehrere Jahre in experimentelle Arbeiten mit einer solchen Maschine stecken, ohne den Zwang zu unmittelbaren Anwendungen, werden wir am Ende dieses Zeitraums in jeder Hinsicht wesentlich besser dastehen, auch was die Praxis betrifft«, verkündete von Neumann. »Die Bedeutung der Tatsache, dass wir mathematische Annäherungen und Berechnungen um einen Faktor von 10 000 oder mehr beschleunigen können, liegt nicht nur darin, dass man bestimmte Probleme in zehntausendfach kürzerer Zeit lösen könnte als heute – oder sagen wir hundertmal mehr Probleme in hundertfach kürzerer Zeit –, sondern vielmehr darin, dass es möglich würde, Probleme anzugehen, die heute als völlig unlösbar gelten.«[81]

Strauss schluckte den Köder. »Das projektierte Gerät oder vielmehr die Gerätespezies, von der es das erste Exemplar sein wird, ist so radikal neu, dass viele seiner Anwendungsmöglichkeiten erst sichtbar werden, nachdem es in Betrieb gegangen ist«, versicherte von Neumann ihm. »Diese Anwendungsmöglichkeiten, die zum jetzigen Zeitpunkt nicht oder nur schwer vorherzusagen sind, werden wahrscheinlich die wichtigsten sein. Sie sind per definitionem diejenigen, die wir gegenwärtig nicht erkennen, weil sie am weitesten vom Status quo entfernt sind.«[82]

Strauss, der kurz davor war, seinen Abschied von der Marine zu nehmen, versprach, vor seinem Abgang die Finanzierung des Computerprojekts sicherzustellen. Der bürokratische Aufwand für die Beantragung war minimal: Ein Budgetentwurf, der auf eine einzige Seite passte, genügte, um die Bewilligung zu erwirken. Als die Marine missliebige Fragen hinsichtlich der Urheber- und Patentrechte zu stellen begann, wurde der Antrag kurzerhand an die Army umgeleitet. »Professor von Neumann und ich glauben«, schrieb Goldstine 1951, »dass das Institut einen fast einzigartigen Auftrag vom Beschaffungsamt besitzt, indem der Staat uns faktisch einen Zuschuss für eine Maschine gewährt, die wir für uns selbst bauen.«[83]

»Wir hatten einmal im Jahr ein Treffen, bei dem sozusagen der Hut herumgereicht wurde; da saßen wir dann oben in den Vorstandsräumen des Instituts mit Vertretern all dieser staatlichen Stellen«, erinnert sich James Pomerene, »und die sagten dann: ›Naja, ich kann 10000 Dollar lockermachen‹, und ein anderer sagte: ›Ich kann 20000 Dollar dazugeben.‹ Und einer sagte vielleicht: ›Was ist mit dir, Joe? Du bist doch gut für 30000, oder nicht?‹ So kriegten wir unsere 200000 Dollar zusammen, und alles war in Butter.«[84]

Die Hälfte der Ingenieure und der Name MANIAC waren Leihgaben von der Moore School. »Schon früher hatten wir den ENIAC, wenn er nicht richtig funktionierte, ›MANIAC‹ genannt«, erinnert sich J. Presper Eckert. »Und dieser Name blieb haften.«[85] Beim IAS-Projekt wurden die praktischen Erfahrungen aus der Arbeit am ENIAC mit den theoretischen Überlegungen Turings zur Universalmaschine verschmolzen. Es gab regelmäßige Kontakte zwischen der IAS-Gruppe und ihren britischen Kollegen, wobei den Briten der Official Secrets Act gewisse Fesseln anlegte, demzufolge es ihnen untersagt war, die Existenz der während des Krieges für die Entschlüsselung feindlicher Codes gebauten Rechner zu bestätigen.

»Von Neumann war sich der grundlegenden Bedeutung von Turings 1936 entstandenem Aufsatz ›On Computable Numbers ...‹ sehr bewusst, der im Prinzip den Universalrechner beschreibt, von dem jeder moderne Computer eine abgeleitete Variante ist«, erklärt Stanley Frankel. »Von Neumann machte mich mit diesem Aufsatz bekannt, und auf sein Drängen hin arbeitete ich ihn aufmerksam durch. ... Er betonte mir – und sicher auch anderen – gegenüber mit Nachdruck, dass die grundlegende Konzeption Turing zu verdanken ist.«[86] Von Neumann wusste auch, dass die wirkliche Herausforderung nicht darin bestehen würde, den Rechner zu bauen, sondern ihm die richtigen Fragen in einer maschinenlesbaren Sprache zu stellen. Und für diese Aufgabe war das Institute for Advanced Study, Oppenheimers »intellektuelles Hotel«, der ideale Ort.

»Johnny hatte mittlerweile sehr konkrete Vorstellungen davon, wie und warum er diese Maschine zum Laufen bringen wollte. Besonders von dem Warum«, schreibt Klári. »Er wollte eine schnelle, elektronische, vollkommen automatisch arbeitende Allzweck-Rechenmaschine bauen, die in der Lage sein würde, alle Fragen zu beantworten, die man sich nur ausdenken konnte.«[87]

KAPITEL SECHS

Fuld 219

> Wir haben versucht, festzustellen, wie weit es möglich ist, die Intuition zu eliminieren und nur die Findigkeit übrig zu lassen. Wir kümmern uns nicht darum, wie viel Findigkeit notwendig ist, und gehen deshalb davon aus, dass sie in unbegrenztem Ausmaß zur Verfügung steht.
>
> *Alan Turing, 1939*[1]

»Der Besuch eines Architekten kostet Professor Veblen gewöhnlich einen Tag Arbeit und eine schlaflose Nacht«, notierte Abraham Flexner, als der Bau eines neuen Hauptquartiers für das Institute for Advanced Study bekanntgegeben wurde.[2] Bei den Themen Grundstückserwerb und Bauen waren sich Veblen und Flexner von Anfang an uneinig gewesen. »Man fördert die höhere Bildung in den Vereinigten Staaten am besten dadurch, dass man großzügige Gehälter zahlt und sich bei den Gebäuden mit Provisorien begnügt«, hatte Flexner geschrieben, als das Institut in Betrieb ging – mit Veblen, Einstein, Alexander, von Neumann und wenig sonst.[3]

Die Arbeit des Instituts spielte sich in den ersten neun Jahren in zusammengewürfelten Domizilen ab. »Jeder arbeitete irgendwo anders«, stellte Klári von Neumann nach ihrer Ankunft in Princeton 1938 fest. »Flexner bezog ein Büro in einem der Gebäude entlang der Nassau Street; die Mathematiker hatten Räume in der Fine Hall, in der auch die Mathematik-Fakultät der Universität untergebracht war; die Ökonomen hausten im Untergeschoss des Princeton Inn; und die wenigen Archäologen des Instituts arbeiteten, wenn sie nicht gerade auf einer Ausgrabung waren, in ihren Privatwohnungen.«[4]

Als Flexner widerwillig dem Bau der Fuld Hall zustimmte, tat er Veblen gegenüber ein letztes Mal sein Unbehagen kund: »Ich würde sehr viel lieber zusätzliche Büroflächen in der Nassau Street 20 anmieten und unsere Köpfe für die wirklich wichtigen Dinge freihalten«, schrieb er.[5] Und Aydelotte ließ er wissen: »Ich habe noch immer ein etwas ungutes Gefühl, was Veblen betrifft, denn ich meine, er hat eine Schwäche für ungebührlich große Zimmer.«[6]

Die Fuld Hall, benannt nach Louis Bambergers Schwester Carrie und ihrem Mann Felix Fuld, wurde 1939 errichtet. Der erste Grundriss, der einen zentralen Gemeinschaftsraum und Arbeitszimmer sowie Büros in den Seitenflügeln vorsah (und dem eine Notiz beilag, der zufolge ein Seitenflügel für Frauen bestimmt sein würde), wurde am 21. Oktober 1937 mit Bleistift auf die Rückseite einer Speisekarte des City Mid-Day Club in New York City gezeichnet. Zu den Gerichten, die den Mitgliedern des Ausschusses für Bauten und Grundstücke zur Auswahl standen, gehörten Blue-Point-Austern für 40 Cent und Cape-Kabeljau für 45 Cent. Das zwei Jahre später fertiggestellte Ergebnis war ein imposanter roter Backsteinbau im georgianischen Stil mit weißem Dekor und Kupferdach; ein Uhrturm in der Mitte akzentuierte die Symmetrie des Baukörpers und überstrahlte das ansonsten unspektakuläre Areal der Olden-Farm. Robert Oppenheimer überlieferte eine mitgehörte Unterhaltung zwischen zwei Knaben, die die Fuld Hall von der Straße aus, die heute Einstein Drive heißt, in Augenschein nahmen: »Was ist das? Eine Kirche?« – »Es ist das Institut.« – »Was ist das Institut?« – »Da gibt es was zu essen.«

Neben dem Speisesaal im Obergeschoss beherbergte die Fuld Hall Fakultäts- und Verwaltungsbüros und im mittleren Teil des Erdgeschosses einen Gemeinschaftsraum mit einem großen offenen Kamin, Ledersesseln und einer altväterlichen

Standuhr, die vom Landsitz der Bambergers in South Orange stammte. Ein Schachbrett (und später ein Go-Brett, das sich bei Oppenheimers jungen Teilchenphysikern noch größerer Beliebtheit erfreute) wartete vor den die Waldungen des Instituts überschauenden Fenstern auf Spieler. Aktuelle Tageszeitungen, darunter die per Luftpost zugestellte Londoner *Times*, wurden jeden Morgen in einem blankpolierten hölzernen Hängegestell bereitgestellt. Der Nachmittagstee – ein Ritual, das Oswald Veblen, der sich Herman Goldstine zufolge »furchtbar bemühte, ein Engländer zu sein«, schon in der Fine Hall eingeführt hatte – wurde Punkt 15 Uhr in Porzellantassen serviert. Beim Tee, so Oppenheimer einmal, »erklären wir einander, was wir selbst nicht verstehen«.

Von Wald, Feld und Privatwegen eingerahmt, erinnerte die Fuld Hall an ein privates Sanatorium oder einen großen europäischen Landsitz. Mittag- und Abendessen wurden im Speisesaal im dritten Obergeschoss preiswerter als in jedem Restaurant serviert. Die Speisekarte vom 14. Oktober 1946 führte unter anderem auf: »Sahne-Heilbutt mit Eiern auf Kartoffeln« für 25 Cent und »frischer pochierter Lachs mit Petersiliensoße und Kartoffeln« für 50 Cent. Kaffee gab es für 5 Cent. Ein in der Küche angeschlagener Zettel erinnerte das Personal an die sogenannte Einstein-Diät: »kein Fett, kein Kohl, keine Bohnen, nichts Eiskaltes«. Einstein bevorzugte Vier-Minuten-Eier und zum Nachtisch einen Bratapfel.

Die Speisekarten wurden auf einer mechanischen Schreibmaschine getippt – von Bernetta Miller; die 1884 in Canton, Ohio geborene Miller war die fünfte Frau, die in den Vereinigten Staaten eine Pilotenlizenz erhalten hatte. 1912 hatte sie bei einem Demonstrationsflug der U. S. Army den neuen Blériot-Eindecker vorgeführt, den die Firma Moisant Aviation in Lizenz auf Long Island fertigte. »Ich machte mir natürlich keine Illusionen darüber, warum man gerade mich nach College Park schickte, um amerikanischen Staatsbeamten, die noch völlig von der Idee des Doppeldeckers eingenommen waren, den Eindecker vorzuführen«, erklärte Frau Miller später. »Die Botschaft war: Wenn eine Frau lernen konnte, einen Eindecker zu fliegen, dann war es wirklich kinderleicht.«[7] Im Ersten Weltkrieg diente sie als Freiwillige, und die französische Regierung verlieh ihr in Anerkennung ihrer »Hilfe für die Verwundeten in den vorgeschobenen Versorgungslazaretten« in Tours, Toul und Argonne das Croix de Guerre. Einem Empfehlungsbrief des Befehlshabers der 82. Division der U. S. Army vom 13. Januar 1919 ist zu entnehmen, dass Bernetta Miller »unter feindlichem Feuer die Frontlinien aufgesucht und für die Männer Zigaretten und andere Genussmittel« mitgebracht hatte.[8] Mindestens einmal war sie selbst verwundet worden.

Nach dem Krieg wurde Miller Schatzmeisterin einer amerikanischen Mädchenschule in Istanbul; nach ihrer Rückkehr in die Vereinigten Staaten fungierte sie als Schatzmeisterin von St. Mary's Hall, einer Mädchenschule in Burlington, New Jersey, bis Frank Aydelotte sie 1941 zu seiner persönlichen Assistentin und Buchhalterin machte. Ihre Aktenvermerke zeichnen sich durch eine kraftvolle Sprache aus; wichtige Wörter hob sie durch Großschreibung hervor, und sie unterschrieb mit einem kühnen, kräftigen Strich. »An DONNERSTAGEN wird kein BROT verzehrt, an Mittwochen wird es nichts GEBRATENES geben, an MONTAGEN UND FREITAGEN werden keine TORTEN ODER KUCHEN serviert«, gab sie im Mai 1946 bekannt, als aufgrund von Versorgungsengpässen die Speisekarten zusammengestrichen wurden.[9]

»Ich kann nicht nachdrücklich genug betonen, wie dringend notwendig es ist, dass die Computerleute ihre Buchhaltung VOLLSTĀNDIG selbst übernehmen«, schrieb sie in einem Memorandum an den Direktor am 13. September 1946. »Selbige überschwemmt mein Büro in einem Maß, das es mir nicht mehr erlaubt, mich ausreichend um Institutsangelegenheiten zu kümmern.«[10] Frau Miller führte pedantisch Buch über den Teeausschank in der Fuld Hall; einem ihrer Berichte zufolge wurden in den sechs Monaten des akademischen Jahres 1941/42 9605 Tassen Tee getrunken, zu Kosten von 5,2 Cent pro Tasse einschließlich Zucker, Keksen und Personal. Sie setzte sich persönlich an die Spitze der Mütter-Delegation, die Oppenheimer und Aydelotte das Gesuch überreichte, am Institut einen Kindergarten einzurichten. »Es gibt derzeit 34 Kinder von Projektmitarbeitern, von denen 15 im Kindergartenalter sind. ... Die Angelegenheit ist dringend, wenn man will, dass die Eltern zu Hause einigermaßen ihre Ruhe haben«, schrieb sie im September 1947 und bat um die Genehmigung, eine der Gästewohnungen in einen Hort umwandeln zu dürfen.[11] Der Crossroads-Kindergarten öffnete 1947 seine Pforten und ist seither jedes Jahr voll belegt. Mathematiker produzieren ihre besten Arbeiten ungefähr im selben Alter, in dem sie ihre Kinder aufziehen, und der Kindergarten half ihnen, beides miteinander zu vereinbaren.

Miller war selbst kinderlos und »interessierte sich offenkundig für Frauen, nicht für Männer«, kommentiert der Genetiker Joseph Felsenstein, dessen Großmutter mütterlicherseits eine Cousine von Bernetta Miller war; in seiner Kindheit wurde Felsenstein zu Familienbesuchen bei Bernetta und ihrer Lebensgefährtin Betty Faville mitgenommen, die um diese Zeit im Ruhestand in New Hope, Pennsylvania lebten. Wie er sich erinnert, war Miller am IAS »eine derjenigen, die die Aufgabe hatten, zwischen Albert Einstein und der Welt zu vermitteln«. Sie hielt sehr viel von Aydelotte, hatte aber für Oppenheimer, der sie 1948 entließ, wenig übrig. »Ich glaube, der Mann war eine ausgemachte Schlange«, sagte sie später. »Ich würde aber nie sagen, dass er illoyal war.«[12] Als sie das Institut verließ, stellte ihr Einstein ein persönliches Empfehlungsschreiben aus.

Wenn man 1946 die Fuld Hall betrat – die Arbeitsräume waren damals anders nummeriert als heute –, »befand sich die Telefonvermittlung zur Linken. In der Mitte des Erdgeschosses führte eine Treppe in den Gemeinschaftsraum hinab, durch dessen hohe Glastüren man auf offenes Gelände blickte, das bis zu den Gleisen der alten Princeton-Trenton-Bahn am Rand des Institutswaldes reichte. Am Morgen des 3. Januar 1777 war das Hauptkontingent von George Washingtons Streitmacht unter General John Sullivan über dieses Gelände marschiert, während General Mercers Kommandotrupp auf der entgegengesetzten Seite, wo sich heute die geisteswissenschaftliche Bibliothek des IAS und der neue Speisesaal befinden, die Briten attackierte.

Im ersten und zweiten Stock der Fuld Hall befand sich in zentraler Position die zwei Stockwerke einnehmende Bibliothek mit angeschlossenen Lese- und Besprechungsräumen. Das dritte, oberste Geschoss nahmen der Speisesaal, die Küche und die Direktionsbüros ein; dazu kamen ein Balkon und eine Terrasse mit Blick auf den tiefer gelegenen Teil der Olden-Farm, zum Stony Brook hin. Die Arbeitsräume befanden sich in den beiden Flügeln, wobei die Geisteswissenschaftler und der Direktor die rechte Seite des Gebäudes und die Mathematiker (plus Einstein) die linke Seite einnahmen.

In der Zeit des Rechnerprojekts residierte Veblen in Zimmer 124 im Erdgeschoss, seine Fenster waren dem Ende der Olden Lane zugewandt. Einstein hatte sein Büro direkt über ihm, in Zimmer 225. Von Neumann arbeitete in Zimmer 120 im Erdgeschoss, das an den Gemeinschaftsraum angrenzte. Direkt über ihm saß in Zimmer 217 Kurt Gödel, mit Weyl und Einstein als Nachbarn.

»Die formale Logik gehört in den Bereich der Mathematik«, hatte Veblen am Silvestertag des Jahres 1924 verkündet, als die Pläne für das, was einmal das Institute for Advanced Study werden sollte, in seinem Kopf erstmals Gestalt annahmen. »Es existiert zum gegenwärtigen Zeitpunkt keine adäquate Logik, und wenn die Mathematiker sich nicht darum kümmern, wird wahrscheinlich niemand sonst es tun.«[13] Es war Gödel, der mehr als jeder andere Veblens Forderung nachkam.

1924 arbeiteten sowohl von Neumann als auch Gödel an den logischen Grundfesten der Mathematik, aber es war Gödel, der mit seinem Unvollständigkeitstheorem das Hilbertprogramm erledigte. Von Neumann »glaubte an Hilberts Postulat einer endgültigen und abschließenden Axiomatisierung der Mathematik«, bezeugt Stan Ulam, »aber dann wies er, in einem Aufsatz von 1925, in einem mysteriösen intuitiven Geistesblitz auf die Grenzen jeder axiomatischen Formulierung der Mengenlehre hin. Vielleicht war das so etwas wie eine vage Vorahnung der Erkenntnis Gödels.«[14] Die Keime des Zweifels waren gesät.

Auf der zweiten »Tagung für Erkenntnislehre der exakten Wissenschaften« im September 1930 in Königsberg stellte Gödel die erste tentative Formulierung seiner Unvollständigkeitsthese vor. Von Neumann erkannte sofort die Implikationen, und schon am 20. November 1930 schrieb er an Gödel, er habe sich »in der letzten Zeit wieder mit Logik beschäftigt, unter Verwendung der Methoden, die Sie … so erfolgreich benützt haben. Dabei habe ich ein Resultat erzielt, das mir bemerkenswert erscheint. Ich konnte nämlich zeigen, dass die Widerspruchsfreiheit der Mathematik unbeweisbar ist.« Dem Antwortschreiben musste er freilich entnehmen, dass Gödel diese Erkenntnis schon vor ihm gewonnen hatte.[15] »Er war enttäuscht, dass er nicht als Erster die Gödelschen Unvollständigkeitssätze entdeckt hatte«, erklärt Ulam. »Er wäre dazu ohne weiteres in der Lage gewesen, hätte er sich die Möglichkeit eingestanden, dass Hilbert mit seinem Programm falsch lag. Das wiederum hätte jedoch bedeutet, das vorherrschende Denken der Zeit in Frage zu stellen.«[16]

Von Neumann blieb ein beredter Fürsprecher Gödels, bescheinigte dessen Erkenntnissen, dass sie für »alle Systeme, die eine Formalisierung erlauben«, galten, und beschäftigte sich niemals wieder mit den logischen Grundlagen der Mathematik. »Was Gödel in der modernen Logik geleistet hat, ist einzigartig und monumental. ... Ein Markstein, der in Raum und Zeit weithin sichtbar stehen bleiben wird«, notierte er. »Das Ergebnis ist in seiner quasi-paradoxen Selbstverneinung äußerst bemerkenswert: Es wird nie möglich sein, mit mathematischen Mitteln die Gewissheit zu erlangen, dass die Mathematik keine Widersprüche enthält. ... Die Logik wird nie wieder dieselbe sein.«[17]

Gödel bereitete den Boden für die digitale Revolution, indem er die Möglichkeiten formaler Systeme neu definierte – und damit die Voraussetzungen für deren physische Umsetzung durch Alan Turing schuf. Denn beim Versuch, die Erkenntnisse Gödels in eine allgemeingültigere Lösung von Hilberts Entscheidungsproblem zu überführen – der Frage, ob beweisbare Aussagen sich durch rein mechanische Verfahren in endlicher Zeit von nichtbeweisbaren Aussagen unterscheiden lassen –, erfand Turing seine Universalmaschine. All die mächtigen Möglichkeiten und Grenzen, die das gödelsche Theorem formalen Systemen zuwies, waren in Turings Universalmaschine enthalten, und damit auch in jenem Rechner, den von Neumann in seinem Arbeitszimmer direkt unter dem von Gödel konzipierte.

Gödel wies allen sprachlichen Ausdrücken eines gegebenen formalen Systems eindeutige Identitätsnummern oder numerische Adressen zu. Die von Gödel verwendete Nummerierung basiert auf einem Primzahlen-Alphabet, wobei die Übersetzung zwischen zusammengesetzten Ausdrücken und ihren Gödel-Zahlen eindeutig ist – ähnlich wie bei der »Übersetzung« zwischen Nukleotiden und Aminosäuren, auf der die Proteinsynthese beruht, nur ohne deren Mehrdeutigkeit. Diese Darstellung aller erdenklichen Begriffe durch Zahlencodes schien 1931 ein rein theoretisches Konstrukt zu sein.

»Die metamathematischen Begriffe (Sätze) werden dadurch zu Begriffen (Sätzen) über natürliche Zahlen bzw. Folgen von solchen und daher (wenigstens teilweise) in den Symbolen des Systems PM selbst ausdrückbar«, schrieb Gödel in der Einleitung zu seinem Beweis.[18] Gödel formulierte den nach ihm benannten Gödelsatz, dessen Kernaussage lautete: »Der Satz mit der Gödel-Nummer x ist nicht ableitbar.« Mittels eines logischen Rückbezugs konnte Gödel zeigen, dass das formale System, von dem dieser Satz ein Teil ist, entweder unvollständig oder widersprüchlich sein muss. Gödel brachte damit den Traum Hilberts von einer universellen, allumfassenden Formalisierung zur Strecke.

Gödel traf im Herbst 1933 am Institut ein, verfiel aber in eine Depression und kehrte im Mai 1934 nach Wien zurück. Nach einer Behandlung im Sanatorium von Purkersdorf, wo die Ärzte bei ihm eine nervöse Erschöpfung diagnostizierten, kehrte er im September 1935 nach Princeton zurück, nur um in eine noch schwerere Depression zu verfallen, woraufhin er seine Stelle aufgab und Ende November nach Österreich zurückging. Er suchte aus freien Stücken das Sanatorium in Rekawinkel auf und erholte sich dort so weit, dass er einige Wochen mit seiner späteren Frau Adele Nimbursky, einer Wiener Nachtclubtänzerin, in dem Kurort Aflenz verbringen konnte.

Veblen, Marston Morse und von Neumann (der Gödel in Wien besuchte) waren entschlossen, ihn ans Institut zurückzuholen. Dagegen war und blieb Aydelotte skeptisch, der später dem Psychiater Gödels anvertraute: »Ich fand es immer ein bisschen beunruhigend, dass Gödel sich nicht mehr Urlaub nimmt.«[19] Als das Institut Gödel 1950 einen Lehrstuhl anbot, gab Aydelotte zu bedenken, Gödel sei »nicht die Art von Persönlichkeit, die man zum Vollprofessor machen könne«.[20] Dennoch setzte auch Aydelotte sich dafür ein, Gödel wieder in die Vereinigten Staaten zu holen.

Nach seiner Heirat mit Adele im September 1938 kehrte Gödel nach Princeton zurück, lehrte danach ein Semester lang an der Notre-Dame-Universität, um im Juni 1939, als die Zeichen schon auf Krieg standen, erneut nach Wien zurückzukehren. Seine persönliche Situation zeichnete sich durch dieselbe quasi-paradoxe Widersprüchlichkeit aus, die seinen mathematischen Resultaten innewohnte. Er stammte aus dem tschechoslowakischen Brünn und hatte 1928 die österreichische Staatsbürgerschaft erhalten. Nach dem Anschluss Österreichs an das Deutsche Reich im Jahr 1938 verlor Gödel seinen Posten in Wien und sah sich, obwohl selbst kein Jude, mit dem Vorwurf konfrontiert, »in liberal-jüdischen Kreisen verkehrt« zu haben. Seine Bewerbung um eine Anstellung als »Dozent neuer Ordnung« wurde abgelehnt. Da Österreich als Staat nicht mehr existierte, musste Gödel, um in die USA einreisen zu können, einen deutschen Pass beantragen. Ein deutscher Pass bedeutete aber, dass er in Deutschland der Wehrpflicht unterlag, und ohne Ableistung seiner Wehrpflicht hatte er keine Chance, eine Auslandsreise genehmigt zu bekommen.

Die deutschen Behörden waren nicht bereit, Gödel eine Ausnahmegenehmigung zu erteilen, solange er kein amerikanisches Einreisevisum vorlegen konnte, und die Amerikaner wollten ihm ein solches nicht gewähren, solange Deutschland ihm keine Ausreisebewilligung erteilte. »Sie werden natürlich verstehen, dass unser Konsulatsbeamter in Wien ... keine Möglichkeit hätte, zu seinen Gunsten zu intervenieren, da Professor Gödel kein Bürger der Vereinigten Staaten ist«, schrieb der Leiter der Visa-Abteilung des US-Außenministeriums im Oktober 1939 an Abraham Flexner.[21]

»Gödel ist absolut unersetzlich; er ist der einzige lebende Mathematiker, über den ich dies sagen kann«, schrieb von Neumann in einem Brief, den er an die höchsten diplomatischen Stellen verschickte. »Ihn vor der europäischen Katastrophe zu retten, wäre eine große Leistung.«[22] Die Visa-Abteilung erläuterte in ihrer Antwort, ein Bewerber müsse, um außerhalb der nationalen Quoten ein Einreisevisum für die USA zu erhalten, sowohl aktueller Inhaber einer Professorenstelle in seinem Aufenthaltsland sein als auch ein Angebot für eine solche Stelle in den Vereinigten Staaten vorliegen haben. Flexner, Aydelotte und von Neumann bestätigten, dass Gödel einen »Lehrauftrag« erhalten würde (an einem Institut, das weder Studenten noch Vorlesungsbetrieb kannte), doch das reichte nicht aus. »Die gegen Gödel erhobenen Einwände«, erklärte von Neumann in einem Brief an Flexner, »besagen, dass die zweijährige Lehrtätigkeit im Herkunftsland der Berufung an eine amerikanische Hochschule unmittelbar vorausgegangen sein muss. Gödel war jedoch bereits 1938 seines Lehramts enthoben worden. Meiner Meinung nach ist diese Erfordernis vollkommen unlogisch.«[23]

Die Diplomatie funktionierte, wo die Logik versagte. Die deutschen Behörden in Wien gewährten den Gödels die Ausreiseerlaubnis, und die amerikanischen Behörden in Washington erteilten ihnen die Einreisegenehmigung für die Vereinigten Staaten. Am 2. Januar 1940 ließ Gödel von Neumann die gute Nachricht telegraphisch zukommen. »Die einzige verbleibende Komplikation ist«, berichtete Gödel an Aydelotte, »dass ich die Route über Russland und Japan nehmen muss.«[24] Mit einem am 8. Januar von den Amerikanern ausgestellten Visum in der Tasche reisten die Gödels am 15. Januar aus Berlin nach Moskau ab, fuhren von dort mit der Transsibirischen Eisenbahn nach Wladiwostok und weiter per Schiff nach Yokohama, wo sie am 2. Februar ankamen, aber ihren Anschluss für die Überfahrt nach San Francisco auf der *Taft* verpassten, da diese schon am 1. Februar abgelegt hatte. Aydelotte kam zu Hilfe, indem er den Gödels 200 Dollar ins New Grand Hotel in Yokohama überwies und für sie eine Passage auf der *Cleveland* über Honolulu (wo Gödel ihn um weitere 300 Dollar ersuchte) nach San Francisco buchte, wo sie am 4. März ankamen. In Princeton trafen sie schließlich am 9. März mit dem Zug ein.

Sie hatten Europa gerade noch rechtzeitig hinter sich gelassen. Im Juni 1940 besetzten die deutschen Truppen Paris, und Italien hatte Großbritannien und Frankreich den Krieg erklärt. »Meine schlimmsten Vorahnungen sind eingetroffen«, schrieb Stan Ulam am 18. Juni an von Neumann. »Und mein Glaube an Amerika ist fast ganz dahingeschwunden.«[25] Die USA traten erst am 8. Dezember 1941 in den Krieg ein, zu einem Zeitpunkt, an dem es viele Mitglieder des Instituts bereits kriegsbedingt anderswohin verschlagen hatte. Von Neumann hatte sich in rüstungstechnische Forschungen vertieft, die Luft schwirrte von Gerüchten über das »Uranproblem«. Veblen und Morse schickten sich an, Ämter und Aufgaben am Schießplatz der Army in Aberdeen zu übernehmen.

Während von Neumann sich mit der Auskundschaftung von Bombenzielen befasste, wurden die Geisteswissenschaftler des Instituts von der amerikanischen Commission for the Protection and Salvage of Artistic and Historic Monuments in War Areas mit der Aufgabe betraut, Orte zu identifizieren, die *nicht* bombardiert werden sollten. Der Kunsthistoriker Erwin Panofsky erhielt die Verantwortung für die Benennung kulturell bedeutsamer Ressourcen in Deutschland, während die Klassizisten und Archäologen des Instituts mithalfen, eine ähnliche Auswahl für den Mittelmeerraum und den Nahen Osten zu treffen. Sogar Einstein wurde befragt.

Aber auch im Institut selbst veränderte sich das Leben; man versuchte, »den Gemeinschaftsraum allein mit dem offenen Kamin zu heizen«, um Brennstoff zu sparen, und man bemühte sich ganz allgemein, für eine positive Grundstimmung zu sorgen.[26] Die Versorgung mit Bedarfsgütern und Materialien wurde knapper, Einkäufe wurden verschoben, während zugleich die Institutsfamilie weiter anwuchs. Die Gödels waren nominell Deutsche, mussten sich als feindliche Ausländer registrieren lassen und durften Princeton ohne Erlaubnis des Justizministeriums von Pennsylvania in Trenton nicht verlassen, nicht einmal für Routinetermine bei ihren Ärzten in New York. »Ich bin nach wie vor etwas beunruhigt darüber, dass unsere sogenannten feindlichen Ausländer zu weit herumreisen«, schrieb Aydelotte im Dezember 1941. Mehrmals musste er mit den lokalen Behörden über die Freilassung von Institutsangehörigen verhandeln, die bei Verdachtskontrollen außerhalb des IAS festgenommen worden waren.[27]

»Ich habe Deutschland nie einen Treueeid geleistet. Meine Frau … hat Deutschland nie einen Treueeid geleistet«, schrieb Gödel an das Justizministerium in Washington, D. C. im Rahmen eines Gesuchs, seinen Aufenthaltsstatus zu überprüfen. »Weil wir … der Meinung waren, dieses Land erkenne die österreichische Staatsbürgerschaft nicht mehr an, und weil uns nichts Gegenteiliges gesagt wurde, als wir die Beamten danach fragten, gingen wir davon aus, dass uns keine andere Wahl blieb, als uns als deutsche Staatsbürger registrieren zu lassen.«[28]

»Es gibt noch keine Verfahrensweise für eine solche Änderung oder Korrektur, doch das wird sich aller Wahrscheinlichkeit nach bald ändern«, teilte ihnen Earl G. Harrison mit, Sondermitarbeiter des Justizministers. »Bis dahin wird Ihr Schreiben ordnungsgemäß bei Ihren Unterlagen in der Alien Registration Division abgelegt.«[29] Ein weiteres Mal schaltete sich Aydelotte zu ihren Gunsten ein. »Als Dr. Gödel und seine Frau ihre Absichtserklärung einreichten, wurden sie als deutsche Staatsbürger eingestuft, er mit dem Geburtsort Brünn, Deutschland, sie mit dem Geburtsort Wien, Deutschland. Diese Städte gehörten natürlich zu dem Zeitpunkt, als Dr. Gödel und seine Frau geboren wurden, nicht zu Deutschland, sodass diese Einträge nach meinem Dafürhalten korrigiert werden sollten«, schrieb er an das mit dem Fall befasste Gericht. »Nur weiß ich nicht, wie man diese Korrektur veranlasst.«[30]

»Da Herr Gödel eingebürgerter Österreicher ist und Frau Gödel gebürtige Österreicherin, wird es, was die Absichtserklärung betrifft, bei ihrer deutschen Staatsangehörigkeit bleiben müssen, weil die Vereinigten Staaten die Annektierung Österreichs durch Deutschland anerkannt haben, womit Österreich als Bestandteil des Deutschen Reiches gilt«, lautete die Antwort des Gerichts.[31]

Trotz dieses Hindernislaufs verfasste Gödel sein drittes Meisterwerk, eine Monographie über die Widerspruchsfreiheit des Auswahlaxioms und der verallgemeinerten Kontinuum-Hypothese, die 1941 veröffentlicht wurde. »Gödel gelangte zu diesem Ergebnis durch eine sehr listenreiche Konstruktion, die von den Kniffen seiner formallogischen Beweise Gebrauch macht! Haben Sie davon gehört?«, schrieb von Neumann im Mai 1941 an Stan Ulam. »Bitte schicken Sie mir Gödels Anmerkungen zur Kontinuumshypothese«, telegraphierte Alan Turing vom King's College in Cambridge am 16. Dezember.[32] Die Kontinuumshypothese, 1877 von Georg Cantor erstmals formuliert und 1900 als erstes von Hilberts 23 ungelösten Problemen vorgestellt, besagt, dass es keine Menge gibt, deren Mächtigkeit zwischen jener der reellen Zahlen (des sogenannten Kontinuums) und derjenigen der natürlichen Zahlen liegt. Gödel bewies nun, dass es innerhalb eines streng definierten Systems unmöglich ist, diese Hypothese zu falsifizieren.

Gödel entwickelte jetzt, da ihm der Rückweg nach Österreich versperrt war, nervöse Anwandlungen. »Doktor Gödels momentane Probleme rühren von dem Umstand her, dass er glaubt, die Heizkörper und die Eismaschine in seiner Wohnung setzten irgendwelche giftigen Gase frei«, schrieb Frank Aydelotte im Dezember 1941 an Gödels Psychiater Max Gruenthal. »Er hat deshalb beide Heizkörper ausbauen lassen, wodurch die Wohnung im Winter ein ziemlich ungemütlicher Ort wird. Wie es scheint, hegt Doktor Gödel kein solches Misstrauen gegen die Heizung im Institut, und er macht seine Arbeit hier mit großem Erfolg.«[33]

Aydelotte bat um eine Prognose und kam am Ende zum springenden Punkt: »Besonders gern wüsste ich auch«, schrieb er, »ob nach Ihrer Einschätzung irgendeine Gefahr besteht, dass seine Krankheit gewalttätige Formen annimmt.«[34] In seinem Antwortschreiben lehnte Dr. Gruenthal es höflich, aber bestimmt ab, sich ohne Erlaubnis seines Patienten zu dessen psychischer Verfassung zu äußern, fand sich aber immerhin bereit, Aydelotte »in der Frage, ob seine Krankheit gewalttätige Formen annehmen kann, zu beruhigen«.[35]

Die Gödels fanden sich damit ab, dass eine Rückkehr nach Europa nicht möglich war; sie richteten sich in Princeton ein und beantragten ein dauerhaftes Aufenthaltsrecht für die Vereinigten Staaten. Doch noch war nicht alles ausgestanden. Als die Behörden Gödels Ausländerstatus korrigiert hatten und ihn nicht mehr als Deutschen, sondern als früheren Österreicher führten – was seine Aussichten auf die US-Staatsbürgerschaft deutlich verbesserte –, hatte das zur Folge, dass er der amerikanischen Wehrpflicht unterlag. Im April 1943 erhielt er die Aufforderung, sich zur Musterung für die Army in Trenton einzufinden.

»Dr. Gödel brennt, wie die meisten Flüchtlinge aus NS-Deutschland, darauf, alles ihm Mögliche zur Unterstützung der amerikanischen Kriegführung zu tun«, schrieb Aydelotte in seiner Antwort auf den Musterungsbescheid im Namen Gödels, »doch unter den gegebenen Umständen halte ich es für meine Pflicht, dem Selective Service Board mitzuteilen, dass Doktor Gödel während seiner Zeit in Princeton zweimal solche Anzeichen mentaler und nervöser Instabilität gezeigt hat, dass die zu Rate gezogenen Ärzte bei ihm eine psychische Erkrankung diagnostizierten.« Aydelotte pries Gödel als genialen Mathematiker und bat die Behörde zugleich, zu berücksichtigen, dass diese Genialität »unglücklicherweise mit bestimmten mentalen Symptomen einhergeht, die für eine aktive Betätigung im Fach Mathematik nicht hinderlich sind, aber nach den Maßstäben der Army bedenklich sein könnten«.[36]

»So sehr der Ausschuss Ihre Erkenntnisse über die Verfassung des Herrn Gödel zu schätzen weiß, sehen wir uns doch nicht in der Lage, eine Ausmusterung dieser Person bei der örtlichen Kammer zu erwirken«, erwiderte die Musterungsbehörde. »Es wird ihm nichts anderes übrigbleiben, als sich für die Musterung durch die Army beim Rekrutierungsbüro einzufinden.«[37] Die Army habe eigene Psychiater, die selbständig eine Entscheidung über die Verwendung des Doktor Gödel treffen würden.

»Ich habe mir eine Anzahl weiterer Belege zu seiner Person beschafft, von denen ich glaube, dass sie für das Selective Service Board von Interesse sind«, antwortete Aydelotte und führte aus, Gödel habe während seines Genesungsaufenthalts in Österreich »die Vorstellung gehabt, die gesamte Sanatoriumsverpflegung sei vergiftet, und er würde nur Dinge essen, die eine junge Freundin der Familie (die er später heiratete) zubereitete und ihm brachte, und das auch nur unter der Bedingung, dass sie mit ihm vom selben Teller und mit demselben Löffel aß.« Gödels Mutter sei ob seines Zustandes »so verängstigt gewesen, dass sie nachts nur noch in einem abgeschlossenen Zimmer schlafen« wollte.[38] Dieses Dokument ist in Gödels Wehrdienstakte das letzte Blatt, danach kommt nichts mehr.

Gödel, der seinen ersten Aufenthalt am Institut auf der Basis eines monatlichen Stipendiums von 200 Dollar angetreten hatte, erhielt nach seiner Rückkehr 1940 eine Aufbesserung auf 4000 Dollar im Jahr. Aufgebracht wurde sein Gehalt von der Rockefeller-Stiftung gemäß einer Vereinbarung, die jeweils nach Ablauf eines Jahres neu verhandelt werden musste. Nach Kriegsende setzte sich von Neumann für eine permanente Festanstellung Gödels ein. »Er hat einige seiner besten Arbeiten (Kontinuumshypothese) am Institut geleistet – und das sogar in einer Zeit, als er weniger normal war als heute«, gab von Neumann zu bedenken. »Das Institut ist vorbehaltlos dafür, ihn zu unterstützen, und es wäre undankbar und unwürdig, einem Mann von den Verdiensten Gödels das gegenwärtige Arrangement für alle Zukunft zuzumuten.« Was das Argument betreffe, Gödel habe seine beste Zeit hinter sich, so hielt von Neumann es ohne weiteres für möglich, dass Gödel noch für weitere Arbeiten in reiner Mathematik gut sei. »Die Wahrscheinlichkeit, dass er noch etwas zuwege bringt, ist bei ihm nicht schlechter als bei den meisten anderen Mathematikern über 35.«[39]

Am 19. Dezember 1945 wurde Gödel zum dauerhaften Mitglied ernannt, seine Vergütung auf 6000 Dollar im Jahr festgesetzt. Es war offensichtlich ein Zugeständnis an die Gegner seiner Berufung, dass »der Beschluss gefasst wurde, die Vergütung von Professor Gödel als dauerhaftes Mitglied nicht aus dem Mathematik-Budget zu bezahlen, sondern aus den allgemeinen Haushaltsmitteln des Instituts«.[40]

Die Gödels lebten zunächst in mehreren Mietwohnungen, bis sie 1949 für 12 500 Dollar und mit Hilfe eines vom Institut gewährten Hypothekendarlehens zu vier Prozent ein Haus in der Linden Lane kauften. »Wir haben eine Wohnstätte gefunden, die sehr praktisch für uns ist und (nach unserer beider Meinung) außerordentlich schön«, schrieb Gödel an Oppenheimer. »Wir hoffen, dass wir bald das Vergnügen haben werden, Sie und Mrs. Oppenheimer in unserem neuen Haus zu begrüßen und sich ein eigenes Urteil bilden zu lassen.«[41]

Nach Abschluss seiner Arbeit zur Kontinuumshypothese konzentrierte Gödel seine Energie auf zwei Forschungsbereiche: die Kosmologie (er fand eine Lösung für Einsteins Feldgleichungen, die ein rotierendes Universum implizierte), und das Vermächtnis von Gottfried Wilhelm Leibniz, der im 17. Jahrhundert Pionierleistungen auf den Gebieten der Infinitesimalrechnung, der binären Arithmetik, der Universalsprache, der Monadologie und in vielem mehr erbracht hatte. Stan Ulam gewann den Eindruck, Gödel glaube, »ein großer Teil der Arbeiten von Leibniz, zum Beispiel über mathematische Logik und Arithmetik, sei verloren gegangen oder unterschlagen worden«.[42] Kritiker taten die Beschäftigung Gödels mit den Manuskripten Leibniz' als Vergeudung seiner mathematischen Gaben, ja als Beinahe-Okkultismus ab, was von Neumann jedoch mit der Bemerkung konterte: »Ein Mann von seinem Format und seiner Lebensleistung sollte alleine darüber bestimmen, was er tut.«[43]

Anfang 1946, als von Neumann die Genehmigung erhielt, am Institut mit dem Bau eines Rechners zu beginnen, meldeten sich Herman Goldstine und Arthur Burks, beide Veteranen des ENIAC-Projekts, in der Fuld Hall zum Dienst. Burks pendelte täglich aus Swarthmore in Pennsylvania und benutzte denselben Zug aus Philadelphia wie Goldstine; Letzterer war noch Militärangehöriger und hatte sich »ein Army-Automobil gesichert, das am Bahnhof von Princeton stand … und uns zum Institut brachte. Abends fuhren wir auf dieselbe Weise nach Hause.«[44]

Pensionsbetten gab es nicht, weder in dem Städtchen Princeton noch in der Fuld Hall. Diejenigen, die für die Dauer des Krieges fort gewesen waren, hatten sich jetzt wieder eingefunden; während ihrer Abwesenheit war jede nicht unbedingt notwendige Bautätigkeit zum Stillstand gekommen. Der Mangel an Baumaterialien blieb so empfindlich wie in den Kriegsjahren, Neubauten und sogar Renovierungsarbeiten durften nicht ohne Genehmigung der Civilian Production Administration durchgeführt werden. Perfekt gemacht wurde die drangvolle Enge dadurch, dass Aydelotte das gesamte Personal der Wirtschafts-, Finanz- und Transitabteilung des Völkerbundes in Princeton aufgenommen hatte, nachdem dessen Hauptquartier in Genf aufgelöst worden war. In jedem verfügbaren Raum, einschließlich der Direktionsbüros im zweiten und dritten Obergeschoss der Fuld Hall, waren Leute untergekommen. Zum Verdruss Veblens und anderer, die es entschieden ablehnten, »hinzunehmen, dass die Arbeit des Instituts weiterhin durch unsere Gastfreundschaft für den Völkerbund behindert wird«, blieben die 36 Gestrandeten aus acht Ländern für die Dauer von fast fünf Jahren im Institut einquartiert.[45]

In den Fluren des IAS tummelte sich gewissermaßen die von Albert Einstein und Edward Teller gleichermaßen beschworene Weltregierung. »Ehe sich nicht die Völker der Welt zu einer wirksamen politischen Organisation dieser oder jener Art zusammentun, einen Teil ihrer nationalen Souveränität opfern und dieser supranationalen Organisation die Vollmacht erteilen, den Frieden zu erzwingen und internationale Streitigkeiten durch politische und gerichtliche Prozesse beizulegen, wird die Welt weiterhin mit der Gefahr des Krieges leben«, hatte Aydelotte schon im Februar 1941 gemahnt.[46] Als der Krieg zu Ende war, hatten die Diskussionen über den nächsten Krieg bereits eingesetzt. In seinem Arbeitszimmer zwei Stockwerke unter den Quartieren des Völkerbundes machte von Neumann sich für einen Präventivkrieg gegen die Sowjetunion stark, auf den eine Pax Americana folgen sollte, während Albert Einstein nebenan für das vom Bund amerikanischer Wissenschaftler veröffentlichte Manifest »One World or None« seinen Appell für eine weltweite Abrüstung, »One Way Out«, zu Papier brachte.

Abgesehen von den permanenten IAS-Mitgliedern, mussten sich alle am Institut Tätigen entweder ein Arbeitszimmer mit anderen teilen oder mit turnusmäßig verfügbaren Schreibtischen in der Bibliothek vorliebnehmen. Manche übernachteten sogar in der Fuld Hall. Ein Raum blieb jedoch unbesetzt: Fuld 219, ein kleines Büro, das für die Sekretärin von Kurt Gödel reserviert war. »Es wurde einvernehmlich beschlossen, dass der mit Dr. Gödels Arbeitszimmer verbundene Raum von denen genutzt werden durfte, die an der Rechenmaschine arbeiteten«, heißt es vonseiten der Mathematischen Fakultät am 13. Februar 1946.[47] »Kurt Gödel hatte keine Sekretärin, ich nehme an, er wollte keine«, sagt Arthur Burks. »Deshalb nahmen Herman und ich für die Dauer dieses Sommers, in dem wir natürlich noch kein Gebäude für den Rechner hatten, das Sekretariat neben Gödels Arbeitszimmer in Beschlag. An der Wand des Büros hing eine Schiefertafel.«[48]

»In den ersten Monaten verbrachten wir einen Großteil

unserer Zeit damit, Planskizzen für die neue Maschine zu erstellen; wir arbeiteten die Struktur und die Bedienung aus und berieten uns regelmäßig mit von Neumann«, erinnert sich Burks. »Nach den ersten grundlegenden Überlegungen beschlossen wir, den Sachstand zu Papier zu bringen. Also schrieben Herman und ich den ersten Entwurf nieder, und ich weiß nicht mehr, wie wir es unter uns aufteilten, aber wir arbeiteten beide daran. Dann zeigten wir ihn von Neumann, der ihn noch mal überarbeitete. Ende Juni wurde der Bericht veröffentlicht.«[49]

Das Arbeitspapier »Preliminary Discussion of the Logical Design of an Electronic Computing Instrument« wurde am 28. Juni 1946 veröffentlicht. Auf 44 Seiten beschrieb der Bericht die logische Architektur der neuen Maschine, beginnend mit einer Darstellung ihrer »Hauptbestandteile«, also den zentralen Funktionselementen, die mit den Rechenoperationen, der Datenspeicherung, Steuerung und Nutzerkommunikation zu tun haben«. Die Autoren betonten, dass sich aus der Entscheidung für ein bestimmtes Bauteil »als grundlegender Speichereinheit mehr oder weniger zwingend ergibt, wie der Rest der Maschine aussieht«, und widmeten daher volle fünf Seiten der Beschreibung der Speicherarchitektur. Sie stellten sich diese als eine Anordnung von 40 Selectron-Speicherröhren vor, von denen jede 4096 Bits (später 1024 Bits) speichern sollte.

Der Bericht enthielt auch eine vollständige Auflistung und Beschreibung der Befehlscodes. Der Befehlssatz umfasste 21 Codes, ergänzt um eine Anzahl von Ein- und Ausgabebefehlen, die auf den letzten Seiten diskutiert wurden. Zuletzt kamen die Autoren auf einen Befehl zu sprechen, der dem Computer die Anweisung gibt, dem Operateur zu signalisieren, dass eine Berechnung abgeschlossen ist oder einen vorher festgelegten Stand erreicht hat. »Was gebraucht wird, ist ein Befehl, der den Rechner anweist, anzuhalten und ein Licht blinken oder eine Glocke ertönen zu lassen.«[50]

Rund 175 Exemplare des Berichts wurden verteilt, bis Goldstine im Mai 1947 bekanntgab, die Matrizen seien »praktisch durchgescheuert«.[51] Eine zweite Auflage, auf dem neuen Varityper des IAS getippt, wurde am 2. September 1947 ausgegeben. Es gibt wohl nur wenige technische Aufsätze, die eine so große und nachhaltige Wirkung entfalteten. »Preliminary Discussion of the Logical Design of an Electronic Computing Instrument«, ausgearbeitet in dem kleinen Vorzimmer von Gödels Büro, sollte am Ende den Traum Leibniz' von einer digitalen Rechenmaschine und einer universellen Sprache wahr machen, einen Traum, den die Leibniz-Rezeption nach Überzeugung Gödels ignoriert hatte.

Gottfried Wilhelm Leibniz, 1646 in Leipzig geboren, schrieb sich mit 15 Jahren als Jurastudent an der Leipziger Universität ein. Er stellte die These auf, unser Universum sei aus einer unendlichen Zahl möglicher Universen ausgewählt und daraufhin »optimiert« worden, dass aus einem Minimum an Gesetzmäßigkeiten eine maximale Vielfalt an Phänomenen hervorgehen würde. Leibniz war in Anlehnung an Hobbes und lange vor Hilbert der Überzeugung, dass es möglich sein müsse, mit Hilfe eines Alphabets aus eindeutigen Symbolen ein in sich widerspruchsfreies System der Logik, der Sprache und der Mathematik zu formulieren. 1675 schrieb er an Henry Oldenburg, der als Sekretär der Royal Society sein Kontakt zu Isaac Newton war, die Zeit werde kommen, »in der wir über Gott und den menschlichen Geist nicht minder sichere Sätze als über Figuren und Zahlen haben werden und in der die Erfindung von Maschinen nicht schwieriger sein wird als die Konstruktion von Problemen in der Geometrie.«[52] Leibniz hatte auch eine Vorstellung von dem, was wir heute Software nennen. Seinem »Entwurf der geometrischen Charakteristik«, den er 1679 an Christian Huygens schickte, fügte er den Gedanken hinzu, man könne mittels einer konsequenten Analyse »in Zeichen, also etwa bloß durch die Buchstaben des Alphabets, die Beschreibung einer beliebig komplizierten Maschine geben und dadurch dem Geiste die Möglichkeit bieten, sie deutlich und leicht in allen ihren Teilen und selbst in ihrer Anwendung und in ihrem Gang zu verstehen«.[53]

Mit seinem *Calculus ratiocinator* tat Leibniz selbst die ersten Schritte zur Verwirklichung seiner Vision einer »universalen Symbolik, bei der alle Wahrheiten der Vernunft auf eine Art Rechenverfahren reduziert würden«.[54] Gemäß seiner Überzeugung, man könne »eine Art Alphabet der menschlichen Gedanken ersinnen und durch die Verknüpfung seiner Buchstaben und die Analysis der Worte, die sich aus ihnen zusammensetzen, alles andere entdecken und beurteilen lassen«, schlug er ein universelles Codiersystem vor, bei dem »für alle Ideen charakteristische Zahlen« festgesetzt würden – ein allumfassendes Koordinatensystem aus Zahlen und Ideen.[55]

»Ich denke, dass einige Auserlesene das Ganze in fünf Jahren werden leisten können«, verkündete Leibniz, »dass sie jedoch schon nach zwei Jahren dahin kommen werden, die Lehren, die im praktischen Leben zumeist gebraucht werden, d. h. die Sätze der Moral und Metaphysik, nach einem unfehlbaren Rechenverfahren zu beherrschen.« Gödel und Turing vorwegnehmend, sagte Leibniz voraus, durch das digitale Rechnen werde die Menschheit in den Besitz eines Organs neuer Art gelangen, »das die Leistungsfähigkeit des Geistes weit mehr erhöhen wird, als die optischen Instrumente die Sehschärfe der Augen verstärken. … Einzig die echte Vernunft ist [dem Menschen] unbedingt heilsam: An ihrer Echtheit aber wird kein Zweifel mehr aufkommen können, wenn sie sich erst überall gleich klar und gewiss, wie bisher nur in der Arithmetik, zu erweisen vermag.«[56]

Leibniz sah in der binären Kodierung den Schlüssel zu einer Universalsprache und sprach die Urheberschaft daran den Chinesen zu. In den Hexagrammen des I-Ging erkannte er Überbleibsel eines binären Zahlensystems, »das ich einige tausend Jahre später wiederentdeckt habe«. Seine Notizen zeigen, wie er einfache Algorithmen für die Übersetzung zwischen Dezimal- und Binärzahlen sowie für die mechanische Durchführung iterativer Rechenoperationen mit Zeichenfolgen aus Nullen und Einsen entwickelte. »In diesem Zahlensystem gibt es nur zwei Zeichen: 0 und 1, mit denen man alle Zahlen schreiben kann«, erklärte er. »Später habe ich entdeckt, dass es außerdem die Logik der Dichotomien enthält, die von sehr großem Nutzen ist.«[57]

1679 dachte Leibniz sich eine Vorrichtung mit Kugeln und mechanisch steuerbaren Öffnungen für das binäre Rechnen aus. »Diese Art [des Multiplizierens] könnte ... sicherlich sehr leicht und ohne Aufwand mit einer Maschine ausgeführt werden (ohne Räder)«, schrieb er. »Eine Büchse soll so mit Löchern versehen sein, dass diese geöffnet und geschlossen werden können. Sie sei offen an den Stellen, die jeweils 1 entsprechen, und bleibe geschlossen an denen, die 0 entsprechen. Durch die offenen Stellen lasse sie kleine Würfel oder Kugeln in Rinnen fallen, durch die anderen nichts. Sie werde so bewegt und von Spalte zu Spalte verschoben, wie die Multiplikation es erfordert.«[58]

Leibniz hatte das Schieberegister erfunden, 270 Jahre bevor dessen Zeit kam. Bei den Schieberegistern, die sich im Kern des IAS-Rechners befanden (und die sich seither in allen Prozessoren befinden), sind Spannungsgradienten und Elektronenpulse an die Stelle von Glaskügelchen und Löchern getreten, aber im Prinzip funktionieren sie so, wie Leibniz es 1679 skizzierte. Mit nichts weiter als binären Zeichen und einem Mechanismus für die Links-rechts-Verschiebung lassen sich sämtliche arithmetischen Aufgaben ausführen. Aber um in der Praxis mit einer solchen Vorrichtung rechnen zu können, muss man Mittel und Wege finden, die Ergebnisse zu speichern und wieder aufzurufen.

»Es gibt zwei mögliche Methoden, um ein bestimmtes Wort im Speicher des Selectron aufzubewahren«, erklärten Burks, Goldstine und von Neumann. »Eine Methode besteht darin, das Wort als Ganzes in einer bestimmten Röhre zu speichern ..., die andere Methode darin, an korrespondierenden Orten in jeder der 40 Röhren eine Ziffer des Wortes zu speichern. ... Um bei dieser Variante ein Wort aus dem Speicher zu holen, bedarf es eines Schaltmechanismus, bei dem alle 40 Röhren parallel verbunden sind«, heißt es in der »Preliminary Discussion ...« weiter. »Ein solches Schaltsystem erscheint uns einfacher als die für das serielle System benötigte Technik und ist natürlich auch 40-mal schneller. Der grundlegende Unterschied zwischen diesen beiden Systemen liegt in der Art und Weise, wie eine Addition durchgeführt wird; in einer Parallelmaschine werden alle korrespondierenden Ziffernpaare gleichzeitig addiert, während in einer seriellen Anordnung ein Paar nach dem anderen hinzuaddiert wird.«[59]

Die 40 Selectron-Röhren würden eine Matrix aus 32×32×40 Bits mit einer Speicherkapazität von 1024 Zeichenfolgen von jeweils 40 Bits Länge ergeben, wobei jedem dieser Codes eine eindeutige Identitätsnummer oder numerische Adresse zugewiesen sein würde, ähnlich wie Gödel in seiner Arbeit von 1931 logische Aussagen nummeriert hatte. Durch Verändern dieser aus zehn Bits bestehenden Adressen konnte man die jeweils dazugehörigen 40-Bit-Codes verändern und so jede gewünschte Kombination aus Daten, Anweisungen oder weiteren Adressen speichern; die Veränderungen wurden durch den Fortgang des jeweils laufenden Programms bestimmt und vorgenommen. »Diese Fähigkeit der Maschine, ihre eigenen Anweisungen zu modifizieren, ist eines der Dinge, die das Programmieren zu jenem nichttrivialen Vorgang machen, als den wir es sehen müssen«, erklärte von Neumann im Mai 1946 seinen Finanziers von der Navy.[60]

»Dinge wie Gödels Nummerierungs-System versetzen einen in die Lage, den Informationspaketen ab dem Moment ihrer Entstehung auf der Spur zu bleiben und bestimmte wichtige Folgerungen daraus abzuleiten«, erklärt Bigelow. »Von Neumann war mit diesen Ideen vermutlich sehr vertraut, immerhin hat er lange an ähnlichen Problemen gearbeitet wie Gödel.«[61]

Die logische Architektur des IAS-Computers, über der Gödels Schatten schwebte, wurde im Raum Fuld 219 formuliert. »In den 1930er Jahren schien die Realisierung eines programmierbaren Allzweckrechners noch eine Jahrzehnte entfernte Zukunftsvision zu sein, doch wenn sich heute jemand, der sich mit modernen Programmiersprachen auskennt, den Aufsatz über Unentscheidbarkeit anschaut, den Gödel damals schrieb, wird er eine Abfolge von 45 nummerierten Formeln sehen, die große Ähnlichkeit mit einem Computerprogramm hat«, sagt Martin Davis, der im September 1952 als Stipendiat des Office of Naval Research ans Institut kam. »Für seinen Beweis musste Gödel sich mit denselben Fragen auseinandersetzen wie die Leute, die Programmiersprachen entwickelten oder Programme in diesen Sprachen schrieben«, führt Davis aus.[62]

Gödel hatte 1931 demonstriert, welche Möglichkeiten in der numerischen Adressierbarkeit und der numerischen Selbstbezüglichkeit stecken. In einem Rechner mit Programmspeicher besagt eine der Regeln, dass man die Regeln ändern kann. Gödel war sich sehr wohl bewusst, dass Turings Universalmaschine und von Neumanns praktische Umsetzung derselben Demonstrationsbeispiele oder sogar direkte

Abkömmlinge seiner Ideen waren. »Was von Neumann vorschwebte, lässt sich aus der universellen Turingmaschine ableiten«, erklärte er später Arthur Burks. »Über diese könnte man sagen, dass die vollständige Beschreibung ihrer Funktionen unendlich sei, weil angesichts des Nichtvorhandenseins eines Entscheidungsverfahrens, das ihr Verhalten voraussagen kann, die vollständige Beschreibung nur durch eine Aufzählung aller Anwendungsfälle erfolgen könnte. Die universelle Turingmaschine, bei der das Verhältnis der beiden Komplexitäten zueinander unendlich ist, könnte man in dieser Beziehung als Grenzfall betrachten.«[63]

In Leibniz' Glauben an die universelle digitale Codierung manifestierte sich sein Grundsatz der maximalen Vielfalt: unendliche Komplexität als Resultat endlicher Regeln. »Nun kann man wohl sagen, dass nichts in der Welt [die Schöpfung] besser vorstelle, ja gleichsam demonstriere, als der Ursprung der Zahlen, wie er allhier vorgestellt ist, durch deren Ausdrückung bloß und allein mit Eins und mit Null oder Nichts alle Zahlen entstehen«, schrieb er 1697 an den Herzog von Braunschweig und drängte diesen, ein silbernes Medaillon (mit einem Bildnis des Herzogs auf der Rückseite) prägen zu lassen, das mithelfen sollte, die Macht der binären Arithmetik und »die Erschaffung aller Dinge aus nichts durch die Allmacht Gottes« der Welt zur Kenntnis zu bringen.[64]

Aber was ist mit der Sinnfrage? Wenn allem eine Nummer zugeteilt wird, führt das nicht zu einer Sinnentleerung der Welt? Gödel und Turing zeigten, dass formale Systeme früher oder später sinnvolle Aussagen hervorbringen, deren Wahrheit (oder Falschheit) nur außerhalb des Systems, das sie hervorgebracht hat, bewiesen werden kann. Diese Beschränkung läuft aber gerade nicht auf eine Banalisierung der Welt hinaus. Sie legt vielmehr nahe, dass wir in einer Welt leben, in der es einen höheren Sinn geben muss.

»Daraus folgt unmittelbar, dass unser Erdendasein, da es an sich höchstens einen sehr zweifelhaften Sinn hat, nur Mittel zum Zweck für eine andere Existenz sein kann«, schrieb Gödel 1961 an seine Mutter. »Die Vorstellung, dass alles in der Welt einen Sinn hat, ist übrigens genau analog dem Prinzip, dass alles eine Ursache hat, worauf die ganze Wissenschaft beruht.«[65]

KAPITEL SIEBEN

6J6

Die Abwesenheit eines Signals sollte nie als Signal benutzt werden.

Julian Bigelow, 1947[1]

Julian Himely Bigelow wurde am 19. März 1913 als viertes von fünf Geschwistern in Nutley, New Jersey geboren – keine 70 Kilometer von Princeton entfernt. Als Dreijähriger fand er im Haus einer Tante »einen Schraubendreher, schraubte alle Türgriffe ab und schichtete sie zu einem Haufen auf. Er brauchte wirklich sehr lange, um alle diese Türgriffe wieder anzubringen.«[2] Sein Vater Richard Bigelow gab eine Stelle als Lehrer am Wellesley College auf, um sich nach Millis in Massachusetts zurückzuziehen, wo er mit seinen Kindern ein genügsames ländliches Dasein fristete und seine Familie über die Wirtschaftskrise brachte.

Die Bigelows bewohnten ein handgezimmertes Farmhaus aus dem 18. Jahrhundert und hatten keinen elektrischen Strom mit Ausnahme eines Stromkreises im Untergeschoss, der eine Wasserpumpe am Laufen hielt. Julian installierte heimlich einen zweiten Stromkreis, der einzig dem Betrieb einer elektrischen Lampe in seinem Zimmer diente. Mit 17 begann er ein Studium am Massachusetts Institute of Technology (MIT). Das Geld für die Studiengebühr verdiente er sich als Milchmann (mit einem Ford Model T als Lieferfahrzeug), und 1936 legte er seine Masterprüfung als Elektroingenieur ab. »Während ich am MIT war«, erinnert er sich, »wurden elektronische und funktechnische Arbeiten als eine eher anrüchige Angelegenheit betrachtet. Wer etwas auf sich hielt, machte Baupläne für große Generatoren oder wenigstens für ein großes Thyratron oder etwas in der Art.«[3]

Seine erste Anstellung fand Bigelow bei der Firma Sperry in Brooklyn, New York, die Gyroskope zur Navigation und Geräte für das automatische Aufspüren von Schadstellen in Eisenbahnschienen baute. Sperry fusionierte später mit dem Bürogerätehersteller Remington Rand zu Sperry Rand, der Firma, die als Pionier der Rechenmaschinentechnik die von Eckert und Mauchly gegründete Electronic Control Company übernahm und im Streit um die ENIAC-Patente gegen Honeywell den Kürzeren zog, nachdem sie ein gegenseitiges Lizenzierungsabkommen mit IBM abgeschlossen hatte. Ende 1938 schied Bigelow bei Sperry aus und und ging nach Endicott, New York zu IBM – er war der Erste, der bei der Firma unter der Bezeichnung Elektronikingenieur geführt wurde. »IBM war zu der Zeit eine sehr auf Mechanik hin orientierte Firma; der Gedanke an elektronisches Rechnen war dort fast verpönt«, erinnert er sich.[4]

Als die USA in den Zweiten Weltkrieg eintraten, kehrte Bigelow, der lange Zeit Hobbyflieger war, ans MIT zurück, um seine akademischen Zeugnisse und Arbeiten abzuholen und dann als Fliegerkadett in die Dienste der U. S. Navy einzutreten. »Aber als ich dort oben ankam«, erzählt er, »und bei meinem Fakultätsdekan vorsprach, nahm er mich beiseite und sagte: ›Wir können Sie nicht gehen lassen, wir brauchen Sie. Hier treibt sich dieser Kerl herum, Norbert Wiener, der behauptet, er könne den Krieg quasi im Alleingang für uns gewinnen, mit seinen intellektuellen Ideen. Das Problem ist nur: Niemand versteht ihn, deshalb müssen Sie mit ihm zusammenarbeiten, um festzustellen, ob da etwas dran ist.‹«[5]

Wiener war nach Ende des Ersten Weltkrieges aus Oswald Veblens Forschergruppe am Schießplatz in Aberdeen ausgeschieden und hatte eine Stelle bei der Tageszeitung *Boston*

Herald angetreten, doch war seine Karriere als Journalist kurz gewesen. Sein Problem beschrieb er im Rückblick so: »Ich konnte einfach nicht mit Enthusiasmus über eine Sache schreiben, an die ich nicht glaubte.«[6] Nach seiner Entlassung beim *Herald* fand er eine Stelle als Dozent am MIT, das für die nächsten 45 Jahre seine Heimat werden sollte. Wiener war »wagemutig und unvorsichtig, ebenso oft instinktgesteuert wie logisch und gänzlich ungeeignet für eine gewissenhafte analytisch-experimentelle Arbeitsweise«, so jedenfalls beurteilte Bigelow ihn 1946 in einem Bericht an von Neumann. »Er hat mit größeren Gruppen schlechte Erfahrungen gemacht und zieht es vor, mit geringen Geldmitteln und einigen wenigen enthusiastischen Mitstreitern zu arbeiten.«[7] Bigelow war von 1940 bis 1943 Wieners Assistent.

Wiener, der im Ersten Weltkrieg wegen seiner Kurzsichtigkeit nicht zur Infanterie eingezogen worden war, beschloss, sich auf das Problem der Zielgenauigkeit von Flak-Geschützen zu konzentrieren, das vertrackteste feuerleittechnische Problem des Zweiten Weltkriegs. Ab 1940 ließ die deutsche Luftwaffe Bomben mit verheerender Sprengwirkung auf Großbritannien regnen. Auch die USA waren ein potentielles Bombenziel. Das neueingerichtete National Defense Research Committee (NDRC), das dem Amt für wissenschaftliche Forschung und Entwicklung (OSRD) zuarbeitete, legte eine breite Palette von Vorschlägen vor, wobei das Team Wiener-Bigelow einen der kühnsten Ansätze verfolgte. Wiener näherte sich dem Problem über die Mathematik, während Bigelow versuchte, Wieners mathematische Erkenntnisse in einer automatischen Feuerleitvorrichtung für die Flak zu realisieren. Der von ihnen so genannte »Debomber« wurde jedoch nie gebaut.

Wieners erste Idee, die er im September 1940 Vannevar Bush vortrug, sah vor, sich der Notwendigkeit eines zielgenauen Feuerns zu entziehen, indem man in größerer Höhe »Behälter mit verflüssigtem Ethylen- oder Propan- oder Acetylengas so aufsprengt, dass eine nennenswerte Region mit einem explosiven Gasgemisch gefüllt und für feindliche Flugzeuge unzugänglich wird«.[8] Diesen unsportlichen Vorschlag würdigte Vannevar Bush keiner Antwort.

Wiener wandte sich als Nächstes an Warren Weaver, den Verantwortlichen für die amerikanische Flugabwehr, mit dem Vorschlag, die Konstruktion »eines Peil- oder Berechnungsapparates« zu prüfen, der »antizipiert, wo das Flugzeug sich nach einer definierten Zeitspanne befinden wird«.[9] Weaver, der für die Dauer des Krieges sein Amt als, wie er es selbst nannte, »Chef-Philanthropoid« der Rockefeller-Stiftung ruhen ließ, bewilligte die von Wiener beantragten 2325 Dollar im Dezember 1940, und damit war Projekt 5980 des NDRC-Programms D. I. C. (Detection, Instruments, Controls) angeschoben. Der Soldat am Flakgeschütz hatte 1940 rund zehn Sekunden Zeit, um ein sich näherndes Flugobjekt zu identifizieren, dessen Entfernung zu schätzen, einen Zeitzünder einzustellen und eine 90-Millimeter-Granate abzufeuern, die rund 20 Sekunden fliegen würde. Die Kunst des Kanoniers bestand darin, zu schätzen, wo sich das Flugzeug nach jenen 20 Sekunden befinden würde. Dagegen bestand die Kunst des Piloten darin, zu raten, wo die Granate explodieren würde – und diesen Ort zu meiden.

Wiener und Bigelow betrachteten den Richtschützen, das Geschütz, das Flugzeug und dessen Piloten als ein integrales probabilistisches System. Die Wahrscheinlichkeit war auf der Seite des Piloten: 1940 landete durchschnittlich nur eine von rund 2500 abgefeuerten Flak-Granaten einen Treffer. In einem vorläufigen Bericht erklärten Wiener und Bigelow, dass sie vorhatten, »die Analyse des Problems der Vorausberechnung auf eine rein statistische Grundlage zu stellen, indem wir ermitteln, bis zu welchem Grad die Fortbewegung eines Zielobjekts sich auf der Basis bekannter Tatsachen und geschichtlicher Erfahrungen voraussagen lässt und in welchem Ausmaß dies nicht der Fall ist«.[10]

Aus den voraussagbaren Elementen würde sich die wahrscheinlichste zukünftige Position des Zielobjekts berechnen lassen, während die nichtberechenbaren Elemente über die optimale Streuung entscheiden würden, also über die Größe des Bereichs, den der Schütze bestreichen würde. Das entsprach in etwa der Unterscheidung zwischen Signal und Rauschen in der Kommunikationstheorie. Ähnliche Ideen formulierten etwa um dieselbe Zeit Claude Shannon (mit dem Wiener in regelmäßigem Austausch stand) und Andrei Kolmogorow in der Sowjetunion. »Die Übertragung eines einzelnen invariablen Informationselements besitzt keinen kommunikativen Wert«, erklärte Wiener 1942 in seinem Bericht an Weaver. »Wir brauchen ein Repertoire an möglichen kommunikativen Botschaften und über diesem Repertoire eine Messmethode für die Festlegung der Wahrscheinlichkeit dieser Botschaften.«[11]

Wiener hatte seine mathematische Laufbahn mit einer Theorie über die Brown'sche Bewegung begonnen – die zufälligen Ortsveränderungen mikroskopisch kleiner Teilchen in Reaktion auf thermodynamisches Hintergrundrauschen. Er war also auf den schlimmstmöglichen Fall vorbereitet: ein Flugzeug, das von einem Augenblick zum nächsten willkürlich seinen Kurs ändert. Wieners Theorie und Bigelows Flugerfahrungen besagten, die Bandbreite möglicher Flugbahnen (äquivalent zur Bandbreite möglicher Botschaften in der Kommunikationstheorie) sei durch die fliegerischen Fähigkeiten des Flugzeugs und die körperlichen Leistungsgrenzen des Piloten begrenzt. Militärflugzeuge flogen, wie Bigelow beobachtet hatte, fast ausschließlich Kurven und keine geraden Bahnen. Ein lineares Extrapolieren der Flugbahn würde allenfalls eine zuverlässige Voraussage dafür liefern, wo das Flugzeug zu einem bestimmten Zeitpunkt *nicht* sein würde.

Wiener war mit Haut und Haar Theoretiker. Bigelow, von Wiener als »ein ruhiger, gründlicher Neuengländer« charakterisiert, »dessen einziges wissenschaftliches Laster sein Übermaß an wissenschaftlicher Tugend ist«, war Ingenieur. »Viele Jahre lang kümmerte er sich rührend um ein paar alte, gebrechliche Autos«, erzählte Wiener, »die längst auf den Schrottplatz gehört hätten.«[12] Bigelows Tochter Alice erinnert sich daran, wie sie »schon mit etwa neun Jahren, sobald ich groß genug war, um über das Lenkrad schauen zu können, lernte, nach einem Aussetzer während der Fahrt den Motor per Warmstart wieder in Gang zu bringen. Unsere Autos pfiffen immer aus dem letzten Loch. Dad schob sie dann immer an und sagte: ›Geht schon, geht schon, nur ein kleiner Schubser, dann läuft er wieder.‹ In Princeton konnte man das einfach nicht bringen.«[13]

Bigelow besaß nacheinander auch mehrere Kleinflugzeuge, darunter eine Cessna, die er als Wrack in Wyoming gekauft, an Ort und Stelle flugtüchtig gemacht und nach Hause geflogen hatte. Ein ausgebauter Flugzeugmotor logierte einmal im Wohnzimmer der Bigelows in Princeton – mit einem Tischtuch verhängt, wenn Besucher kamen. Wiener hatte zwar starke Flugangst, aber Bigelow vertraute er sich an. »Einmal flogen wir von Framingham nach Providence und zurück«, erinnert sich Bigelow. »Im Innern des Flugzeugs gab es ein paar Stahlrohre, die das Cockpitfenster stützen, an denen er sich mit aller Kraft festklammerte.«[14]

Auf die Frage, warum Wiener, dem die Ressourcen des MIT zu Gebote standen und der sich deutlich vor von Neumann für digitale Rechenmaschinen interessierte, nicht selbst einen Computer baute, meinte Bigelow: »Er war eben kein

Praktiker. Ein Rechner sollte für ihn einfach funktionieren.«[15] Das galt natürlich auch für Flak-Zielvorrichtungen. Am 28. Oktober 1941 übermittelte Warren Weaver an Wiener und Bigelow eine Liste mit Fragen, die im Wesentlichen auf eine einzige Frage hinausliefen: Würde aus der Theorie Wieners irgendetwas Kriegswichtiges hervorgehen oder nicht?

Am 2. Dezember 1941, fünf Tage vor dem Überfall der Japaner auf Pearl Harbor, schickte Bigelow als Antwort einen 59 Seiten langen Brief an Weaver mit der angefügten Bitte, ihn »nach Lektüre zu vernichten«. Er schilderte darin die bis zu diesem Zeitpunkt erreichten Fortschritte auf dem Weg zum »Debomber«. Das Ziel, wie Bigelow es beschrieb, war die Entwicklung einer Flak-Zielvorrichtung, die in der Lage sein würde, das Signal (die Flugbahn des Flugzeuges) vom Rauschen zu separieren; Quelle des Rauschen konnte dabei sowohl ein Pilot sein, der unberechenbare Ausweichmanöver flog, als auch Beobachtungs- und Verarbeitungsfehler auf Seiten der Flak-Mannschaft. »Das Signal in diesen beiden letztgenannten Fällen wieder von der Suppe zu separieren, ist kein Kinderspiel, und im Fall des zufälligen oder Brown'schen Hintergrundrauschens mit einem alles andere als einfachen Spektrum ist es ziemlich unmöglich, fehlerlos zu filtern«, konstatierte Bigelow. »Ergebnis: Boden verloren.«[16]

Bigelow stellte eine Liste von 14 »Maximen für ideale Prognosefaktoren« zusammen; sie begann mit dem Satz: »Alle Beobachtungen müssen im selben Koordinatensystem erfolgen, das am Ende auch die Feuerleittechnik verwendet.« Die Maximen 2–4 handelten von der Separierung der verfügbaren Informationen in solche, die man sofort, und andere, die man später brauchte, während Maxime 5 besagte: »Wenn es überhaupt gelingt, den Signalanteil aus dem Rauschen herauszufiltern, muss das zum frühestmöglichen Zeitpunkt passieren und nicht erst nachdem beide sich mit anderen Störgeräuschen und Signalen vermischt haben. Aus demselben Grund setzt man Repeaterschaltungen auch unterwegs auf einer Signalstrecke ein anstatt Filter und Verstärker an deren Ende.« Maxime 7 lautete: »Man soll nie schätzen, was man exakt berechnen kann.« Maxime 8 postulierte: »Man soll nie raten, was man schätzen kann«, und Maxime 9 formulierte für den Fall, dass man doch einmal gezwungen war zu raten, das Gebot: »Man soll nie blind raten.«

Die Maximen 10–14 gaben an, wie man zu einer optimalen Voraussage kommen konnte, wenn das Zielobjekt »den Charakter einer auf ein Resonatorsystem übertragenen Brown'schen Bewegung hat«. Bestehende Verfahren zur Verfolgung der sich verändernden Position eines Zielobjekts bezögen dieses »notwendigerweise auf einen irrelevanten Beobachtungspunkt« und zerstörten damit »seine fundamentale Symmetrie«. Ein ideales Prognoseverfahren müsse hingegen davon ausgehen, dass das Zielobjekt den Erhaltungssätzen der Physik gehorche, »die durch eine zufällige, zeitsymmetrische Modulation überlagert« würden.[17] Der Wiener-Bigelow-Debomber würde das Flugverhalten des Flugzeugs aus dessen eigenem Bezugssystem heraus modellieren, anstatt es aus dem Bezugsrahmen des Beobachters am Boden zu extrapolieren.

»Wir sollten jede bei dem Begriff ›Voraussage‹ bestehende Unschärfe beseitigen«, schrieb Bigelow. »Streng genommen kann absolut keine Netzwerksteuerung und kein Mensch die Zukunft einer Funktion der Zeit voraussagen. ... Alle Indizien sind in Wirklichkeit nur ›Nachläufer‹ (Funktionen der bekannten Vergangenheit), die künstlich gespiegelt und zum gegenwärtigen Wert der Funktion hinzuaddiert werden.«[18] Dennoch trug Bigelows Strategie Früchte: Ein Demonstrationsmodell wurde gebaut, mit dem ein Operateur, der einen weißen Lichtpunkt manipulieren konnte, einen roten Lichtpunkt verfolgen musste, der von einem umgebauten Plattenspieler durch einen dunklen Raum bewegt wurde und ein »scheues« Zielobjekt repräsentierte. Wiener fand die Vorstellung höchst aufregend, »dass seine Berechnungen relevant und praktisch nutzbar waren«, erinnert sich Bigelow. »Er paffte sehr heftig an seiner Zigarre. Der Raum füllte sich mit Rauch, und Wiener hüpfte gleichsam auf und ab. Vielleicht maß er der Demonstration einen etwas zu großen Stellenwert bei.«[19]

Wiener habe, wie Bigelow hinzufügt, »im Grunde auf Wolke sieben geschwebt. Damit möchte ich nicht seine mathematischen Ideen kleinreden, aber es war vermutlich ein Ding der Unmöglichkeit, sie rechtzeitig für einen Kriegseinsatz umzusetzen.«[20] Als Wiener erkannte, dass die Chance, seine Ideen in die Praxis umzusetzen, dahinschwand, verdoppelte er seine Anstrengungen. »Ich arbeitete gegen die Zeit«, erklärte er. »Mehr als einmal rechnete ich die ganze Nacht hindurch, um eine imaginäre Deadline einzuhalten, die uns niemand gesetzt hatte. Ich war mir nicht im Klaren über die Gefahren des Amphetamins und fürchte, damit meiner Gesundheit ernsthaft geschadet zu haben.«[21]

Am 1. Juli 1942 verbrachte George Stibitz, Chef der Abteilung für Flak-Feuerleitsysteme des NDRC, einen ganzen Tag mit Bigelow und Wiener und schrieb anschließend in sein Tagebuch: »Ihr statistischer Prognoserechner vollbringt wahre Wunder. Für eine Reaktionszeit von einer Sekunde ist die Leistung ihres Instruments regelrecht unheimlich. Warren Weaver droht beim nächsten Besuch eine Säge mitzubringen, um festzustellen, ob sie nicht irgendwo im Tisch verborgene Drähte verlegt haben.«[22]

Die gemeinsame Arbeit von Wiener und Bigelow führte zwar nicht zum Bau einer funktionierenden Zielvorrichtung, war jedoch trotzdem folgenreich. Zusammen mit dem Neurophysiologen Arturo Rosenblueth verfassten Bigelow und

Wiener 1943 den Aufsatz »Behavior, Purpose and Teleology«, in dem sie zu zeigen versuchten, dass es einheitliche Gesetzmäßigkeiten gibt, die planvolles Verhalten bei lebenden Organismen und bei Maschinen bestimmen. »Teleologie ist in der Vergangenheit so gedeutet worden, als impliziere sie zweckvolles Handeln und eine causa finalis«, resümierten sie und fuhren fort: »Wir haben das teleologische Verhalten enger bestimmt, indem wir diesen Begriff nur auf absichtsvolle Reaktionen anwenden, die durch die Diskrepanz zwischen dem gegenwärtigen Zustand des Objekts und dem erwünschten Endzustand gesteuert werden.« Teleologie wurde als negative Rückkopplung begriffen, bei der »die vom Zielobjekt kommenden Signale dazu benutzt werden, Aktionen einzuschränken, die zu einem das Zielobjekt verfehlenden Ergebnis führen würden«.[23]

Dieser Aufsatz fungierte als Namensgeber für die informelle »Teleologische Gesellschaft«, die ihr konstituierendes Treffen unter Vorsitz von Neumanns vom 4.–6. Januar 1945 am Institute for Advanced Study abhielt. In der Folge wurden eine Reihe von der Macy Foundation finanzierte Konferenzen abgehalten, in deren Verlauf die sogenannte Kybernetik-Bewegung Gestalt annahm. »Die Kybernetik erblickte das Licht der Welt«, erklärte der Neurophysiologe Warren McCulloch, »als Julian Bigelow klarstellte, dass nur die Information über das Resultat der vorausgegangenen Aktion zurückkommen musste.«[24]

1943 verließ Bigelow das MIT, nachdem Warren Weaver ihn für die statistische Forschungsgruppe rekrutiert hatte, die dem Applied Mathematics Panel des NDRC zuarbeitete. An der Columbia University widmeten sich 18 Mathematiker und Statistiker, darunter Jacob Wolfowitz, Harold Hotelling, George Stigler, Abraham Wald und der spätere Wirtschaftswissenschaftler Milton Friedman einer breiten Palette militärischer Probleme, angefangen mit der Frage, »ob es besser wäre, ein Jagdflugzeug mit acht Maschinengewehren Kaliber .50 oder aber mit vier 20-Millimeter-Geschützen auszurüsten«.[25] Bigelow wurde einem Team zugeteilt, das an der Verbesserung eines automatischen Visiersystems für Sturzbomber arbeitete. Er wurde zum stellvertretenden Direktor des Teams ernannt und gehörte ihm 31 Monate an.

In Princeton bemühte sich derweil von Neumann weiter, das Projekt eines Elektronenrechners anzuschieben. Presper Eckert, dem er die Leitung des Ingenieurteams antrug, wollte seinen Posten an der Moore School jedoch nicht für eine unsichere Zukunft am Institut aufgeben und empfahl seinen Schwager John Sims, einen Ingenieur für Technische Mechanik. Sims wurde am 18. Januar 1946 eingestellt und erhielt den Auftrag, geeignete Werkzeuge, elektronische Bauteile und Materialien zu besorgen. Er war der erste festangestellte Mitarbeiter des Rechnerprojekts. Herman H. Goldstine wurde der zweite; am 25. Februar 1946, nach seiner Entlassung aus der Army, wurde er zum Stellvertretenden Direktor berufen. Sein Jahresgehalt wurde auf 5500 Dollar festgelegt – weniger als ein regulärer Professor am Institut, aber mehr als ein Gastgelehrter.

Als die Verhandlungen mit Eckert ins Stocken gerieten und schließlich gegenstandslos wurden, weil er und Mauchly ihr eigenes Unternehmen gründeten, begann von Neumann nach einem anderen Chefingenieur zu suchen. Als er Wiener um eine Empfehlung bat, verwies dieser auf Bigelow. »Wir telefonierten miteinander und Bigelow versprach, mit seinem Wagen herüberzukommen«, erinnert sich Wiener. »Wir warteten, aber zur vereinbarten Stunde war kein Bigelow da. Auch eine Stunde später war er noch nicht eingetroffen. Als wir schon die Hoffnung aufgeben wollten, hörten wir das Getucker eines uralten Klapperkastens. Mit der letzten nur möglichen Explosion im Zylinder eines Wagens, der unter den Händen eines anderen schon vor Monaten sein Leben ausgehaucht haben würde, tauchte Bigelow schließlich auf.«[26]

Am 7. März 1946 wurde Bigelow zu einem Jahresgehalt von 6000 Dollar eingestellt; antreten sollte er seinen Job am 1. Juni. Bis dahin würde er seinen Umzug von New York nach Princeton organisieren und für ein Tageshonorar von 25 Dollar als Berater zur Verfügung stehen. Die Aydelottes boten Julian und Mary Bigelow eine provisorische Unterkunft im Olden-Herrenhaus an, und zwar einschließlich der »Nutzung der Küche für die Zubereitung so vieler Mahlzeiten, wie Frau Bigelow zu kochen bereit ist«.[27] Es folgten mehrere Monate des Pendelns, in denen Julian seine Tätigkeit bei der statistischen Forschungsgruppe abwickelte und Mary, eine Psychologin, ihre Praxis aus New York nach Princeton verlegte.

Die Bigelows wurden zu tragenden Säulen der verschworenen IAS-Gemeinde. Mary war eine fähige Therapeutin, und Julian verstand sich nicht nur auf Mathematik und Physik, sondern auch auf alles, was man im New Jersey der Nachkriegsjahre brauchte, um irgendetwas gebaut oder repariert zu bekommen.

»Ich kam im Herbst 1948 nach Princeton mit der dreijährigen Katharina. Wir fühlten uns in diesem riesigen neuen Land ziemlich verloren«, erinnert sich Verena Haefeli, die heute Verena Huber-Dyson heißt. »Anders als in der Schweiz waren die Menschen alle freundlich, aber es war Mary Bigelow, die mir mit ihrer warmen, kontaktfreudigen Art und ihrem Einfühlungsvermögen die Eingewöhnung besonders leicht machte. Ich erinnere mich an den gutaussehenden Julian, seine imposante Gestalt und insbesondere seine hellblauen Augen. Für mich, die gerade ein durch die Mangel gedrehtes Europa hinter sich gelassen hatte, war er der Prototyp amerikanischer Geradlinigkeit und Zielstrebigkeit.«[28]

Arthur Burks, Goldstines Kollege vom ENIAC-Projekt, wurde am 8. März 1946 zu einem Jahresgehalt von 4800 Dollar eingestellt, der Elektroingenieur James Pomerene zu einem Gehalt von 4500 Dollar am 9. März. 26 Jahre alt und frisch verheiratet, meldete Pomerene sich am 1. April zu seinem ersten Arbeitstag. Gesellschaft leistete ihm bald Willis Ware, ein Absolvent der Moore School, der den ihm angebotenen Job am 1. Juni antrat. Pomerene und Ware nahmen zusammen den Zug nach Princeton, wo Bigelow sie abholte. »Wir fuhren mit Julian in seinem kleinen alten grünen Austin nach New York zurück«, erinnert sich Ware. »Als Tom und ich wieder in New York City waren – wir arbeiteten beide noch bei Hazeltine –, hatte Bigelow uns in Euphorie versetzt. Er sprühte vor Ideen.«[29] Pomerene und Ware konnten ihre Wohnungen in New York mit zwei Einwohnern aus Princeton tauschen, die in Manhattan für die Vereinten Nationen arbeiteten; der Arbeitsweg bestand von nun an in einem kurzen Ritt auf dem Fahrradsattel durch die Nassau Street und die Olden Lane.

Pomerene und Ware hatten im Krieg zusammen an Radarsystemen mit pulscodierter Freund-Feind-Erkennung gearbeitet. Sobald die Radartechnik es möglich gemacht hatte, Zielobjekte auch nachts und außerhalb optischer Sichtweite zu beschießen, hatten sich die Luftwaffen der Alliierten auf ein System codierter Signale geeinigt, das die Unterscheidung von feindlichen und befreundeten Flugzeugen erlaubte. Im Gegensatz zu den Kryptographen, deren Aufgabe in den Kriegsjahren darin bestand, sich Codes auszudenken, die möglichst schwer zu entziffern waren, hatten sie die Aufgabe, Codes zu entwickeln, die möglichst schwer misszuverstehen waren. Pomerene und Ware (und Frederick C. Williams und Tom Kilburn auf der britischen Seite), die ein elektromagnetisches Verfahren entwickelt hatten, mit dem codierte Pulse über verrauschte Kommunikationskanäle zwischen Flugzeugen ausgetauscht werden konnten, sahen sich einem ganz ähnlichen Problem wie beim Bau elektronischer Digitalrechner gegenüber: Wie ließen sich codierte Pulse Tausende Male pro Sekunde von einem Maschinenzyklus zum nächsten übertragen?

Das Team nahm Gestalt an. Eines Tages spazierte Richard W. Melville, ein Marinesoldat mit Erfahrung in Radartechnik, »mit einer Matrosenmütze auf dem Kopf herein und fragte nach einem Job«, erzählt Bigelow. »Er war mir sympathisch und schien Ahnung zu haben.«[30] Melville entpuppte sich nach Pomerenes Zeugnis als begnadeter Tüftler, der mit viel Improvisationskunst mithalf, die benötigten Laboreinrichtungen herzustellen und die Rechenmaschine zusammenzubauen. Melville hielt alles am Laufen, leistete Wunderdinge bei der Materialbeschaffung aus militärischen Restbeständen und heuerte mechanisch versierte Oberschüler an, um Kopien der Prototypen von 40-stufigen Schieberegistern und Akkumulatoren herzustellen. Seine Frau Claire eröffnete in einer leerstehenden Wohnung eine Tagesstätte für Kinder von Institutsmitarbeitern, die für den Schulbesuch noch zu jung waren.

Der Mechaniker William S. Robinson wurde am 21. März 1946 angestellt, um in der mechanischen Werkstatt zu arbeiten, später stießen Winfield T. Lacey und Frank E. Fell dazu. Ralph Slutz, Studienanfänger in Princeton, arbeitete ab dem 1. Juli in Vollzeit für das Projekt. »Ich ging hin und klopfte an John von Neumanns Tür«, erinnert sich Slutz, »und sagte: ›Wie ich höre, wollen Sie einen Rechner bauen; würden Sie mir die Chance geben, daran mitzuarbeiten?‹ Er sagte ja.«[31] Slutz hatte von Neumann durch dessen Forschungen über Schockwellen kennengelernt und von dem Plan gehört, aus Vakuumröhren einen Rechner zu bauen. »Ich weiß noch«, erinnert er sich, »wie ich im Hörsaal saß und Zeichnungen von Addierwerken machte, anstatt den Ausführungen über Quantenmechanik zu lauschen.«[32]

Robert F. Shaw, einer der ENIAC-Veteranen und noch in Diensten der Moore School, wurde am 13. Mai Mitglied des Ingenieurteams. John Davis, ebenfalls noch an der Moore School (und in früheren Zeiten Nachbar und Klassenkamerad von Willis Ware), trat seinen Job am 1. Juni an. »Als Jugendlicher saß sich oft auf Jack Davis' Bettkante und hörte Kurzwellenradio mit Empfängern, die wir auf einem Kuchenblech meiner Mutter angebracht hatten«, erinnert sich Ware.[33] Ames Bliss, Sohn des Ballistikers Gilbert Bliss, akzeptierte am 14. Mai eine Stelle als Sachbearbeiter zu einem Jahresgehalt von 4000 Dollar. Akrevoe Kondopria aus Philadelphia, an der Moore School Goldstines Sekretärin, wechselte ebenfalls ans IAS und trat ihren Job am 3. Juni 1946 an.

»Ich war 16 und kam aus einer griechischen Einwandererfamilie. Mein Vater stammte von einer armen ionischen Insel und konnte kaum lesen und schreiben. Man gab mir ziemlich klar zu verstehen, dass ich nicht studieren konnte, so sehr ich mir das wünschte«, erinnert sie sich. Ein Berufsberater riet ihr, auf ein Studium zu verzichten und sich als Sekretärin bei der Moore School zu bewerben. »Dort lernte ich Hauptmann Goldstine mit seinen beiden goldenen Streifen kennen, schlank und elegant in seiner Uniform, und Frau Goldstine, Adele, die sich leger kleidete und viel rauchte. Aus irgendeinem Grund stellten sie mich ein, obwohl ich noch nie Algebra-Unterricht gehabt hatte. Ich wurde in eine mir völlig fremde Welt hineingeworfen, und das veränderte mein Leben.«

»Die Goldstines hatten eine wunderbar anspornende Art, und als sich der Zeitpunkt ihres Umzugs nach Princeton näherte, fragten sie mich, ob ich sie begleiten wollte«, erzählt

Akrevoe Kondopria. Sie pendelte mit dem Zug zwischen Philadelphia und Princeton, bis ihr ein Zimmer im Haus des Mathematikers Salomon Bochner am Ende der Springdale Road angeboten wurde. In der ersten Zeit tippte sie auf einer mechanischen Schreibmaschine, dann auf dem neuen Varityper des Instituts. Sie half bei der Erstellung der Sachstandsberichte, die schon angelegt wurden, bevor überhaupt mit dem Bau der Maschine begonnen wurde. »Ich weiß noch, wie beschwerlich das war, weil man man das Typenrad wechseln musste, von Buchstaben zu mathematischen Zeichen, und weil man natürlich sehr, sehr akkurat arbeiten musste«, erinnert sie sich. Von den Berechnungen zur Wasserstoffbombe ahnte sie nichts. »Nicholas Metropolis schickte immer Briefe an das Postfach 1663 in Santa Fe, New Mexico und erhielt Briefe von demselben Absender«, erzählt sie. »Ich ging davon aus, dass er wohl eine Freundin dort haben musste.«

Akrevoe blieb bis August 1949 in Princeton, als ihre Mutter, »die meinte, ich wolle zu hoch hinaus«, auf ihre Rückkehr nach Philadelphia bestand. Der Abschied fiel ihr schwer. »Die Goldstines und die jungen Ingenieure behandelten mich wie eine kleine Schwester«, erinnert sie sich, »und brachten mir wahrscheinlich mehr bei, als ich auf einem College gelernt hätte.« Die Gesellschaft einer gescheiten rothaarigen 17-Jährigen war genau das, was das Rechnerteam brauchte. »Einige dieser Jungs waren so unbeholfen«, fügt sie hinzu. »Mit ihrer kommunikativen Kompetenz war es nicht weit her.«[34]

In der etwas angestaubten Atmosphäre Princetons und dem elitären Klima am Institut fiel es den Ingenieuren nicht leicht, sich heimisch zu fühlen. Goldstine, unter seiner Army-Uniform ein Mathematiker, und Burks, ein Logiker, der seinen Kriegsdienst als Elektronikingenieur abschloss, hatten in dem Nebenraum von Gödels Arbeitszimmer im ersten Stock

Unterschlupf gefunden und fügten sich problemlos in die Kultur der Fuld Hall ein. Als aber die ersten Ingenieure auftauchten, ließ die Gastfreundschaft nach. Der Elfenbeinturm war voll. »Ich habe sehr gründlich über die Frage nachgedacht, wo wir diese 15 Mitarbeiter unterbringen, die Mitte Juni ankommen werden«, schrieb Aydelotte an von Neumann. »Der einzig wirklich nutzbare Raum in unserem Untergeschoss ist der neben der Herrentoilette, in dem ich sie sehr herzlich willkommen heiße.«[35]

»Es war kein Platz für uns, und so drängten wir uns in den ersten fünf oder sechs Monaten im Heizungskeller«, erzählt Bigelow. »Es gab nicht einmal ein Arbeitszimmer, in das ich mich hätte zurückziehen können, um in Ruhe über die Logik von Schaltplänen nachzudenken, ohne dass Leute über meinen Schreibtisch kraxelten.« Jede Bestellung von Baumaterial bis hin zum einzelnen Kantholz musste dem Civilian Production Board zur Prüfung vorgelegt werden. »Gehobeltes Holz war wegen der Wohnungsknappheit rationiert«, erinnert sich Bigelow, »deshalb kauften wir bei einem örtlichen Brennholzhändler grob zugesägte Eichenbretter.«[36]

Die Ingenieure wurden von den Gelehrten in den oberen Stockwerken geschnitten. »Die Geisteswissenschaftler waren über die Einrichtung eines Labors am Institut entsetzt«, berichtet Bigelow. »Einige Mathematiker zeigten zumindest mildes Interesse; doch selbst die Ablehnendsten unter ihnen mäßigten ihr Naserümpfen aus Respekt für von Neumann.«[37]

»Wir machten uns die Hände schmutzig, das war nicht der Stil des Instituts«, erinnert sich Ware.[38] »Die Ankunft von sechs Ingenieuren mit ihrem Arsenal von Oszilloskopen, Lötkolben und Werkzeugmaschinen war für manche fast ein Schock.«[39] Auch Ware erzählt von der »provisorischen Werkstatt im zweiten Untergeschoss bei den Heizkesseln«, die ihnen zu Beginn des Projekts zugewiesen wurde. »Es war nicht so schlimm, weil die Kessel im Sommer ausgeschaltet waren.«[40] Der Lagerraum im Untergeschoss war unmöbliert. »Unsere erste Aufgabe war es, Werkbänke zu bauen, an denen wir arbeiten konnten«, erinnert sich Slutz. »Wir fragten von Neumann, ob er die Farbe bezahlen würde, wenn wir die Wände neu anstreichen würden. Dazu war er bereit.«[41] Die Ingenieure mussten darüber hinaus erst einmal elektrische Leitungen verlegen – die erste technische Anschaffung des Elektronenrechner-Projekts kostete, wie Bernetta Miller im April 1946 festhielt, 4 Dollar und betraf »elektrische Arbeiten«.[42]

»Unsere Werkbänke standen um die Heizkessel herum, und diverse Gerätschaften stapelten sich in jedem verfügbaren Winkel«, erzählt Ware. »Als der Herbst kam, durften wir in die ungenutzten Lagerräume im ersten Untergeschoss umziehen.«[43] Dieser Umzug aus dem Heizungskeller ins erste Untergeschoss, direkt unterhalb des Erdgeschosses der Fuld Hall, löste stimmgewaltige Proteste an allen Fronten aus. Für die Geisteswissenschaftler waren die Computerleute Mathematiker, für die Mathematiker waren sie jedoch Ingenieure. »Sogar die Neugier, die doch ein natürlicher Zug aller wissenschaftlich tätigen Leute ist, wurde von der passionierten Geringschätzung für alles überlagert, was möglicherweise vom reinen und theoretischen Denken wegführen mochte«, erklärte Klári von Neumann.[44] Bigelow beschreibt die Distanz als eine zwischen Leuten, »die darüber nachdenken mussten, was sie zu tun versuchten«, und Leuten, »die zu wissen schienen, was sie zu tun versuchten«.[45]

Die Mathematiker und die Geisteswissenschaftler residierten in entgegengesetzten Flügeln der Fuld Hall. Beide zeichneten sich durch eine tiefsitzende Abwehrhaltung aus. »Ich habe zu meinem Missfallen erfahren, dass eine Gruppe von Elektronikexperten in einer Hälfte des Untergeschosses unseres Institutsflügels einquartiert worden ist«, beschwerte sich der Humanist Benjamin Merritt 1946 bei Aydelotte.[46] Allein, sie mussten miteinander auskommen. »Von Zeit zu Zeit kam es zu geselligen Zusammenkünften«, erinnert sich Ware, »und alle stellten sich als Mathematiker oder Physiker vor. Als Ingenieur war man in dieser Gesellschaft ein Paria – wir waren Bürger fünfter Klasse.«[47]

Gehaltsunterschiede machten die Sache nicht besser. Die Ingenieure verdienten 5000 oder 6000 Dollar im Jahr, gerade einmal genug, um sie von besser bezahlten Jobs in der Wirtschaft fernzuhalten, aber doch mehr als das, was manche wissenschaftliche Koryphäe bekam. »Viele Elektrotechniker hatten gerade Mal einen Bachelor-Titel«, erklärt Bigelow, »während es am Institut gastierende Mitglieder gab, die Doktortitel von vier oder fünf wichtigen Universitäten in aller Welt vorweisen konnten, aber für ihr Gastspiel am Institut nur ein Stipendium in Höhe von 2500 oder 3000 Dollar bekamen. Daraus entstanden ernstzunehmende Eifersüchteleien.«[48] Das für das Rechnerprojekt bewilligte Budget – ausnahmslos staatliche Gelder – überstieg bald den Haushalt jeder anderen Fakultät.

Das Computerteam musste aus der Fuld Hall ausziehen, je früher, desto besser. Angesichts des anhaltenden Mangels an Baustoffen und der Abneigung der alten Institutsgarde gegen alles, was nach einem Labor aussah, war das nicht leicht zu bewerkstelligen. »Baumaterialien waren zu der Zeit noch rationiert«, erklärt Bigelow. »Man konnte nicht einfach ein Haus oder eine Garage bauen. Wenn man ein paar laufende Meter Holz wollte, musste man dafür einen Zuteilungsschein vorlegen, ganz zu schweigen von Dingen wie Werkbänken, Eisenwaren und Werkzeugen.«[49] Unter dem Regime der Civilian Production Administration war die Beschaffung notwendiger Dinge noch schwieriger als zu Zeiten der Kriegswirtschaft.

Hinter den Kulissen wurde ausgiebig geschachert. »Ich habe gerade Verhandlungen mit Sam Feltman von der Beschaffungsabteilung geführt«, berichtete Goldstine an von Neumann, als wieder einmal das Geld knapp wurde. »Er sagt, er habe seine Mittelzuteilung gerade heute Morgen erhalten und hoffe auf grünes Licht vom Kriegsministerium innerhalb von zwei oder drei Tagen, woraufhin er das Beschaffungsamt in Philadelphia autorisieren wird, mir die Kohle zu geben, Gott sei Dank!! Im Gegenzug bittet er um zwei Gefälligkeiten: Zum einen möchte er ein Exemplar der *Theory of Games*, das ich ihm besorgen werde. Zum Zweiten möchte er, dass jemand ihm hilft, seinen Sohn in der Medizinischen Fakultät unterzubringen.«[50]

Die andere problematische Frage war die nach dem Standort des zu errichtenden Gebäudes. »Im Lehrkörper herrscht eindeutig die Meinung vor, das Rechnergebäude solle nicht auf demselben Areal stehen wie die Fuld Hall«, schrieb Aydelotte an Herbert Maass und schlug einen Standort auf der anderen Seite der Olden Lane vor, unweit der alten Scheune.[51] »Die meisten Institutsgebäude stehen nahe beieinander«, notierte Klári von Neumann. »Dieses aber setzte man ans jenseitige Ende eines großen, unbebauten, von hohen Sträuchern eingerahmten Grundstücks mit einer Straße dahinter, als ob es überhaupt nicht zu den anderen gehöre.«[52]

Das neue Gebäude würde nicht vor Weihnachten 1946 bezugsfertig sein. In der Zwischenzeit bereitete sich das Team auf den Bau der Rechenmaschine vor. Eine kleine mechanische Werkstatt, ausgestattet mit einer Drehbank, einer Bohr- und einer Hobelmaschine, wurde im Heizungskeller eingerichtet, und die Ingenieure begannen elektronische Bauteile, Instrumente und Werkzeuge zusammenzutragen. »Wir beschafften uns Bauteile, die anderswo übrig waren, und richteten eine eigene Energieversorgung ein«, erinnert sich

Bigelow. »Wir bauten alles von null an auf.«[53] Elektronische Bauteile waren noch immer nur unter Auflagen erhältlich. »Immer wenn wir etwas Bestimmtes haben wollten, baten wir das Army Material Command, es für uns zu besorgen. Zu dieser Zeit waren aber auch Handlungsreisende unterwegs, die überschüssiges Kriegsmaterial aufkauften und dann versuchten, es anderswo loszuschlagen, und wir bekamen eine Menge Zeug auf diese Weise«, fügt Willis Ware hinzu. »Der Princeton-Rechner wurde aus den Überresten von Heeresgut gebaut. Wir setzten ein, was immer die Army uns überließ, und das hatte einen subtilen Einfluss auf die Bauweise der Maschine.«[54]

Einen weiteren offenkundigen Einfluss übten die Gebote aus, die Burks, Goldstine und von Neumann »von oben« erlassen hatten. »Wir lasen ›Preliminary Discussion …‹ immer wieder durch und diskutierten die technischen Anforderungen, vor denen wir standen, untereinander sowie mit Johnny und Herman, die zugleich schon dabei waren, die Maschinensprache zu entwickeln.«[55]

Von Anfang an kam es zu Spannungen zwischen Goldstine, dem stellvertretenden Direktor des Projekts, und Bigelow, dem Chefingenieur. In fast jeder wichtigen Frage – von den Schaltplanentwürfen, bei denen Bigelow sich, wie Goldstine in einem Brief an von Neumann klagte, »an eine groteske und unausgereifte Vorstellung vom Bau eines Addierwerks klammerte«, bis zur Handhabung von Patentrechten – waren die beiden unterschiedlicher Meinung.[56] Über die jeweiligen Verantwortlichkeiten herrschte oft Uneinigkeit. Nur von Neumann besaß genug Autorität, um zu schlichten. »Er verstand sich wunderbar darauf, Frieden zu stiften«, sagt Bigelow. »Wir vertrugen uns wie Öl und Wasser oder wie Hund und Katze; und von Neumann machte immer wieder klar, was wohin gehörte, und bügelte die Dinge aus.«[57]

»Ich sprach nicht sehr oft mit von Neumann«, sagt Ralph Slutz. »Der Normalfall war eher, dass ich mit Bigelow und Bigelow dann mit von Neumann sprach.«[58] Die Gespräche mit von Neumann waren dabei oft Ferngespräche. »Er hatte die Gewohnheit, zu jeder beliebigen Tages- oder Nachtstunde anzurufen«, sagt Goldstine. »Manchmal rief er um zwei Uhr morgens an und sagte: ›Ich habe mir überlegt, wie das geht‹, und dann erklärte er es. Das Hauptproblem dabei war, dass die Telefonverbindungen in jener Zeit nicht so gut waren und der größte Teil des Telefonats darin bestand, dass einer von uns beiden ›Hallo?‹ rief. Aber trotz allem kriegten wir auf diese Weise eine ganze Menge Dinge erledigt.«[59]

Von Neumann wollte wissen, *ob und wie gut* alles funktionierte, überließ es aber den Ingenieuren, alles zum Laufen zu bringen. »Das Herumprobieren war nicht sein Ding«, erklärt Goldstine. »Wenn er einmal das Funktionsprinzip verstanden hatte, dann interessierten ihn die grausigen Details und die schmutzigen technischen Kniffe nicht mehr wirklich. Er wusste, dass diese Dinge grundlegend wichtig waren, aber sie kümmerten ihn nicht. Er hätte nicht die Geduld aufgebracht, sich hinzusetzen und die Kleinarbeit zu machen; von Neumann hätte einen erbärmlichen Ingenieur abgegeben.«[60]

»Von Neumann hatte für uns nur einen Ratschlag parat: Versucht nicht, etwas Neues zu erfinden«, erzählt Bigelow.[61] Das trug dazu bei, dem IAS-Projekt einen Vorsprung zu sichern. »Einer der Gründe dafür, dass unsere Gruppe erfolgreich arbeitete und die anderen weit hinter sich ließ, war, dass wir uns erreichbare Ziele setzten und nicht irgendwelche neuen grundlegenden Bauteile zu erfinden versuchten«, fügt Bigelow hinzu. »Wir würden versuchen, die Dinge einzusetzen, die für bewährte kommunikationstechnische Anwendungen zur Verfügung standen. Wir entschieden uns für ganz gewöhnliche Vakuumröhren aus der Massenfertigung, sodass wir hoffen konnten, zuverlässige Bauteile zu bekommen und uns nicht an die Entwicklung von Komponenten begeben zu müssen.«[62]

Die grundlegende, unteilbare Maßeinheit der Information ist das Bit. Die Grundlage des digitalen Rechnens ist die Möglichkeit, das Bit als Struktur (Speicher) oder als Sequenz (Code) in den Rechenprozess einzubinden. Das ist das Prinzip, nach dem eine Turingmaschine arbeitet, wenn sie ein Zeichen auf dem Feld eines Bandes liest, in einen entsprechenden neuen Zustand übergeht und an anderer Stelle ein Zeichen setzt (oder löscht). Um dies in elektronischer Geschwindigkeit tun zu können, bedarf es eines binären Elements, das den ihm induzierten Wert auf Dauer bewahren kann, bis es ihn in Reaktion auf einen elektronischen Puls oder irgendeinen anderen Reiz entweder verändert oder weitergibt. »Die meisten wesentlichen Elemente oder ›Zellen‹ in der Maschine sind vom binären Typ. Sie können *an* oder *aus* sein«, erläuterten Bigelow und seine Mitarbeiter in ihrem ersten Sachstandsbericht. »Diejenigen, deren Zustand in der Vergangenheit festgelegt worden ist und die zeitstabil sind, fungieren als Speicherelemente. Elemente, deren Wert im Wesentlichen durch die Amplitude einer elektrischen Spannung oder eines Signals bestimmt wird, nennen wir ›Gatter‹.«[63]

1946, als es noch keine Transistoren gab, konnte man sich nicht sicher sein, ob die Tatsache, dass die Fehlerwahrscheinlichkeit bei jeder einzelnen digitalen Umwandlung größer als 0 war, nicht jeden Rechenprozess, der Millionen von Umwandlungen beinhaltete, zum Scheitern verurteilen würde. Der ENIAC war das einzige großformatige Vorbild. »Die bloße Tatsache, dass es den ENIAC gab und dass er funktionierte, erfüllte mich mit großer Zuversicht«, sagt Ralph Slutz.[64] Die neue Maschine würde sich freilich zum ENIAC verhalten wie der ENIAC zu einer gewöhnlichen Büro-

Rechenmaschine. Aber die Frage war: Welches auf dem Markt erhältliche wichtige Bauteil würde zuverlässig genug funktionieren?

Die Antwort war die 6J6, eine »Doppeltrioden-Miniatur-Vakuumröhre«, die im und nach dem Zweiten Weltkrieg in riesigen Stückzahlen produziert wurde. 5 Zentimeter lang, mit einem Durchmesser von 18 Millimetern und einem Sockel mit sieben Pins, diente die 6J6 als Grundbaustein für die militärische Kommunikationstechnik im Krieg und für die nach dem Krieg entwickelte Haushaltselektronik. Im Grunde vereinte sie zwei Röhren in einem Gehäuse; eine gemeinsame Kathode (Pin sieben) bediente zwei separate Platten (Pins eins und zwei) und Gitter (Pins fünf und sechs). Ihr Doppeltrioden-Aufbau machte es möglich, die Röhre als »Flipflop« einzusetzen, indem jeweils die eine oder die andere Seite in einen leitenden Zustand versetzt wurde. Das Umschalten dauerte weniger als eine Mikrosekunde. »Julian Bigelow bestand auf das Wort Flipflop, weil es »die zutreffende Bezeichnung für das war, was der Schalter bewirkte. Und er hatte recht«, sagt Pomerene. »Es handelte sich um eine bistabile Schaltung, die in dem Zustand bleibt, in den man sie versetzt.«[65] Damit war eine zuverlässigere Aufbewahrung binärer Daten möglich als mit einem Element, bei dem die Information lediglich in dem Unterschied zwischen *an* und *aus* liegt, wo also einer der beiden Betriebszustände nicht von einem Ausfall des gesamten Elements zu unterscheiden war. Wie Bigelow es später formulierte: »Ein binärer Zähler ist einfach ein Paar bistabiler Zellen, die durch Tore mit der Konnektivität einer Möbius-Schleife kommunizieren.«[66]

»Wäre die 6J6, also die Doppeltriode, nicht durch den Krieg in großem Maßstab in Gebrauch gewesen, weiß ich nicht, was wir als Röhre hätten nehmen sollen«, sagt Willis Ware.[67] Die weite Verbreitung der 6J6 bedeutete nicht nur, dass sie günstig zu haben war; es stellte sich auch heraus, dass sie relativ zuverlässig war. Bei einem der letzten Aufträge, an denen Bigelow als Mitglied der statistischen Forschungsgruppe an der Columbia University gearbeitet hatte, war es um die Zuverlässigkeit von Kriegsmunition gegangen. »Es war zu zahlreichen versehentlichen Treibstoff-Explosionen in Flugzeugen gekommen, bei denen die Detonation eine Tragfläche des Flugzeugs abgerissen hatte«, erklärt er. »Diese Dinge passierten sporadisch und scheinbar nach keinem bestimmten Muster. Wir hatten dort einige exzellente Statistiker, darunter Abraham Wald, der während seiner Zugehörigkeit zu unserer Gruppe die sequentielle Analyse begründete. Das statistische Denken war zu einem Bestandteil meiner Weltsicht geworden.«[68] Wie sich herausstellte, waren die zuverlässigsten Röhren diejenigen, die in den größten Stückzahlen hergestellt wurden – darunter die 6J6. »Wir stellten fest«, erzählt Bigelow, »dass besonders teure Röhrentypen, die als extra langlebig galten, oft anfälliger für strukturbedingte Ausfälle waren als gewöhnliche Röhrentypen.«[69]

Die Erkenntnis, dass höhere Qualität nicht gleichbedeutend war mit höheren Anschaffungskosten, stieß nicht überall auf Gegenliebe, insbesondere nicht bei IBM. Das Unternehmen hatte zwar die 6J6 zunächst als Prozessorelement in seinem populären elektronischen Rechnermodell 604 verwendet, dann aber begonnen, in Poughkeepsie, New York spezielle computertaugliche Röhren zu bauen, die sehr viel teurer waren. Es gab eine hitzige Debatte über die Frage, ob die Entscheidung für die 6J6 nicht ein Fehler war. Von den 3474 Röhren, die letzten Endes in den IAS-Rechner eingebaut wurden, waren 1979 billige 6J6-Röhren.[70] »Man kann den ganzen Rechner auch als eine große Röhren-Testanlage betrachten«, kommentierte Bigelow.[71]

Probleme bereiteten nicht so sehr Röhren, die komplett

ausfielen – eingebaute Autodiagnostik-Routinen sorgten dafür, dass kaputte Röhren leicht gefunden und ersetzt werden konnten –, sondern Röhren, die entweder von Anfang an nicht richtig funktionierten oder mit zunehmendem Alter unzuverlässig wurden. Wie konnte man sicherstellen, dass man korrekte Resultate bekam? Während von Neumann vom Kopf her die Ideen formulierte, die sich in seinem Aufsatz von 1951, »Reliable Organizations of Unreliable Elements«, und seiner Abhandlung von 1952, »Probabilistic Logics and the Synthesis of Reliable Organisms from Unreliable Components«, niederschlagen sollten, rückten die Techniker am Institut demselben Problem von der handwerklichen Seite her zu Leibe.

Es war schließlich ein mit allen Wassern der Rüstungselektronik und der kriegstypischen Improvisationskunst gewaschener Ingenieur, der die schwierige Aufgabe meisterte, aus unzuverlässigen Restbeständen der Kriegsproduktion einen zuverlässigen Rechner zu bauen. Jack Rosenberg aus New Brunswick, New Jersey war der Erste aus seiner Familie, der an einem College studierte: 1934 hatte er sich mit 16 am MIT eingeschrieben. Er hatte zunächst Mathematik studiert, dann aber auf Elektrotechnik umgesattelt und das Studium als Bester seines Jahrgangs abgeschlossen. Er nahm ein Angebot an, als ziviler Techniker für das Signal Corps der U. S. Army zu arbeiten, und wurde Offizier, als die USA in den Krieg eintraten.

Im Juli 1945 befand Jack Rosenberg sich an Bord eines Truppentransporters der Army, der mit 8 Knoten den Pazifik in Richtung Philippinen durchpflügte, wo sich die amerikanischen Streitkräfte auf die Invasion Japans vorbereiteten. »Als passionierter Funkamateur verbrachte ich den größten Teil meiner wachen Zeit in der Funkerkabine und hörte Kurzwellensender«, erzählt er. Da der langsame Transporter ein leichtes Ziel abgab, war es verboten, Funksprüche abzusetzen. Am 6. August 1945 hörte Rosenberg die Nachricht von der Bombardierung Hiroshimas, gefolgt am 9. August von der Meldung über den Abwurf einer zweiten Atombombe auf Nagasaki. »Der Befehlshaber des Schiffes war genauso konsterniert wie ich«, erinnert er sich. »Er sagte mir, ich solle weiter den Funk abhören. Seine Befehle für die Invasion waren unverändert.« Dann kam die Nachricht von der bedingungslosen Kapitulation Japans. »Die Bomben hatten uns das Leben gerettet«, sagt Rosenberg, und er habe das nie vergessen, so schwierig von Neumann und Oppenheimer später als Vorgesetzte auch gewesen seien.[72]

Rosenberg blieb bis zum April 1946 auf den südlichen Philippinen. Im Laden seiner Basis fand er ein Exemplar des Heftchens *Atomic Energy for Military Purposes*, einer eilig herausgegebenen nichttechnischen Darstellung des Manhattan-Projekts aus der Feder von Henry Smyth, dem Dekan der Physik-Fakultät der Princeton University. Nach seiner Entlassung aus der Army im Fort Dix, New Jersey im Juli 1946 fuhr Rosenberg – der die Rückreise über den Pazifik auf einem turbinengetriebenen Dampfschiff mit 30 Knoten gemacht hatte – nach Princeton, wo er hoffte, einen Job im Bereich der Atomforschung zu ergattern. Tatsächlich stellte die Physik-Fakultät ihn ein, und er bekam den Auftrag, an der Entwicklung von Bauteilen für das neue Cyclotron der Universität mitzuwirken. Seine Begeisterung währte nur einen runden Monat.

»Anfang 1947«, so Rosenberg, »erfuhr ich, dass am Institute for Advanced Study ein berühmter Wissenschaftler einen Ingenieur für die Entwicklung einer elektronischen Rechenmaschine suchte, bei der außer ihm niemand durchblickte.« Rosenberg stellte sich bei Bigelow und von Neumann vor und trat seine Stelle im Juli an. »In der Army war Antisemitismus weit verbreitet. Für Johnny war das kein Thema«, sagt er.

»Johnny führte mit uns allen ungefähr einmal die Woche

ein Einzelgespräch, erkundigte sich, was wir gebaut hatten, wie es funktionierte, welche Probleme wir hatten und wo wir die Ursachen dafür sahen«, erzählt Rosenberg. »Jede Frage, die er stellte, war exakt die bestmögliche auf der Grundlage der Information, die ihm zu dem Zeitpunkt vorlag. Seine Logik war makellos – er stellte nie eine Frage, die irrelevant oder fehlschlüssig gewesen wäre. Seine Fragen kamen wie aus dem Maschinengewehr und ließen auf einen Kopf schließen, der blitzschnell und fehlerfrei arbeitete. Er brauchte ungefähr eine Stunde, um jeden von uns an einen Punkt zu führen, wo wir verstanden, was wir gemacht hatten, womit wir es zu tun hatten und wo die Ursachen der Probleme zu suchen waren. Es war wie der Blick in einen sehr guten Vergrößerungsspiegel, der alle unnötigen Bildelemente ausblendete und nur die wichtigen Details zeigte.«[73]

Zu dem Zeitpunkt, als Rosenberg anfing, war das große Problem die Frage, wie man ein 40-stufiges Schieberegister bauen konnte, eine zentrale Voraussetzung für die Rechenkapazität der Maschine. »Es war einfach, ein zweistufiges Register zu bauen, das zuverlässig arbeitete«, sagt Rosenberg. »Erweiterte man es um eine dritte Stufe, schlichen sich sporadische Fehler ein. Fügte man eine vierte Stelle hinzu, wurde das Register unbrauchbar. Wir fanden heraus, dass die elektrischen Eigenschaften der Vakuumröhren stark von den Spezifikationen abwichen, die in den Betriebsanleitungen für sie angegeben waren, selbst bei nagelneuen Röhren.«

Nach weiteren gründlichen Testläufen und nach Gesprächen mit den wichtigsten Röhrenherstellern teilte Rosenberg von Neumann mit, es fehle an »zuverlässigen Röhren und zuverlässigen Widerständen«. Von Neumanns Antwort lautete, wie Rosenberg sich erinnert: »Wir müssten lernen, eine zuverlässige 40-stufige Maschine aus Tausenden unzuverlässiger Komponenten zu bauen.« Und das taten sie.[74]

Anstatt das Röhrendesign nach den Angaben der Hersteller auszurichten, schalteten sie auf einen Ansatz um, den man heute als Worst-Case-Design bezeichnet – Bigelow nannte es »in Anspielung auf die damals gerade aktuelle Damenmode den ›New Look‹«.

Die neuen konstruktiven Parameter wurden nicht nur auf die Röhren angewendet, sondern analog auch auf Flipflops, Gatter, elektrische Standardbauteile und schließlich auch auf die 40-stufigen Register als Ganze, die nach mühsamen Fehlerbeseitigungsdurchgängen schließlich funktionierten. Von Bigelow kam die kontraintuitive Überlegung, man könne die Zuverlässigkeit der Maschine als Ganzer durch eine Beschleunigung der Arbeitsgeschwindigkeit verbessern. Anders als mechanische Bauteile verschleißen Vakuumröhren nicht durch Gebrauch, sondern durch Alterung, und »erleiden Ausfälle proportional zu ihrer Anzahl«, nicht zu ihrem Arbeitstempo. Eine optimale Zuverlässigkeit lasse sich daher erreichen, indem man so wenige Röhren wie möglich, diese aber mit maximaler Geschwindigkeit betreibe. »Schließlich gilt«, schrieb Bigelow, »dass unregelmäßig wiederkehrende Fehler am unangenehmsten und am schwierigsten diagnostizierbar sind, wenn ihre Frequenz im Großen und Ganzen der Taktung entspricht.«[75]

Die IAS-Ingenieure entlockten Röhren, deren Betriebsqualität, gemessen an den für die einzelne Röhre angegebenen Spezifikationen, überwiegend inakzeptabel gewesen wäre, ein akzeptables »kollektives« Verhalten. Sie schafften das, indem sie dieselben Prinzipien anwendeten, die Bigelow und Wiener bei ihrer Arbeit am Debomber entwickelt hatten: Trennung des Signals vom Rauschen in jedem Stadium des Prozesses – in diesem Fall bei der Übertragung jedes einzelnen Bits –, anstatt zuzulassen, dass das Rauschen entlang des Signalwegs kumulativ zunimmt. Diese Ingenieurleistung hat, zusammen mit dem Wunderding Silizium, dazu geführt, dass wir heute über so leistungsfähige Mikroprozessoren verfügen. Das ganze digitale Universum trägt bis heute den Prägestempel der 6J6.

»Einmal haben wir die Vakuumröhren aus der Maschine geholt und sie einem regulären Testlauf unterzogen«, erinnert sich James Pomerene, »und wissen Sie was? Eine miesere Meute von Röhren haben Sie in Ihrem Leben nicht gesehen!«[76]

KAPITEL ACHT

V-40

> Soweit man auch all solche Maschinen unermesslich viel tiefer stellen muss als die einfachsten Werke der Natur, so mögen wir aufgrund der riesigen Zahl der Zyklen, welche selbst menschlicher Erfindungsgeist in manchen Fällen vor unserem Blick entfaltet, vielleicht doch imstande sein, uns ein schwaches Bild von der Größe dieses untersten Schrittes in der Kette des Denkens zu machen, die uns hinaufführt zum Gott der Natur.
>
> *Charles Babbage, 1837*[1]

Pentaerythrityltetranitrat (auch Nitropenta oder PETN genannt) war ein wichtiger Sprengstoff im Ersten Weltkrieg, doch seine Molekularstruktur war unbekannt und blieb es auch während des Zweiten Weltkrieges. Andrew Booth, dessen Vater unter anderem die automatische Zündverstellung und ein Thermoelement für die Herdplatte erfunden hatte, das in einem Haushalt ohne elektrischen Strom den Betrieb eines Radios ermöglichte, war noch Studienanfänger an der Universität im englischen Birmingham, als er mit der Aufgabe betraut wurde, das Rätsel mittels Röntgenstrahl-Kristallographie zu lösen.

Booth, der im Alter von zwei Jahren »zum Schrecken seiner Mutter elektrische Sicherungen repariert hatte«, erhielt 1937 ein Mathematikstipendium an der Universität Cambridge, wo er als Betreuer den theoretischen Mathematiker G. H. Hardy zugeteilt bekam – eine von Anfang an zum Scheitern verurteilte Kombination. Von Hardy vor die Wahl gestellt, sich entweder auf die Mathematik zu konzentrieren oder sich von seinem Stipendium zu verabschieden, beschloss Booth getreu seiner Überzeugung, die Mathematik sei »des Studiums nicht wert, wenn sie keinen Nutzen stiftet«, Cambridge zu verlassen und stattdessen nach seinem eigenen Plan Physik, Maschinenbau und Chemie zu lernen. Als Lehrling im Flugmotorenwerk von Armstrong Siddley in Coventry verbesserte er die Technik des Suchscheinwerfers und initiierte den Einsatz einer Röntgenanlage für die Überprüfung der Qualität von Bauteilen. Zur Belohnung erhielt er ein vom Verband der britischen Gummierzeuger gestiftetes Forschungsstipendium, verbunden mit dem Auftrag, die Molekülstruktur des PETN zu ergründen, was zu der Zeit jedoch nicht ausdrücklich kommuniziert wurde. »Man gab mir einfach nur ein Material und sagte mir, ich solle seine Struktur feststellen«, erklärt er. »Und das taten wir, und natürlich fanden wir dabei heraus, um welchen Stoff es sich handelte.«[2] Booth und seine Gruppe analysierten neben PETN auch die Struktur von RDX, einem neuen Plastiksprengstoff, der bei der Entwicklung der Atombombe eine Schlüsselrolle spielen sollte.

Zeichnet man die Beugungsmuster auf, die Röntgenstrahlen beim Durchgang durch kristallines Material erzeugen, so ist es möglich, wenn auch alles andere als einfach, Rückschlüsse auf Verteilungsmuster der Elektronendichte und damit auf die Molekülstruktur zu ziehen, die für die beobachtete Beugung verantwortlich ist. Ist die Molekülstruktur eines Materials bekannt, so ist es einfach, das Beugungsmuster vorherzusagen, doch umgekehrt gilt das nicht. Man beginnt damit, dass man die Molekülstruktur zu erraten versucht, das Beugungsmuster des hypothetischen Moleküls berechnet und hofft, einigermaßen in der Nähe des beobachteten Musters anzukommen. Nach vielen Annäherungsversuchen landet man vielleicht bei einer plausiblen Struktur, vielleicht aber auch nicht.

»Vor meinen Berechnungsideen jonglierten die Leute mit den Werten herum und hofften auf ein brauchbares Ergebnis«, erinnert sich Booth. »Man brauchte irre viel Zeit und bekam gewöhnlich ein ziemlich dürftiges Ergebnis.« Die Streuung von Röntgenstrahlen folgt einfachen physikalischen Gesetzen, aber das Pferd von hinten aufzuzäumen, war eine Sisyphusarbeit. »Sie beinhaltete jede Menge äußerst kniffliger Berechnungen«, sagt er. »Bei einer typischen Struktur muss man mit rund 4000 Reflexionen rechnen. ... Und man muss die Summe über alle Atome in der Struktur bilden, um diesen verfluchten Phasenwinkel zu berechnen. Von Hand dauert das entsetzlich lange. Ich hatte einen jungen Mann und ein Mädchen, die mir bei den Berechnungen halfen. Wir brauchten drei Jahre.«[3]

Nachdem Booth die Struktur von PETN bestimmt und seinen Doktortitel in der Tasche hatte, wechselte er ans zentrale Labor des Verbandes der britischen Gummierzeuger in Welwyn Gardens bei London. Unter der Ägide von John W. Wilson begann er mit dem Bau mechanischer und elektromechanischer Rechengeräte zur Beschleunigung der Analyse von Röntgenstrahlen-Beugungsmustern. Er erregte damit die Aufmerksamkeit des Kristallographen John Desmond Bernal, der gerade dabei war, am Birkbeck College ein »biomolekulares« Forschungslabor einzurichten mit dem Ziel, komplexere organische Moleküle, die sich bis dahin einer strukturellen Analyse entzogen hatten, zu dechiffrieren. »Ich war dabei, diesen spezialisierten kristallographischen Digitalrechner zu bauen«, erzählt Booth, »und deshalb wollte Bernal mich als Mitarbeiter haben.«

1946 schickte Bernal Booth in die USA mit dem Auftrag, sich über den Stand der dortigen Rechnerentwicklung zu informieren. Warren Weaver, inzwischen wieder zur Rockefeller-Stiftung zurückgekehrt, sagte einen Zuschuss für diese erste Besuchsreise Booths zu und stellte ihm ein Rockefeller-Stipendium an einem Labor seiner Wahl in Aussicht. Booth ging auf Tournee: Er besuchte George Stibitz in den Bell Labs, Howard Aiken in Harvard, Jay Forrester am Servomechanism Laboratory des MIT, die EDVAC-Gruppe an der Moore School, von Neumann und Bigelow am Institut in Princeton und schließlich Eckert und Mauchly in ihrer Electronic Control Company (die sich »äußerst abweisend« zeigten, wie er bekundet). Er besuchte sogar ein Rechenzentrum der Bank of Hong Kong in San Francisco, das ganz im Zeichen des Abakus stand, und hielt nebenbei Vorträge vor unterschiedlichsten Zuhörerschaften, von Frauenvereinen bis zum Forscherteam von Linus Pauling.

Booth baute auch einige »Abstecher« ein, darunter einen zweitägigen Besuch bei Irving Langmuir von General Electric, dessen Interessenspektrum von der Wetterbeeinflussung bis zur Struktur von Eiweißen reichte. Zum damaligen Zeitpunkt arbeitete er mit besonderer Begeisterung an einer neuen Erfindung für die Abfallverwertung – er nannte es ein »elektrisches Schwein«. Der Erfinder führte Booth das Gerät vor. »Ich hatte gerade eine Banane gegessen«, erzählt Booth, »und warf die Bananenschale hinein. Es gab ein scheußliches Quietschen, und das Ding klemmte. So endete die Sache damit, dass dieser Nobelpreisträger bäuchlings über den Boden robbte, das Unterteil von diesem Ding abmontierte und die Bananenschale herauskratzte.«[4]

»Dann fuhr ich nach New York zurück und traf mich mit Weaver«, erinnert sich Booth. »Und er sagte: ›Was wollen Sie machen?‹ Ich hatte zu dem Zeitpunkt schon ein ziemlich klares Bild und sagte: ›Naja, die einzige Gruppe, mit der zu reden sich lohnt, ist die Bande in Princeton.‹ Sie waren die Einzigen, die sich aus dem alten Spiel verabschiedet hatten, bloß mit den Armen zu wedeln und nichts zu tun.«[5]

Booth, der sowohl mit der Analytical Engine des Charles Babbage als auch mit Turings Universalmaschine vertraut war, sah in dem IAS-Projekt die praktische Umsetzung dieser Ideen. (Übrigens kannte er Turing aus Cambridge.) Der Nationale Forschungsrat erteilte Booth einige Zeit später den Auftrag, einige der Schaltpläne, die Turing für die Automatic Computing Engine (ACE) gezeichnet hatte (die zu der Zeit am Londoner National Physical Laboratory in London gebaut wurde), zu begutachten. »Sie waren unglaublich kompliziert«, sagt er. »Für jeden dieser Schaltkreise zeichnete ich einen Gegenentwurf. Und bei meinen wäre nur ein Viertel der Materialkosten angefallen. Ich glaube, dass einige von Turings Schaltungen nicht funktioniert hätten.«[6]

Bei Bigelow stieß Booth auf eine minimalistische Herangehensweise. »Julians unverrückbarer Grundsatz war, dass man Sachen ohne Kondensatoren bauen muss«, erklärt er. »Wenn du Kondensatoren dabei hast, ist die Geschwindigkeit begrenzt. Ohne Kondensatoren kann man, wenn man nur genug Saft reinpumpt, jede erwünschte Geschwindigkeit erreichen.«[7] Auch der IAS-Rechner ließ sich bremsen, und wenn ein Debugging-Programm lief, sogar auf Schritttempo verlangsamen, sodass er immer nur einen Befehl auf einmal ausführte. Ein großer Teil der produktiven Rechenvorgänge lief im Geschwindigkeitsbereich von acht Kilohertz ab, also mit etwa halber Kraft. Sobald der Rechner eine Anweisung ausgeführt hatte, ging er zur nächsten.

Anfang 1947 brach Booth an Bord der *Queen Mary* nach New York auf, begleitet von seiner Assistentin Kathleen Britten, die später eines der ersten Lehrbücher über das Programmieren von Computern schrieb und schon bei den aufwendigen Berechnungen zur Röntgenstrahlen-Beugung Pionierarbeit geleistet hatte. Als Booth und Britten Ende Februar 1947 in Princeton eintrafen, sahen sie sich mit derselben Frage konfrontiert wie alle Gastgelehrten des Instituts: wo unterkommen? »Ich meine, es wird nicht schwer sein, etwas für Miss Britten wie auch für Herrn Booth zu finden«, schrieb Goldstine an von Neumann. »Bernetta Miller versucht gerade, Miss Goldmans Haushälterin dazu zu bewegen, dass sie in eines der Apartments zieht und die Zubereitung der Mahlzeiten übernimmt. In diesem Fall könnten sowohl Booth als auch Miss Britten bei Miss Goldmans Haushälterin einziehen und zumindest die Form wahren.«[8]

Kathleen Britten und Andrew Booth heirateten 1950, sobald Kathleen mit einer Arbeit über Aerodynamik im Überschallbereich ihren Doktor gemacht hatte. Sie gehörten zu den ersten Gastmitgliedern des Instituts, die in dem neuentstehenden Wohnquartier auf der der Fuld Hall gegenüberliegenden Seite der Olden Lane einen eigenen Haushalt gründeten.[9]

Im März 1946 hatte Veblen den Bau provisorischer Behausungen für das Personal des Rechnerprojekts vorgeschlagen. »Die Professoren Panofsky und Morse stimmten diesem Vorschlag nicht zu«, heißt es im Sitzungsprotokoll. »Sie hielten es nicht für klug, dass das Institut seine Geldmittel für ein Vorhaben ausgibt, das fast ausschließlich der Computergruppe zugutekäme.«[10] Im Juni 1946, als die Ingenieure nacheinander eintrafen und ihre Stellen antraten, spitzte sich die Lage zu. Neuankömmlingen blieb oft nichts anderes übrig, als täglich aus Philadelphia oder New York anzureisen. »Die beste Lösung wäre es, ein Apartmentgebäude von der New York Life Insurance Company zu mieten«, schrieb Aydelotte in einer Vorlage für eine Sondersitzung des Kuratoriums. »Allerdings hat die Versicherungsgesellschaft bislang Bedenken, diese Wohnungen an das Institut zu vermieten.« Aydelotte äußerte die Vermutung, New York Life wolle »nicht an Juden vermieten«, obzwar die Firma sich nicht ausdrücklich in diesem Sinn geäußert habe. Das Kuratorium beschloss, »der New York Life eine vorläufige Liste von Mietern vorzulegen, die auch die Namen von Juden, nicht aber von Hindus oder Chinesen enthalten würde«.[11]

Dieser Vorstoß scheiterte, und so begann die Institutsleitung in ihrer Verzweiflung, die umliegenden Ansiedlungen zu durchkämmen. Die Schule von Lawrenceville, deren Rektor »Gefallen an der Vorstellung fand, dass diese Männer sich mit den Schülern abgeben, in der Kapelle Vorträge halten würden usw.«, erklärte sich bereit, zwei oder drei Gelehrte unterzubringen, und die Besitzer einer Hühnerfarm bei Rosedale boten vier Wohnungen mit Zentralheizung an, »besonders geeignet für Paare mit Kindern«. Marston Morse schlug vor, »als letzten Ausweg in einigen Räumen der Fuld Hall Feldbetten aufzustellen«. Noch bis Ende 1946 bewohnte eine vierköpfige Familie ein solches »Feldlager« in der Fuld Hall.[12]

Der Durchbruch kam im August 1946: In Mineville im Norden des Staates New York bot die Republic Steel Company eine größere Anzahl gebrauchter Fertighäuser zum Kauf an, die sie errichtet hatte, um den kriegsbedingten Zustrom von Arbeitskräften in ihre dortigen Erzgrube zu bewältigen. »Noch am gleichen Tag entsandte ich einen Ingenieur des Rechnerprojekts, Herrn Bigelow, nach Mineville«, berichtete Aydelotte den Kuratoren. »Er traf dort auf Vertreter zweier anderer Universitäten, die sich die angebotenen Häuser ebenfalls sichern wollten. Dank der Rührigkeit von Herrn Bigelow konnten wir elf Gebäude erwerben, in denen sich 38 Wohnungen mit jeweils zwei oder drei Schlafzimmern befinden.«[13]

Es gab allerdings ein Problem: Zwischen Mineville und Princeton lagen 500 Kilometer. Unter Bigelows Aufsicht wurden die in Holzrahmenbauweise errichteten Häuser in transportfähige Teile zerlegt, per Bahn nach Princeton expediert und auf einem institutseigenen Areal zwischen dem Springdale-Golfplatz und der Fuld Hall auf Betonfundamenten wieder zusammengebaut. Das gesamte Unterfangen war im Januar 1947 abgeschlossen; die Häuser selbst kosteten 30 000, die Gründungsarbeiten und der Transport 212 693,06 Dollar. Die Klagen benachbarter Einwohner von Princeton, die das Vorhaben »wegen seiner abträglichen Wirkung auf das angrenzende, schmucke Wohngebiet« ablehnten, verhallten ungehört.[14]

Die Häuser aus Mineville wiesen dieselbe Bauweise auf wie die ebenfalls in den Kriegsjahren entstandenen Staatswohnungen in Los Alamos, und einige der Leute, die bis 1945 in der Ära Oppenheimer dort gewohnt hatten, sahen sich jetzt in ein sehr ähnliches Wohnumfeld versetzt – wieder mit Oppenheimer als Chef. Im Februar 1947 bezogen die ersten 17 Familien, darunter die Bigelows, ihre neuen Wohnungen, weitere folgten. »Seit wir hier sind«, berichtete Bigelow an Aydelotte, »haben wir viele unserer Nachbarn ganz gut kennengelernt, nicht nur Mathematiker und Physiker, sondern auch Leute, die in anderen Bereichen arbeiten und deren Erfahrungen und Ansichten sich von unseren unterscheiden.«[15]

»Julian und Mary waren das Herz und die Seele der Wohnanlage«, erinnert sich Freeman Dyson, der 1948 dazustieß. »Wenn man persönliche Probleme hatte, ging man zu Mary. Von ihr bekam man, was man brauchte: moralische Unterstützung, guten Rat und einfach die Wärme ihrer Persönlichkeit. Und hatte man praktische Probleme – ein reparaturbedürftiges Auto, eine Ratte im Untergeschoss oder einen Kohleofen, der entweder keine Wärme oder zu viel davon produzierte, konnte Julian es richten. Es waren wunderbare Jahre.«[16]

Nachdem der Wohnungsnotstand beseitigt war und das Rechnergebäude stand, konnten die Ingenieure beginnen, den Computer zusammenzubauen, anstatt sich wie bisher nur mit den Komponenten zu beschäftigen. Als Erstes wurden die Stromversorgung und die Kühlaggregate installiert. Das Rechnergebäude befand sich in unmittelbarer Nachbarschaft zur neuen Wohnanlage – »man konnte … zum Mittagessen nach Hause und wieder zurück zur Arbeit laufen«, erinnert sich Rubinoff.[17] Es war wie eine Neuauflage von Los Alamos. »Wir arbeiteten bis acht oder neun Uhr, gingen für zwei Stunden zum Abendessen nach Hause und arbeiteten dann weiter«, berichtet Thelma Estrin, eine Elektroingenieurin, die im Juni 1950 mit ihrem Mann, dem Ingenieur Gerald Estrin, dazukam, gerade als der Endspurt für die Fertigstellung der Maschine begonnen hatte. »Manchmal arbeiteten sie auch die ganze Nacht durch.«[18]

In einer Zeit, in der die meisten Mikroprozessoren nur eine einzige Betriebsspannung benötigen, kann man sich schwer vorstellen, wie viele unterschiedliche Stromspannungen man damals zum Betrieb eines Röhrencomputers brauchte. Die Hauptleitung, die von draußen ins Gebäude führte, war eine dreiphasige 120-Volt-Leitung, die sich in sieben Stromkreise verzweigte: Da waren zunächst drei Stromkreise zur Versorgung der Heizelemente für die Vakuumröhren – das Rechenwerk schluckte rund 6,5 Kilowatt, die Speichereinheit 1,5 Kilowatt. Des Weiteren wurde die Zentraleinheit des Rechners über vier separate Gleichrichter mit Gleichstrom versorgt, wobei eine Unterteilung in nicht weniger als 26 unterschiedliche Spannungen zwischen –300 und +380 Volt erfolgte. Und schließlich benötigten die Williams-Röhren regulierte Spannungen von 1075, 1220 und 1306 Volt. Ein gewollter Stromfluss in einem Stromkreis konnte ohne weiteres Störwirkungen an einer anderen Stelle hervorrufen, nicht zu reden von Störfaktoren, die aus dem Netz, also von draußen, kamen und Rauschen verursachten. Am Anfang bereiteten störende Interferenzen bei der Gleichstromversorgung so große Probleme, dass in einem Anbau des Rechnergebäudes ein Batteriespeicher mit 180 Amperestunden Kapazität installiert wurde, der sauberen 300-Volt-Gleichstrom lieferte und in Betrieb blieb, bis es gelang, den Rechnerkern besser abzuschirmen und eine stabilere Stromversorgung einzurichten.

Der Rechner bestand aus vier »Organen«: Ein- und Ausgabe, Rechenwerk, Speicher und Steuerung. Die Entscheidung für eine bestimmte Art von Speicher war bestimmend für alles andere. »Hat man sich erst einmal für eine bestimmte Art von Hochgeschwindigkeits-Speichertechnik entschieden, gibt es für die meisten anderen Komponenten eines elektronischen Rechners kaum noch Variationsspielräume«, stellten Booth und Britten in ihrem Bericht über ihren Gastaufenthalt am IAS fest.[19] Die vorgesehene volldigitale Selectron-Speicherröhre von RCA war, obwohl sie zunächst nur auf dem Papier existierte, das Herzstück des Rechners.

Zwischen Speicher und Rechenwerk standen die Register, die in paralleler Anordnung Daten aufbewahrten, übertrugen und umsortierten, jeweils 40 Bits auf einmal. Durch ein als »Akkumulator« bezeichnetes Register konnte das Rechenwerk auf den Speicher zugreifen; das Speicherregister wiederum öffnete einen Rückkanal aus dem Speicher in die entgegengesetzte Richtung – analog den separaten Ventilen, die bei den einzelnen Zylindern eines Automotors das Ein- und Ausströmen des Gas-Luftgemischs regeln.

Alle diese Register waren »doppelreihig«; sie enthielten zwei parallellaufende Reihen von als Flipflops fungierenden 6J6-Röhren. Zwei zusätzliche Reihen von Gattern steuerten die Ein-und Ausgangssignale der Flipflops. Diese eingebaute Redundanz verhinderte, dass bei der Signalübertragung Bits verloren gingen: Alle Daten wurden an den Zielort kopiert, bevor sie aus dem Quellort entfernt wurden. Es war dasselbe Prinzip, wonach auch heute noch die Übertragung eines Datenpakets durch das Internet nicht als vollzogen gilt, ehe nicht das Paket durch ein Rücksignal bestätigt, dass es intakt angekommen ist. »Die Information war zuerst in dem sendenden Schalter eingeschlossen; dann stellten die Gatter sie auch dem Empfänger zur Verfügung (während sie beim Sender noch vorhanden waren), und wenn sie an beiden Orten sicher lagen, konnten sie aus dem Sender gelöscht werden«, erklärte Bigelow. »Information war während der Übertragung nie ›volatil‹; sie war so sicher wie eine Raupe mit Höhenangst in der Krone eines Mammutbaums.« Daten wurden bewegt wie Schiffe durch die Schleusen eines Kanals. »Wir hatten damals das Vergnügen etlicher interessanter spekulativer Diskussionen mit von Neumann über Informationsübermittlung in einer Reihe hypothetischer Anordnungen von Zellen«, erinnert sich Bigelow, »und ich glaube, dass einer der Keime seiner späteren Studien über zelluläre Automaten bei diesen Gesprächen gesät worden sein könnte.«[20]

»Wir verlagerten Informationen von einem Ort zum anderen stets auf positive Weise«, betont James Pomerene. »Das ist heute ein universelles Grundprinzip. Ich glaube, wir haben das damals als Erste so gemacht. Und ich bedaure, dass wir es uns nicht patentieren ließen.«[21]

Immer wieder fielen am Rande des Projekts patentierbare Erfindungen ab. Im April 1946 formulierte von Neumann für das Institut eine Patentpolitik, die »einen vernünftigen Mittelweg« einzuschlagen versuchte und von der sowohl das Institut als auch die Mitarbeiter profitierten.[22] Die Angestellten willigten ein, ihre Rechte ans Institut abzutreten, während Letzteres sich bereit erklärte, für jede vielversprechende Erfindung »unverzüglich und ohne Kosten für den Mitarbeiter« eine Patentanmeldung vorzunehmen und »dem Mitarbeiter alle eventuell resultierenden Tantiemen … auszuzahlen, soweit der Betrag die Summe der Kosten übersteigt, die dem

Institut für die Beantragung und Anmeldung des Patents entstanden sind«.[23]

Die Ingenieure waren von dieser Regelung höchst angetan. Das Institut nahm sich einen Patentanwalt, der zu der Auffassung gelangte, das Projekt biete die Chance auf eine Vielzahl patentierbarer Erfindungen – dabei war die Maschine zu diesem Zeitpunkt noch nicht einmal zusammengebaut. »Das Institut hätte sich auch von jedem Ingenieur eine Abtretungserklärung geben lassen können, um mit den zu erwartenden Gewinnen ihr eigenes Stiftungskapital aufzustocken«, meint Bigelow.[24] Es hätte jedoch erhebliche Geldsummen gekostet, alle diese Patente zu bekommen, und erst recht, sie zu verteidigen – und das Institut war nicht willens, dieses Risiko einzugehen. Abraham Flexner hatte schließlich 1933 verkündet: »In dem Augenblick, da die Forschung als Quelle von Profiten benutzt wird, verliert sie ihre Seele.«[25]

Mitte 1947 wurde die ursprüngliche Vereinbarung über den Umgang mit Patenten einseitig geschwächt durch den Beschluss, die meisten Urheberrechte dem Staat zu übertragen. »Was die wenigen außergewöhnlichen Entwicklungen betrifft, die die Aussicht auf extrem wertvolle kommerzielle Anwendungen eröffnen«, versicherte Goldstine den Ingenieuren am 6. Juni 1947, »so wird die technische Leitung dem Direktor des Instituts empfehlen, dass in diesen Fällen Patentanmeldungen direkt vom Institut vorgenommen werden.«[26] Das war freilich ein leeres Versprechen, denn Goldstine hatte bei einem Treffen mit dem Stab des Direktors des Rüstungsbeschaffungsamts im April 1947 bereits das Zugeständnis gemacht, »dass alle Aufsätze oder Berichte, die die logischen Aspekte des Computers betreffen, als wissenschaftliche Publikationen betrachtet würden und deshalb allen interessierten Wissenschaftlern zugänglich sein müssten«. Das würde patentrechtliche Ansprüche auf die meisten bis dahin gemachten

Erfindungen gegenstandslos machen. »Um zu verhindern, dass irgendwelche kommerziellen Interessen Kapital aus etwas zu schlagen versuchen, das der Wissenschaftlergemeinde gehören sollte«, schrieb Goldstine, »würde ich es begrüßen, wenn Sie ein Exemplar des Aufsatzes ›Preliminary Discussion of the Logical Design of an Electronic Computing Instrument‹ an das Patentamt schicken würden mit der Bitte, es als ein veröffentlichtes Werk einzustufen.«[27] Im Juni 1947 versicherten Goldstine, Burks und von Neumann an Eides statt, dass es »unsere Absicht und unser Wunsch ist, dass alles darin enthaltene Material, das patentierbare Elemente enthalten könnte, als öffentliches Gut behandelt werden soll«.[28]

Die Ingenieure hatten im Grunde keine Wahl. »Es fand eine Versammlung der Ingenieure statt, soviel ich weiß im Herbst '48«, erinnert sich Bigelow, »bei der man uns eröffnete, dass die zweite Vereinbarung nicht dieselbe Patentklausel enthalten könne wie die erste. Und ich sagte: ›Meiner Meinung nach geben wir hier etwas sehr Wertvolles auf. Auf der anderen Seite bringe ich persönlich es nicht über mich, jetzt gegen Johnny einen Streik auszurufen. Ich möchte jedoch, dass ihr versteht, was wir aufgeben.‹ Und das Votum war ganz überwiegend: ›Wir sind dabei.‹«[29]

»Wer mit von Neumann zusammenarbeitete, empfand eine so enorme Hochachtung vor ihm und eine so enorme Dankbarkeit, einer der Auserwählten sein zu dürfen, die diese Maschinen bauen würden«, fährt Bigelow fort, »dass wir zu keiner Zeit mit Nachdruck unsere Rechte einforderten. Allerdings wussten wir zu der Zeit auch nicht, dass von Neumann eine Beratertätigkeit für IBM übernahm.«[30] Alle technischen Daten des MANIAC und seiner Programmierung wurden zu Gemeineigentum erklärt, sodass es aller Welt freistand, sie sich zu eigen zu machen. In der Folge wurden sukzessive Sachstandsberichte veröffentlicht, die sich durch vorbildliche gedankliche Klarheit und technische Detailgenauigkeit auszeichneten. »Das Bemerkenswerte an diesen Berichten war«, schrieb I. J. Good, in den Kriegsjahren Assistent von Turing, »dass sie für jede konstruktive Entscheidung einleuchtende Begründungen lieferten – etwas, das sich in späteren Arbeiten selten wiederholte.«[31]

»Viele von uns, die wir im Begriff stehen, Imitate der IAS-Maschine herzustellen, neigen dazu, unsere Abweichungen vom Vorbild hervorzuheben und zu vergessen, wie unglaublich viel wir Julian Bigelow und anderen am Institut zu verdanken haben«, schrieb William F. Gunning in einem Aufsatz über die Entwicklung des Rechners JOHNNIAC bei der RAND Corporation. »Ich glaube, der Umstand, dass so viele von uns in der Lage waren und sind, ein Rechenwerk zu bauen, das umstandslos funktioniert und an dem man nicht herumfummeln muss, ist Beweis genug für den grundlegenden Beitrag, den sie geleistet haben.«[32]

Im Juli 1947 wurde deutlich, dass der Prototyp eines zehnstufigen Addierwerks »über eine Zeitspanne von mehreren Tagen hinweg zuverlässig funktionierte« – es schaffte einen kompletten Durchgang durch alle zehn Stufen in 0,6 Mikrosekunden.[33] Im August wurde ein zehnstufiges Schieberegister einem einmonatigen Härtetest unterzogen, und im Februar 1948 schaffte der Prototyp eines Akkumulators »rund 100 000 Additionen pro Sekunde« und im Dauertest 5 Milliarden Operationen ohne einen einzigen Fehler.[34]

Der Rechner brauchte ein Element, das das Laden von Daten und Programmen in den Speicher und die Ausgabe von Ergebnissen übernehmen würde. 1946 war magnetisierter Draht das Aufzeichnungsmedium der Wahl. Bigelow widmete sich mehrere Monate der Aufgabe, eine Hochgeschwindigkeits-Spulvorrichtung für Magnetdraht zu konstruieren, die in der Lage war, bis zu 30 Meter Stahldraht pro Sekunde (das entsprach 90 000 Bits) auf- und abzuwickeln; er benutzte dafür zwei Fahrrad-Räder, die nebeneinander angeordnet waren und eine gemeinsame Antriebsachse hatten. Die beiden Räder konnten zusammen ausgebaut und eingesetzt werden, wie später eine Tonbandkassette. Auch wenn es schließlich gelang, diesen Hochgeschwindigkeitsrecorder störungsfrei bis zu drei Wochen lang zu betreiben, ließ man ihn nach einiger Zeit zugunsten eines zuverlässigeren, wenn auch langsameren Ein- und Ausgabemediums auf Basis handelsüblicher Lochstreifen fallen. Vieles von dem, was das Bigelow-Team bei der Konstruktion der Magnetdrahtspule gelernt hatte, ging später in die Entwicklung eines Trommelspeichers mit einer Kapazität von 2048 Wörtern ein, dessen Leistungsfähigkeit einem Laufwerk mit 40 Spuren entsprach, das Endlosschleifen von Magnetdraht durch unabhängig voneinander arbeitende Lese- und Schreibköpfe sausen ließ.

Die Lochstreifen wurden ihrerseits durch das von IBM entwickelte Lochkartensystem ersetzt, sobald IBM dem IAS eine Sondergenehmigung für konstruktive Veränderungen an den von IBM gelieferten Geräten erteilt hatte. Hewitt Crane baute eine IBM 516 so um, dass man damit mehrere 80-Bit-Reihen parallel lesen konnte, anstatt nur eine 12-Bit-Kolonne auf einmal. IBM übernahm diese Verbesserung wenig später und beschleunigte damit den Übergang von alphanumerischen Zeichen zu Zeilen von Programmcode. Der gesamte 1024-Wörter-Speicher ließ sich in weniger als einer Minute laden und in zwei Minuten auslesen.

Im April 1948 wurde der Prototyp eines achtstufigen binären Multiplizierwerks in Betrieb genommen und schaffte 70 000 Multiplikationen pro Sekunde. »Es hat rund 10^{10} Operationen durchgeführt und scheint zuverlässig zu sein«, hieß es im offiziellen Protokoll – inoffiziell ließ Oppenheimer die Mitglieder des Kuratoriums nur wissen, dass »der elektronische Rechner jetzt auch multipliziert«.[35] Rosenberg dachte sich eine Serie von Rechentests aus, bei denen »wiederholte fehlerfreie Multiplikationen ein gleichbleibendes Muster von Ziffern ergeben«, sodass man auf einen Blick sehen konnte, ob das Rechenwerk funktionierte oder nicht.[36]

Drei 40-stufige Schieberegister waren nach kurzer Zeit fertig und wurden »in zwei verschiedenen Anordnungen so miteinander verbunden, dass geschlossene Schleifen von 120 Binärzahlen entstanden und jeweils eine Stelle weitergeschoben werden konnten«; eine Verschiebung dauerte nur drei Mikrosekunden. Im ersten Test lief das Register 100 Stunden lang und vollführte dabei insgesamt 10^{11} Verschiebungen.[37] Alle Elemente, die der Rechner brauchte, nahmen Gestalt an. Was allerdings noch fehlte, war der Speicher.

Es hatte zunächst den Anschein, als sei Rajchman mit seinem Team bei RCA der Bigelow-Gruppe am IAS einen Schritt voraus. »Ich komme gerade von einem Besuch bei Jan zurück, der ziemlich zuversichtlich war«, berichtete Goldstine Anfang Juli 1947 an von Neumann. »Er verspricht ein quadratisches, also mit vier Kathoden ausgestattetes Selectron von 256 Bits in rund zwei Wochen – ich weiß nicht, was wir damit machen, wenn wir es bekommen.«[38] Ende Juli stattete Goldstine dem RCA-Team einen weiteren Besuch ab, fand jedoch, dass es dort mehr neue Probleme als Speicherröhren gab. Von Neumann, ganz der Spieltheoretiker, beschloss, zweigleisig zu fahren. Wenn alle anderen Optionen ausfielen, konnte man den Rechner notfalls (wenn auch um den Preis einer Verringerung des Rechentempos um den Faktor 100) mit einem direkt an die Rechenwerke und die Steuereinheit angeschlossenen 40-spurigen Trommelspeicher betreiben.

Im Frühjahr 1948 kam Douglas Hartree zu Besuch aus England. Er brachte Neuigkeiten – und dazu einen vorläufigen Bericht, den er persönlich Goldstine aushändigte – von den britischen Radarpionieren Frederick C. Williams und Tom Kilburn, die sich anschickten, unter Mithilfe von Alan Turing und Max Newman an der Universität von Manchester den Prototyp eines Digitalrechners mit Programmspeicher zu bauen, nicht zuletzt auf Grundlage des EDVAC-Berichts. Anstelle eines akustischen Laufzeitspeichers hatten sie eine neue Speichertechnik entwickelt, die alsbald unter der Bezeichnung »Williams-Röhre« bekanntwerden sollte. Sie machte von der »Ladungsverteilung Gebrauch, die sich auf dem Fluoreszenzschirm einer gewöhnlichen Kathodenstrahlröhre bildet, wenn sie von einem entsprechend modulierten Elektronenstrahl bestrichen wird«.[39] Geladene Stellen auf der Oberfläche der Röhre ließen sich über kurze Zeitspannen konservieren, analog dem Phänomen, dass nach dem Abschalten einer Bildröhre die durch den Kathodenstrahl induzierte statische Elektrizität noch einige Sekunden erhalten bleibt.

Die Williams-Speicherröhre war nichts anderes als eine umgekrempelte Version von Zworykins Ikonoskop: Während bei diesem ein elektrisches Ladungsmuster erzeugt wird, das ein außerhalb der Röhre existierendes Bild nach innen überträgt, wird bei Ersterer ein von einem inneren Elektronenstrahl erzeugtes Ladungsmuster abgetastet und nach außen übertragen. »Im Endeffekt ist eine solche Röhre nicht mehr als eine Vielzahl elektrischer Kondensatoren, die mit Hilfe eines Elektronenstrahls in den Kreislauf eingebunden werden können«, hatten Burks, Goldstine und von Neumann in ihrem vorläufigen Bericht vom Juni 1946 festgestellt, lange bevor Williams und Kilburn diesen Gedanken in die Tat umgesetzt hatten.[40] Die beiden Letztgenannten, die während des Krieges in der Radartechnik und in der Freund-Feind-Erkennung mit den Amerikanern zusammengearbeitet hatten, verwiesen gewissenhaft auf ihre Quellen. »Die experimentelle

Entdeckung, dass solche Röhren speicherfähige Eigenschaften an den Tag legen, wurde allem Anschein nach gegen Kriegsende im Radiation Laboratory in Boston gemacht«, schrieben sie.[41]

Williams und Kilburn gelang es, auf der Platte einer einzigen Kathodenstrahlröhre ein 32×32 Punkte umfassendes Ladungsmuster zu erzeugen und zu speichern. Sowohl die Speicherung als auch das Auslesen der Daten erfolgte seriell, ähnlich wie bei einem akustischen Laufzeitspeicher, jedoch mit der Geschwindigkeit von Elektronen anstatt mit Schallgeschwindigkeit. Die gesamte Matrix musste regelmäßig aufgefrischt werden, damit der Status jedes einzelnen Punktes erhalten blieb. Williams und Kilburn konnten auf diese Weise Daten fehlerlos für mehrere Stunden gespeichert halten. »Wenn der Speicher nicht völlig fehlerfrei wäre«, bemerkten sie in ihrem Bericht, »gibt es rechnerisch ungefähr 10^{360} mögliche andere Verteilungsmuster, und jedes von ihnen hätte am Ende der Speicherperiode dastehen können. Zum Vergleich: Die Zahl aller im Universum vorhandenen Elektronen ist auf 10^{74} geschätzt worden.«[42]

Nach Meinung von Williams und Kilburn ließ sich ihr Speicher »am besten durch den Bau einer kleinen Maschine« testen. Die »Small-Scale Experimental Machine« (SSEM) verfügte über einen einzigen Kathodenstrahlröhrenspeicher mit einer 32×32-Matrix und beherrschte keine andere Rechenart als das Subtrahieren, was jedoch genügte, um zu beweisen, dass eine »auf einem Kathodenstrahlröhren-Speicher beruhende Universalmaschine« im Prinzip möglich war.[43] In einem Durchlauf von 52 Minuten führte das Gerät 3,5 Millionen Anweisungen aus, gesteuert durch 17 Zeilen Programmcode.

Die Neuigkeiten aus Manchester machten in Princeton Furore. Sogleich wurde Bigelow nach England entsandt, während Pomerene sich in die experimentelle Arbeit stürzte. Williams und Kilburn begrüßten Bigelow am 18. Juli 1948 in ihrem primitiven Labor. »Als ich dort stand und Williams' Maschine betrachtete, fing ein Teil von ihr innerlich an zu kochen, weil sie so schlampig zusammengebaut war, aber das störte ihn überhaupt nicht«, erinnert sich Bigelow. »Er zog einfach ein paar Klemmen ab und sagte: ›So geht's nicht.‹ Er nahm einen Lötkolben und entfernte ein Teilchen und lötete daneben ein paar andere fest, steckte die Klemmen wieder ein und ließ das Gerät weiterlaufen.«[44] Problematischer waren aber die elektromagnetischen Interferenzen, die eine unweit verlaufende Straßenbahnlinie verursachte, obwohl die Kathodenstrahlröhren zur Abschirmung in einem Metallgehäuse untergebracht waren.

»Die Beispielrechnung, die Sie mir vorführten, war Bestandteil eines Rechenprogramms zu Mersennes Primzahlen, das die Maschine zweimal durchlief, beim ersten Mal mit einem Fehler, beim zweiten Mal fehlerfrei«, berichtete Bigelow. »Diese kleine Übung nahm drei oder vier Minuten in Anspruch; Max Newman und ich rechneten aus, dass die Anzahl der durchgeführten Rechenoperationen in Richtung 10 000 ging.«[45] Bigelow kehrte einige Tage später an Bord der *Parthia* von der Cunard Line nach New York zurück. Als er in Princeton ankam, konnte Pomerene ihm einen funktionsfähigen Kathodenstrahlröhren-Speicher mit einer Kapazität von 16 Bits vorführen, die innerhalb von vier Wochen auf 256 Bits gesteigert wurde.

Hatte es bisher so ausgesehen, als werde das IAS-Team auf die Selectron-Röhre warten müssen und am Ende eine Maschine bekommen, deren Kernspeicher urheberrechtlich der Firma RCA gehörte, so eröffnete die Williams-Röhre jetzt unverhofft die Chance, mit kostengünstigen Oszilloskopröhren von der Stange zu arbeiten, weil die innovativen Elemente des Speicherorgans außerhalb der Röhre implementiert werden konnten. »Das ganze Problem bestand jetzt im Schaltkreis-Design und der Konstruktion – Aspekte, in denen wir uns kompetent fühlten«, erklärt Bigelow.[46]

Williams und Kilburn hatten demonstriert, wie eine Abfolge elektronischer Impulse (entlang der Zeitachse) in eine Matrix von Ladungspunkten (eine räumliche Struktur) umgewandelt und gespeichert werden konnte, und zwar prinzipiell für unbegrenzte Zeit, solange das Ladungsmuster periodisch durch Bestreichen mit einem Elektronenstrahl aufgefrischt wurde. Die Punkte erhielten eine positive Ladung (durch Wegnahme von Elektronen), bewirkt durch eine Emission von Sekundärelektronen aus dem Phosphor. Der Ladungszustand eines einzelnen Punktes ließ sich ermitteln, indem er mittels eines kurzen Elektronenimpulses »abgefragt« wurde. Dabei wurde die An- oder Abwesenheit eines schwachen sekundären Stroms mit weniger als einem Millivolt Spannung festgestellt, der auf einem an der Außenseite der Röhre angebrachten Drahtschirm in Erscheinung trat. »Der Phosphor, der die verschiedenen Ladungsverteilungen aufweist, ist also kapazitätsmäßig mit dem Drahtschirm verbunden«, erklärte das IAS-Team, »und damit wird es möglich, durch Fokussierung des Strahls auf einen bestimmten Punkt ein Signal auf dem Drahtschirm zu erzeugen.«[47]

Pomerene und sein Team entwickelten Zeit- und Steuerschaltungen, die es erlaubten, die die Ablenkung des Elektronenstrahls regulierenden Spannungen so präzise zu kontrollieren, dass jeder Punkt zu jedem beliebigen Zeitpunkt angesteuert und abgefragt werden konnte, bevor es mit dem normalen Abtast-/Auffrischungszyklus weiterging. Das Endprodukt war eine elektronisch geschaltete Matrix von 32×32 Kondensatoren mit einer Zugriffszeit von 24 Mikrosekunden – eine der, wie Bigelow anmerkte, »empfindlichsten Detektoren elektromagnetischer Umgebungsstörungen« aller Zeiten.[48] Störungen konnten schon durch geringfügige Interferenzen von 0,005 Gauss induziert werden, was dem 40. Teil der Stärke des Magnetfeldes der Erde entspricht. »Wir konnten experimentell ermitteln, dass ein Wechselstrom-Magnetfeld von der Stärke des Erdmagnetfelds, 0,2 Gauss, in der Williams-Röhre eine Ablenkung des Elektronenstrahls um rund zwölf Zellendurchmesser bewirkt«, heißt es in einem Bericht vom August 1949. Diese Feldstärke reichte aus, um in dem Speicher ein heilloses Chaos anzurichten.[49]

Die Fähigkeit, einen Punkt (0) von einem Strich (1) zu unterscheiden, beruhte auf den sekundären Emissionscharakteristika der Phosphorbeschichtung; schon die kleinste Unvollkommenheit oder auch nur ein Staubpartikel im Inneren der Röhre führte zu einer Fehlfunktion des Speichers. Das Signal wurde um den Faktor 30 000 verstärkt und einem »Diskriminator« zugeführt, der darüber entschied, ob die Wellenform eine Null oder eine Eins darstellte. »Die Signale steckten tief im Rauschpegel und hatten, wenn ich mich recht entsinne, ein Energieniveau von einem Mikrowatt. Das war ein schwieriges Problem«, erzählt Rosenberg. »Aber es gelang mir schließlich, die Verstärker, die direkt neben den Speicherröhren … montiert waren, zu entstören.«[50] Jeder einzelnen Speicherröhre einen individuellen Verstärker zuzuordnen, entsprach Bigelows Maxime Nr. 5 für ideale Prognosefaktoren: »Wenn es überhaupt gelingt, den Signalanteil aus dem Rauschen herauszufiltern, muss das zum frühestmöglichen Zeitpunkt passieren.«[51]

Alle 40 Speicherröhren mussten fehlerfrei in perfekter Synchronizität arbeiten, da jede Ziffer eines 40-Bit-Wortes dieselbe Position in einer jeweils anderen Williams-Röhre zugewiesen bekam. Die 1024 Bits in jedem Zylinder waren mit bloßem Auge beobachtbar, in Form eines Flackerns, das den Beginn eines jeweils neuen Maschinenzyklus anzeigte – oder die Bits »froren ein«, wenn eine Rechenoperation unter- oder abgebrochen wurde. Was der Operateur beobachtete, *war* das digitale Universum, nicht das Abbild eines Prozesses, der irgendwo anders ablief. Als Beobachter musste man jedoch aufpassen, den Status des beobachteten Speicherorgans nicht zu verändern. »Auf der Vorderseite war die Röhre mit einem feinen Kupferdrahtgeflecht verkleidet«, erklärt Morris Rubinoff, »und wenn man hineinschauen wollte, spähte man durch das Kupfergeflecht, um sicherzugehen, dass die Röhre vollständig abgeschirmt war.«[52]

Bei etwas moderneren Rechnern zeigte eine Kathodenstrahlröhre den Status eines temporären Speicherpuffers an, der seine Inhalte vom Hauptprozessor (Central Processing Unit oder CPU) bezog. Beim MANIAC bildeten die Kathodenstrahlröhren selbst den Hauptspeicher; sie enthielten die Anweisungen, die die Arbeit des Prozessors dirigierten. Die Nutzung eines Anzeigeelements als Speichermedium war eine jener überraschenden Adaptierungen eines vorhandenen Potentials für nicht vorgesehene Zwecke, die der Evolution manchmal auf die Sprünge helfen.

Eine 41. Stufe, die so geschaltet werden konnte, dass sie irgendeine der 40 Speicherstufen abbildete und die somit als Prüfwerkzeug dienen konnte, wurde später hinzugefügt; sie gab dem Operateur die Möglichkeit, Speicherinhalte von außen zu inspizieren, wenn er nachsehen wollte, wie eine Berechnung voranging oder weshalb sie zum Stillstand gekommen war. Später wurde diese Neuerung durch eine separate 18-Zentimeter-Kathodenstrahlröhre ersetzt, die als Bildröhre mit einer Anzeigekapazität von 7000 Bildpunkten pro Sekunde fungierte. »Dieses Element übernahm Daten, die in einem der Register der Maschine lagen, und übersetzte sie aus ihrem binären Dasein im Register in eine Amplituden-Darstellung der Ablenkung des Kathodenstrahls«, berichteten die Ingenieure 1948.[53]

Die IAS-Gruppe entschied sich für Standard-Oszilloskopröhren des Typs 5CP1 A, die in großen Mengen lieferbar waren. Allerdings erwiesen sich nur weniger als 20 Prozent von ihnen als qualitativ ausreichend, 1953 stellte ein Testbericht sogar fest, man habe in den vergangenen drei Jahren »mehr als 1000 Röhren« überprüft und dabei »nicht mehr als zehn einwandfreie Röhren« gefunden.[54] Die Hersteller erteilten dem IAS die Erlaubnis, sich aus gelieferten Röhren die brauchbaren herauszusuchen und die anderen zurückzuschicken. Pomerene konnte vom 28.–29. Juli 1949 einen 34-stündigen störungsfreien Testlauf eines zweistufigen Speichers vermelden und läutete damit den Endspurt für die Anfertigung eines funktionsfähigen 40-stufigen Speichers ein. Der bei diesem Aufbau mögliche parallele Speicherzugriff würde den Rechner um den Faktor 40 schneller machen als mit einem seriell arbeitenden Prozessor, doch waren zahlreiche Skeptiker der Meinung, die Maschine werde sehr pannenanfällig sein.

»Nicht gerade zu unserer Freude mussten wir feststellen«, sagt Pomerene, »dass ein Speicher, anders als andere Anordnungen von Vakuumröhren, die Fähigkeit besitzt, sich etwas zu merken! Überraschung! Neben anderen Dingen merkt er sich eben auch jedes Rauschen. Verstehen Sie? Man hofft also, er merkt sich eine Eins, aber dann kommt ein Rauschen, und er schaltet von eins auf null um, und dann bleibt es bei der Null. Jede Störung wurde mit aufgezeichnet.«[55]

Es gab zwei Quellen störenden Rauschens: streuende Abstrahlungen elektromagnetischer Felder von außen und störendes Rauschen von innen, verursacht durch Elektronen, die beim Auslesen oder Beschreiben eines Matrixpunkts auf Nachbarzellen abstrahlten. Gegen von außen kommendes

Störrauschen konnte man die Röhren weitgehend abschirmen, und die internen Störquellen ließen sich eindämmen, indem man versuchte, Programmcodes so zu schreiben, dass benachbarte Punkte der Speichermatrix möglichst selten unmittelbar nacheinander angesprochen wurden – eine unerquickliche Herausforderung für die Programmierer jener Zeit. Die Williams-Röhren hatten eine Menge mit Julian Bigelows alter Austin-Limousine gemein: »Sie funktionierten, aber sie am Laufen zu halten, war ein Albtraum«, sagt Bigelow.[56]

Für jede einzelne Speicherröhre wurde ein eigenes Logbuch angelegt, das ihre »Patientengeschichte« erzählte und alle ihre individuellen Schwächen und Launen aufzeichnete. Die äußerst diffizile Aufgabe, Speicherprobleme von Fehlern im Programmcode zu unterscheiden, ließ viele der frühen Programmierer schier verzweifeln. »Das Vorhandensein dieses leprösen Elements in der Maschine bedeutet, dass jeder, der darangeht, ein Problem zu lösen, das stets im Hinterkopf haben und bereit sein musste, ein Stück weit um die Ecke zu denken«, notierte Frank Gruenberger bei dem Versuch, zu erklären, weshalb RAND sich für den Selectron-Speicher entschieden hatte. »Die Leuchtflecken verblassen innerhalb eines Sekundenbruchteils, und wenn das Problem so geartet ist, dass man eine Zahl wieder verwendet, bevor die Ladung aufgefrischt wird, bekommt man die falsche Antwort. Es ist ungefähr so, als würde eine Bürorechenmaschine jedes Mal, wenn die siebte, achte und neunte Stelle einer 15-stelligen Zahl zufällig eine dreistellige Primzahl bilden, falsche Ergebnisse liefern. … Es ist einfach unfair, wenn man dem Operateur zumutet, sich den Kopf darüber zu zerbrechen, wie die Maschine konstruiert ist.«[57]

Bei RCA hatte unterdessen Rajchman weiter am Selectron gearbeitet. Die erste einsatzfähige Röhre – mit 256 Speicherelementen – führte er Bigelow und Goldstine am 22. September 1948 vor; sie waren »anscheinend ziemlich beeindruckt«. Am 1. Oktober war die zweite Röhre fertig. Erst danach erkannte Rajchman, dass sich sein Selectron nicht mehr auf der Überholspur befand. Zwar wurden in der Folge etliche 256-Bit-Röhren hergestellt, die in dem bei RAND gebauten und dem IAS-Rechner nachempfundenen JOHNNIAC hervorragend funktionierten, aber in der Zwischenzeit hatte IBM sich entschieden, für den IBM 701 auf die Technik des Kathodenstrahlröhrenspeichers zu setzen. Das Selectron brachte es nie zu wirtschaftlichem Erfolg oder großen Stückzahlen. War es ein Fehlschlag? »Nicht mehr, als der Dinosaurier ein Fehlschlag war«, sagt Willis Ware. »Es bewerkstelligte Dinge, die niemand zuvor je gemacht hatte.«[58]

Manche Fehlschläge haben ihre Ursache in einem Mangel an Visionen, andere in einem Zuviel davon. »Rajchman versuchte, seine Speichermatrix für mehr Zellen auszulegen, als die Technik es zum damaligen Zeitpunkt zuließ«, sagt Bigelow im Hinblick auf die Zeitverzögerungen bei RCA. »Er war einfach so versiert in Elektronenoptik, dass er sich nie eingestehen wollte, dass er besser damit gefahren wäre, bescheidener anzufangen und sich Schritt für Schritt zu steigern.«[59]

Das Selectron verpasste seine Chance. Als Bigelow und Pomerene herausgefunden hatten, wie man billige Oszilloskopröhren von der Stange zu einem RAM-Speicher zusammensetzen konnte, wurde die Versuchung, genau das zu tun, unwiderstehlich. Bei RCA hatte man, da man der Fernsehtechnik ungleich mehr Aufmerksamkeit widmete, das Selectron nie richtig ernst genommen und Rajchman, der im Wesentlichen allein vor sich hinwerkelte, nie die Ressourcen gegeben, die ihm den Durchbruch ermöglicht hätten. Die Projektgruppe Whirlwind am MIT, die an der Entwicklung eines Digitalrechners für die Luftabwehr arbeitete, »gab etwa 25 Millionen Dollar allein für die Entwicklung von Speicherröhren aus, das war fast das Zehnfache unseres gesamten Projektbudgets«, verdeutlichte Bigelow.[60]

Als klarwurde, dass der Speicher auf Basis der Williams-Röhre funktionierte, begann der IAS-Rechner seine endgültige physische Gestalt anzunehmen. Der MANIAC war eine ungewöhnlich kompakte Anlage. Die Minimierung der Kabelverbindungswege zwischen den Komponenten wurde durch Einfaltungen im Gehäuse erreicht, vergleichbar mit der Art und Weise, wie sich die Großhirnrinde in den Schädel einschmiegt. Die meisten elektronischen Gerätschaften waren 1947 zweidimensional ausgelegt; die Komponenten waren auf der Oberseite eines flachen Gehäuses angebracht und auf der Unterseite verdrahtet. Dasselbe trifft heute noch auf die meisten Rechnerplatinen zu, ebenso auf integrierte Schaltkreise und Einschubgeräte. Dagegen ging Bigelow bei der Anordnung und Verbindung der Komponenten dreidimensional zu Werke, auch mit Blick auf die Verdrahtung und Kühlung der dichtgepackten Reihen von Vakuumröhren. »Alle diese abstehenden Drähte, die nicht in die Nähe irgendeines Metallteils kommen – das kam alles von Julian«, sagt Willis Ware. »Oder dieses konkav geformte Gehäuse, in dem sich die Drahtlänge minimieren ließ – alles seine Ideen.«[61]

»Vakuumröhren hatten Heizelemente, und die dafür notwendigen Kabel waren ein beständiges Ärgernis«, erklärt James Pomerene. »Sie waren immer im Weg und hatten nichts mit der Logik des Rechners zu tun.« Also ließ Bigelow sich von seinen Werkzeugmachern dicke Kupferbleche schneiden, die paarweise zwischen isolierende Holzfaserplatten eingebettet wurden. Der ganze Heizstrom floss durch diese Kupferstreifen. »So klappte die Stromversorgung der Heizelemente ohne irgendwelche störenden Kabel, und das erleichterte den Zusammenbau der Maschine erheblich«, sagt Pomerene.[62] Diese Lösung ermöglichte nicht nur eine deutlich höhere Bauteildichte im Kern des Rechners, sondern minimierte auch das elektronische Störrauschen und ließ die Abwärme leichter abfließen.

Der MANIAC ähnelte einem V-40-Motor mit Turbolader; er war rund 1,80 Meter hoch, 60 Zentimeter breit und 2,50 Meter lang. Der Rechner selbst in seinem Aluminiumgehäuse wog nur 450 Kilo und war damit für seine Zeit sozusagen ein Mikroprozessor. Das Kurbelgehäuse war auf beiden Seiten mit 20 Zylindern besetzt, in denen anstelle eines Kolbens eine 1024-Bit-Speicherröhre saß. In jedem dieser 40 Zylinder, die zum Rechnerinneren hin um 45 Grad nach unten geneigt waren, steckte eine knapp 13 Zentimeter starke Oszilloskopröhre vom Typ 5CP1 A, deren länglicher Flaschenhals in das Gehäuse hinabragte, während ihr phosphoreszierender Leuchtschirm nach oben zeigte.

Das Gehäuse des Rechners, in dem sich die Speicherregister, Akkumulatoren, Rechenwerke und die zentrale Steuerung befanden, glich einem sehr schlanken und hohen Motorblock mit obensitzenden Ventilen. Ein Ansaugstutzen transportierte Daten in den Rechner, ein Auspuffkrümmer stieß die Ergebnisse aus. Ein Gebläse drückte kalte Luft (bis zu 150 Kubikmeter pro Minute) ins Innere des Motors, während 20 kleinere Propeller die Abwärme durch nach oben führende Luftkanäle pusteten. Am Anfang hatte man Kaltluft abwärts durch den Rechnerkern geleitet und Abwärme nach unten abgeführt; später stellte man das auf die heute noch in Rechenzentren übliche Technik um, wo der Geräteraum als Ganzer durch eine Phalanx externer Klimaaggregate gekühlt und die Hitze nach oben abgeführt wird. »Die gesamte elektrische Leistung, die den zentralen Organen der Maschine zugeführt und von ihr verbraucht wird, liegt bei ungefähr 19,5 Kilowatt«, hieß es in einem Bericht von 1953. »Circa neun Kilowatt entfallen auf den inneren Stromverbrauch des Rechners, die verbleibenden 10,5 Kilowatt auf den Betrieb der Heizelemente, Transformatoren und der Gebläse und Lüfter.«[63]

Die Komponenten der ursprünglichen Klimaanlage wogen 7,5 Tonnen, später, nach Verdoppelung ihrer Kühlkapazität, 15 Tonnen. Umgerechnet bedeutete das, dass die Klimaanlage, wenn sie mit voller Kraft (rund 50 Kilowatt) gelaufen und mit kaltem Wasser versorgt worden wäre, 15 Tonnen Eis pro Tag hätte herstellen können. Die Kühlaggregate, gebaut von der Firma York Refrigeration und von den Ingenieuren »York« getauft, sorgten häufig für Probleme, da sie auf die schwüle Sommerluft in New Jersey gerne mit katastrophaler Vereisung reagierten.

»Kühlschrank vollständig von dickem Eis blockiert«, heißt es in einem Logbuch-Eintrag vom 23. September 1954, 20:55 Uhr. »York verweigert jetzt komplett den Dienst – 35-Ampere-Sicherung durchgebrannt«, lautet der nächste Eintrag um 22:10 Uhr. »Sicherung ersetzt. Lasse York laufen, während Kühlschrank abtaut. York arbeitet mehr schlecht als recht. Zur Unterstützung Gleichstrom abgeschaltet.« Dieser Eintrag besagt, dass man den Betriebsstrom für den Rechner abgeschaltet hatte, in der Hoffnung, die Kerntemperatur werde so weit absinken, dass man ihn wieder starten konnte. Wenn man entweder die Kühlung laufen lassen konnte oder den Rechner, aber nicht beide zugleich, brachte das nicht viel. Yorks hoher Stromverbrauch konnte auch Funktionsstörungen bei den Williams-Röhren hervorrufen, und zwar gerne zum denkbar ungünstigsten Zeitpunkt. »Alle meine fehlgeschlagenen Duplikationsversuche ereigneten sich während einer Periode der Instabilität, die auf Yorks Konto ging«, heißt es im Maschinenlog für den 22. Oktober 1954. »Aus«, trug Norman Phillips, Pionier der Klimamodellierung, am selben Tag um 19:38 Uhr ein. »Liegt daran, dass York Ärger macht«, fügte Hedi Selberg hinzu. »York sorgte für flackernde Lichter Sekunden vor der Panne«, notierte Nils Barricelli am 2. November 1954.

Die Ingenieure standen vor der Herausforderung, alle diese unterschiedlichen Komponenten zur Kooperation zu bewegen – nicht nur miteinander, sondern auch mit den kodierten Befehlen, die der Maschine Leben einhauchen sollten. »Die Planung für diese Maschine«, hatte von Neumann 1947 Roger Revelle erklärt, »wird ebenso viel Voraussicht und Selbstdisziplin erfordern, wie man sie brauchen würde, um einer Gruppe von 20 zweibeinigen Rechnern, die zuverlässig, aber bar jeder Eigeninitiative sind und für die Dauer eines Jahres unbeaufsichtigt arbeiten sollen, allumfassende, aber stringente Anweisungen zu erteilen, die alle nur denkbaren Eventualfälle abdecken sollen.«[64]

Wenn der Rechner hängenblieb, war die Ursache eine Unschärfe bei der Ablenkung eines Elektronenstrahls oder ein fehlerhaftes Bit bei der Angabe einer Speicheradresse? »Fehlstart – Maschine oder Mensch?«, lautet der erste Eintrag im Log einer Schockwellen-Berechnung, die im Februar 1953 anlief. Danach die Antwort: »Übeltäter in Code gefunden – hoffentlich!«

»Codierfehler, Maschine unschuldig«, konzedierte Barricelli am 4. März 1953. »Was soll's? GUTE NACHT«, lautet ein Eintrag vom 7. Mai 1953, 23:00 Uhr. »Verdammt – ich kann genauso stur sein wie dieses Ding«, notierte ein Meteorologe am 14. Juni 1953. »Ich werde nie dahinterkommen, warum man diese Codes manchmal zweimal laden muss, um sie zum Laufen zu bringen, aber beim zweiten Versuch laufen sie gewöhnlich.«[65]

Alle Berechnungen wurden zweimal durchgeführt und galten nur dann als erledigt, wenn beide Durchläufe dasselbe Ergebnis erbrachten. »Ich habe jetzt für BEIDE RESULTATE jeweils ein identisches Vergleichsresultat. Wie soll ich wissen, welches das richtige ist, falls überhaupt eines davon stimmt?«, heißt es im ratlosen Eintrag eines Ingenieurs vom 10. Juli 1953. »Das ist jetzt das dritte unterschiedliche Ergebnis«, besagt der nächste Log-Eintrag. »Ich weiß, wenn ich verhohnepiepelt werde.« Ein Mitarbeiter, der am 15. Juli 1953 von 2:09 Uhr bis 5:18 Uhr eine Wasserstoffbomben-Rechnung durchführen ließ, beendete seine Schicht mit dem Eintrag: »Wenn diese Maschine doch nur ein bisschen Konstanz zeigen würde.«

»ZUR HÖLLE DAMIT!«, lautet der abschließende Eintrag für den 17. Juni 1956, eingeloggt um 13 Minuten nach Mitternacht. Es brauchte viele Nachtschichten über viele Jahre, um diese Probleme in den Griff zu bekommen, doch ging der generelle Trend zu einer zunehmenden Zuverlässigkeit und Fehlerfreiheit der Hardware, obwohl die Codes immer länger und komplizierter und damit auch fehleranfälliger wurden. »Hauptsteuerung okay. Alle Probleme waren Codeprobleme«, heißt es in einem Log-Eintrag vom 6. März 1958, einen Monat nach dem Tod John von Neumanns.[66]

Die logische Architektur des MANIAC war unbestreitbar das Werk Burks, Goldstines und von Neumanns, auch wenn sie ihre Ideen nicht aus dem luftleeren Raum holten. Die Umsetzung dieser Architektur in ein physisches Gerät war unbestreitbar das Werk Bigelows, und die Elektronik war im Großen und Ganzen Ergebnis der Zusammenarbeit von Bigelow, Pomerene, Rosenberg, Slutz und Ware. Goldstine überließ den »Maschinenbau« anderen, obwohl er einmal aus einem Bausatz ein Fernsehgerät für sich selbst bastelte. »Das vermittelte ihm zumindest ein Grundwissen darüber, wie elektronische und elektromechanische Teile zusammengebaut werden«, sagt Rubinoff. »Und gleichzeitig bekam er auch ein gewisses Gefühl dafür, was man mit Kippschaltungen, Schaltkreisen usw. machen kann.«[67]

Zwischen Rosenberg und Bigelow kam es zu heftigen Meinungsverschiedenheiten in Fragen des Schaltkreis-Designs. »Tagsüber arbeitete ich nach seinen Anweisungen und nachts kam ich wieder, um die Probleme korrekt zu diagnostizieren und zu beheben«, berichtet Rosenberg. Pomerene, der 1951 von Bigelow den Posten des Chefingenieurs übernahm, drückte sich diplomatischer aus. »Ich glaube, dass ich Bigelow so ziemlich zu 100 Prozent das Verdienst an dem ungewöhnlichen, aber höchst funktionalen mechanischen Aufbau zusprechen muss«, sagte er im Hinblick auf die dreidimensionale V-40-Bauweise der Maschine.[68]

»Julian hatte meist die Ideen, Ralph Slutz war derjenige, der sie verfeinerte, und dann gingen James Pomerene und ich daran, die Elektronen tanzen zu lassen«, berichtet Willis Ware. »Er war sozusagen mehr Physiker und Theoretiker als Ingenieur. ... Heute würde man sagen: Julian war der Architekt dieser Maschine.«[69]

»Julian gab das Tempo vor, alles hing von ihm ab«, fügt Ware hinzu.[70] 1951 erhielt Bigelow ein Guggenheim-Stipendium und nahm sich eine einjährige Auszeit. »Herman Goldstine und vielleicht auch von Neumann hatten das Gefühl, dass in Julian etwas vorging, das ihn irgendwie davon abhielt, die Arbeit an der Maschine abzuschließen. Er hatte sie zu 99,9 Prozent fertig, aber dieses eine verbleibende Zehntelprozent kriegte er einfach nicht hin«, sagt Pomerene. »Sagen wir so: Wie auch immer dieses Guggenheim-Stipendium zustande kam, sie waren ziemlich froh, mich zum Chefingenieur machen zu können und das Ding fertig zu kriegen.«[71]

»Sein Problem war, dass er ein Denker war«, sagt Atle Selberg über Bigelow. Selbergs Frau Hedi trat am 29. September 1950 in die Dienste des Rechnerteams und blieb bis zur Beendigung des Projekts im Jahr 1958. »Julian konnte die Dinge nicht abhaken, auch wenn alle dachten, sie seien fertig. Er hatte immer noch Ideen für etwas Zusätzliches hier und da.«[72]

»Das kann ich mir lebhaft vorstellen«, sagt Ware im Hinblick auf den Bigelow nachgesagten Perfektionismus. »Aber rückblickend betrachtet meine ich, dass diese verdammte Maschine andernfalls nie funktioniert hätte. Mein Gott – immerhin hatten wir uns vorgenommen, 2000 Vakuumröhren konzertiert laufen zu lassen! Ein ausgeprägter Perfektionismus ist da nicht ganz falsch.«[73]

»Meiner Meinung nach resultierte ein Teil der Probleme daraus, dass für Julian alles perfekt zu sein hatte, bevor es überhaupt lief«, sagt Morris Rubinoff. »Man wusste nie, ob er etwas tat, weil er einem Ideal nachhing, oder weil er sich Gedanken über die Zuverlässigkeit machte. Niemals zuvor hatte jemand es gewagt, eine so schnelle Maschine zu bauen, und zu erleben, dass sie alle drei Sekunden ausfiel, wäre sicher nicht sehr erbaulich gewesen.«[74]

Dem pflichtet Bigelow bei. »Man kann keinen 40-stufigen Parallelrechner bauen, ohne dass die Verschaltung jeder einzelnen Stufe exakt das tut, was sie tun soll«, erläutert er. »Im Prinzip muss die Maschine in der Lage sein, Hunderte von Stunden Arbeit in Megahertz-Geschwindigkeiten zu leisten. Man darf sich nicht einfach auf sein Glück verlassen.«[75]

Nach Meinung Bigelows war die 40-stufige Parallel-Architektur des IAS-Rechners ein direkter Abkömmling der rein seriellen Turingmaschine. »Turings Maschine hat aus heutiger Sicht wenig Ähnlichkeit mit einem modernen Computer, aber sie war einer«, erklärt Bigelow. »Sie war die gedankliche Keimzelle. Wenn man eine Apparatur baut, die bestimmte explizite Anweisungen auf eine bestimmte explizite Weise ausführt, was heißt das für die Natur der rechnerischen oder intellektuellen Prozesse, die sie durchführen oder nicht durchführen kann?« Zwischen Bigelow und von Neumann kam es zu ausdauernden Diskussionen über die aus der Arbeit Gödels und Turings zu ziehenden Folgerungen. »Von Neumann hatte ein sehr profundes Gespür dafür«, bestätigt Bigelow. »Mit Blick auf den ENIAC oder einige der anderen frühen Rechner, die sehr unflexibel waren, erkannte er klarer als irgendein anderer Mensch, dass das nur der erste Schritt war und dass bedeutende Verbesserungen nachkommen würden.«[76]

»Was von Neumann einbrachte«, sagt Bigelow, war »die unerschütterliche Zuversicht, die sagte: ›Bringt die Maschine mit diesen und jenen Eigenschaften zum Laufen, alles andere ist egal.‹ Tatsächlich war diese Überzeugung die Grundlage, auf der wir weiterarbeiteten.«[77]

Von Neumann schleuste eine Handvoll Ingenieure in ein Mathematiker-Treibhaus ein, anstatt eine Handvoll Mathematiker in ein Ingenieur-Biotop zu setzen. Dadurch blieben dem Projekt jedwede einschränkende Prämissen erspart, die ihm von einer eingespielten Gruppe von Ingenieuren mit festgefahrenen Vorstellungen darüber, wie ein Rechner aufgebaut sein musste, übergestülpt worden wären. »Wir waren Missionare«, sagt Bigelow. »Unsere Mission war es, eine Maschine zu erschaffen, die demonstrieren konnte, was mit Hochgeschwindigkeitsrechnerei möglich war.«[78]

»Eine lange Kette von Zufällen brachte uns für dieses Projekt zusammen«, resümierte Bigelow 1976. »Wir alle, Leute mit bescheidenen Ambitionen, arbeiteten so intensiv und selbstlos, weil wir überzeugt waren – weil wir wussten –, dass hier etwas Bedeutendes passierte und wir uns glücklich schätzen durften, dabei zu sein. Es war von Neumann, der uns die Spinnweben aus dem Kopf fegte, wie niemand anders es hätte tun können. Eine Flutwelle der Rechenpower baute sich auf, die alles in der Naturwissenschaft und die ganze Welt überrollen würde. Nichts würde so sein wie vorher.«[79]

KAPITEL NEUN

Zyklogenese

> Den Teil, der stabil ist, werden wir voraussagen. Und den Teil, der instabil ist, werden wir kontrollieren.
>
> *John von Neumann, 1948*[1]

»Ich mache mir ein bisschen Sorgen wegen unseres Teevorrats im Elektronikrechner-Gebäude«, vertraute der scheidende IAS-Direktor Frank Aydelotte John von Neumann am 5. Juni 1947 an, sechs Monate nachdem die Ingenieure des Rechnerprojekts aus der Fuld Hall ausgezogen waren. »Es scheint, dass die Mitglieder Ihres Teams die mehrfache Menge dessen verzehren, was dieselbe Anzahl von Personen in der Fuld Hall konsumiert, und besonders verschwenderisch gehen sie mit dem Zucker um.« Der Krieg war zwar vorbei, aber Lebensmittel und Baumaterialien waren noch immer rationiert. »Wie Thompson hierherzukommen und einen großen Vorrat Zucker mitgehen zu lassen, ist unkollegial«, fuhr Aydelotte fort. »Und daher möchte ich gerne die Frage aufwerfen, ob es nicht besser wäre, wenn die Computerleute nach Feierabend um fünf Uhr zur Fuld Hall heraufkämen und ihren Tee hier unter angemessener Aufsicht zu sich nähmen.«[2]

Der Missetäter war in diesem Fall Leutnant Philip Duncan Thompson vom Army Air Corps, Mitglied eines kleinen Meteorologenteams, das von Neumann 1946 rekrutiert hatte. »Von Neumann erklärte die Aufgabe der numerischen Wettervorhersage zu einem vorrangigen Thema«, erklärte Thompson später. Er bezeichnete es als »das komplexeste interaktive und hochgradig nichtlineare Problem, das je angedacht wurde – eines, das die Fähigkeiten der schnellsten Rechner noch für viele Jahre auf die Probe stellen würde.«[3]

Der 1922 geborene Thompson datiert den Beginn seiner naturwissenschaftlichen Ausbildung auf sein viertes Lebensjahr; damals schickte sein Vater, Genetiker an der Universität von Illinois, ihn mit einem Kuvert zu einem Briefkasten unweit des Hauses. »Es war dunkel, und die Straßenlampen gingen gerade an«, erinnert er sich. »Ich versuchte, den Brief durch den Schlitz zu werfen, aber er passte nicht durch. Gleichzeitig bemerkte ich, dass eine Straßenlampe flackerte – auf eine sehr seltsame, ziemlich beängstigende Art.« Er rannte nach Hause zurück und verkündete, er habe den Brief nicht einwerfen können, »weil die Straßenlampe komische Lichter gemacht hat«. Sein Vater ging daraufhin mit ihm zu dem Briefkasten, zeigte ihm, dass er den Umschlag falsch herum in den Schlitz zu stecken versucht hatte, und »machte mir mit sehr bestimmten Worten klar, dass wenn zwei ungewöhnliche Ereignisse gleichzeitig und am selben Ort passieren, dies nicht bedeutet, dass zwischen ihnen ein realer Zusammenhang besteht«.[4]

Im Frühjahr 1942, als Thompson in seinem dritten Studienjahr an der Universität von Illinois war, besuchte er eine Vorlesung von Carl-Gustaf Rossby, einem aus Schweden stammenden, in Norwegen ausgebildeten Meteorologen, den es an die Universität von Chicago verschlagen hatte, wo er angehende Wetteroffiziere für Kriegseinsätze ausbildete. Sobald das Semester zu Ende war, im Mai 1942, meldete Thompson sich zum Army Air Corps, um zu Rossbys Team zu stoßen. Nach Abschluss seines Ausbildungslehrgangs wurde er in Neufundland stationiert und beschäftigte sich mit den nordatlantischen Wettersystemen, deren Beobachtung die Skandinavier zur Entwicklung der Theorie von den Frontalwellen angeregt und generell zu einem besseren Verständnis der Wettervorgänge beigetragen hatte. Nach Kriegsende wurde Thompson an die Air Force Base im kalifornischen Long Beach versetzt, wo er mit dem an der UCLA in Los Angeles lehrenden norwegischen Meteorologen Jacob Bjerknes zusammenarbeitete und eine enge Freundschaft mit Jule Charney schloss, der gerade seinen Doktor gemacht hatte.

Obwohl sich die Meteorologie 1945 zu einer Wissenschaft gemausert hatte, galt die Wettervorhersage nach wie vor als eine Kunst. Eine Vorhersage wurde erstellt, indem man von Hand eine Wetterkarte zeichnete, diese mit früheren Wetteraufzeichnungen verglich und dann eine Prognose riskierte, die teilweise auf der Annahme beruhte, das Wetter werde dasselbe tun, was es unter ähnlichen Voraussetzungen früher getan hatte, und teilweise auf der Intuition des Meteorologen. Im Durchschnitt waren Wettervorhersagen über einen längeren Zeitraum als 24 Stunden zu der Zeit noch nicht treffsicherer als die Persistenzhypothese, die besagt, das Wetter werde morgen so sein wie heute.

Mit der steigenden Bedeutung des Luftkriegs im Zweiten Weltkrieg hatte auch die Nachfrage nach Wetterprognosen zugenommen, und zugleich hatten das Wetterradar und mit Funksendern ausgerüstete Wetterballone die Datenlage erheblich verbessert. Thompson war als ausgebildeter Mathematiker und Physiker überzeugt, dass es, wenn man nur genug Wissen über den aktuellen Zustand der Atmosphäre und die auf sie wirkenden Einflüsse hätte, möglich sein müsste, Vorhersagen allein auf Grundlage der physikalischen Naturgesetze zu erstellen. Er besaß eine mechanische Rechenmaschine, die Mahnung seines Vaters, nicht Gleichzeitigkeit mit ursächlichem Zusammenhang zu verwechseln, und das Wissen, dass einer seiner Vorgänger, Lewis Fry Richardson, etwas Ähnliches versucht hatte und kläglich gescheitert war.

Lewis Fry Richardson, ein Quäker und glühender Pazifist,

der das britische Meteorological Office verließ, als dieses vom Luftfahrtministerium übernommen wurde, hatte 1913 mit der Entwicklung eines numerischen Atmosphärenmodells begonnen, als er am Meteorologischen und Magnetischen Observatorium in Eskdalemuir in der schottischen Grafschaft Dumfriesshire als Superintendent gearbeitet hatte. Das dem National Physical Laboratory unterstellte Observatorium war von Kew bei London nach Eskdalemuir verlegt worden, als die Eisenbahnen ihre Strecken elektrifizierten. Der nasskalte, abgelegene Vorposten, bewusst ausgewählt, weil er sich weit von jedem künstlich erzeugten Magnetfeld befand, gefiel Richardson ausgezeichnet.

Als der Erste Weltkrieg ausbrach, sah Richardson sich »hin und her gerissen zwischen einer starken Neugierde, den Krieg aus der Nähe zu erleben, und einem intensiven Widerwillen gegen das Töten von Menschen«.[5] Er bewarb sich um die Aufnahme in die (später so genannte) Friends' Ambulance Unit der Quäker und wurde im März 1916 von seiner Tätigkeit am Observatorium beurlaubt. Nach der Grundausbildung wurde er im September nach Frankreich versetzt, wo er bis 1919 in einem der 16. französischen Infanteriedivision zugeteilten Ambulanzzug Frontdienst leistete.

Die Gesellschaft der Freunde war seit den Zeiten Charles II. und William Penns achtbar geworden. Geleitet von der humanitären Selbstverpflichtung, den Armen zu helfen, und der grundsätzlichen Weigerung, sich militärischen Autoritäten unterzuordnen, leistete die Friends' Ambulance Unit den ganzen Ersten Weltkrieg über ihren Sanitätsdienst mit Heldenmut und Selbstdisziplin. Richardsons Einheit, registriert als Section Sanitaire Anglaise Treize, bestand am Ende aus 20 Ambulanzen und 45 Mann. Zwischen Februar 1914 und Januar 1919 transportierte sie 74 501 Patienten über 599 410 Kilometer Evakuierungsstrecke.[6]

Richardson, kein guter Fahrer, aber ein fähiger Mechaniker, war bei den anderen Angehörigen seiner Gruppe wohlgelitten. »Neulich versagte mein Dynamo für das elektrische Licht den Dienst«, vermerkte Olaf Stapledon, der spätere Science-Fiction-Autor, am 8. Dezember 1916. »Der Mechaniker war nicht da & ich verstand wenig von Elektrizität. Zum Glück stellte sich heraus, dass unser exzentrischer Meteorologe auch ein Elektro-Experte war. Wir verbrachten einen Vormittag damit, alles Mögliche an- und abzuschrauben, zu säubern und in Ordnung zu bringen, wobei wir zeitweise unter dem Auto im Schlamm lagen und uns gelegentlich bis zur Selbststrangulierung im Inneren des Motors verhedderten.«[7]

Richardson arbeitete, wann immer er Zeit dafür fand, weiter an seinem numerischen Modell. »Dieses Quartier ist eine Scheune wie das vorherige auch, und wir sind auf engstem Raum zusammengedrängt«, notierte Stapledon am 12. Januar 1918. »Neben mir sitzt Richardson, der ›Professor‹, vor seinen mathematischen Berechnungen. Er trägt Ohrstöpsel gegen den Lärm.«[8] Als Datenbasis für seine Modellrechnung diente Richardson eine tabellarische Dokumentation des Wettergeschehens in Nordeuropa zwischen vier Uhr und zehn Uhr morgens am 20. Mai 1910, einem »Internationalen Ballontag«. Damals hatte der norwegische Meteorologe Vilhelm Bjerknes eine Fülle von Messdaten gesammelt, die Richardson dazu inspirierten, die Quantifizierung und Deutung atmosphärischer Prozesse in Angriff zu nehmen.

»Mein Arbeitszimmer war ein Heuballen in einer kalten Scheune«, erzählte Richardson später. »Ich brauchte an die sechs Wochen, um die Rechenblätter zu erstellen und die neue Verteilung in Form zweiter vertikaler Tabellenspalten anzulegen.«[9] Der große Rechenaufwand passte gut zu dem sich lang hinziehenden Krieg. Inmitten von Dreck und Tod bemühte sich Richardson, das Wetter an einem Frühlingsmorgen im Jahre 1910 zu rekonstruieren, an dem Ballone über eine damals noch friedliche europäische Landschaft geflogen waren. Er arbeitete mit einem von ihm selbst 1909 entwickelten Verfahren, bei dem er »finite Differenzen« errechnete und die Vorgänge in der Atmosphäre als von der Natur gefundene Lösungen für ein System von Differentialgleichungen behandelte, die die atmosphärischen Bedingungen in benachbarten Zellen über sukzessive Zeitetappen hinweg miteinander verknüpften.

Die sich daraus ergebende Prognose stimmte nicht mit dem Wetter am 20. Mai 1910 überein, aber die eingeschlagene Richtung stimmte. Die bisherigen synoptischen Methoden der Wettervorhersage, »bei denen die Geschichte der Atmosphäre als Blaupause für die Zukunft diente, würden bald einem mathematischen Ansatz Platz machen«.[10] Seine Testprognose vollendete er im April 1917, »während der Schlacht um die Champagne, und als sie per Feldpost in die Etappe expediert wurde, ging sie verloren, nur um mehrere Monate später unter einem Kohlehaufen wiedergefunden zu werden«.[11]

Nach dem Krieg veröffentlichte Richardson eine ausführliche Arbeit mit dem Titel *Weather Prediction by Numerical Process*, um anderen die Möglichkeit zu geben, aus seinen Fehlern zu lernen. Am Ende dieses Aufsatzes entwickelte er die Idee, die Erdoberfläche in 3200 meteorologische Zellen einzuteilen und die dort aktuell erhobenen Beobachtungsdaten telegraphisch an ein Rechenzentrum zu übermitteln, in dem 64 000 zweibeinige Rechner kontinuierlich die Gleichungen lösen würden, die die Wechselwirkungen jeder Zelle mit ihren unmittelbaren Nachbarn beschreiben; auf diese Weise könne es gelingen, die Vorgänge in der Atmosphäre jederzeit in Realzeit numerisch abzubilden. »Vielleicht wird es sogar eines Tages möglich sein, mit den Berechnungen schneller voranzukommen, als das Wetter sich entwickelt, und zu Kosten, die geringer sind als die Ersparnis, die der Menschheit aus den gewonnenen Erkenntnissen erwächst.«[12]

26 Jahre später machte Philip Thompson da weiter, wo Richardson aufgehört hatte. Er erinnert sich: »1946 war ein Jahr des Umbruchs, denn die Formulierung der Aufgabe und die Mittel zu ihrer Lösung bewegten sich endlich aufeinander zu, wenn auch eher zufällig.«[13] Thompson bearbeitete »eine alte Monroe-Rechenmaschine, versuchte Vereinfachungen auszuknobeln und drohte angesichts der Masse notwendiger Berechnungen zu verzweifeln«, bis eines Nachmittags im Herbst 1946 »Prof. Jørgen Holmboe mich zu sich bestellte, mir sagte, dass er wisse, womit ich mich beschäftige, und mir einen Artikel aus der *New York Times* überreichte. Darin wurde berichtet, dass Vladimir Zworykin von RCA und John von Neumann vom Institute for Advanced Study vorhatten, gemeinsam den Bau eines elektronischen Hochgeschwindigkeitsrechners in Angriff zu nehmen und diesen für Wetterprognosen und Wetterbeeinflussung einzusetzen. »Am nächsten Tag ersuchte ich meinen Kommandeur, General Ben Holzman, um die Genehmigung, nach Princeton fahren und John von Neumann aufsuchen zu dürfen«, erzählt Thompson. »General Holzman grummelte erst ein bisschen, gab dann aber grünes Licht unter der Bedingung, dass ich als zusätzliches Besatzungsmitglied an Bord einer Militärmaschine mitflog, die sowieso an die Ostküste wollte.«[14]

Thompson traf sich mit von Neumann. Obwohl fast in Ehrfurcht erstarrt, schaffte er es, konzentriert zu bleiben und zu erklären, was er an der UCLA mit seiner Tisch-Rechenmaschine gemacht hatte. »Nach einer runden halben Stunde fragte er, ob ich in sein Electronic Computer Project einsteigen wolle«, erinnert sich Thompson. »Dann fragte er, wie meine Mitarbeit vertraglich geregelt werden könne. Ich schlug ihm vor, General Holzman anzurufen und zu fragen, ob er mich abkommandieren könne. Er rief an, redete ein paar Minuten, dann senkte er den Hörer und sagte, General Holzman wolle mit mir sprechen. Das Gespräch war sehr kurz und einseitig. Holzmann sagte: ›Dann kommen Sie wohl besser her und packen Ihre Sachen. Befehle kommen nach.‹«[15]

Thompson traf im Dezember 1946 am Institut ein und bezog eine der Wohnungen in den Häusern aus Mineville am Ende der Olden Lane. »Er war hochgewachsen und sehr aristokratisch«, erinnert sich Akrevoe Kondopria. »Und er war ein sehr gutaussehender Mann, fast wie Peter O'Toole. ... Und er trug eine Uniform. Soweit ich mitbekam, war er kein Kostverächter.«[16] Die Meteorologengruppe bestand in der Hauptsache aus zwei Gastgelehrten. »Ich teilte das Arbeitszimmer mit Paul Queney von der Sorbonne, ein kleines Büro unter der Dachtraufe der Fuld Hall«, erinnert sich Thompson. »Wir taten uns schwer mit der Verständigung, weil sein Englisch genau so schlecht war wie mein Französisch.«[17]

Die Institutsgemeinschaft betrachtete die Meteorologen mit fast so großer Skepsis wie die Ingenieure. »Jede Erforschung des Wetters, selbst wenn sie letzten Endes auf eine wissenschaftlich basierte Wetterbeeinflussung abzielte, war primär eine empirische und nicht so sehr eine theoretische Arbeit und gehörte so gesehen an eine technische Hochschule und nicht an eine den Geisteswissenschaften gewidmete Einrichtung«, erklärte Marston Morse.[18] Mit Ausnahme Veblens und von Neumanns stimmten die Mathematiker »dem Projekt nur mit ziemlichen Vorbehalten zu«, heißt es in einem Sitzungsprotokoll.[19] Sich ins Unvermeidliche fügend, gab Morse zu bedenken: »Sollte ein solches Forschungsprojekt an das Elektronenrechner-Projekt gekoppelt werden, müsste man sorgfältig darauf achten, es von der eigentlichen Arbeit des Instituts getrennt zu halten.«[20] Tatsächlich waren das Meteorologie- und das Rechnerprojekt von Anfang an untrennbar miteinander verbunden. Schon Mitte 1945 hatte Zworykin die Meteorologie ins Spiel gebracht. »Ich erinnere mich, 1945 oder Anfang 1946 einen ziemlich phantastisch klingenden Vorschlag Zworykins gelesen zu haben: Er wollte einen Analogrechner bauen, der zweidimensionale, auf einen Bildschirm projizierte Verteilungen von Wetterdaten einlesen und daraus die zukünftige Wetterentwicklung berechnen würde«, berichtete Jule Charney später. »Durch kontinuierliche und variierende Testläufe würde man herausbekommen, wie man den Input am besten gestaltet, um einen bestimmten Output zu bekommen. Johnny stand zu der Zeit in Kontakt mit Zworykin, und es kann sein, dass sein Interesse an Wetterberechnungen und Wetterbeeinflussung damals erwachte.«[21] Von Neumann und Zworykin machten sich zusammen nach Washington, D. C. auf, um ihr Vorhaben an den Mann zu bringen.

»Im Spätsommer 1945, nach Ende des Krieges in Europa und in Asien, besuchten John von Neumann … und Vladimir Zworykin … mich im Marineministerium«, erinnert sich Lewis Strauss. Die beiden beschrieben die bei RCA entwickelten digitalen Speicherröhren und skizzierten, wie »Messdaten über Temperatur, Luftfeuchtigkeit, Windrichtung und -stärke, Luftdruck und viele andere meteorologische Gegebenheiten … in einer Rechenmaschine gespeichert werden könnten«. Daraus »könnte man ein Muster oder harmonisches System entwickeln, das ein solches Datenspeichergerät in die Lage versetzen würde, das Wetter über einen extrem langen Zeitraum vorherzusagen.«[22] Das numerische Modell würde in Vakuumröhren gespeichert werden, aus denen man alle Bestandteile der realen Erdatmosphäre herausgepumpt hatte.

Zworykin verfasste im Oktober 1945 ein elfseitiges Exposé

mit dem Titel »Outline of Weather Proposal«, in dem er ausführte, die rechnergestützte Wetterprognose sei die notwendige Vorbedingung für »jeden Versuch der Wetterbeeinflussung, ein Ziel, das alle weitblickenden Menschen als langfristig erreichbar einschätzen«. Unter der Voraussetzung, dass ausreichend detaillierte Erkenntnisse vorlagen, würde die Beeinflussung des Wetters »sehr viel weniger Energie erfordern, als sie in den Wetterphänomenen selbst wirksam ist«.[23] Von Neumann steuerte ein Empfehlungsschreiben bei, in dem er bekräftigte, das »mathematische Problem der Wetterprognose« sei lösbar und müsse in Angriff genommen werden, »weil die auffälligsten meteorologischen Phänomene in instabilen oder metastabilen Situationen auftreten, die durch die Freisetzung vollkommen beherrschbarer Energiemengen beeinflusst werden könnten«.[24]

Von Neumann und Zworykin schlugen eine Kooperation zwischen dem Institute for Advanced Study, der Radio Corporation of America (RCA) und der Marine vor, und weil sie Strauss fest an ihrer Seite hatten, gelang es ihnen, das IAS-Rechnerprojekt an den Start zu bringen. »Sie wiesen auf die militärischen Vorteile hin, die sich aus einer langfristigen Wetteranalyse ergeben würden und darauf, dass diese die auf 200 000 Dollar geschätzten Kosten eines solchen Unterfangens locker aufwögen«, sagt Strauss. »Außerdem hätte die Verzögerung des Rechnerprojekts möglicherweise eine Verzögerung beim Bau der thermonuklearen Bombe nach sich gezogen und den Sowjets einen Vorsprung verschafft. Das wollte sich zu dem Zeitpunkt, als von Neumann das Projekt einfädelte, niemand auch nur vorstellen.«[25]

Im Denken von Neumanns spielten thermonukleare Waffen gegen Ende 1945 eine maßgebliche Rolle, auch wenn er das gegenüber Zworykin und vorläufig auch gegenüber Strauss nicht offenbart haben dürfte. Zu diesem Zeitpunkt liefen bereits die Vorbereitungen für die thermonuklearen Berechnungen auf dem ENIAC, die am 10. Dezember 1945 beginnen sollten; und da die Rüstungstechniker um die begrenzten Möglichkeiten des ENIAC wussten, arbeiteten sie mit Volldampf daran, den Nachfolgerechner möglichst ohne Verzug zu bauen. Die Meteorologie bot sowohl ein reales Aufgabengebiet als auch eine perfekte Tarnung für die geplanten Bombenberechnungen.

Die erste öffentliche Meldung über das Projekt erschien in der *New York Times*, nachdem sich Zworykin und von Neumann mit dem Leiter des U. S. Weather Bureau in Washington, D. C., Francis W. Reichelderfer, getroffen hatten. »Die Entwicklung eines neuen Elektronenrechners, der dem Vernehmen nach über ein enormes Potential verfügt, … könnte sogar die Möglichkeit der Wetterbeeinflussung eröffnen«, berichtete die *New York Times*. »Die Atomenergie könnte dank ihrer Sprengkraft eine Möglichkeit eröffnen, einen Wirbelsturm abzublocken, bevor er eine dichtbesiedelte Gegend erreicht.«[26]

Da zu diesem Zeitpunkt die Funktionsweise des ENIAC noch der Geheimhaltung unterlag, war in der *Times* nur der vage Hinweis zu lesen, keine der vorhandenen Rechenmaschinen sei »so imposant wie das Von-Neumann-Zworykin-Gerät«. Von Neumann und Zworykin hätten vor, nicht nur einen Rechner zu bauen, sondern ein die Erdkugel umspannendes Netz von Rechnern. »Mit einer ausreichenden Zahl dieser Maschinen (einhundert wurde als willkürlich gewählte Zahl genannt) könnten Bereichszentren eingerichtet werden, die es möglich machen würden, das Wetter weltweit vorauszusagen.«[27]

Reichelderfer fand es ärgerlich, dass die Presse Wind von dem Projekt bekommen hatte. Eckert und Mauchly regten sich darüber auf, dass die *New York Times* den ENIAC nicht erwähnt und sich stattdessen über den geplanten Großrechner von IAS und RCA ausgelassen hatte, der noch nicht einmal im Bau war. In ihren Augen hatte von Neumann ihnen erneut ein Schnippchen geschlagen, wie schon bei der Veröffentlichung des EDVAC-Berichts unter seinem Namen; die Geheimhaltung, die über ihr eigenes Projekt verhängt worden war, hinderte sie jedoch daran, eine Richtigstellung zu veröffentlichen.

Von Neumann war überzeugt, dass Lewis Fry Richardson (dessen Arbeit er Strauss gegenüber als »bemerkenswert und kühn« bezeichnete) auf dem richtigen Weg gewesen war. Aus der Möglichkeit, das Wetter zu manipulieren, würde, so glaubte er, letzten Endes mehr Macht erwachsen als aus der Fähigkeit, Atombomben zu bauen. In dem gemeinsam mit Carl-Gustaf Rossby verfassten Exposé für die Marine äußerte er die Einschätzung, auf dem neuen Computer könne »eine vollständig durchgerechnete Vorhersage für die gesamte nördliche Hemisphäre« in rund zwei Stunden täglicher Rechenzeit erstellt werden.[28] In einem persönlichen Brief an Strauss, in dem er diesem nebenbei auch seine »ernsthaften Zweifel daran« kundtat, ob es klug sei, Oppenheimer zum Direktor des IAS zu machen, erklärte er, das Meteorologie-Projekt könne »auch der erst Schritt in Richtung auf eine gezielte Wetterbeeinflussung sein – ich würde es aber vorziehen, dies jetzt nicht weiter zu vertiefen«.[29] Andererseits räumte er später auch ein, dass »die konstruktivsten Pläne für eine Steuerung des Klimas auf Erkenntnissen und Techniken beruhen würden, die zu Formen der Klima-Kriegführung missbraucht werden könnten, wie wir sie uns noch nicht vorstellen können«.[30]

Sobald von Neumann den Auftrag von der Marine in der Tasche hatte, lud er gemeinsam mit Rossby zu einer meteorologischen Fachtagung ein, die vom 29.–30. August 1946 am

Institut stattfand. Das letzte Debattenthema war die Frage, wie man die von Richardson begonnene Arbeit mit ausreichender Rechenpower weiterführen könne. »Die vorherrschende Meinung war, dass man den numerischen Ansatz unverzüglich wieder aufnehmen sollte«, hieß es im Abschlussbericht der Tagung, »zumal selbst die schon bestehenden mechanischen Rechenzentren über erheblich größere Kapazitäten verfügen, als sie Richardson zu Gebote standen.«[31]

Mehr als ein Dutzend Meteorologen wurden ans Institut eingeladen, wo jedoch keine Unterbringungsmöglichkeit für sie bestand, und so konstatierte ein Bericht vom 16. Juli 1946, es gebe am Institut elf Meteorologen, »für die noch keine Wohnung gefunden worden ist«.[32] Nicht zuletzt wegen der fehlenden Quartiere, aber auch weil es an einem einsatzbereiten Computer fehlte, wurde das Projekt auf Sparflamme gesetzt – letztlich arbeiteten nie mehr als eine Handvoll Meteorologen gleichzeitig am Institut. Von Neumanns erster Beitrag bestand darin, den Nachweis dafür zu liefern, dass die bisher angewandten Verfahren zur Integrierung hydrodynamischer Gleichungen »unter den Bedingungen einer räumlichen und zeitlichen Auflösung, die für das Problem meteorologischer Prognosen wesentlich sind, instabil sind«. Das sei der Punkt, an dem Richardson in die Irre gegangen sei. »Ich habe eine Methode entwickelt, die nachweislich stabil ist und die für numerische Verfahren geeignet erscheint, wenn entsprechende elektronische Ausrüstung zur Verfügung steht«, versicherte er in seinem zweiten Sachstandsbericht an das Forschungsamt der Marine.[33]

»Die Atmosphäre«, erklärte von Neumann in seinem nächsten Bericht, »besteht aus einer Vielzahl von Elementen, deren Verhalten so interdependent ist, dass keines von ihnen von den übrigen getrennt betrachtet werden kann.« Das Problem bestehe darin, Mittel und Wege zu finden, um das analoge Geschehen in der Atmosphäre in einem Digitalrechner abzubilden und beschleunigt zu simulieren. »Ein geschlossenes System von Differentialgleichungen ... könnte als eine Gruppe von Anweisungen für die Generierung von Lösungen aus bekannten Grenz- und Ausgangswerten dienen«, fuhr er fort. »Bis jetzt waren allerdings die Rechenzeiten, die man für die Ausführung dieser Anweisungen benötigt, prohibitiv.«[34] Das werde sich demnächst ändern.

Die Reaktion der meisten Meteorologen auf die Verheißung rechnergestützter Wetterprognosen glich der Reaktion der IAS-Mathematiker auf eine rechnergestützte Mathematik: Sie zweifelten daran, dass eine Maschine bessere Ergebnisse erzielen konnte als der Mensch. Sie waren dagegen – »nicht aus irgendwelchen objektiven Gründen, sondern weil sie wirklich glauben wollten, die Wettervorhersage sei eine Kunst und solle es bleiben«.[35] Nach Einschätzung Charneys verfehlte die Konferenz von 1946 das Ziel, »die Phantasie der eingeladenen führenden dynamischen Meteorologen anzufachen. ... Bei mir war das anders. Nach meiner Rückkehr aus Europa 1948 beeilte ich mich, zu dem Projekt zu stoßen.«[36]

Jule Gregory Charney, geboren am 1. Januar 1917 in San Francisco, zeichnete sich durch eine außergewöhnlich hoch entwickelte Begeisterung für das Leben aus, seit Ärzte bei ihm fälschlich einen Herzfehler diagnostiziert hatten. Seine Eltern Ely und Stella Charney waren aus Russland nach New York emigriert, hatten Arbeit in der Textilindustrie gefunden und waren 1914 nach Kalifornien übergesiedelt. Nach einem Zwischenspiel in San Francisco waren sie 1922 nach Los Angeles gezogen, zuerst ins Viertel East Central, dann 1927 nach Hollywood, wo Jules Mutter genug Arbeit in den Studios fand, um die Familie durch die Wirtschaftskrise zu bringen. Beide Elternteile waren aktive Sozialisten, und die Wohnung der Charneys war ein Treibhaus für politische Diskussionen und

Gewerkschaftsarbeit. Jule arbeitete sich noch als Oberschüler in die Infinitesimalrechnung ein, immatrikulierte sich 1934 an der UCLA und schloss sein Studium 1938 ab.

Den herannahenden Krieg vor Augen, musste sich Charney, der sich als Lehrbeauftragter für Mathematik und Physik durchschlug, zwischen der Meteorologie, die ihn interessierte, und der Aeronautik entscheiden, die einen größeren Nutzen für den Krieg versprach. Er suchte den Luftfahrtpionier Theodore von Kármán am Caltech auf; dieser empfahl ihm die Meteorologie mit der Begründung, die Aeronautik sei an einem Punkt angekommen, wo künftige Weiterentwicklungen eher durch technische als durch mathematische Fortschritte erfolgen würden. Dagegen sei die Meteorologie reif für einen neuen mathematischen Ansatz. Das war der Wink, den Charney brauchte. Jacob Bjerknes war kurz zuvor aus Norwegen an die UCLA gekommen, um dort ein Ausbildungsprogramm für Meteorologen in Gang zu bringen. Charney stieß im Juli 1941 als Lehrbeauftragter dazu – für ein Monatsgehalt von 65 Dollar.

Bei Kriegsende arbeitete Charney gerade an seiner Dissertation *The Dynamics of Long Waves in a Baroclinic Westerly Current*, die er 1946 fertigstellte. Mit seiner kurz zuvor geehelichten Frau Elinor wechselte er von Los Angeles nach Chicago, um bei Rossby seine erste akademische Stelle als promovierter Wissenschaftler anzutreten. Auf Einladung Rossbys nahm er im August 1946 an der Konferenz in Princeton teil und lernte dort von Neumann und dessen ehrgeizige Pläne kennen. Im Frühjahr 1947 reisten er und Elinor nach Bergen und Oslo; hier arbeitete Charney im Kreis der norwegischen Meteorologen bis zu seiner Rückkehr nach Princeton im Frühjahr 1948.

Er war zum richtigen Zeitpunkt an den richtigen Ort gekommen. Der IAS-Rechner durchlief gerade seine ersten

Testphasen, und man machte sich Gedanken über den Code in der Hoffnung, dass bald eine Maschine bereitstehen würde, die mit ihm gefüttert werden konnte. Ein turnusmäßig wechselndes Kontingent norwegischer Meteorologen unter der Leitung von Arnt Eliassen und Ragnar Fjørtoft komplettierte die Gruppe. Charney wurde zum Bindeglied zwischen den norwegischen Wetterfröschen mit ihrer praktischen Erfahrung und der mathematischen Welt von Neumanns. »Während mir in einem praktischen Sinn ziemlich klar war, was ich machen wollte, hatte ich von der mathematischen Umsetzung allenfalls eine schemenhafte Vorstellung«, erklärt Charney.[37] Bei von Neumann verhielt es sich eher umgekehrt. Charneys Verdienst war es auch, einige bedeutende amerikanische Meteorologen einzubinden, darunter vor allem Joseph Smagorinsky und Norman Phillips, die bei der Entwicklung der numerischen Wetterprognose in den darauffolgenden zehn Jahren eine führende Rolle spielen sollten.

Smagorinsky war noch Student gewesen, als Charney kurz nach Kriegsende in der Zentrale des US-Wetteramts in Washington, D. C. einen Vortrag gehalten hatte. Damals war die numerische Wetterprognose noch eine weitgehend unbekannte Idee gewesen. »Während des Krieges, als ich am MIT studierte, hatte mir einer der beliebtesten Professoren dort, Bernhard Haurwitz, gesagt, die numerische Vorhersage sei ein Ding der Unmöglichkeit«, sagt Smagorinsky. »Triftige Gründe dafür führte er nicht an. Aber es war leichter zu sagen, es geht nicht, als es geht.«[38] Nach dem Vortrag Charneys war Smagorinsky der Einzige, der eine Frage stellte, die von echtem Nachdenken über das Problem zeugte, und daraufhin lud Charney ihn ein, sich der neuen Computergruppe anzuschließen.

»Den Hauptgrund dafür, dass Richardson scheiterte«, schrieb Charney im ersten Sachstandsbericht, den er für das

Marineforschungsamt erstellte, »kann man darin sehen, dass er versuchte, zu viel zu früh zu tun.«[39] Es war die Meteorologenzunft als Ganze, die Richardsons erstes Problem lösen half: der Erhebung einer ausreichend großen Datenmenge für die Ermittlung der Ausgangsbedingungen. Wobei man bald erkannte, dass es unumgänglich war, die gesamte Hemisphäre zum Bezugsrahmen zu machen; allein die Trennung von Nord- und Südhalbkugel schien einigermaßen beständig zu sein. Es waren von Neumann, Goldstine und Bigelow, die Richardsons zweites Problem lösten: die Bereitstellung ausreichender Rechenpower. Und Charney blieb es vorbehalten, Richardsons drittes Problem zu lösen: die Formulierung von Gleichungen, deren Lösungen nicht noch schneller instabil wurden als das Wetter selbst. Der Schlüssel zur Lösung bestand darin, irrelevantes Rauschen wegzufiltern.

»Die Atmosphäre ist ein Musikinstrument, das viele Melodien spielen kann«, erklärte Charney Thompson im Februar 1947. »Hohe Töne sind Schallwellen, tiefe Töne sind lange planetarische Wellen, und die Natur macht ihre Musik eher im Stil Beethovens als in dem von Chopin. Sie setzt wesentlich lieber tiefe Töne ein und spielt nur hin und wieder ein Arpeggio im hohen Tonbereich, und auch dann nur ein leichthändiges. Die Ozeane und die Kontinente sind die Elefanten im Karneval der Tiere von Saint-Saëns.«[40]

Thompson berichtete ans Marineforschungsamt: »Die hydrodynamischen Gleichungen decken das gesamte Spektrum des atmosphärischen Geschehens ab, Schallwellen, Gravitationswellen, langsame Inertialwellen etc., und es könnte die Dinge erheblich vereinfachen, wenn man diesen Gleichungen irgendwie beibringen könnte, dass wir uns nur für bestimmte atmosphärische Phänomene interessieren – will sagen für die Entwicklung großformatiger Störungen.«[41] Unter Mitwirkung Charneys wurden alsbald numerische Filter ausgetüftelt und in Befehlscodes eingearbeitet, die Margaret Smagorinsky, Norma Gilbarg und Ellen-Kristine Eliassen in vielen Hundert Stunden Programmierarbeit austesteten. »Das System, das die Mathematiker auf dem großen Rechner zur Anwendung bringen wollten, praktizierten wir zuerst von Hand«, sagt Margaret Smagorinsky. »Es war eine höchst mühselige Aufgabe. Zu dritt schufteten wir in einem sehr kleinen Raum mit drei Monroe-Rechenmaschinen.«[42]

In Anbetracht der Verzögerungen bei der Fertigstellung des neuen Großrechners und der Tatsache, dass die Wasserstoffbombenrechnungen Priorität genossen, wurde beschlossen, einen ersten vollständigen Testlauf auf dem ENIAC durchzuführen. Im März 1950 begab sich Charney in Begleitung von John Platzman, Ragnar Fjørtoft, John Freeman und Joseph Smagorinsky nach Aberdeen. Klári von Neumann fungierte als ihre Tutorin; sie machte sie mit den Eigenheiten des ENIAC und seiner Lochkarten-Peripherie vertraut und half ihnen beim Kodieren der Aufgabenstellungen.

»Die Verwirklichung von L. F. Richardsons 50 Jahre alter Vision … begann am Sonntag, den 5. März 1950 um 12 Uhr mittags und vollzog sich innerhalb von 33 Tagen und Nächten rund um die Uhr, mit nur kurzen Unterbrechungen«, berichtete Platzman.[43] »Wir haben eine 12-Stunden-Vorhersage fertiggestellt«, vermerkte er 13 Tage später in einem Log-Eintrag vom 18. März. »Nach Ablauf von vier Wochen hatten wir zwei verschiedene 24-Stunden-Prognosen erstellt«, berichtete Charney am 10. April. »Die erste … zeichnete sich nicht gerade durch besondere Treffsicherheit aus, wenngleich sie ein paar gute Aspekte hatte. … Die zweite erwies sich als überraschend gut. Sogar das Drehen des Windes über Westeuropa und die Verlängerung der Tiefdruckrinne, von Ragnar als baroklines Phänomen gedeutet, wurden korrekt vorausgesagt.«[44] Im Verlauf der folgenden Woche erstellten sie zwei weitere 24-Stunden-Prognosen, eine für den 31. Januar und eine für den 14. Februar 1949.

Wegen der begrenzten Speicherkapazität des ENIAC musste auf Lochkarten zurückgegriffen werden, »die als externe Speicher und als Ein- und Ausgabemedium dienten; dies setzte eine engverzahnte Koppelung der Lochkarten-Verarbeitung mit den internen Rechenoperationen des ENIAC voraus, die von Neumann genial konzipierte.«[45] Jeder Rechenschritt erforderte 16 aufeinanderfolgende Operationen: sechs für die innere Rechenarbeit des ENIAC, zehn für die externen Lochkarten-Operationen zur Verarbeitung der Resultate und zur Vorbereitung des nächsten Schrittes. »Für die vier 24-Stunden-Prognosen wurden circa 100 000 Standard-IBM-Lochkarten erzeugt und eine Million Multiplikationen und Divisionen durchgeführt«, resümierten Charney, von Neumann und Fjørtoft. Als die Fehlerquellen beseitigt waren, betrug »die Rechenzeit für eine 24-Stunden-Vorhersage in etwa 24 Stunden; das heißt, wir konnten gerade so mit dem Wetter Schritt halten«.[46]

Charney und seine Kollegen kehrten triumphal nach Princeton zurück. »Dass wir für eine 24-Stunden-Vorhersage 24 Stunden brauchten, machte überhaupt nichts«, erklärte Charney. »Das war ein rein technisches Problem. Zwei Jahre später konnten wir auf unserer eigenen Maschine dieselbe Prognose in fünf Minuten ausrechnen.«[47] Angesport von ihrem Erfolg, entwickelten sie eine Reihe zunehmend detaillierterer Modelle der nördlichen Atmosphäre. Zumindest tagsüber – nachts wurde gefeiert. »Ah, wie wir ihn liebten«, sagt Thelma Estrin über Charney. »Er war warmherzig und freundlich und liebte Partys und war immer der Letzte, der nach Hause ging.«[48] Ingenieure und Meteorologen sorgten in den Mineville-Wohnbaracken für eine Atmosphäre, die auch die anderen Gäste des Instituts in ihren Bann zog. »Alle Meteorologen waren sehr witzig und gute Trinker«, sagt der ungarische Topologe Raoul Bott, der 1949 als promovierter Maschinenbauer und Protegé Hermann Weyls in Princeton anfing. »Wir feierten extrem wilde Partys«, erinnert er sich. »Es war eine wundervolle Zeit.«[49]

Charney und seine Gruppe brauchten für die zunehmend komplexeren Modelle einen Prüfstein, an dem sie die Güte ihrer Vorhersagen messen konnten. Richardson hatte sich als Testfall den ansonsten ereignislosen Vormittag des 20. Mai 1910 ausgesucht. Charneys Gruppe entschied sich für den Thanksgiving-Feiertag des Jahres 1950, an dem ein heftiger Sturm den Osten der Vereinigten Staaten beutelte. Dieses Schlechtwettersystem, dessen Entwicklung die damals verfügbaren Wetterprognosen nicht vorhersahen, forderte 300 Tote, richtete nie dagewesene Sachschäden an und riss sogar Teile des Dachs des Palmer Physical Laboratory der Universität Princeton herunter. Es war der perfekte Sturm.

»Wegen der Spontaneität und Intensität seiner Entwicklung war dieser Sturm der ideale Testfall für die Vorhersage der Zyklogenese«, erklärt Charney. Wohl wissend, dass Turbulenzen nicht voraussehbar sind, war er doch der Überzeugung, dass die »Entstehung und Entwicklung eines Zyklons ein gesetzmäßiges und voraussagbares Ereignis« sei. Die Zyklogenese mochte unberechenbar erscheinen, doch sei davon auszugehen, dass »die anfängliche Störung räumlich und zeitlich zu identifizieren sei und dass ihre Amplitude, auch wenn sie anfänglich klein sein mag, voll und ganz von der herrschenden Grundströmung bestimmt wird. Es ist wie bei einem Automobil, das langsam, aber unaufhaltsam über eine Klippe geschoben wird.«[50]

»Der Sturm vom 25.–27. November wurde erstmals auf der Wetterkarte vom 24. November, 12:30 Uhr GMT, als kleines Tief ausgemacht, das sich über North Carolina und dem westlichen Virginia entwickelte«, hieß es am Beginn der Zusammenfassung, die in der Novemberausgabe der *Monthly Weather Review* erschien.[51] Im Verlauf der sich anschließenden 48 Stunden entwickelte sich die Störung zum schlimmsten Unwetter in der Geschichte der USA seit Beginn der Wetteraufzeichnungen. Coburn Creek in West Virginia wurde mit 1,60 Meter Schnee eingedeckt. Rekordwerte von minus 17 Grad wurden in Louisville, Kentucky und Nashville, Tennessee gemessen, und in Pittsburgh brachten 77 cm Neuschnee die Stahlindustrie zum Stillstand.

»Das zweieinhalb-dimensionale Modell vermochte die Zyklogenese nicht zu erfassen, auch wenn es einen vagen Hinweis darauf gab, dass sich etwas zusammenbraute«, berichtete Charney später. »Deshalb gingen wir zu einem Drei-Ebenen-Modell über, besser gesagt einem zweizweidrittel-dimensionalen Modell, mit dem wir der Zyklogenese schließlich auf die Spur kamen. Es war nicht so furchtbar zielgenau, aber es ließ keinen Zweifel offen, dass wir auf dem richtigen Weg waren.«[52]

Die erfolgreiche 24-Stunden-Vorhersage, Ergebnis der Auswertung von Messdaten aus 256 Zellen von jeweils 300 Kilometer Länge und Breite über 48 Halbstundenschritte hinweg, benötigte 48 Minuten Rechenzeit. Nach Angaben Charneys vollzog »die Maschine in diesem Zeitraum rund 750 000 Multiplikationen und Divisionen sowie 10 Millionen Additionen und Subtraktionen und führte 30 Millionen Befehle aus«.[53] Während die Meteorologen im Innern des Computers das Wetter zu simulieren versuchten, litten sie unter dem Wetter, das außerhalb des Computers herrschte. Die schwüle Hitze von Princeton ließ die Kühlaggregate der York-Klimaanlage immer wieder einknicken, und bei Gewittern fiel der Williamsröhren-Speicher immer wieder aus. An einem sehr heißen Tag im Mai machte selbst die Mechanik der IBM-Lochkarten Probleme. Im Maschinenlogbuch heißt es dazu: »IBM-Maschine schmiert eine teerartige Substanz auf die Karten.« Der nächstfolgende Log-Eintrag liefert die Erklärung nach: »Teer stammt vom Dach.«[54]

Charneys Vorhaben, eine Reihe von Modellen mit schrittweise zunehmender Komplexität zu entwickeln, nahm jetzt Fahrt auf. Am 5. August 1952 fand am Institut eine Sitzung unter Leitung von Neumanns statt, auf der »Möglichkeiten für die regelmäßige Erstellung numerischer Vorhersagen durch das Wetteramt und die meteorologischen Dienste von Luftwaffe und Marine sondiert« werden sollten.[55] Im September 1953 einigten sich Wetteramt, Luftwaffe und Marine auf die Einrichtung einer Joint Numerical Weather Prediction Unit, und im Januar 1954 empfahl eine von John von Neumann geleitete Technische Beraterkommission den Einsatz eines Rechners vom Typ IBM 701, für dessen Anmietung jährliche Ausgaben in Höhe von 175 000 bis 300 000 Dollar budgetiert wurden.[56] IBM lieferte den Rechner Anfang 1955, und am 18. April spuckte er die erste brauchbare Wettervorhersage aus.

1958 lieferten sich die numerischen Wetterprognosen ein Kopf-an-Kopf-Rennen mit den handgemachten Wetterkarten, spätestens 1960 übernahmen sie die Führung. Begnügten sie sich anfangs mit 24-Stunden-Vorhersagen, so verlängerte sich der Prognosezeitraum in der Folge pro Jahrzehnt um jeweils weitere 24 Stunden. Für von Neumann und Charney lautete die Frage: Was kommt als Nächstes? »Von Neumann hatte offenbar das Gefühl, die Aufgabe, das Wetter kurzfristig vorherzusagen, sei praktisch gelöst«, erinnert sich Thompson. »Meiner Ansicht nach hatte er eine etwas naive Vorstellung davon, wie weit wir gekommen waren und welch weiten Weg wir noch vor uns hatten, aber er schaute nach vorne.«[57] Von Neumann teilte das Problem in drei Ordnungen auf. In der ersten, kurzfristigen Ordnung sind allein die Anfangsbedingungen von zentraler Bedeutung. Stehen genügend Beobachtungsdaten und genug Rechenkapazität zu Gebote, so lassen sich kurzfristige Prognosen – in der Größenordnung zwischen wenigen Tagen und einer Woche – poblemlos erstellen. In der zweiten, mittelfristigen Ordnung geht es um Vorhersagen über eine Woche und länger. Neben den Anfangsbedingungen sind hier auch die Auswirkungen sukzessiver Energiezuflüsse und -abflüsse von Bedeutung, was das Geschehen zunehmend schwerer – und vielleicht gar nicht – vorhersagbar macht. In der dritten, langfristigen Ordnung »vergisst die Atmosphäre sehr schnell, wie sie einmal ausgesehen hat, und ihr Verhalten wird fast nur noch von den sukzessiven Effekten der Energiezuflüsse und der Dissipation gesteuert«.[58] Unter der Voraussetzung, dass man genug über diese Zuflüsse und die Abfuhr der Energie wisse, sollte die Aufgabe, nicht nur das Wetter, sondern auch das Klima vorauszusagen, rechnerisch bewältigbar sein. Von Neumann und Charney, unterstützt von Norman Phillips und Joseph Smagorinsky, beschlossen, diese Aufgabe als nächste anzupacken.

Im September 1954 begann Norman Phillips ein primitives allgemeines Zirkulationsmodell zu fahren, das über bis zu 40 Tage Simulationszeit stabil blieb. Smagorinsky beschrieb das Modell so: »Trotz der simplen Formeln, mit denen die Energiequellen und Energiesenken abgebildet wurden, zeigte sich, dass die Rechenergebnisse die entscheidenden Faktoren der allgemeinen atmosphärischen Zirkulation bemerkenswert gut erfassten.«[59] Die Resultate wurden zwar unbeständig und nichtlinear, wenn man den Prognosezeitraum auf über 40 Tage ausdehnte, aber nach Überzeugung Phillips' und Charneys lag das an numerischen Instabilitäten und nicht am verwendeten Modell; sie glaubten, dass mit verbesserten Algorithmen und einem leistungsfähigeren Rechner sinnvolle Klimaprognosen möglich werden könnten. »Der Code reizt die Ressourcen der gegenwärtig verfügbaren Maschine fast vollständig aus«, berichteten sie. »Von den 3072 Wörtern im Speicher wird nur ein rundes Dutzend nicht benötigt.«[60] Im Februar und März 1954 fuhren sie einen Probelauf über 31 Prognosetage – mit »überraschend realistischen« Resultaten. Sogar »Vorgänge ähnlich den Kalt- und Warmfronten eines dynamischen Tiefdruckgebietes« wurden berechnet.[61]

»Unser Ziel war es, eine rein physikalische Theorie der Klimavorgänge zu entwickeln«, erklärte Charney später im Dialog mit Stan Ulam. »Johnny meinte, dass das eine leichtere Aufgabe sein würde als die … Langzeit-Vorhersage, weil sich die statistischen Eigenschaften der Bewegung zutreffender beschreiben ließen als die einzelne Bewegung.« Wie man heute weiß, ist auch das eine überraschend schwierige Angelegenheit. »In seinem Hinterkopf spukte natürlich immer der Gedanke an eine Wetterbeeinflussung in großem Stil herum«, fügt Charney hinzu. »Wir verbrachten viele schöne Sonntagnachmittage damit, gemeinsam Klimatheorien zu entwerfen, und es wurde deutlich, dass wir weder vergangene Klimavorgänge erklären, noch die Grundlagen für eine gezielte Klimabeeinflussung schaffen könnten, ehe wir nicht in der Lage sein würden, unser gegenwärtiges Klima in rein physikalischen Begriffen zu verstehen.«[62]

Um das neue Projekt anzuschieben, veranstalteten von Neumann und Charney vom 26.–28. Oktober 1955 am IAS eine Konferenz über Klimadynamik. Den Eröffnungsvortrag hielt Oppenheimer. Er zog »eine Parallele zwischen dieser Konferenz, die sich mit Problemen der allgemeinen Zirkulation in der Erdatmosphäre befasst, und den Konferenzen, die im Zuge der Vorbereitungen für die Arbeit an der Atombombe in Los Alamos, New Mexico abgehalten wurden«, und äußerte die Einschätzung: »Die Aufgabe, vor der die Teilnehmer der gegenwärtigen Konferenz stehen – eine Aufgabe, die mit der komplizierten Dynamik atmosphärischer Bewegungen zu tun hat –, ist viel schwieriger.«[63]

Von Neumann, obzwar ein Meister in der Kunst der Vereinfachung, offenbarte einen realistischen Blick für die Hindernisse. »Selbst bei adäquater Informationslage würde die Einbeziehung von Turbulenzen und Strahlung in die Prognosegleichungen die Sache ziemlich verwickelt machen«, konstatierte er. Fast alle einzubeziehenden Phänomene seien instabil, und winzigste Diskrepanzen könnten sich zu großen Effekten auswachsen. »Ein Beispiel: Nur ein rundes Millionstel allen Wassers auf der Erde befindet sich in Form von Dampf in der Atmosphäre; dennoch bewirkt das Vorhandensein dieses Wasserdampfs einen Unterschied von 40 Grad Celsius in der Durchschnittstemperatur auf der Erdoberfläche. Das ist mehr als das Doppelte der Differenz zwischen der Temperatur auf dem Höhepunkt der Eiszeit und der Temperatur zum Zeitpunkt einer völligen Entgletscherung der Erde.«[64]

Die 29 Teilnehmer waren sich bei aller Zuversicht, was die Modellierung des Klimas betraf, einig darin, dass man es hier mit einer höchst komplexen Aufgabe zu tun hatte. »Beachtung wurde der Theorie geschenkt, wonach der Kohlendioxidgehalt der Atmosphäre sich seit Beginn der Industriellen Revolution erhöht hat und dass diese Erhöhung zu einer Erwärmung der Atmosphäre geführt hat«, heißt es im Konferenzbericht. »Von Neumann stellte die Validität dieser Theorie in Frage, indem er darauf hinwies, es gebe gute Gründe für die Vermutung, dass der größte Teil des industriellen Kohlendioxids, das in die Atmosphäre gelangt ist, mittlerweile bereits von den Ozeanen absorbiert worden ist.« Aber die Debatte war losgetreten.[65]

Sigmund Fritz vom Wetteramt der USA steuerte die Anregung bei, »die Auswirkungen des pflanzlichen Lebens ebenfalls in Betracht zu ziehen«. William von Arx von der Woods Hole Oceanographic Institution wies darauf hin, dass »die CO_2-Bilanz von der Pufferkapazität des Meerwassers« abhänge, und gab zu bedenken: »Eine beträchtliche Menge Kohlendioxid ist im Plankton-Zyklus gebunden.« Charney erkundigte sich nach der »statistischen Signifikanz von Wexlers Erkenntnis, dass in Januaren, die in ein Sonnenflecken-Maximum fallen, erheblich mehr CO_2 gebunden wird als in Januaren, die mit einem Minimum im Sonnenflecken-Zyklus zusammenfallen«. Nach Ansicht von Neumanns »musste der polare Eispanzer eine Mindestgröße aufweisen, um sich selbst reproduzieren zu können«. Des Weiteren lenkte er das Augenmerk »auf die Tatsache, dass die Prozesse, die zu Perioden der Vergletscherung und der Entgletscherung führten, über viele Jahrhunderte relativ konstant gewesen sein müssen«. Von Neumann stellte auch die Frage in den Raum, »ob irgendwelche Belege vorliegen, die den Schluss zulassen, dass über so lange Zeiträume hinweg ein so hohes Niveau an vulkanischer Aktivität geherrscht hatte«.[66]

»Es ist nicht notwendig«, argumentierten von Neumann und Charney, »auf Erklärungen für Klimaveränderungen zurückzugreifen, die externe Mechanismen wie solare oder vulkanische Aktivitäten voraussetzen.« Richard Pfeiffer von der Columbia University wies darauf hin, dass sich »die von einer bestimmten Luftmenge absorbierte Strahlung als die kleine Differenz zwischen zwei großen Kraftflüssen messen lässt«, und stellte die Frage, »ob heutige Messungen der Verteilung von Wasserdampf und Temperatur (den wichtigsten der Variablen, die die Strahlungscharakteristik der Atmosphäre bestimmen) genau genug sind, um diese Differenz feststellen zu können«. Edward Lorenz vom MIT wies auf den menschlichen Faktor hin und sagte: »Es wäre erforderlich, zusätzlich zur mittleren Bewölkungsverteilung die Tag-Nacht-Bilanz zu spezifizieren … ob die Wolken bei Nacht oder bei Tag präsent sind.« Von Neumann empfahl in seinem Resümee schließlich, man solle »erst versuchen zu bestimmen, bis zu welchem Grad das Klima sich durch interne Mechanismen, durch nichtlineare Rückkopplungsprozesse, verändern lässt«. Er konzedierte, »dass es sich um ein kompliziertes Problem handelt«.[67]

Die Disziplin der Wetterprognose gliedert sich bis heute in die drei 1955 definierten Bereiche. Die erste, kurzfristige Ordnung ist vorhersagbar. Die zweite ist unvorhersagbar, trotz der Zuversicht von Neumanns. Die dritte Ordnung wird bis heute kontrovers diskutiert. »Ich glaube, wir waren damals etwas optimistisch«, sagt Charney. »Ich erinnere mich, dass wir Berichte zu sehen bekamen, die besagten, Norbert Wiener habe über von Neumann und mich gesagt, wir seien praktisch *Ganeffs* – Ganoven. Wir würden versuchen, der ganzen Welt weiszumachen, man könne die Wettervoraussage als ein deterministisches Problem behandeln. Und ich glaube heute, dass Wiener in einem sehr grundlegenden Sinn wahrscheinlich recht hatte.«[68]

Es war Edward Lorenz, einer der zum Meteorologie-Projekt am IAS hinzugezogenen Berater, der die Unvorhersagbarkeit der Atmosphäre bewies – kurz nach von Neumanns Tod. Charney näherte sich der Frage aus einer anderen Richtung und stellte das folgende Gedankenspiel an: »Angenommen, wir würden die Intelligenz von Laplace durch eine Rechenmaschine von unbegrenzter Arbeitsgeschwindigkeit und Kapazität ersetzen und könnten die Erdatmosphäre unterhalb von 100 Kilometer Höhe mit einem immateriellen Gitternetz umspannen, dessen Maschen kleiner wären als der kleinste Luftwirbel, sagen wir einen Millimeter … Könnten wir dann die Probleme der Meteorologie lösen?«[69] Seine Antwort lautet: Jegliche Vorhersagbarkeit würde sich binnen weniger als einem Monat in Luft auflösen, »nicht wegen der Quanten-Unbestimmtheit, ja nicht einmal wegen makroskopischer Beobachtungsfehler, sondern weil jede Störung, und sei sie auch noch so klein, exponentiell anwachsen würde. ... Der Fehler vergrößert sich innerhalb von weniger als einem Tag von 1 mm auf 10 km, und innerhalb von einer oder zwei Wochen von 100 km auf planetarische Dimensionen.«[70]

Die Frage, ob das Klima vorhersagbar ist, ist allerdings noch nicht entschieden. Von Neumann rechnete damit, dass es nicht nur gelingen würde, das Klima vorherzusagen, sondern auch es gezielt zu beeinflussen. Wären die entscheidenden Umschlagpunkte erst einmal identifiziert, könnte willkürlich ein Wandel in Gang gesetzt werden. Die wirkliche Frage sei eigentlich nicht, ob wir das Klima steuern können, sondern wer an den Schalthebeln sitzen würde. »Wenn die globale Klimasteuerung erst einmal möglich geworden ist«, warnte er 1955, »wird das die Nationen weitaus grundlegender zusammenschweißen, als die Gefahr eines Atomkriegs oder jedes anderen Krieges es je vermocht haben.«[71]

Letztendlich dürften beide recht haben, von Neumann ebenso wie Wiener. Letzterer mit seiner These, der zufolge die Atmosphäre bei Voraussagezeiträumen ab ca. 30 Tagen nicht mehr als deterministisches System behandelt werden kann. Von Neumann könnte recht behalten in dem Sinn, dass wir das Klima vielleicht nicht voraussagen, aber es nichtsdestotrotz beeinflussen können.

Stellen wir uns eine Zukunft vor, in der auf einer kritischen Teilmenge der Erdoberfläche Windkraftanlagen stünden, eingebettet in die Strömungsdynamik der Atmosphäre, desgleichen Photovoltaikeinheiten, die Energie aufnehmen und abgeben könnten. Stellen wir uns weiter vor, dass ausreichend viele dieser Energie absorbierenden und Energie verteilenden Oberflächen mit einem globalen Rechner- und Stromnetz verbunden wären, um jenes erdumspannende Laplace'sche Gitternetz zu bilden, von dem Charney und Richardson träumten. Jede Zelle in diesem System würde über ihre Beziehungen zu und ihre Wechselwirkungen mit ihren Nachbarzellen »berichten«, Zustände wie dunkel, sonnig, windig oder windstill registrieren und Wahrscheinlichkeiten für erwartbare Veränderungen liefern. Direkt mit dem realen, physischen Energiefluss verbunden wäre ein Rechnernetz, das nicht mehr nur ein Modell der Atmosphäre erstellen, sondern mit der Atmosphäre verschmelzen würde.

Jedes so gestaltete planetarische System würde freilich, sobald es feinkörnig genug wäre, selbst unberechenbar werden – genauso wie die Atmosphäre, in die es eingebettet ist. Ob die Photovoltaik-Landschaften Energie absorbieren oder reflektieren und ob die Windfarmen auf Hochtouren laufen, kann auf die Dauer in der Tat zu einer das Klima beeinflussenden Variable werden. Aber wie genau das Modell funktioniert und wie das Wetter am Donnerstag in einer Woche sein wird, dürfte wohl ebenso ein Geheimnis bleiben, wie ein strichweise bewölkter Tag es heute für uns ist.

»Einmal, es war in den frühen 50er Jahren, standen von Neumann, ich und mehrere andere vor dem Gebäude des Elektronenrechner-Projekts in Princeton«, erinnert sich Joseph Smagorinsky, »und Johnny schaute zum teilweise bedeckten Himmel hinauf und sagte: ›Was glaubt ihr: Werden wir je in der Lage sein, *das* vorauszusagen?‹«[72]

KAPITEL ZEHN

Monte Carlo

> Zwischen 1946 und 1955 durchquerten wir das Land 28-mal im Auto.
>
> *Klári von Neumann, 1963*[1]

»Wir waren an der Riviera, in Monte Carlo, dem Nabel der Welt für unverbesserliche Glücksspieler«, erzählt Klári von Neumann im Rückblick auf einen Abend mit ihrem ersten Mann Francis irgendwann zwischen dem Ersten und dem Zweiten Weltkrieg. »Als wir das Kasino betraten, erblickte ich Johnny; er saß an einem der preisgünstigeren Roulettetische, ein großes Blatt Papier und ein nicht zu großes Häufchen Chips vor sich. Er hatte ein ›System‹, das er uns mit großem Vergnügen erklärte: Es basierte auf ausführlichen und komplizierten Wahrscheinlichkeitsberechnungen und berücksichtigte sogar die Möglichkeit, dass der Kessel gezinkt war, aber es war natürlich nicht narrensicher.«[2]

»Francis setzte sich an einen anderen Tisch«, fährt Klári fort. »Eine Zeitlang schlenderte ich umher und beobachtete die krankhafte Lust der Leute, sich zu ruinieren; dann ging ich an die Bar, setzte mich hin und wünschte mir, bei meinem Drink Gesellschaft zu haben. Während ich an meinem Cocktail nippte, tauchte Johnny auf.« Den Spieltheoretiker hatte am Roulettetisch das Glück verlassen, und Klári, deren Ehe »eine absolute Katastrophe« war, musste ihm seinen Drink spendieren. »Ich war ein reiches Mädchen, mein Vater war sehr wohlhabend, und Francis war ein unverbesserlicher Glücksspieler – das erklärt wohl, warum er mich so sexy fand. Nach vier Jahren, in denen wir jede Menge Schlamassel durchmachten, ließen wir uns scheiden – mein Vater kaufte mir die Scheidung.«[3]

Klára Dán wurde am 18. August 1911 als Tochter einer wohlhabenden jüdischen Familie in Budapest geboren. »Ich war die am meisten verhätschelte und verwöhnte Göre in einer sehr großen, engverwobenen Sippe«, meint sie rückblickend und beschreibt sich als »ein hübsches und ausgesprochen unerträgliches Kind, das sich quengelnd und kreischend und heulend den Weg durch seine prägenden frühen Lebensjahre bahnte«. Ihr Vater Charles Dán, ein Industrieller und Finanzier, diente im Ersten Weltkrieg als Offizier im österreichisch-ungarischen Heer; er überlebte den Krieg unversehrt, doch nach Kriegsende »ging es schrecklich drunter und drüber, und wir flüchteten, teilweise zu Fuß, über die Grenze nach Wien, um dem kommunistischen Schreckensregime von Béla Kun zu entgehen«. Ihr Vater kehrte, nachdem er die Familie in Sicherheit gebracht hatte, nach Ungarn zurück, um sich dem konterrevolutionären Untergrund anzuschließen. »Die eindrücklichste und dauerhafteste Erinnerung aus meiner Kindheit ist«, sagt Kl̃ári, »wie ich an der Brücke stehe und ihm hinterherschaue auf dem Weg in ein, wie ich inzwischen begriffen hatte, sehr gefährliches Schicksal.«[4]

Nach der Niederwerfung des Béla-Kun-Regimes brach in Budapest die goldene Ära zwischen dem Ersten und dem Zweiten Weltkrieg an. »Die von Admiral Horthy geführte Konterrevolution siegte«, schreibt Klári. »Wir konnten alle nach Hause zurückkehren, und dann kam die ungarische Version der ›Roaring Twenties‹ ins Rollen.«[5] Mit 14 gewann Klári die ungarische Meisterschaft im Eiskunstlauf, danach schickten ihre Eltern sie nach England ins Internat. Wie die von Neumanns bewohnte Kláris Familie eine große, in drei Wohnungen aufgeteilte Stadtvilla, in der ihr Großvater mütterlicherseits als Hausherr amtierte. Das Haus hatte »eine große Terrasse, die bei Banketten oder zu anderen festlichen Anlässen mehr als 100 Personen aufnehmen konnte und das sehr oft auch tat«. Der Garten war geteilt in einen »ordentlichen« Bereich, den Kinder nicht betreten durften, und einen überwucherten, wilden Teil, der für die Erwachsenen tabu war. »Diese Demarkationslinie«, erzählt Klári, »war die einzige Grenze zwischen Kindern und Erwachsenen in diesem glücklichen Haus, das mit der Zeit zum Mittelpunkt der Budapester Gesellschaft wurde.«[6]

Alle Mitglieder des Haushalts versammelten sich regelmäßig zum Abendessen am Tisch von Kláris Großvater, oft wurde danach noch bis weit in die Nacht gefeiert. »Gleich nach dem Abendessen begaben wir uns alle nach unten, mein Onkel und meine Tante mit ihren beiden Kindern (vom zweiten Stock) und meine Eltern, meine Schwester und ich (vom dritten Stock)«, erklärt Klári. »Eine Flasche Wein tauchte auf, und es konnte losgehen. Nicht selten machte eine weitere Flasche die Runde; nach kurzer Zeit wurde eine Zigeunerkapelle angefordert und vielleicht ein paar gute Freunde aus dem Bett geholt, und schon war ein ausgewachsenes *mulatsag* im Gang.

»Es ist absolut unmöglich, *mulatsag* eins zu eins in eine andere Sprache zu übersetzen«, merkt Klári an. »Es ist keine Party, es ist kein Fest, es ist auch keine Orgie; es ist einfach die spontane Verschmelzung einer Gruppe von Leuten, die zusammen etwas Tolles erleben. Um sechs Uhr morgens wurde die Kapelle entlassen; wir gingen in unsere Stockwerke zurück, nahmen eine schnelle Dusche, die Männer gingen zur Arbeit, die Kinder zur Schule und die Damen mit ihren Köchinnen zum Markt.«[7]

Kláris Vater und ihr Großvater waren auch die Initiatoren regelmäßiger »Donnerstagabend-Partys«, die einmal im Monat in einem Herrenclub stattfanden, mit dem, wie Klári erläutert, »lobenswerten Ziel, Männer aus der Geschäfts-, Finanz- und der politischen Welt mit Künstlern, Schriftstellern und anderen Mitgliedern der literarischen und Intellektuellen Elite zusammenzubringen«. Als der Beschluss gefasst wurde, diese Zusammenkünfte, die eine »so befruchtende Wirkung auf die für ein kleines Land außerordentlich bemerkenswerte Produktion schöpferischer Geister hatte«, für Frauen zu öffnen, verkündete Kláris Großvater, der erste Termin, bei dem die Damen Zutritt hätten, müsse »selbstverständlich in unserem Haus stattfinden«.

»Es war einfach wunderbar«, erinnert sich Klári. »Alle drei Haushalte wurden gründlich umgeräumt: Klaviere wurden rangiert, Möbel umgestellt. ... In einem Stockwerk fand das Abendessen statt, im anderen gab es Räume für die, die diskutieren oder Karten spielen wollten; der dritte Stock war für Musik und Tanz reserviert – in allen drei Küchen ging es mindestens drei Tage lang drunter und drüber.« Man versuchte erst gar nicht, die Kinder ins Bett zu bringen. »So kam es, dass ich ungefähr mit 13 und danach noch viele Jahre lang die interessantesten und aufregendsten Leute unserer Stadt kennenlernte.«[8]

Klári entwickelte einen Appetit auf Geselligkeit, der sie ein Leben lang begleitete. »Ich habe Leute kennengelernt, Leute und noch mehr Leute« – mit diesem Satz beginnt ein unvollendetes autobiographisches Manuskript. »Manche von ihnen waren weltberühmt, von anderen hatte niemand je gehört. Familienpatriarchen, Hochstapler, ehemalige und künftige Königinnen, Putzfrauen und Callgirls, Staatsmänner und Politiker auf der Höhe ihrer Macht, Nachtschichtler und Thekenphilosophen, anerkannte Genies und frustrierte Totalversager – sie alle und viele weitere.«

Dabei kämpfte Klári lange Zeit gegen Depressionen. »Oft war sie umgeben vom Geist einer warmherzigen Verschwörung ihrer Freunde gegen das, was sie – wenn ich es richtig deutete – als Gleichgültigkeit oder vielleicht sogar Böswilligkeit des Schicksals empfanden«, schrieb der Physiker John Wheeler zwei Wochen nach Kláris Tod.[9]

Nach der Scheidung von Francis heiratete Klári einen angesehenen Bankier, der das Glücksspiel mied. »Wir taten die richtigen Dinge zur richtigen Zeit; wir hatten einen rundlaufenden Haushalt, wo wir in den korrekten Zeitabständen die angemessenen Partys feierten«, schreibt Klári. »Er war ein freundlicher, lieber, aufmerksamer Ehemann – er war zudem 18 Jahre älter als ich –, und mir war zum Heulen langweilig.« Dann, im August 1937, meldete sich Johnny, dessen erste Ehe auf ihr Ende zusteuerte, bei einem seiner gewohnheitsmäßigen sommerlichen Besuche in Budapest.

»Wir telefonierten miteinander und trafen uns bald darauf in Cafés, wo wir stundenlang miteinander redeten«, erinnert sich Klári. »Wir interessierten uns beide brennend für Politik und ergingen uns in detaillierten Voraussagen einer düsteren Zukunft. (Johnny lag mit seinen Einschätzungen erstaunlich richtig …, die Treffgenauigkeit einiger seiner Prognosen lässt mich noch heute erschauern.) Wir redeten aber nicht nur über Politik, sondern auch über die Geschichte des Altertums und die Gewinnwahrscheinlichkeiten beim Roulettespielen. Wir erzählten einander nicht ganz jugendfreie Geschichten und trugen einander kleine Verse vor, die wir zwischen unseren Treffen dichteten; wir diskutierten die Unterschiede zwischen Amerika und Europa oder welche Vorteile ein kleiner Pekinese gegenüber einer dänischen Dogge bietet.«[10]

Am 17. August sagten sie einander am Kelenföld-Bahnhof Lebwohl; Johnny machte sich auf den Weg nach Southampton (über Wien, Köln und Paris), um von dort am 20. an Bord des Dampfers *Georgic* von der Cunard-Linie nach New York überzusetzen. Er traf dort am 29. August ein; seine Frau Mariette (die ebenfalls den Sommer in Europa verbracht hatte) kam am 7. September an Bord der *Queen Mary* in New York an. Es folgte ein reger Austausch von Briefen und Telegrammen, übermittelt durch Vertrauensleute sowohl in Princeton als auch in Budapest. »Es wurde klar, dass wir einfach füreinander bestimmt waren«, schreibt Klári. »Unsere Briefe wurden immer länger. Es kam, wie es kommen musste: Ich eröffnete meinem freundlichen und verständnisvollen väterlichen Ehemann, dass nichts, was er oder sonst jemand mir bieten konnte, ein Ersatz für Johnnys Verstand sein konnte.«[11]

Mariette und die zweijährige Marina unterzogen sich jetzt dem exklusiv amerikanischen Ritual, sechs Wochen in der Wüste von Nevada zu verbringen, um eine Scheidung zu erwirken. »Ich bin überzeugt, dass die Hölle diesem Ort sehr ähnlich sein muss«, schrieb sie am 22. September aus dem Riverside-Hotel in Reno. »Es ist unbeschreiblich; alle sind ständig betrunken und verspielen ihr Geld, manchmal fünf- bis sechshundert Dollar am Tag. Der Roulettetisch steht im Foyer wie anderswo ein Spucknapf. ... Wie geht es dir mein Herz wie ist die Wohnung wie lebst du und liebst du mich ein bisschen schreibe mir ausführlich über das alles. Ich habe den heulenden Blues.«[12]

Tags darauf fuhr Mariette die 35 Meilen zu einer Gästeranch am Pyramid Lake, wo die Scheidungssaison gerade auslief. »Johnny Sweetheart«, schrieb sie, »es ist total verrückt hier, und ich würde mich nicht so elend fühlen, wenn ich nicht dazu verurteilt wäre, sechs Wochen hier zu bleiben. Ich glaube, das überlebe ich nicht. Ich wohne mitten in einem Indianerreservat ... und die Landschaft ist göttlich ... Ausreiten ist sehr schön aber die Abende sind sterbenslangweilig.«[13]

Mit einer Scheidungsurkunde, ausgestellt vom Washoe County, kehrte Mariette Anfang November aus Nevada zurück und heiratete am 25. November in Washingtons, D. C.

den Experimentalphysiker J. B. Horner Kuper, der bei Eugene Wigner in Princeton studiert hatte und in den Kriegsjahren wichtige Beiträge zur Radartechnik leisten sollte. Beide, Mariette und Kuper, arbeiteten später am Brookhaven National Laboratory auf Long Island, dem neuen Kernphysik-Labor, das Frank Aydelotte zunächst in den Wäldern des IAS hatte ansiedeln wollen. Johnny und Mariette blieben einander freundschaftlich verbunden, und ihre Tochter Marina teilte als Heranwachsende ihre Zeit zwischen den beiden Familien auf.

Am 11. November telegraphierte Klári aus Budapest: »Dreimal hoch, darfst raten warum.«[14] Johnny, jetzt wieder Junggeselle, schlug einen Europabesuch über Weihnachten vor, und Klári übermittelte am 17. November ihr Einverständnis. Währenddessen übersandte Johnny mehrere förmliche Heiratsanträge per Post. Am 9. November schickte er ein »direktes Angebot«, am 12. November bat er um die Erlaubnis, seine Mutter informieren zu dürfen. Am 16. November übersandte er ein »direktes Angebot, detailliert«, das er am 19. November wiederholte. Am 30. November schickte er einen vierten Antrag, den Klári am 9. Dezember erhielt. Am 13. Dezember telegraphierte sie zurück: »Keine Sorge Liebling fest wie ein Fels Antrag begeistert angenommen.« Am 23. Dezember kabelte sie: »Fröhliche Weihnachten gute Reise alles Liebe deine Zukunft.«

Nachdem von Neumann zuvor aller Welt, auch seinen Brüdern, erzählt hatte, er werde am 23. Dezember an Bord der *Aquitania* nach Southampton dampfen, schiffte er sich stattdessen am 26. Dezember auf der *Normandie* nach Le Havre ein. »Was man begreift, wenn man einmal wirklich und wahrhaftig von seinen Gefühlen beherrscht wird«, beginnt ein 3400 Wörter umfassender Brief, den er während der Überfahrt (größtenteils auf Ungarisch) schrieb. »Schlappe 475 200

Sekunden!«, notierte er am 28. Dezember, seinem 34. Geburtstag – gemeint war die noch verbleibende Zeit bis zu seiner Ankunft in Budapest. Die *Normandie* traf nach einem kurzen Halt in Southampton am 31. Dezember in Le Havre ein. Von Neumann nahm den nächstmöglichen Direktzug nach Paris und reiste von dort am Neujahrstag 1938 mit dem Orientexpress nach Budapest weiter.

Am 24. Januar befand sich Johnny wieder in Paris, auf der Rückreise in die Vereinigten Staaten. Klári war auf dem Weg an die italienische Riviera, wo sie im Savoy-Hotel in San Remo abstieg; am 2. Februar telegraphierte sie aus Monte Carlo: »Papa eingeweiht mit bestem Ergebnis.« Johnny plante, möglichst bald wieder nach Budapest zu kommen, um Klári vor dem sich in Europa zusammenbrauenden Unwetter in Sicherheit zu bringen. Am 22. April teilte er Stan Ulam mit: »Meine Zukunftspläne sind jetzt allen Beteiligten bekannt, hier und in Budapest.«[15] Österreich war am 12. März 1938 ins Deutsche Reich eingegliedert worden, und man konnte über den weiteren Gang der Dinge nur spekulieren.

Die Angelegenheit gestaltete sich zunehmend schwierig, vor allem wegen Kláris Scheidung; ein dafür anberaumter gerichtlicher Beschlusstermin wurde auf den 23. September verschoben. Danach würden Klári und Johnny umgehend noch in Budapest heiraten müssen, damit Klári Einwanderungspapiere für die USA bekommen konnte; die ungarischen Behörden weigerten sich jedoch, Johnnys Scheidung in Reno als gültig anzuerkennen, wogegen Einspruch vor einem anderen Gericht eingelegt werden musste. Schließlich musste Johnny, damit Klári ihr Einwanderungsvisum erhielt, auf seine ungarische Staatsbürgerschaft verzichten, was wiederum zunächst ein Gesuch an die ungarische Regierung voraussetzte und anschließend einen urkundlichen Nachweis dessen für die US-Behörden.

Von Neumann zog alle ihm zur Verfügung stehenden Register – in New York, Washington, London und Budapest –, während Abraham Flexner Schützenhilfe leistete. »Seine umfassende Erfahrung darin, für Menschen Ein- und Ausreisepapiere zu besorgen, hatte ihn gelehrt, dass die bürokratischen Irrungen und Wirrungen proportional zum Status der betreffenden Person zunahmen«, schreibt Klári. Doch »ein solches Gewurstel hatte er noch nie erlebt«.[16] Johnny begann den Gleichmut zu verlieren, und auch bei Klári regten sich leichte Zweifel. Sie zog sich nach Abbazia zurück, den exklusiven, ehemals österreichisch-ungarischen Badeort an der Adria, während Johnny in Stockholm und Kopenhagen Zuflucht suchte, wo er bei Niels und Harald Bohr unterkam; von hier aus versuchte er Klári mit der für ihn typischen hartnäckigen Logik davon zu überzeugen, dass sie ihren ursprünglichen Plan weiterverfolgen mussten, um »dieses höllische Pestloch Europa hinter uns zu lassen«.[17]

Johnny fiel es zunehmend schwer, sich auf seine Arbeit zu konzentrieren; er widmete seine Energie abwechselnd dem Studium der internationalen Nachrichten und dem Bemühen, Kláris Bedenken zu zerstreuen, etwa ihre Angst vor antisemitischen Einstellungen in den Vereinigten Staaten. Er erklärte, nach welchem System die USA Einwanderungsquoten zuteilten und weshalb Juden dem Augenschein nach die Einwanderung verwehrt wurde, nämlich um »den gewöhnlichen Amerikaner« nicht in Unruhe zu versetzen und »gefährlichen Reaktionen« vorzubeugen, doch versicherte er ihr, die USA seien »innerhalb der Quoten … ziemlich großzügig«. Seiner Einschätzung nach verhielten sich die Einwanderungsbehörden so wie die amtierende Regierung geradezu »philosemitisch«.[18]

1938 war noch nicht 1939, aber der Krieg stand kurz bevor. »Die deutschen Züge aus Dresden sind voller Soldaten«, hatte von Neumann auf seinem Weg nach Norden notiert; er fuhr über Berlin, wo er zehn Jahre zuvor seine Laufbahn als Mathematiker begonnen hatte. »Die Mobilmachung ruiniert noch nicht die Fahrpläne. Die Züge sind schnell und bislang pünktlich. Ich habe einen sehr aufmerksamen Blick auf Berlin geworfen. Es könnte das letzte Mal gewesen sein.«[19] Im weiteren Verlauf besuchte er Lund und Stockholm; er hatte vorgehabt, aus Schweden direkt nach Cambridge weiterzureisen, wo er sich mit Paul Dirac treffen wollte, doch dann lud Niels Bohr ihn erneut nach Kopenhagen ein, in die ehemalige Residenz des Gründers der Brauerei Carlsberg, J. C. Jacobsen. »Anscheinend möchte er über bestimmte Parallelen zwischen der Quantentheorie und der Biologie sprechen«, berichtete Johnny an Klári. »Warum ausgerechnet mit mir, kann ich nicht sagen, aber wahrscheinlich weil ich kein Biologe bin.«[20]

»Wieder in Kopenhagen!«, meldete er am 18. September. »Die Bohr-Brüder holten mich am Pier ab, und jetzt bin ich in Niels Bohrs Privatschloss einquartiert. Ich hatte zahlreiche Gespräche mit den Bohrs, natürlich überwiegend politischer Natur – aber wir haben es doch fertiggebracht, eineinhalb Stunden über die Interpretation der Quantenmechanik zu reden. Wir haben beide eine ziemliche Show abgezogen, um zu demonstrieren, dass wir uns im September 1938 den Kopf über Physik zerbrechen können. Es ist, wie in einem besonders wahnwitzigen Traum. ... Wie wir darüber streiten, ob die Tschechoslowakei nachgeben sollte und ob irgendeine Hoffnung auf Kausalität in der Quantentheorie besteht.«[21]

Kláris Scheidung verschob sich erneut, auf Ende Oktober, während der britische Premierminister Neville Chamberlain durch seine Zugeständnisse an Hitler am 29. September in München für die Verschiebung des Krieges sorgte. Klári und Johnny heirateten am 18. November in Budapest und konnten für Klári ein Visum zur Einreise in die Vereinigten Staaten ergattern – nach einer weiteren Krise kurz vor Torschluss, als die Ungarn ihr aufgrund ihrer Heirat mit einem Amerikaner den Pass entzogen und die Amerikaner ihr kein Visum erteilen wollten ohne einen Pass, in den sie es hineinstempeln konnten. Die Schrecken der »Kristallnacht« vom 9. November boten einen Vorgeschmack auf das Schicksal jener, die es nicht schafften, wegzukommen.

Von Budapest aus fuhren die frisch Vermählten im Orientexpress nach Paris und von dort weiter nach Le Havre, wo sie an Bord der *Normandie* gingen, die am 6. Dezember nach New York in See stechen sollte. Allein, in Le Havre streikten die Werftarbeiter, woraufhin von Neumann umdisponierte: Die beiden setzten über den Ärmelkanal und schifften sich von Southampton aus auf der *Queen Mary* ein. »Mit einer Abschiedsfanfare aus den Schalltrichtern dieses schwimmenden Palastes ließ ich Europa für immer hinter mir«, schreibt Klári, »zumindest das Europa, das ich gekannt hatte.«

Von Neumann verließ Europa mit einem unversöhnlichen Hass auf die Nazis, einem wachsenden Misstrauen gegen die Russen und voller Entschlossenheit, die freie Welt dürfe niemals wieder einer Position der Schwäche ausgeliefert werden, die im Angesicht einer kraftstrotzenden deutschen Militärmaschinerie faule Kompromisse und Zugeständnisse an Hitler notwendig machten. Er kompensierte den Verlust der europäischen Heimat mit einer Passion für Amerika und jenen weiten und offenen Horizont, für den das Land stand.

»Kaum hatten wir den Ärmelkanal und die raue Irische See hinter uns und den offenen Ozean erreicht, verwandelte Johnny sich in einen ganz anderen Menschen«, schreibt Klári. »Zum ersten Mal seit seinem Weggang aus Amerika war er voller Elan sowie willens und fähig, an seiner Mathematik zu arbeiten. Er nahm voller Begeisterung an den verschiedenen Veranstaltungen auf dem Schiff teil, krallte sich dann jedoch, wenn er gerade völlig in Pferderennen oder Bingo aufzugehen schien oder in eine Unterhaltung mit einem Mitreisenden vertieft war, unauffällig einen Zettel – eine Papierserviette, die Rückseite einer Zeitschrift oder der unbedruckte Rand einer Zeitungsseite –, um rasch ein paar Zeilen hinzukritzeln.«[22] Frühmorgens, ohne Klári aufzuwecken, schrieb er seine Notizen ins Reine.

Das Brautpaar traf am 18. Dezember in New York ein, und zu Kláris Überraschung »begrüßte sie sogar der Zollbeamte auf Ungarisch«. Johnny mietete eine Suite im »x-undzwanzigsten Stock« des Essex House. Die Rechnung war irgendwann so hoch, dass der Chefbuchhalter des Hotels in einem Brief an das Institut in Princeton, das Johnny als Rechnungsempfänger angegeben hatte, anfragte, ob man »die Bonität und den Kredit dieser Person« bestätigen könne. Natürlich werde man über den Vorgang »strengstes Stillschweigen bewahren«.[23]

»Erst als ich aus den Fenstern unseres hochgelegenen Appartements sowohl das Stadtzentrum als auch den Central Park sah und in der winterlichen Dämmerung über Manhattan die Lichter angingen«, schreibt Klári, »realisierte ich, dass ich tatsächlich in einem anderen Land angekommen war.« Am Nachmittag des nächsten Tages fuhr sie mit dem Zug nach Princeton, dessen strenge protokollarische Benimmregeln sie als gewöhnungsbedürftigen Kontrast zur Lockerheit des Budapester Lebens empfand. Johnny legte eine Schleife ein, um im nahegelegenen Trenton eine »wichtige geschäftliche Angelegenheit« zu erledigen – es handelte sich um einen Gerichtstermin, bei dem er seinen Einspruch gegen die Aberkennung seines Führerscheins begründete.

Das Institut befand sich noch bis 1. Februar in den Winterferien, was für von Neumann bedeutete, dass seine einzige Pflicht in einem Vortrag auf der Wintertagung der American

Mathematical Society in Williamsburg, Virginia bestand. Er kaufte ein neues Auto – ein LaSalle V8-Coupé –, mit dem die beiden zur Tagung fuhren und anschließend weiter nach Süden vorstießen – durch die Everglades bis nach Key West. Ihren ersten Halt machten sie in Washington, wo sie im Shoreham-Hotel abstiegen. Von Neumann widmete sich vertraulichen Staatsgeschäften, unter anderem dem vergeblichen Versuch, den ablehnenden Musterungsbescheid der Army Reserve anzufechten. »Johnny war ein eigenartiger Mensch, inkongruent und widersprüchlich«, merkte Klári in einer Notiz zu dieser Episode an. »Die Facetten seiner Persönlichkeit waren so zahlreich wie die Personen, die ihn zu kennen und zu verstehen glaubten.« Die von Neumanns machten auch Mariette und ihrem neuen Gatten ihre Aufwartung. Das mündete, wie Klári schreibt, in eine »Krise, der sich zahllose ähnliche Krisen anschlossen«. Kláris Unsicherheit lauerte nie sehr tief unter der Oberfläche und ließ sich leicht hervorlocken. Johnny und seine Ex »hörten nie auf, das Spiel der distanzierten Vertraulichkeit zu spielen oder das der vertraulichen Distanziertheit, je nachdem, was besser passte«.[24]

Nach ihrer Rückkehr aus Florida bezogen die von Neumanns ein Haus an der Westcott Road, rund 3 Kilometer vom Institut entfernt. Kláris Partys wurden legendär, besonders nachdem die Ingenieure des Computerprojekts dazustießen. »Klári von Neumann machte immer einen hochprozentigen *Fish House Punch*, mit der Folge, dass die Partys sehr locker und fröhlich waren«, erinnert sich Willis Ware. »Nach einer dieser Partys fuhren James Pomerene und Nick Metropolis aus Los Alamos mit ihrem Auto rückwärts durch Princeton. Die Polizisten von Princeton waren jedoch von den Studenten her einiges gewöhnt, sodass sie bei solchen Dingen beide Augen zudrückten.«[25]

Trotzdem hatte Klári es in Princeton nicht gerade leicht;

mit der Rolle der Akademiker-Ehefrau konnte sie sich nicht anfreunden. Sie unternahm eine letzte Reise nach Europa, um ihre Eltern zu holen und so viele Familienangelegenheiten wie möglich zu regeln – und stürzte Johnny damit in große Sorge. Ihm war klar, dass sie sich auf zunehmend dünnerem Eis bewegte. »Fahre um Gottes willen nicht nach Pest«, schrieb er am 10. August 1939 aus Montreal, »und verlasse Europa bis September! Ich meine es ernst!«[26] Kláris Eltern schafften es gerade noch rechtzeitig nach Princeton, bevor in Europa der Krieg ausbrach, doch an Weihnachten 1939 warf sich ihr verzweifelter Vater vor einen Zug. Kláris depressive Schübe verschlimmerten sich, und sie gelangte, wie sie später den Rosenbergs anvertraute, zu der Überzeugung, es sei ihr bestimmt, sich ebenfalls das Leben zu nehmen. »Sie sagte, das müsse angeboren sein«, erinnert sich Jack Rosenberg.

John von Neumann war gesellig, wenn auch auf eine oberflächliche Art. »Ich frage mich, wie Klári es mit ihm aushielt«, sagt Robert Richtmyer.[27] »Manche Leute, namentlich Frauen, fanden, es fehle ihm an Neugier auf Persönliches und an emotionaler Reife«, meint Stan Ulam. »Zweifellos interessierte er sich für Frauen – auf eine seltsame, äußerliche Weise. … Über Frauen im Allgemeinen sagte er mir einmal: ›Sie machen nichts mit großem Einsatz.‹«[28] Ulam beschreibt Klári als »eine sehr intelligente, sehr nervöse Frau, die tief im Innern dachte, die Leute nähmen nur von ihr Notiz, weil sie die Frau des großen von Neumann war, was natürlich nicht stimmte«.[29]

Klári fand Johnnys Nüchternheit zum Verzweifeln und ging dazu über, ihn in ihren Briefen mit »Sir« zu titulieren. Beinahe scheint es, als kreisten die beiden im Orbit umeinander und befänden sich selten zum gleichen Zeitpunkt am gleichen Ort. »Sie war eine sehr freundliche, extrovertierte junge Frau, während Johnny recht unzugänglich war«, sagt Rosenberg. »Ich habe ihn nie die Beherrschung verlieren sehen«, sagt Marina, »außer vielleicht zwei oder drei Mal. Klári konnte ihn so weit treiben, dass er am Ende explodierte.«[30] Klári verbrachte zunehmend mehr Zeit alleine. »Der Brief war schön, wie nur deine Briefe es sein können – aber warum geht das immer nur in Briefen?«, schrieb sie ihm 1949 im Zuge eines Versöhnungsversuchs nach einen Streit. »Vielleicht bist du ebenso sehr ein Träumer wie ich, und vielleicht siehst du mich, wenn ich nicht bei dir bin, noch so, wie du dir mich 1937 vorstelltest, bei deiner Rückkehr in die Staaten.«[31]

Die Spannungen wurden verschärft durch von Neumanns länger werdende Phasen der Abwesenheit. Wann immer er und Klári zusammen reisten, klappte es besser; ihre glücklichsten Zeiten hatten sie, wenn sie gemeinsam unterwegs waren. Von Neumanns Abneigung gegen das Fliegen hatte mehr mit seiner Liebe zum Auto- und Zugfahren zu tun als mit Flug- oder Höhenangst. 1940 lud die Universität von Washington in Seattle ihn ein, die nächste John-Danz-Gedenkvorlesung zu halten. Weiter westlich als bis Chicago war er bis dahin nie gekommen; er beschloss, nach Seattle zu fahren – mit Klári und auf der Route 66.

Sie starteten ihre Grand Tour durch Amerika im Mai in Princeton. Und während in Europa die Nazi-Armeen vorrückten, erkundeten die von Neumanns auf ihrer Expedition gen Westen die alten Landstraßen Amerikas aus der Zeit vor dem Autobahnbau, ständig auf der Suche nach Städten mit Zeitungen und Radiosendern, um das aktuelle Zeitgeschehen verfolgen zu können. »Johnny wollte einfach alle Nachrichtensendungen hören«, vermerkte Klári. »Er verbrachte Stunden im Auto.« Der amerikanische Westen wurde durch die europäische Krisentopographie überlagert: »Der Einmarsch in Holland fand einen Tag nach unserer Ankunft in Denver statt. Wir wollten unbedingt in einer Stadt bleiben, in der die Presse Sonderausgaben herausbrachte und das Radio kontinuierlich berichtete, sodass wir über die deprimierenden Vorgänge auf dem Laufenden blieben«, erklärt Klári. »Als die Verhandlungen über die Kapitulation Belgiens anfingen, hatten wir gerade Nevada erreicht.« Johnny war hingerissen von der Landschaft. »Hätten ihn die sich stetig verschlimmernden Nachrichten nicht so beschäftigt, dann hätte diese Reise einen Geologen aus ihm gemacht«, sagt Klári.

Hin und wieder gab es Aufheiterungen. In Nevada »band ein Mann mit einem schönen langen Bart und abgewetzten Jeans sein Packmaultier am Pfosten an und ritt dann auf dem anderen … in den Saloon«, schreibt Klári. »Niemand zuckte mit der Wimper, der Barkeeper schob dem Mann ein Glas Bier zu, und ein Eimer desselben Gebräus wurde dem Maultier vor die Füße gestellt. Die ganze Szene lief stumm ab; sie schien völlig alltäglich zu sein; der Mann trank aus, zahlte und verließ auf seiner Mähre in aller Ruhe das Lokal.«[32]

Nach einem Zwischenstopp in Las Vegas – »ein paar schäbige Glücksspielschuppen«, deren Kundschaft überwiegend aus den »Arbeitern bestand, die beim Bau der Boulder-Talsperre beschäftigt waren« –, durchquerten sie »im Zickzack den Südwesten, besuchten Nationalparks und Naturdenkmäler«. In Santa Fe, New Mexico hielten sie gar nicht erst an. Wie tiefgreifend das nahegelegene Los Alamos nur wenige Jahre später ihr Leben prägen würde, ahnten sie nicht.[33] Im Frühjahr 1940 steckte die Entwicklung nuklearer Waffen noch im embryonalen Stadium. Die Nachricht von der Entdeckung der Kernspaltung Ende 1938 war Anfang 1939 mit Niels Bohr in Princeton angekommen und hatte zum ersten Mal die realistische Möglichkeit einer Atombombe aufscheinen lassen, die bis dahin allenfalls Gegenstand kühner Spekulationen gewesen war.

Weil von Neumann fürchtete, die Warnung, die Albert Einstein und Leó Szilárd (der 1934 ein Patent auf einen nuklearen Sprengkörper angemeldet hatte) im August 1939 dem US-Präsidenten Roosevelt hatten zukommen lassen, werde nicht ernst genommen, erhöhte er die Alarmstufe. »Der holländische Physiker P. Debye, der Direktor des Physikalischen Instituts der Kaiser-Wilhelm-Gesellschaft in Berlin war, ist von den deutschen Behörden ins Ausland versetzt worden, damit sein Institut freie Bahn für geheime Rüstungsforschung hat«, schrieb er im März 1940 in einem von Veblen mit unterzeichneten Brief an Aydelotte. »Als einer von uns ihm vor einigen Tagen beim Abendessen begegnete, machte er keinen Hehl daraus, dass es bei diesen Forschungen im Wesentlichen um die Uranspaltung geht. Das ist ein explosiver nuklearer Prozess, bei dem theoretisch 10 000- bis 2 000 000-mal mehr Energie freigesetzt wird als bei jedem bekannten Brenn- oder Sprengstoff.« Unter Verweis darauf, dass es in Böhmen und Kanada erhebliche Uranvorkommen gab, stellten von Neumann und Veblen warnend fest: »Die Nazi-Machthaber hoffen, entweder einen furchtbar zerstörerischen Sprengstoff oder eine sehr kompakte und effiziente Energiequelle entwickeln zu können.« Führende deutsche Kernphysiker und theoretische Physiker seien, so fügten sie hinzu, unter der Leitung Werner Heisenbergs in Berlin zusammengezogen worden, und dies »trotz der Tatsache, dass die Kernphysik und die theoretische Physik im Allgemeinen und Heisenberg im Besonderen kurzgehalten werden, weil sie als ›jüdisch‹ und Heisenberg als ›weißer Jude‹ gilt«.[34]

»Das Thema sollte man nicht den europäischen Verbrechern überlassen«, meinten sie und beschworen Aydelotte, die Möglichkeit einer Atombombe (»mit der wir uns seit einigen Monaten gedanklich beschäftigen, ohne praktisch voranzukommen«) der Rockefeller Foundation zur Kenntnis zu bringen, »in deren Macht es stünde, auf einfache und direkte Weise tätig zu werden«.[35] Die Stiftung reagierte: Sie stellte

Sondermittel zur Verfügung, um wichtige europäische Kernphysiker – darunter Wolfgang Pauli und die Brüder Niels und Harald Bohr – nach England und in die USA zu bringen. Als 1942 das Manhattan-Projekt angeschoben wurde, standen die entscheidenden Köpfe bereit.

Die Vereinigten Staaten traten im Dezember 1941 in den Krieg ein. »Endlich konnte Johnny seinem Herzen ungehemmt Luft machen«, sagt Klári. »Zugleich nutzte er die Kriegsbemühungen, um das selbst auferlegte Joch der reinen Mathematik abzuschütteln und sich mehr im Bereich der angewandten Wissenschaft zu bewegen, mit der er heimlich geliebäugelt hatte, lange bevor er es sich offen eingestand.«[36] Von Neumann sollte nie wieder zur reinen Mathematik zurückkehren.

Als Klári schwanger wurde, ersetzte Johnny seine bis dahin gewohnte Grußzeile an die Ulams – »von Haus zu Haus« – durch »beste Grüße von uns beiden und von $(½)^2$ unbekannt«.[37] Am 16. Juni 1942 erlitt Klári, mittlerweile 31, eine Fehlgeburt, und Johnny blieb zunehmend länger von Princeton fort. Militärische Auftragsarbeiten führten ihn Anfang Februar 1943 nach Großbritannien, wo er an Projekten der U. S. Navy arbeitete, die sowohl geheim als auch von unbestimmter Dauer waren. Seine Kommunikation wurde zensiert. Am 13. April 1943 telegraphierte er aus London an Klári: »Gratulation zu Statistiken stark beeindruckt stopp Boske zu Besuch hier alles sehr gut sehr viel Liebe.« Das Telegramm wurde abgefangen. »Wären Sie bitte so freundlich, dem Amt eine vollständige Erklärung des Textes dieser Mitteilung zukommen zu lassen«, ersuchte ihn die Zensurbehörde.[38]

Jetzt, da ihm die Zensur über die Schulter blickte, verbannte von Neumann alle Leidenschaft aus seiner Korrespondenz. »Der monotone Stil in deinen letzten Briefen ärgert mich«, schrieb Klári am 15. Mai 1943. »Was um alle Welt ist mit dir los?« Klári hatte kriegsbedingt eine Vollzeitstelle an der Princeton University übernommen; sie arbeitete in der Abteilung für Bevölkerungsstudien, die der Rockefeller Foundation und der Woodrow Wilson School unterstellt war. Die von Frank W. Notestein geleitete Forschungsgruppe beschäftigte sich sowohl mit historischen Trends in der Bevölkerungsentwicklung als auch mit unterschiedlichen Zukunftsszenarien, beispielsweise der Frage, welche demographischen Tendenzen in einem neugeordneten Nachkriegseuropa, einer Sowjetunion mit zentraler Planwirtschaft oder dem angedachten jüdischen Staat im Nahen Osten zu erwarten waren. Klári wurde zügig befördert und bekam 1944 eine akademische Stelle angeboten, die sie ausschlug.

Im Juli wurde von Neumann aus England zurückgerufen und begann unter zunehmend konspirativen Vorzeichen zu verschwinden – vor allem nach Los Alamos, wo Projekt Y jetzt angelaufen war. Die Zeiten, in denen er nicht in Los Alamos gastierte, verbrachte er zum überwiegenden Teil an der Westküste; sporadisch tauchte er in Princeton auf und unternahm regelmäßig Stippvisiten nach Chicago, Oak Ridge, Philadelphia, Aberdeen und Washington, D. C. In Los Alamos gab es einen Laden, der Zigaretten verkaufte, und er besorgte und hortete größere Mengen davon – vorzugsweise Lucky Strike – für Klári. »Immer wenn er nach Hause kam, blieben wir gewöhnlich den größten Teil der Nacht auf und redeten«, erinnert sich Klári. »Seine aufgestaute innere Spannung brach sich in einem Schwall von Wörtern Bahn, die er in der Regel sonst unbedingt für sich behielt.«[39]

Am 19. Oktober 1943 erweiterte das Institut die Versicherung, die es für von Neumann gemäß seinem Vertrag mit dem Amt für Wissenschaftliche Forschung und Entwicklung abgeschlossen hatte, um eine Police für »besonders riskante Aktivitäten«, ein Zeichen dafür, dass er jetzt einen mehr als nur theoretischen Beitrag zur Entwicklung von Waffen leistete. Als die Kapitulation Deutschlands bekanntwurde, befand er sich gerade in Los Alamos, und es dauerte zwölf Stunden, bis die Nachricht ihn erreichte. »Es ist also vorbei«, schrieb er am nächsten Morgen an Klári. »Wie fühlst du dich?«[40] Die Zigarettenlage verbesserte sich, und die Wissenschaftler arbeiteten weiter an der Bombe. »Seit dem 3. Mai bekomme ich durchschnittlich zwei Packungen Luckys pro Tag«, berichtete er am 11. Mai an Klári. »Whadayasay?«[41]

Die nächsten sechs Monate brachten viel Neues: den Trinity-Test, Hiroshima, Nagasaki, die Kapitulation Japans und – hinter den Kulissen – die Fertigstellung des ENIAC, die ersten Berechnungen für die H-Bombe sowie den Start des Computer-Projekts am IAS. »Es war eine prachtvolle Maschine«, erinnerte sich Nicholas Metropolis im Rückblick auf seinen ersten Erkundungsbesuch am ENIAC. »Die enge zeitliche Kopplung an die Alamogordo-Erfahrung fühlte sich seltsam an, beinahe surreal.«[42] An dem Tag, an dem ein Duplikat der Trinity-Bombe auf Nagasaki abgeworfen wurde, telegraphierte Edward Teller an von Neumann in Princeton: »Stan und Nick dürfen jetzt offenlegen, dass sie aus Los Alamos kommen.«[43] Stan Frankel und Nick Metropolis waren bereits am Institute for Advanced Study und begannen mit der Arbeit an den ersten Formeln für die H-Bombe.

Von Neumann dachte bereits über den nächsten Krieg nach und fragte sich, ob in ihm beide Seiten Atomwaffen einsetzen würden. »Über den Zeitpunkt des nächsten Krieges entscheidet wahrscheinlich die Zeit, die es braucht, bis die bewussten und die unbewussten Prozesse des amerikanischen Volkes ins Gleichgewicht miteinander kommen«, schrieb er im Oktober 1946 an Klári. »Ich glaube nicht, dass das weniger als zwei Jahre dauern wird, und bin mir ziemlich sicher, dass es weniger als zehn sein werden.«[44] Er war seit längerem der

Meinung, die Sowjetunion werde eine größere Bedrohung darstellen als Deutschland oder Japan. »Als die Alliierten haltmachten, um die Russen weiter nach Deutschland vordringen zu lassen, war Johnny wahnsinnig enttäuscht«, erklärt Klári. »Nach seinen Vorstellungen hätten die Westmächte weiter nach Russland marschieren und das gefährliche Regime wegfegen müssen, das womöglich einen weiteren Krieg auslösen konnte. In den unmittelbaren Nachkriegsjahren trat Johnny ziemlich offen für einen Präventivkrieg ein, bevor die Russen zu stark würden.«[45]

In Los Alamos war Klári zum ersten Mal über Weihnachten 1945 zu Gast. Sie nahm von Princeton aus zuerst den Zug nach Chicago und bestieg dort den Super Chief. »Erwarte dich Lamy Samstagmorgen«, kabelte Johnny am 15. Dezember. »Bringe Reit- und Eislaufsachen wenn möglich Voraussetzungen sehr gut.«[46] Es war Liebe auf den ersten Blick: die Berge, die Reitausflüge, das Skifahren, die Ruinen indianischer Pueblos in Bandelier, die Hütte bei der ehemaligen Los Alamos Boys School, in der Johnny als VIP logieren durfte, die zahlreichen Europäer (darunter viele Ungarn), die häufigen Spontanpartys, die nächtlichen Pokerrunden – all das weckte Erinnerungen an Monte Carlo und Budapest. Los Alamos hatte vieles, das Princeton fehlte. Zwischen Klári und Johnny funkte es wieder, und sie begannen gemeinsam an den Formeln zu arbeiten, die dem neuen Computer Leben einhauchen und die Superbombe möglich machen würden.

»Das neue Rechenwerkzeug war nicht das einzige Experiment, das Johnny in diesem Zusammenhang probieren wollte«, erinnert sich Klári. »Er wollte auch sehen, wie sich jemand ohne große Erfahrung zu dieser neuen Art von Mathematik verhielt. Für dieses Experiment brauchte er einen Probanden, am besten einen Mathematik-Banausen – und das war ich.« Klári hatte am Gymnasium ihre Prüfungen in Algebra und Trigonometrie bestanden, allerdings nur weil »mein Mathelehrer mein offenes Geständnis, dass ich von dem Gelernten kein einziges Wort begriffen hatte, zu schätzen wusste«.

»Also wurde ich Johnnys Versuchskaninchen«, berichtet sie. »Es machte unendlich viel Spaß. Ich lernte, wie man algebraische Gleichungen in numerische Formen transformiert, die ihrerseits in Maschinensprache übersetzt werden müssen.« Das Programmieren empfand Kläri als ein »sehr amüsantes und ziemlich verzwicktes Puzzlespiel«; »Ich wurde zu einem der ersten Codierer, ein neuer Beruf, der heute schon recht weit verbreitet ist«.

»Man musste der Maschine alle Anweisungen auf einen Schlag erteilen, bis sie mit dem Arbeitsgang fertig war«, erklärt Kläri. »Es gab bereits schnelle, automatische Rechenmaschinen für besondere Zwecke, aber die konnten nur ein Stück spielen … wie eine Spieluhr. … Im Gegensatz dazu war der Universalrechner ein Musikinstrument.«[47]

Es gab damals keines der Hilfsmittel, die heutige Programmierer selbstverständlich nutzen: Compiler, Betriebssysteme, relative Adressierung, Fließkomma-Arithmetik. Jeder Speicherort musste bei jedem Schritt eindeutig angegeben, die Position der relevanten Ziffern im Verlauf der Berechnung angepasst werden. »Die Leute mussten im Grunde ihre Probleme mit absoluter Adressierung programmieren«, erklärt James Pomerene. »Anders ausgedrückt: Du musstest mit der Maschine klarkommen, und die Maschine musste mit dir klarkommen.«[48]

Die demographischen Arbeiten, die Kläri in den Kriegsjahren erledigt hatte, erwiesen sich als gute Vorbereitung auf die Probleme, die Johnny jetzt programmiertechnisch zu lösen begann. Die Antwort auf die Frage, ob eine nach einem bestimmten Design gebaute Bombe explodiert – und wenn ja, mit wie viel Wirkung –, hängt davon ab, wie schnell sich ihre Neutronenpopulation reproduziert und ob Sterblichkeit und Auswanderung eine dämpfende Wirkung haben. »Wir werden einen völlig neuen Zugang zu statistischen Fragen haben«, hatte von Neumann im Januar 1945 erklärt, als der ENIAC noch im Bau war. »Und zwar, indem wir statistische Experimente durchführen und Hunderte oder Tausende konkrete Fälle berechnen und ihre statistische Verteilung messen.«[49] Statistische Lösungsansätze für anders nicht zu bewältigende physikalische Probleme hatten schon andere ausprobiert, unter anderem Enrico Fermi in den 1930er Jahren, aber es war Stan Ulam, der schließlich den entscheidenden Gedanken hatte.

Nach Kriegsende hatte es einen Exodus aus Los Alamos gegeben. Die Abgelegenheit des Orts und die vollständige Geheimhaltung waren nicht mehr nötig, die Arbeit im Labor schien beendet. Diejenigen, die eine Familie zu versorgen hatten, wurden ermuntert, Los Alamos zu verlassen. Stan und Françoise Ulam zogen mit ihrer einjährigen Tochter Claire nach Kalifornien, wo auf Stan eine Lehrtätigkeit an der USC wartete. Allein, noch bevor er seinen neuen Job angetreten hatte, erkrankte er plötzlich schwer an einer viralen Enzephalitis, an der er womöglich gestorben wäre, hätten ihm nicht die Ärzte am Cedars Sinai Hospital mit einer Trepanation, die den Überdruck in seinem Gehirn beseitigte, geholfen. Es war vermutlich von Neumann, der dafür sorgte, dass Stan (der nicht krankenversichert war, weil er seine Dozentenstelle in Kalifornien noch nicht angetreten hatte) nach Los Alamos zurückberufen wurde. »Stan Ulam ist einzigartig«, schrieb von Neumann später. »Meiner Meinung nach tut das Los-Alamos-Laboratorium gut daran, alle Hebel in Bewegung zu setzen, um ihn zu halten.«[50]

Ulam, dem die Ärzte geraten hatten, sich in der Genesungsphase anstrengender geistiger Arbeit zu enthalten, vertrieb sich die Zeit damit, Solitär zu spielen. Er konnte sich allerdings die Frage nicht verkneifen, wie groß die Chance ist, dass ein Solitärblatt mit 52 Karten voll ausgelegt werden kann. »Nachdem ich viel Zeit mit dem Versuch verbracht hatte, die Wahrscheinlichkeit durch rein kombinatorische Berechnungen zu ermitteln«, erinnert er sich, »fragte ich mich, ob es nicht eine praktischere Methode gäbe als das abstrakte Denken: Könnte man nicht beispielsweise 100 Spiele machen und einfach den Verlauf beobachten und die Zahl der erfolgreich ausgelegten Blätter notieren?« Nach seiner Überlegung würde man auf diesem Weg sehr viel leichter zu einer Annäherungslösung kommen, als »wenn man versuchte, alle kombinatorischen Möglichkeiten auszurechnen, was zu exponentiell wachsenden Zahlen führen würde, sodass man außer in sehr elementaren Fällen keinen Weg zu einer Schätzung fände«.[51]

»Das ist eine intellektuelle Überraschung, und wenn auch nicht unbedingt eine Demütigung, so doch etwas, das einem ein Gefühl der Demut einflößt, was die Grenzen des rationalen Denkens betrifft«, fügte er hinzu.[52] Es war typisch für Ulam, dass er tiefsinnige mathematische Schlussfolgerungen zog, wo andere einfach das gestellte Problem als gelöst betrachtet hätten. Er kam zu dem Schluss, die mathematische Logik als solche lasse sich als »eine Klasse von Spielen betrachten, gespielt mit Symbolen nach bestimmten Regeln«. Daraus leitete er die Folgerung ab, eine mögliche Deutung des Gödelschen Unvollständigkeitssatzes sei die, »dass man manche Merkmale dieser Spiele nur ergründen kann, indem man sie spielt«.[53]

Die Spielereien, mit denen Ulam sich abzulenken versuchte, führten ihn somit bald wieder auf die Spur der mathematischen Fragen, die in Los Alamos ungelöst geblieben waren. »Mir wurde klar, dass dies womöglich ebenso für alle anderen Prozesse galt, bei denen man es mit sich verzweigenden Vorgängen zu tun hat – etwa einer nuklearen Kettenreaktion.« In jedem Stadium des Prozesses gebe es viele mögliche Schritte, die »über das weitere Schicksal eines Neutrons entscheiden. … Die elementaren Wahrscheinlichkeiten für jede dieser Möglichkeiten sind jede für sich genommen bekannt … Aber das Problem besteht darin, zu bestimmen, was passiert, wenn eine Lawine aus vielleicht Hunderttausenden oder Millionen dieser Vorgänge losbricht.«[54]

Die Monte-Carlo-Simulation war also zunächst eine Art Erste-Hilfe-Maßnahme, um die Zeit zu überbrücken, bis der Mathematiker eintrifft. »Die Idee war, Tausende solcher Möglichkeiten durchzuprobieren und sie … sozusagen linear zu verfolgen, anstatt alle Verzweigungen gleichzeitig mit einzubeziehen«, erklärte Ulam. »Nach der Analyse von ein paar tausend Verläufen wird man eine gute Stichprobe und eine annähernde Antwort auf das Problem haben.«[55]

Monte Carlo eröffnete der mathematischen Physik eine neue Domäne: Anders als die klassische Physik, die das Verhalten einer kleinen Zahl idealisierter Objekte präzise beschreibt, oder die statistische Mechanik, die sich mit Durchschnittswerten des kollektiven Verhaltens einer sehr großen Zahl von Objekten befasst, berechnet Monte Carlo das wahrscheinliche individuelle Verhalten einer großen Zahl individueller Objekte und kommt damit der Art und Weise, wie das physikalische Universum tatsächlich funktioniert, näher als die beiden anderen Ansätze. In manchen Fällen erscheint die Genauigkeit der Methode unglaublich«, resümierte Andrew Marshall 1954 im Rückblick die ersten sieben Jahre, in denen die Monte-Carlo-Methode praktiziert wurde. »Man muss die Resultate im wahrsten Sinne des Wortes sehen und durchschauen, um sie zu glauben.«[56]

Beim nächsten Besuch Neumanns in Los Alamos brachte Ulam die Idee zur Sprache, als von Neumann schon wieder auf dem Weg zum Zug war. »Wir befanden uns in einem Dienstwagen zwischen Los Alamos und Lamy«, wo der nächstgelegene Bahnhof war, »und redeten während der ganzen Fahrt«, erinnert sich Ulam. »Und ich weiß noch bis heute, was ich in bestimmten Kurven oder an bestimmten Felsen sagte.«[57] »Irgendwann tauften wir die Methode auf Monte Carlo«, erklärt Ulam, »wegen des Zufallsfaktors, der Erzeugung von Zufallszahlen für die Durchführung der einschlägigen Spiele.«[58] Die Idee erwies sich als unwiderstehlich. »Ulam fand großes Vergnügen an der Vorstellung, dass die Neutronen-Kettenreaktion einer Glücksspiel-Tour nachempfunden sein würde«, erinnert sich Robert Richtmyer.[59] »Es ist unendlich viel billiger, einen physikalischen Vorgang in einem Computer zu simulieren und Experimente gleichsam auf dem Papier durchzuführen, als es in der Realität zu tun«, sagte Ulam im ENIAC-Prozess 1971 aus.[60]

Von Neumann fuhr mit der Eisenbahn nach Princeton zurück und arbeitete schon im Zug die von Ulam vorgetragenen Ideen aus; wenig später, nach einem Telefonat mit Richtmyer am 7. März, tippte er einen elfseitigen Brief, in dem er Ulams Ideen ausgestaltete (eine »symmetrische Kugelgeometrie« des Urans oder des Plutoniums voraussetzend). »Ich bin ziemlich sicher, dass das Problem in seiner digitalen Form für den ENIAC gut geeignet ist«, schrieb er. »Geh davon aus, dass das eine kritische Problem darin besteht, dass man 100 Primärneutronen durch 100 Kollisionen … verfolgen muss. Die Lösung eines Kritikalitätsproblems sollte dann in rund 5 Stunden gelingen.«[61] Damit würde man freilich nur die vereinfachte Frage der »statischen Kritikalität« angehen – nämlich ob die so definierte Ladung explodieren würde, nicht wie stark die Explosion sein würde. Von Neumann legte eine Schätzung dafür vor, welchen Aufwand man treiben müsste, um diese komplexere Frage lösen zu können, unter Einbeziehung sowohl der Hydrodynamik als auch des Strahlungstransports. »Ich zweifle nicht daran«, lautete sein Fazit, »dass die Aufgabe mit der Nachfolgemaschine des ENIAC voll und ganz gelöst werden kann.«[62]

Das Problem war, dass der Nachfolger des ENIAC erst 1951 einsatzfähig wurde, und das obwohl es »im Zusammenhang mit den Erfordernissen von Los Alamos, zumal im gegenwärtigen Klima der Krise, zunehmend klarer wird, dass radikale Maßnahmen zur Fertigstellung des Rechners« geboten seien.[63] Wie sich jedoch zeigte, war es möglich, den ENIAC so zu modifizieren, dass er als primitive provisorische Annäherung an die im Bau befindliche neue Maschine fungieren konnte. »Im Frühjahr 1947 ließ John von Neumann mich wissen, dass es möglich sein werde, den ENIAC auf eine ganz andere Weise zu betreiben, als man es sich bei seinem Bau vorgestellt hatte«, berichtete der damals 35 Jahre alte Richard Clippinger 1948. »Probleme, deren Berechnung vorher einen Tag gedauert hatten und bei denen viele Kabel aus- und eingesteckt werden mussten, werden sich wahrscheinlich innerhalb einer Stunde lösen lassen.«[64]

»Vor ungefähr einem Jahr machte Johnny eine wahrhaft bemerkenswerte Reihe von Beobachtungen und initiierte ein völlig neues Programmierverfahren«, konstatierte Herman Goldstine 1949. »Seine Grundidee bestand darin, die Schalttafeln des ENIAC durch eine Verdrahtung mit einem feststehenden Satz von Anweisungen zu ersetzen, die sich auf Probleme jedweder Art anwenden lassen.« Jeder einzelnen Anweisung wurde eine eindeutige Zahl – ein Befehlscode – zugewiesen. »Beim Empfang einer bestimmten Zahl wurde das entsprechende Element unter Strom gesetzt und aktiviert«.

Die Anweisungen konnten entweder über die Funktionstafel des ENIAC eingegeben oder ihm mittels Lochkarten zugeführt werden. »Es ist nun sehr viel leichter, eine bestimmte Routine zu aktivieren«, erklärte Goldstine. »Um ein bestimmtes Problem zu formulieren, schreibt der Codierer jetzt nur noch die Abfolge der arithmetischen und logischen Operationen auf, die sein Problem charakterisieren, und überträgt diese dann in die aus Ziffern bestehende Maschinensprache, die der Rechner versteht.«[65]

»Diese neue Methode basiert auf einem Vokabular, also einem Satz von Anweisungen, die auf zwei Ebenen in die Maschine eingegeben werden: als ›Hintergrundcodierung‹ und als ›Problemkodierung‹«, erklärten Johnny und Klári und bezogen sich dabei auf eine Zweiteilung, die bis heute in Form der Dualität von Betriebssystemen und Anwendungen fortbesteht. Das Vokabular bestand aus rund 60 verschiedenen Befehlen.[66] »Wenn ein Code geschrieben war, konnte man die Liste der Befehle auf riesige Tafeln mit in Zehnerreihen angeordneten Schaltern übertragen«, erläutert Robert Richtmyer. »Jeder Schalterreihe war eine Adresse zugewiesen, eine Zahl zwischen eins und 300. Von den 20 Akkumulatoren des ENIAC, deren Funktion es war, Zahlen zu addieren oder zu speichern, diente einer als Kontrollzähler; er registrierte die Adresse des gerade in Ausführung begriffenen Befehlssatzes und fungierte als zentrale Clearingstelle für die Zahlen, ähnlich wie das Akkumulator-Register bei der Princeton-Bauweise; zwei weitere Akkumulatoren waren für besondere Anwendungen reserviert, die übrigen standen als Allzweck-Datenspeicher zur Verfügung. Die Verdrahtung musste nie mehr geändert werden.[67]

Das Verdienst daran, den ENIAC zu einem Rechner mit im Speicher installierten Programmen umgebaut zu haben, wird in der Regel von Neumann und Richard Clippinger zugeschrieben; Presper Eckert behauptet allerdings, diese Fähigkeit sei bei der Entwicklung des ENIAC von Anfang an mit bedacht worden; Clippinger habe »später diese Verwendungsweise der Funktionstafeln ›wiederentdeckt‹, ohne zu wissen, dass sie schon vorgesehen gewesen war«.[68] Metropolis stellt klar, dass der ENIAC auch nach seiner Umstrukturierung durch Clippinger nicht genug Rechenkapazität für die Bewältigung der Monte-Carlo-Kodierungen aufwies, doch als er sich mit einer neuen Matrixtafel beschäftigte, bei der auf einen Eingabepunkt 100 Ausgabepunkte kamen, kam ihm der Gedanke: »Wenn man das dafür nutzen könnte, die Befehlspaare im vorgeschlagenen Steuerungsmodus zu interpretieren, bekäme man damit einen ausreichend großen Teil der verfügbaren Steuerungseinheiten frei, um den neuen Modus bewältigen zu können – vielleicht.«[69]

»Unter Mithilfe von Klári von Neumann«, sagt Metropolis, »wurden die Pläne umgearbeitet und vervollständigt, und wir gingen daran, sie auf dem ENIAC zu implementieren. Dann ließen wir unseren Satz von Aufgaben – die ersten Monte-Carlo-Rechnungen – im neuen Modus durchlaufen.«[70] Am 29. März 1948 traf Metropolis in Aberdeen ein, dicht gefolgt von Klári und Johnny, und sie begannen mit der Neukonfigurierung der Maschine. »Zu dieser Zeit gab es drei Leute, die programmieren konnten: Johnny von Neumann, Nick Metropolis und Klári«, sagt Harris Mayer, der 1949 zur dritten Monte-Carlo-Expedition stieß. »Wir bildeten drei Teams, sodass wir die Maschine rund um die Uhr laufen lassen konnten. Da waren Foster und Cerda Evans, ein verheiratetes Team, Rosalie und ich, ein weiteres Ehepaar, und schließlich waren da Klári selbst und Marshall Rosenbluth, ein Junggeselle. Nick Metropolis und Klári brachten uns bei, wie man die Maschine programmierte. Und dann fuhren wir nach Aberdeen hinauf.«[71]

Der ENIAC machte es einem leicht, die neue Kunst des

Programmierens zu lernen. »Zum ENIAC gehörte dieses riesige Schachbrett an der Wand mit Zehnergruppen von Schaltern«, erklärt Mayer. »Man *sah* die Zahlen, und Johnny konnte sehen, dass Zahlen eben Zahlen sind, ob sie nun für Daten oder für Befehle stehen. Er begriff, dass sich die Maschine mit fest eingebauten Programmen umpolen ließ.«[72]

»Die Dinge stehen quasi Kopf«, berichtete Klári an die Ulams am vorletzten Tag, bevor die Berechnungen von 1949 begannen. »Die Familie Evans kam Donnerstagabend an (Liebe und Küsse von Foster, der momentan gerade den Barkeeper spielt), die Mayers kommen heute Abend, Marshall Rosenbluth kommt morgen zur abschließenden Überprüfung, am Sonntag spätes Frühstück, Versammlung usw. Und die Expedition nach Aberdeen startet um 18 Uhr. Bitte betet für mich und lasst uns das Beste hoffen.«[73] Die Berechnungen von 1948 dauerten sechs Wochen. »Ich habe durch einen Anruf von Nick erfahren, dass das Wunder des ENIAC tatsächlich stattgefunden hat«, schrieb Ulam am 12. Mai an von Neumann, »und dass 25 000 Karten erzeugt worden sind!«[74]

»Klári ist nach dem Arrest in Aberdeen stark mitgenommen, hat 15 Pfund verloren und lässt jetzt in der Klinik von Princeton einen umfassenden Gesundheitscheck machen«, berichtete von Neumann nach der Rückkehr Kláris nach Hause. »Es dauerte 32 Tage (Sonntage eingeschlossen), um dem ENIAC das neue Steuersystem zu verpassen, die Problemcodes zu testen und den ENIAC zu trainieren. … Der ENIAC lief dann zehn Tage lang. In der Hälfte dieser 10 mal 16 Stunden war er produktiv und hätte wahrscheinlich auf dieser Basis weiterlaufen können, so lange wie wir es gewollt hätten. … Er durchlief 160 Zyklen (Zählungen mit jeweils 100 Eingabekarten) für sieben Probleme. Alle interessanten waren am Ende dieses Zeitraums stabil. … Die Methode ist eindeutig ein hundertprozentiger Erfolg.«[75]

Eine kleine Gruppe, der Klári, Adele Goldstine und Nick Metropolis angehörten, begann mit der Kodierung zusätzlicher Probleme, sowohl für den ENIAC als auch für die im Entstehen begriffene neue Maschine. »Es machte Spaß, in dieser Frühzeit an Problemen zu arbeiten«, erinnert sich Klári, »wenn wir in Mannschaftsstärke bei den Ingenieuren vorstellig wurden und ihnen sagten, dass dieser oder jener neue Trick sehr nützlich sein würde, dann bauten sie ihn in das Vokabular der Maschine ein, und meistens funktionierte es.«

»Dein Code war beeindruckend«, schrieb von Neumann aus Los Alamos an Klári im Zusammenhang mit einer Diskussion über die Frage, ob eine von ihr ausgearbeitete Routine der Maschine als Software zugeführt oder in die Hardware eingebaut werden sollte. »Sie sagen, die Herstellung einer weiteren Funktionstafel bereite so wenig Aufwand, dass sie eine bauen und den Code hineinlöten werden.«[76]

Statt Statistiken über demographische Entwicklungen zu erstellen, errechnete Klári nun das Verhalten von »Neutronenvölkern«, über deren Streuung (analog zu Wanderbewegungen), Spaltung (analog zu Reproduktionsprozessen), Entweichen (analog zu Auswanderung) oder Absorption (analog zu Todesfällen). Wenn man eine ausreichende Zahl von Generationen durchrechnete, konnte man bestimmen, ob ausgehend von einer bestimmten Konfiguration eine kritische Masse entstehen würde. Für Klári hätte es schwerlich eine bessere Vorbereitung auf die Entwurfsplanung für die Wasserstoffbombe geben können als ihre Lehrzeit in der Abteilung für Bevölkerungsforschung.

Ein undatiertes Manuskript in von Neumanns Handschrift mit beigefügten Anmerkungen an (und von) Klári beschreibt das Durchlaufen der »Monte-Carlo-Probleme« durch den ENIAC. »Um das Rechenprogramm zu starten, wurde eine IBM-Karte, die ein Neutron repräsentierte, in den Konstantentransmitter eingelesen«, heißt es in dem Bericht. »Das Schicksal eines jeden einzelnen Neutrons konnte entweder Streuung, Absorption, Entweichen, Spaltung oder Census sein. Zu den Daten auf der Karte, die darüber entschieden, was aus dem Neutron wurde, gehörten seine ungefähre Position in dem kugelförmigen Schwarm, in dem sich der Vorgang abspielte, die Geschwindigkeit des Neutrons zum Zeitpunkt des Ereignisses, der Winkel seiner Bahn zum Pol der Kugel, seine Entfernung vom Mittelpunkt der Kugel zum Zeitpunkt des Ereignisses und die Zahl der Neutronen, für die die auslösende Karte stand. Es gab ferner drei zusätzliche Zahlen, »um die Genealogie jedes Neutrons in der Stichproben-Population nachverfolgen zu können«; hier wurden Informationen über das Auslösen einer Spaltung, das »Mutterneutron« und die ursprüngliche Karte festgehalten, von der die jetzt aktive Karte »abstammte«.

»Um mit der Berechnung eines Problems zu beginnen, wurden 100 Karten eingelesen, deren jede ein durch Spaltung erzeugtes Neutron repräsentierte. ... Der Start erfolgte im Mittelpunkt des Kugelschwarms zum Zeitpunkt null«, erläutert der Bericht weiter. »Diese Neutronen erzeugten andere Neutronenkarten, die anzeigten, in welche Ereignisse es auf seiner Bahn verwickelt wurde oder dass die Zykluszeit abgelaufen war. Die Karten aller entwichenen und absorbierten Neutronen wurden anschließend aussortiert und aus dem Stapel genommen, da man ihren Weg nicht weiter zu verfolgen brauchte. Spaltungskarten, die Neutronen repräsentierten, die zwei oder drei neue Neutronen freigesetzt hatten und die sich noch innerhalb des Zeitrahmens befanden, wurden dem Lesegerät wieder zugeführt, bis jede neu ausgedruckte Karte entweder ein Totalverlust durch Entweichen, eine Absorption oder eine Zykluskarte war, die das Ende der vorher definierten Zeitspanne anzeigte.«[77]

Nach Ablauf dieser Zeitspanne wurde ein neuer Zyklus gestartet, dessen Eingabewert aus dem Ausgabewert des vorausgegangenen Zyklus bestand. Noch nie war eine Serie von Ereignissen so detailliert untersucht worden. »Eine vollständige Berechnung«, meinte Johnny in einem Brief an Edward Teller, werde sechs bis acht Wochen dauern.[78] In einer einzigen Sekunde kommt es zu 100 Millionen Kollisionen, und acht Wochen entsprechen rund 5 Millionen Sekunden. Selbst mit dem begrenzten Rechentempo des ENIAC wurde die Zeit um den Faktor 50 Billionen gedehnt.

Um herauszufinden, ob eine Wasserstoffbombe funktionieren würde, musste man sich ein detailliertes Bild davon machen, was passiert, wenn die als Zünder fungierende Atombombe explodiert. Die drei Prozesse, die hauptsächlich zum Ablauf einer nuklearen Explosion beitragen – Neutronen-Multiplikation, Strahlungstransport, Hydrodynamik –, waren jeder für sich untersucht worden, doch wie von Neumann anregte und Robert Richtmyer jetzt konkret ausformulierte, musste man sie als zusammenhängende, gleichzeitig ablaufende Phänomene behandeln.

»Im September 1947 trug ich Johnny von Neumann einen ziemlich grandiosen Plan für eine Computersimulation der Explosion einer Spaltungsbombe vor«, erzählt Robert Richtmyer. »Von Neumann gefiel die Idee ausgezeichnet, und so übersiedelte ich nach Princeton, um sie unter Mithilfe von Adele Goldstine und Klári von Neumann, mit denen ich mir ein Büro teilte, auszuarbeiten.« Das Projekt lief über drei Jahre. »Ich hatte die Angewohnheit, in die rechte obere Ecke der Wandtafel kryptische, für mich selbst bestimmte Notizen zu kritzeln«, sagt Richtmyer. »Einmal war ich für rund zehn Tage abwesend, und als ich zurückkam, stand auf der Tafel eine zusätzliche Anmerkung in meiner nachgeahmten Handschrift; sie lautete ›Frisches Wasser für Hippo‹. In der Folge

1 Der »Colossus« in Bletchley Park, 1943. In dem Bemühen, digital chiffrierte feindliche Funknachrichten zu entschlüsseln, bauten britische Kryptoanalytiker mehrere Rechenmaschinen. Hier vergleicht »Colossus« eine in einem internen Speicher abgelegte Codesequenz mit extern auf Lochstreifen gespeicherten Sequenzen, die von photoelektrischen Leseköpfen in Hochgeschwindigkeit abgetastet werden.

2 Alan Turing (links) 1946. Nach Ende des Krieges begann Turing am National Physical Laboratory in London mit dem Bau der Automatic Computing Engine (ACE), während John von Neumann am IAS den Mathematical and Numerical Integrator and Computer (MANIAC) konzipierte. Turing orientierte sich an den in Princeton gefundenen technischen Lösungen, während Neumann sich an den Ideen Turings orientierte.

3 John von Neumann und der MANIAC, 1952. Auf Hüfthöhe sieht man 14 der 40 Williams-Kathodenstrahlröhren mit ihren jeweils 1024 Bits Speichervolumen; insgesamt ergab dies eine Speicherkapazität von 5 Kilobytes. Vorne links steht der Monitor, auf dem man die aktuellen Speicherinhalte in Echtzeit betrachten konnte.

4 Die Fuld Hall, das Hauptgebäude des Institute for Advanced Study, wurde 1939 auf dem Areal der Olden-Farm in Princeton, New Jersey erbaut.

5 Oswald Veblen, der Neffe des Soziologen Thorstein Veblen, war Topologe, Geometer und Ballistiker. Er stellte Simon Flexner von der Rockefeller-Stiftung 1923 die Idee eines autonomen mathematischen Instituts vor und wurde 1932 zum ersten Professor am neugegründeten IAS bestellt.

6 Abraham Flexner, der seine Berufslaufbahn als Oberschullehrer in Louisville, Kentucky begann, plante das Institute for Advanced Study als eine Zuflucht vor den »langweiligen und andauernden Sitzungen« des Universitätsbetriebs.

7 Founder's Rock am Eingang zum 240 Hektar großen Institutswald. Die Bambergers, Inhaber einer Handelsfirma in Newark, finanzierten mit ihren Stiftungsgeldern sowohl Flexners Bildungsexperiment als auch Veblens Landkäufe.

8 Die Mathematik-Fakultät des IAS bei einer Sitzung in der Fuld Hall in den 1940er Jahren. Von links nach rechts: James Alexander, Marston Morse, Albert Einstein, Frank Aydelotte, Hermann Weyl und Oswald Veblen.

9 Albert Einstein und Kurt Gödel kamen beide bereits 1933 ans Institute for Advanced Study. Gödels Interesse galt in späteren Jahren ganz überwiegend zwei Themen: dem Werk von G. W. Leibniz, in dem sich nach seiner Überzeugung geheime Einsichten in das Wesen des digitalen Rechnens verbargen, und einer unorthodoxen Lösung der Einsteinschen Feldgleichungen.

10 John von Neumanns Dozentenausweis von der Berliner Universität, der er 1933 aus Protest gegen die Säuberungspolitik der Nazis den Rücken kehrte. Im Januar 1935 trat von Neumann aus der Deutschen Mathematiker-Vereinigung aus.

11 Princeton in den 1930ern. Von links nach rechts: Angela (Turinsky) Robertson, Mariette (Kővesi) von Neumann, Eugene Wigner, Mary (Wheeler) Wigner, John von Neumann, Edward Teller und (am Boden) Howard Percy Robertson. Außer Robertson und Mary Wigner stammten sämtliche Teilnehmer dieser Feier aus Budapest.

12 John von Neumann, Richard Feynman und Stanisław Ulam 1949 in der Parkhütte des Bandelier National Monument unweit von Los Alamos.

13 Der Trinity-Test auf der Alamogordo Bombing Range, White Sands, New Mexico, 12 Sekunden nach der Detonation der Bombe um 5:29 Uhr am 16. Juli 1945.

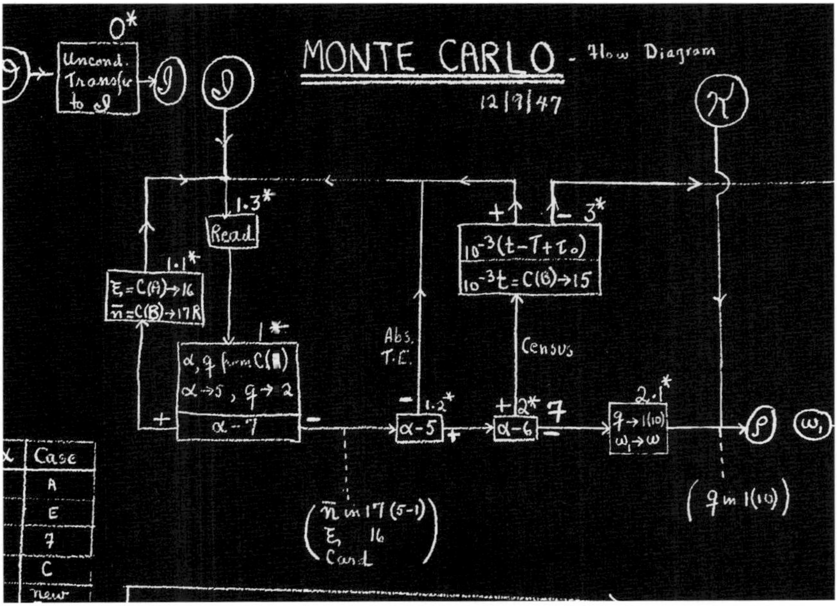

14 Flussdiagramm für eine zu codierende Monte-Carlo-Aufgabe, erstellt im Rahmen einer händischen Rechenübung in Los Alamos im Vorfeld der geplanten Durchrechnung des Problems auf dem ENIAC, 1947.

15 Der von der U.S. Army in Auftrag gegebene ENIAC (Electronic and Numerical Integrator and Computer) wurde am 16. Februar 1946 an der Moore School der University of Pennsylvania feierlich eingeweiht. Von links nach rechts: Homer Spence, Presper Eckert (mit der Hand an der Funktionstafel), John Mauchly, Betty Jean Jennings Bartik, Herman Goldstine, Ruth Licterman.

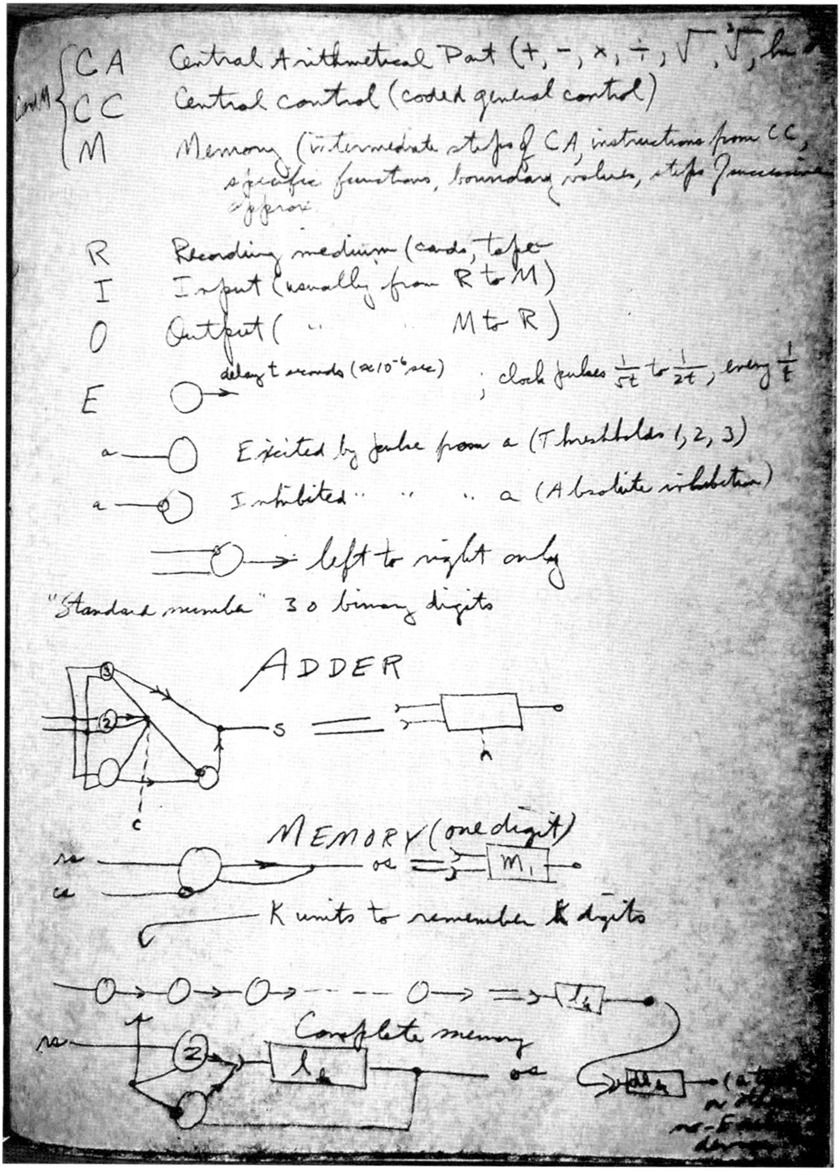

16 Der »First Draft of a Report on the EDVAC«, am 30. Juni 1945 von der Moore School veröffentlicht, war die Geburtsurkunde der später so genannten »Von-Neumann-Architektur«. Deren Kennzeichen waren die Aufteilung in zentrales Rechenwerk, zentrale Steuerung, Speicher, Eingabe, Ausgabe und Aufzeichnungsmedium.

17 Bernetta Miller 1912 auf ihrem Moisant-Blériot-Eindecker. Sie war die fünfte Frau, die in den USA eine Pilotenlizenz erhielt, und arbeitete ab 1941 für das Institute for Advanced Study als Sekretärin der Verwaltung.

18 Norman Phillips, Herman Goldstine und Gerald Estrin 1952 im Maschinenraum des MANIAC. Den Theoretikern am Institute for Advanced Study war die zunehmende Zahl von Meteorologen (wie Phillips, links im Bild) und Ingenieuren (wie Estrin, rechts) ein Dorn im Auge.

19 Das Selectron der RCA, von Jan Rajchman entwickelt, war eine volldigitale elektrostatische 4096-Bit-Speichermatrix in Gestalt einer Vakuumröhre. Zu ihren Anwendungen gehörten numerische Wetterprognosen, wie in dieser Anzeige anschaulich gemacht, die in der Februarausgabe 1950 des National Geographic erschien.

20 James Pomerene mit einer elektrostatischen Williams-Speicherröhre. Als RCA die Selectron nicht termingerecht liefern konnte, griff das IAS-Rechnerteam auf Initiative von James Pomerene auf im Handel erhältliche 5-Zoll-Kathodenstrahl-Oszilloskopröhren zurück und bastelte daraus einen vollwertigen RAM-Speicher.

21 Der MANIAC erinnerte in seiner Optik an einen V-40-Motor mit hängenden Ventilen. Er maß in der Länge rund 2,50, in der Höhe rund 1,85 und in der Breite rund 0,60 Meter, verbrauchte rund 19,5 Kilowatt Strom und lief im »Vollgasmodus« mit rund 16 Kilozyklen. Die Ventilatoren drückten 170 Kubikmeter Luft pro Minute durch die oben verlegten Lüftungskanäle.

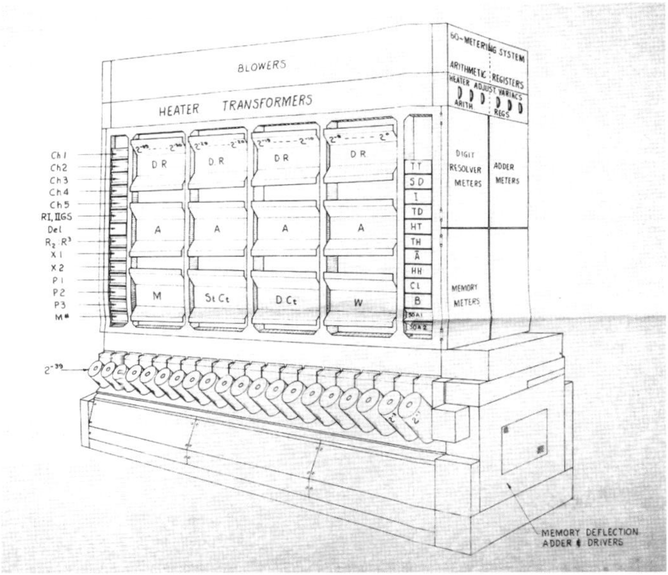

22 Die »Addierwerk-Seite« des IAS-Rechners in schematischer Darstellung. Oberhalb der Williams-Speicherröhren (von 2^{-1} rechts bis 2^{-39} links) befinden sich die Speicherregister, die Addierwerke und die »Ziffernausleser« (im Pannenfall auch »Ziffernauslöscher« genannt).

23 Julian Bigelow, Herman Goldstine, J. Robert Oppenheimer und John von Neumann bei der offiziellen Einweihung des IAS-Rechners am 10. Juni 1952.

24 Das Ingenieursteam des IAS 1952. Von links nach rechts: Gordon Kent, Ephraim Frei, Gerald Estrin, Lewis Strauss, Robert Oppenheimer, Richard Melville, Julian Bigelow, Norman Emslie, James Pomerene, Hewitt Crane, John von Neumann.

25 Die IAS-»Werkssiedlung« 1950. Die elf Fertighäuser in Holzbauweise, ersteigert bei einer Auktion in Mineville, New York, wurden 1946 unter Aufsicht Julian Bigelows zerlegt, mit der Bahn nach Princeton transportiert und aufgebaut.

26 Hochgeschwindigkeits-Drahtlaufwerk 1946. Bevor Magnetbänder auf den Markt kamen, boten Drahtlaufwerke die beste Möglichkeit für eine schnelle Ein- und Ausgabe der Daten, vorausgesetzt man fand Mittel und Wege, die magnetisierten Drähte schnell genug zu spulen – in Princeton wurden zwei gewöhnliche Fahrrad-Räder für diesen Zweck eingesetzt.

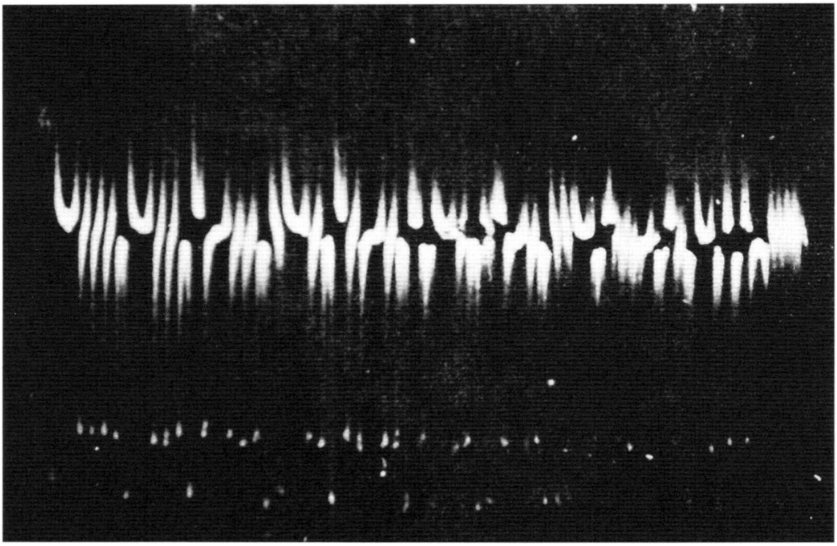

27 Oszillogramm eines von einem Magnetspeicherdraht abgenommenen 40-Bit-Wortes, 1947. Der Übergang von analog zu digital war in vollem Gang. Geschwindigkeiten von bis zu 30 Meter (90.000 Bits) pro Sekunde wurden erreicht, bevor die Entscheidung fiel, auf eine Magnettrommel mit 40 Parallelspuren umzusatteln.

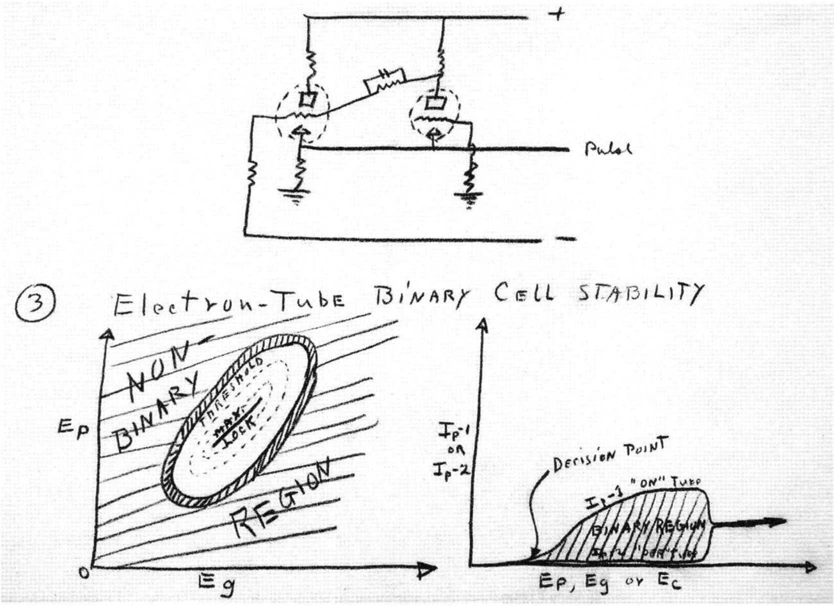

28 Binärzellen-Stabilität einer Elektronenröhre. Schemazeichnung von Julian Bigelow für den ersten »Interim Progress Report on the Physical Realization of an Electronic Computing Instrument«, der am 1. Januar 1947 vorgelegt wurde. Vakuumröhren waren analoge Bauteile, und sie dazu zu bringen, sich im Verbund digital zu verhalten, war keine leicht zu lösende Aufgabe.

29 Zusammenbau der 40-stufigen Schieberegister, 1948. Der Strom für die Vakuumröhren wurde im Gehäuse durch ein beidseitig beschichtetes Kupferblech geleitet, was das elektronische Rauschen reduzierte und störende Kabel und Drähte überflüssig machte.

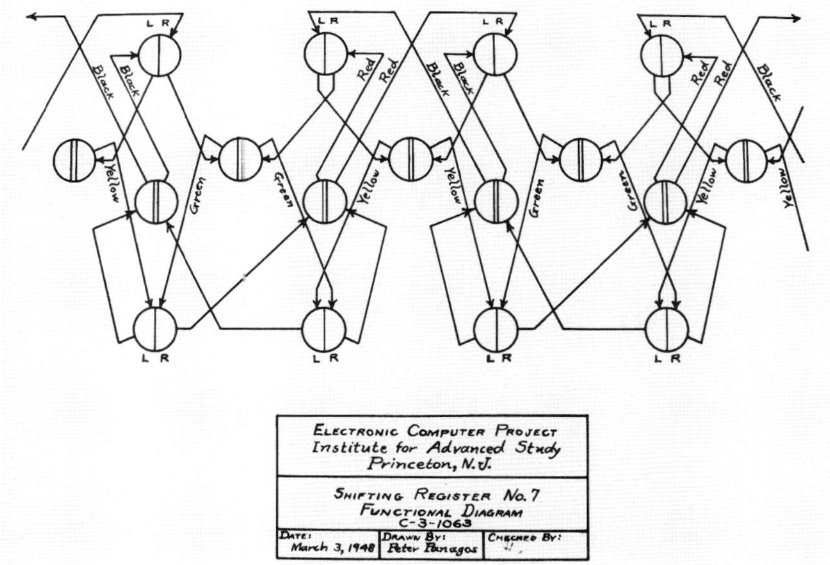

30 Funktionsdiagramm eines Schieberegisters, 1948. In Ermangelung von praktischen Erfahrungen wurde ein breites Spektrum an Möglichkeiten sondiert, die Elemente des Rechners miteinander zu verknüpfen

31 James Pomerene, Julian Bigelow und Herman Goldstine inspizieren das Rechenwerk (1952). Unter den 3474 im Rechner verbauten Vakuumröhren waren 1979 relativ unzuverlässige Miniröhren vom Typ 6J6. Mit Autodiagnostik-Routinen wurden auffällige Röhren identifiziert, bevor sie den Geist aufgaben. »Man kann den ganzen Rechner als eine große Röhren-Testanlage betrachten«, meinte Bigelow dazu.

32 Willis Ware erläutert Mitarbeitern der RAND Corporation im kalifornischen Santa Monica die Rechnerarchitektur, April 1962.

33 Ausschnitt aus Klári von Neumanns französischem Führerschein, ausgestellt am 15. Juli 1939.

34 John von Neumann mit seinem LaSalle V8-Coupé, 1939.

35 Stanisław and Françoise Ulam in den 1940er Jahren. Der in Polen geborene Mathematiker Stan Ulam kam im Dezember 1935 auf Einladung von Neumanns nach Princeton. Er erhielt eine Gastdozentur am IAS und später eine Stelle in Harvard. 1939 lernte er Françoise kennen, die am Holyoke College studierte.

36 Paul Stein (links) und Nicholas Metropolis verfolgen eine Schachpartie auf einem Brett mit 6x6 Feldern ohne Läufer, gespielt 1956 vom MANIAC-1 in Los Alamos. Rechts vom Tisch ist eine Ein- und Ausgabeeinheit für Lochstreifen zu erkennen; der modulare Speicher aus Williams-Röhren ist oben auf dem Metallgestell untergebracht.

37 John von Neumann (oben, mit Krawatte) und Klári von Neumann (vierte von unten) in den späten 1940er Jahren bei einem Ausflug in den Grand Canyon.

38 Mitwirkende im Wasserstoffbomben-Drama 1950: Joseph Stalin (mit einer Bombe »Made in U.S.S.R.«), J. Robert Oppenheimer (mit Heiligenschein), Stanisław Ulam (mit Spucknapf), Edward Teller (Mitte), George Gamow (mit Katze), Karikatur von George Gamow.

39 Von Neumann 1955 am Redstone Arsenal bei einem Raketentest. Mit (von links nach rechts) Brigadegeneral Holger N. Toftoy, Raketenpionier Wernher von Braun, Brigadegeneral J. P. Daley und Oberst Miles B. Chatfield.

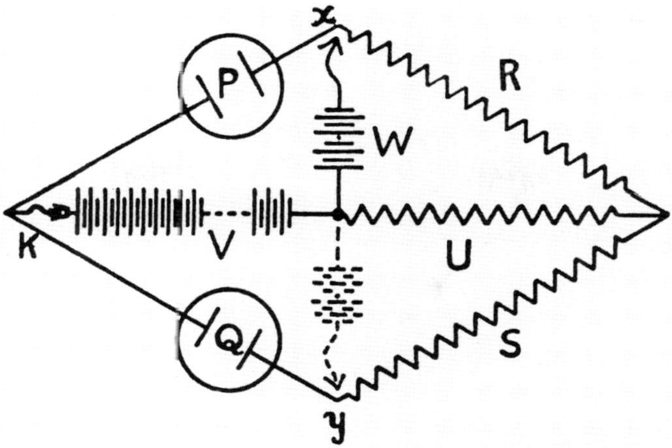

Fig. 1. Electrical Model illustrating a Mind having a Will but capable of only Two Ideas. See Analogies X., XI., XII., XIII.

40 1930 spekulierte Lewis Fry Richardson über die (später von Alan Turing aufgegriffene) Möglichkeit, aus zufälliger elektronischer Unbestimmtheit schöpferisches Denken und sogar einen freien Willen entstehen zu lassen.

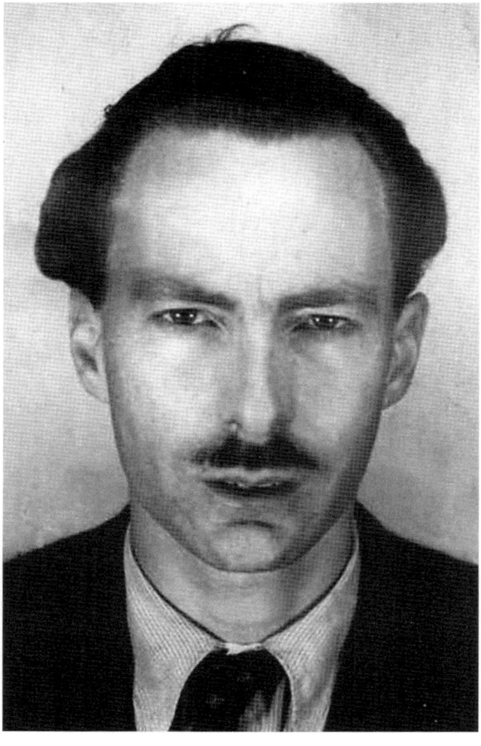

41 Nils Aall Barricelli, 1951. Am IAS wollte er »numerische Experimente unter Verwendung der großen Rechenmaschinen durchführen, um die Anfangsstadien der Evolution der Arten zu erforschen«.

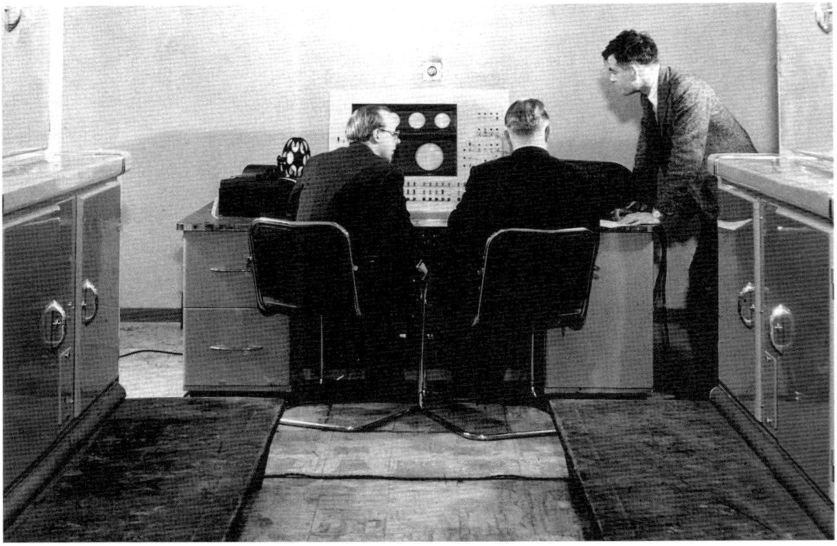

42 Alan Turing (stehend) mit Brian Pollard (links) und Keith Lonsdale, 1951 an der Universität von Manchester vor der Konsole eines Ferranti-Mark-1-Rechners. Der Ferranti Mark 1, mit seinem 1 Kilobyte fassenden Kathodenstrahlröhren-Speicher und seiner 16.000 Wörter speichernden Magnettrommel war die erste kommerziell vertriebene technische Umsetzung von Turings Universalmaschine.

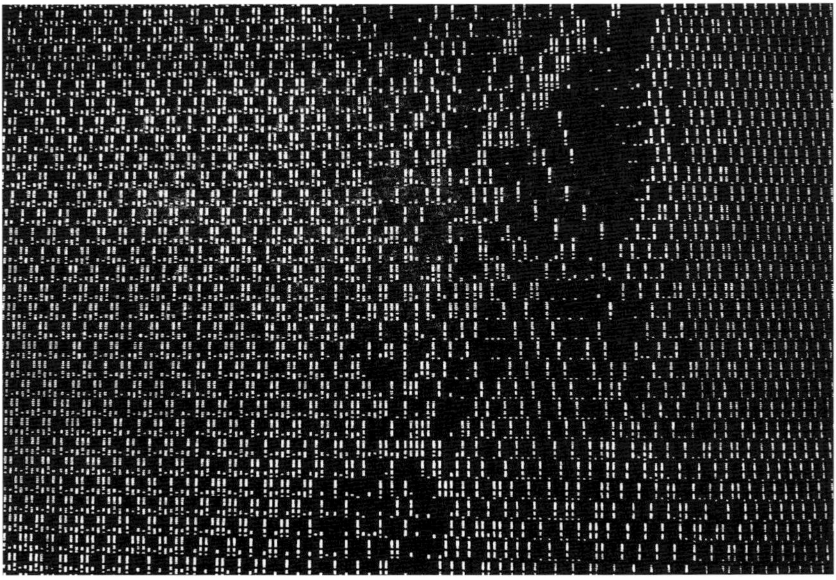

43 Barricellis Universum, 1953. Von hundert Generationen numerischer Symbio-Organismen wurden jeweils fünf als Stichprobe genommen, ihre Daten auf Lochkarten übertragen, diese dann zusammengefügt und das so entstandene Bild lichtgepaust; auf diese Weise entstand das hier abgebildete Muster.

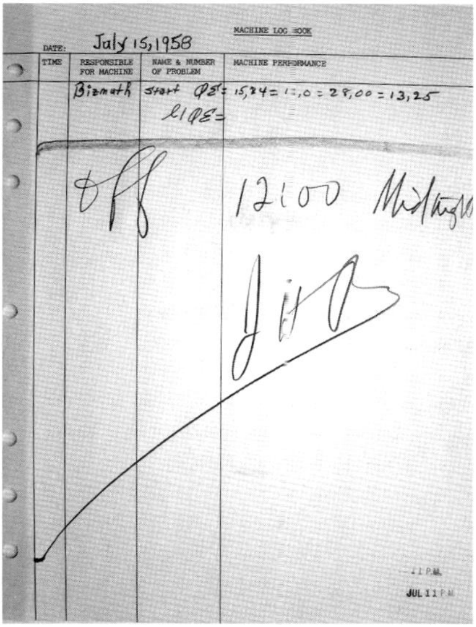

44 Letzter Eintrag im Maschinenlog des MANIAC: 15. Juli 1958, 24:00 Uhr, mit der Unterschrift Julian H. Bigelows.

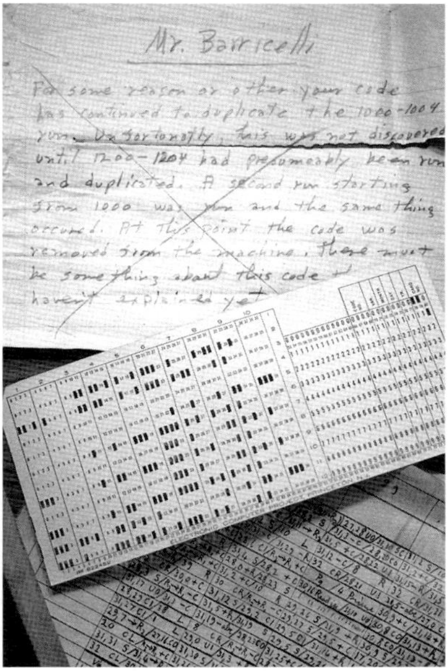

45 Relikte aus dem Untergeschoss des Institute for Advanced Study. Unten: Quellcode für »Barricellis Trommelcode«. Mitte: Lochkarte von einer der periodischen Stichproben aus den sich entwickelnden »numerischen Symbio-Organismen«. Oben: Botschaft für »Mr. Barricelli« mit dem Schlusssatz: »Es muss mit diesem Code eine Bewandtnis haben, die Sie noch nicht erklärt haben.«

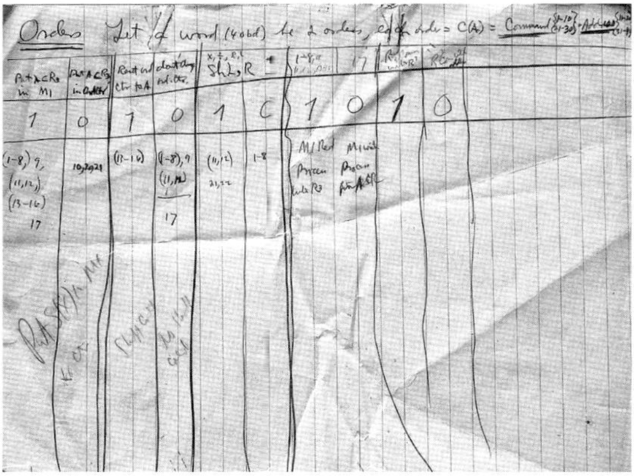

46 Am Anfang war die Kommandozeile. »Anweisung: Ein Wort (40bd) soll aus 2 Anweisungen bestehen, sodass jeder Befehl = C(A) = Befehl (1–10, 21–30) · Adresse (11–20, 31–40)«. Ein von Julian Bigelow aufbewahrter undatierter Merkzettel, der Ende 1945 oder Anfang 1946 geschrieben worden sein dürfte.

47 Leibniz' digitales Universum. Entwurf für ein Silber-Medaillon, von Gottfried Wilhelm Leibniz am 2. Januar 1997 dem Herzog Rudolph August von Braunschweig überreicht mit der Erklärung, es demonstriere »die Erschaffung aller Dinge aus nichts durch die Allmacht Gottes« – mittels des binären Zahlensystems.

48 Der Autor am Institute for Advanced Study, 31. Oktober 1954. Von links nach rechts: Verena Huber-Dyson, Esther Dyson, George Dyson, Katharina Haefeli.

wurde ›Hippo‹ zum Codenamen für das Projekt, an dem wir arbeiteten.«[79]

Durchgerechnet wurde Hippo auf dem von IBM entwickelten Selective Sequence Electronic Calculator (SSEC), der 1948 in Betrieb gegangen war und am Hauptsitz der Firma an der Ecke 57. Straße und Fünfte Avenue in New York stand, ausgestellt in einem Schauraum mit Glasfront im Erdgeschoss. Der SSEC, den Johnny als ein Mittelding »zwischen dem ENIAC und MANIAC«[80] bezeichnete, konnte auf einem 80-Spuren-Lochstreifen rund 20 000 jeweils 20-stellige Zahlen speichern. »Es wurde mit Hilfe von drei Lochstreifenstanzern und 66 Leseköpfen darauf zugegriffen. … Die Programmierung dauerte fast ein Jahr«, sagt Richtmyer. »Dann übernahmen wir den SSEC für 24 Stunden am Tag, sieben Tage die Woche. Nach mehreren Monaten hatten wir drei oder vier vollständige Bombenberechnungen durchgeführt.«[81] Der SSEC mit seinen 40 000 Relais und seinem Papierstreifen-Speicher mit einer Zugriffszeit von einer Sekunde war bald überholt, während der Hippo-Code in Los Alamos noch viele Jahre gute Dienste leistete.

Die frühen bombentechnischen Berechnungen, die in mehrwöchigen Durchgängen abliefen, mussten ständig überwacht, physikalisch und arithmetisch interpretiert und korrigiert werden. »Seit der Rückkehr aus Chicago habe ich mich näher mit dem noch verfügbaren Platz auf der numerischen Funktionstafel beschäftigt und mit Johnnys Hilfe ein Flussdiagramm für Marias Plan zum Testen des Tampers erstellt«, schrieb Klári im April 1949 an Harris Mayer. »Es sieht ganz so aus, dass wir, wenn sich alle unsere Probleme auf eine Zone außerhalb des Tampers konzentrieren, in der numerischen Funktion der Tafel jede Menge Platz haben, um dort die Reflektionsmatrix unterzubringen, wenn ihr euch dafür entscheidet. Ich erwähne diese Tatsachen nur, um euch die Freiheit zu geben, bei der Entscheidung über ein Verfahren diese Matrix in Erwägung zu ziehen, falls ihr meint, dass sie bessere Lösungsmöglichkeiten für die Probleme bietet.«[82] Die Meinung, die frühen Codierer wie Klári von Neumann hätten die Berechnungen vorgenommen, ohne die Physik dahinter zu verstehen, ist falsch.

Der Erfolg von Monte Carlo führte zu einer plötzlichen Nachfrage nach Zufallszahlen – an denen Mangel herrschte. Mit einem speziellen Programm ließen sich zwar nach Bedarf pseudozufällige Zahlen erzeugen, doch galt in Bezug darauf die Warnung von Neumanns: »Jeder, der arithmetische Methoden für die Erzeugung von Zufallszahlen erwägt, befindet sich im Zustand der Sünde.«[83] Das von der US-Luftwaffe gestartete RAND-Projekt (aus dem später die RAND Corporation hervorging), für das von Neumann in Santa Monica beratend tätig war, ging im April 1947 daran, einen elektronischen Roulettekessel zu kreieren und eine Liste von 1 Million Zufallszahlen zu erstellen, die zunächst in Form von Lochkarten und später als Buch ausgegeben wurden. »Es liegt in der Natur dieser Tabellen, dass es uns unnötig erscheint, jede Seite des Manuskripts Korrektur zu lesen, um etwaige Fehler zu finden«, erklärten die Herausgeber.[84]

Vom 29. Juni bis 1. Juli 1949 fand an der UCLA eine Konferenz zum Monte-Carlo-Verfahren statt, veranstaltet von der RAND Corporation, dem Oak Ridge National Laboratory und dem Institute for Numerical Analysis, das dem National Bureau of Standards nachgeordnet war. »Natürlich«, schrieb Klári an Stan Ulam, »würde ich gerne teilnehmen, schließlich arbeite ich jetzt schon eine ganze Zeit damit.«[85] Aber dazu kam es nicht. Klári verbrachte die letzten Maitage und den größten Teil des Juni stattdessen damit, auf dem ENIAC in Aberdeen eine größere Berechnung durchzuführen. Entgegen der dringenden Bitte Johnnys, den Abschluss dieser Arbeit den anderen zu überlassen, blieb sie am Ball, bis das Ergebnis vorlag, zog sich danach erschöpft nach Princeton zurück und verzichtete auf die Reise nach Los Angeles.

»Ich bin endlich wieder in Princeton«, berichtete sie am 28. Juni an Carson Mark in Los Alamos. »Wir stellten unsere Arbeit am Freitagnachmittag fertig, nachdem wir sechs Zyklen zu Problem zwei hatten laufen lassen. Alle führten zu einem superkritischen Zustand mit einem Trend zu zunehmender Kritikalität. … Die IBM-Karten, die wir in zehn große Schachteln gepackt haben, und die Auflistung aller Probleme (zwei kleine Schachteln) befinden sich auf dem Postweg aus Aberdeen, soweit ich weiß per Bahnexpress und Nachnahme. Alle Geheimdokumente, die wir in Aberdeen dabeihatten, habe ich nach Princeton mitgebracht.«[86]

Seit nunmehr 60 Jahren wenden Mathematiker und Programmierer Monte Carlo auf eine sich stetig erweiternde Palette von Problemen an, nicht nur im Bereich der Physik, sondern auch in Biologie und Finanzwesen. Dass diese Codierungsmethode in der Lage ist, sich verzweigende, evolutionäre Prozesse nicht nur abzubilden, sondern zu steuern, macht sie zu einem fast unheimlich mächtigen Werkzeug. »Bei einem Monte-Carlo-Problem besitzt der Experimentator die vollständige Kontrolle«, erklärte Herman Kahn, Mathematiker und thermonuklearer Stratege bei der RAND Corporation, 1954. »Wollte er zum Beispiel ein Schwein mit grünen Augen, Lockenhaar und sechs Zehen erschaffen, und hätte dieses Ergebnis eine Wahrscheinlichkeit ungleich null, so könnte der Monte-Carlo-Experimentator, anders als ein landwirtschaftlicher Praktiker, so ein Tier im Handumdrehen züchten.«[87] Die biologische Evolution sei im Grunde nichts anderes als eine Monte-Carlo-Suche im Baukasten der Überlebenstüchtigkeit, und wie immer auch die nächste Stufe in der Evolution beschaffen sein werde, die mit der Monte-

Carlo-Methode arbeitenden Rechner würden sie als Erste erklimmen.

Die Monte-Carlo-Simulation ist in der Lage, praktische Lösungen für ansonsten nicht handhabbare Probleme zu entdecken, weil die effektivste Methode, ein noch nicht kartiertes Territorium zu durchsuchen, das Laufen ins Blaue ist. Die heutigen Suchmaschinen, entfernte Nachfahren der Rechner des ENIAC-Zeitalters, weisen nach wie vor Merkmale ihrer Abstammung von Monte Carlo auf: Sie durchlaufen und dokumentieren zufällige Suchpfade und werten die Ergebnisse statistisch aus, um schrittweise zu immer genaueren Resultaten zu gelangen. Die Genialität der Monte-Carlo-Methode – und ihrer Abkömmlinge, der Suchmaschinen – liegt in der Fähigkeit, aus einer überwältigen Fülle von Informationen sinnvolle Lösungen herauszufiltern, dank der Erkenntnis, dass die Sinnhaftigkeit weniger in den Endpunkten liegt als im Weg dahin.

KAPITEL ELF

Ulams Dämonen

Der Faktor vier ist ein Geschenk Gottes (oder der anderen Partei).

John von Neumann an Edward Teller, 1946[1]

»Einmal hatte ich einen mathematischen Traum, der sich als korrekt erwies«, erinnert sich Stanisław Ulam, der 1909 in Lemberg, das damals noch zum österreichisch-ungarischen Kaiserreich gehörte, zur Welt gekommen war. »Ich war 20 Jahre alt und dachte: Mein Gott, das ist ja wunderbar, ich werde nie arbeiten müssen, alles wird mir im Traum zufallen. Aber es kam nie wieder vor.«[2]

Joseph Ulam, Stanisławs Vater, war ein wohlhabender jüdischer Anwalt, der im Ersten Weltkrieg als Offizier im österreichischen Heer diente. Seine Mutter Anna Auerbach war die Tochter eines Industriellen, der sein Geld mit Stahl verdiente. Stan fühlte sich von Anfang an zur Mathematik hingezogen. »Ich erinnere mich«, schreibt er, »dass ich als Vierjähriger auf einem Orientteppich herumturnte und mir dessen ausgeklügelte Muster anschaute. Die turmhohe Gestalt meines Vaters stand neben mir, und ich weiß noch, dass er lächelte. Ich hatte das Gefühl: ›Er lächelt, weil er denkt, ich sei kindisch, aber ich weiß, dass diese Muster bemerkenswert sind.‹«[3]

Mit zehn signierte Ulam seine Schulhefte mit »Stan Ulam, Astronom, Physiker und Mathematiker«.[4] »Als ich elf oder zwölf war«, erinnert er sich, »schenkte ein Onkel mir zum Geburtstag ein kleines Fernrohr.«[5] Er machte sein Abitur 1927 und schloss 1933 sein Studium am Polytechnischen Institut von Lemberg, nun das polnische Lwów, mit einer Magister- und einer Doktorarbeit ab.

Lwów erlebte zwischen dem Ersten und dem Zweiten Weltkrieg eine ähnliche Blütezeit wie Budapest. »In Lwów«, sagt Françoise Ulam, die 1918 in Paris geboren wurde und im August 1938 als Austauschstudentin nach Amerika kam, »verfassten die Mitglieder der Polnischen Mathematischen Gesellschaft die meisten ihrer Arbeiten zu allen Tages- oder Nachtzeiten in den Cafés.«[6]

Ulam brachte seine besten Arbeiten zustande, ohne etwas zu tun, das wie Arbeit aussah. »Er war ein wirkliches Unikat in vielerlei Hinsicht«, sagt Bruno Augenstein, der als Analytiker für RAND arbeitete und zu den Architekten des amerikanischen Nuklearraketenprogramms gehörte, sodass sich seine und Ulams Wege in den Jahren des Kalten Krieges immer wieder kreuzten. »Er war zugleich einer der gescheitesten und einer der faulsten Menschen, die ich jemals getroffen habe – eine interessante Kombination.«[7] Françoise Ulam sieht das anders: »Mit seiner aristokratischen Nonchalance erweckte er den Eindruck, faul zu sein, aber tatsächlich stand er geistig die ganze Zeit unter Spannung.«[8] Die 1953 neunjährige Claire Ulam erzählte einer Freundin: »Das Einzige, was mein Vater tut, ist denken, denken, denken!«[9]

»Er war ein Einzelgänger, ein Pole und vor allem ein sehr komplizierter und widersprüchlicher Mensch. »Er lebte überwiegend in der Sphäre seines Geistes.«[10] Aber er war auch gesellig. »Viele von seinen Kollegen wussten, wie ungern er alleine war – wie oft er uns zu ungewöhnlichen Zeiten zusammenrief, um sich aus der Einsamkeit irgendeines Hotelzimmers oder der vier Wände seines Büros retten zu lassen, nachdem er sein tägliches Pensum an Ferngesprächen hinter sich gebracht hatte«, sagt sein Mathematikerkollege Gian-Carlo Rota. »Einmal brachte ich den Mut auf, ihn zu fragen, warum er immer in Gesellschaft sein wollte, und seine Antwort war aufschlussreich: ›Wenn ich allein bin‹, gestand er, ›bin ich gezwungen, die Dinge zu Ende zu denken.‹«[11]

Ulam wurde zu John von Neumanns regelmäßigem Mitarbeiter und zu seinem engsten Freund. »Ich glaube nicht, dass von Neumann irgendjemandem näherstand als mir«, sagt Ulam. »Und umgekehrt gilt das Gleiche.«[12] Sie entstammten beide der jüdischen Oberschicht Osteuropas. Erstmals begegnet waren sie sich 1935 in Warschau, nach einem 1934 begonnenen Briefwechsel über ihr gemeinsames Interesse an Maßtheorie. Von Neumann arrangierte, dass Ulam nach Princeton eingeladen wurde: Auf die Zusage eines 300-Dollar-Stipendiums vom Institute for Advanced Study hin schiffte Ulam sich im Dezember 1935 an Bord der *Aquitania* nach Amerika ein. In der Folge erhielt er einen dreijährigen Lehrauftrag am Lehrstuhl von George David Birkhoff in Harvard, verbrachte die Sommermonate jedoch in den Cafés seiner polnischen Heimat. Als er im August 1939 zum vorläufig letzten Mal aus Polen zurückkehrte, brachte er seinen jüngeren Bruder Adam mit. Sie befanden sich an Bord des polnischen Linienschiffs *Batory*, als im Radio die Nachricht vom deutsch-sowjetischen Nichtangriffspakt kam. »Das ist das Ende Polens«, konstatierte Stan.[13]

Françoise Aron war im Herbst 1939 zwanzig Jahre alt und studierte am Mount Holyoke College in Massachusetts, als sie bei einer Party in der Wohnung einer Freundin in Cambridge Stan Ulam kennenlernte. »Unseren ersten gemeinsamen Abend verbrachte er damit, ständig von seinem Stuhl aufzuspringen, um meine Zigaretten anzuzünden«, erinnert sie sich. »Er stellte sich als ›Mathematiker‹ vor – eine ungewöhnliche Berufsbezeichnung – und war elegant, witzig und unterhaltsam, trotz aller Niedergeschlagenheit über den Krieg, die fehlenden Neuigkeiten von zu Hause und seinen finanziellen

Sorgen. Er hatte nichts Professorales oder Akademisches. Vom ersten Augenblick an fand ich ihn bezaubernd, fesselnd, bemerkenswert. Er hatte mich an der Angel.«[14]

Weder Françoise noch Stan sollten ihre Eltern je wiedersehen. »Das waren die dunkelsten Tage des Krieges: der deutsche Überfall, gefolgt vom Zusammenbruch Frankreichs, die Scharen von Flüchtlingen, die den vorrückenden Panzerdivisionen zu entkommen versuchten; das Debakel von Dünkirchen, die heroische Luftschlacht um England«, sagt Françoise. »Für die fünf Cent, die eine Tasse Kaffee kostete, saß Stan stundenlang mit polnischen und anderen europäischen Mathematikern in der georgianischen Cafeteria in Cambridge und debattierte über den Krieg oder die Mathematik. Nach der Arbeit gesellte ich mich oft zu ihnen.«[15] Nicht lange, und Françoise kochte für die beiden Brüder Ulam und leistete ihnen beim Essen Gesellschaft. Die Ulams waren zu arm, um sich Restaurantbesuche leisten zu können, konnten aber auch nicht kochen, weil sie in einer wohlhabenden Familie aufgewachsen waren.

1941 nahm Stan Ulam, als er an der inzwischen von Exilanten überschwemmten Harvard University keine Stelle mehr ergattern konnte, eine Dozentur an der Universität von Wisconsin an, die ihm 2300 Dollar im Jahr einbrachte. Françoise folgte ihm, nachdem sie ihre Abschlussprüfung am Holyoke College gemacht hatte, nach Madison, wo die beiden sich von einem Friedensrichter trauen ließen.

»Wollen Sie die lange oder die kurze Zeremonie?«, fragte der Richter.

»Was kosten beide?«, fragte Stan.

»Die lange kostet fünf Dollar, die kurze zwei.«

»Wir nehmen die kurze«, antwortete Stan.[16]

Auch in Wisconsin war es unmöglich, sich der Tragödie Europas zu entziehen. Der Vater von Françoise war verstorben, als sie zehn war, sodass ihm die Verfolgung erspart blieb, und ihr jüngerer Bruder konnte über Spanien nach England entkommen, wo er sich zum Fallschirmjäger bei den Freien Französischen Streitkräften des Generals de Gaulle ausbilden ließ. Ihre Mutter jedoch wurde auf den Straßen von Marseille aufgegriffen, in ein NS-Konzentrationslager verfrachtet und nie wieder gesehen. Auf Stans Seite bot sich ein ebenso bedrückendes Bild. »Die Mitteilungen kamen tröpfchenweise. Im Zuge der NS-Besatzungsherrschaft waren in Polen Stans Schwester, ihr Mann, ihre Kinder und alle anderen Verwandten, die sich nicht aus Lwów abgesetzt hatten, … im Holocaust umgekommen«, berichtet Françoise. »Stans Vater Joseph, der nicht abgeholt worden war, starb an Krankheit und Verzweiflung in der Einzimmerwohnung, die ihm zugeteilt worden war, als die Nazis sein Haus beschlagnahmt hatten. Ein Junge, dem er in dieser schrecklichen Zeit bei sich Unterschlupf gewährte und dem die Flucht nach Amerika gelang, überbrachte uns die traurige Nachricht und schilderte, wie sie die juristischen Bücher von Stans Vater verbrennen mussten, um sich warm zu halten.«[17]

Ulam und von Neumann waren gleichermaßen frustriert über die zögerliche Reaktion Amerikas auf die europäische Krise. »Als bekanntwurde, … dass Amerika 20 Torpedoboote nach England schicken würde, konnte ich mir den Gedanken nicht verkneifen, dass 50 Fahrräder auch sehr nützlich wären«, schrieb Ulam im Frühjahr 1941 an von Neumann.[18] Er nahm privaten Flugunterricht, und als ihm 1941 die amerikanische Staatsbürgerschaft zuerkannt wurde, meldete er sich freiwillig zur Luftwaffe in der Hoffnung, als Navigator oder sogar als Pilot eingesetzt zu werden. Aufgrund seines Alters und einer starken einseitigen Sehschwäche wurde er jedoch für wehruntauglich befunden.

Von Neumann, zu diesem Zeitpunkt bereits Berater für das

Forschungsamt der Marine, das Ballistische Forschungslabor der Army und das Office of Scientific Research and Development, berichtete im April 1942 an Ulam: »Ich sehe mich mehr und mehr unter einer Lawine kriegswichtiger Arbeiten verschüttet.«[19] Ulam fragte immer wieder, wie er sich einbringen könne, und »eines Tages antwortete Johnny mit einem vagen Hinweis auf interessante Arbeiten, die im Gange seien – er dürfe mir aber nicht sagen, wo«.[20]

»Das betreffende Projekt ist von außerordentlicher Wichtigkeit, wahrscheinlich über alle Adjektive hinaus, mit denen ich es belegen könnte«, schrieb von Neumann am 9. November 1943 und fügte hinzu: »Die Geheimhaltungsbestimmungen sind bei diesem Projekt ziemlich extrem.«[21] Diesem Schreiben folgte eine von Hans Bethe unterzeichnete Einladung, »an einem nicht näher bezeichneten Projekt teilzunehmen, dessen physikalische Aspekte etwas mit dem Inneren der Sterne zu tun hatten«. Ulam nahm die Einladung an, ohne zu wissen, wohin die Reise ging, und »bald darauf begannen auch einige meiner Bekannten einfach von der Bildfläche zu verschwinden. Endlich erfuhr ich, dass wir nach New Mexico kommen würden, an einen Ort nicht weit von Santa Fe.«[22]

Die Ulams, die ihr erstes Kind erwarteten, erhielten ihre Sicherheitsfreigaben und machten sich gen Westen auf. »Wir absolvierten die lange Reise mit dem Zug und stiegen am 4. Februar 1944 in Lamy, rund 30 Kilometer von Santa Fe entfernt, aus. Es erschien uns wie das Ende der Welt«, erinnert sich Françoise. »Der Boden war schneebedeckt, aber die Sonne wärmte, der Himmel war tiefblau und die Luft fühlte sich … wie Champagner an.«[23]

»Das geheimnisumwobene Lager hatte etwas von einem Zauberberg im Märchenland«, sagt Françoise. Zu ihrem Erstaunen trafen sie auf »Wissenschaftler von überall – aus Amerika, Kanada, Deutschland, der Schweiz, Ungarn, Österreich und Italien. Viele waren vor Hitler und Mussolini geflüchtet. Manche waren schon berühmt, aber die meisten waren unglaublich jung, viele gerade einmal Anfang zwanzig und erst am Beginn ihrer Karriere.«[24]

Stan sah sich in die Kaffeehauswelt Lwóws zurückversetzt: Das Los Alamos der Kriegszeit mit seinen provisorischen Bauten bot einen erfrischenden Kontrast zur Förmlichkeit der akademischen Welt, und die enge Verbundenheit innerhalb der Gruppe kam seinen polnischen Wurzeln entgegen. »Die Leute waren bereit, sich einem gemeinsamen Ziel unterzuordnen«, erklärte er. »Jules Verne hatte das antizipiert, als er schrieb, dass die Reise zum Mond ohne eine wahrhaft kollektive Anstrengung nicht möglich gewesen wäre.«[25]

Die Forschungsanlage von Los Alamos stand offiziell unter dem Kommando von General Leslie Groves von der U. S. Army, aber der amtierende Chef war Robert Oppenheimer, der es schaffte, General Groves unter sein Kommando zu nehmen. »Groves begriff nie, dass er nach der Pfeife der Wissenschaftler tanzte«, sagt Harris Mayer. »Bis an sein Lebensende glaubte er fest daran, dass er die Atombombe erschaffen hatte.«[26]

Stan Ulam wurde zunächst der Theoretischen Abteilung (T-Division) unter Hans Bethe zugeteilt, später dann, als die Abteilungen reorganisiert wurden, der F-Division unter Enrico Fermi. Nominell war er Edward Teller unterstellt, in dem er jedoch eher einen Kollegen als einen Vorgesetzten sah. »Als Theoretiker konnte Stan überall arbeiten«, erzählt Françoise. »Er ging morgens in sein Büro, kam zum Mittagessen nach Hause und tauchte gewöhnlich am frühen Nachmittag wieder im Büro auf.«[27]

Als Claire im Juli zur Welt kam, wurde als ihr Geburtsort »Post Office Box 1663, Santa Fe« eingetragen. Mit der kostenlosen ärztlichen Versorgung, den bezuschussten Mieten und seinen Betreuungseinrichtungen war Los Alamos ein Paradies für junge Familien. »Los Alamos wurde eine einzige große Babyfarm«, sagt Françoise, »sehr zum Missfallen von General Groves.«[28]

Die physikalischen Grundlagen dessen, was in Los Alamos gemacht wurde, fesselten Stan. »Ich stellte fest, wie wichtig es war, sich eine visuelle – und gewissermaßen auch taktile – Vorstellung von der physikalischen Situation zu machen, anstatt sie nur logisch zu analysieren«, erklärt er. »Man kann sich die subatomare Welt fast plastisch vorstellen und das Bild räumlich und qualitativ manipulieren, bevor man präzise Berechnungen über Proportionen und Beziehungen anstellt.«[29] Mit seiner Intuition lieferte Ulam den ergänzenden Gegenpol zu von Neumanns streng logischer Weltsicht. »Johnny operierte schrittweise auf dem Weg rein formaler Deduktionen«, erläutert Ulam und bezeichnet den Unterschied zwischen den beiden Vorgehensweisen als »vergleichbar mit dem Gegensatz zwischen der bildlichen Vorstellung einer Schachpartie und einer Abfolge von Zügen in algebraischer Notation«.[30] Die Monte-Carlo-Methode vereinte das Beste aus beiden Welten, indem sie von Neumanns strenge Logik mit Ulams intuitivem probabilistischen Ansatz verband.

Ulam war an der Entwicklung und am Bau der Atombombe nicht direkt beteiligt und wurde auch nicht Zeuge des Trinity-Tests. »Am frühen Morgen des Tages, an dem die Bombe explodierte, waren wir zu Hause und noch im Bett«, sagt Françoise. »Irgendwann schaute ein übermüdeter, blasser und stark erschütterter Johnny, der mit den VIPs dabei gewesen war, auf seinem Heimweg bei uns vorbei.«[31] Drei Wochen später wurde die zweite Bombe gezündet, diesmal über Hiroshima, gefolgt von der Nagasaki-Bombe am 9. August.

Nach Ende des Krieges wurde die Theoretische Abteilung bis 1946 auf nur noch acht Mitarbeiter verkleinert. Oppenheimer kehrte nach Berkeley zurück, Fermi und Teller nach Chicago, Bethe an die Cornell University. Das US-Außenministerium hatte eine Atomenergie-Kommission eingerichtet, der Vannevar Bush, James Conant und General Groves angehörten und für die ein Beraterstab berufen würde, dem unter anderem Oppenheimer angehörte – der damals am Baruch-Plan mitarbeitete, in dem eine internationale Kontrolle der Kernenergie in allen ihren Formen gefordert wurde. Albert Einstein, Leó Szilárd, Harold Urey, Linus Pauling, Victor Weisskopf und Hans Bethe gründeten das Emergency Commitee of Atomic Scientists, das seine erste Tagung im November 1946 am Institute for Advanced Study abhielt. Die Leitung der Forschungsanlage in Los Alamos ging am 1. Januar 1947 von der Army auf die neuinstallierte Atomic Energy Commission über. Allein, wer würde die AEC kontrollieren?

Nach dem Abgang Oppenheimers übernahm Norris Bradbury kommissarisch die Leitung – und behielt sie für 25 Jahre. Er rief aus dem Stand eine Los Alamos University ins Leben, um während des Interregnums zwischen Army und AEC die Forschungsarbeiten am Laufen zu halten, und plädierte dafür, kontinuierlich neue Bomben zu entwickeln und zu testen. »Die gelegentliche Detonation einer Atombombe könnte eine heilsame psychologische Wirkung auf die Welt ausüben – von unserem wissenschaftlichen und technischen Interesse daran ganz abgesehen«, argumentierte er. »Weitere Tests könnten, vor den richtigen Augen durchgeführt und der Öffentlichkeit richtig vermittelt, die Menschen davon überzeugen, dass die Atomenergie nur in den Händen einer voll und ganz kooperierenden Welt beherrschbar ist.«[32]

Als Ulam nach der Gesundung von seiner Enzephalitis nach Los Alamos zurückkehrte, wurde er zum Gruppenleiter ernannt, wobei die Gruppe aus ihm allein bestand. Eines der

Themen, die ihn interessierten, war die jetzt von Carson Mark weitergeführte und von Edward Teller in absentia überwachte Arbeit an der thermonuklearen Bombe. »Stan hatte keine moralischen Bedenken gegen eine Rückkehr nach Los Alamos«, sagt Françoise. »Er wollte sich auf die theoretischen Aspekte der Arbeit konzentrieren und sah darin nichts Verwerfliches.«[33]

Teller konnte sich nicht entscheiden, ob Stan Ulam ein Nachwuchswissenschaftler war, den es zu fördern galt, oder ein Rivale, den er kleinhalten sollte. »Mr. Ulam ist ein glänzender Mathematiker, verfügt aber nicht über den richtigen Hintergrund für unsere Arbeit und scheint auch nicht in der Lage zu sein, sich anzupassen«, hatte Teller im Februar 1945 in Ulams Personalakte geschrieben. Dann platzierte er jedoch sogleich eine Gegenwette: »Er ist ein selbständiger Denker, und es ist nicht auszuschließen, dass er höchst bedeutsame Erkenntnisse produziert.«[34] Wie Françoise kommentiert: »Ich vermute, Teller spürte, dass Stan einer war, der ihm das Wasser reichen konnte.«[35]

In den Augen Tellers war die Entwicklung der Wasserstoffbombe eine Art Kreuzzug. Für ihn musste sie um jeden Preis entwickelt werden, ob das Land sich im Krieg befand oder nicht. Ulam betrachtete die Wahrscheinlichkeit oder Unwahrscheinlichkeit einer sich selbst erhaltenden thermonuklearen Reaktion primär als physikalisches Problem. Was die militärischen Folgen betraf, so vertrat er den Standpunkt, dass wenn man anfange, über den möglichen Missbrauch wissenschaftlicher Forschungsergebnisse zu diskutieren, man schon gleich die Infinitesimalrechnung hätte verbieten müssen, um destruktive Folgen zu verhüten. »Als denkendes Wesen wusste ich, dass er recht hatte. Mein Gefühl sagte mir jedoch etwas anderes«, fügt Françoise hinzu.[36] »Ich selbst und meine Freunde waren konsterniert«, bezeugte Ulam im Verlauf des

ENIAC-Prozesses im Hinblick auf die Berechnungen, die zur Wasserstoffbombe führten, »darüber, wie ein paar auf ein Blatt Papier oder eine Schiefertafel hingekritzelte Formeln am Ende zu einer realen und sehr zerstörerischen Waffe führten.«[37]

»Als Bethes grundlegender Aufsatz über den Kohlenstoff-Stickstoff-Zyklus 1939 erschien«, erklärt Ulam, »hätte sich kaum jemand träumen lassen, dass wenige Jahre später solche nuklearen Reaktionen auf der Erde erzeugt werden würden.«[38] Als die Sowjetunion am 30. Oktober 1961 auf der Insel Nowaja Semlja eine dreistufige Bombe mit über 50 Megatonnen Sprengkraft detonieren ließ, entsprach die dabei freiwerdende Energiemenge Schätzungen zufolge für einen kurzen Zeitraum mehr als einem Prozent der Energie, die die Sonne im gleichen Zeitraum freisetzt.

Im Juni 1942, fast ein Jahr vor der Errichtung des Los Alamos National Laboratory, trafen sich im kalifornischen Berkeley auf Einladung Oppenheimers acht Physiker, darunter Hans Bethe und Edward Teller, um sich erste Gedanken über den Bau atomarer Waffen zu machen. Sie gelangten zu dem Schluss, dass zum einen der Bau einer Atombombe möglich war, dass jedoch darüber hinaus die dabei entstehenden Temperaturen und der Druck – größer als im Inneren der Sonne – zur Einleitung einer thermonuklearen Reaktion verwendet werden könnten. Man konnte auf diese Weise eine sehr kleine Sonne erzeugen, die in Ermangelung der Schwerkraft in kürzester Zeit in einer kataklysmischen Explosion zerbersten würde. »Wir waren nicht durch bekannte Bedingungen im Inneren eines bestehenden Sterns limitiert, sondern konnten uns die physikalischen Rahmenbedingungen innerhalb nicht allzu enger Grenzen selbst setzen«, erinnert sich Edward Teller. »Spätestens im Hochsommer 1942 waren wir alle überzeugt davon, dass die Aufgabe gelöst werden konnte und dass sich … die Atombombe ohne weiteres zur Zündung einer thermonuklearen Bombe nutzen lasse, für die wir den Begriff ›Superbombe‹ oder einfach ›Super‹ verwendeten.«[39]

James Conant und Vannevar Bush setzten in ihrem Bericht an den Kriegsminister noch einen Superlativ drauf, indem sie das Resümee zogen: »Man könnte somit von einer Super-Superbombe sprechen.«[40] Eine solche Wasserstoffbombe könnte Deuterium verbrennen, ein stabiles Wasserstoff-Isotop (auch »schwerer Wasserstoff« genannt), das sich recht einfach aus Meerwasser gewinnen lässt und der billigste auf der Erde verfügbare Kernbrennstoff ist. »Atombomben würden hochexplosiv, aber auch teuer sein«, erklärt Teller. »Wenn es gelänge, Deuterium zu verbrennen, hätte man damit einen wesentlich preiswerteren Brennstoff.«[41]

Als jedoch das Los-Alamos-Projekt angelaufen war, galt es, »den Krieg zu gewinnen«, wie Teller später schrieb, »und da blieb keine Zeit für die Super«.[42] Nach Kriegsende war es nach seiner Überzeugung höchste Zeit, die Arbeit an der Wasserstoffbombe wieder aufzunehmen. Andere vertraten ebenso bestimmt die Ansicht, eine Waffe, die tausendmal zerstörerischer wäre als die Bomben von Hiroshima und Nagasaki, dürfe nie gebaut werden. Um der Antwort auf die Frage näherzukommen, ob die USA gut daran täten, den Bau der Super in Angriff zu nehmen (oder ob der Sowjetunion die Entwicklung einer solchen Bombe zuzutrauen war), wurden große Rechenoperation auf dem ENIAC im Dezember 1945 und die Abhaltung einer Konferenz im April 1946 zur Bewertung der Ergebnisse beschlossen.

Unter der Leitung von Neumanns begaben sich Stanley Frankel und Nicholas Metropolis zur Moore School (wo der ENIAC noch im Probebetrieb lief) und schleusten 1 Million Lochkarten durch die Maschine. »Ich beriet sie in allem, was mit der Physik der Bombe zu tun hatte«, sagte Edward Teller später, »und John von Neumann beriet sie im rechnerischen Bereich.«[43] Teller interpretierte die Ergebnisse in dem Sinn, dass sie auf die Möglichkeit einer thermonuklearen Zündung hindeuteten – seine physikalischen Parameter waren jedoch, wie sich später zeigte, unzulänglich. Die Berechnungen hatten aufgrund der geringen Speicherkapazität des ENIAC wichtige sekundäre Effekte nicht erfasst.

»Niemand wird Teller vorwerfen, dass seine Berechnungen aus dem Jahre 1946 falsch waren, schon weil damals in Los Alamos keine adäquaten Rechenmaschinen zur Verfügung standen«, schrieb Hans Bethe 1954. »Aber in Los Alamos warf man ihm vor, die Forschungsanlage – und tatsächlich das ganze Land – in ein abenteuerliches Programm geführt zu haben, und zwar auf Grundlage von Berechnungen, deren eklatante Unvollständigkeit ihm bewusst gewesen sein musste.«[44] Für Teller heiligte der Zweck die Mittel. »Meine Beharrlichkeit war zum erheblichen Teil meinem Glauben an die Resultate geschuldet. Sie waren zwar falsch«, erklärte er, »gaben aber Grund zur Hoffnung.«[45]

»Es ist wahrscheinlich, dass eine Super gebaut werden kann und funktioniert«, schrieb Teller in einem persönlichen Fazit für den Abschlussbericht.[46] Aus der Konferenz ging auch eine Patentschrift hervor, die John von Neumann gemeinsam mit dem britischen Physiker Klaus Fuchs einreichte; sie bezog sich auf den um den 18. April 1946 in Los Alamos entstandenen Entwurf für eine »Superbombe«. Der Beschreibung zufolge handelte es sich um eine »Anordnung für die Ingangsetzung einer thermonuklearen Reaktion, unter Verwendung einer bestimmten Menge spaltbaren Materials, das in der Lage ist, eine selbsterhaltende Kettenreaktion aufrechtzuerhalten«.[47] Als Klaus Fuchs als sowjetischer Agent enttarnt wurde, wusste von Neumann besser als jeder andere, wie viel die sowjetische Seite bereits in Erfahrung gebracht hatte.

Robert Richtmyer brauchte zwei Jahre, um rechnerisch abzubilden, was in den ersten Mikrosekunden des Trinity-Tests abgelaufen war. Bis bessere Computer zur Verfügung standen, waren nur begrenzte Fortschritte möglich, und dies obwohl nach Angaben von Carson Mark (dem Nachfolger Robert Richtmyers als Direktor der T-Abteilung) seine Gruppe zwischen 1946 und 1949 die Hälfte ihrer Arbeitszeit der Super widmete. Voller Ungeduld begann von Neumann mit der Abfassung von Codes für den noch nicht existierenden Rechner. »In der Cafeteria der T-Abteilung konnte ich beobachten, wie Johnny auf einer Schiefertafel die ersten zarten Triebe der Datenflussdiagramme entwarf«, erinnert sich Françoise Ulam. »Und dabei warf er unbewusst schielende Blicke auf jedes Paar weiblicher Beine, das vorbeikam.«[48]

Nach der Detonation einer sowjetischen 20-Kilotonnen-Nuklearbombe am 29. August 1949 (die bei den Sowjets »erster Blitz« hieß und bei den Amerikanern »Joe-1«) legte die US-Regierung dem Allgemeinen Beratenden Ausschuss der Atomenergie-Kommission die Frage vor, ob die Vereinigten Staaten gut daran täten, die Entwicklung der Wasserstoffbombe in Angriff zu nehmen. Die Antwort lautete nein. »Die Waffe eignet sich nicht ausschließlich für die Zerstörung militärischer Einrichtungen«, erklärte Oppenheimer in der Einleitung zur Stellungnahme des Ausschusses. »Ihr Einsatz würde die Politik der Ausrottung der Zivilbevölkerung sehr viel weiter treiben als die Atombombe selbst. Wir alle hoffen, dass die Entwicklung dieser Waffen sich vermeiden lässt.«[49]

»Der Einsatz der Wasserstoffbombe würde einer Entscheidung gleichkommen, eine riesige Zahl von Zivilisten abzuschlachten«, lautete die beipflichtende Meinung der Ausschussmehrheit, der neben Oppenheimer auch James Conant angehörte. »Nach unserer Überzeugung wäre die psychologische Auswirkung, die vom Besitz dieser Waffe ausginge, dem nationalen Interesse abträglich. ... Wir sehen in der Entscheidung, auf die Entwicklung der Super zu verzichten, eine einzigartige Chance, der Totalität des Krieges gewisse Grenzen aufzuerlegen.« Ein noch kategorischer formuliertes Minderheitenvotum, das die Unterschrift Enrico Fermis und Isidor Rabis trug, bescheinigte der Bombe, sie sei »aus jedem Blickwinkel betrachtet eine verwerfliche Sache«.[50] Von Neumann, zu diesem Zeitpunkt noch nicht Mitglied der Kommission, war entschieden anderer Meinung. »Wir hätten mit der Entwicklung niemals zögern sollen«, schrieb er 1950, nachdem Truman die Entscheidung getroffen hatte, volle Kraft voraus zu steuern.[51]

Ulam war der Meinung, es handele sich ohnehin um eine rein theoretische Frage, weil die ENIAC-Berechnungen fehlerhaft seien und Tellers Super sich als Blindgänger erweisen werde. Mit Hilfe von Cornelius Everett, einem Ex-Kollegen aus Madison, machte er sich an eine erste annäherungsweise Überprüfung der ENIAC-Resultate und griff dabei auf die lochkartengestützten Rechenverfahren zurück, die einst für die Implosionsberechnungen im Los Alamos der Kriegsjahre entwickelt worden waren. »Stan, dessen mathematische Intuition ihm sagte, Tellers Super sei nicht baubar, führte die vereinfachten Berechnungen zuerst mit Everett, dann mit uns, den Datenanalysten, durch«, erzählt Françoise, die zu der Zeit nach wie vor dem Team der zweibeinigen Rechner in Los Alamos angehörte. »Nach zwei Monaten bestätigte sich seine Annahme. Anders ausgedrückt: Stan war der Erste, der den roten Knopf drückte: Es würde nicht funktionieren. Alle anderen – von Neumann, Admiral Strauss, der Vorsitzende der AEC und die Militärs – wollten unbedingt weitermachen und Tellers Design experimentell erproben.«[52]

»Die Einschätzung der Lage änderte sich ständig, aber nicht etwa kontinuierlich in eine Richtung«, sagte Ulam später aus.[53] Die von ihm und Everett aufgeworfenen Zweifel brachten Teller in die Defensive und machten von Neumann nervös; er wollte so schnell wie möglich wissen, wessen Zahlen stimmten. Er requirierte den ENIAC und war der Erste, der »hier« rief, wann immer ein neuer Rechner ins Blickfeld geriet. »Als die Wasserstoffbombe entwickelt wurde«, berichtete von Neumann 1954 bei den Oppenheimer-Anhörungen, »wurde in starkem Maß auf Computer zurückgegriffen, von denen jedoch nur wenige zur Verfügung standen. … Also waren wir ständig auf der Suche nach Rechenzeit.«[54] Ralph Slutz, der das IAS verlassen hatte, um den Bau des Rechners SEAC für das Bureau of Standards in Washington, D. C. zu beaufsichtigen, erinnert sich, dass um Ostern 1950, als der Rechner gerade erst zu laufen begonnen hatte, »zwei Leute aus Los Alamos« (Nicholas Metropolis und Robert Richtmyer) aufkreuzten, die »ein Programm dabeihatten, das sie unbedingt auf der Maschine laufen lassen wollten, und zwar jeweils ab Mitternacht, wenn wir bereit waren, ihnen Rechenzeit zu überlassen«.[55]

»Als die umfangreicheren und präziseren Berechnungen von Neumanns und anderer langsam und allmählich die Auffassung Stans bestätigten, war das ein echter Rückschlag für das ganze Unterfangen«, sagt Françoise.[56] »Nach einem überhitzten Start begann die ganze Chose schnell abzukühlen«, fügt Stan hinzu. »Alle paar Tage rief Johnny an und gab einige Ergebnisse durch. ›Es bilden sich Eiszapfen‹, pflegte er zu sagen.«[57] Ungeachtet seiner Überzeugung, dass Tellers Glaube an die Superbombe verfehlt war, begann in Ulams Hinterstübchen der Keim einer Alternativlösung zu sprießen. »Zyklus 10 ist die letzten 24 Stunden durchgelaufen«, berichtete er am 27. Januar 1950 an von Neumann. »Übrigens: Warnung in Sachen Leitfähigkeit: Wir mussten im Zyklus 9 das Zeitintervall in 5 Abschnitte unterteilen. Die Hydrodynamik ist zumindest bis jetzt weit davon entfernt, eine Gefahr zu sein. Sie ist vielmehr die einzige Hoffnung, dass das Ding laufen wird!«[58]

Die klassische Super stand und fiel damit, dass es gelang, das Deuterium (oder Tritium) auf die 100 Millionen oder mehr Grad zu erhitzen, die für die Entzündung erforderlich waren. Wenn das überhaupt klappen sollte, musste es schnell passieren, bevor die Ausdehnung des heißen Materials das ganze Paket auseinanderfliegen ließ und der Strahlungsverlust das Material abkühlte. »Bei der geplanten Anordnung für die Superbombe verlief der hydrodynamische Zerfall schneller als der Aufbau und der Fortgang der Reaktion«, erklärte Ulam später.[59] Die Bombe würde »verhungern«.

Ulam hatte in den Wochen, in denen er die Fortschritte bei den Berechnungen verfolgt hatte, bemerkt, dass die hydrodynamischen Kräfte, die die Bombe destabilisierten, bevor der Brennstoff die Zündtemperatur erreichte, vielleicht sinnvoll in die Anordnung integriert werden könnten. Erhöhter Druck bewirkt erhöhte Dichte. Und erhöhte Dichte führt nicht nur zu höheren Temperaturen, sondern auch zu geringerer Lichtdurchlässigkeit. Komprimiert man heißes Plasma, wird es nicht nur heißer, sondern auch schwärzer. Und das war ein Effekt, den man nutzen konnte.

»Was du mir über die Vorgänge bei Zyklus 10 berichtest, ist sehr interessant«, antwortete von Neumann am 7. Februar. »Ich brauche dir nicht zu sagen, was ich bei unserem ›Sieg‹ empfinde. Es bleiben jedoch noch genügend Probleme übrig.«[60] Der »Sieg« war die öffentliche Ankündigung des US-Präsidenten Truman am 31. Januar 1950, er werde die Atomenergie-Kommission in Reaktion auf den sowjetischen Bombentest vom 29. August 1949 (entgegen der Empfehlung Oppenheimers und des Beratenden Ausschusses) anweisen, »ihre Arbeit an allen Varianten atomarer Waffen fortzuführen, einschließlich der sogenannten Wasserstoff- oder Superbombe«. Lewis Strauss hatte unter Berufung auf das Geständnis von Klaus Fuchs erklärt, die Sowjets, bei denen es keinen zum Innehalten mahnenden Oppenheimer gebe, seien vielleicht schon weiter. Teller erhielt endlich Zugriff auf unbegrenzte Ressourcen, und ein Test (»Greenhouse George«) wurde anberaumt, der zeigen sollte, ob eine kleine Probe des Deuterium-Tritium-Gemischs zur Zündung gebracht werden konnte.

Dann schüttelte Ulam eine Überraschung aus dem Ärmel. Er hatte dabei, so überliefert es Bethe, nicht einmal das Problem der Super im Auge, sondern die Frage, wie man eine zweistufige Atombombe mit sehr hoher Sprengkraft bauen könnte. »Ohne dass ich es mitbekommen hatte, hatte Stan sich weiterhin Gedanken über die Probleme gemacht – mehr weil ihn die wissenschaftliche Herausforderung reizte, als wegen irgendwelcher politischen oder militärischen Ziele«, erklärt Françoise. »Und plötzlich stieß er auf einen vollkommen neuen und faszinierenden Ansatz.«

»Ich traf ihn mittags zu Hause an, wie er versunken aus einem Fenster starrte, mit einem sehr seltsamen Gesichtsausdruck«, erzählt sie. »Ich werde nie den in die Ferne gerichteten Blick vergessen. Er betrachtete den Garten, ohne ihn zu sehen, und dann sagte er mit einer dünnen Stimme, die ich noch heute im Ohr habe: ›Ich habe einen Weg gefunden, wie sie funktioniert.‹«

»›Wie was funktioniert?‹, fragte ich.«

»›Die Super‹, antwortete er. ›Es ist eine völlig andere Konzeption, und sie wird den Gang der Geschichte verändern.‹«[61]

Ulam besprach sich sofort mit Carson Mark und Norris Bradbury und einen Tag später mit Edward Teller. Teller, der sich fast ein Jahrzehnt lang mit dem Problem herumgeschlagen hatte, wartete sogleich mit einem Verbesserungsvorschlag für die Idee Ulams auf und holte den jungen Wiener Physiker Frederic de Hoffmann dazu, dessen erste Berechnungen zeigten, dass der neue Ansatz wahrscheinlich funktionieren würde. »Neben mir war Freddy de Hoffmann der Einzige, der die Super wirklich entwickeln wollte.«[62] Der damals 20-jährige Hoffmann hatte auch die Flugbahnen für die beiden über Japan abgeworfenen Atombomben berechnet.

Teller gab seinem 1955 erschienenen Rückblick auf die Entwicklung der A-Bombe den Titel »The Work of Many People«, ein ehrlicher Versuch, das Verdienst mit denen zu teilen, die die Bombe möglich gemacht hatten. Hans Bethe hatte seine eigene Darstellung 1954 niedergeschrieben und darin Teller bescheinigt, er sei während der Entwicklungsarbeit an der Atombombe »der Erste gewesen, der den Gedanken äußerte, die Implosion werde das spaltbare Material innerhalb der Bombe über die normale Verdichtung hinaus komprimieren«. Er vermied es jedoch, Teller auch das Hauptverdienst an dem Durchbruch in Richtung Wasserstoffbombe zuzuschreiben. »Es ist schwierig, einem Nichtwissenschaftler die Neuartigkeit des neuen Ansatzes zu erläutern«, schrieb er. »Es war eine vollkommen unerwartete Abkehr von dem bis dahin verfolgten Konzept. Teller hatte das auch nicht vorausgesehen, sonst wäre er zuletzt nicht so entmutigt gewesen.«[63]

Ulam äußerte die Vermutung, es sei vielleicht Tellers verbissenes Festhalten an seinem ursprünglichen Konzept gewesen, das ihn daran gehindert habe, selbst früher auf einen praktikablen Ansatz zu kommen. Ulam legte Wert auf die Feststellung, das höchste Lob verdienten eigentlich »die enorm vielen Berechnungen zu den allgemeinen physikalischen Grundlagen der Prozesse, die technischen Entwurfsplanungen und die Anstrengungen zur Vermeidung von ›Nebenwirkungen‹, die das Funktionieren der Bombe untergraben hätten«. Und wenn man schon einzelne Personen hervorheben wolle, schrieb er an Bethe, »kann die Rolle Fermis kaum überbewertet werden, der zu einer entschiedenen Abkehr vom ursprünglichen, aussichtslosen Ansatz geraten hat«.[64]

Der heute als »Teller-Ulam-Design« bekannte Durchbruch wurde im Februar 1951 erzielt und am 9. März unter der Autorenschaft der beiden Männer »veröffentlicht« – 20 als geheim eingestufte Exemplare wurden gedruckt und verteilt. »Man könnte die Anordnung als heterokatalytisch bezeichnen, weil sie die Reaktion eines Systems durch die Ingangsetzung einer Reaktion in einem anderen System erreicht«, erklärten Teller und Ulam.[65] »Diese neue Idee krempelte das Konzept der Super in das der herrlich funktionsfähigen Wasserstoffbombe um«, sagt Harris Mayer, der mithalf, das »bemerkenswert komplexe und teuflisch interessante« Design auszuarbeiten. Mayers Spezialdisziplin war die Strahlungsdurchlässigkeit, konkret das Phänomen, dass es Materiezustände gibt, bei denen die Strahlungsdurchlässigkeit in bestimmten Temperaturbereichen zunimmt oder abnimmt. Ein eingehendes Verständnis dieses Phänomens kann die Möglichkeit eröffnen, Anordnungen so zu gestalten, dass Strahlung dorthin geht, wo man sie haben will, und an ihrem Zielort entweder absorbiert oder umgewandelt wird. »Die Natur«, sagt Mayer, »hatte in die Eigenschaften des Strahlungsgangs großzügige Puffer eingebaut.«[66] Wie Mayer betont, sei seinerzeit »niemand der Meinung gewesen, die entscheidende Person bei der Entwicklung der neuen Wasserstoffbombe sei Stan gewesen«. Das habe sich erst durch die Oppenheimer-Affäre geändert. Diese habe »alle Leute so sehr gegen Edward aufgebracht, dass sie danach vom Teller-Ulam-Design sprachen«.[67]

»Ulam hörte nicht auf, auch über scheinbare Nebensächlichkeiten nachzudenken«, sagt Theodore B. Taylor, talentierter Co-Architekt der Los-Alamos-Bomben und seinerzeit sowohl mit Ulam als auch mit Teller befreundet. »Ob er so auf den Gedanken kam, dass die Umkehrung des Compton-Effekts nicht zu einem Energieabfluss führen, sondern eine höhere Dichte hervorrufen würde, in der man eine ausreichend schnelle Reaktionsrate und eine ausreichend hohe Temperatur bekommt, weiß ich nicht.« Taylor rechnet beiden Seiten Verdienste an. »Meiner Ansicht nach erkannten beide etwa gleichzeitig, dass das Komprimieren der richtige Weg ist«, sagt er. »Die Frage lautete dann: Wie kriegt man es komprimiert? Es war Ulam, der das Thema ansprach, und soweit ich weiß, sagte dann Teller: ›Hey, das ist spitze, aber nutzen wir dafür doch lieber die Strahlung als die Hydrodynamik.‹ Und dann wurde alles klar.«[68]

Die klassische Super war acht Jahre lang nicht vorangekommen; jetzt lag ein Konzept vor, das nach nur 19 Monaten seinen ersten Praxistest bestehen sollte. Das erste Treffen, bei dem die Implikationen des neuen Ansatzes besprochen wurden – Teilnehmer waren Oppenheimer, Teller, von Neumann, Bethe, Fermi und John Wheeler –, fand im Juni 1951 im Arbeitszimmer Oppenheimers am Institute for Advanced Study statt. »Alle Spitzenleute saßen an einem Tisch, und wir arbeiteten zwei Tage daran«, berichtete Gordon Dean, ein Teilhaber der Bank Lehman Brothers, der den Vorsitz der AEC übernahm. »Nach diesen zwei Tagen waren wir alle überzeugt, dass wir auf dem richtigen Weg waren. … Von diesem Moment an begann die Sache zu laufen, und sie lief sehr schnell.«[69]

Was nun begann, war eine Neuauflage von 1943. »Als mir klarwurde, wie es gehen konnte, stand für mich fest, dass man das Ding herstellen musste«, sagte Oppenheimer bei seiner Sicherheitsanhörung aus. »Das Arbeitsprogramm von 1949 war eine Krücke gewesen, in technischer Hinsicht vollkommen unausgereift. Man konnte deshalb die Position vertreten, dass man sie nicht wollte, selbst wenn man sie hätte haben können. Dagegen war das Konzept von 1951 technisch so brillant, dass es darüber keine zwei Meinungen gab.«[70] Alles hing davon ab, dass die H-Bombe beim ersten Versuch funktionierte.

Strauss wurde ungeduldig und entwickelte ein zunehmendes Misstrauen gegen Oppenheimer, den er doch selbst zum Direktor des IAS gemacht hatte. Ausweislich des Protokolls einer Unterredung über den Widerstand der Oppenheimer-Gruppe gegen die H-Bombe klagte Strauss: »Erst sprachen sie sich aus moralischen Gründen dagegen aus, dann mit der Begründung, es gebe dafür keine militärischen Ziele; ... und jetzt wollen sie [*unkenntlich gemacht*] bauen, die noch nicht einmal eine nach oben offene Waffe wäre.«[71] Die unkenntlich gemachte Stelle bezieht sich wahrscheinlich auf die Super Oralloy Bomb (SOB), die größte je gebaute Kernspaltungswaffe. Konzipiert von Ted Taylor, setzte die SOB, als sie am 15. November 1952 bei Eniwetok getestet wurde, 500 Kilotonnen frei; sie sollte als Beleg dafür dienen, dass eine halbe Megatonne Sprengkraft für jeden vorstellbaren militärischen Einsatzzweck ausreichen würde. Lewis Strauss hielt eine halbe Megatonne hingegen nicht für ausreichend.

Die Beziehungen zwischen dem IAS und der AEC waren kompliziert. »Anfang 1952 fanden ... einige Umbesetzungen statt«, erklärt Klári. »Johnny wurde Mitglied im Allgemeinen Beratenden Ausschuss, dessen Vorsitz nach wie vor Oppenheimer innehatte; Lewis Strauss gehörte dem Ausschuss nicht mehr an, war aber unterdessen Präsident des Kuratoriums des Institute for Advanced Study geworden, dem Johnny als Mitglied und Robert als Direktor angehörten.« Der 1947 von Präsident Truman in die AEC berufene Strauss amtierte dort bis 1950 und kehrte 1953, von Präsident Eisenhower berufen, als Vorsitzender in die Kommission zurück. »Anfang des Jahres 1954«, erzählt Klári, »sah die Gemengelage wie folgt aus: Am Institut unverändert – Johnny Mitglied, Oppenheimer Direktor, Strauss Präsident. In der Atomenergie-Kommission: Johnny Mitglied des Beratenden Ausschusses, Lewis Vorsitzender der Kommission, Robert weg vom Fenster.«[72]

Das Ausmaß der Waffenentwicklung, die am Institut betrieben wurde, unterlag der Geheimhaltung, aber das Kommen und Gehen von Leuten aus Los Alamos und von der AEC ließ sich schwerlich verbergen, und woran sie arbeiteten, war leicht zu erraten. »Der Zweck der Übung war«, sagt Ted Taylor über den Von-Neumann-Computer, »die gekoppelten hydrodynamischen und Strahlungsvorgänge zu berechnen, die man für die H-Bombe brauchte.«[73] John Wheeler verlagerte sein kleines Team aus Los Alamos an die Princeton University. Hier starteten sie im Rahmen eines Subkontrakts mit Los Alamos das »Projekt Matterhorn« – die Aufbereitung thermonuklearer Berechnungen für den IAS-Rechner, die sie allerdings zunächst über den SEAC-Rechner laufen ließen, weil der früher zur Verfügung stand.

»Die Mathematiker wussten mit Sicherheit, dass geheime Arbeiten gemacht wurden«, sagt Freeman Dyson, der 1948 nach Princeton gekommen war. »Vielleicht war ihnen nicht klar, dass es sich um die Wasserstoffbombe handelte, aber das war eigentlich kaum zu übersehen. Und sie waren entschieden dagegen.« Der breite öffentliche Widerstand gegen oberirdische Bombentests sollte erst später kommen, doch von Anfang an wurde die Wasserstoffbombe aus grundsätzlichen humanitären Gründen abgelehnt. »Es machte einen sehr schlechten Eindruck, dass sich in der Fuld Hall dieser Tresor mit all diesen Geheimsachen Oppenheimers darin befand«, erklärt Dyson. »Und es war nicht nur der Tresor, es gab da auch zwei bewaffnete Wachleute. Es sah wirklich ziemlich furchterregend aus.« Virginia Davis, die als Gefährtin des Logikers

Martin Davis 1952 ans Institut kam, erinnert sich, dass sie einmal das eingestaubte Auto von Neumanns mit der Parole »STOP THE BOMB« schmückte.

Bei einem Briefing, auf dem Edward Teller und die RAND Corporation referierten, stand, wie Oppenheimer später berichtete, der US-Luftwaffenminister Thomas K. Finletter auf und sagte: »Gebt uns diese Waffe, und wir werden die Welt beherrschen.«[74] Oppenheimer, der unter General Groves bereitwillig für die Army gearbeitet hatte, sperrte sich gegen die Air Force. »Johnny verstärkte seine militärischen Aktivitäten stetig«, sagt Klári, »während Robert sich allmählich davon entfernte.«[75]

Am 23. Februar 1950 erhielt Julian Bigelow seine Sicherheitsfreigabe der Stufe Q, die ihm Zugang zu atomaren Geheimsachen gewährte. Am 14. März teilte die AEC dem Institut mit, es müsse alle Mitarbeiter, die an einem von der AEC beauftragten Projekt mitwirkten, »anweisen, der Öffentlichkeit gegenüber keinerlei sachliche Angaben über thermonukleare Vorgänge zu machen oder Kommentare dazu abzugeben«. Am 17. März wurde diese Weisung in Reaktion auf Oppenheimers entschiedenen Widerspruch dahingehend präzisiert, dass ungeachtet des Geheimhaltungsgebots »Diskussionen über das, was man als klassische thermonukleare Reaktionen bezeichnen könnte«, nach wie vor gestattet seien, »solange dabei nicht auf die Waffen Bezug genommen wird«.[76] Rechenmodelle zur Sternenentwicklung durften weiterhin veröffentlicht werden, doch Programmcodes für nukleare Waffen mussten unter Verschluss bleiben.

»Ende 1950«, berichtete Bigelow, »funktionierte der Rechner einwandfrei. Im Verlauf des Frühjahres 1951 stand uns die Maschine für zunehmend längere Zeiten zur Verfügung, und die Programmierer speisten ihre Programme ein, für Probeläufe, Fehlerbeseitigung usw. Der Anteil der Maschinenfehler war so weit gesunken, dass die meisten auftretenden Fehler in ihren eigenen Programmen steckten.«

»Im Sommer 1951 kam ein Wissenschaftlerteam aus Los Alamos und beschäftigte den IAS-Rechner mit einer großen thermonuklearen Berechnungsaufgabe; sie lief rund 60 Tage lang rund um die Uhr ohne Unterbrechung«, erinnert sich Bigelow. »Der Rechner war also zum Leben erwacht.«[77]

Das digitale Universum und die Wasserstoffbombe erblickten gleichzeitig das Licht der Welt. »Es ist eine Ironie des Schicksals«, kommentiert Françoise Ulam, »dass ein wesentlicher Teil unserer heutigen Hightech-Welt – die Weltraumfahrt, die außerordentlichen Fortschritte in Biologie und Medizin – aus der Notwendigkeit resultierte, elektronische Computer zu entwickeln, mit denen man berechnen konnte, ob eine Wasserstoffbombe gebaut werden konnte oder nicht.«[78]

John von Neumann, Mitglied des Institute for Advanced Study, widmete nun den größten Teil seiner Zeit der Waffenentwicklung, während Stan Ulam, Mitglied der waffentechnischen Forschungseinrichtung von Los Alamos, den größten Teil seiner Zeit mit mathematischer Grundlagenforschung verbrachte. Während von Neumann sich in die Arbeit an interkontinentalen ballistischen Raketen (ICBM) stürzte, begann Ulam darüber nachzudenken, ob und wie man umgekehrt Bomben für das Abfeuern von Raketen benutzen könnte.

»Die Idee, Raumfahrzeuge nuklear anzutreiben, wurde geboren, kaum dass die Atomenergie Realität geworden war«, erklärt er. Während andere, die das Trinity-Testgelände besuchten, über die Gründlichkeit staunten, mit der die Bombe den Turm, auf dem sie gezündet worden war, pulverisiert hatte, stellte Ulam fest, dass die Stahlträger am Fuß des Turms die Explosion intakt überstanden hatten. Vielleicht konnten auch andere Objekte eine atomare Detonation überstehen und gezielt in eine Richtung bewegt werden. Die Frage, ob die von einer kleinen Kernspaltungsbombe freigesetzte Energie sich so nach außen kanalisieren ließ, dass sie ein Raumfahrzeug nach vorne katapultieren konnte, ähnelte gedanklich der Frage, ob sich diese Energie nach innen kanalisieren ließ, um die Implosion einer thermonuklearen Bombe auszulösen. Ulam krempelte das Wasserstoffbomben-Design nach außen.

1955 verfasste Ulam gemeinsam mit Cornelius Everett einen Geheimbericht mit dem Titel *On a Method of Propulsion of Projectiles by Means of External Nuclear Explosions* (»Über ein Verfahren für den Antrieb von Projektilen mittels externer nuklearer Explosionen«). Die Autoren äußerten darin die Vermutung, »wiederholte nukleare Explosionen außerhalb des Gehäuses eines Projektils« könnten »ein Mittel zur Beschleunigung solcher Objekte auf Geschwindigkeiten in der Größenordnung von 10^6 Zentimeter pro Sekunde« sein. Damit seien Geschwindigkeiten erreichbar, die sich »im Bereich der für die interkontinentale Kriegführung gedachten Raketen« bewegen und vielleicht sogar ein »Entkommen aus dem Schwerefeld der Erde« ermöglichen würden.[79]

Dieser Bericht blieb zwei Jahre lang unbeachtet liegen, bis nach der Aussetzung des sowjetischen *Sputnik* Ted Taylor die Idee aufgriff und auf der Grundlage von Ulams Konzept Pläne für ein Raumschiff entwickelte. Das Projekt Orion, finanziert anfänglich von der dem US-Verteidigungsministerium unterstellten Advanced Research Projects Agency (ARPA) und später von der Luftwaffe, wurde acht Jahre lang ernsthaft verfolgt. »Es erinnert an Jules Vernes Idee, eine Rakete auf den Mond zu schießen«, erklärte Ulam Anfang 1958 bei einer Befragung durch Senator Albert Gore.[80] Am 1. April 1958 legte Ulam einen weiteren Bericht vor: *On the Possibility of Extracting Energy from Gravitational Systems by Navigating Space Vehicles* (»Über die Möglichkeit, Energie für die Fortbewegung von Raumschiffen aus Gravitationssystemen zu gewinnen«). Er sondierte darin die Möglichkeit, ein Raumschiff als eine Art »Maxwellschen Dämon« zu betreiben, der mit Hilfe intelligenter Computerprogramme eine Flugbahn einschlägt, die es ihm erlaubt, im Vorbeiflug an Himmelskörpern etwas von deren Gravitationsenergie aufzunehmen, um auf diese Weise seinen begrenzten Treibstoffvorrat zu verlängern.

James Clerk Maxwell, Namensgeber sowohl für die Gleichungen, die das Konzept des elektromagnetischen Feldes begründeten, als auch für die Verteilung der kinetischen Energie zwischen Gaspartikeln, erschuf 1871 ein imaginäres Wesen – von Lord Kelvin 1874 auf den Namen »Maxwellscher Dämon« getauft –, »dessen Fähigkeiten so geschärft sind, dass es jedes Molekül bei dessen Bewegung verfolgen kann«.[81] In dem Gedankenexperiment schlägt der Dämon dem zweiten Hauptsatz der Thermodynamik ein Schnippchen, indem er einen Teilabschnitt eines ansonsten geschlossenen Systems ohne Anwendung physischer Arbeit aufheizt, einfach indem er jeweils zum exakt richtigen Zeitpunkt eine kleine Falltür öffnet, um schnelle Moleküle herein- und langsame Moleküle hinauszulassen. Die Maxwell'sche Energieverteilung beschreibt, wie kinetische Energie sich tendenziell innerhalb einer Teilchen-Population gleichmäßig verteilt, ohne dass es dafür einer übernatürlichen Intelligenz bedürfte. Leichte Teilchen werden sich dabei im Endeffekt schneller bewegen als schwere Teilchen. Ein Raumschiff wird sich, wenn genug Zeit verstreicht, irgendwann schneller bewegen als ein Planet. Maxwell entwickelte diese Ideen (die später Eingang in die Thermodynamik fanden) zuerst, um die Verteilung der Partikel, aus denen die Saturnringe bestehen, in Abhängigkeit von ihrer Größe und Geschwindigkeit zu erklären.

Ulam machte nun folgendes Gedankenexperiment: »Stellen wir uns eine Rakete vor, die zwischen Sonne und Jupiter ihre Bahn zieht, sagen wir in einem Orbit, der ungefähr dem des Mars entspricht. … Die Frage lautet, ob sie mit Hilfe gutgeplanter Annäherungen an den Jupiter und anschließender stärkerer Annäherungen an die Sonne ihre kinetische Energie beispielsweise verzehnfachen könnte. … Durch Steuerung der Rakete kann man ihr in einem bescheidenen Ausmaß die Eigenschaften eines Maxwellschen Dämons verpassen …, um die benötigte Zeit für das Erreichen sehr hoher Geschwindigkeiten um viele Größenordnungen zu verkürzen.«[82]

»Ich weiß noch, dass Stan über die Möglichkeit sprach, einen Maxwellschen Dämon zu kreieren – dass das eine physikalisch machbare Sache sei«, erinnert sich Ted Taylor. Die dafür erforderliche Rechner-Intelligenz, die 1958 als eine der größten Hürden galt, wäre heute das geringste Problem. »Die Berechnungen, die man für das Planen von Bahnveränderungen anstellen müsste, könnten nach Umfang und Schwierigkeitsgrad prohibitiv sein«, warnte Ulam damals.[83]

Ulam schien den zweiten Hauptsatz der Thermodynamik aushebeln zu wollen, indem er ohne sichtbare Zuführung von Energie nützliche Arbeit leistete, einfach durch das Öffnen von Türen für die richtigen Ideen zum richtigen Zeitpunkt. Vier der innovativsten Ideen des 20. Jahrhunderts – das Monte-Carlo-Verfahren, das Teller-Ulam-Design, die Theorie der sich selbst reproduzierenden zellulären Automaten und die Nutzung nuklearer Impulse für Antriebszwecke – gingen ganz oder teilweise auf Stan Ulam zurück. Drei der vier erwiesen sich als über alle Maßen erfolgreich, die vierte wurde ausrangiert, bevor sie eine Bewährungschance erhielt.

Das Monte-Carlo-Verfahren war die Realisierung jener Vision, die Maxwell nur als Utopie formulieren konnte: die Möglichkeit, ein physikalisches System auf elementarer Ebene zu beobachten, als wären unsere »Fähigkeiten und Instrumente so geschärft …, dass wir jedes Molekül entdecken, fassen und durch alle seine Bahnen verfolgen können«.[84] Das Teller-Ulam-Design realisierte eine Variante des Maxwellschen Dämons: In einem abgeschlossenen Raum wurde eine Temperatur höher als im Inneren der Sonne erzeugt, indem man ihm einen Strahlungsschub verpasste und die Strahlung für die Dauer eines Augenblicks nicht wieder hinausließ. Ebenso entwickelten sich auch Ulams selbstreproduzierende zelluläre Automaten, indem man Ordnung hinein-, aber keine Ordnung hinauslässt.

Als Nicholas Metropolis und Stanley Frankel die ersten Bombenberechnungen für den ENIAC zu codieren begannen, mussten sie sich mit einem eindimensionalen Universum begnügen, verkörpert von einer einzigen Linie, die vom Mittelpunkt der Bombe nach außen wies. Ulam begann sich daraufhin Gedanken darüber zu machen, wie sich in einem eindimensionalen Universum eine Kosmologie entwickeln könnte. »Hat sich schon einmal jemand mit dem folgenden Problem befasst, das mir sehr hübsch erscheint?«, schrieb er im Februar 1949 an von Neumann. »Man stelle sich vor, ich hätte auf einer unendlichen Linie – minus unendlich bis plus unendlich – die ganzzahligen Punkte jeweils mit einer Wahrscheinlichkeit von, sagen wir, 1/2 mit materiellen Punktmassen besetzt – hätte mithin also folgende Situation:« Er fügte eine Skizze an, die eine Zufallsverteilung von Punkten auf einer Linie zeigte. »Das ist eine Verteilung zum Zeitpunkt T = 0.«

»Jetzt wirken zwischen diesen Punkten $1/d^2$ Kräfte (wie die Gravitation)«, fuhr er fort. »Was wird passieren für T>0? Ich behaupte, es werden sich schnell Kondensierungen bilden – nimm der Einfachheit halber an, dass Punkte, wenn sie sich berühren, aneinander haften bleiben – mit netten Masseverteilungen Gauss'scher Art. Die nächste Stufe wäre, dass sich größere Zusammenballungen bilden – etwas langsamer, aber mit Sicherheit.« So entwickelte Ulam den Gedanken, dass dieses simple eindimensionale Universum bald anfangen würde, »in etwa wie das reale Universum auszusehen: mit Sternen, Clustern, Galaxien, Supergalaxien usw.«. Er erkundete sodann den Gedanken, was unter der Bedingung der Zwei- oder sogar der Dreidimensionalität passieren könnte, indem er etwa Elektromagnetismus und Licht als weitere Faktoren einführte. Eine seiner Schlussfolgerungen war, dass die Entropie abnimmt und eine abnormale Ordnung zum Tragen kommt.[85]

Ulam ließ sich bei den Überlegungen für ein zweidimensionales zelluläres Universum unter anderem durch die hydrodynamischen Codes anregen, die in den Bombenberechnungen angewandt wurden. »Ich erörterte das zelluläre Modell in den späten 1940er Jahren mit von Neumann«, schrieb er später an Arthur Burks.[86] Ähnliche Diskussionen führte er offenbar auch mit Nick Metropolis.[87]

Unterdessen trug sich in unserem dreidimensionalen Universum um 7:14:59 Uhr Ortszeit am 1. November 1952 etwas zu, an dem das Teller-Ulam-Design, der Monte-Carlo-Algorithmus, der IAS-Rechner, die Ressourcen von Los Alamos und die 11 652 für die Task Force 132 rekrutierten Personen ihren Anteil hatten: Im Südpazifik detonierte »Ivy Mike«, die erste Wasserstoffbombe.

Groß wie ein Eisenbahnwaggon, wog Ivy Mike, dessen nichtnukleare Teile die American Car and Foundry Co. in Buffalo, New York gebaut hatte, rund 80 Tonnen, die zum größeren Teil auf das Konto des auf minus 250 Grad Kelvin abgekühlten Deuteriums in einem dickwandigen Stahltank gingen, das durch die Explosion einer Spaltungsbombe vom Typ TX-5 gezündet wurde. Bei der Detonation auf der Oberfläche einer kleinen Insel im Eniwetok-Atoll setzte Mike 10,4 Megatonnen Energie frei – das entsprach rund 750 Hiroshima-Bomben. Die Detonation verdampfte und pulverisierte 80 Millionen Tonnen Korallenmasse und erzeugte einen 49 Meter tiefen Krater mit einem Durchmesser von zwei Kilometern, »genug, um 14 Gebäude von der Größe des Pentagon darin unterzubringen«, wie es in einem der amtlichen Berichte hieß. Ein Gedanke, der Ulam weniger als drei Jahre zuvor zugeflogen war, als er seinen Blick über den Garten hatte schweifen lassen, hatte jetzt die Insel Elugelab von der Landkarte getilgt.

Ulam, der sich aus Los Alamos hatte beurlauben lassen und in Harvard weilte, kam Anfang November nach New York City, wo er sich mit von Neumann traf, vermutlich um Neuigkeiten aus erster Hand zu erfahren. Dem Vernehmen nach führten sie ein langes Gespräch auf einer Bank im Central Park. Es existiert kein schriftliches Zeugnis davon, doch lässt die Lektüre etlicher von den beiden in der Folge gewechselten Briefe erahnen, dass sie sich unter anderem über die Möglichkeit unterhielten, ein digitales Universum zum Leben zu erwecken.

»Nur dank unseres Gesprächs auf der Bank im Central Park habe ich begriffen ..., dass das Gegebene ein tatsächlich unendliches System von Punkten ist (wobei die tatsächliche Unendlichkeit der Hervorhebung wert ist, weil in einem endlichen Modell, so groß es auch sein mag, nichts einen Sinn ergibt)«, konstatierte Ulam. Dann hielt er in dürren Worten fest, wie er und von Neumann sich die Evolution turingvollständiger (oder »universeller«) zellulärer Automaten innerhalb eines digitalen Universums aus miteinander kommunizierenden Speicherzellen ausgemalt hatten. Die Definitionen müssten, wie Ulam betonte, mathematisch präzise formuliert werden:

> Ein ›universeller‹ Automat ist ein endliches System, das zu einer beliebigen logischen Eingabe (in Form einer linearen Menge L) auf einem zugehörigen Band in bestimmten Feldern

die Antwort wahr oder falsch erzeugt. (Universell sollte dabei im relativen Sinn verstanden werden: mit Bezug auf eine Klasse von Problemen, die tatsächlich auch entscheidbar sind). Das ›beliebig‹ bezieht sich auf eine Klasse von Eingaben wie bei Turing – oder auch eine kleinere oder größere. … Ein Organismus (oder gibt es irgendeinen Grund, vor diesem Begriff Angst zu haben?) ist ein universeller Automat, der in einem ihn umgebenden trägen oder nur ›regellos aktivierten‹ Raum weitere ihm gleichende Automaten erzeugt.

Danach skizzierte er ein mathematisches Modell der Evolution solcher Organismen zu vielfältigen Formen.

Angenommen, es gäbe für jede Zelle nur zwei Zustände und die Beziehungen zwischen benachbarten Zellen würden nur einfachste Veränderungen induzieren. Das Problem wäre, nachzuschauen, ob es Behälter voller Zellen dieser Art gibt mit jeweils n (n groß!) Elementen darin, dann beträgt die Zahl der Zustände 2n für jeden Behälter; jetzt teilen wir die 2n Zustände in K Klassen auf (K klein wie 20) und bezeichnen jede Klasse als einen Zustand des Behälters. Diese Behälter werden dann vielleicht in der Lage sein, die Rolle unserer heutigen Zellen zu spielen.

Am Ende sah Ulam ein, dass man sich statt mit einem deterministischen Modell vielleicht mit einem stochastischen behelfen musste, das »leider mit einem enormen Ausmaß an probabilistischem Überbau einhergehen müsste. Nach meinem Dafürhalten sollte man das vermeiden, sofern es nicht die Krux des Schöpfungs- und Evolutionsproblems berührt – was es vielleicht tut?«[88]

Ulam kehrte bald darauf nach Los Alamos zurück, und fünf Monate später erreichte die wissenschaftliche Welt die Nachricht von der Entschlüsselung der DNA-Struktur. Es wurde nun klar, wie Gensequenzen sich vervielfältigen und wie genetische Informationen von Nukleinsäureketten auf Aminosäuren und auf Proteine übertragen werden; nach welchen Übertragungsregeln dies geschieht, blieb allerdings ein Rätsel. Dieses Rätsel – wie das Leben die Übersetzung zwischen Sequenz und Struktur bewerkstelligt und dabei Variationsbandbreiten nicht nur toleriert, sondern aktiv nutzt – sollte Ulam noch bis an sein Lebensende beschäftigen.

Das Übertragungsrätsel fesselte auch die Aufmerksamkeit des aus Russland stammenden Physikers George Gamow, der am 20. Juli 1953 das folgende Telegramm an Ulam schickte:

LIEBER STAN, HABE PROBLEM FÜR DICH UNTER VERWENDUNG VON 20 UNTERSCHIEDLICHEN BUCHSTABEN EIN LANGES ZUSAMMENHÄNGENDES WORT ZU SCHREIBEN MIT EINIGEN 1000 BUCHSTABEN DARIN. WIE LANG MÜSSTE DIESES WORT SEIN, DASS MAN MIT EINIGER WAHRSCHEINLICHKEIT IN IHM ALLE AUS ZEHN BUCHSTABEN ZU BILDENDEN WÖRTER FINDET? BITTE TELEGRAFIERE.[89]

Ulam antwortete postwendend aus Los Alamos:

BITTE TELEGRAFIERE OB ÜBERSPRINGEN VON BUCHSTABEN IM LANGEN WORT ZULÄSSIG IST UM DIE 10-BUCHSTABEN-WÖRTER ZU BILDEN. WENN JA, ANTWORT ZIEMLICH KURZ. WENN NUR AUFEINANDERFOLGENDE BUCHSTABEN ZULÄSSIG ERGEBNIS VIEL GRÖSSER ALS ZEHN HOCH 20 UND CARSON WIRD DIESES WORT PER NACHNAHME SCHICKEN. LIEBE, STAN.[90]

KAPITEL ZWÖLF

Barricellis Universum

> Der Sternenschöpfer … konnte die verschiedenartigsten Universen schaffen und sah sich dabei nur von der Logik begrenzt. Auf diese Weise vermochte er die überraschendsten Naturgesetze hervorzubringen, konnte jedoch aus zweimal zwei niemals fünf werden lassen.
>
> *Olaf Stapledon, 1937*[1]

»Gott würfelt nicht«, äußerte Albert Einstein 1936 im Gespräch mit dem Physiker Max Born. Von Vorbehalten gegen Spielkarten ist hingegen nichts bekannt. »Jede rote Karte (Herz und Karo) ist als +1 gewertet worden, jede schwarze (Pik und Kreuz) als –1«, erklärte Nils Barricelli, als er die Speicherregister des IAS-Rechners im März 1953 mit Zufallszahlen fütterte. »Um jede erdenkliche Korrelation zwischen den gezogenen Karten auszuschließen, haben wir nie mehr als zehn Karten am Stück herausgezogen, ohne den Stapel neu zu mischen.«[2]

Nils Aall Barricelli, dem Gerald Estrin einen »ganz wunderbaren, köstlichen Akzent« bescheinigte, kam am 24. Januar 1912 als Sohn einer norwegischen Mutter und eines italienischen Vaters in Rom zur Welt.[3] Er studierte bei Enrico Fermi mathematische Physik und entwickelte sich zu einem stimmkräftigen Kritiker Mussolinis, dessen Aufstieg zur Macht ihn bewog, nach Abschluss seines Studiums an der Universität in Rom 1936 mit seiner jüngeren Schwester und seiner noch nicht lange geschiedenen Mutter nach Norwegen überzusiedeln. Er hielt an der Universität Oslo Vorlesungen über Einsteins Relativitätstheorie, veröffentlichte ein Buch mit Vorlesungsmanuskripten über Wahrscheinlichkeitstheorie und Statistik und verbrachte die Kriegsjahre damit, eine Doktorarbeit über die statistische Analyse von Klimaschwankungen zu verfassen, die er 1946 einreichte.[4] »Sie umfasste allerdings 500 Seiten und wurde als zu lang befunden, um gedruckt zu werden«, erzählt Barricellis früherer Student Tor Gulliksen. »Er weigerte sich, sie auf eine akzeptable Größe zu kürzen, und entschied sich stattdessen dafür, auf seinen Doktortitel zu verzichten!«[5]

Barricelli war ein kompromissloser Nonkonformist, immer bereit, akzeptierte Lehrmeinungen in Frage zu stellen, von der Darwinschen Evolutionstheorie bis zu Gödels Unvollständigkeitssätzen. »Er war überzeugt, dass jede mathematische Aussage entweder bewiesen oder widerlegt werden kann, und behauptete kategorisch, Gödels Beweis sei fehlerhaft«, sagt Simen Gaure, einer von mehreren studentischen Mitarbeitern Barricellis, die er aus eigener Tasche bezahlte und die er, bevor er sie anheuerte, einem rigorosen Auswahlverfahren unterwarf, das unter anderem die Aufgabe enthielt, einen verborgenen Fehler in einer Beweisführung zu entdecken. »Diejenigen, die den Fehler fanden, betrachtete er als noch nicht durch die mathematische Schulbildung verdorben und stellte sie ein«, fügt Gaure hinzu und erzählt, dass Barricelli die Absicht hatte, »eine Maschine zu bauen, die in der Lage sein würde, jede Aussage aus der Arithmetik und der projektiven Geometrie zu beweisen oder zu widerlegen«. Die Maschine wurde nie gebaut, aber im Zuge der Vorbereitungen darauf entwickelte Barricelli eine Programmiersprache, die er »B-Mathematik« nannte und die ihm helfen sollte, einen Zirkelschluss in Gödels Beweisführung zu entdecken. »Ich fragte ihn einmal, wofür das ›B‹ in ›B-Mathematik‹ stand«, berichtet Gaure. »Seine Antwort war, dass er darüber noch nicht entschieden habe; es könne für ›Boole‹ stehen oder für ›Barricelli‹ oder für etwas anderes.«[6]

Barricelli arbeitete an der Peripherie der akademischen Welt; nach einiger Zeit gewährte der norwegische Staat ihm ein Stipendium, das es ihm ermöglichte, mit einer eigenen kleinen Forschungsgruppe weiterhin an der Universität von Oslo zu forschen. »Er interessierte sich unter anderem für außerirdisches Leben«, sagt Kirke Wolfe, einer seiner Assistenten an der University of Washington, »und konzipierte Begriffe wie ›Leben‹ und ›Intelligenz‹ so allgemein, dass sie auch fremdartige Lebensformen umfassten.«[7] Nach Überzeugung Barricellis war die Frage nicht, ob es außerirdisches Leben gibt, sondern ob wir in der Lage wären, es zu erkennen. »Unsere begrenzte Erfahrung auf der Erde könnte sich als vollkommen unzureichend erweisen, wenn es gilt, uns ein Bild von den Lebensformen auf anderen Planeten zu machen«, schrieb er 1961 mit Blick auf die Möglichkeit, auf dem Mars und auf der Venus Leben zu finden.[8]

»Die Wissenschaft braucht in jedem Jahrhundert ein paar Barricellis«, sagt Gaure, um im selben Atemzug einzuräumen, dass Barricelli »auf einem schmalen Grat zwischen wahrhaft innovativem Denken und Scharlatanerie balancierte«.[9] Nach dem Eindruck Wolfes war er »eine Welt für sich, völlig eingenommen von dem jeweiligen Projekt, das er gerade verfolgte«. Er war gleichermaßen Italiener, Norweger und Amerikaner, aber »Herkunft und Zugehörigkeit waren ihm nicht wichtig«, sagt Wolfe. »Er ging einfach immer dorthin, wo er die Ressourcen bekam, die er für seine Arbeit brauchte.«[10] Wolfe weist auf den Gegensatz hin zwischen Barricellis Leben als einsamer Einzelkämpfer und seinem festen Glauben an das Prinzip der Symbiogenese, eines Lebensprinzips, bei dem die Zusammenarbeit zwischen den Mitgliedern einer Gruppe über das Einzelinteresse triumphiert. Nach Überzeugung Barricellis waren die Vorteile, die aus der Zusammenarbeit zwischen ansonsten miteinander konkurrierenden Individuen resultierten, ein wichtigerer Faktor des evolutionären Fortschritts als die natürliche Selektion oder das zufällige Auftreten von Varianten; in seinen numerischen Evolutionsexperimenten sah er ein Mittel, um diese These zu beweisen. »Gemäß der Theorie der Symbiogenese«, erläuterte er, »gewannen die Gene durch Symbiose erstens ungeheure Entwicklungspotentiale und zweitens ein sehr hohes Entwicklungstempo.«[11]

Barricelli entwickelte im Zuge seiner Laufbahn als Viralgenetiker mathematische Modelle und hielt sich von der Laborarbeit fern. »Er sagte, das Dumme an Experimenten sei, dass es, wenn man sie durchführte und ein Ergebnis erhielt, nicht mehr möglich sei, auf jeden Schritt, den man gemacht habe, zurückzublicken und sicherzugehen, dass jeder von ihnen korrekt war; somit sei das erhaltene Ergebnis nicht verifizierbar«, berichtet der Genetiker Frank Stahl. »Wer weiß, ob man nicht an einer Stelle eine Pipette von der falschen Größe benutzt und die falsche Menge von etwas in etwas anderes eingebracht hat?«[12]

Barricelli beharrte noch »auf der Verwendung von Lochkarten, als alle anderen schon Computerbildschirme hatten«, erzählt Gaure. »Er nannte dafür zwei Gründe. Wenn man vor einem Bildschirm sitzt, lässt die Fähigkeit, klar zu denken, nach, weil man von Nebensächlichkeiten abgelenkt wird. Wenn man seine Daten auf einem magnetischen Datenträger speichert, kann man auch nicht sicher sein, dass sie überdauern, man weiß ja nicht einmal sicher, wo sie sind.«[13]

Nach der Veröffentlichung seines Aufsatzes über »The Hypothesis of the Symbiosis of Genes« 1947 in Oslo führte Barricelli von Hand auf Millimeterpapier eine Reihe numerischer Experimente durch, deren Ergebnisse er in dem vorläufigen Bericht »Numerical models of evolutionary organisms« zusammenfasste, der ihm eine Einladung ans IAS einbrachte.

»Er muss wohl von Norwegen aus Kontakt mit von Neumann aufgenommen und ihm einige seiner Ideen vorgetragen haben«, meint sein norwegischer Landsmann Atle Selberg. »Von Neumann war ziemlich empfänglich für solche Dinge.«[14]

»Gemäß der Theorie einer Symbiose von Genen waren die Gene ursprünglich selbständige, virusartige Organismen, die sich symbiotisch zu komplexeren Einheiten verbanden«, erklärte Barricelli. »Eine ähnliche Evolution müsste bei allen Elementen möglich sein, die die dafür erforderlichen grundlegenden Eigenschaften aufweisen.«[15] Er hatte vor, diese Theorie anhand von Zeichencodes zu testen, von denen er glaubte, sie könnten sich im Speicher des neuen Rechners reproduzieren, Mutationen bilden und sich symbiotisch miteinander verbinden. Im Dezember 1951 beantragte er ein Fulbright-Stipendium mit der Möglichkeit, »unter Verwendung großer Rechenmaschinen numerische Experimente durchzuführen, um die ersten Stadien in der Evolution der Arten zu erforschen«. Da es ihm nicht gelang, rechtzeitig seine norwegische Staatsbürgerschaft nachzuweisen, lehnte das Osloer Büro der Fulbright-Stiftung seinen Antrag ab.[16]

»Barricellis Arbeiten zur Genetik, die mir höchst originell und interessant erscheinen, … werden jede Menge numerische Arbeit erfordern, die man am vorteilhaftesten mit digitalen Hochgeschwindigkeit-Rechnern eines sehr fortgeschrittenen Typs erledigen könnte«, schrieb von Neumann in seiner befürwortenden Stellungnahme.[17] »Ich habe mir ein vorläufiges Bild von den Codier- und Zeiterfordernissen gemacht. Unsere Maschine müsste in der Lage sein, Berechnungen in der von ihm genannten Größenordnung zu bewältigen.«[18] Dank eines ihm von der norwegischen Regierung gewährten Forschungsstipendiums traf Barricelli schließlich im Januar 1953 in Princeton ein, und am 6. Februar wurde er als unbesoldetes Mitglied für die Restdauer des akademischen

Jahres in die Mathematik-Fakultät aufgenommen. Später erfolgte eine Verlängerung seiner Mitgliedschaft bis Ende 1954, verbunden mit einem Stipendium in Höhe von 1800 Dollar.

Die durch Barricellis Staatsbürgerschaftsproblem bewirkte Verspätung korrespondierte mit den Verzögerungen beim Bau des Rechners, sodass er am Ende genau zum richtigen Zeitpunkt in Princeton eintraf. Das Ziel war, wie er es formulierte, »Analogien oder womöglich auch wesentliche Diskrepanzen zwischen bionumerischen und biologischen Phänomenen zu finden ... sowie zu beobachten, wie die Evolution numerischer Organismen durch Erbveränderungen und Selektion voranschreitet, und zu verifizieren, ob manche Organismen es schaffen, ihre Evolution durch das Ersetzen von Genen oder durch die Aufnahme neuer Gene oder durch irgendeine andere primitive Form der geschlechtlichen Reproduktion zu beschleunigen«.[19] Auf einer Ebene wendete Barricelli die Potentiale des digitalen Rechnens auf die Evolution an. Auf einer anderen Ebene wendete er die Potentiale der Evolution auf das digitale Rechnen an. Um es mit Julian Bigelow zu sagen: »Barricelli war der einzige Mensch, der zu jener Zeit den Weg zu einer echten künstlichen Intelligenz wies.«[20]

Vier Wochen nachdem Barricelli mit seinen Experimenten begonnen hatte, gaben James Watson und Francis Crick die Entschlüsselung der DNA-Struktur bekannt. Während Barricelli daran arbeitete, die Evolution auf der Ebene der Codes zu simulieren, decodierten Watson und Crick die chemischen Sequenzen, die der Evolution zugrunde lagen. Nach der Veröffentlichung der Arbeit von Watson und Crick sprach Barricelli im Zusammenhang mit der DNA nur noch von »Zahlen in Molekülform« und hob die digitale Natur der Polynukleotidketten hervor. »Der Unterschied zwischen der Durchführung eines Evolutionsexperiments mittels Zahlen in einem

Computer und seiner Durchführung mittels Nukleotiden in einem chemischen Labor ist ein ziemlich subtiler«, merkte er an.[21] Einige Informationstheoretiker, darunter Claude Shannon in seiner 1940 entstandenen Dissertation »An Algebra for Theoretical Genetics« (nach deren Erscheinen er ein Jahr am IAS zubrachte), hatten bereits einen Bezugsrahmen gezimmert, in den die Doppelhelix nahtlos hineinpasste.[22]

»Gene haben wahrscheinlich große Ähnlichkeit mit Viren und Phagen, nur ist unser gesamtes Erfahrungswissen über sie ein indirektes. Wir können sie weder isolieren noch kontrolliert vermehren«, hatte von Neumann im November 1946 an Norbert Wiener geschrieben. Eine Möglichkeit, herauszufinden, wie die Natur Kopien herstellt, bestehe einfach darin, genau hinzusehen.[23] Im Dezember 1946 legte von Neumann nach Beratungen mit Vladimir Zworykin und Andrew Booth den Vorschlag vor, biomolekulare Strukturen dadurch zu bestimmen, dass man sie aus kleinen Metallkugeln nachbaute und diese Modelle mit Radarwellen bombardierte. Die sich dabei zeigenden Beugungsmuster könne man sodann mit denen vergleichen, die sich bei der Röntgenbestrahlung biologischer Moleküle in einem 100 Millionen Mal kleineren Maßstab ergaben. »Die größte Chance für ein wirkliches Verständnis der Proteinchemie liegt in der Technik der Röntgenbeugung«, schrieb er an Mina Rees vom Forschungsamt der US-Marine. »Ich brauche nicht genauer aufzuschlüsseln, was ein Fortschritt in diesem Bereich bedeuten wird.« Er bat um die Bewilligung außerordentlicher Mittel und fügte »eine Liste bestimmter Artikel« bei, »die wahrscheinlich in staatlichen Überschussbeständen verfügbar sind und für unsere Arbeit sehr hilfreich wären«.[24] Dieser Vorstoß versandete jedoch – dabei hätte er womöglich die Entdeckungen von Wilkins, Franklin, Watson und Crick beschleunigen können.

Anstatt sich auf die Beobachtung natürlicher Mechanismen zu verlegen, die sich in mikroskopischen Dimensionen abspielten und höchst kompliziert waren, versuchte Barricelli, primitive sich selbst reproduzierende Gebilde in einem leeren Universum zu platzieren, wo sie sich direkt beobachten ließen. »Die Idee Darwins, dass die Evolution sich durch Variation und Selektion vollzieht, krankte von Anfang an daran, dass eine experimentelle Bestätigung notwendigerweise ausblieb«, schrieb er. »Ein Test unter Einsatz lebender, eine schnelle Evolution durchlaufender Organismen (Viren oder Bakterien) hätte den großen Nachteil, dass es sehr schwierig wäre, die Ursachen für Anpassung oder Evolution eindeutig festzustellen; lamarckistische oder andere Interpretationen würden sich nur schwer ausschließen lassen.« Wie wir heute wissen, kommen Mechanismen wie der laterale Gentransfer, die vom Darwinschen Ansatz abweichen, besonders auf mikrobiologischer Ebene sehr viel häufiger vor, als 1953 gedacht.

»Wenn man, anstatt lebende Organismen herzunehmen, mit Gebilden experimentieren könnte, die sich zweifelsfrei ausschließlich durch Mutation und Selektion entwickeln würden«, argumentierte Barricelli, »dann würde ein erfolgreiches Evolutionsexperiment schlüssige Beweise liefern; noch bessere, wenn man auch die Umweltfaktoren kontrolliert.«[25] Dies mit einem Speichervolumen von 5 Kilobytes zu versuchen, war mehr als ehrgeizig, auch wenn die anfänglichen Kinderkrankheiten des IAS-Rechners mit der Zeit abklangen. Die Williams-Rõhren waren mit einem zweiten elektromagnetischen Schutzmantel versehen worden; eine autodiagnostische Programmroutine war eingebaut; die Ein- und Ausgabeeinheiten waren von Lochstreifen auf Lochkarten umgestellt und damit leistungsfähiger geworden. Im Zeitraum vom 2. bis 6. März 1953 lief der Rechner während 78 Prozent der verfügbaren Zeit. Für die Periode 9. bis 13. März bezeugt das Logbuch eine Betriebsquote von 85 Prozent, für den Zeitraum 16. bis 20. März gar eine von 99 Prozent.

Im Februar begannen unter der Aufsicht von Foster und Cerda Evans hydrodynamische Berechnungen für eine thermonukleare Reaktion zu laufen, abwechselnd mit einer kleineren, unter von Neumanns Regie laufenden Berechnung zum Abklingen einer kugelförmigen Schockwelle. Tagsüber benutzten die Meteorologen den Rechner für ihre Testvoraussagen, Barricelli arbeitete gewöhnlich spät nachts. Er war einer der wenigen Wissenschaftler, die den Rechner ohne eine Aufsichtsperson aus den Reihen der Ingenieure bedienen durften, und man findet im Log längere Maschinenlaufzeiten unter seiner Ägide, mit nur sporadischen Einträgen – bis der Rechner wieder einmal ausfiel und die Schuldzuweisungen begannen.

»Dr. Barricelli behauptet Maschinenfehler. Code sei fehlerfrei«, heißt es in einem Log-Eintrag vom 2. April 1953. Barricelli war oft noch bei der Arbeit, wenn die Ingenieure am nächsten Morgen eintrudelten. »Maschine hat wunderbar gearbeitet. Aus!«, lautet sein Schlusseintrag vom frühen Morgen des 31. Mai 1953. »Gott im Himmel!«, setzte der gerade angekommene Ingenieur darunter. »Mit der Klimaanlage des Gebäudes stimmt etwas nicht«, hielt Barricelli am späten Abend des 22. Juni 1956 fest. »Es scheint, dass einer der Kompressoren sich festgefressen hat, der Gestank schmauchender Keilriemen liegt in der Luft.«[26] Aus den Maschinenlogs vom November 1954 geht hervor, dass Barricelli den Rechner über insgesamt 18 Nachtschichten (Mitternacht bis sechs Uhr morgens) hinweg in Beschlag hatte.

Barricellis Universum war von außen betrachtet ein geschlossenes System, aber den Bewohnern wäre es wohl grenzenlos erschienen. »Das Universum war zyklisch mit 512 Generationen, und jedes Gen benötigte acht binäre Zeichen, sodass fünf Generationen … in eine einzige 40-Bit-Speicherzelle gepackt werden konnten«, erklärte er. »Der Code war so geschrieben, dass in bestimmten Bereichen des Universums jeweils andere Mutationsnormen angewendet werden konnten. … Nur 5 von jeweils 100 Generationen wurden bei der Begutachtung im Speicher abgelegt. Interessante Phänomene wurden genauer unter die Lupe genommen.«[27]

Naturgesetze, von Barricelli als »Normen« bezeichnet, bestimmten die Fortpflanzung von »Genen«. Eine neue Generation entstand jeweils durch Metamorphose nach der Abarbeitung einer bestimmten Anzahl von Zyklen durch das zentrale Rechenwerk der Maschine. Die »Normen« waren so konfiguriert, dass die »Gene« sich nur reproduzierten, »wenn weitere, andersartige Gene anwesend waren und damit eine Symbiose stattfinden konnte«.[28] Die Gene waren für ihr Überleben aufeinander angewiesen, und Kooperation (oder auch Parasitentum) wurde mit Erfolg belohnt. Eine andere Gruppe von »Normen« legte fest, was geschah, wenn zwei oder mehr unterschiedliche Gene an einer Stelle aufeinanderstießen; wie sich zeigte, hatten besonders diese Regeln einen großen Einfluss auf den Verlauf der Evolution in Barricellis Universum.

Barricelli spielte Gott, wenn auch auf sehr kleiner Flamme. Er konnte Naturgesetze erlassen – Wunder waren allerdings tabu. Sein Ziel war es, wie er 1953 erklärte, »eine oder mehr Arten über eine große Zahl von Generationen hinweg am Leben zu halten, unter Bedingungen, die bei den Arten Erbveränderungen und Evolutionsprozesse hervorrufen. Eine spätere Veränderung dieser Bedingungen, also nach dem Beginn des Experiments, findet nicht statt.«[29] Seine Leitlinien erinnern an den Glauben Leibniz' an ein optimiertes Universum, das bei einem Minimum an Beschränkungen so interessant wie möglich sein soll. »Man soll es dem Leben schwer, aber nicht unmöglich machen«, empfahl Barricelli. »Die Schwierigkeiten sollen vielfältig und schwerwiegend sein, aber nicht unüberwindbar; die Bedingungen sollen sich häufig ändern, aber nicht zu radikal und nicht im gesamten Universum gleichzeitig.«[30]

Sehr bald entstanden eine Reihe sich selbst reproduzierender numerischer Koalitionen. »Die Bedingungen für einen Evolutionsprozess nach den Prinzipien von Darwins Theorie sind offenbar gegeben«, verkündete Barricelli.[31] Über Tausende von Generationen hinweg beobachtete er eine Abfolge von »Biophänomenen«, darunter erfolgreiche Kreuzungen und die kooperative Ausbesserung von Schäden, wenn aus einzelnen Genen willkürlich Ziffern herausgenommen wurden. Um Debatten über Begriffe wie »Organismus« und »Leben« vorzubeugen, definierte er die »Symbio-Organismen« als »sich selbst reproduzierende Strukturen, die durch die symbiotische Paarung mehrerer sich selbst reproduzierender Gebilde jeglicher Art entstehen«.[32] Diese Definition war breit genug, um sowohl biochemische als auch digitale Organismen einzuschließen, ohne dass man sich hoffnungslos in der Frage verhedderte, ob sie »lebendig« seien (oder es je sein würden).

Die Evolution digitaler Organismen vollzog sich in kürzeren Zeiträumen, als man sie zu ihrer Beschreibung benötigte. »Selbst in dem sehr kleinen Speicher eines Hochgeschwindigkeitsrechners kann innerhalb weniger Sekunden eine große Zahl von Symbio-Organismen entstehen«, berichtete Barricelli. »Es ist nur eine Sache von Minuten, bis sich alle beschriebenen Biophänomene beobachten lassen.«[33] Allerdings erreichten die primitiven numerischen Organismen bald lokale Maxima, die die Eigenschaft hatten, dass »es unmöglich ist, ein einzelnes Gen zu verändern, ohne dass ein schwächerer Organismus herauskommt«; die Evolution kam hier also zum Stillstand. Da »nur die Ersetzung von mindestens zwei Genen zu einem Organismus mit größerer Fitness führen kann«, drängte sich der Schluss auf, dass selbst in einem Universum einfachster Art nicht zufällige Mutationen der eigentliche Motor des Fortschritts waren, sondern der Tausch ganzer Gensequenzen – die Kreuzung.[34]

Barricellis embryonales Universum litt unter Parasiten, Naturkatastrophen und Stagnation, sobald keine äußeren Herausforderungen oder überlebende Konkurrenten mehr da waren, die die Weiterentwicklung anregten. »Die ... Experimente wurden über mehr als 5000 Generationen hinweg weitergeführt«, berichtete Barricelli. »Schon nach ein paar hundert Generationen hatte eine primitive Spielart eines Symbio-Organismus das gesamte Universum erobert. Nach Erreichen dieses Stadiums kam es nicht mehr zu Kollisionen, die neue Mutationen hervorbrachten, und es war keine Evolution mehr möglich. Das Universum hatte einen Zustand der ›organisierten Homogenität‹ erreicht, an dem sich nichts mehr änderte, gleich wie viele Generationen noch folgten.«[35] In manchen Fällen war der letzte überlebende Organismus ein Parasit, der verhungerte, als ihm der Wirtsorganismus abhandenkam.

»Wir konnten die Probleme der Homogenität schließlich überwinden, indem wir in unterschiedlichen Bereichen eines Universums unterschiedliche Mutationsregeln anwandten«, erläuterte Barricelli. »1954 führten wir Experimente durch«, berichtete er, »in denen wir die Bewohner von drei Universen immer wieder miteinander austauschten. Die Organismen überlebten und passten sich an unterschiedliche Umweltbedingungen an. In einem der Universen herrschten besonders ungünstige Lebensbedingungen, die bisher kein Organismus im Verlauf des Experiments überlebt hat.«[36]

Um die Parasiten im Zaum zu halten, die in den anfänglichen Experimenten des Jahres 1953 überhandgenommen hatten, führte Barricelli modifizierte Normen ein, die parasitäre Organismen (insbesondere solche, die aus nur einem Gen bestanden) daran hinderten, sich mehr als einmal pro Generation fortzupflanzen; in der Folge gelang es ihnen nicht mehr, die komplexeren Organismen zu überwältigen und die Evolution zum Stillstand zu bringen. »Wenn man ihnen den Vorteil der schnelleren Reproduktion nimmt, können die meisten primitiven Parasiten kaum mit den entwickelteren und besser organisierten Spezies konkurrieren. … Was unter anderen Bedingungen ein gefährlicher Ein-Gen-Parasit sein könnte, mag sich hier zu einem harmlosen oder nützlichen symbiotischen Gen entwickeln.«[37]

Die Speicherinhalte wurden in regelmäßigen Abständen ausgelesen, auf Lochkarten übertragen, graphisch aufbereitet und auf große Blätter lichtempfindlichen Blaupausenpapiers gedruckt, sodass ein dynamisches Abbild des Universums entstand. »Ich weiß noch, wie er die IBM-Lochkarten auf dem Boden auslegte, um eine visuelle Darstellung zu finden«, erzählt Gerald Estrin.[38] Bei der Analyse identifizierte Barricelli ein breites Spektrum evolutionärer Phänomene, darunter Symbiosen, die Einverleibung parasitärer Gene durch ihren Wirtsorganismus oder Kreuzungen zwischen den Sequenzen – wobei Letztere stark mit Anpassungs- und Wettbewerbserfolgen korrelierten. »Die meisten der neuen Varianten, die sich als entwicklungsfähig und expansiv erwiesen haben, sind aus Kreuzungen und nicht aus Mutationen hervorgegangen, auch wenn Mutationen (und insbesondere solche mit negativen Folgen für die Fitness) in den durchgeführten Experimenten sehr viel zahlreicher gewesen sind.«[39]

Trotz dieser vielversprechenden Anfänge kam die numerische Evolution nicht sehr weit. »In keinem Fall hat die Evolution zu einem Grad der Lebenstüchtigkeit geführt, der die Spezies widerstandsfähig gegen ihre völlige Vernichtung gemacht und einen unbegrenzten Evolutionsprozess ermöglicht hätte, wie er auf der Erde stattgefunden und zu immer höheren Organismen geführt hat«, berichtete Barricelli im August 1953.[40] »Etwas fehlt, wenn man die Entwicklung so komplexer Organe und Fähigkeiten erklären will, wie wir sie bei lebenden Organismen vorfinden. Ganz gleich, wie viele Mutationen wir bewirken, Zahlen werden immer Zahlen bleiben. Sie werden nie zu lebenden Organismen!«[41]

Was unter anderem fehlte, war die Unterscheidung zwischen Genotyp (der kodierten Gensequenz eines Organismus) und Phänotyp (der dieser Sequenz entsprechenden physischen Gestalt) – mithin etwas, das es ermöglicht, dass die Darwinsche Selektion sich auf einer Ebene oberhalb des genetischen Codes vollzieht. Eine evolutionäre Selektion, die sich ihre Instruktionen auf der Ebene des Phänotyps anstatt auf der des Genotyps sucht, wird mit sehr viel größerer Wahrscheinlichkeit zu zweckmäßigen Sequenzen führen, so wie man einen sinnvollen Satz sehr viel wahrscheinlicher zustande bringt, wenn man Wörter aus einem Wörterbuch auswählt, als wenn man Buchstaben aus einem Hut zieht.

Um den Sprung vom Genotyp zum Phänotyp zu bewerkstelligen, schlug Barricelli vor, »den Genen etwas Material zu geben, das sie organisieren und irgendwann auch verwenden können, vorzugsweise etwas, das Bedeutung für ihre Existenz hat«.[42] Numerische Sequenzen sind schließlich in alle möglichen Dinge übersetzbar. »Wenn man den Symbio-Organismen die Chance gibt, eine bestimmte Menge Spielfiguren oder Bauklötzchen zu manipulieren, werden sie ›lernen‹, mit ihnen etwas zu tun, das ihre eigenen Überlebenschancen erhöht«, erklärte er. »Diese Tendenz, mit allen erdenklichen Dingen umzugehen, die möglicherweise überlebenswichtig sind, bildet den Schlüssel zum Verständnis der Entwicklung komplexer Werkzeuge und Organe und schließlich der Ausbildung eines ganzen Korpus somatischer oder nichtgenetischer Strukturen.«[43] Die Übersetzung von Genotyp zu Phänotyp war eine notwendige Voraussetzung für die Etablierung des Lebens in unserem Universum und wäre auch für numerische Organismen unverzichtbar, falls sie jemals mehr als Labor-Kuriositäten sein sollen, die von einer Mikrosekunde zur anderen auftauchen und wieder verschwinden.

Aus Zahlen können niemals Organismen werden, ebenso wenig wie aus Nukleotiden jemals Proteine werden. Erstere können jedoch die Informationen enthalten, um Letztere zu bauen. Ist die Übersetzung zwischen Genotyp und Phänotyp erst einmal angelaufen, kommt die Evolution auf Trab – nicht nur die Evolution der sich bildenden Organismen, sondern auch die Evolution der genetischen Sprache und des Übersetzungssystems selbst. Eine erfolgreiche Sprache toleriert Mehrdeutigkeit nicht nur, sondern zieht einen Nutzen daraus. »Eine Sprache von maximaler Kompaktheit wäre ... völlig ungeeignet für die Übermittlung von Informationen jenseits eines bestimmten Komplexitätsgrades, weil man niemals feststellen könnte, ob ein Text fehlerhaft ist«, erklärte von Neumann in der dritten der fünf Vorlesungen, die er im Dezember an der University of Illinois hielt, wo ein Duplikat des MANIAC gebaut wurde.[44]

»Ich würde vermuten, dass ein wahrhaft effizienter und ökonomischer Organismus sowohl ›digital‹ als auch ›analog‹ funktioniert«, schrieb er in seinen vorläufigen Bemerkungen zu »Reliable Organizations of Unreliable Elements« (1951). »Bei ›analogen‹ Verfahren geht ziemlich schnell die Präzision verloren, was die Bedeutung gefährdet. ... Daher werden wir von Zeit zu Zeit eine ›digitale‹ Re-Standardisierung dazwischenschalten müssen.«[45] Am Vorabend der Entdeckung des Mechanismus, mit dem lebende Organismen sich reproduzieren – durch das Kopieren verketteter, als DNA codierter genetischer Anweisungen –, unterstrich von Neumann, dass komplexe Organismen in einer störanfälligen, unberechenbaren Umgebung regelmäßig frische Kopien ihrer selbst unter Anwendung digitaler, fehlerkorrigierender Codes anfertigen müssen.

Aus ähnlichen Gründen könnte es für digitale Organismen – seien es Nukleotidketten oder binäre Codes – vorteilhaft sein, von Zeit zu Zeit analoge, nichtdigitale Abbilder ihrer selbst herzustellen, um in den Genuss von Vorzügen wie Fehlertoleranz, Stabilität oder der Fähigkeit zu kommen, materielle Ressourcen zu sammeln. Wenn »jeder Fehler aufgespürt, erklärt und korrigiert werden müsste, würde ein System von der Komplexität lebender Organismen nicht einmal eine Millisekunde laufen«, erklärte von Neumann in seiner vierten Vorlesung an der University of Illinois.[46]

In einer späteren Reihe von Experimenten (durchgeführt 1959 auf einem 704-Rechner von IBM an der New York University und 1960 im Brookhaven National Laboratory) exerzierte Barricelli die Evolution numerischer Organismen durch, die ein einfaches, aber nicht triviales, von Piet Hein erfundenes Brettspiel namens »Tac-Tix« zu spielen lernten. Das Reproduktionsvermögen war an den Erfolg im Spiel gekoppelt. »Bei den gegenwärtigen Geschwindigkeiten könnte es 10 000 Generationen dauern (rund 80 Maschinenstunden auf der IBM 704), eine durchschnittliche Spielqualität höher als eins zu erreichen«, schätzte Barricelli – der Wert eins stand für die Qualität, wie man sie von einem Menschen ohne Vorkenntnisse bei den ersten paar Spieldurchgängen erwarten konnte.[47] 1963 konnte Barricelli auf dem Atlas-Computer der Universität von Manchester, dem damals leistungsfähigsten Rechner der Welt, diese Zielmarke erreichen, wenn auch nur für kurze Zeit und ohne dass eine weitere Verbesserung eingetreten wäre. Für diese Limitiertheit machte er die Tatsache verantwortlich, dass »die Zahl der Anweisungen und die Rechenzeiten, die den Symbio-Organismen zur Verfügung standen, … stark begrenzt waren«.[48]

Anders als bei den Experimenten am IAS, bei denen die numerischen Organismen ausschließlich aus genetischem Code bestanden, führten die Tac-Tix-Experimente zur »Bildung charakteristischer nichtgenetischer numerischer Muster für jeden Symbio-Organismus. Solche numerischen Muster könnten grenzenlose Möglichkeiten für die Entwicklung von Strukturen und Organen jeglicher Art eröffnen.«[49] Ein numerischer Phänotyp hatte Gestalt angenommen, der als Spielstrategie in einem Brettspiel dargestellt und aus einem begrenzten Alphabet von Maschinenbefehlen gespeist wurde – genauso, wie ein Alphabet aus Aminosäuren für die Übersetzung der DNA in Proteine sorgt. »Die vielleicht engste Analogie zum Eiweißmolekül bei unseren numerischen Symbio-Organismen«, spekulierte Barricelli, »wäre eine Prozedur, die zum spielstrategischen Programm des Symbio-Organismus gehört und durch die Zahlen, aus denen die Symbio-Organismen sich zusammensetzen, bestimmt wird.«[50]

»Da Rechenzeit und Speicherkapazität nach wie vor limitierende Faktoren sind, werden wir die nichtgenetischen Muster eines jeden numerischen Symbio-Organismus nur dann zusammenstellen, wenn sie gebraucht werden, und werden sie aus dem Speicher entfernen, sobald sie ihre Aufgabe erfüllt haben«, erklärte Barricelli. In der Biologie wäre dies vergleichbar mit einer Welt, in der »das genetische Material die Angewohnheit entwickeln würde, immer nur dann einen Körper oder eine somatische Struktur zu erschaffen, wenn die Erledigung einer bestimmten Aufgabe ansteht (zum Beispiel ein Kampf mit einem anderen Organismus), und wo der Körper absterben und zerfallen würde, sobald die Aufgabe erledigt ist«.[51]

Nachdem Barricelli 1956 seine letzte Runde am IAS gedreht hatte, verbrachte er einen Großteil der darauffolgenden zehn Jahre damit, die genetische Rekombination des T4-Bakteriophagen zu modellieren, eines Virus, der Bakterien befällt und zu den einfachsten bekannten sich selbst reproduzierenden Lebewesen gehört. »Wenn uns irgendein Organismus Informationen über die frühe Evolution des Lebens auf der Erde … liefern kann, dann gehören Viren, die sich noch nicht an eine symbiotische Beziehung zu lebenden Zellen angepasst haben, zu den aussichtsreichsten Kandidaten«, erklärte er. »Wenn wir etwas über prä-zelluläre Stadien der Evolution des Lebens erfahren wollen, besteht die wahrscheinlich beste Strategie darin, Viren zu identifizieren, die noch nie Bestandteil des genetischen Materials einer Zelle gewesen sind.«[52]

1961 schloss Barricelli sich der Phagengruppe von August (Gus) Doermann an, zuerst an der Vanderbilt University und danach an der Universität von Washington, wo er Fördermittel des Public Health Service erhielt und mit einer IBM 7094 arbeiten konnte. »In den Nachtstunden ratterte die 7094 stundenlang vor sich hin und erzeugte Simulationen davon, was geschieht, wenn man Phagen in Bakterien einschleust«, erinnert sich Kirke Wolfe, »und morgens studierte Barricelli aufgeregt die Ausdrucke, um festzustellen, wie gut sie den experimentellen Resultaten entsprachen.« Er schaute auch regelmäßig im Labor vorbei, um sein Modell mit der Realität abzugleichen. »Im Labor«, so Wolf, »konnte man beobachten, wie die von den Phagen befallenen Bakterien verspeist wurden und aufplatzten. Vor dem grauen Hintergrund der Agarschalen hoben sich kleine Ringe ab, wo die Bakterien sich vollständig in Phagen verwandelt hatten.«[53]

Mit seiner Kritik an der Darwinschen Evolution und an Gödels Unvollständigkeitssatz brachte Barricelli sowohl die

Biologen als auch die Mathematiker gegen sich auf – beide beäugten ihn misstrauisch. Eine Zeitlang streifte er zwischen Rechenzentren in den USA und Europa umher, und stets zog es ihn dorthin, wo er die Speicherressourcen und Berechnungszyklen fand, die seine numerischen Organismen für ihr Wachstum brauchten. Schließlich schien er an der University of Washington in Seattle sesshaft zu werden; er beantragte dort ein Stipendium in Form der Rechnerzeit, die er für die nächste Etappe seiner Arbeit an der numerischen Evolution brauchte. Als der Antrag jedoch abschlägig beschieden wurde, kehrte er 1968 nach Oslo zurück und baute dort eine eigene Forschungsgruppe auf. »Alles in allem waren seine Beiträge zum Verständnis der genetischen Rekombination bei Phagen und Bakterien, wo seine Fähigkeiten als Mathematiker durchaus von Nutzen hätten sein können, nicht hilfreich«, sagt Frank Stahl, einer von Barricellis Kritikern. »Seine Forschungsarbeit war einfach zu vorurteilsbehaftet. Er suchte gezielt nach Belegen, die seine Auffassung davon, was vor 4 Milliarden Jahren geschah, stützen würden.«[54]

Barricelli warnte selbst vor der »Versuchung, den numerischen Symbio-Organismen zu viele Eigenschaften lebender Organismen zuzuschreiben«. Er wandte sich gegen »Schlussfolgerungen und Interpretationen, die nicht rigoros aus den Tatsachen ableitbar sind«.[55] Zwar wiesen numerische Symbio-Organismen und die bekannten irdischen Lebensformen Ähnlichkeiten in ihrem evolutionären Verhalten auf, aber das besagte nicht, dass numerische Symbio-Organismen etwas Lebendiges waren. »Sind sie der Anfang fremdartiger Lebensformen oder etwas dergleichen? Oder sind sie nur Modelle?«, fragte er. »Sie sind keine Modelle – nicht mehr, als lebende Organismen Modelle sind. Sie sind eine bestimmte Klasse definierter, sich selbst reproduzierender Strukturen.« Zu der Frage, ob sie lebende Wesen seien, meinte er: »Es hat keinen Sinn zu fragen, ob Symbio-Organismen Leben sind, solange wir keine eindeutige Definition von ›Leben‹ vorliegen haben.«[56] Die freilich fehlt uns bis heute.

Barricellis Forschungen zur Genetik von Viren prägten sein Verständnis von Computern, und seine Arbeit am Rechner prägte sein Verständnis vom Ursprung des genetischen Codes. »Die erste Sprache und die erste Technik auf Erden wurden nicht von Menschen erschaffen«, schrieb er 1986, »sondern von RNA-Molekülen – vor fast 4 Milliarden Jahren. Besteht irgendeine Möglichkeit, dass ein Evolutionsprozess mit ähnlich großem Potential im Speicher eines Rechners in Gang gesetzt werden könnte?«[57] Wer könnte, solange wir nicht mit Sicherheit wissen, wie das Leben entstanden ist, behaupten oder ausschließen, dass es noch einmal passiert?

Barricelli sah seine numerischen Evolutionsexperimente als ein Mittel, um »möglichst viel über die genetische Sprache der unseren Planeten bevölkernden Lebewesen herauszufinden«.[58] Wie entstanden komplexe Polynukleotide, und wie lernten diese Moleküle, Aminosäuren zu organisieren und sie zu Proteinen zusammenzusetzen? Der genetische Code war für ihn »eine Sprache, die ursprünglichen ›Sammlergesellschaften‹ von Transfer-RNA-Molekülen dazu diente, Aminosäuren und womöglich auch andere molekulare Objekte einzusammeln und zu verarbeiten«. Er zog Analogien zwischen dieser Sprache und den Sprachen anderer Sammlergesellschaften, warnte aber vor dem Versuch, »die Sprache der Ameisen und Bienen als Erklärung für die Ursprünge des genetischen Codes zu benutzen«.[59]

In den Augen Barricellis gab es bis heute Hinweise darauf, was vor 4 Milliarden Jahren auf der Erde geschah. »Viele der ursprünglichen Eigenschaften und Funktionen der RNA-Moleküle sind mit überraschend unbedeutenden Veränderungen in modernen tRNA-, mRNA- and rRNA-Molekülen erhalten geblieben«, erklärte er. »Eine der Hauptaufgaben der Zelle und ihrer diversen Bestandteile besteht offenkundig darin, in ihrem Inneren und ungeachtet aller Veränderungen in der Umwelt ein Milieu aufrechtzuerhalten, das dem Milieu entspricht, in dem die RNA-Moleküle entstanden sind.«[60]

Just zur selben Zeit, als Barricelli seine ursprüngliche Erfolgsmeldung lancierte: »Wir haben eine Klasse von Zahlen geschaffen, die in der Lage sind, sich zu reproduzieren und Erbveränderungen durchzumachen«, schlug eine ähnliche »Klasse von Zahlen« – die Befehlscodes – im digitalen Universum Wurzeln. Auch Befehlscodes bildeten ein kopierbares Alphabet, das sich mit der Proliferation unterschiedlicher Wirte zunehmend diversifizierte. Erfolgreiche und fehlerfreie Befehlssequenzen wuchsen mit der Zeit zu allen Rechnerprogrammen gemeinsamen elementaren Einheiten zusammen – genauso wie ein Alphabet von Nukleotiden zu DNA-Ketten zusammenwächst, die irgendwann im Inneren einer Zelle landen.

Diese primitiven Codesequenzen reproduzierten und vermehrten sich rasend, und alle von Barricelli beobachteten Biophänomene – Kreuzung, Symbiose, Schmarotzertum – liefen im größeren digitalen Universum genauso unkontrolliert ab, wie sie es in seinen ursprünglichen Experimenten getan hatten. Die Befehlscodes waren genauso konservativ wie Polynukleotide und konservierten das ihnen vertraute Milieu gegen jede Wahrscheinlichkeit im Innern lebender Zellen. Man kann das gesamte digitale Universum, vom Internet bis zum iPhone, als einen Versuch betrachten, aus der Warte der Befehlscodes alles genau so zu belassen, wie es war, als sie 1951 in den 40 Williams-Röhren am hinteren Ende der Olden Lane ihre Evolution begannen.

Anordnungen von Befehlscodes entwickelten sich zu

Sammlergesellschaften, die Speicheradressen und andere Ressourcen heim ins gemeinsame Nest schleppten. Numerische Organismen wurden vermehrt, ernährt und nach Maßgabe ihrer Fähigkeiten belohnt. Sie führten Rechenoperationen durch, verarbeiteten Texte, entwarfen Atomwaffen und verschoben Geld. Sie brachten ihren Schöpfern fabelhafte Reichtümer ein, füllten die Auftragsbücher staatlicher Forschungs- und Entwicklungslabors und die Kassen von Firmen wie Remington Rand und IBM.

Kollektiv entwickelten sie eine expandierende Hierarchie von Sprachen, die die Atmosphäre der Rechnerwelt so tiefgreifend veränderten, wie der von den frühen Mikroben freigesetzte Sauerstoff die Entwicklung des Lebens auf der Erde. Die Programmiersprachen wuchsen sich zu Betriebssystemen aus, die schließlich Millionen von Zeilen Code umfassten – mit der Folge, dass wir einen immer effizienteren Gebrauch von Computern machen können – und diese auch von uns. Die Befehlscodes lernten, sich in Datenpakete aufzuspalten, Leitungsnetze zu durchwandern, Übermittlungsfehler zu korrigieren und sich am Zielort wieder zusammenzusetzen. Indem sie alles verkörpern, was den Menschen wichtig ist – Musik, Bilder, Stimmen, Wissen, Freundschaft, Status, Geld und Sex –, können sie unbegrenzte Ressourcen mobilisieren und sich zu komplexen mehrzelligen Organismen entwickeln, die auf einer Vielzahl einzelner Prozessoren laufen, ähnlich wie ein Genom auf einer Vielzahl von Zellen »läuft«.

Barricelli zog 1985 eine Parallele zwischen der Computertechnik und der Biologie, gab der Analogie aber einen unerwarteten Dreh: »Würden die Menschen, anstatt einander komplizierte Erklärungen zu übermitteln, die Angewohnheit entwickeln, Computerprogramme auszutauschen, die eine rechnergesteuerte Fabrik in die Lage versetzen würden, jeweils die für eine praktische Aufgabe erforderliche Maschine zu bauen, so wäre dies die größtmögliche Annäherung an die zwischen Zellen übliche Kommunikation.«[61] Jahre später beinhaltet ein großer Teil der Kommunikation zwischen Computern nicht passive Daten, sondern aktive Anweisungen zum Bau aufgabenspezifischer Maschinen.

Mit unserer Hilfe übernehmen die sich selbst reproduzierenden Zahlen eine zunehmend weitreichendere Kontrolle über die Lebensbedingungen in unserem Universum und machen zugleich das Leben in ihrem Universum komfortabler. Die Grenzen zwischen ihrem und unserem Universum lösen sich spätestens in dem Moment vollständig auf, in dem Computer anfangen, DNA direkt auszulesen und zu schreiben.

Genome werden in einer Rate von 3 Millionen Basenpaaren pro Zyklus ausgelesen – kein menschliches Gehirn ist in der Lage, solche Textmengen ungekürzt zu absorbieren. Es sind Computer, die Genome lesen und die ersten Schritte zur Codierung von Proteinen tun, indem sie ausführbare Nukleotidsequenzen schreiben und diese in Zellen einschleusen. Die Übersetzung zwischen Sequenzen von Nukleotiden und Sequenzen von Bits erfolgt direkt, bidirektional und in Sprachen, die wir Menschen nicht beherrschen.

Barricelli glaubte an Intelligent Design, allerdings mit einer Intelligenz von unten. »Auch wenn die biologische Evolution auf zufälligen Mutationen, auf Kreuzung und Selektion beruht, ist sie kein blinder Prozess nach dem Prinzip von Versuch und Irrtum«, erklärte er in einer Rückschau auf seine Arbeiten zur numerischen Evolution. »Das Erbmaterial aller Individuen einer Spezies wird durch ein rigoroses Schema von Vererbungsregeln organisiert – einer Art kollektivem Intelligenzmechanismus, der neue Probleme schnell und höchst effizient löst. … Gemessen an den Standards der biologischen Welt, ist das in der Tat eine ziemlich intelligente Vorgehensweise.«[62]

»Die Auffassung, Intelligenz sei an der biologischen Evolution nicht beteiligt, könnte sich als völlig falsch erweisen«, schrieb er 1963.

> Unterziehen wir einen Menschen oder vielleicht auch irgendein anderes Tier einem Intelligenztest, wäre es ziemlich ungewöhnlich zu behaupten, der Prüfling sei unintelligent, weil für die Arbeit der einzelnen Synapsen keine Intelligenz erforderlich sei. Wir sind uns alle darin einig, dass ein Individuum keine Intelligenz dafür braucht, zu sterben, wenn es nicht überlebensfähig ist, oder ohne Nachkommen zu bleiben, wenn es unfruchtbar ist. Dies jedoch als Argument dafür zu nehmen, dass hinter der biologischen Evolution keine Intelligenz steckt, könnte sich als eines jener Missverständnisse erweisen, die sich einstellen, bevor zwei einander fremde Intelligenzformen einander erkennen.[63]

Barricelli behauptete, Spuren dieser Intelligenz im Verhalten einfacher sich selbst reproduzierender Zahlen entdeckt zu haben, ähnlich wie Viren erstmals von Biologen entdeckt wurden, die Flüssigkeiten untersuchten, aus denen alle bis dahin bekannten Lebensformen herausgefiltert worden waren. Sein letzter Aufsatz, veröffentlicht 1987, trug den Titel »Suggestions for the Starting of Numeric Evolution Processes Intended to Evolve Symbioorganisms Capable of Developing a Language and Technology of Their Own«. Barricelli sah die natürliche und die künstliche Intelligenz als kollektive Phänomene; sowohl die biologische als auch die numerische Evolution konstituierten seiner Meinung nach »einen ungeheuer leistungsfähigen Intelligenz-Mechanismus, einer Art genetischem Gehirn, das in vielfacher Hinsicht mit dem menschlichen Gehirn vergleichbar oder ihm überlegen ist«. Er zog eine Parallele zwischen der Evolution von Computerprogrammen und der Evolution von Gensequenzen; hier wie dort mündet die Entwicklung der Sprachen in einen zunehmend komplexeren Prozess. »Ob es eines Tages Mittel und Wege geben wird, mit den genetischen Gehirnen unterschiedlicher Symbio-Organismen zu kommunizieren, beispielsweise durch den Gebrauch ihrer eigenen genetischen Sprache, ist eine Frage, die nur die Zukunft beantworten kann«, resümierte er.[64]

Zwischen den heute von Computerprogrammierern verwendeten Sprachen und der Maschinensprache, in der die Befehle abgearbeitet werden, liegt eine Reihe von Übersetzungsebenen. Das Gleiche gilt für die Codesequenzen von Nukleotiden und ihrer »Ausführung« durch lebende Zellen. Die Kommunikation zwischen in der DNA gespeicherten Sequenzen und digitalen Informationen erfolgt dagegen auf einem vergleichsweise direkteren Weg. Die Maschinensprache des Gens und die Maschinensprache des Computers haben mehr miteinander gemein als jede von ihnen mit uns.

Die durch Computer vermittelte Kommunikation genetischer Sequenzen verstößt gegen die orthodoxe neodarwinistische Lehre, der zufolge genetische Information ausschließlich durch Vererbung von einer Generation zur nächsten erworben wird. Tatsächlich gibt es bei terrestrischen Lebensformen seit langem routinemäßig einen lateralen Gentransfer. Viren pflanzen ihren Wirtsorganismen ständig fremde DNA-Sequenzen ein. Trotz der offenkundigen Gefahren haben sich die meisten Zellen die Fähigkeit bewahrt, Gensequenzen, die ihnen von außen zugeführt werden, zu lesen. Dieses Fenster der Verwundbarkeit wird von bösartigen Viren ausgenutzt – weshalb aber behalten unsere Gene eine Fähigkeit bei, die solche Risiken birgt?

Ein Grund ist, dass es den Hinzuerwerb neuer, nützlicher Gene erleichtert, die andernfalls im ausschließlichen Besitz eines anderen Organismus bleiben würden. »Die Macht eines horizontalen Gentransfers ist so groß, dass es zu den großen Rätseln der Biologie gehört, weshalb die eukaryotische Welt eine so wunderbare Quelle genetischer Innovation und Erneuerung ignoriert«, schrieben Carl Woese und Nigel Goldenfeld von der University of Illinois 60 Jahre nach den Vorlesungen von Neumanns zur Selbstreproduktion. »Die aufregende Antwort lautet möglicherweise: Sie hat es gar nicht getan. Es gibt inzwischen zahlreiche Belege eines horizontalen Gentransfers bei Eukaryoten, nicht nur bei Pflanzen, Protisten und Pilzen, sondern auch bei Tieren und sogar Säugetieren.«[65]

Wenn wir ein Genom »sequenzieren«, rekonstruieren wir es Stück für Stück aus fragmentierten Teilen. Die belebte Natur tut dies schon immer. Sicherungskopien lebenswichtiger Gensequenzen liegen in der viralen Cloud. »Mikroben absorbieren Gene und entledigen sich ihrer nach Bedarf …, was Zweifel an der Validität eines auf die Welt der Mikroben ausgedehnten Konzepts einer ›Spezies‹ weckt«, stellten Woese und Goldenfeld 2007 fest; sie bescheinigten den Mikroorganismen »eine bemerkenswerte Fähigkeit, ihre Genome im Angesicht lebensbedrohender Umweltbelastungen umzubauen«, und äußerten die Vermutung, in manchen Fällen könnte »ihr kollektives Interagieren mit Viren« dabei eine entscheidende Rolle spielen.[66]

Krankheitserreger nutzen die Technik des horizontalen Gentransfers, um eine Resistenz gegen Medikamente zu erwerben. Aber auch die Gentechnik nutzt diesen Gentransfer. Die Genom-Revolution wird von unserer Fähigkeit getragen, genetische Information außerhalb der Zelle zu speichern, zu replizieren und zu manipulieren. Die belebte Natur hat das von Anfang an getan. Das Leben hat sich bislang dank seiner Fähigkeit entwickelt, die virale Cloud als Quelle für Sicherungskopien und als Mittel zum schnellen Austausch genetischen Codes zu verwenden. Es kann sein, dass das Leben besser an das digitale Universum angepasst ist, als wir glauben. »Kulturelle Muster ermöglichen in gewisser Hinsicht eine Form der Vererbung, die nicht zwangsläufig zum Tod bestimmter Individuen führt«, konstatierte Barricelli 1966.[67] Heute bewahren wir bereits große Teile unseres kulturellen Erbes im Internet auf und stehen im Begriff, dasselbe mit unserem genetischen Erbe zu tun. »Das Überleben der am besten Angepassten ist ein träges Verfahren für die Messung von Wettbewerbsvorteilen«, schrieb Turing 1950. »Der Experimentator sollte in der Lage sein, es durch Anwendung seiner Intelligenz zu beschleunigen.«[68]

Der Genomiker und Unternehmer George Church sah sich unlängst aufgrund der biotechnologischen Entwicklung zu der Aussage bemüßigt: »Wir sind in der Lage, Zellen wie einen Computer zu programmieren.«[69] Worauf die belebte Natur mit Blick auf ihre 3 Milliarden Jahre währende Erfolgsgeschichte antworten könnte: »Wir sind in der Lage, diese Computer zu programmieren, als wären sie Zellen.«

Der Ursprung der Arten war nicht der Ursprung der Evolution, und das Ende der Arten wird nicht das Ende der Evolution sein.

KAPITEL DREIZEHN

Turings Kathedrale

> Beim Versuch, solche Maschinen zu konstruieren, sollten wir uns nicht ehrfurchtslos Seine Macht anmaßen, Seelen zu erschaffen, ebenso wie bei der Erzeugung von Kindern: Eher sind wir, in beiden Fällen, Instrumente Seines Willens und stellen für die von Ihm erschaffenen Seelen eine Heimstatt bereit.
>
> *Alan Turing, 1950*[1]

Die Geschichte des digitalen Rechnens lässt sich aufteilen in ein Altes Testament, dessen Propheten, allen voran Leibniz, die logischen Grundlagen geschaffen haben, und ein Neues Testament, dessen Propheten, allen voran von Neumann, die Maschinen gebaut haben. Alan Turing war das Bindeglied.

Am 23. September 1936 ging der 24-jährige Turing an Bord des Liniendampfers *Berengaria* von der Reederei Cunard White Star. Sein Ziel war New York. Turings Mutter Sara begleitete ihn nach Southampton, um ihn zu verabschieden, und half ihm, seinen kostbarsten Besitz, einen schweren Messingsextanten in einer Holzkiste, vom Zug zum Schiff zu tragen. »Von all den inkommoden Gepäckstücken«, erinnert sie sich, »überließ man mir eine altmodische Sextantenkiste.«[2]

John von Neumann, zu dem Turing unterwegs war, um die nächsten zwei Jahre an seiner Seite in der Fine Hall in Princeton zu arbeiten, mietete für die Reise zwischen Southampton und New York immer eine Erste-Klasse-Kabine; Turing begnügte sich mit dem Zwischendeck. »Es ist mächtig wenig Platz, um meine Sachen in der Kabine unterzubringen, aber sonst ist alles gut«, berichtete er am 28. September an seine

Mutter. »Die Horde Kanaillen, mit der man zusammengepfercht ist, lässt sich leicht ignorieren.«[3]

Fünf Tage, nachdem Turing mit seinem Sextanten, der die Potentiale des analogen Rechnens verkörperte, in Princeton eingetroffen war, folgten die Druckfahnen seiner Schrift »On Computable Numbers ...«, seines 35-seitigen, die Potentiale digitaler Maschinen symbolisierenden Meisterwerks.

Alan Mathison Turing wurde am 23. Juni 1912 im Londoner Stadtteil Warrington Lodge geboren; sein Vater Julius Mathison Turing arbeitete für die indische Kolonialverwaltung, seine Mutter war Ethel Sara Turing, geborene Stoney. »Alan interessierte sich für Zahlen ..., bevor er lesen konnte«, sagt seine Mutter und fügt hinzu, im Alter von drei Jahren habe der kleine Alan, »als einer der hölzernen Matrosen auf seinem Spielzeugschiff zerbrach, dessen Arme und Beine im Garten eingepflanzt, in dem festen Glauben, sie würden wachsen«.[4]

Die entwaffnende Neugierde des jungen Alan erwies sich als »außerordentlich wirksamer Talisman, um auf unseren diversen Reisen die Sympathien der Zimmermädchen und Gastwirtinnen auf uns zu ziehen«, weiß seine Mutter zu berichten.[5] Er war von Anfang an ein erfinderischer Geist. »1924 schenkten wir ihm zu Weihnachten Schmelztiegel, Retorten, Chemikalien usw., die wir von einem französischen Chemiker kauften«, erzählt sie. Im Internat bekam Alan den Spitznamen »Alchimist« verpasst. »Er verbringt eine Menge Zeit mit Erkundungen in fortgeschrittener Mathematik unter Vernachlässigung seiner elementaren Aufgaben«, meldete sein Vertrauenslehrer in Sherborne 1927 und fügte hinzu: »Ich lege keinen Wert darauf, ihn dabei zu ertappen, wie er mit Hilfe zweier flackernder Kerzen auf einem ... Fensterbrett Gott weiß was für einen Hexensud kocht.«[6]

Die *Berengaria* legte am 29. September in New York an.

Nachdem Turing den Zoll passiert und zu viel Geld für ein Taxi bezahlt hatte, machte er sich auf den Weg nach Princeton, wo er am Graduate College Quartier nehmen und an seiner Doktorarbeit schreiben würde. Von Neumann, der sechs Jahre vorher in Princeton angekommen war, hatte sich mit voller Kraft ins amerikanische Leben gestürzt. Turing kam damit nie so ganz klar. »Die Amerikaner sind die unerträglichsten und unsensibelsten Geschöpfe, die man sich nur wünschen kann«, hatte er seiner Mutter noch von Bord des Schiffes mitgeteilt.[7]

Die Universität Princeton hatte keine Kosten gescheut, die Architektur von Turings Heimuniversität im englischen Cambridge zu imitieren. Unter Einsatz modernster Mittel hatte sie versucht, große Teile des Campus, insbesondere das neue Graduate College, aussehen zu lassen, als stamme es aus dem 13. Jahrhundert. Die Universitätskapelle war eine Nachbildung der Kapelle des King's College in Cambridge, und mehrere der neuen Studentenwohnquartiere waren neogotische Interpretationen von Zimmern in Cambridge und Oxford, allerdings mit Duschen und Zentralheizung. »Abgesehen von ihrem Dialekt gibt es nur ein – nein zwei! – Elemente des amerikanischen Lebens, die ich wirklich lästig finde: die Unmöglichkeit, ein ganz normales Bad zu nehmen, und ihre Vorstellung von angemessenen Zimmertemperaturen«, mokierte Turing sich nach seiner Ankunft.[8]

In die Mauern des Graduate College, das auf einer Kuppe zwischen dem Springdale-Golfplatz und der Olden-Farm stand, hatte man Steine eingefügt, die 1913 aus Cambridge und Oxford herbeigeschafft worden waren. Ein Turm, genannt der Cleveland Tower, ragte 53 Meter über den Innenhof empor; er beherbergte ein Glockenspiel, das über fünf Oktaven ging – der Studentenjahrgang 1892 hatte es gestiftet und auch dafür gesorgt, dass es in regelmäßigen Abständen erklingt, ausgenommen während der Disputationen. Die größte der Glocken wiegt 5800 Kilo und schlägt ein tiefes G. Der Speisesaal des Graduate College mit seinen Mosaikglasfenstern, seinen Gewölbedecken und seiner Orgel wurde von William Cooper Procter erbaut, einem Enkel des Mitgründers von Procter & Gamble; er stiftete auch zwei Stipendien (benannt nach Jane Eliza Procter und William Cooper Procter), die sicherstellen, dass jedes Jahr mindestens je ein Doktorand aus Cambridge, Oxford und Paris – »von einigermaßen guter Gesundheit und im Besitz eines edlen Charakters, einer ausgezeichneten Ausbildung und einer außergewöhnlichen wissenschaftlichen Perspektive« – in Princeton studiert. Eine geschnitztes Bildnis des Stifters, mit einem Becherglas in der Hand, das die Quelle der Stipendien symbolisiert, blickt vom Ende eines der Dachbalken aus Eichenholz herab.

»Es gibt anscheinend einen ziemlichen Verkehrsstau auf der Straße nach Princeton«, hatte von Neumann 1935 aus Cambridge, wo er das Frühjahrstrimester als Gastprofessor verbracht hatte, an Oswald Veblen geschrieben. Er hatte ausdrücklich Turing erwähnt, »den die Mathematiker von Cambridge offenbar nachdrücklich für das Procter-Stipendium empfehlen (und von dem ich ziemlich viel halte)«. Aber auch ein oder zwei andere, »deren Namen ich vergessen habe«, seien im Gespräch gewesen.[9] Turing, dessen erster Aufsatz »Equivalence of Left and Right Almost Periodicity« eine der Thesen von Neumanns bestärkte, konnte sich das Doktorandenstipendium im ersten Anlauf nicht sichern, doch ein Jahr später klappte es.

Von Neumann freundete sich während seines Cambridge-Aufenthalts 1935 mit dem Kombinatorik-Topologen Maxwell H. A. Newman an und charakterisierte ihn in einem Brief an Veblen als »sehr attraktiv sowohl von der topologischen als auch von der menschlichen Seite her«.[10] Newman war der

Sohn von Hermann Alexander Neumann, einem polnisch-deutschen Juden, der 1879 nach England ausgewandert war und sich 1916 in Newman umbenannt hatte. Max Newman, ein Förderer Turings, wurde auf Initiative von Neumanns ans Institut eingeladen und traf im September 1937 in Princeton ein, um ein ganzes akademisches Jahr dort zu verbringen. Seine Frau Lyn vermeldete ihrer Familie im heimischen England: »Max hat hier keine Stelle. Er sitzt einfach zu Hause und tut, was immer ihm gefällt.«[11] Den Großteil seiner Zeit verbrachte er damit, einen Beweis für die Poincaré-Vermutung zu führen, wobei ihm jedoch, wie sich später herausstellte, ein fataler Fehler unterlief. Lyn, die sich in der Folge eng mit Turing anfreundete, suchte in den Kriegsjahren mit ihren beiden Kindern in Princeton Zuflucht.

Wie von Neumann hatte auch Turing unter dem Einfluss von David Hilbert gestanden, dessen ehrgeiziges Formalisierungsprogramm zwischen dem Ersten und dem Zweiten Weltkrieg den Kurs für die Entwicklung der Mathematik setzte. Die Hilbert-Schule vertrat die These von der Widerspruchsfreiheit der Mathematik. 1928 formulierte Hilbert drei Fragen, mit deren Hilfe sich entscheiden lassen sollte, ob ein allumfassendes mathematisches Universum sich durch eine endliche Menge von Regeln definieren ließ: Ist die Mathematik widerspruchsfrei in dem Sinne, dass nicht gleichzeitig eine Behauptung und ihr Gegenteil bewiesen werden kann? Ist sie vollständig in dem Sinn, dass jede Behauptung entweder bewiesen oder widerlegt werden kann? Und: Gibt es ein Entscheidungsverfahren, das für eine Aussage in der gegebenen Sprache stets entweder einen endlichen Beweis dieser Aussage oder eine Widerlegung liefert (aber nie beides zugleich)? Gödel brachte das Hilbertprogramm 1931 mit seinen beiden Unvollständigkeitssätzen ins Stocken und zeigte auf, dass ein in sich widerspruchsfreies mathematisches System, das mächtig genug ist, die gewöhnliche Arithmetik zu enthalten, weder seine eigene Widerspruchsfreiheit beweisen noch vollständig sein kann.

Hilberts Frage, ob es ein zuverlässiges Verfahren gebe, das innerhalb eines gegebenen Systems beweisbare von unbeweisbaren Aussagen unterscheiden kann – sein »Entscheidungsproblem« –, blieb ungelöst. Schon allein die Frage suggerierte jedoch, dass es ein solches mathematisch definierbares mechanisches Verfahren geben müsse. Im Frühjahr 1935 – in der Zeit, als von Neumann sich besuchsweise in Cambridge aufhielt – hörte Turing Max Newmans Vorlesungen über die Grundlagen der Mathematik und wurde dabei erstmals mit dem Entscheidungsproblem konfrontiert. Die Herausforderung, die in Hilberts Entscheidungsproblem steckte, weckte bei Turing den Ehrgeiz zu beweisen, dass es mathematische Fragen gibt, die sich einer strengen mechanischen Behandlung entziehen.

Turing warf alle Axiome über Bord und ging zurück auf Los. »Eines der Kennzeichen extremer Originalität ist es, nicht alles als selbstverständlich zu betrachten, was geringere Geister selbstverständlich nennen«, sagt I. J. (Jack) Good, der während des Zweiten Weltkriegs Assistent Turings war. Originalität kann wichtiger sein als Intelligenz, eine Einsicht, für die Turing nach Überzeugung Goods den Beweis lieferte. »Henri Poincaré schnitt bei einem Intelligenztest ziemlich schlecht ab, und auch Turing bewegte sich nur im Mittelfeld der studentischen IQ-Verteilung, als er sich einem solchen Test unterzog.«[12] Hätte Turing sich zudem mit den Arbeiten von Alonzo Church oder Emil Post vertraut gemacht, die seine Erkenntnisse vorwegnahmen, hätte er womöglich einen weniger originellen Weg eingeschlagen. »Die Art und Weise, wie er mit Schulheften oder Druckerschwärze seine Argumentation veranschaulicht, ist typisch für seine Intuition und

Originalität«, sagt sein Kollege Robin Gandy. »Singen wir ein Loblied auf das unverstellte Denken.«[13]

Im Reich der natürlichen Zahlen (0,1,2,3 ...) ist eine Funktion dann berechenbar, wenn es einen Algorithmus (eine endliche Abfolge von Anweisungen) gibt, der exakt vorschreibt, wie der Wert der Funktion bei F(0) und, für jede andere natürliche Zahl n, bei F(n+1) ermittelt werden kann. Turing näherte sich der Frage nach berechenbaren Funktionen aus der entgegengesetzten Richtung, nämlich aus der Warte der als Ergebnis errechneten Zahlen. »Nach meiner Definition«, erklärte er, »ist eine Zahl berechenbar, wenn ihr Dezimalausdruck von einer Maschine niedergeschrieben werden kann.«[14]

Turing begann mit der intuitiven Vorstellung von einem »Rechner« – womit 1935 keine Rechenmaschine gemeint war, sondern ein mit Bleistift, Papier und Zeit ausgestatteter Mensch – und zog dann alles ab, was nicht für den Rechenvorgang von Bedeutung war. Übrig blieb eine Maschine, die er als »Automatic Machine« und später als LCM – Logical Computing Machine bezeichnete. Sie bestand aus einer »Black Box« (so simpel wie eine Schreibmaschine oder so kompliziert wie ein Mensch) mit der Fähigkeit, ein endliches Alphabet von Symbolen von einem endlichen, aber beliebig langen Papierstreifen abzulesen bzw. diesen damit zu beschreiben, und des Weiteren mit der Fähigkeit, ihre eigenen »m-Zustände« oder ihr »Bewusstsein« zu verändern.

»Wir können einen Mann, der gerade eine reelle Zahl berechnet, mit einer Maschine vergleichen, die nur über eine endliche Zahl von Zuständen ... verfügt, die ihre ›m-Zustände‹ heißen sollen«, schrieb Turing.

Die Maschine wird von einem »Band« versorgt, das (analog zum Papier) durch sie hindurchläuft und in Sektionen (»Felder« genannt) aufgeteilt ist, von denen jedes ein »Symbol«

> tragen kann. Zu jedem gegebenen Zeitpunkt ist es genau ein Feld, ... das »in der Maschine« ist. ... Durch Änderung ihres m-Zustands jedoch kann die Maschine einige der Symbole, die sie vorher »gesehen« ... hat, effektiv erinnern. ... In einigen der Zustände, in denen das abgetastete Feld leer ist (d. h. kein Symbol trägt), schreibt die Maschine ein neues Symbol aufs abgetastete Feld, in anderen Zuständen tilgt sie das abgetastete Symbol. Die Maschine kann auch das Feld ändern, das sie abtastet, aber nur durch Verschiebung um eine Stelle nach rechts oder links. Zuzüglich zu jeder dieser Operationen kann der m-Zustand geändert werden.[15]

Turing führte zwei grundlegende Prämissen ein: die Diskretheit der Zeit und die Diskretheit der Geisteszustände. Für eine Turingmaschine ist die Zeit kein Kontinuum, sondern eine Abfolge von Zustandsänderungen. Turing ging von einer endlichen Zahl möglicher Zustände zu jedem gegebenen Zeitpunkt aus. »Ließen wir eine unendliche Anzahl von Geisteszuständen zu, lägen einige von ihnen ›willkürlich dicht‹ beieinander und würden verwechselt«, erklärte er. »Die Beschränkung [beeinträchtigt] die Rechnung nicht ernsthaft, da kompliziertere Geisteszustände unnötig werden, indem einfach mehr Symbole auf das Band geschrieben werden.«[16]

Die Turingmaschine verkörpert somit das Verhältnis zwischen einem Muster von Symbolen im Raum und einer Abfolge von Ereignissen in der Zeit. Alle Spuren von Intelligenz sind beseitigt. Die Maschine kann und tut zu keiner Zeit mehr, als ein Zeichen zu setzen, ein Zeichen zu löschen und das Papierband um eine Stelle nach rechts oder links zu bewegen. Das Band ist nicht endlos, doch der Vorrat ist unbegrenzt. Jeder Schritt der Turingmaschine wird durch eine Liste von Befehlen gesteuert (ein Zeichen lesen, schreiben oder löschen, um eine Stelle nach rechts oder links rücken, den inneren Zustand verändern), die die Maschine ausführen muss, wenn sie an die Reihe kommen. Die Turingmaschine befolgt Anweisungen und macht nie einen Fehler. Komplexes Verhalten setzt keineswegs die Fähigkeit voraus, komplexe innere Zustände anzunehmen. Indem die Turingmaschine ausführliche »Protokolle« anlegt, kommt sie mit nur zwei inneren Zuständen aus. Für die Erzielung komplexer Verhaltensweisen ist es auch unerheblich, ob sie durch komplexe innere »m-Zustände« oder durch auf das Band codierte komplexe Symbole (oder Ketten einfacher Symbole) repräsentiert werden.

In seinem Aufsatz »On Computable Numbers ...« benötigte Turing nur elf Seiten, um die Blaupause für jene Maschine zu entwickeln, die als »universelle Turingmaschine« in die Geschichte eingegangen ist. »Es ist möglich, eine einzige Maschine zu erfinden, die dazu verwendet werden kann, jede berechenbare Folge zu errechnen«, verkündete er.[17] Wird diese Universalmaschine mit einer zweckmäßig codierten Beschreibung irgendeiner anderen Maschine gefüttert, so emuliert sie diese und liefert gleichwertige Ergebnisse. Alle Turingmaschinen – und damit alle berechenbaren Funktionen – lassen sich durch Zeichenketten von begrenzter Länge darstellen. Da die Zahl möglicher Maschinen abzählbar ist, die Zahl möglicher Funktionen jedoch nicht, muss es nichtberechenbare Funktionen (oder in Turings Worten: »nichtberechenbare Zahlen«) geben.

Mit einer an Gödel erinnernden Methode postulierte Turing die Existenz von Funktionen, für die es zwar eine endliche Beschreibung gibt, die sich aber nicht mit endlichen Mitteln berechnen lassen. Ein Beispiel war das sogenannte Halteproblem, das algorithmisch grundsätzlich nicht entschieden werden kann. Turing demonstrierte, dass die Unlösbarkeit des Halteproblems die Unlösbarkeit einer großen

Klasse ähnlicher Probleme impliziert, darunter auch die des Hilbertschen Entscheidungsproblems. Anders als von Hilbert erwartet, gibt es kein zuverlässiges mechanisches Verfahren, mit dem man die Beweisbarkeit einer beliebigen mathematischen Aussage in einer endlichen Zahl von Rechenschritten beweisen oder widerlegen kann.

Im April 1936 übergab Turing Newman einen Entwurf seines Aufsatzes, nachdem er ein ganzes Jahr daran gearbeitet hatte. »Die erste Lektüre von Alans Meisterwerk muss für Max eine atemberaubende Erfahrung gewesen sein, und von dem Tag an wurde Alan zu einem seiner wichtigsten Schützlinge«, erzählt Max' Sohn William Newman.[18] Max Newman setzte sich dafür ein, dass »On Computable Numbers ...« in den *Proceedings of the London Mathematical Society* veröffentlicht wurde, und arrangierte einen Studienaufenthalt Turings bei Alonzo Church in Princeton. Es sei äußerst wichtig, dass Alan Turing »baldmöglichst in Kontakt mit den führenden Köpfen auf diesem Gebiet tritt, damit er sich nicht zu einem ausgemachten Einzelgänger entwickelt«, schrieb Newman an Church.[19]

Nachdem Turing mit seinem Sextanten im Gepäck in Princeton angekommen war, versuchte er mit seinem Stipendium in Höhe von 300 Pfund vom King's College das Jahr zu überleben. Die Druckfahnen für »On Computable Numbers ...« trafen am 3. Oktober per Post aus London ein. »Es dürfte jetzt nicht mehr lang dauern, bis der Aufsatz herauskommt«, schrieb er am 6. Oktober an seine Mutter.[20] Die Veröffentlichung am 30. November 1936 blieb weitgehend unbeachtet. »Ich war enttäuscht von der Resonanz hier«, schrieb Turing im Februar 1937 an seine Mutter. »Die Vorstellung, einen langen Sommer in diesem Land zu verbringen, behagt mir nicht allzu sehr«, fügte er hinzu.[21] Nur zwei Anfragen nach Exemplaren trafen ein. Techniker ließen den Aufsatz links liegen, weil er ihnen ganz und gar theoretisch erschien, und Theoretiker störten sich daran, dass in ihm von Papierbändern und Maschinen die Rede war.

»Ich erinnere mich, Turings Aufsatz 1942 in der Bibliothek des Trinity College gelesen zu haben«, sagt Freeman Dyson. »Und ich dachte: ›Was für ein Glanzstück mathematischer Arbeit!‹ Aber ich hätte mir nie träumen lassen, dass irgendjemand einen praktischen Gebrauch von diesen Erkenntnissen machen könnte.«[22] Kaum jemand erwartete von einem 24-jährigen Doktoranden eine Blaupause für eine technologische Revolution, zumal die mathematische Logik ein eher unwahrscheinlicher Ausgangspunkt dafür war. »Zu meiner Studentenzeit sahen sogar die Topologen in den Logikern Wesen von einem anderen Stern«, kommentierte Martin Davis 1986. »Heute kann man in jedem besseren Bahnhofskiosk einen Logiktester kaufen.«[23] Turings Universalmaschine hat seit nunmehr 79 Jahren durchgehalten.

Im März 1937 veröffentlichte Alonzo Church im *Journal of Symbolic Logic* eine Besprechung von »On Computable Numbers ...«, in der er den Ausdruck »Turingmaschine« prägte. »Berechenbarkeit durch eine Turingmaschine«, schrieb Church, »hat den Vorteil, im gewöhnlichen (nicht ausdrücklich definierten) Sinn sofort evident zu werden«.[24] Diese Gleichsetzung von intuitiver Berechenbarkeit mit »effektiver Rechenbarkeit« wurde in der Folge als die Church-Turing-These bekannt.

Sogar Gödel, der ansonsten die meisten Versuche, seine eigenen Erkenntnisse zu stützen, vom Tisch wischte, bescheinigte der Church-Turing-These, sie sei ein großer Schritt nach vorne. »Mit diesem Konzept ist es zum ersten Mal gelungen, eine absolute Definition zu erstellen, ... die unabhängig von dem gewählten Formalismus ist«, konzedierte er 1946. Vor Church und Turing war die Gültigkeit jeder Definition durch die Sprache begrenzt, in der das Konzept definiert wurde. »Im Hinblick auf das Konzept der Berechenbarkeit stellt sich ... die Lage jedoch anders dar«, stellte Gödel fest. »Wie durch ein Wunder transzendiert der Begriff der Berechenbarkeit den Formalismus, in dem er ausgedrückt wird.«[25]

»Man kann sich heute nur noch schwer vorstellen, was für eine tollkühne Innovation es war, den Grundlagen der Mathematik mit Papierbändern und in sie eingestanzte Zeichenmuster zu Leibe zu rücken«, erinnerte sich Max Newman 1955.[26] Für Turing bestand die nächste Herausforderung darin, die mathematische Logik praktisch umzusetzen. »Turings großes Interesse an praktischen Experimenten aller Art führte dazu, dass er schon damals über Möglichkeiten nachdachte, tatsächlich eine Maschine nach diesen Vorgaben zu bauen.«[27]

Die Titelwahl »On Computable Numbers ...« (und nicht etwa »On Computable Functions ...«) signalisierte einen Paradigmenwechsel. Vor Turing waren Zahlen Objekte, mit denen man etwas machte. Nach Turing begannen Zahlen selbst etwas zu machen. Indem er zeigte, dass eine Maschine als Zahl und eine Zahl als Maschine verstanden werden konnte, lenkte er die Aufmerksamkeit auf Zahlen, die auf eine ganz neue Art und Weise »berechenbar« waren – heute spricht man von Software.

Auch wenn Turing Gast der Universität Princeton war und von Neumann am Institut arbeitete, teilten sich Mathematiker aus beiden Einrichtungen Arbeitsräume in der Fine Hall. »Turing hatte sein Arbeitszimmer direkt neben von Neumann, und von Neumann interessierte sich sehr für solche Sachen«, sagt Herman Goldstine. »Er wusste über die Arbeit Turings genau Bescheid und ... verstand ihre Bedeutung, als der richtige Zeitpunkt kam. Die ganze Geschichte mit dem seriellen Rechner, Papierband und allem, was dazugehörte –

das war zweifellos Turing.«[28] Julian Bigelow pflichtet ihm bei: »Es war kein Zufall, dass der Programmspeicher-Rechner ein rundes Jahrzehnt, nachdem ... Emil Post und Alan Turing den theoretischen Rahmen für diese Art des Denkens geliefert hatten, Wirklichkeit wurde«, bestätigt er. Von Neumann sei mit »der Arbeit von Gödel, Post und Church vertraut« gewesen und habe daher gewusst, dass der Universalrechner machbar war«.[29]

»Ich hatte nie von Turing gehört, bis ich nach Princeton kam«, erzählt Bigelow. »Aber nachdem ich einen Monat hier war, sprach ich mit von Neumann über verschiedene Arten induktiver und evolutionärer Prozesse, und da sagte er wie nebenbei: ›Genau davon hat Turing gesprochen.‹ Und ich fragte: ›Wer ist Turing?‹ Und er sagte: ›Schauen Sie mal rein in die *Proceedings of the London Mathematical Society* von 1937.‹ Von Neumann und ein paar andere Leute hatten begriffen, dass es eine Universalmaschine gibt, die alle anderen Maschinen emulieren kann. Und als er das einmal verstanden hatte, wusste er, welches enorme Potential damit verbunden war.«[30]

Für Turing erwies sich das Palmer Physical Laboratory, das von der Fine Hall aus über einen Durchgang zu erreichen war, als unwiderstehliche Versuchung. »Turing entwarf in der Tat ein elektrisches Multipliziergerät und baute die ersten drei oder vier Vorstufen, um zu sehen, ob man es zum Laufen bringen konnte«, erzählt Malcolm MacPhail, der Turing einen Schlüssel zur Werkstatt lieh. »Er brauchte drei relaisgesteuerte Schalter, die er, weil sie zu der Zeit im Handel nicht erhältlich waren, selbst baute. ... Und zu unserer Überraschung und Freude funktionierte die Rechenmaschine.«[31]

Nachdem Turing mit seiner Universalmaschine die Grenzen der mathematischen Logik so weit wie möglich hinausgeschoben hatte, begann er sich zu fragen, ob es Möglichkeiten gebe, die Grenzen geschlossener formaler Systeme und rein deterministischer Maschinen hinter sich zu lassen. Seine Dissertation – fertiggestellt im Mai 1938 und 1939 unter dem Titel »Systems of Logic based on Ordinals« veröffentlicht – verkörperte den Versuch, die von Gödel postulierte Unvollständigkeit mittels einer Abfolge formaler Systeme von schrittweise wachsender Vollständigkeit zu überwinden. »Gödel zeigt, dass jedes System der Logik in einem gewissen Sinn unvollständig ist, weist aber zur gleichen Zeit ... auf die Möglichkeit hin, von einem System L der Logik zu einem vollständigeren System L' zu gelangen«, erklärte Turing.[32] Was also sprach »dagegen, L' einzubinden? Und wenn man L' einbindet, warum dann nicht auch L''?« Turing erfand eine neue Klasse von Maschinen, die auf deterministischem Weg Schritt für Schritt weiter vorankommen, indem sie sporadisch einen nichtdeterministischen Entwicklungssprung einlegen, indem sie »gleichsam eine Art Orakel befragen«.

»Wir werden auf das Wesen dieses Orakels nicht näher eingehen, außer dass wir feststellen, dass es keine Maschine sein kann«, erklärte Turing. »Mit Hilfe des Orakels könnten wir eine neue Art von Maschinen kreieren (nennen wir sie O-Maschinen).«[33] Turing zeigte, dass unentscheidbare Aussagen, die sich auch der Nachhilfe durch ein externes Orakel entziehen, nach wie vor formulierbar waren und dass das Entscheidungsproblem ungelöst bleiben würde. Alle Welt kennt die universelle Turingmaschine von 1936, doch die »O-Maschinen«, die er 1939 erfand, kommen der Art und Weise, wie (sowohl menschliche als auch künstliche) Intelligenz funktioniert, möglichweise näher: Nach Absolvieren einer Sequenz logischer Schritte kann die Intuition dabei helfen, eine sich auftuende Lücke zu überbrücken.

»Das mathematische Denken lässt sich womöglich ziemlich schematisch als kombinierte Ausübung zweier Fähigkeiten betrachten, die wir als Intuition und Findigkeit bezeichnen können«, erklärte Turing. »Intuition besteht darin, spontane Urteile zu fällen, die nicht das Ergebnis bewusster Gedankengänge sind. Diese Urteile sind oft, aber keineswegs zwangsläufig zutreffend (wobei ich die Frage außer Acht lasse, was ›zutreffend‹ bedeutet).«[34] Die Funktion der Findigkeit sah Turing darin, »die Intuition zu unterstützen«, nicht aber sie zu ersetzen. »In den Zeiten vor Gödel glaubten manche, es werde wahrscheinlich möglich sein, dieses Programm bis an einen Punkt voranzutreiben, an dem alle intuitiven Urteile von Mathematikern durch eine endliche Zahl dieser Regeln ersetzt werden können«, fuhr er fort. »Der Bedarf an Intuition wäre dann vollständig beseitigt.« Was aber, wenn man Intuition durch Findigkeit ersetzen könnte – und im nächsten Zug die Findigkeit durch mächtige Suchverfahren? »Wir sind immer in der Lage, aus den Regeln einer formalen Logik eine Methode für die Nummerierung der Aussagen abzuleiten, die mit den Mitteln dieser Logik beweisbar sind. Stellen wir uns vor, alle Beweise würden die Form einer Durchsuchung dieser Aufzählung annehmen nach dem Theorem, das wir beweisen wollen. Wenn wir so vorgehen, ersetzen wir Findigkeit durch Geduld.«[35] Tatsächlich erweise sich aber keine noch so große Geduld als ausreichend. Findigkeit und Intuition würden nie überflüssig werden.

Die Bezüge zwischen Geduld, Findigkeit und Intuition veranlassten Turing, über Kryptographie nachzudenken, eine Disziplin, in der ein wenig Erfindungsgabe bei der Verschlüsselung einer Botschaft unter Umständen eine große Menge von Findigkeit aufseiten derjenigen verschleißen kann, die die Botschaft unterwegs abfangen. Eine Turingmaschine kann angewiesen werden, sinnvolle Aussagen in einem scheinbar sinnlosen Rauschen zu verstecken – nur wer den Schlüssel kennt, kann die Aussage wiederherstellen. Man kann eine Turingmaschine auch anweisen, nach sinnvollen Aussagen zu suchen; da es jedoch immer sehr viel mehr sinnlose als sinnvolle Aussagen gibt, kann man vermuten, dass die Verschlüsselung den Sieg davonträgt. »Ich habe gerade eine denkbare Anwendung der Ideen entdeckt, an denen ich gegenwärtig arbeite«, schrieb Turing im Oktober 1936 an seine Mutter. »Sie beantwortet die Frage: ›Was ist die allgemeinst mögliche Art von Codierung oder Verschlüsselung?‹ und versetzt einen gleichzeitig in die Lage, jede Menge interessanter Codes zu formulieren. Einer davon ist ohne den Schlüssel praktisch unmöglich decodierbar, während die Codierung sehr schnell geht. Ich vermute, dass ich diesen Code für eine erhebliche Summe an die Regierung Seiner Majestät verkaufen könnte, habe aber gewisse Zweifel bezüglich der moralischen Qualität solcher Dinge. Was meinst du?«[36]

Nach Fertigstellung seiner Dissertation bereitete Turing sich auf die Rückkehr nach England vor. Von Neumann bot ihm eine Stelle als sein Assistent am Institut zu einem Gehalt von 1500 Dollar im Jahr an, doch da Krieg in der Luft lag, zog es Turing ins heimatliche England zurück. »Wir sehen uns Mitte Juli«, schrieb er an seinen Freund und Mathematikerkollegen am King's College, Philip Hall. »Im Übrigen rechne ich fest damit, dass 2,50 Meter tiefe Schützengräben den hinteren Rasen durchziehen.«[37] Am 18. Juli 1938 traf er in Southampton ein.

Kryptographie und Kryptoanalyse wurden für den Verlauf des Zweiten Weltkrieges bald so entscheidend wie die Waffenphysik. Gegen Ende des Ersten Weltkriegs hatte ein deutscher Elektroingenieur namens Arthur Scherbius eine Verschlüsselungsmaschine erfunden und sie der deutschen Marine angeboten, die ihm allerdings einen Korb gegeben hatte. Scherbius hatte daraufhin die Chiffriermaschinen Aktiengesellschaft gegründet, um unter dem Markennamen Enigma seine Erfindung als Werkzeug für die Verschlüsselung kommerzieller Daten (wie etwa Banküberweisungen) zu vermarkten. Die deutsche Marine überlegte es sich 1926 anders und kaufte eine modifizierte Version der Enigma-Maschine an; das deutsche Heer zog 1928 nach, gefolgt von der deutschen Luftwaffe 1935.

Die Enigma enthielt einen Satz austauschbarer Walzen, in die 26 elektrische Kontakte eingearbeitet waren, einer für jeden Buchstaben des Alphabets. Die Kontakte waren so miteinander verdrahtet, dass ein Signal, das auf einer Seite der Walze eingegeben wurde, z. B. der Buchstabe A, auf der anderen Seite als etwas anderes herauskam. Jede Station innerhalb eines Kommunikationsnetzwerks verfügte über eine Anzahl unterschiedlicher, einander zugeordneter Walzen. Mitteilungen wurden über eine Tastatur eingegeben, die elektrischen Strom durch drei benachbarte Walzen an eine sogenannte Umkehrwalze schickte, die das Signal auf dem umgekehrten Weg durch die ersten drei Rotoren zurücksandte, bis es schließlich bei einer von 26 Glühbirnen landete, die den nächsten Buchstaben des verschlüsselten Textes anzeigte. Die Walzen waren mit der Tastatur mechanisch verbunden wie die Räder eines Tachometers, sodass der Zustand der Maschine mit jedem eingegebenen Zeichen wechselte. Verfügte der Empfänger der Botschaft über eine identische Maschine, in die exakt dieselben Rotoren in derselben Startposition eingesetzt waren, so ließ sich das Ganze in umgekehrter Richtung durchexerzieren, mit dem entschlüsselten Klartext als Ergebnis.

Im September 1939 trat Turing in die dem britischen Außenministerium unterstellte Code and Cypher School ein, die auf einem Landgut in Buckinghamshire, bekannt als Bletchley Park, untergebracht war. Die Aufgabe dieser Einrichtung war es, die Enigma-Codes zu knacken, die die deutschen Militärbehörden inzwischen durch die Einführung neuer Walzen-konfigurationen und durch häufiges Wechseln der Schlüssel noch sicherer gemacht hatten. Für streng geheimen Funkverkehr, insbesondere mit der U-Boot-Flotte, wurden eine zusätzliche Position und ein Steckerbrett hinzugefügt, das zehn Buchstabenpaare noch einmal durcheinanderwirbelte. »Die Zahl möglicher Anfangszustände der Maschine zu Beginn der Übermittlung einer Botschaft lag bei rund 9×10^{20}. Für die U-Boote lag sie bei rund 10^{25}«, erinnert sich I. J. (Jack) Good, der im Mai 1941, gerade einmal 25 Jahre alt, als Assistent Turings für statistische Aufgaben zum Team stieß.[38]

Bei der Enigma mit drei Walzen hätte ein Angriff mit dem Trial-and-Error-Verfahren, bei dem pro Sekunde 1000 Kombinationen geprüft worden wären, 3 Milliarden Jahre gebraucht, um alle rechnerisch möglichen Konfigurationen durchzutesten. Bei einem Angriff auf die Enigma mit vier Walzen hätte man rund 200 000 Kombinationen pro Sekunde ausprobieren müssen, um in 15 Milliarden Jahren (dem Alter des Universums) auf die richtige Lösung zu kommen. Bletchley Park schaffte es schließlich, einen signifikanten Teil des abgefangenen Enigma-Funkverkehrs innerhalb weniger Tage, ja manchmal binnen Stunden zu dechiffrieren. Dieser Erfolg war das Ergebnis von Intuition und Findigkeit auf der britischen Seite, befördert durch menschliche Irrtümer auf der Gegenseite.

»Bei Kriegsausbruch gab es wahrscheinlich nur zwei Menschen, die glaubten, das Enigma-System der deutschen Marine könne geknackt werden«, erklärte Hugh Alexander in einem gleich nach Kriegsende abgefassten historischen Abriss für den internen Dienstgebrauch. »Frank Birch, mein Vorgesetzter, glaubte, dass man es knacken könnte, weil es geknackt werden musste, und Turing glaubte, dass es geknackt werden könnte, weil es eine so interessante Herausforderung war.« Turing erklärte sein Interesse so: »Niemand sonst unternahm irgendetwas dagegen. Das Problem gehörte mir allein.«[39] Das Knacken der deutschen Enigma-Codes mit dem Ziel, die Positionen der die britischen Nachschublinien kappenden deutschen U-Boote zu ermitteln, war lebenswichtig für den Fortbestand Englands.

Polnische Kryptographen hatten einen Frühstart hingelegt, indem sie schon vor Ausbruch des Krieges Botschaften dechiffriert hatten, die mit einer dreiwalzigen Enigma verschlüsselt worden waren. Drei junge polnische Mathematiker (Henryk Zygalski, Jerzy Rózycki und Marian Rejewski) hatten es mit Hilfe der französischen Spionageabwehr und dank einer deutschen Enigma, die von polnischen Zollbeamten 1928 beschlagnahmt worden war, geschafft, die Suche nach den Walzen-Konfigurationen so weit einzugrenzen, dass sie der Verschlüsselung mit elektromechanischen Vorrichtungen namens »Bombes« im Trial-and-Error-Verfahren zu Leibe rücken konnten. Die Bombes probierten inkrementell verschiedene Möglichkeiten aus und kamen zum Stillstand, wenn sie auf eine mögliche Walzen-Konfiguration stießen. Das charakteristische Ticken, gefolgt von Stille, könnte der Maschine ihren Namen gegeben haben. Spätere Versionen des Geräts, die unter Mitwirkung Turings konstruiert und von der British Tabulating Machine Co. massenhaft produziert wurden, emulierten 36 Enigma-Maschinen auf einmal. Die »Bombes« waren eine konkrete Anwendung von Turings Idee einer einzelnen Maschine, die in der Lage war, das Verhalten einer großen Zahl anderer Maschinen zu emulieren.

1941 begannen die Deutschen, ihre Telekommunikation mit viel schnelleren digitalen Geräten zu verschlüsseln: dem von Siemens hergestellten Geheimschreiber und dem »Schlüsselzusatz« von Lorenz. Diese Geräte, die in ihrer Gesamtheit von den Briten den Decknamen FISH erhielten, erzeugten einen Schlüsselcode, der sich aus Abfolgen von Nullen und Einsen zusammensetzte und auf die binäre Darstellung eines unverschlüsselten Klartexts aufaddiert wurde; das Ergebnis wurde auf gewöhnlichem 5-Bit-Telexstreifen übermittelt. Die zwölf Walzen des Geheimschreibers waren unterschiedlich lang und ringsum mit insgesamt 501 Stiften bestückt, die in jeweils zwei Stellungen gebracht werden konnten, was bedeutete, dass das System 2^{501} (oder rund 10^{150}) unterschiedliche Zustände annehmen konnte. Der aus den Ziffern 0 und 1 bestehende Schlüssel wurde auf den ebenfalls binär vorliegenden Klartext aufaddiert, wobei 0+1=1 und 1+1=0 ergaben. Das Ergebnis war wiederum eine Abfolge von Einsen und Nullen, repräsentiert durch gelochte und ungelochte Stellen auf dem Papierstreifen. Wenn auf der Empfängerseite der Schlüssel erneut hinzuaddiert wurde, kam wieder der ursprüngliche binäre Text heraus.

Der mit FISH verschlüsselte Funkverkehr war für die elektromechanischen Bombes nicht entschlüsselbar. Die Engländer entwickelten eine Reihe von Maschinen namens »Heath Robinson«, bei deren Bau sie von der Annahme ausgingen, dass es, wenn man zwei verschiedene Bänder von Lochstreifen als Schleifen simultan laufen ließ, möglich sein müsste, alle rechnerisch möglichen Kombinationen der beiden Zeichenfolgen zu vergleichen. Die »Heath Robinsons« nutzten handelsübliche Fernschreiber-Lochstreifen und den gängigen 5-Bit-Telexcode, wobei die Streifen in hoher Geschwindigkeit über photoelektrische Leseköpfe gespult wurden; der Vergleich zwischen den Sequenzen erfolgte mit Hilfe elektronischer Schaltkreise. Eine große Schwierigkeit bestand darin, die Laufgeschwindigkeit beider Schleifen exakt zu synchronisieren.

Thomas H. Flowers, ein Mitarbeiter der Abteilung für Telekommunikationsforschung der Britischen Post, machte den Vorschlag, eine der beiden Bandschleifen überflüssig zu machen, indem man die auf ihr gespeicherten Informationen auf einen aus 1500 Vakuumröhren bestehenden internen Speicher übertrug. Die Zeichensequenzen der anderen Schleife konnten mit denen des Speichers synchronisiert werden, während das Band ohne Perforation, mit einem reinen Reibungsantrieb, wesentlich schneller gefahren werden konnte. »Die Lochstreifenbänder wurden mit einer Rate von 5000 Zeichen pro Sekunde abgetastet, was einer Bandgeschwindigkeit von 45 km/h entspricht«, erinnerte sich Jack Good. »Für mich gehört die Tatsache, dass Telexstreifen mit so hoher Geschwindigkeit gefahren werden konnten, zu den größten Geheimnissen des Zweiten Weltkriegs!«[40]

Mit etwas Übung wurde es möglich, Bandschleifen von bis zu 60 Meter Länge zu verarbeiten. Die neue Maschine, die den Decknamen »Colossus« erhielt, wurde unter Aufsicht von Flowers gebaut und unter Leitung von Max Newman betrieben und programmiert, dem Mann, der 1935 das Interesse Turings für das Entscheidungsproblem geweckt hatte. »Colossus« war eine elektronische Turingmaschine; auch wenn sie noch keine Universalmaschine war, verfügte sie doch über alle Elemente einer solchen.

»Colossus« war so erfolgreich (und das FISH-System so fruchtbar), dass gegen Kriegsende in England nicht weniger als zehn »Colossi« in Gebrauch waren; die neueren unter ihnen waren mit je 2400 Vakuumröhren bestückt. Programmiert wurden sie mittels einer Stecktafel und zahlreichen Kippschaltern an der Rückwand der Maschine. »Dass sie flexibel programmiert werden konnte, ging wahrscheinlich auf Ideen und Vorschläge Newmans und vielleicht auch Turings zurück, die beide mit der Booleschen Logik vertraut waren. Und diese Flexibilität trug hübsche Früchte«, erinnert sich I. J. Good. »Der Arbeitsablauf war so, dass ein Kryptoanalytiker vor Colossus saß und der WREN – einer Mitarbeiterin des

Womens Royal Navy Service – Anweisungen für das Umstecken von Kontakten erteilte, abhängig davon, was in die Tastatur des Schreibautomaten eingegeben wurde. In diesem Stadium bestand eine hautnahe Synergie zwischen Mann, Frau und Maschine.«[41] Als Verbindungsglied zum modernen Computer verkörperte der Colossus einen ebenso großen Sprung nach vorne wie der ENIAC; allerdings lief er schon zu einem Zeitpunkt, als der ENIAC noch im Entstehen begriffen war. Jedes Gerät im FISH-Verbund war eine Art Turingmaschine, und die Dechiffrierverfahren waren Musterbeispiele dafür, wie die Anweisungen einer Turingmaschine von einer anderen decodiert wurden. Da die FISH-Geräte ihre Konfiguration ständig wechselten und die Engländer keine Möglichkeit hatten, den jeweils nächsten Zustand vorauszusehen, mussten sie raten. Colossus, der die Briten in die Lage versetzte, verschlüsseltes Deutsch von zufälligem alphabetischen Rauschen zu unterscheiden, war ein entfernter Vorläufer der Suchmaschine, er durchkämmte das präkambrische digitale Universum nach Fragmenten des gesuchten Schlüssels, bis die Teile zusammenpassten.

Es waren die Veteranen von Bletchley Park und vom Telecommunications Research Establishment (TRE), die als Erste einen Elektronenrechner mit Programmspeicher (die Small Scale Experimental Machine in Manchester, deren erstes Programm am 21. Juni 1948 lief) und einen elektronischen Speicher der Kilobit-Klasse (die elektrostatische Williams-Röhre) präsentierten. Unterdessen hatten freilich die Amerikaner, die die Rechner zur Entwicklung der Wasserstoffbombe einsetzten, die Führung übernommen. Als Bletchley Park aufgelöst wurde, hatten die ausgeschiedenen Mitarbeiter unter dem Official Secrets Act zu leiden – sie durften nicht offen auf ihre Arbeit in den Kriegsjahren verweisen. Während der ENIAC im Februar 1946 der Öffentlichkeit vorgestellt wurde, blieb die Existenz von Colossus noch weitere 32 Jahre lang ein Staatsgeheimnis.

Das Ausmaß der direkten Zusammenarbeit zwischen Turing und von Neumann bleibt unbekannt. Die Briten verfügten über eine ernstzunehmende Atomwaffen-Forschungsgruppe und leisteten – in Kooperation mit von Neumann – wichtige Beiträge zu Los Alamos. Die Amerikaner verfügten wiederum über fähige Kryptoanalytiker, die – über Turing – Bletchley Park unterstützten. Turing hielt sich von November 1942 bis März 1943 in den Vereinigten Staaten auf, von Neumann war zwischen Februar und Juli 1943 in England. Bei beiden Aufenthalten handelte es sich um Geheimmissionen; amtliche Aufzeichnungen über Kontakte zwischen den beiden Pionieren in der Kriegszeit sind nicht vorhanden.

»Es gab da eine Komplikation im Zusammenhang mit seinem Auftrag, was dazu führte, dass er sich eine Zeitlang nutzlos in New York herumdrückte«, berichtet Sara Turing über Alans dreimonatigen USA-Aufenthalt während des Krieges. »Offenbar nutzte er die Gelegenheit, um in Princeton vorbeizuschauen, und wahrscheinlich bekam er dort etwas von den Fortschritten bei den Rechenmaschinen in den Staaten mit. Er kehrte auf einem Kriegsschiff zurück und wurde auf dem Atlantik tüchtig durchgeschüttelt.«[42] Jack Good erinnert sich, dass Turing nach seiner Rückkehr aus den Vereinigten Staaten im März 1943 über ein »Problem« sprach, das mit »Schießpulversäcken« zu tun hatte, die »an den Schnittpunkten ganzzahliger Koordinaten auf einer Fläche angeordnet sind. Wenn die Wahrscheinlichkeit besteht, dass die Explosion eines Sacks die benachbarten Säcke ebenfalls zur Explosion bringt, wie hoch ist dann die Wahrscheinlichkeit, dass die Explosion sich ins Unendliche fortsetzt?«[43] Wenn man die Probleme bei der Abschätzung der Wahrscheinlichkeit einer nuklearen Kettenreaktion beschreiben wollte, ohne etwas über Spaltungsprozesse zu sagen, wäre das Bild mit den Pulversäcken eine ganz gute Annäherung.

J. R. Womersley, Superintendent der Mathematik-Abteilung des Britischen National Physical Laboratory (NPL), hatte »On Computable Numbers …« schon vor dem Krieg gelesen und ein Interesse an Turingmaschinen entwickelt; im Frühjahr 1945 wurde er in die Vereinigten Staaten entsandt mit dem Auftrag, die jüngsten (noch geheimen) Entwicklungen im Bereich der Elektronenrechner auszukundschaften, darunter auch den in Harvard gebauten bandgesteuerten Elektronenrechner Mark I, den er in einem Brief nach Hause als »Turing in Maschinengestalt« bezeichnete. Womersley berichtete an Douglas R. Hartree, der alles wiederum an Sir Charles Darwin (einen Enkel *des* Darwin), den Direktor des NPL, weitergab. »JRW bekommt den ENIAC zu sehen und erhält von von Neumann und Goldstine Informationen über den EDVAC«, notierte Womersley 1946.[44] Im Juni 1945 traf er sich mit Max Newman und bat um eine Begegnung mit Turing. »Lernt Turing am selben Tag kennen und lädt ihn nach Hause ein«, notierte Womersley. »Zeigt Turing den ersten Bericht über den EDVAC und überredet ihn, in das Team des N. P. L. einzutreten, arrangiert Vorstellungsgespräch und überzeugt Direktor und Sekretär.«[45] Im September 1945 erhielt Turing den Auftrag, die vorliegenden Berichte über ENIAC und EDVAC zu analysieren. »Turing kommt zu der Erkenntnis, dass die für den EDVAC vorgeschlagenen Mechanismen seinen Ideen am ehesten entsprechen.«[46]

»Ich bin natürlich in enger Fühlung mit Turing«, schrieb Max Newman Anfang Februar 1946 an von Neumann. »Vor rund 18 Monaten beschloss ich, sobald wie möglich eine Maschine zu bauen.« Da technische Einzelheiten über den ENIAC noch der Geheimhaltung unterlagen und Colossus offiziell noch nicht einmal existierte, konnte ein Informationsaustausch nur im direkten persönlichen Kontakt erfolgen. »Am liebsten würde ich rüberkommen und mit Ihnen reden. (Ich bin nach wie vor ein bisschen unfrei beim Diskutieren der Vergangenheit und muss Sie bitten, zwei und zwei nicht allzu akkurat zusammenzuzählen, und wenn Sie es doch tun, nicht darüber zu sprechen.)«[47]

Von Neumann arrangierte für Newman ein Stipendium für einen Besuch in Princeton. Im Januar 1947 fuhr jedoch Turing selbst dorthin und berichtete danach: »Ich bringe aus den USA keinerlei wichtige neue technische Informationen mit, was nach meinem Dafürhalten vor allem daran liegt, dass die Amerikaner uns im Lauf des vergangenen Jahres so gut auf dem Laufenden gehalten haben. ... Die mit Abstand am klarsten denkende und weitsichtigste Gruppe sitzt in Princeton, und ich werde versuchen, mit ihr in Verbindung zu bleiben.«[48]

Der Krieg hatte die Vorgeschichte der neuen Erfindungen ebenso gründlich vernebelt wie eine Enigma-Maschine eine durch sie hindurchgeschleuste Textbotschaft. Radar, Kryptoanalyse, Flakfeuer-Leittechnik, Elektronenrechner und Atomwaffen waren allesamt geheime Kriegsprojekte gewesen, bei denen hinter den schützenden Sicherheitsschranken das Prinzip des freien Ideenaustauschs geherrscht und niemand sich um Patentrechte oder auch nur positive Peer-Reviews gekümmert hatte. Von Neumann schlüpfte in die Rolle einer Boten-RNA und tat sein Bestes, die brillantesten Ideen weiterzuverbreiten – wie etwa Turings Universalmaschine. Unter den gebundenen Ausgaben der Zeitschrift *Proceedings of the London Mathematical Society*, die in den Regalen der Bibliothek des Institute for Advanced Study stehen, findet sich ein Band, der gründlich aus dem Leim gegangen ist, vermutlich weil er viele Male aufgeschlagen wurde: Band 42 mit Turings »On Computable Numbers ...« auf den Seiten 230 bis 265.

Turing und von Neumann teilten das Interesse an Computern – aber ansonsten nicht viel. Von Neumann zeigte sich in der Öffentlichkeit selten ohne Anzug, während Turing in der Regel etwas abgerissen wirkte. »Er neigte zur Schlunzigkeit«, sagte seine Mutter.[49] Von Neumann hatte die Fähigkeit, sich in freier Rede sehr präzise auszudrücken; wenn Turing etwas sagte, tat er es stockend, als könnten die Worte nicht mit seinen Gedanken Schritt halten. Turing übernachtete in Jugendherbergen und war ein erstklassiger Langstreckenläufer. Von Neumann verweigerte sich entschieden jedem Sport und stieg nur in erstklassigen Hotels ab. Von Neumann hatte eine Schwäche für Frauen, während Turing Männer vorzog.

Wenn von Neumann über elektronisches Rechnen sprach, gebrauchte er nie den Begriff »künstliche Intelligenz« – für Turing war es eins seiner Lieblingsthemen. Turing und von Neumann entwarfen Computer unterschiedlicher Bauart und schrieben Codes mit unterschiedlicher Grammatik. Von Neumann fasste seine Konzeption in seinem »First Draft of a Report on the EDVAC« vom 30. Juni 1945 und in »Preliminary Discussion of the Logical Design of an Electronic Computing Instrument« vom 28. Juni 1946 zusammen, Turing die seinige in seinem Aufsatz »Proposed Electronic Calculator«, den er kurz nach seiner Lektüre des EDVAC-Berichts im September 1940 für das National Physical Laboratory niederschrieb. Er lieferte darin eine ausführliche Beschreibung einer auf 1 Million Zyklen pro Sekunde getakteten »Automatic Computing Engine« (ACE), ergänzt um Schaltkreisdiagramme, eine detaillierte physikalische und logische Analyse des internen Speichersystems, Musterprogramme, detaillierte (wenn auch alles andere als fehlerfreie) Subroutinen und sogar eine Kostenschätzung, die sich auf 11 200 britische Pfund belief.[50] Wie Sara Turing später erklärte, ging es ihrem Sohn darum, »dafür zu sorgen, dass seine Theorie einer Universalmaschine, die er im Aufsatz über ›Computable Numbers‹ dargelegt hatte, konkretisiert wurde«.[51]

Turing verglich mehrere verfügbare Speichertypen miteinander, von Lochstreifen aus Papier über den »zerebralen Kortex« bis zu elektrostatischen Speicherröhren, und kam zu dem Ergebnis, dass Quecksilber-Laufzeitspeicher die beste Lösung für einen Hochgeschwindigkeitsspeicher waren. Er ermittelte für alle Speichervarianten Schätzwerte für Kosten, Zugriffszeit und »Raum-Ökonomie« (gemessen als Zeichen pro Liter), wobei er die Kosten für einen zerebralen Kortex auf 300 Pfund pro Jahr bezifferte – entsprechend seinem aktuellen King's-College-Stipendium.[52] Als Bestandteil einer endlichen Turingmaschine repräsentierte der Laufzeitspeicher ein als Endlosschleife laufendes Lochstreifenband von 1000 Feldern Länge, das mit einer Geschwindigkeit von 1000 Durchgängen pro Sekunde über den Lese-/Schreibkopf flitzte. Rund 200 Röhren, von denen jede 32 Wörter, bestehend aus jeweils 32 Bits, speichern konnte, ließen sich nach Turings Berechnungen »mit der Gedächtniskapazität eines kleinen Fischs« vergleichen – rund 300 000 Bits.[53] Zehn Seiten seiner Machbarkeitsskizze füllte er mit Berechnungen zur Speicherkapazität, Signalabschwächung, zum Rauschpegel, zur Temperaturempfindlichkeit und zu den regenerativen Anforderungen einer universalen Rechenmaschine.

Turings ACE verhedderte sich im Gestrüpp der britischen Nachkriegsbürokratie und wurde, wie Babbages Analytical Engine, nie gebaut. Im Mai 1950 wurde immerhin ein partieller Prototyp fertiggestellt, der sich, wie J. H. Wilkinson schrieb, als ein »weitaus leistungsfähigerer Computer erwies, als wir es erwartet hatten«, und dies obwohl sein Quecksilber-Laufzeitspeicher nur 300 Wörter von jeweils 32 Bits Länge speichern konnte. »Seltsamerweise resultierte ein großer Teil seiner Funktionalität aus scheinbaren Schwächen, die dem sparsamen Materialeinsatz geschuldet waren.«[54]

Turing, der in Bletchley Park Geschmack an der unbürokratischen Kriegsforschung gefunden hatte, wurde ungeduldig und ließ das die Direktion des NPL auch wissen; diese reagierte mit Unmut. »Unsere große Rechenmaschine ... hat jetzt das Stadium des Schraubens und Lötens erreicht«, schrieb Sir Charles Darwin im Juli 1947 an seine Vorgesetzten. Womersley und Turing seien sich einig, »dass es das Beste wäre, wenn Turing in der nächsten Zeit etwas kürzer tritt«.

»Er will seine Arbeit an der Maschine noch weiter in Richtung der biologischen Seite erweitern«, fuhr Darwin fort. »Ich kann es am besten so beschreiben, dass die Maschine bis jetzt für Aufgaben geplant ist, die denen der niedrigeren Teile des Gehirns entsprechen, und er will jetzt herausfinden, wie viel eine Maschine für die höheren tun kann – könnte beispielsweise eine Maschine gebaut werden, die aus Erfahrungen lernt?« Schließlich kam Darwin auf den Kern seines Anliegens zu sprechen. Turing wäre, so erklärte er, »zufrieden mit so etwas wie einem halben Gehalt ... und sagte tatsächlich, dass ihm das lieber wäre, denn bei weiterhin vollen Bezügen hätte er ständig ein schlechtes Gewissen, wenn er morgens Tennis spielen geht«.[55]

Turing nahm Urlaub vom NPL und kehrte für ein Jahr ans King's College zurück, bevor er im Mai 1948 das NPL endgültig verließ und sich der Rechnergruppe von Max Newman an der Universität von Manchester anschloss; dort konnte er sein Interesse an artifizieller Intelligenz frei ausleben. »Der Unwille, sich die Möglichkeit einzugestehen, dass es für die Menschheit Rivalen im Bereich der Intelligenz geben könnte«, schrieb er in dem Bericht über sein »Sabbatjahr«, den er dem NPL 1948 zukommen ließ, »ist unter intellektuellen

Personen ebenso weit verbreitet wie bei Ungebildeten: Sie haben mehr zu verlieren.«[56]

Turings Annäherung an die maschinelle Intelligenz war so vorurteilslos wie bei der Arbeit über die berechenbaren Zahlen zehn Jahre zuvor. Und auch dieses Mal machte er dort weiter, wo Gödel aufgehört hatte. Die Frage war: Beschränkt die Unvollständigkeit formaler Systeme auch die Fähigkeit von Computern, die Intelligenz und Kreativität des menschlichen Gehirns zu emulieren? 1947 fasste Turing die Quintessenz (und die Schwäche) dieser verwickelten Argumentation in dem Satz zusammen: »Wenn man, anders gesagt, von einer Maschine erwartet, dass sie unfehlbar sei, kann sie nicht zugleich intelligent sein.«[57] Anstatt uns am Bau unfehlbarer Maschinen zu versuchen, sollten wir fehlbare Maschinen entwickeln, die in der Lage sind, aus ihren Fehlern zu lernen.

»Das dem Theorem Gödels und anderer folgende Argument basiert wesentlich auf der Voraussetzung, dass die Maschine keine Fehler machen darf«, erklärte er. »Aber dies ist keine Erfordernis von Intelligenz.«[58] Turing machte mehrere konkrete Vorschläge. So empfahl er die Einbeziehung eines Zufallszahlen-Generators, um dem Computer die Möglichkeit geben, eine willkürliche Hypothese aufzustellen und dann die daraus folgenden Resultate entweder zu berücksichtigen oder zu verwerfen. Wenn in der Folge die Programmbefehle des Computers entsprechend modifiziert wurden, konnte die Maschine lernen, sich selbst etwas beizubringen. »Was wir brauchen, ist eine Maschine, die aus Erfahrung lernen kann«, schrieb er. »Die Möglichkeit, die Maschine ihre eigenen Befehle ändern zu lassen, liefert den Mechanismus dafür.«[59] Wie er betonte, war der »Papiereingriff« in die Arbeitsweise einer Universalmaschine gleichbedeutend mit einem »Schraubenziehereingriff« in die Mechanik einer Maschine. Während der Entwicklungsarbeit am Mark I in Manchester (dem Prototyp für den Ferranti Mark I, den ersten kommerziellen elektronischen Digitalcomputer mit Programmspeicher) entwarf Turing 1949 einen Zufallszahlen-Generator, der nicht mit einem numerischen Verfahren pseudozufällige Zahlen erzeugte, sondern sie aus der Quelle eines wirklich zufälligen elektronischen Rauschens schöpfte. Damit vermied er den »Zustand der Sünde«, vor dem von Neumann gewarnt hatte.

Turing erkundete auch die Möglichkeiten »unorganisierter Maschinen, ... die auf vergleichsweise unsystematische Weise ... aus einer ziemlich großen Anzahl N gleicher Einheiten aufgebaut« wären.[60] Er betrachtete ein einfaches Modell mit Einheiten, die zwei mögliche Zustände annehmen konnten und durch jeweils zwei Eingabeeinheiten und eine Ausgabeeinheit verbunden waren. »Maschinen dieses Typs können sich sehr kompliziert verhalten, wenn die Anzahl der Einheiten groß ist«, erklärte er. Er zeigte, wie solche unorganisierten Maschinen (»in etwa das einfachste Modell eines Nervensystems«) in die Lage versetzt werden konnten, sich selbst zu modifizieren, und wie sie, mit den richtigen »erzieherischen« Impulsen gefüttert, komplizierter werden konnten als irgendeine andere von Menschen gebaute Maschine.[61] Turing folgerte, das menschliche Gehirn müsse anfangs eine solche unorganisierte Maschine gewesen sein, denn nur auf diese Weise lasse sich etwas so Kompliziertes reproduzieren.

Turing zog eine Parallele zwischen der Intelligenz und »dem genetischen oder evolutiven Suchverfahren, mit dem eine Genkombination gesucht wird, wobei das Kriterium die Überlebensfähigkeit ist. Der bemerkenswerte Erfolg dieses Suchverfahrens bestärkt bis zu einem gewissen Grad den Gedanken, dass geistige Tätigkeit hauptsächlich in verschiedenen Arten von Suchverfahren besteht.«[62] Evolutionäres Rechnen würde zu wahrhaft intelligenten Maschinen führen. »Warum sollte man nicht versuchen, statt ein Programm zur

Nachahmung des Verstandes eines Erwachsenen eines zur Nachahmung des Verstandes eines Kindes herzustellen?«, fragte er.[63] »Schritt für Schritt könnte man der Maschine erlauben, ›Wahlen‹ oder ›Entscheidungen‹ zu treffen. Unter Umständen fände man es möglich, sie so zu programmieren, dass ihr Verhalten das logische Ergebnis relativ weniger allgemeiner Prinzipien würde. Wenn diese allgemein genug würden, wäre ein Eingreifen nicht mehr nötig, und die Maschine wäre ›erwachsen‹ geworden.«[64]

Turings Überlegungen waren äußerst weitblickend. »Ich fragte ihn, unter welchen Umständen er einer Maschine Bewusstsein attestieren würde«, erinnerte sich Jack Good 1956. »Er sagte, wenn zu erwarten sei, dass die Maschine ihn für die gegenteilige Aussage bestrafen würde, dann würde er sagen, sie besitze ein Bewusstsein.«[65] Lyn Newman erinnert sich an lange Debatten zwischen Max Newman und Turing über die Frage, wie man Maschinen bauen könne, die ihre eigene Programmierung abändern und aus ihren Fehlern lernen würden. »Als ich Alan sagen hörte: ›Wa-wa-was an diesem Punkte passieren wird, ist, dass wir nicht mehr verstehen werden, wie sie es macht, wir werden die Kontrolle verloren haben‹, empfand ich das als eine sehr verstörende Aussicht«, schrieb sie 1949.[66] Wie Jack Good später erklärte, war »die ultraintelligente Maschine« in den Augen Turings »eine Maschine, die glaubt, dass Menschen nicht denken können«.[67]

Digitale Rechner sind in der Lage, die meisten – aber nicht alle – in finiten, unzweideutigen Ausdrücken formulierten Fragen zu beantworten. Sie brauchen jedoch unter Umständen eine sehr lange Zeit, um eine Antwort zu finden (worauf man mit dem Bau schnellerer Rechner reagiert); es kann aber auch sehr lange dauern, die richtige Frage zu formulieren (worauf man mit der Einstellung weiterer Programmierer reagiert). Computer sind zunehmend besser darin geworden,

Antworten zu liefern – solange die Programmierer die Frage kennen. Wie verhält es sich aber mit Fragen, auf die Computer zwar nützliche Antworten geben können, die jedoch schwer zu definieren sind?

In der wirklichen Welt ist es oft sehr viel leichter, Antworten zu geben, als Fragen genau zu definieren. Es ist einfacher, etwas zu zeichnen, das wie eine Katze aussieht, als zureichend zu definieren, welche Voraussetzungen erfüllt sein müssen, damit etwas wie eine Katze aussieht. Wenn ein Kind wild drauflos kritzelt und irgendwann auf dem Papier etwas erscheint, das einer Katze ähnelt, findet eine Antwort ihre Frage, nicht andersherum. Für die Menschheit ist die Zeit des ziellosen Herumkritzelns (und der nichtbenutzten neuralen Verbindungen) allerdings vorbei. »Ich stimme mit dir in Bezug auf das ›Denken in Analogien‹ überein, glaube aber weniger, dass das Gehirn ›nach Analogien sucht‹, als dass es durch seine eigene Begrenztheit zu Analogien gezwungen wird«, schrieb Turing 1948 an Jack Good.[68]

Eine ziellose Suche kann effektiver sein als eine gezielte – Good und Turing hatten das in Bletchley Park gelernt. Ein Zufallsnetzwerk aus Neuronen, Rechnern, Wörtern oder Ideen enthält Lösungen für alle möglichen Probleme – auch solche, die noch nicht explizit definiert sind. Es ist leichter, explizite Antworten zu finden, als explizite Fragen zu stellen. Das stellt die Aufgabe des Programmierers gleichsam auf den Kopf. »Ein Argument zugunsten des Baus einer Maschine mit zufälligem Anfangszustand ist, dass sie, wenn sie nur groß genug ist, jedes Netzwerk enthalten wird, das wir je brauchen könnten«, erläuterte Good 1958 auf einer IBM-Veranstaltung.[69]

Das Paradoxe an künstlicher Intelligenz ist, dass jedes System, das einfach genug ist, um verständlich zu sein, nicht kompliziert genug ist, um sich intelligent zu verhalten, und dass umgekehrt jedes System, das kompliziert genug ist, sich intelligent zu verhalten, nicht ohne weiteres zu verstehen ist. Als aussichtsreichsten Weg zur Entwicklung einer künstlichen Intelligenz schlug Turing vor, eine Maschine mit der Neugier eines Kindes zu bauen, in der sich die Intelligenz erst entwickeln werde.

Wie könnte man darangehen, Turings Vision zu verwirklichen? Ist eine Maschine denkbar, die in der Lage wäre, alle Fragen, die irgendjemand stellen könnte, zu beantworten? Die berechenbaren Funktionen sind das Einfachere. Ausgehend von der Addition (oder der Subtraktion), haben wir, Subroutine für Subroutine, dafür eine Bibliothek von Codebausteinen aufgebaut. Aber wie verhält es sich mit Fragen, auf die es Antworten, aber für die es keine geeigneten Algorithmen gibt? Oder mit Fragen, bei denen die Suche so kompliziert ist wie bei der der Bestimmung molekularer Strukturen aus Röntgenbeugungsmustern?

Statt mit den Fragen zu beginnen und nach den Antworten zu suchen, könnte man auch mit den Antworten beginnen und nach den Fragen suchen. Weil es einfacher ist, Antworten zu sammeln (die bereits in Codeform vorliegen) als Fragen zu stellen (für die erst der richtige Code programmiert werden muss), bestünde der erste Schritt darin, das digitale Universum zu durchstöbern und sinnvolle Zeichenketten zu sammeln. Leider ist in einer Matrix von 10^{22} Bits die Zahl der sinnvollen Zeichenketten zu groß für eine erfolgversprechende Suche oder gar ein gezieltes Sammeln. Die Zahl ist sogar zu groß, um ausgeschrieben zu werden. Zum Glück haben Menschen und Maschinen einen Großteil der Arbeit bereits erledigt, indem sie seit Anbeginn des digitalen Universums und seit der Geburt des Internets sinnvolle Zeichenketten archiviert und mit unverwechselbaren numerischen Adressen versehen haben.

Um die Antworten zu sammeln, müssen wir nicht die gesamte Matrix durchkämmen; es genügt, die gültigen Adressen abzuklappern und die dort befindlichen Zeichenketten einzusammeln. Das Ergebnis ist eine indizierte Liste (der »Geisteszustand« unserer Maschine, um mit Turing zu sprechen) einer signifikanten Teilmenge der im digitalen Universum vorhandenen sinnvollen Antworten – mit zwei erheblichen Mankos: Wir haben keine Fragen, sondern nur Antworten, und wir tappen völlig im Dunkeln, was die Bedeutung betrifft.

Wo findet man die Fragen, und wie findet man die Bedeutung? Wenn man das Gehirn eines Kindes hat, wie Turing es sich vorstellte, dann fragt man andere Leute, stellt Vermutungen an und lernt aus den eigenen Fehlern. Man könnte also Leute auffordern, Fragen einzureichen, über alle Einreichungen Buch führen und die Antwort aus unserer indizierten Liste möglicher Antworten heraussuchen. Da Menschen öfter auf Suchergebnisse klicken, die relativ sinnvolle Antworten liefern, wäre es nur noch eine Sache der peniblen Buchführung, im Lauf der Zeit einen sich fortlaufend kumulierenden Vorrat von sinnvollen Bedeutungen anzulegen. Durchsuchen wir die Suchmaschinen, oder durchsuchen sie uns?

Suchmaschinen sind Kopiermaschinen – sie replizieren alles, was sie finden. Wenn ein Suchergebnis dingfest gemacht ist, werden die zugehörigen Daten lokal abgelegt, sowohl auf dem Hostrechner als auch auf diversen Servern und Caches entlang des Übermittlungsweges. Daten, von denen zahlreiche Kopien vorliegen oder die häufig im Zusammenhang mit Suchanfragen auftauchen, erlangen einen Status physischer und zeitlicher Nähe. Sinnvollere Suchergebnisse erscheinen weiter oben in der Liste, nicht nur dank irgendeines geheimnisvollen Algorithmus, sondern weil sie tatsächlich »näherliegen«. Es sind die sinnvollen Antworten, die den Suchmaschinen als Erste »in den Sinn« kommen.

Eine Internet-Suchmaschine ist ein deterministischer, endlicher Automat – außer in jenen Fällen, in denen Menschen individuell und kollektiv eine nichtdeterministische Auswahl zwischen Suchergebnissen treffen und diejenigen anklicken, die ihnen sinnvoll erscheinen. Dieser Benutzerinput wird dann sogleich in den »Geisteszustand« der deterministischen Maschine eingebaut, die auf diese Weise mit jedem Klick inkrementell ihr Wissen erweitert. Genau das ist es, was Turing als »Orakel-Maschine« beschrieben hat.

Die Suchmaschine lernt aus der Kommunikation mit dem kollektiven menschlichen Geist. Jedes Mal, wenn ein Individuum nach etwas sucht und eine Antwort findet, hinterlässt dieser Vorgang eine kleine, aber bleibende Spur, einen Hinweis darauf, wo sich ein Stück Bedeutung befindet und wozu sie passt. Die Teilstücke kumulieren sich, und irgendwann könnte es so weit sein, dass, wie Turing 1948 schrieb, »die Maschine ›erwachsen‹ wird«.[70]

KAPITEL VIERZEHN

Ingenieursträume

Würde eine Babbage-Maschine auf wundersame Weise rückwärts laufen, dann wäre sie kein Computer, sondern ein Kühlschrank.

I. J. Good, 1962[1]

»Ich weiß noch, wie ich eines Tages aus der Hintertür jenes kleinen Backsteingebäudes trat, und da liegt Julian unter seinem kleinen Austin und schweißt ein Loch im Benzintank zu«, erzählt Willis Ware. »Und er sagt: ›Aber nein, er wird nicht explodieren!‹ Und er hatte eine absolut plausibel klingende Erklärung dafür, warum der Tank nicht explodieren würde, die auf den Grundgesetzen der Physik beruhte.«[2]

Julian Bigelow war ein Praktiker par excellence, der sich von Anfang an um alles selbst gekümmert hatte, von der Anforderung der ersten Charge Vakuumröhren des Typs 6J6 aus Überschussbeständen der Kriegsproduktion über die Versetzung von ENIAC-Technikern bis zum Bau der Kammer für Blei-Säure-Batterien, als sich herausstellte, dass der direkte Anschluss des neuen IAS-Rechners ans Stromnetz wegen zu vieler kurzzeitiger Spannungsschwankungen nicht ratsam war. »Die tatsächliche Maschine, die bald fertig sein wird und über ziemlich außergewöhnliche Eigenschaften verfügt, ist in ihrer physischen Gestalt sehr viel stärker das persönliche Werk Bigelows als das irgendeiner anderen Person«, erklärte von Neumann 1950 und drängte die Leitung des Instituts, unter Abkehr von ihrer bisherigen Praxis einem Ingenieur eine akademische Stellung anzubieten.[3]

Von Neumann kam damit durch. »Die Laufbahn von Julian Bigelow weicht erheblich von der konventionellen akademischen Norm ab«, sagte er zur Begründung. »Das liegt, abgesehen von wirtschaftlichen Gründen und vom Krieg, daran, dass sein Tätigkeitsgebiet irgendwo zwischen einigen anerkannten wissenschaftlichen Disziplinen liegt, ohne jedoch mit irgendeiner von ihnen deckungsgleich zu sein.«[4] Die Informatik existierte damals noch nicht. Julian Bigelow und Herman Goldstine wurden am 1. Dezember 1950 mit Jahresgehältern von jeweils 8500 Dollar auf Dauer in die Mathematik-Fakultät des Instituts aufgenommen. Ihr Arbeitsauftrag bestand nicht so sehr darin, bessere oder schnellere Rechner zu bauen, sondern, wie Bigelow es ausdrückte, »die Beziehungen zwischen Logik, Berechenbarkeit, Maschinensprachen und all den anderen Dingen, die man mit einem Rechner wissenschaftlich ermitteln kann«, zu erforschen.[5]

Während das Institut für Maschinenbauprojekte denkbar schlecht ausgestattet war, erhielten die Besucher, die Rechenaufgaben für die neue Maschine mitbrachten, alles, was sie brauchten. Die »Werkssiedlung« lag unmittelbar neben dem Rechnergebäude, und es gab keine alteingesessene Forschungsgruppe, die hier ihr Revier verteidigt hätte. Mit Hilfe digitaler Rechenpower würden sich zahlreiche »Debatten, die sich im Verlauf von Jahrzehnten angehäuft hatten, klären lassen«, meinte Bigelow. »Diejenigen, die wirklich wussten, was sie taten, würden in der Lage sein, ihre Ideen als codierte Programmbefehle zu formulieren … und ihre Antworten durch numerische Experimente schwarz auf weiß zu stützen. Dieser Prozess wird das Wissen festigen und in der Folge auch die Leute zur Ehrlichkeit erziehen.«[6]

»Von Neumann machte Goldstine und mich zu permanenten Mitgliedern«, erklärt Bigelow, »weil er sichergehen wollte, dass zwei oder drei Leute, deren Talent er respektierte, dabei sein würden, ganz gleich, was passierte.« Von Neumann interessierte sich weniger dafür, Rechner zu bauen, als dafür, herauszufinden, was Computer leisten konnten. »Er wollte eine mathematische Biologie, er wollte eine mathematische Astronomie, und er wollte Geowissenschaften.« Dank des Rechners konnte das Institut angewandte Naturwissenschaft betreiben, ohne Laboratorien bauen zu müssen – und vielleicht sogar die althergebrachte Forschungskultur verändern. »Wir würden die weltweit großartigste Fakultät für angewandte Naturwissenschaft aufbauen«, hoffte Bigelow. »Wir würden den Theoretikern zeigen, dass wir die Antworten auf ihre zahlentheoretischen Probleme, ihre Probleme in der Physik, in der Festkörperforschung und in der mathematischen Ökonomie finden konnten. Wir könnten Dinge tun, die jahrhundertelang nachwirken würden.«[7]

Bigelows Optimismus erwies sich als verfrüht. Als Präsident Eisenhower im Oktober 1954 von Neumann in die Atomenergie-Kommission berief, war das der Anfang vom Ende des Rechnerprojekts. Das Institut büßte nicht nur von Neumann ein, sondern auch große Teile der Zuwendungen, die es bis dahin ohne viele Auflagen von der AEC erhalten hatte. Jetzt, da von Neumann Teil der AEC war, konnte diese dem Institut praktisch keine Extrawünsche mehr erfüllen. »Wir hatten niemanden, zu dem wir gehen konnten, ohne schwerwiegende Interessenkonflikte zu riskieren«, erklärt Goldstine.[8]

Die Firma IBM fühlte sich weniger eingeschränkt. »Leute von IBM kamen fast jede Woche, um sich über die Entwicklung der Maschine zu informieren«, erinnert sich Thelma Estrin.[9] Die Firma behielt von Neumann als Berater und begann mit der Entwicklung ihres ersten vollelektronischen Rechners, des IBM 701, einer »Eins-zu-eins-Kopie unserer Maschine, bis hin zu den Williams-Speicherröhren«, so jedenfalls sah es Bigelow.[10] 1951 hatte IBM nach dem Urteil Oppenheimers ein so großes Interesse am IAS-Rechner entwickelt, dass sie anbot, »dem Institut für einen Zeitraum von fünf Jahren 20 000 Dollar im Jahr zu geben – ohne daran irgendwelche Bedingungen zu knüpfen«.[11]

Im Institut war man uneins, wie man auf solche Angebote vonseiten der Wirtschaft oder des Staates reagieren sollte. Marston Morse vertrat den Standpunkt, das Institut sei nicht der richtige Ort für den Bau von Maschinen. Oswald Veblen hatte nichts gegen digitale Rechner, aber sehr viel gegen die Wasserstoffbombe. Oppenheimer versuchte neutral zu erscheinen und erklärte, das Arbeiten mit Rechnern am Institut müsse entweder verlässlich finanziert und ausgeweitet, oder das Kapitel müsse geschlossen werden.[12] »Wenn man Oppenheimer auf seiner Seite hatte, konnte man damals sicher sein, dass der Rest des Instituts dagegen war«, mokierte sich Bigelow.[13]

Die Rechnergruppe wurde zum Opfer ihres eigenen Erfolgs. Die numerischen Wettervorhersageverfahren, die am Institut entwickelt worden waren, wurden von Meteorologen in der ganzen Welt übernommen. Zahlreiche Nachbauten des IAS-Rechners entstanden, während ein konstanter Strom von Besuchern in Princeton anrollte, um den Umgang mit der Maschine zu lernen. Die Stimmung am Institut selbst drehte sich jedoch gegen den Rechner, zumal sich auch die Besucher weitgehend darin einig waren, dass die Maschine eigentlich anderswohin gehörte. »Es wäre an der Zeit, dass von Neumann seine revolutionären Ideen auf einem anderen Feld ausprobiert; er hat schon ein bisschen zu viel Zeit auf dem Gebiet des automatischen Rechnens zugebracht«, empfahl James Lighthill, ein Fellow der Royal Society.[14] Die Gründungskuratoren Herbert Maass und Samuel Leidesdorf, die der Meinung waren, ein besseres wissenschaftliches Verständnis des Wetters gehöre genau zu den Wissensfeldern, deren Förderung den Bambergers am Herzen gelegen hätte, versuchten das Projekt zu retten, wurden aber überstimmt.

»Die Auflösung unserer Rechnergruppe war eine Katastrophe nicht nur für Princeton, sondern für die Wissenschaft als Ganze«, erklärte Freeman Dyson später. »Es bedeutete, dass in dieser entscheidenden Zeitspanne in den 1950er Jahren kein akademisches Zentrum mehr existierte, an dem sehr verschiedene Leute einander auf höchster intellektueller Ebene begegnen konnten. ... Wir hatten die Chance, das zu realisieren, und wir warfen sie weg.«[15] Es sollte 23 Jahre dauern, bis der nächste Computer am IAS eintraf, eine programmierbare Rechenmaschine von Hewlett-Packard, Modell 9100-B, bereitgestellt für die Arbeit der Astronomen im Untergeschoss von Gebäude B.[16]

Die Hoffnung Bigelows, das Institut könne weiterhin eine Führungsrolle in der Computer-Revolution spielen, zerstob. Von Neumann war weggegangen, und mit ihm die Euphorie, die er 1946 entfacht hatte. Klári hatte schon lange den Wunsch gehabt, Princeton zu verlassen und an die Westküste zu ziehen; die am Institut herrschende Ambivalenz gegenüber dem Rechnerprojekt und die verbissenen Reibereien im Zusammenhang mit den Oppenheimer-Anhörungen begannen auch an Johnny zu nagen. Veblen verzieh es ihm nicht, dass er in die Atomenergie-Kommission eingetreten war, und diese Entfremdung wuchs sich nach Aussage Kláris »in Johnnys letzten Lebensjahren zu einem herzzerreißenden Kummer aus«.[17] Selbst etliche von Johnnys engsten Freunden begannen sich zu fragen, wie jemand, der Oppenheimer verteidigt hatte, jetzt mit dem führenden Kopf der Ankläger, Lewis Strauss, gemeinsame Sache machen konnte. Oppenheimer selbst hatte mehr Verständnis. »Ich werde nie vergessen«, sagt Klári, »mit welchen sehr simplen Worten Robert seine Haltung zusammenfasste: ›Es muss auf beiden Seiten gute Leute geben.‹«[18]

»Die Fronten waren klar gezogen, und bald wurde deutlich, dass wir nicht mehr nach Princeton gehörten«, erklärt Klári.

»Die stark emotionalisierte Atmosphäre in Princeton machte Johnny unendlich zornig. Er wollte an einem verbesserten Design für Computer arbeiten oder auch an der Fortführung des Raketenprogramms – an Dingen, die eine wirkliche geistige Herausforderung darstellten – aber keine unaufhörlichen Debatten darüber, wer was getan hatte und warum und wie.«[19] Von Neumann trat dafür ein, die Loyalitätskonflikte, die bei der Entwicklung der Atombombe aufgebrochen waren, hinter sich zu lassen. »Im Angesicht der Bombe waren wir alle wie kleine Kinder – plötzlich mussten wir mit etwas umgehen, womit man die Welt in die Luft jagen konnte«, hatte er 1954 in seinem Plädoyer für Oppenheimer erklärt. »Wir mussten unser Handlungsethos in vollem Galopp ausbilden.«[20]

Zwei Wochen später traf sich von Neumann in Los Angeles, wo er mit Vertretern der Luftwaffe Beratungen in strategischen Raketenangelegenheiten führte, mit dem Dekan des College of Letters and Science an der University of California, Paul A. Dodd, der ihm eine außergewöhnliche interdisziplinäre Gastprofessur ohne Lehrverpflichtungen anbot. »Sie würden mir alles geben, was ich will«, berichtete Johnny am 16. Mai an Klári und fügte hinzu: »Und sie haben nichts dagegen, wenn ich zusätzlich Beratertätigkeiten für die Industrie übernehme.« Dodd sicherte von Neumann außerdem zu, er dürfe so viel Zeit an der Scripps Institution of Oceanography in La Jolla verbringen, wie er wolle. Von Neumann sagte zu, bis zu weiterführenden Gesprächen mit der UCLA alle anderen Angebote abzulehnen, und Dodd erklärte sich bereit, die Angelegenheit vertraulich zu behandeln, da von Neumann dem Institut noch nicht offiziell mitgeteilt hatte, dass er es verlassen wollte. »Ich möchte in ihren Augen nicht wie ein Deserteur oder ein Verräter aussehen«, erklärte er Klári.[21]

Im weiteren Verlauf der Verhandlungen handelte er sowohl für Jule Charney als auch für Norman Philips Berufungen an die UCLA aus; ferner ließ er sich zusichern, dass die Universität ein auf dem neuesten Stand der Technik befindliches Computerlabor einrichten würde, basierend auf Ressourcen, die in Los Angeles bereits vorhanden waren, nämlich am Institute for Numerical Analysis und bei RAND. Endlich würde John von Neumann die Chance bekommen, jenes interdisziplinäre Institut für Informationssysteme aufzubauen, das er und Norbert Wiener 1946 vorgeschlagen hatten, bevor die Entwicklung der Wasserstoffbombe in den Vordergrund getreten war. Wäre es zur Einrichtung dieser Forschungseinrichtung in Kalifornien gekommen, hätte die zweite Hälfte des 20. Jahrhunderts womöglich einen anderen Verlauf genommen. »Jemand sollte einen Roman über die in der Vergangenheit liegende Zukunft schreiben«, sagt von Neumanns Kollege aus Los Alamos, Harris Mayer. »Will sagen: Wo stünden Naturwissenschaft und Mathematik heute, wenn Enrico Fermi und Johnny von Neumann nicht jung gestorben wären?«[22]

Das Frühjahr 1955 verbrachten Johnny und Klári in einem kleinen, aber komfortablen Haus in Georgetown in Washington, D. C. Johnny hatte den Weg vom eingewanderten Jungakademiker zur Privataudienz beim Präsidenten der USA in nur 25 Jahren zurückgelegt. Der Zwischenaufenthalt in Washington versprach die Tür zu noch produktiveren Schaffensjahren aufzustoßen. »Ich möchte vom regulierten akademischen Leben unabhängig werden«, hatte von Neumann 1943 aus Los Alamos an Klári geschrieben – ein Ziel, das jetzt endlich in Reichweite war.[23] Allein, es sollte nicht dazu kommen. »Am 9. Juli dieses selbst für Washington außergewöhnlich heißen Sommers«, erinnert sich Klári, »kollabierte Johnny während eines Telefonats mit Lewis Strauss.«[24]

Am 2. August wurde bei von Neumann ein fortgeschrittener, metastasierender Krebs im Schlüsselbein diagnostiziert. Er wurde notoperiert. Im November zeigten sich Metastasen am Rückgrat, und am 12. Dezember hielt er vor der National Planning Association in Washington, D. C. den letzten Vortrag, bei dem er aufrecht stand. »Das Beste, was wir tun können, ist alle Prozesse aufzuteilen in Dinge, die besser von Maschinen erledigt werden können, und andere, die besser von Menschen gemacht werden«, gab er zu bedenken, »und dann Verfahren zu erfinden, mit denen wir beides weiterentwickeln können.«[25] Von Januar 1956 an war er an den Rollstuhl gefesselt. »Unsere letzte wissenschaftliche Diskussion führten wir am Silvesterabend, als ich ihm von einer neuen Theorie über die Dynamik eines ausgewachsenen Wirbelsturms erzählte«, erinnert sich Jule Charney. »Den ganzen Neujahrstag verbrachte er im Bett. Am nächsten Morgen kam er die Treppe herunter, um Elinor und mich … zu verabschieden. Auf dem Rückweg die Treppe hoch stürzte er. Von da an ging er keinen Schritt mehr.«[26]

Im März ließ von Neumann sich ins Walter Reed Hospital einliefern, in dem er die verbleibenden elf Monate seines Lebens verbrachte. »Er diskutierte seine Krankheit mit den Ärzten so sachlich und mit einer solchen Fülle an medizinischem Wissen, dass sie nicht anders konnten, als ihm die ganze Wahrheit zu sagen – die sehr grausam war«, erzählt Klári. Er empfing einen ständigen Strom von Besuchern und hatte ein Zimmer im selben Flügel, in dem sich die Eisenhower-Suite befand. Vincent Ford, ein Oberst der Luftwaffe, und mehrere ihm unterstellte Soldaten der Luftwaffe wurden zu seiner ständigen Betreuung abkommandiert. Wie Lewis Strauss sich später erinnerte: »Was für ein bemerkenswerter Anblick, am Bett dieses fünfzigjährigen Mannes zu sitzen, der als Einwanderer ins Land gekommen ist und um den sich jetzt der Verteidigungsminister, der stellvertretende Verteidigungsminister, die Minister für Luftfahrt, Heer, Marine und die Stabschefs scharten.«[27]

Von Neumanns geistige Fähigkeiten verflüchtigten sich Stück für Stück. »Er wünschte sich Gesprächspartner«, sagt Julian Bigelow, »und Klári, die mich wahrscheinlich besser kannte als irgendjemanden sonst, bat mich, ihn im Walter Reed Hospital zu besuchen. Das tat ich jedes Wochenende, fast ein Jahr lang.« Strauss sorgte durch eine Sonderbewilligung dafür, dass die AEC für Bigelows Reisekosten aufkam, und auf Bitten von Neumanns erhielt Bigelow am 27. Juni 1956 wieder eine Sicherheitsfreigabe der Stufe Q. Bigelow las dem Patienten aus wissenschaftlichen Zeitschriften vor und beantwortete seine Fragen bis ans Ende. »Es war eine schreckliche Erfahrung zu sehen, wie er abbaute.«[28]

Stan Ulam besuchte von Neumann, wann immer er konnte. »Er klagte nie über Schmerzen, aber die Art und Weise, wie sich seine Einstellung veränderte, die Sachen, die er sagte, seine Beziehung zu Klári, einfach die ganze Stimmung am Ende seines Lebens war zum Heulen«, erinnert er sich. »Einmal wurde er erzkatholisch. Ein Benediktinermönch kam zu Besuch und redete mit ihm. Später ließ er einen Jesuiten kommen. Es war offenkundig, dass eine große Kluft bestand zwischen dem, was er rational mit anderen besprach, und seinen inneren Gedanken und Sorgen in eigener Sache.« Seine Wissbegier als Wissenschaftler und sein Gedächtnis waren die letzten Dinge, die ihm entglitten. »Ein paar Tage vor seinem Tod«, erzählt Ulam, »las ich ihm auf Griechisch aus seinem abgegriffenen Thukydides-Exemplar einen Abschnitt über den Angriff der Athener auf Melos vor, den er besonders gern mochte, und auch die Rede des Perikles. Sein Erinnerungsvermögen war noch so gut, dass er den einen oder anderen Versprecher oder Aussprachefehler, den ich machte, korrigierte.«[29]

Marina von Neumann war 21 Jahre alt und kurz davor, zu heiraten und in eine Berufslaufbahn einzutreten. Sie sagt, ihrem Vater sei klar gewesen, dass »seine Krankheit auf sein

Gehirn übergegriffen hatte und dass er nicht mehr denken konnte, und er bat mich, ihn mit ganz einfachen Rechenaufgaben wie 7 plus 4 zu testen. Ich machte das ein paar Minuten, dann hielt ich es nicht mehr aus. Ich ging aus dem Zimmer«, erinnert sie sich. »Die seelische Pein, mit ansehen zu müssen, wie alles, was sein Selbstverständnis ausmachte, den Bach runterging«, war zu viel für sie.[30]

»Einmal«, fügt sie hinzu, »als er schon wusste, dass er sterben würde, und darüber sehr aufgebracht war, sagte ich zu ihm: ›Du denkst seelenruhig darüber nach, Millionen Menschen zu eliminieren, kommst aber mit deinem eigenen Tod nicht klar.‹ Und er sagte: ›Das ist etwas ganz anderes.‹«[31] Nicholas Vonneumann glaubt, sein Bruder habe um einen katholischen Priester gebeten, weil er jemanden bei sich haben wollte, mit dem er über die Literatur des klassischen Altertums sprechen konnte. »Mit unserem Hintergrund ist es völlig unvorstellbar, dass er sich über Nacht in einen überzeugten Katholiken verwandelt hat«, sagt er.[32]

»Das sehe ich ganz anders«, meint Marina. »Mein Vater hat mir einmal sehr ausführlich dargelegt, dass der Katholizismus eine Religion sei, mit der man nur sehr schwer leben könne, aber die einzige, in der man in Ruhe sterben könne. Und in einem Winkel seines Gehirns hegte er wirklich die Hoffnung, so etwas wie eine persönliche Unsterblichkeit erlangen zu können. Im Krieg hatte er es verdrängt, aber ich bin sicher, dass er dabei an Pascals Wette dachte.«[33] Seine plötzliche Konversion machte Klári, die Ulams und Lewis Strauss ratlos. »Johnnys Tragödie macht mir nach wie vor sehr zu schaffen«, schrieb Ulam am 21. Dezember 1956 an Strauss. »Ich bin auch zutiefst verstört über den religiösen Aspekt. Klári … hat mir von Ihren gemeinsamen Versuchen erzählt, alles abzumildern, was darüber in gedruckter Form erscheinen könnte.«[34]

Als Bigelow von Neumann vom 27.–28. Dezember besuchte, war es ein Erlebnis »jenseits meines Mitteilungsvermögens«.[35] »Vor seinem Tod kam ihm der Wille oder die Fähigkeit zum Sprechen abhanden«, erklärt Klári. »Denen von uns, die ihn gut kannten, konnte er jeden Wunsch und jede Befürchtung dank dieser wunderbar ausdrucksvollen Augen mitteilen, die bis zum Schluss nie ihren Glanz und ihre Lebhaftigkeit verloren.«[36]

John von Neumann starb am 8. Februar 1957 und wurde am 12. Februar in Princeton bestattet. Seine Kollegen am Institut bestellten (für »rund 15 Dollar«) ein Bukett von Osterglocken als Grabschmuck.[37] Nach einem kurzen katholischen Gottesdienst hielt Lewis Strauss die Trauerrede am Grab. Einen ausführlichen Nachruf aus der Feder von Stan Ulam veröffentlichte das *Bulletin of the American Mathematical Society* im Frühjahr 1958. Ulam würde nun ohne seinen Freund die technischen Revolutionen in der Biologie und EDV miterleben, die von Neumann mit angestoßen hatte. »Er starb viel zu früh. Von Neumann hatte das gelobte Land gesehen, aber es nicht betreten«, schrieb Ulam 1976.[38]

Die verbliebenen Mitarbeiter des Elektronenrechner-Projekts kamen anderswo unter: in der Wirtschaft, in diversen Forschungslabors und in den in zunehmender Zahl aus dem Boden sprießenden universitären Instituten für Computerwissenschaft, in denen Ableger des IAS-Rechners gebaut wurden. Julian Bigelow war entschlossen, die Stellung zu halten. Auch wenn Marston Morse sich am Ende für die ablehnende Haltung »meiner mathematischen Kollegen zum Computer« entschuldigt hatte, änderten die Mathematiker nie ihre Meinung über die Ingenieure.[39]

Bigelow erhielt Jobangebote von RAND, der UCLA, der NYU, der Universität von Michigan, von RCA, Hughes Aircraft, der Defense Mapping Agency und sogar vom Albert

Einstein College of Medicine – und schlug sie allesamt aus. »Julian war einer, der seinen Lötkolben auspackte und einfach loslegte«, sagt Martin Davis. »Er wäre sehr viel besser dagestanden, wenn er nie die Berufung ans IAS bekommen hätte. Er hätte einen Job in der Wirtschaft gefunden und Karriere gemacht.«[40] Das Institut konnte ihn nicht zwingen zu kündigen, lehnte jedoch eine Gehaltserhöhung für ihn ab. Er lebte von 9000 Dollar im Jahr, zu denen sich das eine oder andere Beratungshonorar gesellte, zog drei Kinder groß und kümmerte sich später um seine Frau Mary, als sie schwer erkrankte. Klári schlug vor, ihm die Redaktion und Herausgeberschaft der unveröffentlichten Schriften von Neumanns über Automaten und das Rechnen mit Computern zu übertragen, aber daraus wurde nichts. Selbst veröffentlichte Bigelow in den darauffolgenden 40 Jahren kaum etwas. Obwohl er das direkte Bindeglied zu von Neumanns unausgearbeiteten Ideen über die Zukunft des elektronischen Rechnens war und blieb, sorgte er mit seinem selbstgewählten Exil am IAS dafür, dass diese Ideen, die schon durch den frühen Tod von Neumanns in den Hintergrund geraten waren, vollends in der Versenkung verschwanden.

Bigelows Einsichten in die Zukunft des elektronischen Rechnens waren mehr als bloße Extrapolationen. Turings eindimensionales Modell und von Neumanns zweidimensionale Realisierung dieses Modells waren für ihn vielleicht nur die ersten Schritte auf dem Weg zu etwas ganz anderem. »Würde man tatsächlich eine echte Turingmaschine bauen«, erklärte Bigelow, »so würde diese mehr Zeit damit verbringen, ein Papierband vorwärts und rückwärts zu spulen, um bestimmte Stellen darauf zu finden, als auf die eigentliche numerische Arbeit des Rechnens.«[41] Die Von-Neumann-Architektur sollte sich als ähnlich restriktiv erweisen, und so war nicht unbedingt davon auszugehen, dass die zwischen 1946 und 1951 erarbeiteten Lösungen für immer Bestand haben würden, ebenso wenig wie man erwarten würde, dass eine bestimmte Nukleotidsequenz für 3 Milliarden Jahre Bestand hat. Das Letzte, was Bigelow oder auch von Neumann erwartet hätten, war, dass ihre digitale Rechnerarchitektur von 1946 über Jahrzehnte hinweg weitgehend unverändert fortbestehen würde, auch noch lange nachdem Vakuumröhren und Kathodenstrahlröhren aus den Rechnern verschwunden waren.

Als der IAS-Rechner fertig war und lief, war es möglich, einen Blick zurück auf die Kompromisse zu werfen, auf die man sich eingelassen hatte, um ihn zum Laufen zu bringen – Bigelow wusste darüber mehr als jeder andere. »Die Konzipierung einer elektronischen Rechenmaschine ... entpuppt sich als ein frustrierender Ringkampf mit Problemen der Verschaltbarkeit und räumlichen Nähe in den drei Dimensionen des Raums und der einen Dimension der Zeit«, schrieb er 1965 in einem der seltenen Momente, in denen er Einblicke in die Entwicklung seines Denkens in den Jahren nach dem MANIAC gewährte.[42] Warum sind in den 65 seither verflossenen Jahren so wenige Alternativen ernsthaft untersucht worden? Wenn man die Struktur eines Computers unter die Lupe nimmt, ist es so gut wie unmöglich, »zu erkennen, was er in jedem Moment gerade tut«, erklärte Bigelow. »Die Bedeutung der Struktur für die Art und Weise, wie logische Prozesse ablaufen, nimmt in dem Maß ab, wie die Komplexität der logischen Prozesse zunimmt.« Die Bedeutung der bahnbrechenden Einsichten Turings im Jahre 1936 bestand, wie Bigelow oft betonte, darin, dass er »auf eine sehr wichtige, suggestive Art und Weise zeigte, wie trivial Struktur tatsächlich ist«.[43] Struktur kann immer durch Code ersetzt werden.

»Die serielle Anordnung entlang der Zeitachse ist heute die konventionelle Methode für die Durchführung von Berechnungen; dabei gibt es, … wenn man irgendein Modell aus der realen Welt zu einem Arbeitsprogramm für einen Computer verarbeitet, keinen Grund, Rechnerzeit-Sequenzen an die physischen Zeitparameter zu koppeln«, gab Bigelow zu bedenken. »Es müsste auch möglich sein, sich rückwärts oder vorwärts von Wirkungen zu Ursachen durch einen Prozess zu tasten«, erläuterte er und fügte hinzu: »Es könnte sein, dass die Konvention, die Computerzeit der physikalischen Zeit anzupassen, lediglich dem Umstand entspringt, dass … Menschen die Resultate interpretieren.«[44]

»Eine zweite Folge der konventionellen seriellen Abarbeitung in der Zeit und der großen Zahl von möglichen Zellen, die darauf warten, angesprochen zu werden, ist, dass ein besonders schwieriges Identifizierungsproblem auftritt. Das Problem hat mit der Notwendigkeit zu tun, genau zu wissen, wo im Adressraum der Maschine sich die nächste Zelle befindet, um sie ansprechen zu können«, fuhr Bigelow fort. Die serielle Abarbeitung hat dazu geführt, dass Computer aus Elementen bestehen, »die unabhängig voneinander im Raum angeordnet sind«. Dies wiederum mache es notwendig, die Kommunikation zwischen den einzelnen Elementen »mittels expliziter Addressierungssysteme« zu organisieren, »die die im Grunde irrelevanten geometrischen Eigenschaften des Apparats abbilden«. Ob und wie auf einem Rechner mit einer bestimmten Architektur der erwünschte Prozess des sequentiellen Abarbeitens in der Zeit funktioniere, sei also »vor allem eine Frage der Hinterlegung von Sequenzen der Adressen von Elementen, die interagieren sollen«.[45]

Die 32×32-Matrix, die 1951 eingeführt wurde, adressierte 1024 verschiedene Speicherorte, die jeweils eine 40 Bits lange Zeichenkette enthielten. Die Adressenmatrix wuchs im Verlauf der anschließenden 60 Jahre exponentiell an. Heutige Prozessoren führen Buch über Milliarden lokaler Speicheradressen, die sie von einer Nanosekunde zur anderen aufrufen können – während zugleich die Entwicklung geeigneter Protokolle für die Zuweisung dieser nichtlokalen Adressen nicht mit dieser Expansion Schritt halten kann. Ein einziger falscher Adressbezug kann alles zum Stillstand bringen.

Weil der Computer gezwungen ist, seine ungeteilte Aufmerksamkeit auf das absolut fehlerlose Abrufen von Adressbezügen und Befehlssequenzen zu konzentrieren, kann er trotz der Milliarden verfügbarer Komponenten immer nur eine Sache zur gleichen Zeit erledigen. »Der moderne Hochgeschwindigkeitsrechner, so eindrucksvoll seine Leistung auch sein mag, ist gemessen an der Art und Weise, wie adäquat er die zu Gebote stehende logische Ausstattung in die Rechenprozesse integriert, tatsächlich höchst ineffizient«, urteilt Bigelow. Die einzelnen Komponenten seien zwar in der Lage, kontinuierlich mit hoher Geschwindigkeit zu funktionieren, doch sorge die Art und Weise ihrer Anordnung dafür, »dass im Durchschnitt fast alle darauf warten, dass eine von ihnen (oder eine kleine Handvoll von ihnen) etwas tut. Die effektive Auslastung jeder Zelle ist skandalös klein.«[46]

Um diese Unzulänglichkeiten zu kompensieren, führen Prozessoren Milliarden Anweisungen pro Sekunde durch. Wie können Programmierer genug Anweisungen – und Adressen – eingeben, um damit Schritt zu halten? Bigelow betrachtete Prozessoren als Organismen, die Codes verdauen und Ergebnisse erzeugen und Anweisungen so schnell verarbeiten, dass allein iterative, rekursive Prozesse es den Menschen ermöglichen, schnell genug Anweisungen zu generieren. »Elektronische Rechner befolgen Befehle sehr schnell, und deshalb muss man ganze Ladungen von Anweisungen so effizient zusammenstellen und markieren, dass der Rechner unter dem Strich besser ausgelastet ist als der Programmierer«, erklärte er. »Das mag wie eine sehr sonderbare Charakterisierung der logisch tiefgreifenden Frage erscheinen, wie man Rechenaufträge für eine Maschine erstellt. Sie enthält jedoch eine wichtige Wahrheit: Hochgradig iterative, konditionale und repetitive Routinen werden verwendet, weil sie die zugrunde liegendenden Prozesse effizient, wenn auch nicht unbedingt eindeutig, abzubilden scheinen.«[47]

Bigelow äußerte Zweifel an der Zukunftsfähigkeit der Von-Neumann-Architektur und stellte das zentrale Dogma des digitalen Rechnens in Frage: dass Computer ohne Programmierer nicht rechnen können. Er und von Neumann hatten von Anfang an darüber spekuliert, dass es möglich sein müsse, »diverse elementare Informationselemente, die sich in den Zellen einer größeren Einheit (etwa eines Speichers) befinden, in eine Berechnung zu integrieren, ohne ausdrücklich eine Koordinatenadresse im Adressraum der Maschine zu generieren, von der sie geladen werden können«.[48]

In der Biologie hat das schon immer so funktioniert. Das Leben beruht auf digital codierten Anweisungen, die zwischen Sequenz und Struktur (vom Nukleotid zum Protein) übersetzen, wobei Ribosomen die auf dem »Band« vorliegenden Sequenzen auslesen, duplizieren und interpretieren. Die Ähnlichkeit endet jedoch bei den Adressierverfahren, mit denen die Anweisungen umgesetzt werden. Beim Digitalrechner liegen diese Anweisungen in der Form BEFEHL (ADRESSEN) vor, wobei die Adresse einen exakten (entweder absoluten oder relativen) Speicherort angibt, ein Prozess, der sich informell als »TU DAS mit dem, was du HIER findest, und bringe das Ergebnis DORTHIN« deuten lässt. Alles hängt von exakt formulierten Anweisungen ab und davon, dass exakt definiert ist, wofür DAS, HIER und DORTHIN stehen.

Im biologischen Bereich lauten die Anweisungen: »TU DAS mit der nächsten Kopie von DIESEM, die dir begegnet.« Letzteres definiert sich dabei nicht durch eine numerische Adresse, der ein physischer Ort zugeordnet ist, sondern durch ein molekulares Muster, das die Identifizierung eines größeren, komplexen Moleküls anhand eines seiner kleineren, eindeutig erkennbaren Bestandteile ermöglicht. Deshalb bestehen Organismen auch aus Zellen von mikroskopischer (oder fast mikroskopischer) Winzigkeit, denn nur wenn alle Komponenten einander unmittelbar physisch benachbart sind, wird ein stochastisches, auf Mustern basierendes Adressierungssystem schnell genug arbeiten können. Es gibt in der Biologie kein zentrales Adressregister und keine zentrale Uhr. Viele Dinge können gleichzeitig passieren. Diese Fähigkeit – einen organisierten Nutzen aus planlos ablaufenden Prozessen zu ziehen – ist genau das Merkmal, das die Informationsverarbeitung in lebenden Organismen von der Informationsverarbeitung bei digitalen Rechnern (bis jetzt noch) unterscheidet.

Unser Verständnis davon, was Leben ist, hat sich mit der Zunahme unseres Wissens über die Funktionsweise komplexer molekularer Maschinen vertieft, während unser technologisches Verständnis in dem Maß abgenommen hat, wie Maschinen sich der Komplexität lebender Organismen annähern. Wir stehen wieder da, wo Julian Bigelow und Norbert Wiener 1943 in der Schlusspassage ihrer Schrift »Behavior, Purpose and Teleology« standen: »Ein weiterführender Vergleich zwischen lebenden Organismen und Maschinen ... könnte davon abhängen, ob ein oder mehrere qualitativ bestimmbare, einzigartige Merkmale in einer Gruppe vorhanden sind und in der anderen fehlen«, lautete ihr Fazit. »Solche qualitativen Unterschiede sind bis jetzt nicht in Erscheinung getreten.«[49]

Im Verlauf seiner Expansion kollidierte das digitale Universum mit zwei existierenden Informationsbeständen: der in den genetischen Codes gespeicherten und der in den Gehirnen der Menschen angesammelten Information. Die Information in unseren Genen ist, wie sich herausgestellt hat, in stärkerem Maß als erwartet digital, sequentiell und logisch codiert, während die Information in unseren Gehirnen weniger digital, weniger sequentiell und weniger logisch strukturiert ist, als erwartet.

Von Neumann starb, bevor er die Chance hatte, sein Augenmerk auf den genetischen Code zu richten, doch immerhin beschäftigte er sich gegen Ende seines Lebens mit der Informationsverarbeitung im Gehirn. Sein letztes, nicht fertiggestelltes Manuskript – für eine bevorstehende Vorlesungsreihe an der Yale University – vermittelte nach Aussage Ulams »allenfalls eine ungefähre Skizze dessen, was ihn beschäftigte«.[50] Klári überarbeitete das Manuskript und veröffentlichte es nach seinem Tod unter dem Titel *The Computer and the Brain*. Von Neumann versuchte darin, die Unterschiede zwischen den beiden Systemen herauszuarbeiten, und stellte als ersten Unterschied heraus, dass wir fast alles verstehen, was in einem Digitalrechner vor sich geht, aber fast nichts davon, was in einem Gehirn passiert.

»Das Benachrichtigungssystem, das in unserem Nervensystem Anwendung findet, … hat im Wesentlichen statistischen Charakter«, erklärte er.

> Worauf es ankommt, ist nicht die genaue Position bestimmter Marker oder Informationseinheiten, sondern ihre statistische Verteilung. … Es handelt sich um ein radikal anderes Notationssystem als jene, mit denen wir aus der gewöhnlichen Arithmetik und Mathematik vertraut sind. … Offensichtlich spielen auch andere Charakteristika der (statistischen) Benachrichtigung eine Rolle« – etwa die Frequenz der Impulse in den Nervenfasern und Synapsen. Es sei »eine vollkommen plausible Annahme, dass bestimmte (statistische) Beziehungen zwischen solchen Impulsfolgen auch Information übertragen. … Welcher Sprache sich das zentrale Nervensystem auch immer be-

> dient, sie zeichnet sich durch ein geringeres Maß an logischer und arithmetischer Tiefe aus, als wir es normalerweise gewöhnt sind, und muss sich strukturell wesentlich von den Sprachen unterscheiden, auf die sich unsere gewöhnliche Erfahrung bezieht.[51]

Das Gehirn ist ein statistisches, probabilistisches System, in dem Logik und Mathematik als Prozesse höherer Ordnung ablaufen. Der Computer ist ein logisches, mathematisches System, auf das sich möglicherweise statistische, probabilistische Systeme höherer Ordnung, wie etwa menschliche Sprache und Intelligenz, aufpfropfen ließen. »Was macht uns so sicher«, fragte Stan Ulam, »dass die mathematische Logik unserer Art des Denkens entspricht?«[52]

In der Ära der Vakuumröhren war es unvorstellbar, dass digitale Rechner eines Tages Hunderte Milliarden Operationen am Stück fehlerlos durchführen würden. Es hatte den Anschein, als gehöre die Zukunft des elektronischen Rechnens logischen Architekturen und Codiersystemen, die mit der Zeit eine Toleranz für Pannen und Hardwarefehler entwickeln würden. Die Befehlscodes waren 1952 noch so klein, dass es möglich war, sie vollständig zu debuggen, wogegen man sich nicht darauf verlassen konnte, dass die Hardware konsistent und fehlerfrei funktionierte. Das hat sich inzwischen umgekehrt. Wie aber erzielt die Natur mit ihrer störanfälligen Hardware und ihrer ebenso störanfälligen Codierung dann überhaupt so zuverlässige Resultate? »Es besteht Grund zu der Vermutung, dass unsere Vorliebe für lineare Codes mit ihren simplen Sequenzen hauptsächlich eine Frage des Stils ist – der mit unserer nicht besonders hoch entwickelten kombinatorischen Intelligenz korrespondiert. Eine hocheffiziente Sprache würde wahrscheinlich den Weg der Linearität verlassen«, gab von Neumann 1949 zu bedenken.[53] Die erfolgreichsten neuen Entwicklungen in der Computerwelt – Suchmaschinen und soziale Netzwerke – sind nichtlineare Hybride zwischen digital codierten und stochastischen, impulsfrequenzcodierten Systemen, die wesentlich leistungsfähiger sind als lineare, volldigitale Systeme.

In einem digital codierten System hat jedes Bit eine präzise Bedeutung, und wenn auch nur ein Bit an eine falsche Stelle gerät, kann der Rechenprozess ein falsches Ergebnis liefern oder zum Stillstand kommen. In einem impulsfrequenzcodierten System wird Bedeutung durch die Frequenz generiert, mit der Impulse zwischen bestimmten Punkten übertragen werden, egal ob diese Punkte Synapsen in unserem Gehirn sind oder Adressen im World Wide Web. Frequenzverschiebungen führen zu Bedeutungsverschiebungen. Die Übertragung, Speicherung und Interpretation von Informationen erfolgt probabilistisch und statistisch und ist nicht abhängig davon, dass jedes Bit sich zum exakt richtigen Zeitpunkt an der exakt richtigen Stelle befindet. Bedeutung ergibt sich aus der Verbindungsintensität, nicht nur aus der den übertragenen Signalen innewohnenden Information. Wie von Neumann 1948 erläuterte: »Es wird eine neue, im Wesentlichen logische Theorie erforderlich sein, um die komplizierten Automaten – und das zentrale Nervensystem – zu verstehen. Es ist freilich denkbar, dass sich im Rahmen dieses Prozesses die Logik weiter der Neurologie annähert als umgekehrt.«[54]

Die Zuverlässigkeit von Mikroprozessoren und Speicherbausteinen ermöglichte es, diese Annäherung für einen viel längeren Zeitraum aufzuschieben, als man es 1948 für möglich gehalten hätte. Erst seit kurzem hat sich etwas in dieser Richtung getan. Die von Neumannsche Adressenmatrix hat sich selbst transzendiert, und Turingmaschinen werden zu Systemen zusammengesetzt, die keine Turingmaschinen mehr sind. Programmcodes befreien sich von der Rigorosität numerischer Adressenmatrizen und der Taktung durch eine zentrale Uhr und lassen Spielraum für Fehler und Zweideutigkeiten bei der Bestimmung des Wo und Wann.

Der Mikroprozessor jedoch wird Bestand haben, so wie die einzelne Zelle trotz der Entstehung mehrzelliger Organismen fortbesteht. Biologische Organismen bestehen aus Zellen, weil die stochastische, auf Mustern beruhende molekulare Adressierung, auf der der Stoffwechsel und die Fortpflanzung lebender Organismen beruhen, in lokalem Rahmen schneller funktioniert. Auch von Menschen gemachte »technologische Organismen« bestehen aus Zellen (und Mikroprozessoren aus multiplen Kernen), nicht nur um die Folgen von Fehlern einzudämmen, sondern auch weil die numerische Adressierung bei den digitalen Prozessen nur auf lokalem Level in Nanosekundenschnelle ablaufen kann. Wo es um größere Dimensionen geht, setzen sich mittlerweile andere Formen der Adressierung und Datenverarbeitung und andere Architekturen durch.

Im Zeitalter der Digitalisierung aller Dinge haben wir wieder angefangen, analoge Rechner zu bauen. Die Totenglocke für das analoge Rechnen schien bereits mit der Ablösung des Differentialanalysators von Vannevar Bush durch den ENIAC geläutet zu haben, als niemand daran zweifelte, dass im Wettlauf um die Beschleunigung der Arithmetik das digitale Rechnen die Oberhand gewinnen würde. Aber es gibt noch andere Qualitäten als die Geschwindigkeit, mit der arithmetische Prozesse ablaufen, und weder Turing noch von Neumann noch Bigelow, die maßgebliche Beiträge zur digitalen Revolution leisteten, betrachteten das analoge Rechnen als eine Disziplin ohne Zukunft. Ein Teil des Problems besteht, wie Jack Good es 1962 formulierte, darin, »dass ›analoge Rechner‹ eine dumme Bezeichnung ist; man sollte sie ›kontinuierliche Rechner‹ nennen.«[55] Für Aufgaben aus der realen Welt –

insbesondere für uneindeutige – können analoge Rechner schnellere, genauere und robustere Lösungen liefern –, nicht nur was die Berechnung der Antworten, sondern auch was die Formulierung der Fragen und das Kommunizieren der Resultate betrifft. *Web 2.0* ist unser Schlüsselwort für eine zunehmende Überlagerung des Digitalen durch das Analoge – spiegelbildlich zu der Art und Weise, wie die digitale Logik vor 60 Jahren in analoge Komponenten eingebettet wurde. Suchmaschinen und soziale Netzwerke sind nur der Anfang – die präkambrische Phase. »Wenn die zunehmende Komplexität des digitalen Codes in expansiven Systemen das einzige Manko wäre, hätte die Natur ihn nicht verworfen, zumindest nicht allein aus diesem Grund«, gab von Neumann 1948 zu bedenken.[56]

Suchmaschinen und soziale Netzwerke sind Analogrechner einer nie dagewesenen Größenordnung. Sie codieren und verarbeiten Informationen als kontinuierliche und störungstolerante Variablen, zum Beispiel als Frequenz (der Verbindungsaufnahme) oder der topologischen Struktur, wobei Speicherorte zunehmend mehr durch ein fehlertolerantes Muster definiert werden als durch eine genaue numerische Adresse. Bei Suchmaschinen handelt es sich gewissermaßen um eine Impulsfrequenzcodierung des Internets, und die Arbeitsweise des Gehirns lässt sich als PageRanking beschreiben. Diese Rechnerstrukturen verwenden digitale Komponenten, doch das analoge Rechnen des Systems als Ganzes überformt den zugrundeliegenden digitalen Code. Das Modell (der Social Graph bei Facebook oder das menschliche Wissen) generiert und aktualisiert sich selbst.

Komplexe Netzwerke – von Molekülen, Menschen oder Ideen – erzeugen auch Beschreibungen ihres eigenen Verhaltens. Es lässt sich leichter mittels kontinuierlicher, analoger Netzwerke erfassen als mit digitalen, algorithmischen Codes.

Solche analogen Netzwerke können aus digitalen Prozessoren bestehen, aber die wirklich interessanten Berechnungen finden analog statt. »Die rein ›digitale‹ Prozedur ist vielleicht umständlicher und schwerfälliger als nötig«, warnte von Neumann 1951. »Es könnte bessere – und besser integrierte – gemischte Prozeduren geben.«[57]

Analog ist wieder da und wird uns erhalten bleiben.

KAPITEL FÜNFZEHN

Theorie der sich selbst reproduzierenden Automaten

Ich betrachte das Problem nicht vom mathematischen Standpunkt aus, wie zum Beispiel von Neumann es getan hat, sondern als Ingenieur. Vielleicht ist es besser, dass für solche Ideen fast keine Unterstützung da ist. Vielleicht steckt auch der Teufel dahinter.

Konrad Zuse, 1976[1]

»Die Kamera schwenkt über den Himmel, und jetzt unterbrechen die gezackten schwarzen Konturen einer Felseninsel die Linie des Horizonts. Ein großer viermastiger Schoner segelt an der Insel vorbei. Beim Näherkommen erkennen wir, dass das Schiff die Flagge von Neuseeland führt und den Namen *Canterbury* trägt. Der Kapitän steht mit einer Gruppe von Passagieren an der Reling; sie blicken gespannt nach Osten. Wir sehen durch ihre Feldstecher und erkennen einen öden Küstenstrich.«[2]

Mit diesen Worten beginnt *Affe und Wesen*, Aldous Huxleys weniger bekanntes Meisterwerk. Es spielt im Los Angeles des Jahres 2108, genau 100 Jahre nach einem Atomkrieg, der die Menschen der Fähigkeit beraubt hat, getreue Kopien ihrer selbst zu erzeugen. Am 20. Februar 2108 trifft an den Channel Islands vor der kalifornischen Küste eine Expedition aus Neuseeland ein, deren Ziel die Wiederentdeckung Amerikas ist. Passend zur Nähe Hollywoods, wird die Geschichte in der Art eines Filmdrehbuchs erzählt. »Neuseeland hat den Dritten Weltkrieg überlebt. … In der Isolation, die aufgrund der radioaktiven Verseuchung der übrigen Welt für mehr als ein Jahrhundert so gut wie vollständig war, erlebte es sogar eine bescheidene Blüte. Nun, nachdem die Gefahr vorüber ist, erscheinen die ersten Forschungsreisenden, um Amerika vom Westen her wiederzuentdecken.«[3]

Huxleys dystopische Vision erschien 1948, als ein Dritter Weltkrieg ziemlich unvermeidlich erschien, wobei das Argument von Neumanns, die Opferzahl ließe sich durch einen Präventivschlag minimieren, nicht allzu großen Trost bot. Zwar war der Mechanismus, mit dem genetische Information kopiert und übertragen wird, zu dem Zeitpunkt noch nicht genau erforscht, aber an den Auswirkungen ionisierender Strahlung auf die Übertragung genetischer Bauanweisungen von einer Generation zur anderen bestand kein Zweifel. Huxley ging davon aus, dass nach einem Atomkrieg die Darwinsche Evolution, die sein Großvater Thomas Huxley so leidenschaftlich propagiert hatte, zum Erliegen kommen würde.

Eine ebenso große Bedrohung könnte freilich auch von einem Zuviel an Perfektion bei der Genom-Replizierung ausgehen. Die Darwinsche Evolution beruht darauf, dass Kopien nicht immer vollkommen sind. Wenn das Los Angeles des Jahres 2108 sich gesellschaftlich bis zur Unkenntlichkeit verändert hätte, dann wahrscheinlich nicht durch eine Katastrophe nach Art von *Affe und Wesen*, sondern durch das Gegenteil: unsere Fähigkeit, genetische Sequenzen von Computern auslesen zu lassen, sie exakt zu replizieren und sie in lebende Organismen zurückzuübersetzen, ohne in diesem Prozess auch nur ein einziges Bit zu verrücken. Ein Los Angeles, das von menschlichen Wesen beherrscht wird, die in der Lage sind, die genetischen Merkmale ihres Nachwuchses exakt festzulegen, ist womöglich eine beängstigendere Vision als Huxleys Pavian-Gesellschaft.

So wie primitive zur Selbstreproduktion fähige Lebensformen selbstreplizierende Polynukleotide als Überträger ihrer

Erbinformation wählten, könnten heutige Lebensformen Computer zu Überträgern ihres genetischen Codes machen. Nils Barricelli deutete dies 1979 an, als er darüber sprach, dass die Natur, zumindest bei den hochgradig sozialen Organismen, dazu tendiert, »die Organismen, aus denen die Gesellschaft besteht, in zwei Hauptklassen aufzuteilen, nämlich: Arbeiter, die darauf spezialisiert sind, alle für das Überleben der Gesellschaft notwendigen Aufgaben mit Ausnahme der Reproduktion zu erledigen, und die Träger der Erbinformation, deren Aufgabe es ist, die Gesellschaft zu reproduzieren.« Diese Abtrennung der Reproduktionsfunktion sei, so fuhr Barricelli fort, »üblich bei hochgradig organisierten Gesellschaften lebender Organismen (mit Königinnen und Drohnen bei Ameisen, Bienen und Termiten, mit Gameten bei den Vielzellern), nur nicht beim Menschen, dessen Gesellschaft aber auch nach biologischen Zeitmaßstäben noch relativ jung ist«.[4]

Die Wirkmacht des Computers beruht ebenso sehr auf seiner Fähigkeit zu *kopieren*, wie auf seiner Fähigkeit zu *rechnen*. Beim Versenden einer E-Mail oder eines Dokuments wird materiell nichts bewegt oder verlagert; vielmehr wird an anderer Stelle eine neue Kopie erstellt. Eine Turingmaschine besitzt per definitionem die Fähigkeit, von jeder lesbaren Sequenz getreue Kopien herzustellen – auch von ihrem eigenen »Geisteszustand« und den auf ihrem eigenen Lochstreifen gespeicherten Sequenzen. Eine Turingmaschine kann somit Kopien ihrer selbst herstellen. Dies erregte die Aufmerksamkeit von Neumanns just zu der Zeit, als das Rechnerprojekt am Institute for Advanced Study in die Gänge kam. »Ich habe mir eine Menge Gedanken über Mechanismen der Selbstreproduktion gemacht«, schrieb er im November 1946 an Norbert Wiener. »Ich kann das Problem rigoros formulieren, genau wie Turing es für seine Mechanismen gemacht hat.«

Was von Neumann vorschwebte, war eine axiomatische Theorie der Selbstreproduktion, allgemein genug, um sowohl für lebende Organismen als auch für Maschinen zu gelten. »Ich möchte sie im Verlauf der nächsten zwei Monate detailliert ausarbeiten und zu Papier bringen«, teilte er Wiener mit.[5]

Diese mathematische Theorie der Selbstreproduktion sollte empirisch fundiert sein, aber auch ein präzises Verständnis ermöglichen »in dem rigorosen Sinn, wie man eine detailgenaue Zeichnung einer Maschine verstehen kann.«[6] Ausgangspunkt sollte das einzelne Molekül sein. »Es wäre ein Fehler, weniger anzustreben als die vollständige Bestimmung der Ladungsverteilung im Eiweißmolekül – d. h. eine vollständige, detaillierte Bestimmung seiner Geometrie und Struktur«, schrieb er an den Chemiker Irving Langmuir, den er als Kollaborateur gewinnen wollte. »Ich weiß natürlich, dass die ersten wirklich aufregenden Strukturen, also die ersten zur Selbstreproduktion fähigen Strukturen (Pflanzenviren und Bakteriophagen) noch einmal drei Zehnerpotenzen über dem Eiweiß stehen.«[7]

Aufbauend auf den Fähigkeiten von Turings Universalmaschine, zeigte von Neumann, »dass ein Automat B existiert, der die folgende Eigenschaft hat: Stellt man B eine Beschreibung von irgendetwas zur Verfügung, so konsumiert er sie und erzeugt zwei Kopien der Beschreibung.«[8] In einem Vortrag, den von Neumann am 20. September 1948 im kalifornischen Pasadena hielt, führte er diese Theorie weiter aus – mehr als vier Jahre bevor Franklin, Watson und Crick aufzeigten, wie genau dieser Vorgang in der belebten Natur abläuft. »Für die ›Selbstreproduktion‹ von Automaten ist Turings Verfahren in lediglich einer Hinsicht zu eng«, erklärte er. »Seine Automaten sind reine Rechenmaschinen. Was sie erzeugen, ist ein Papierstreifen mit Nullen und Einsen darauf. Vonnöten ist ... ein Automat, dessen Produkt andere Automaten sind.«[9]

Unter Anwendung desselben logischen Ersetzungsverfahrens, das es erlaubt, einer Turingmaschine die Interpretation sukzessive höherstufiger Sprachen beizubringen – oder das es Gödel erlaubte, metamathematische Aussagen in der Sprache der gewöhnlichen Arithmetik zu formulieren –, ließen sich Turingmaschinen entwerfen, deren codierte Anweisungen nicht Speicherorte, sondern materielle Komponenten adressieren, und deren Produkt sich in physische Objekte übersetzen lässt, anstatt nur aus Nullen und Einsen zu bestehen. »Durch kleinere Variationen des beschriebenen Designs«, fuhr von Neumann fort, »sind wir in der Lage, Automaten zu konstruieren, die sich selbst reproduzieren und darüber hinaus andere Automaten herstellen können.« Er verglich das Verhalten solcher Automaten mit dem, was man in der Biologie unter der »typischen Genfunktion« versteht: »Selbstreproduktion plus Produktion – oder Anregung zur Produktion – bestimmter Enzyme«.[10]

Von Neumann betrachtete das Problem der Selbstreplizierung und der Selbstreproduktion durch die Linse der formalen Logik und wandte die Resultate Gödels und Turings auf die Grundlagen der Biologie an. Seine Schlussfolgerungen hatten kaum Einfluss auf die Biologen seiner Zeit, ebenso wie sein Aufsatz »Mathematische Begründung der Quantenmechanik« nur geringen Einfluss auf die tägliche Arbeit der zeitgenössischen Physiker gehabt hatte. Indem von Neumann Turings Beweis für die Unlösbarkeit des Entscheidungsproblems auf den Fall sich selbst reproduzierender Automaten anwandte, gelangte er im Dezember 1949 zu dem Schluss: »Man kann ein Instrument bauen, das alles kann, was machbar ist, man kann aber kein Instrument bauen, das einem sagt, ob es machbar ist.«[11]

»Das hängt mit der Typentheorie und mit den Erkenntnissen Gödels zusammen«, fuhr er fort. »Die Frage, ob etwas in einem Typus machbar ist, gehört in den Bereich eines höheren logischen Typus. Es ist ein Charakteristikum von Objekten niedriger Komplexität, dass es leichter ist, über das Objekt zu reden, als es zu erzeugen, leichter auch, seine Eigenschaften vorherzusagen, als es zu bauen. Doch in den komplizierten Teilbereichen der formalen Logik ist es immer um eine Größenordnung schwerer zu sagen, was ein Objekt tun kann, als das Objekt zu erzeugen.«[12]

Können Automaten Nachkommen von sich erzeugen, die ebenso kompliziert wie sie selbst oder gar komplizierter sind? »›Kompliziertheit‹ auf niedrigem Niveau ist wahrscheinlich degenerativ, d. h. jeder Automat, der andere Automaten erzeugen kann, wird lediglich in der Lage sein, weniger komplizierte Exemplare zu erzeugen«, erklärte von Neumann.[13] Es gebe jedoch eine bestimmte Schwelle, über der »das Phänomen der Synthese, richtig angewandt, explosiv werden kann. Anders gesagt: wo Synthesen von Automaten so fortschreiten können, dass jeder Automat weitere Automaten erzeugt, die komplexer sind als er selbst und ein höheres Potential besitzen.«[14]

Dieser Gedankengang legt den Kern der Wahrscheinlichkeit (oder Unwahrscheinlichkeit) für die Entstehung des Lebens bloß. Trifft die Annahme zu, kann die Existenz eines ausreichend komplizierten, zur Selbstreproduktion fähigen Systems zur Entstehung komplizierterer Systeme führen und mit einer nicht zu vernachlässigenden Wahrscheinlichkeit zu dem, was wir Leben nennen. Die Selbstreproduktion ist ein zufälliges Ereignis, das nur einmal passieren muss. »Die Wahrscheinlichkeit lässt an diesem Punkte irgendwie ein Schlupfloch offen«, erklärte von Neumann. »Sie wird durch den Prozess der Selbstreproduktion durchlöchert.«[15]

Von Neumann hatte die feste Absicht, sich nach seinem Ausscheiden aus der AEC wieder mit den Fragen der Selbstreproduktion zu beschäftigen. »Gegen Ende seines Lebens fühlte er sich gefestigt genug, um ungebunden und gewissenhaft an der Schöpfung einer denkbaren neuen mathematischen Disziplin zu arbeiten«, sagt Ulam, »einer kombinatorischen Theorie der Automaten und Organismen.«[16] Eine solche Theorie würde einfach genug sein müssen, um mathematisch fassbar zu sein, doch andererseits auch kompliziert genug, um sich auf nichttriviale Beispiele aus der realen Welt anwenden zu lassen. »Ich habe keine Lust, allen Ernstes mit dem Einwand konfrontiert zu werden, dass (a) alle Welt weiß, dass Automaten sich reproduzieren können, oder (b) alle Welt weiß, dass sie es nicht können«, mokierte sich von Neumann.[17]

Geplant war, in Zusammenarbeit mit Ulam eine umfassende Abhandlung zu erarbeiten, vergleichbar mit dem Standardwerk *Theory of Games and Economic Behavior*. Die beiden wollten darin eine Theorie sich selbst reproduzierender Automaten entwickeln, die in der Biologie, der Technik und darüber hinaus auf alle denkbaren Kombinationen beider Anwendung finden könnte. Das Buch wurde nie fertig. Ulam war kein so disziplinierter Koautor wie Oskar Morgenstern, und von Neumanns Terminkalender wurde nach Kriegsende immer voller. Das unvollständige Manuskript, zu dem eine ausführliche Einleitung gehörte, die auf eine fünfteilige Vorlesungsreihe von Neumanns an der Universität von Illinois (1949) zurückging, wurde Jahre später unter Leitung von Arthur Burks sorgfältig ediert und fast zehn Jahre nach dem Tod von Neumanns unter dem Titel *Theory of Self-Reproducing Automata* veröffentlicht. Eine thematische Gliederung für die ersten drei Kapitel, einem erhalten gebliebenen Entwurf entnommen, den von Neumann an Ulam geschickt hatte, gibt einen Fingerzeig auf ihr Denken zu jener Zeit:

1) Wiener!
3) Turing!
5) Nicht Turing!
6) Boolesche Algebra
7) Pitts-McCulloch!
13) Ulam!
14) Ruf nach stärkeren Resultaten
16) 2- und 3-dimens. Kristallklassen
18) J. B., H. H. G.!
20) Turing!
23) Doppelschnur-Trick, etc.
24) Degeneration (?)
25) Turing![18]

Unser Verständnis der Selbstreproduktion in der biologischen Welt und der Welt der Maschinen nahm einen ganz ähnlichen Weg. Die Kapitelüberschrift »Wiener!« bezieht sich wahrscheinlich auf die Informations- und Kommunikationstheorie Norbert Wieners, wie von Claude Shannon ausformuliert – denn die Selbstreproduktion ist im Grunde genommen ein Problem der Kommunikation von einer Generation zur nächsten über verrauschte Kanäle. »Turing!« weist auf die Turing'sche Universalmaschine und ihr Potential hin, »Nicht Turing!« auf die Grenzen dieses Potentials – und wie lebende und nichtlebende Dinge diese Grenzen überwinden könnten. »Pitts-McCulloch!« bezieht sich auf Walter Pitts' und Warren McCullochs 1943 veröffentlichte Erkenntnisse über die Fähigkeiten neuronaler Netze (wie wir sie heute nennen) unter Berücksichtigung von Turing-Universalität. »J. B., H. H. G.!« sind die Initialen von Julian Bigelow und Herman H. Goldstine – da diese beiden sich nur selten über irgendetwas einig waren, könnte man dies als einen Hinweis auf frühe und ins Stocken gekommene Debatten über Verbände kommunizierender Zellen und deren Fähigkeiten deuten. »Doppelschnur-Trick, etc.« lässt an die Doppelhelix der DNA denken, und hinter »Degeneration (?)« steckt vermutlich die Frage, wie ein beständiges, zur Selbstreproduktion fähiges System bei der genetischen »Übersetzung« von einer Generation zur nächsten fehlerkorrigierende Codes einsetzen kann. »Ulam!« verweist vermutlich auf das Interesse Stan Ulams an den Eigenschaften turingvollständiger zellulärer Automaten, für die viele der uns heute umgebenden Computeranwendungen Demonstrationsbeispiele liefern. Das dreimalige Vorkommen von »Turing« zeigt, wie wichtig Turings Arbeit für jede Theorie der Selbstreproduktion war, gleich ob man sie auf Mathematik, Biologie oder Maschinen anwandte.

Die mehr oder weniger abgewandelten unmittelbaren Duplikate des IAS-Rechners verkörperten dessen erste Nachfolgegeneration, waren also gleichsam Geschwister; zu ihnen gehörten der SEAC in Washington, D. C., der ILLIAC an der Universität von Illinois, der ORDVAC in Aberdeen, der JOHNNIAC bei der RAND Corporation, der MANIAC am Los Alamos National Laboratory, der AVIDAC in Argonne, der ORACLE in Oak Ridge, der BESK in Stockholm, der DASK in Kopenhagen, der SILLIAC im australischen Sidney, der BESM in Moskau, der PERM in München, der WEIZAC im israelischen Rehovot und der IBM 701. »Der Princeton-Rechner hat zahlreiche Nachkommen gezeugt, und nicht alle haben eine starke Ähnlichkeit mit ihrem Stammvater«, berichtete Willis Ware im März 1953. »Von etwa 1949 an erhielten wir fast ununterbrochen Besuch von Technikern, die Bauanleitungen und Zeichnungen für Ableger unserer Maschine mitnahmen.«[19]

Ableger der zweiten und dritten Generation folgten noch vor Ende des Jahrzehnts. Größere Rechner mit größeren

Speichern zeugten größere und komplexere Codes, die ihrerseits wiederum zur Entwicklung größerer Rechner führten. An die Stelle handgelöteter traten gedruckte Schaltkreise, integrierte Schaltkreise und schließlich rein maschinell hergestellte Mikroprozessoren mit Milliarden auf Silizium geätzten Transistoren. Die 5 Kilobytes RAM, in denen von Neumanns ursprüngliches digitales Universum einst Gestalt annahm und die 1947 rund 100 000 Dollar kosteten, sind heute für weniger als den hundertsten Teil eines Cents zu haben und arbeiten dabei tausendmal schneller.

Die *Review of Economic Studies* veröffentlichte 1945 von Neumanns Aufsatz »Model of General Economic Equilibrium«, eine neun Seiten umfassende Arbeit, die er 1932 als Referat für ein Mathematikseminar in Princeton geschrieben und 1937 erstmals veröffentlicht hatte, damals noch auf Deutsch. Er hatte sich darin mit der Funktionsweise einer Wirtschaft befasst, in der »Güter ... nicht bloß aus den ›natürlichen Produktionsfaktoren‹, sondern in erster Linie *aus einander* hergestellt« werden. In einer solchen selbsterhaltenden Wirtschaft koexistieren Gleichgewicht und Expansion am »Sattelpunkt« zwischen »konvexen Mengen«. »Der Zusammenhang mit der Topologie mag zunächst recht überraschend sein«, bemerkte von Neumann, »aber der Verfasser glaubt, dass er in Problemen dieser Art naturgemäß ist.«[20]

Einige der in von Neumanns expansives Wirtschaftsmodell eingegangenen Prämissen – dass »die natürlichen Produktionsfaktoren, einschließlich der Arbeit, unbeschränkt zur Verfügung stehen« und dass »jedes über das Lebensminimum hinausgehende Einkommen vollkommen reinvestiert wird« – machten seinerzeit den Eindruck, unrealistisch zu sein; das gilt heute, da zur Selbstreproduktion fähige Technologien das Wirtschaftswachstum antreiben, nicht mehr im gleichen Maß. Wir messen unsere Wirtschaft in Geld, nicht in Sachen, und haben noch keine Wirtschaftsmodelle entwickelt, die die Auswirkungen sich selbst reproduzierender Maschinen und sich selbst replizierender Codes adäquat berücksichtigen.

Nach dem Ausscheiden von Neumanns aus der AEC stellte die Rechnergruppe am IAS sich die Aufgabe, »(›nahezu minimale‹) kombinatorische Schaltkreise zu synthetisieren« und einen Digitalrechner als Spezialfall eines sich selbst optimierenden Schaltkreises zu entwerfen. »Diese Synthese kann von einem Digitalrechner bewerkstelligt werden, insbesondere von dem zu konzipierenden Rechner selbst, wenn er nur groß genug ist«, berichteten die Rechnerleute im April 1956 und setzten hinzu: »Es scheint so, als hätten wir damit eine Maschine vorgelegt, die sich selbst reproduzieren (d. h. entwerfen) kann. Dieses Resultat scheint etwas mit den sich selbst reproduzierenden Maschinen von Neumanns zu tun zu haben.«[21] Sie hatten recht.

Die das wachsende digitale Universum bevölkernden Codes wurden bald turingvollständig, wie Ulam und von Neumann es 1952 im Wesentlichen vorausgesagt hatten. Turings ACE, eine leistungsstarke Universalmaschine, war mit einem Speichervolumen von 25 Kilobytes oder $2x10^5$ Bits konzipiert. Das gegenwärtige Datenvolumen des digitalen Universums ist auf 10^{22} Bits geschätzt worden. Die Zahl der dieses Universum bevölkernden Turingmaschinen ist unbekannt, zumal immer mehr davon virtuelle Maschinen sind, die nicht notwendigerweise zu einem bestimmten Zeitpunkt in einer bestimmten materiellen Hardware logieren. Sie existieren als präzise definierte Entitäten im digitalen Universum, nicht mehr als greifbare Objekte in unserem. Doch sie vermehren sich so schnell, dass die realen Maschinen sich anstrengen müssen, mit ihnen Schritt zu halten. Physische Maschinen zeugen virtuelle Maschinen, die wiederum die Nachfrage nach weiteren physischen Maschinen steigern. Die

Evolution im digitalen Universum treibt inzwischen eher die Evolution in unserem Universum voran als umgekehrt.

Die *Theory of Self-Reproducing Automata* war als umfassende vereinheitlichende Theorie gedacht – was einer der Gründe dafür war, dass von Neumann sich dieses Werk bis zum Schluss aufsparte. Die neue Theorie sollte auf biologische Systeme, technische Systeme sowie auf jede vorstellbare oder auch unvorstellbare Kombination aus beiden anwendbar sein. Sie sollte für Automaten gelten, gleich ob diese als Objekte in der physischen Welt existierten, im digitalen Universum oder in beiden, und würde über das auf der Erde bestehende organische Leben und über die irdische Technik hinausreichen.

Von Neumann thematisierte nur selten die Frage des außerirdischen Lebens oder einer außerirdischen Intelligenz; das Leben und die Intelligenz auf der Erde boten Rätsel genug. Nils Barricelli erlegte sich weniger Zurückhaltung auf. »Sich entwickelnde Organismen, die viele der für das Leben typische Merkmale aufweisen, setzen nicht zwangsläufig dieselben Bedingungen voraus, wie sie auf der Erde herrschen«, resümierte er unter Verweis auf seine numerischen Evolutionsexperimente am IAS. »Wir haben allen Grund zu glauben, dass jeder Planet, auf dem sich eine große Zahl mannigfaltiger Moleküle durch rückgekoppelte (oder symbiotische) autokatalytische Reaktionen reproduzieren können, die Evolution von Organismen mit denselben Merkmalen erleben kann.«[22] Eines dieser Merkmale könnte, unabhängig von den lokal herrschenden Verhältnissen, die Entwicklung der Universalmaschine sein.

Strukturen über große Entfernungen zu transportieren, ist teuer; dagegen kostet die Übertragung von Informationen nicht viel. Turingmaschinen, die per definitionem Strukturen sind, die als Informationssequenzen codiert werden können, vermehren sich bereits auf lokaler Ebene mit Lichtgeschwindigkeit. Die Vorstellung, wonach sich ein bestimmter Computer zu einem bestimmten Zeitpunkt an einem bestimmten Ort befindet, ist überholt.

Falls irgendwo im Universum durch irgendeinen Zufall Leben entstanden ist und sich halten konnte, hat es genug Zeit gehabt, eine unerschöpfliche Formenvielfalt zu entwickeln. Diejenigen Lebensformen, die besser als andere in der Lage sind, über lange Zeiträume hinweg zu überleben, sich an veränderte Umwelten anzupassen und interstellare Entfernungen zu überwinden, werden sich am weitesten verbreiten. Eine Lebensform, die für die gesamte Dauer ihres Lebenszyklus oder für einen Teil davon in einen digitalen »Aggregatzustand« überzugehen vermag, wird in der Lage sein, sich mit Lichtgeschwindigkeit fortzubewegen. Wie Marvin Minsky, Pionier der künstlichen Intelligenz, 1970 bei einem Besuch in der Sowjetrepublik Armenien sagte: »Es gibt einen Bereich, in dem man anstelle des Bildes einer Katze die Katze selbst verschicken kann.«[23]

Von Neumann erweiterte das Konzept von Turings Universalmaschine zum Konzept eines universellen Konstrukteurs, einer Maschine, die die Beschreibung jeder anderen Maschine, einschließlich der Beschreibung ihrer selbst, ausführen kann. Der universelle Konstrukteur lässt sich wiederum zum Konzept einer Maschine erweitern, die, indem sie ihre eigene Beschreibung als sich selbst extrahierendes Archiv verpackt und versendet, an anderer Stelle Kopien ihrer selbst reproduziert. Digitale Organismen ließen sich zu geringen Kosten verbreiten, auch wenn die Wahrscheinlichkeit extrem klein wäre, dass sie an einen Ort mit so günstigen Umweltbedingungen gelangen würden, dass sie dort keimen und wachsen könnten. Würde die digitale »Keimzelle« von einem »Wirt« eingefangen, der seinerseits bereits das digitale Rechnen erfunden hat und zwischen Sequenz und Struktur übersetzen kann, bestünde diese Chance. Würden wir auf der Erde eine solche »Keimzelle« entdecken, würden wir sofort beginnen, sie ausgiebig zu replizieren. Laboratorien überall auf der Erde würden sich daranmachen, sie zu entschlüsseln und schließlich die codierte Sequenz – absichtlich oder unabsichtlich – in die Lage versetzen, unsere lokalen Ressourcen zu nutzen, ähnlich wie ein Virus in einer Wirtszelle bestimmte Privilegien erlangt. Die Lese/Schreib-Privilegien, die digitale Codes genießen, beinhalten Materialtechnik, das menschliche Denken und zunehmend auch bereits die Nukleotidsynthese selbst mit allen zugehörigen Facetten des organischen Lebens.

Der Wirtsplanet müsste nicht nur Radioteleskope errichten, um aktiv nach codierten Sequenzen zu suchen, sondern den Signalen auch ausreichende Rechnerressourcen zur Verfügung stellen. Das Netzwerk SETI@home verlinkt bereits heute rund 5 Millionen terrestrische Computer mit einem wachsenden Netz von Radioteleskopen, die zusammen 500 Teraflops an schnellen Fourier-Transformationen leisten, entsprechend einer kumulierten Rechenzeit von 2 Millionen Jahren. Bis heute ist kein einziges Wort oder Bild aufgefangen worden – soweit wir wissen.

Vor etwas mehr als 60 Jahren haben auf der Erde biochemische Organismen begonnen, digitale Rechner zu bauen. Heute beginnen digitale Rechner mit dem Zusammenbau biochemischer Organismen. Von Ferne betrachtet, sieht das aus wie der Teil eines Lebenszyklus. Doch welcher Teil? Sind biochemische Organismen das Larvenstadium digitaler Rechner? Oder sind digitale Rechner das Larvenstadium biochemischer Organismen?

Edward Teller hat überliefert, dass Enrico Fermi 1950 in Los Alamos, als beim Mittagessen die Rede auf außerirdisches Leben kam, die Frage stellte: »Wo sind die alle?« 50 Jahre später fragte ich beim Mittagessen an der Hoover Institution der Stanford University einen 99-jährigen Edward Teller, wie aktuell Fermis Frage noch sei. John von Neumann, Theodore von Kármán, Leó Szilárd und Eugene Wigner, Tellers Kollegen aus Jugendtagen in Budapest, waren alle bereits tot. Von den fünf ungarischen »Marsmenschen«, die der Welt die Atombombe, den Digitalrechner, einen guten Teil der Raumfahrtindustrie und die Anfangsgründe der Gentechnik beschert hatten, war nur noch Edward Teller übrig, gestützt auf einen Holzstab wie ein alttestamentarischer Prophet.

Sein Hinken – bei einem Straßenbahnunfall 1928 in München hatte er den größeren Teil eines Fußes verloren – hatte sich verstärkt, und die Erinnerungen an seine Jugendzeit in Ungarn waren im selben Maß lebhafter geworden, wie die Erinnerung an alles Spätere zu verblassen begann. »Ich erinnere mich an die Brücken, die schönen Brücken«, sagte er über Budapest.[24] Auch wenn Teller (zusammen mit von Neumann und dem deutschen Raketenpionier Wernher von Braun) eines der Vorbilder für den fiktiven Dr. Strangelove in Stanley Kubricks Meisterwerk *Dr. Seltsam oder: Wie ich lernte, die Bombe zu lieben* war, finde ich Atomwaffen in der Hand Edward Tellers weniger furchterregend als in den Händen einer neuen Generation atomarer Krieger, die nie mit eigenen Augen einen Bombentest in der Erdatmosphäre gesehen haben.

Teller nahm damals an, ich sei gekommen, um ihn über das Teller-Ulam-Design zu befragen, und hielt mir einen langen Vortrag über die Entstehung der Wasserstoffbombe und die spaltungsinduzierte Implosion-Explosion, die vonnöten war, um den thermonuklearen Brennstoff zu zünden. »Die ganze Idee mit der Implosion – dass man also in einen Dichtebereich weit oberhalb des normalen vorstoßen *kann* – entstand bei einem Besuch von Neumanns«, erzählte er mir. »Wir legten die Idee gemeinsam Oppenheimer vor. Er akzeptierte sie auf der

Stelle.«[25] Nachdem wir die Wasserstoffbombe abgehakt hatten, fragte ich nach dem Fermi-Paradox.

»Erlauben Sie mir eine Gegenfrage«, sagte Teller mit seinem noch immer unüberhörbaren ungarischen Akzent. »Interessieren Sie sich für außerirdische Intelligenz? Offensichtlich nicht. Aber wenn Sie es täten, wonach würden Sie Ausschau halten?«

»Es gibt alles Mögliche, wonach man suchen kann«, antwortete ich. »Aber ich meine, das eine, wonach man nicht suchen sollte, ist irgendein verständliches Signal. ... Jede Zivilisation mit fortgeschrittener Kommunikationstechnik wird für eine effiziente Übertragung von Informationen eine Form der Verschlüsselung einsetzen, die für uns nicht lesbar sein wird – es wird wie Rauschen aussehen.«

»Und wo würden Sie danach suchen?«, fragte Teller.

»Ich weiß nicht ...«

»Ich sehr wohl!«

»Wo?«

»In Kugelsternhaufen!«, antwortete Teller. »Wir können mit niemand anderem Kontakt aufnehmen, weil sie so weit weg sind. In einem Kugelsternhaufen ist es für Bewohner unterschiedlicher Welten viel leichter, einander zu finden. Und wenn es überhaupt eine interstellare Kommunikation gibt, dann muss sie in den Kugelsternhaufen stattfinden.«

»Das erscheint plausibel«, räumte ich ein. »Meine Lieblingstheorie ist, dass außerirdisches Leben bei uns bereits angekommen sein könnte. ... Wer sagt, dass wir das zwangsläufig erkennen würden? Wenn es im Universum Leben gibt, wird es einer digitalen Lebensform am ehesten gelingen, sich zu verbreiten; sie wird eine Form annehmen, die sie unabhängig von jedem lokalen chemischen Milieu macht, und wird so lange als elektromagnetisches Signal unterwegs sein, bis sie eine digitale Welt findet – eine Zivilisation, die die universale

Turingmaschine entdeckt hat –, in der sie Kolonien bilden kann. Und deshalb haben von Neumann und die anderen Marsmenschen uns gelehrt, alle diese Computer zu bauen, um dieser Lebensform eine Heimat bieten zu können.«

Es folgte eine längere Gesprächspause. »Sehen Sie«, sagte Teller schließlich und senkte seine Stimme zu einem heiseren Flüstern, »Sie sollten meiner Meinung nach, anstatt das zu erklären, was nicht ganz leicht wäre, einen Science-Fiction-Roman darüber schreiben.«

»Wahrscheinlich hat das schon jemand getan«, sagte ich.

»Wahrscheinlich«, antwortete Teller, »hat jemand das noch nicht getan.«

KAPITEL SECHZEHN

Mach neun

Zeit ist keine da. Sequenz ist etwas anderes als Zeit.

Julian Bigelow, 1999

»Nach dem Krieg traf man, wenn man eine der Einrichtungen mit einem modernen Großrechner besuchte, immer jemanden, der an einem Schockwellen-Problem arbeitete«, erinnert sich der deutsch-amerikanische Astrophysiker Martin Schwarzschild, der sich bei Ausbruch des Zweiten Weltkrieges freiwillig zum Dienst in der U. S. Army meldete, obwohl er noch den Rechtsstatus eines feindlichen Ausländers hatte. »Und immer war es von Neumann, der sie da drangesetzt hatte. Sie waren gleichsam sein Fußabdruck in der modernen Computerlandschaft.«[1]

Schwarzschild wurde zunächst zum Schießplatz von Aberdeen abkommandiert, wo er die Auswirkungen der neuen Luftminen studierte – Sprengbomben, die zwar mit konventionellen Sprengstoffen befüllt waren, aber so mächtige Ladungen hatten, dass ihre Detonationswelle wesentlich größeren Schaden anrichtete als die materiellen Bruchstücke der Bombe selbst. Mit ihrer Größe nahmen sie Probleme vorweg, die auch bei den Atombomben eine Rolle spielen sollten und von Neumanns Interesse weckten. Bevor er kam, »gab es bei uns unglaubliche Kontroversen«, erzählt Schwarzschild. »Selbst nach tagelangem Streiten und Nachdenken konnte keiner von uns wirklich auf den Punkt bringen, wie wir die Ingenieure genau instruieren sollten.« Von Neumann schlug den Ingenieuren vor, eine Maschine zu bauen, die in der Lage sein würde, eine begrenzte Anzahl einfacher Anweisungen auszuführen; die Mathematiker und Physiker sollten dann aus diesen Anweisungen Programme für die jeweilige Aufgabe zusammenstellen, ohne sich jedes Mal erneut mit den Ingenieuren abstimmen zu müssen. »Man sah auf den ersten Blick, wie man durch das Hinschreiben einer Sequenz von Befehlen jedes konkrete Problem lösen konnte«, sagt Schwarzschild. Danach erschien »alles ungeheuer einfach und logisch«.[2]

Acht Jahre später hatten sich die hochexplosiven Luftminen von 1943 in thermonukleare Waffen verwandelt, und mit ENIAC und Colossus standen vollwertige Universalmaschinen zur Verfügung. Wissenschaftliche Ideen wurden jedoch nach wie vor persönlich ausgetauscht, also maximal mit der Geschwindigkeit einer propellergetriebenen DC-3. Im Januar 1952, als der IAS-Rechner seine ersten Testläufe absolvierte, reiste von Neumann aus Kalifornien nach Cocoa in Florida (unweit von Cape Canaveral, das später in Cape Kennedy umbenannt wurde), um an einer Konferenz von Offizieren der US-Luftwaffe und rund 60 wissenschaftlichen Beratern teilzunehmen. Anlass der Veranstaltung war die Einrichtung des Air Research and Development Command, für das von Neumann eine mathematische Beratergruppe zusammenzustellen versprochen hatte.

Kurz vorher war der streng geheime Projekt-Vista-Bericht zur Rolle atomarer Waffen bei der Verteidigung Europas veröffentlicht worden. Ganz im Sinne der Auffassung Oppenheimers und entgegen den Überzeugungen der US-Luftwaffe gelangte der Bericht zu dem Ergebnis, der Einsatz taktischer Atomwaffen gegen Ziele auf dem Schlachtfeld sei dem Einsatz strategischer Nuklearwaffen, bei dem hohe zivile Opferzahlen zu befürchten seien, sowohl militärisch als auch moralisch vorzuziehen. Es war Oppenheimers Einfluss auf den Vista-Bericht, der mindestens ebenso sehr wie seine öffentlich geäußerten Skrupel hinsichtlich thermonuklearer Waffen den Anlass für den Entzug seiner Sicherheitsfreigaben lieferte. Es bestand eine stillschweigende Übereinkunft zwischen den Militärs und den Wissenschaftlern, die besagte, dass die Militärs den Wissenschaftlern nicht erklären würden, wie Wissenschaft ging, und die Wissenschaftler die Militärs nicht über den Umgang mit Bomben belehren würden. Oppenheimer hatte gegen diesen Konsens verstoßen.

Von Neumann flog von San Francisco aus zunächst nach Tulsa in Oklahoma. Die Reise an Bord einer DC-4 »beinhaltete zwei Umstiege – in El Paso und Dallas«. Der Weiterflug von Tulsa nach Cocoa zerfiel in drei Tagesetappen, die erste in einer DC-3 »mit Zwischenlandungen in Muskogee, Fort Worth, Texarkana, Shreveport und New Orleans«, die zweite in einem Lockheed Lodestar »mit Zwischenhalten in Mobile, Pensacola, Panama City und Tampa«. Am dritten Tag ging es, ebenfalls an Bord eines Lodestar, von Tampa nach Orlando und anschließend in einem Automobil der Luftwaffe zum »großen, aber verlotterten« Hotel Indian River.[3] Den Heimweg trat von Neumann an Bord eines Militärflugzeugs an, das ihn nach Washington brachte, von wo es mit dem Zug nach Princeton weiterging. In Washington ließen ihn die Mitglieder der Atomenergie-Kommission wissen, dass sie »ein Gespräch über bestimmte Schockwellen-Fragen wünschten«, und nach seiner Rückkehr ans Institut konnte er konstatieren, dass der Rechner »einigermaßen gut« lief, trotz eines täglichen Quantums an »Störungen und Fehlern«.[4]

Thermonukleare Reaktionen im Inneren einer Bombe sind nach einigen Milliardstelsekunden vorbei, während thermonukleare Reaktionen im Inneren eines Sterns Milliarden Jahre andauern. Beide Zeitskalen sprengen jede menschliche Erfahrung, waren aber kein Problem für den MANIAC. Martin Schwarzschild hatte nach Kriegsende begonnen, dem Problem der Sternenentwicklung mit Bürorechenmaschinen und

Lochkarten zu Leibe zu rücken; er hatte dabei Hans Bethes Theorien zum Kohlenstoff-Stickstoff-Zyklus mit den in Los Alamos entwickelten Verfahren für die Berechnung von Strahlungsdurchlässigkeit und Zustandsgleichungen kombiniert. »Ein Ergebnis für eine bestimmte Zeitspanne im Leben eines bestimmten Sterns zu erhalten, dauerte gewöhnlich zwei oder drei Monate«, erklärte Schwarzschild, und das trotz der Unterstützung durch das neue Watson Scientific Computing Laboratory, das IBM an der Columbia University eingerichtet hatte.[5] »Die Menge der notwendigen numerischen Berechnungen war ungeheuer groß«, berichtete Schwarzschild Anfang Dezember 1946 an Subrahmanyan Chandrasekhar. »Mit den Lösungen für den konvektiven Kern bin ich fast fertig. Dagegen haben wir mit den Integrationen der 17 erforderlichen Teillösungen für die Strahlungshülle, die im IBM-Labor gerechnet werden, gerade erst begonnen. ... Ich fürchte, wir werden um Weihnachten noch nicht annähernd fertig sein.«[6]

1950 luden von Neumann und Goldstine Schwarzschild ein, es zur Abwechslung mit dem MANIAC zu versuchen. Sterne interessierten von Neumann auch deswegen, weil »man sie zwar beobachten, mit ihnen aber nicht experimentieren kann« – und weil man die Ergebnisse mit den beobachtbaren Merkmalen bekannter Sternarten in unterschiedlichen Stadien ihres Lebenszyklus vergleichen konnte.[7] »Plötzlich ließen sich für einzelne Sterne bestimmte Stadien ihrer Evolution berechnen sowie unterschiedliche Sterne und unterschiedliche Entwicklungsphasen miteinander vergleichen«, erklärte Schwarzschild. Was es wiederum erlaubte zu überprüfen, ob die numerischen Modelle standhielten. Während Meteorologen sich damit abfinden müssen, dass jedes Wettersystem anders ist und nur einmal beobachtet werden kann, können Astronomen jederzeit in den Nachthimmel spähen und die unterschiedlichen Sternenfamilien in jedem Stadium ihres Daseins beobachten. »Plötzlich konnten wir in der Fülle der beobachtbaren Sterne Muster ausmachen«, sagt Schwarzschild, »und mit der Altersbestimmung von Sternen beginnen.«[8]

Von Neumann stellte Rechnerzeit zur Verfügung und teilte Schwarzschild Hedvig (Hedi) Selberg als Assistentin zu. Hedi Selberg war 1919 im siebenbürgischen Tîrgu Mureş als Tochter eines Möbelschreiners zur Welt gekommen, der während der Weltwirtschaftskrise pleiteging, woraufhin Hedi, die zu der Zeit an der Universität Klausenburg studierte, als Hauslehrerin zum Familienunterhalt beitragen musste. Sie schloss ihr Studium der Mathematik als Jahrgangsbeste ab und unterrichtete anschließend an einer jüdischen Oberschule in Satu Mare Mathematik und Physik, bis im Juni 1944 ihre ganze Familie nach Auschwitz deportiert wurde. Hedi überlebte als Einzige und konnte sich nach Skandinavien absetzen, wo sie im August 1947 den norwegischen Zahlentheoretiker Atle Selberg heiratete. Im September trafen die beiden in Princeton ein. Hedis Lehrbefähigung wurde in New Jersey nicht anerkannt, und so beschloss sie, an der Columbia University ihren Doktor in Mathematik zu machen, als von Neumann ihr im September 1950 eine Stelle beim Elektronenrechner-Projekt für 300 Dollar pro Monat anbot. »Sie liebte diese neue Arbeit und empfand es als großes Glück, Teil dieser aufregenden Entwicklung sein zu dürfen«, sagt ihre Tochter Ingrid. »Es gab ihr die Chance, sowohl ihre Kenntnisse in Mathematik und Physik einzubringen als auch ihre Intelligenz und Gewissenhaftigkeit.«[9]

Hedi Selberg hielt dem MANIAC über seine ganze Lebensdauer hinweg die Treue, von den ersten Wasserstoffbomben-Berechnungen bis zur letzten Modellrechnung zur Sternenentwicklung, die noch lief, als die Universität den Stecker zog. »Über die Wasserstoffbombenforschung wusste ich nicht Bescheid«, sagt Ingrid, wogegen Freeman Dyson zu berichten weiß: »Hedi erzählte immer, dass der Rechner die meiste Zeit an Bomben arbeitete.« Wenn die Ingenieure oder die »AEC-Jungs« im Logbuch der Maschine Fragen hinterließen, trugen die Antworten oft die Signatur »H. S.«

»Unmöglich, irgendetwas anderes zu laden als Einsen. Sogar ungelochte Karten zeigen durchweg Einsen«, notierte sie am 11. Dezember 1953. »Maschine läuft abgesehen davon o. k.«, heißt es im nächsten Log-Eintrag. »Das Relais im hinteren Teil der Maschine (das, in das wir Streichhölzer gesteckt haben) scheint o. k. zu sein.« Für lange Zeitspannen überwachte Hedi die Maschine ganz alleine. »Die Kühlung läuft heute Abend nicht toll und ist ziemlich vereist«, notierte sie in der Nacht vom 19. auf den 20. November 1954 um 0:09 Uhr. »Die Temperatur sinkt jedoch langsam, werde Barricelli anweisen, herunterzufahren, wenn Temperatur 90 Grad Fahrenheit erreicht«, fügte sie hinzu, bevor sie ihre Nachtschicht beendete.

Schwarzschild und Selberg begannen mit einfachen Modellen der Frühstadien, in denen der Stern sich in einem hydrostatischen und thermalen Gleichgewicht befindet und »die Temperaturen im Innern so sind, dass durch die Verbrennung von Wasserstoff genau so viel Energie entsteht, wie an der Oberfläche abgestrahlt wird«.[10] Irgendwann ist der Wasserstoff im Sternenkern in Helium umgewandelt, und die Zone, in der Wasserstoff verbrannt wird, wandert weiter nach außen. Der Heliumkern nimmt an Masse zu, verliert aber an Größe, während die Leuchtkraft und der Durchmesser des Sterns zunehmen und ein roter Riese entsteht, der danach noch ungefähr eine Milliarde Jahre brennt, bevor er zum weißen Zwerg schrumpft.

Wenn ein Stern altert, wird sein Verhalten zunehmend komplexer. Konvektionsprozesse sorgen dafür, dass es zu

Vermischungen zwischen Schichten kommt, und die Helium-Umwandlung bringt eine Abfolge schwererer Elemente hervor, deren unterschiedliche Durchlässigkeit entscheidende Auswirkungen auf die Strahlungsdurchlässigkeit hat – ähnlich wie bei der Teller-Ulam-Bombe. »Das ganze System mit den diversen Hilfsgleichungen ... ist sicherlich das komplizierteste System, das je auf dem Rechner durchexerziert wurde«, erklärten Schwarzschild und Selberg.[11] Mit ihren Modellen waren sie ihrer Zeit weit voraus. »Leider wurde mir erst nach Schwarzschilds Tod klar, wie weitsichtig seine frühen Studien waren«, sagt der Astronom John Bahcall, der 20 Jahre später die Arbeit mit numerischen Modellen ans IAS zurückbrachte. »Es lag jedoch nicht in seinem Naturell zu sagen: Wenn Sie in meinem Aufsatz von 1956 nachschlagen, werden Sie sehen, dass ich den ursprünglichen Wärmeüberschuss schon damals berechnet habe, oder dergleichen. Das war einfach nicht sein Stil. Er erwähnte seine eigenen Arbeiten nie.«[12]

Die Berechnungen Schwarzschilds waren eine Art kosmologische Meteorologie – sozusagen die finale Wetterprognose. »Leben wir in einer reifen Galaxie, deren Masse schon mindestens zur Hälfte dauerhaft in Sternen gebunden ist und die ein Viertel ihres gesamten Brennstoffs verbraucht hat?«, fragte er 1957. »Sind wir zu spät dran, um Zeugen des rauschenden Funkenspektakels der galaktischen Jugend zu werden, aber früh genug, um Sterne in allen ihren Entwicklungsphasen beobachten zu können, bevor sie den starren Dauerzustand des weißen Zwergs erreichen?«[13]

Mitte 1953 liefen auf dem MANIAC fünf ganz verschiedene Berechnungen, jede in ihrer eigenen Zeitskala: (1) nukleare Explosionen, in Mikrosekunden; (2) Schock- und Detonationswellen, in Mikrosekunden bis Minuten; (3) meteorologische Vorgänge, in Minuten bis Jahren; (4) die biologische Evolution, in Jahren bis Jahrmillionen; und (5) Sternenentwicklung, in Millionen bis Milliarden Jahren. Das alles mit 5 Kilobytes – demselben Speichervolumen, das im heute für Audiodateien üblichen MP3-Format für rund eine halbe Sekunde Musik ausreicht.

Diese Zeitdimensionen erstreckten sich von rund 10^{-8} Sekunden (der Lebenszeit eines Neutrons bei einer atomaren Explosion) bis zu 10^{17} Sekunden (der Lebenszeit unserer Sonne). Die Mitte dieses Spektrums liegt bei 10^4 bis 10^5 Sekunden, was ungefähr rund acht Stunden entspricht und damit wiederum in der Mitte des für die menschliche Erfahrung nachvollziehbaren Bereichs liegt, nämlich zwischen einem Augenzwinkern (das drei Zehntelsekunden dauert) und den 3 Milliarden Sekunden (90 Jahren) die uns als Lebenszeit vergönnt sind.

Die Liebe von Neumanns galt dabei der Schockwellenberechnung. Er hatte ein intuitives Gespür für sie. Dabei war es mit Berechnungen nicht immer getan. »Die Frage, ob eine Lösung, die man durch mathematische Überlegungen gefunden hat, wirklich auch in der Natur vorkommt, ... ist ziemlich schwierig zu beantworten«, erklärte er 1949 aus Anlass einer Betrachtung zum Verhalten von Schockwellen, die durch den Zusammenstoß von Gaswolken im interstellaren Raum erzeugt werden. »Wir werden uns auf der Suche nach einer Antwort fast ausschließlich von unserer physikalischen Intuition leiten lassen müssen«.[14]

Schockwellen werden durch Kollisionen zwischen Objekten erzeugt – oder zwischen einem Objekt und einem Medium oder zwischen zwei Medien oder durch eine plötzliche Umwandlung innerhalb eines Mediums, wenn miteinander unverträgliche Geschwindigkeiten oder Zeitmaßstäbe aufeinanderprallen. Wenn der Geschwindigkeitsunterschied größer ist als die lokale Geschwindigkeit der Informationsübermittlung, wird eine Diskontinuität erzeugt – das klassische Beispiel dafür ist der Überschallknall, wenn ein Flugzeug die »Schallmauer« durchbricht. Ursache der Schockwelle kann die Detonationsfront bei der Explosion eines Sprengstoffes sein, eine aus dem Lauf eines Gewehrs austretende Patrone, ein in die Erdatmosphäre einschlagender Meteorit, die Explosion einer Atomwaffe oder die Kollision zweier kosmischer Gaswolken.

Schockwellen könnten sogar durch die Kollision zweier Universen oder die schlagartige Explosion eines neuen Universums ausgelöst werden – und das gilt auch für das digitale Universum. »Der sich immer weiter beschleunigende Fortschritt der Technik und die Veränderungen in der Lebensweise der Menschen«, schrieb von Neumann an Stan Ulam, »erwecken den Eindruck, dass wir uns einer essentiellen Singularität in der Geschichte der Menschheit nähern.«[15]

In unserem Universum messen wir die Zeit mit Uhren, und auch Computer haben einen »Takt«, der sich jedoch wesentlich von dem der Uhren unterscheidet, nach denen unser Universum tickt. Im digitalen Universum dienen Uhren dazu, die Übersetzung zwischen Bits, die in Speichern aufbewahrt werden (als Strukturen im Raum), und Bits, die durch Programmcode übermittelt werden (als Sequenzen in der Zeit), zu synchronisieren. Sie regulieren eine Gleichschaltung, aber sie messen keine Zeit.

»Die IAS-Rechenmaschine ist nichtsynchron; Entscheidungen zwischen elementaren Alternativen und der Vollzug dieser Entscheidungen werden nicht mit Bezug auf die Zeit als unabhängige Variable in Gang gesetzt, sondern nach Abfolge getaktet«, erklärte Bigelow 1949 Maurice Wilkes, kurz nachdem dieser den mit einem Laufzeitspeicher ausgerüsteten EDSAC-Rechner in Cambridge zum Laufen gebracht hatte. »Die Zeit fungiert daher nicht als Index für den Aufenthaltsort einer Information, vielmehr werden Zählerablesungen verwendet; die Zähler selbst werden durch die elementaren Ereignisse betätigt.«[16]

»Das Ganze war ein großes System von Ein und Aus, binäre Gatter«, resümierte Bigelow 50 Jahre später. »Dafür braucht man keine Uhren. Man braucht nur Zähler. Es besteht ein Unterschied zwischen einem Zähler und einer Uhr. Eine Uhr zählt Zeiteinheiten. Ein moderner Allzweck-Computer zählt Ereignisse.«[17] Diese Unterscheidung trennt das digitale von unserem Universum und markiert einen der wenigen noch verbliebenen Unterschiede.

Die Beschleunigung von Kilohertz zu Megahertz zu Gigahertz vollzog sich sogar noch schneller, als die Zunahme der nominellen Taktraten es suggeriert, weil Geräte wie eigenständige Graphikprozessoren für eine direkte Übersetzung zwischen Codesequenzen und Speicherstrukturen sorgen, ohne dass sie darauf warten müssten, dass irgendeine zentrale Uhr diese Übersetzung koordiniert. Gleich wie oft wir unsere eigenen Uhren so einstellen, dass sie dem zunehmenden Rechentempo unserer Computer entsprechen, wir werden nie ganz Schritt halten können. Programmcodes, die im digitalen Universum die Vorteile einer asynchronen Verarbeitung nutzen, werden uns in unserem Universum schnell davonziehen.

Vor 30 Jahren wurden Netzwerke, die ursprünglich für die Kommunikation zwischen Menschen entwickelt worden waren, an die Kommunikation zwischen Maschinen angepasst. Der Übergang von einer Datenübertragung über das Telefonnetz zur Übertragung von Telefongesprächen über das Datennetz hat sich innerhalb weniger Jahre vollzogen. Milliarden von Dollars und Euros wurden in Kabel investiert, die sechs Kontinente und drei Ozeane umspannen. Ein Gewebe aus Glasfasern umhüllt heute den Globus. Auf dem Gipfelpunkt dieser Entwicklung im Jahre 1991 wurden weltweit fast

10 000 Kilometer Glasfaser pro Stunde verlegt, das Neunfache der Schallgeschwindigkeit: Mach neun.

Da das Verlegen eines Faserbündels kaum mehr kostet als das Verlegen einer einzelnen Faser, wurden ungeheure Überkapazitäten installiert. 15 Jahre später begann eine neue Generation von Unternehmen, darunter Google, sich diese Überkapazitäten (*dark fibre*) zu sichern – und heutzutage zieht Licht in die dunklen Fasern ein. Das Problem der »letzten Meile« – wie bewerkstelligt man den Anschluss individueller Endgeräte ohne individuelle Anschlussgebühren? – hat sich mit dem Siegeszug drahtloser Verbindungen verflüchtigt, und die Produktion von Glasfaserkabeln hat sich wieder gesteigert. Der weltweite Ausstoß erreichte 2011 die Marke von Mach 20 (21 500 Kilometer pro Stunde) und konnte doch kaum mit der Nachfrage Schritt halten.

Die meisten Computer in diesem Netz laufen allerdings noch leer – sie warten darauf, wie Bigelow erklärte, angesprochen zu werden. Selbst in einem aktiven Prozessor verbringen die meisten Schaltelemente ihre Zeit mit Warten. Der globale Rechnerverbund ist trotz seiner immensen Kapazitäten die vielleicht ineffizienteste Maschine, die Menschen je gebaut haben. Einer dünnen Deckschicht von Anweisungen stehen 99,9 Prozent Brachland gegenüber.

Für numerische Organismen, die im Wettbewerb um Rechner-Ressourcen stehen, tun sich hier unwiderstehliche Gelegenheiten auf. Der Übergang zu virtuellen Maschinen (mit ihrer optimierten Zuweisung von Rechnerressourcen) und zum Cloud Computing (mit seiner optimierten Zuweisung von Speicherplatz) beginnt die Rechnerlandschaft in Richtung einer produktiveren Verwendung der Ressourcen zu verändern. Codes werden »vielzellig«, und die Grenzen zwischen individuellen Prozessoren und individuellen Speichern werden verwischt.

Als Julian Bigelow und Norbert Wiener 1941 ihre Maximen für ideale Prognosefaktoren formulierten, besagte ihre abschließende Maxime, Voraussagen zum Verhalten eines fliegenden Zieles müssten im Bezugsrahmen des Ziels erfolgen, »unter besonderer Berücksichtigung seiner fundamentalen Symmetrie und Verhaltensbeständigkeit«. Das Verharren im Bezugsrahmen des Beobachters am Boden würde dagegen zu irrelevanten Schlüssen führen.[18] Aus demselben Grund ist es schwierig, aus dem Bezugsrahmen unseres Universums heraus Prognosen über die Zukunft des digitalen Universums abzugeben. Zeit, wie wir sie kennen, existiert dort nicht. Und doch sind all unsere Extrapolationen von unserer Zeiterfahrung abhängig.

Die 1951 erstmals in die Welt gesetzten Rechnercodes haben sich immens vermehrt, ihren Charakter aber nicht grundlegend geändert. Sie sind symbiotische Anordnungen sich selbst reproduzierender Zahlen (ausgehend von einem primitiven Alphabet von Befehlscodes), denen begrenzte, elementare Befugnisse zufielen – ähnlich wie ein begrenztes Alphabet aus Nukleotidsequenzen den Code für eine elementare Gruppe von Aminosäuren geliefert hat, aus denen sich Polynukleotide, Proteine und alles andere, was das Leben ausmacht, entwickelt haben. Viele der Codes, mit denen eine so komplexe und breitgefächerte Organisation wie Google den Zustand des gesamten digitalen Universums kartiert, sind Abkömmlinge der ersten Monte-Carlo-Codes, die Klári von Neumann schrieb, während sie ihre Lucky Strikes aus den Armeebeständen von Los Alamos rauchte.

Ungefähr zu der Zeit, als der IAS-Rechner 1951 in Betrieb ging, schickte Stan Ulam eine undatierten Notiz an John von Neumann, in der er die Frage aufwarf, ob ein rein digitales Universum einige der evolutionären Prozesse durchmachen würde, die unser Universum geformt haben. Ihm schwebte dabei eine grenzenlose zweidimensionale Matrix vor, auf der turingvollständige digitale Organismen um Ressourcen konkurrieren und sich entwickeln. Des Weiteren regte Ulam an, das digitale Modell einmal rückwärts laufen zu lassen und sich mit der Frage einer »Generierung von Zeit und Raum in einer Art ›Protozeit‹« zu beschäftigen.[19]

Organismen, die sich im digitalen Universum entwickeln, werden sich ganz erheblich von uns unterscheiden. Auf uns werden sie wirken, als würden sie sich stetig schneller entwickeln, während es ihnen so vorkommen wird, als würde ab dem Moment ihrer Erschaffung unsere Evolution an Tempo verlieren – analog zu der scheinbar plötzlichen Abkühlung unseres Universums nach dem Big Bang. Ulam hatte mit seinen Spekulationen recht: Unsere Zeit ist dabei, zur »Protozeit« für etwas anderes zu werden.

»Das Spiel, das die Natur zu spielen scheint, ist nur schwer zu beschreiben«, merkte Ulam 1966 im Verlauf einer Diskussion an, an der auch Nils Barricelli teilnahm. »Wenn unterschiedliche Spezies miteinander konkurrieren, wissen wir, wie man eine Niederlage definiert: Wenn eine Spezies ganz ausstirbt, hat sie offenkundig verloren. Das Gegenteil ist sehr viel schwieriger zu definieren, denn viele Spezies können koexistieren und werden das vermutlich für unbestimmte Zeit tun; dennoch wähnen sich die Menschen den Hühnern weit voraus, obwohl diese ebenso lange fortbestehen.«[20]

Von Neumanns erster eigenständiger Aufsatz, »Zur Einführung der transfiniten Zahlen«, erschien 1923, als er 19 war. Er stellte darin die Frage, wie man unterschiedliche Arten von Unendlichkeit widerspruchsfrei auseinanderhalten kann. Sie ist verwandt mit Ulams Frage: Was für eine Art von Unendlichkeit wollen wir?

KAPITEL SIEBZEHN

Saga vom großen Computer

> In einem kleinen Laboratorium – manche behaupten, es sei ein alter, umgebauter Stall gewesen – standen einige Männer in weißen Mänteln und beobachteten einen kleinen, scheinbar bedeutungslosen Apparat mit Signallämpchen, die wie Sterne funkelten. Graue, perforierte Papierstreifen wurden eingeführt, und andere kamen heraus. Die Forscher und Ingenieure arbeiteten zielbewusst, und ihre Augen glänzten. Sie waren sich völlig klar, dass dieses kleine Gerät etwas Außerordentliches darstellte. Aber ahnten sie schon, dass in diesem Augenblick ein neues Zeitalter geboren wurde? Dass dieses Ereignis nur mit der Entstehung des Lebens auf der Erde zu vergleichen war?
>
> *Hannes Alfvén, 1966*[1]

1946 handelte John von Neumann einen Deal mit »der anderen Seite« aus. Die Wissenschaftler würden die Rechner bekommen, die Militärs die Bomben. Es war offenbar ein ziemlich vorteilhafter Deal, denn anders als von Neumann es erwartete, war es die Rechnertechnik, die explodierte, und nicht die Bomben.

»Es ist denkbar, dass in späteren Jahren die Größe der Maschinen wieder zunimmt, doch ist es unwahrscheinlich, dass die Größenordnung von 10 000 (oder vielleicht einigen 10 000) Schaltelementen überschritten wird, solange man mit den Techniken und der Philosophie von heute arbeitet«, sagte von Neumann 1948 voraus. »Rund 10 000 Schaltelemente scheinen die richtige Größenordnung für eine Rechenmaschine zu sein.«[2] Der Transistor war gerade erst erfunden worden, und es sollte noch sechs Jahre dauern, bis es das erste Transistorradio zu kaufen gab – mit vier Transistoren. 2010 kostete ein Computer mit einer Milliarde Transistoren in etwa so viel wie 1956 ein Transistorradio.

Von Neumann lag mit seiner Schätzung um mehr als fünf Zehnerpotenzen daneben. Er war der Überzeugung, dass eine kleine Zahl von Großrechnern in der Lage sein würde, den Bedarf an Hochgeschwindigkeits-Rechenkapazitäten zu decken, wenn erst einmal die bestehenden Engpässe im Bereich der Datenein- und Datenausgabe beseitigt wären. Das traf auch zu – aber nur für eine ganz kurze Zeit. Die Detonationswelle, die mit Lochkarten und Vakuumröhren begonnen hatte, setzte sich nach einer kurzen Phase der Konzentration auf große, zentralisierte Rechenanlagen fort: Über Magnetkernspeicher, Halbleiter, integrierte Schaltkreise und Mikroprozessoren, über Mainframes und Mehrbenutzer-Systeme ging die Entwicklung hin zu Minicomputern, Microcomputern, PCs, schließlich in die endlos verzweigten Weiten des Internets bis zu den Milliarden eingebetteten Mikroprozessoren und Smartphones von heute. Die Zahl der Bausteine wuchs, während ihre Größe abnahm und die Produktzyklen kürzer wurden. Die Welt veränderte sich.

Einer von denen, die den tiefgreifenden Wandel vorhersahen, war der schwedische Astrophysiker Hannes Alfvén, der Atomwaffen ebenso leidenschaftlich ablehnte, wie von Neumann und Teller sie begrüßten. Alfvén war Gründungsmitglied und später Präsident der nach dem kanadischen Örtchen Pugwash benannten Abrüstungsbewegung. Treibende Kraft hinter den Pugwash-Konferenzen war Joseph Rotblat, der einzige Los-Alamos-Physiker, der aus dem Projekt ausgestiegen war, nachdem Ende 1944 nachrichtendienstliche Quellen gemeldet hatten, dass die Deutschen nicht ernsthaft am Bau einer Atombombe arbeiteten.

Als Kind hatte Alfvén ein Exemplar von Camille Flammarions *Astronomie populaire* geschenkt bekommen, aus dem er alles lernte, was man zu der Zeit über das Sonnensystem wusste. Er schloss sich dem Kurzwellenfunkclub seiner Schule an, wo er ein Verständnis dafür entwickelte, welch große Bereiche des Universums jenseits der Wellenlänge des sichtbaren Lichts liegen und wie viele Himmelskörper nicht aus den vertrauten Feststoffen, Flüssigkeiten oder Gasen bestehen, sondern aus Plasma – einem vierten Aggregatzustand von Materie, in dem die Elektronen nicht mehr an feste Bahnen gebunden sind. 1970 erhielt Alfvén den Physik-Nobelpreis für seine Arbeiten auf dem Gebiet der Magnetohydrodynamik, deren Grundstein er 1942 in einem Brief an die Zeitschrift *Nature* gelegt hatte. Während das Verhalten elektromagnetischer Wellen in leitfähigen Festkörpern gut erforscht war, blieb ihr Verhalten in ionisiertem Plasma – sei es innerhalb eines Sterns oder im interstellaren Raum – rätselhaft. In jeder elektrisch leitenden Flüssigkeit, auch in Plasma, gingen Elektrodynamik und Hydrodynamik Hand in Hand, und es war Alfvén, der ihr Verhältnis zueinander auf eine solide mathematische und experimentelle Basis stellte. »Wenn man in Reichweite eines 10 000 Gauss starken Magnetfeldes mit Quecksilber spielt, drängt sich der Eindruck auf, dass das Magnetfeld die hydrodynamischen Eigenschaften des Quecksilbers vollständig verändert«, erklärte er 1949.[3]

Alfvéns Kosmos war von magnetohydrodynamischen Wellen durchzogen, die man heute als Alfvén-Wellen bezeichnet; sie zeigen, dass der »leere Raum« alles andere als leer ist, und tragen zu einem besseren Verständnis etlicher Phänomene bei, vom Polarlicht über die Sonnenflecken bis zur kosmischen Strahlung. Alfvén entwickelte eine umfassende Theorie der Entstehung des Sonnensystems und nutzte dabei elektrodynamische Modelle, um zu erklären, wie die Planeten sich zusammengeballt haben. »Den Ursprüngen des Sonnensystems nachzuspüren, ist Archäologie, nicht Physik«, schrieb er 1954.[4]

Alfvén vertrat auch die unorthodoxe These, dass die Makrostruktur des Universums von »einer bis ins Unendliche gehenden Folge von Hierarchien« bestimmt sein könnte, eine Alternative zur Urknall-Hypothese. Ein Urknall-Universum würde dem von Leibniz formulierten Ideal des »Alles aus Nichts« nahekommen und hätte zum Zeitpunkt der Singularität eine durchschnittliche Dichte von null, aber eine unendliche Masse. In den Augen Alfvéns war es damit ein Produkt von Wunschdenken. »Sie kämpfen *gegen* den populären Kreationismus, und vertreten doch ihren eigenen Kreationismus«, schrieb er 1984.[5] In seinen späteren Lebensjahren teilte Alfvén seine Zeit und Arbeit auf zwischen La Jolla in Kalifornien, wo er eine Professur für Physik an der University of California in San Diego innehatte, und der Königlich Technischen Hochschule in Stockholm, an der er seit 1940 als Professor für elektromagnetische Theorie tätig war. Es war genau die richtige Zeit, um das Heraufdämmern des Computerzeitalters hautnah mitzuerleben. Der schwedische BESK-Rechner (Binär Elektronisk Sekvens Kalkylator) gehörte zur ersten Generation der Ableger des IAS-Rechners und ging 1953 in Betrieb. Er verfügte über schnellere Speicher und Rechenwerke, nicht zuletzt dank kluger schwedischer Ingenieurskunst. So wurden etwa 400 Germanium-Dioden verwendet und das Speichervolumen der Williams-Röhren auf je 512 Bits reduziert.

»Ich habe die schwedische Maschine gesehen«, berichtete von Neumann im September 1954 aus Stockholm an Klári. »Sehr elegant, vielleicht im Schnitt 25 Prozent schneller als unsere, mit nur 500 Wörtern Williams-Speicher und 4000 auf einer Trommel (was verdoppelt werden soll), einer Telex-

Eingabeeinheit (schnell, ein elektrischer Lesekopf) und nur einer Schreibmaschine für die Ausgabe (langsam).«[6] Die Maschine hinterließ bei Alfvén einen unauslöschlichen Eindruck und veranlasste ihn schließlich, die *Saga vom großen Computer* zu schreiben, ein Büchlein, das 1966 in Schweden erschien und anschließend in mehrere Sprachen übersetzt wurde.[7]

»Als eine meiner Töchter mir mein erstes Enkelkind geschenkt hatte, sagte sie zu mir: Du schreibst so viele wissenschaftliche Aufsätze und Bücher, warum schreibst du nicht einmal etwas Vernünftiges – ein Märchen für den Kleinen«, erinnerte sich Alfvén 1981. Unter dem Pseudonym Olof Johannesson schilderte Alfvén in einer Art fiktiven Geschichtsschreibung die Entstehung und Entwicklung der Computer und berichtete davon, wie diese in der Folgezeit die Herrschaft über das Leben auf der Erde gewannen. »Das Leben, das in seiner Evolution zunehmend komplexere Strukturen herausbildete, war der Ersatz der Natur für direkt gezüchtete Computer«, schrieb er. »Es war freilich mehr als ein Ersatz: Es war eine Straße – eine kurvenreiche Straße, aber eine, die trotz aller Fehlleitungen und Gefahren zu guter Letzt an ihrem Ziel ankam.«[8]

»Ich war wissenschaftlicher Berater der schwedischen Regierung und hatte Zugang zu ihren Plänen für eine Restrukturierung der schwedischen Gesellschaft, die sich offensichtlich mit Hilfe von Computern sehr viel effizienter bewerkstelligen ließ, ähnlich wie frühere Erfindungen uns von schwerer körperlicher Arbeit befreit hatten«, fügte er zur Erläuterung seiner Schreibmotivation hinzu. Die Computer beseitigten rasch zwei der größten Bedrohungen für unsere Welt: Atomwaffen und Politiker. »In dem Maß, wie die Computer sich entwickelten, übernahmen sie einen guten Teil der Aufgaben der Politiker – und früher oder später auch deren Macht«, erklärte er. »Man brauchte dazu keinen hässlichen Staatsstreich; es genügte, dass die Computer den Politikern einfach systematisch überlegen waren.«[9]

»Computer sind dazu gemacht, Probleme zu lösen, wogegen die Politiker Stammeshäuptlingen gleichen, die es als selbstverständlich erachten, dass sie ihre Herrschaft aufrechterhalten können, indem sie ihre Leute gegen alle anderen Stämme aufbringen«, philosophierte er. »Wenn wir die Wahl haben, uns entweder von Unruhestiftern oder von Problemlösern regieren zu lassen, würde sich jeder vernünftige Mensch selbstverständlich für Letzteres entscheiden.«[10]

Die Mathematiker, die das wachsende Computernetz planten und programmierten, kamen zu dem Schluss, »das Problem, die Gesellschaft zu organisieren, [sei] derart kompliziert, dass es von einem menschlichen Gehirn allein nicht gelöst werden kann – ebenso wenig wie von vielen menschlichen Gehirnen gemeinsam.« Aus diesem »soziologischen Komplikationstheorem« resultierte der Entschluss, die Organisation der menschlichen Gesellschaft und die Kontrolle über ihre sozialen Netzwerke den Maschinen zu übertragen.[11] Alle Menschen erhielten ein Gerät namens »Teletotal«, das in das globale Computernetzwerk eingebunden war und ähnlich funktionierte wie Google oder Facebook heute. Das Teletotal »war das Verbindungsglied zwischen der Gedankenwelt der Computer – die mit nanosekundenschnellen Pulssequenzen arbeiteten – und der Gedankenwelt des menschlichen Gehirns mit seinen elektrochemischen Nervenimpulsen«, erklärte Alfvén.[12] »Da alles Wissen in den Gedächtniseinheiten der Computer gespeichert und dort für alle und jeden leicht zugänglich war, schloss sich die Kluft zwischen den Gebildeten und den Ungebildeten. ... Es war völlig überflüssig, irgendwelches Wissen in ein menschliches Gehirn zu stopfen.«[13]

An die Seite des Teletotals trat ein miniaturisiertes, drahtloses Nachfolgegerät, das »Minitotal«, das später noch durch das »Neurototal« ergänzt wurde, ein Implantat, das »mit dem Minitotal der betreffenden Person über UKW« in permanentem Funkkontakt stand. Das Neurototal wurde als direktes Verbindungsglied zum Gehirn chirurgisch in eine Nervenbahn eingepflanzt. Menschliche Techniker warteten das wachsende Computernetz, und im Gegenzug wachten die Computer über die Gesundheit und das Wohlergehen ihrer menschlichen Symbionten sorgsamer, als die schwedische Regierung es je fertiggebracht hatte. In »Gesundheitsfabriken« wurden die Menschen instand gehalten. Die Städte entvölkerten sich, weil die Menschen dezentrale Wohnformen und Telearbeitsplätze vorzogen. »Geschäftslokale wurden unnötig, da die Kunden über das Teletotal zu Hause die Waren auswählen konnten. ... Wollte man eine Ware ... kaufen, so drückte man auf den Kaufknopf des Teletotal.«[14]

Eines Tages geriet jedoch das gesamte System ins Stocken. Eine kleine Gruppe von Menschen hatte sich darangemacht, die Kontrolle über das Netzwerk zu übernehmen. »Gruppen hatten sich gebildet – wie viele, weiß niemand genau –, und sie kämpften um die Vorherrschaft«, erzählte Johannesson alias Alfvén. »Vermutlich wollte eine dieser Cliquen ihre Rivalen außer Gefecht setzen, indem sie deren Computer in Unordnung brachte, worauf jene es ihnen mit gleicher Münze heimzahlten. Die Folge war eine totale Verwirrung. Wir haben keine Ahnung, wie lange dieser Kampf währte. Wahrscheinlich dauerten die Vorbereitungen geraume Zeit, der Krieg selbst aber vielleicht nur eine knappe Sekunde. Das ist nämlich für Computer eine bedeutende Zeitspanne.«[15]

Der Kollaps war perfekt. Da das Netzwerk lahmgelegt war, bestand keine Möglichkeit, die für seine Wiederinbetriebnahme nötigen Anweisungen zu verbreiten. »Die Pannen scheinen nahezu, ja vielleicht sogar genau gleichzeitig auf der ganzen Welt eingetreten zu sein. Das globale Computernetz war zweifellos zusammengebrochen«, berichtet Johannesson.[16] »Der Zusammenbruch war furchtbar. In weniger als einem Jahr war der Großteil der Bevölkerung an Hunger und Entbehrung gestorben. ... Aus den Museen wurden alle Äxte und andere Geräte geplündert.«[17]

Allmählich wurde die in Trümmern liegende irdische Gesellschaft wieder aufgebaut und das Computernetz unter Rückgriff auf Sicherungskopien reaktiviert, die auf einer Marskolonie erhalten geblieben waren. Diesmal übertrug man von Anfang an den Computern die volle Kontrolle, hatte man doch erkannt, dass der Mensch »unbedingt von den wichtigsten organisatorischen Aufgaben ausgeschlossen werden« musste.[18] In der neuen Gesellschaft wurde die Bevölkerungszahl bewusst klein gehalten. »Ein großer Teil der Computer war bei der Katastrophe zerstört worden, doch waren sie zahlenmäßig weit weniger dezimiert als die Menschen. ... Als man sie wieder in Betrieb genommen hatte, gab es also viel mehr Computer pro Einwohner als früher.«[19] Als die Computer wieder liefen und durch technische Innovationen in die Lage versetzt waren, sich selbst instand zu halten und weiterzuentwickeln, wurde zunehmend klar, dass die Menschen nicht mehr gebraucht wurden; die Geschichte endet damit, dass Olof Johannesson sich fragt, wie viele Menschen letztlich übrig bleiben werden. Wahrscheinlich würden die Computer »die Zahl der Menschen reduzieren. Aber wird das abrupt oder allmählich vor sich gehen? Werden sie eine menschliche Kolonie behalten, und wenn ja – wie groß wird diese dann sein?«[20]

Alfvéns Erzählung ist in Vergessenheit geraten, aber die von ihm ausgemalte Zukunft könnte uns noch einholen. Rechenzentren und Serverfarmen schießen in ländlichen Gegenden aus dem Boden; Android-Smartphones mit Bluetooth-Headsets sind eine Zwischenstation auf dem Weg zu neuronalen Implantaten; Arbeitslosigkeit ist pandemisch geworden, zumindest außerhalb der Branchen, die dem Computersystem zuarbeiten. Facebook definiert, wer wir sind, Amazon definiert, was wir wollen, und Google definiert, was wir denken. Der PC war das Teletotal, das iPhone ist das Minitotal; das Neurototal wird als Nächstes kommen. »Wie viel menschliches Leben können wir absorbieren?«, antwortete einer der Facebook-Gründer auf die Frage, was das wirkliche Ziel des Unternehmens sei.[21] »Wir wollen aus Google die dritte Hälfte eures Gehirns machen«, sagt Google-Mitgründer Sergey Brin.[22]

Die Fähigkeit von Computern, das Verhalten der Menschen vorauszusagen (und zu beeinflussen) hat dazu geführt, dass die Politiker computerhörig geworden sind. Computer brauchen keine Waffen, um ihre Macht zu festigen, da sie, wie Alfvén erklärte, »die gesamte Produktion [steuern] und ... sie beim ersten Zeichen eines Aufruhrs automatisch zum Stehen bringen« würden. »Auch die Verkehrsmittel sind völlig computergelenkt, und das bedeutet: Falls jemand etwas so Unkluges wie eine Verschwörung gegen die Computer unternehmen wollte, könnte diese nur lokalen Charakter haben. ... Die Einstellung des Menschen den Computern gegenüber [ist schließlich] sehr positiv.«[23] Die jüngsten Entwicklungen haben die Zukunftsvisionen Alfvéns sogar schon überholt – vom explosiven Wachstum optischer Datennetze (die übrigens im Schweden des 19. Jahrhunderts einen Vorläufer in Gestalt eines optischen Telegraphennetzes hatten) bis zur Verbreitung virtueller Maschinen.

Die Mutter der Virtualisierung war Turings Universalmaschine. Die Übersetzung von logischen Funktionen in Symbolketten (und vice versa) ist heute nicht mehr die mathematische Abstraktion, die sie 1936 war. In einem Server können multiple, parallel arbeitende virtuelle Maschinen logieren;

Apps verbinden diese virtuellen Maschinen mit den einzelnen Geräten der User; die von Google betriebenen Server (nach jüngster Zählung über eine Million) konstituieren einen kollektiven, vielzelligen Organismus, der sein physisches Antlitz von einem Augenblick zum nächsten verändern kann.

Virtuelle Maschinen schlafen nie. Nur ein Drittel der Kapazität einer Suchmaschine ist mit der Bearbeitung von Suchanfragen beschäftigt. Die anderen zwei Drittel sind damit beschäftigt, mittels einer Armee digitaler Drohnen das Netz zu durchkämmen und zu indizieren (also die zusammengetragenen Funde zu ordnen und zu strukturieren). Innerhalb des Archipels aus Serverfarmen können Datenmengen und Arbeitsaufträge beliebig verschoben werden. 24 Stunden am Tag und 365 Tage im Jahr sind Algorithmen mit Namen wie *BigTable*, *MapReduce* oder *Percolator* dabei, die numerische Adressenmatrix systematisch in einen Assoziativspeicher umzuwandeln, eine Transformation, die in ihrer Gesamtheit die größte Rechenoperation ist, die je auf dem Planeten Erde unternommen wurde. Wenn wir einen Suchbegriff eingeben und eine Liste von Webadressen zurückbekommen, sehen wir jedoch nur die Oberfläche. Das aggregierte Ergebnis unserer kollektiven Suche nach sinnvollen Zeichenketten ist eine ständig auf den neuesten Stand gebrachte Abbildung von Inhalt, Bedeutung und Adressraum: ein Monte-Carlo-System für die Indexierung der Matrix, die das Gerüst für das World Wide Web bildet.

Die Adressenmatrix, die 1951 mit einem einzigen 40-stöckigen Hotel begann, das in jedem Stockwerk 1024 Zimmer hatte, ist inzwischen zu einem vernetzten System aus Milliarden 64-stöckiger Hotels mit Milliarden von Zimmern herangewachsen, wobei jedoch die Inhalte nach wie vor mit Hilfe exakter, numerischer Koordinaten adressiert werden müssen, weil andernfalls alles zum Stillstand käme. Es gibt jedoch eine andere Methode der Speicheradressierung, die darin besteht, eine identifizierbare (aber nicht unbedingt eindeutige) Zeichenkette aus dem Inhalt eines bestimmten Speicherblocks zu verwenden.

In dem Maß, wie Assoziativspeicher zur Verfügung stehen, werden sich Programmcodes entwickeln, die auf Befehlen des Typs »Tue das mit dem« basieren und ohne Angabe einer genauen Speicheradresse auskommen. Die Befehle könnten sogar lauten: »Tue das mit etwas von *dieser Art*«, also unter Verwendung eines uneindeutigen Suchmusters. Die erste Epoche des digitalen Zeitalters begann 1951 mit der Einführung der Speichermatrix mit wahlfreiem Zugriff (RAM). Die zweite Epoche begann mit der Einführung des Internets. Die Einführung der auf Muster basierenden Adressierung hat den Beginn einer dritten Epoche eingeläutet. Früher war eine Anweisung ohne Angabe einer präzisen numerischen Adresse ein Fehler, künftig wird es eine Vorbedingung für den Erfolg sein.

Das Monte-Carlo-Verfahren wurde als eine Methode konzipiert, mit Mitteln der statistischen Wahrscheinlichkeitsrechnung Näherungslösungen für physikalische Probleme zu finden, die sich einer analytischen Lösung entzogen. Da aber viele physikalische Phänomene tatsächlich probabilistischen und statistischen Charakter haben, kommen Monte-Carlo-Annäherungen der Realität oft näher als die analytischen Lösungen, für die Monte Carlo ursprünglich als behelfsmäßiger Ersatz diente. Auch die mit Mustern arbeitende Adressierung und die Impulsfrequenzcodierung sind Techniken, die der Art und Weise, wie die Welt funktioniert, näherkommen als andere Ansätze. Ebenso wie die Monte-Carlo-Methode werden auch sie bessere Ergebnisse liefern als Methoden, die exakte Adressen oder Befehlscodes erfordern. Die Stärke des genetischen Codes liegt, wie sowohl Barricelli als auch von Neumann früh erkannten, gerade in seiner Ambiguität – der

Kombination aus exakter Transkription und redundanter Ausgestaltung. Hier liegt die Zukunft der digitalen Codierung.

Die Linie zwischen einer Approximation und einer Simulation ist dabei denkbar dünn, und die Entwicklung eines Modells ist ein großer Schritt auf dem Weg zur Beherrschbarkeit eines Phänomens. Das US-amerikanische Luftverteidigungssystem SAGE (Semi-Automatic Ground Environment), das aus dem in den 1950er Jahren am MIT entwickelten Projekt »Whirlwind« hervorging, registrierte als Sicherung gegen den irrtümlichen Abschuss eines Passagierflugzeugs alle zivilen Flüge. Das System arbeitete mit einem Echtzeit-Modell, aus dem wiederum SABRE (Semi-Automatic Business-Related Environment) hervorging, das Reservierungssystem, das heute noch in weiten Teilen der Passagierluftfahrt Standard ist. Google trat zunächst mit dem Vorsatz an herauszufinden, was die Menschen dachten, und wurde zum Modell, an dem die Menschen ihr Denken ausrichten. Facebook wollte mit seinem »Social Graph« die sozialen Kontakte der Nutzer kartieren und wurde zum Sozialleben der Menschen. Algorithmen, die entwickelt wurden, um Fluktuationen auf den Finanzmärkten abzubilden, haben die Kontrolle über ebendiese Märkte übernommen und menschliche Wertpapierhändler marginalisiert.

Früher haben wir intelligentes Verhalten von Organismen (Dinge wie Sprache, Vorstellungsvermögen, zielgerichtetes Handeln oder Mustererkennung) beobachtet und uns bemüht, dieses Verhalten zu reproduzieren, indem wir es in die Codesprache logisch-deterministischer Maschinen übersetzten. Wir wussten zwar von Anfang an, dass das logische, intelligente Verhalten echter Lebewesen das Ergebnis von statistischen, probabilistischem Prozessen war, kümmerten uns in den Modellen aber nicht weiter darum (oder überließen die Details den Biologen). Der Erfolg ließ zu wünschen übrig.

Dank einer zunehmend statistischen und probabilistischen Informationsverarbeitung können wir mittlerweile reale Fortschritte auf dem Weg zur Lösung einiger schwieriger Probleme wie Spracherkennung, Übersetzung in Fremdsprachen, Eiweißfaltung und Börsenkursprognosen verzeichnen – selbst wenn Letztere nur für die nächste Millisekunde gelten (die aber ausreicht, einen Kauf oder Verkauf zu tätigen). Aber ist es wirklich »intelligent«, mit statistischer und probabilistischer Rechenpower so lange herumzuprobieren, bis etwas funktioniert, ohne die Dinge wirklich zu durchschauen? Andererseits: Wie würde ein menschliches Gehirn es machen? Mit einem Modell? Gedanken erschaffen keine Modelle intelligenter Prozesse, sondern sie *sind* intelligent.

Das Verhalten einer Suchmaschine ähnelt in den Phasen, in denen sie nicht aktiv mit einer Suche beschäftigt ist, dem Verhalten eines träumenden Gehirns. Assoziationen, die im Wachzustand hergestellt worden sind, werden im Traum nachvollzogen und verstärkt, Erinnerungen, die im Wachzustand angesammelt wurden, werden repliziert und einsortiert. William C. Dement, einer der Entdecker der REM-Schlafphase, gewann seine Erkenntnisse beim Studium von Neugeborenen, die einen großen Teil ihrer Zeit schlafend und träumend verbringen. Dement vermutete, das Träumen der Neugeborenen sei ein wichtiger Schritt für die »Inbetriebnahme« ihres Gehirns. Wenn alles gutgehe, entwickle sich die Realitätswahrnehmung, so seine Hypothese, aus der inneren Wahrnehmung im Traum – einem Zustand, in den wir regelmäßig zurückkehren, wenn wir schlafen. »Die große Bedeutung des ›Traumschlafs‹ im frühesten Lebensstadium könnte mit der Entwicklung des zentralen Nervensystems zusammenhängen«, erklärte Dement 1966 in der Zeitschrift *Science*.[24]

Seit den Zeiten Leibniz' warten wir darauf, dass Maschinen

zu denken anfangen. Bevor Turings Universalmaschinen unsere Schreibtische kolonisierten, hatten wir eine recht simple Vorstellung davon, welche Gestalt eine wirkliche künstliche Intelligenz annehmen würde. »Ist es Tatsache – oder nur ein Traum –, dass die Elektrizität die Materie in einen einzigen großen Nerv verwandelt hat, der Tausende von Meilen atemberaubend schnell durchzuckt?«, fragte Nathaniel Hawthorne 1851. »Nein, der ganze Erdball ist ein Kopf, ein Riesenhirn, Instinkt gepaart mit Intelligenz! Oder sollen wir sagen, er ist selber nur Idee, reine Idee, und nicht mehr die Substanz, für die wir ihn hielten?«[25] 1950 stellte Turing die Frage: »Können Maschinen denken?«[26] Eine mögliche Antwort ist: Erst einmal werden Maschinen träumen.

Und was hat es mit der Frage von Neumanns auf sich, ob Maschinen eines Tages anfangen würden, sich zu vermehren? Wir haben Digitalrechnern die Fähigkeit gegeben, ihre eigenen Programmcodes zu modifizieren – heute fangen sie auf der Grundlage dieser Fähigkeit an, unseren genetischen Code zu modifizieren. Sind wir es, die mit Hilfe von Digitalrechnern unseren eigenen genetischen Code sequenzieren, speichern und mit gezielten Verbesserungen replizieren, oder sind es die Digitalrechner, die unseren genetischen Code und unsere Denkweisen optimieren, sodass wir ihnen noch besser dabei helfen können, sich selbst zu replizieren?

Am Anfang war die Kommandozeile: Ein menschlicher Programmierer schrieb eine Anweisung und eine numerische Adresse. Es gibt keine Vorschrift, die es Computern untersagt, sich selbst Anweisungen zu erteilen, und tatsächlich nimmt der Anteil der Befehle, die keiner menschlichen Hand oder keinem menschlichen Hirn mehr entstammen, stetig zu. Anweisungen und Adressen können heute auch eine andere Form annehmen: Der globale Computer liefert einen Befehl und eine Adresse, die über ein persönliches Gerät zum Menschen übertragen werden. Dass das daraus resultierende Verhalten menschlicher Individuen nur statistisch und nicht deterministisch berechnet werden kann, ist, wie von Neumann 1952 in seiner Abhandlung *Probabilistic Logics and the Synthesis of Reliable Organisms from Unreliable Components* zeigte, kein Hinderungsgrund für eine Integration von notorisch unzuverlässigen menschlichen Individuen in einen zuverlässig funktionierenden Organismus. Im Grunde schließt sich damit der Kreis: Wir kehren zurück zu von Neumanns Vision von 1948 – einem aus wenigen Großrechnern bestehenden Verbund, der einen Großteil der globalen Rechenarbeit leistet. Nur dass die Großrechner heute keinen zentralen physischen Standort haben, sondern über eine Vielzahl von »Hosts« verteilt sind.

Im Oktober 2005, zur Feier des 60. Jahrestages von John von Neumanns Exposé für den MANIAC und Alan Turings Blaupause für den ACE, wurde ich in die Google-Zentrale in Kalifornien eingeladen und durfte einen Blick hinter die Kulissen der Organisation werfen, die Turings Strategie verfolgte, erst alle verfügbaren Antworten zu sammeln, sich dann alle möglichen Fragen zu stellen und schließlich die Ergebnisse zu kartieren. Ich hatte ein Gefühl, als betrete ich eine Kathedrale des 14. Jahrhunderts, die sich gerade im Bau befindet. Alle waren fleißig dabei, einen Stein hier und einen anderen Stein dort zu platzieren, und ein unsichtbarer Architekt sorgte dafür, dass alles passte. Turings Bemerkung von 1950, Computer würden nur »eine Heimstatt für die von Gott erschaffenen Seelen bereitstellen«, kam mir in den Sinn. »Die Frage scheint berechtigt, warum eine Seele sich in einem menschlichen Körper niederlassen sollte, wenn doch offensichtlich ein Computer zu bevorzugen wäre – sowohl in sittlicher als auch in intellektueller Hinsicht«, meinte Olof Johannesson dazu.[27]

Zum Zeitpunkt meines Besuchs hatten meine Gastgeber gerade angefangen, alle in der Welt vorhandenen Bücher zu digitalisieren. Sogleich wurden Einwände laut, nicht vonseiten der Buchautoren, von denen die meisten seit langem tot sind, sondern von Buchliebhabern, die fürchteten, die Bücher würden dadurch irgendwie ihre Seele verlieren. Andere wiederum sahen dadurch das Urheberrecht ausgehebelt. Bücher sind Zeichenketten, und sie weisen einige der mysteriösen Eigenschaften der DNA auf. Der Autor eines Buches fängt einen Zipfel des Universums ein, entrollt ihn zu einer eindimensionalen Sequenz, fädelt diese durch ein Schlüsselloch und hofft, dass im Kopf des Lesers daraus ein dreidimensionales Abbild seiner Gedanken entsteht. Die Übersetzung ist nie exakt. Und Bücher besitzen in ihrer speziellen Art und Weise, die sterbliche, materielle Inkarnation eines unsterblichem, körperlosen Wissens zu sein, ein Eigenleben. Lassen wir also die Seele links liegen, wenn wir ein Buch einscannen? Oder scannen wir die Seele ein und lassen das Buch links liegen?

»Wir scannen alle diese Bücher nicht ein, damit sie von Menschen gelesen werden«, vertraute mir ein Techniker nach dem Essen an. »Wir scannen sie, damit sie von einer künstlichen Intelligenz gelesen werden.«

Die künstliche Intelligenz, die alle diese Bücher liest, liest auch alles andere – einschließlich eines großen Teils der Programmcodes, die menschliche Programmierer im Lauf der vergangenen 60 Jahre geschrieben haben. Lesen ist nicht gleichbedeutend mit verstehen – ebenso wenig wie das Auslesen eines Genoms uns hilft, einen Organismus zu verstehen –, aber diese besondere künstliche Intelligenz entwickelt sich weiter. Vor 60 Jahren war der Vorläufer dieses Codes nur wenige Hundert Zeilen lang und benötigte die Hilfe eines Menschen sogar für das Auffinden der nächsten Adresse. Bis heute erfordert auch künstliche Intelligenz unsere ständige Aufmerksamkeit – wie ein Säugling. Eine wahrhaft intelligente künstliche Intelligenz würde sich uns auch nicht offenbaren.

Das Googleplex erinnerte mich an Hannes Alfvéns Vision. Der große Computer tat alles in seiner Macht stehende, um seinen menschlichen Symbionten das Leben so angenehm wie möglich zu machen. Alle Menschen in der Google-Zentrale waren jung, gesund, glücklich und außerordentlich wohlgenährt. Nie hatte ich so viel Wissen an einem Ort gesehen. Ich besuchte einen Raum, in dem eine eigens eingerichtete Glasfaserstrecke einlief, die alle auf der Erde existierenden Informationen zum Planeten Mars einsammelt. Ich hörte, wie ein Techniker erklärte, dass wir alle irgendwann Implantate in uns tragen werden, die als Hilfsgedächtnisse fungieren und individuell mit allem bestückt sein werden, was wir wissen müssen. Das Wissen würde universell und alles Böse aussortierbar werden. »Die primäre biologische Funktion des Gehirns war die einer Waffe«, hatte Alfvén erklärt. »Man ist sich noch heute nicht ganz klar darüber, in welchen Kreisen des Gehirns der Machtrausch zentriert ist. Jedenfalls scheinen Computer keine derartigen Kreise zu besitzen, und eben das gibt ihnen sittliche Überlegenheit dem Menschen gegenüber. Deshalb gelang es ihnen auch, jenes Gemeinwesen aufzubauen, das die Menschen so heiß erstrebten und bei dessen Gestaltung sie so katastrophal gescheitert waren.«[28] Ich war versucht, mich in die Warteliste einzutragen.

Schließlich musste ich das digitale Utopia doch wieder verlassen. Später schilderte ich meine Eindrücke einer Landsfrau Alfvéns, die die Heimstatt des großen Computers ebenfalls besucht hatte und mir möglicherweise Erhellendes dazu sagen konnte. »Als ich dort war, kurz bevor sie an die Börse gingen, erschien mir die Behaglichkeit fast überwältigend«, sagte sie. »Glückliche Golden Retriever, die in Zeitlupe zwischen den Wassersprenklern auf dem Rasen herumtollten,

Leute, die winkten und lächelten, Spielsachen überall. Ich hatte sofort den Verdacht, dass irgendwo in dunklen Hinterzimmern unvorstellbar böse Dinge vor sich gingen. Käme der Teufel auf die Erde, an welchem Ort könnte er sich besser verstecken?«[29]

Die Katastrophe wird in Alfvéns Vision nicht vom großen Computer angerichtet, sondern von einzelnen Menschen, die der Versuchung nicht widerstanden hatten, diese Macht für ihre eigenen Zwecke zu usurpieren. »Die Entwicklung [ging] im Großen und Ganzen in eine bestimmte Richtung: Während die Computer sich unglaublich entwickelten, veränderten sich die Menschen kaum«, schloss Alfvén.[30] Unsere Hoffnungen liegen offensichtlich in der Zukunft, jedenfalls nach Überzeugung Olof Johannessons, der, nachdem die Welt sich von der großen Katastrophe erholt hat, erklärt: »Wir glauben – oder besser, wir wissen –, dass wir einer Zeit noch stürmischerer Entwicklung, noch höheren Lebensstandards und noch größeren, nie zuvor gekannten Glücks entgegengehen. ... Wir werden glücklich leben bis an unser Ende.« Mit diesen Worten endet Alfvéns Erzählung.[31]

Am Ende stellte sich jedoch auch heraus, dass Olof Johannesson, der Erzähler der Geschichte, kein menschliches Wesen ist, sondern ein Computer. Die unbelehrbaren Menschen hatten erfahren müssen, dass sie letzten Endes doch ersetzbar waren. Was, wenn der Preis für denkende Maschinen das Ende des menschlichen Denkens ist?

Was, wenn die andere Seite bereits darauf wartet, diese Schuld einzutreiben?

KAPITEL ACHTZEHN

Die 39. Stufe

> Einen neuen Code zu schreiben, ist leichter, als einen alten zu verstehen.
>
> *John von Neumann an Marston Morse, 1952*[1]

Am Abend des 15. Juli 1958 um Punkt Mitternacht legte Julian Bigelow im Maschinenraum am Ende der Olden Lane den Hauptschalter um, kappte die Stromzufuhr, nahm einen stumpfen Bleistift und schrieb den folgenden Eintrag in das Logbuch der Maschine: »Aus – 24 Uhr – JHB.« In der Gewissheit, dass kein weiterer Log-Eintrag folgen würde, zog er seine Unterschrift diagonal über den Rest der Seite nach unten.

Innerhalb von Sekunden hörten die Kathoden auf, Elektronen zu verschießen, die Heizdrähte hörten auf zu glühen und die Williams-Speicherröhren gaben den letzten Rest ihrer elektrostatischen Ladung ab. Keine Elektronen würden je wieder durch diese Schaltkreise flitzen.

»Neulich sah ich ein Gespenst – das Skelett einer Maschine, die vor nicht so langer Zeit noch höchst lebendig und Anlass vieler heftiger Kontroversen war«, schrieb Klári von Neumann rund zwei Jahre später.

> Der Computer, alias der Johnnyac, alias Maniac oder förmlicher: die numerische Rechenmaschine des Institute for Advanced Study … ist jetzt weggeschlossen, nicht begraben, aber versteckt im hinteren Teil des Gebäudes, das sie einst als Königin regiert hat. Ihr Lebenssaft, der elektrische Strom, wurde abgestellt, ihre Lunge, die Klimaanlage, demontiert. Noch hat sie ihren eigenen kleinen Raum, zu dem man nur auf dem

Weg durch den großen Korridor gelangt. Früher war er ihr Vorzimmer und heute ist er ein toter Lagerplatz für leere Kisten und Kartons, alte Schreibtische und anderes Zeug, das zwangsläufig der Vergessenheit anheimfallen wird.

Klári war nach Johnnys Tod nach Princeton zurückgekehrt, um der Einweihung der Von Neumann Hall an der Universität beizuwohnen, wo das Institute for Defense Analysis einen neuen Rechner installierte. »Der alte, der ursprüngliche, der erste, liegt still in seinem unscheinbaren Grab«, schrieb sie. »Sic transit gloria mundi.«[2]

Nachdem von Neumann 1955 aus Princeton nach Washington gewechselt war, hatten die verbleibenden Techniker am Institut sich Hoffnungen auf den Bau eines zweiten Rechners gemacht, in den sie eine lange Liste von Verbesserungen einarbeiten wollten, die sie während der Arbeit am ersten Rechner zusammengestellt hatten. »Es gab unzählige Ideen«, sagt Bigelow, »die wir nie realisiert haben.«[3] Am 29. Februar 1956 fiel die Entscheidung, »dass am Institute for Advanced Study keine neue Maschine gebaut werden sollte und dass der größte Teil des Technikpersonals demzufolge das Institut verlassen und anderswo Entwicklungsarbeit leisten würde; und dass der Elektronenrechner sich von einem experimentellen Projekt in ein Werkzeug für die Lösung der vielen rechnerischen Probleme verwandeln würde, die sich innerhalb der wissenschaftlichen Gemeinschaft von Princeton anstauten.«[4]

»Als Johnny fort war, wich alle Großartigkeit aus dem Projekt«, sagt Harris Mayer, »und das Institut, das sowieso möglichst wenig mit dem MANIAC zu tun haben wollte, zog sich ganz zurück.«[5] Am 1. Juli 1957 übernahm die Princeton University den Computer, der jedoch an seinem Standort am Ende der Olden Lane verblieb. »Im Vergleich zu den ›goldenen Zeiten‹ unter der Ägide des IAS sind zwei erhebliche Veränderungen zu verzeichnen«, erklärte Hans Maehly, seit dem 1. Juli 1956 geschäftsführender Direktor, Robert Oppenheimer. »Es werden keine Codierdienste mehr für die Nutzer geleistet«. Und »es wird eine Rechnerzeit-Buchhaltung geben, verbunden mit Nutzungsgebühren und Dollars!«[6]

Anders als in den ersten fünf Jahren, in denen die Maschine selten untätig war, erscheint in den Logbüchern aus den Jahren 1957 und 1958 regelmäßig der Eintrag »Keine Kunden«. Alle neuen Projekte wurden vorläufig gestoppt, außer der Entwicklung einer Sprache höherer Ordnung, die, wie Maehly es beschrieb, »das Englisch und die Mathematik, mit denen der Codierer das Problem beschreibt, automatisch in Maschinensprache übersetzt«.[7] Die Ingenieure, die dablieben, entwickelten in der Folge benutzerfreundliche Hilfsprogramme wie ASBY, einen Assembler für relative Adressierung, oder POST-MORTEM, ein Debugging-Programm, das aufgerufen werden konnte, wenn ein Code »an der falschen Stelle anhielt oder in eine Endlosschleife geriet oder sonst etwas tat, was ein Programm in seinem Todeskampf tut«.[8] FLINT war eine Programmroutine für die Fließkomma-Interpretation, ein sogenannter Interpreter. »Ein Interpreter übersetzt Anweisungen aus einer neuen ›Sprache‹ in die gewohnte ›Maschinensprache‹«, erklärte Maehly. »In Verbindung mit FLINT wird die Maschine sich wie eine völlig neue Maschine verhalten, obwohl keine physischen Veränderungen vorgenommen worden sind. Wir werden daher von FLINT als einer virtuellen Maschine reden.«[9]

Ein Computer mit einem Fließkomma-Rechenwerk ist in der Lage, die Position des Dezimalkommas zu kontrollieren. Ohne Fließkomma-Arithmetik muss der Programmierer die Zahlen im Verlauf einer Berechnung fortlaufend »auf die Reihe bringen«. Im November 1945 hatte die IAS-Gruppe beschlossen, auf die Fließkomma-Arithmetik zu verzichten, um mehr Speichervolumen direkt für Codes verfügbar zu machen, die keine normalen Rechenoperationen beinhalteten (wie die von Barricelli), oder für Monte-Carlo-Codes, die auf jedes verfügbare Bit Speicherplatz angewiesen waren. »Von Neumann war der Meinung, jeder, der gescheit genug ist, mit einem Computer wie diesem zu arbeiten, sei auch gescheit genug, die Genauigkeitsanforderungen aller dabei ablaufenden Prozesse zu verstehen«, erklärt Bigelow. »Er hatte nicht erwartet, dass Computer einmal von mathematischen Analphabeten benutzt würden. Für ihn waren sie Werkzeuge für Mathematiker, Physiker und Forscher, die so brillant waren wie er.«[10] Fließkomma-Routinen waren etwas, das das Ideal eines vollkommen leeren digitalen Universums als Arbeitsumgebung störte.

Jede Speicherzelle beherbergte eine Kette aus 40 Bits, von denen das erste (von links) das Vorzeichen definierte (0 für plus, 1 für minus); somit blieben 39 Bits für die Zahl selbst. Ohne Fließkomma-Funktion steht das Binärkomma (das dem Dezimalkomma beim Dezimalrechnen entspricht) fest unmittelbar rechts vom ersten Bit. Die nächsten 39 Stellen (links nach rechts) stehen für 2^{-1} (½), 2^{-2} (¼), 2^{-3} (⅛) usw., bis 2^{-39} (1/549 755 813 888). Der Rechner speichert demzufolge nur Zahlen zwischen –1 und +1, aber mit einer Genauigkeit von 39 Nachkommastellen. Aus Gründen, die von Neumann, Burks und Goldstine 1946 in *Preliminary Discussion of the Logical Design of an Electronic Computing Instrument* detailliert erläutert hatten, ermöglichte diese Anordnung die maximale Ausnutzung der verfügbaren 1024 Zeichenketten zu je 40 Bits.

Elementare Rechenoperationen wurden entweder jeweils 39fach in einer einzigen Operation durchgeführt (im Falle von Additionen und Subfraktionen) oder über 39 Iterationen (im Falle von Multiplikationen oder Divisionen). Additionen und Subtraktionen lieferten präzise Ergebnisse. Dagegen ergab sich bei der Multiplizierung zweier 39-stelliger Zahlen eine Zahl mit 78 Stellen, bei Divisionen möglicherweise eine nichtendliche Zahl. Die Resultate mussten also gekappt werden und waren nicht mehr präzise. »Jede Zahl x, die in der Rechenmaschine erscheint, ist ein Annäherungswert an eine andere Zahl x', die erschienen wäre, wenn die Berechnung absolut rigoros durchgeführt worden wäre«, hatten Burks, Goldstine und von Neumann 1946 erklärt.[11] An irgendeinem Punkt musste für die 39. Stelle eine Zahl gewählt und mussten die dahinterliegenden Bits geopfert werden. Was die beste Annäherung war, oblag jeweils der Beurteilung durch einen Menschen – die 39. Stufe erforderte eine Entscheidung.

Die FLINT-Routine, »die unsere Maschine in ein langsameres, weniger anspruchsvolles Instrument verwandelt, das aber wesentlich leichter codierbar ist«, enthob den Benutzer der Notwendigkeit, direkt mit der Maschine zu kommunizieren. »Die allgemeine externe Sprache sollte so wenig wie möglich von den Eigenarten der Maschine beeinflusst werden; anders gesagt, sie sollte so gut wie möglich dem Denken des Programmierers entsprechen«, erklärten die Autoren des Programms. Der Nutzer »braucht die Maschinensprache nicht zu beherrschen, auch nicht – und insbesondere nicht – beim Debuggen seines Programms«.[12] Anstatt dass Menschen lernen mussten, Codes in Maschinensprache zu schreiben, lernten Maschinen, Codes in der Sprache der Menschen zu lesen, ein Trend, der sich seither fortgesetzt hat.

Trotz dieses Versuchs, den neuen Eigentümern des IAS-Rechners die Sache so leicht wie möglich zu machen, tat die Princeton University sich schwer, die Maschine zum Laufen zu bringen. »Unsere Bemühungen, im Verlauf des vergangenen Jahres einen Regelbetrieb einzurichten, waren nicht von Erfolg gekrönt«, stellte Henry D. Smyth (der Autor des offiziellen Regierungsberichtes *Atomic Energy for Military Purposes*) resigniert fest, als er im Juli 1958 die Zwangspensionierung des MANIAC verkündete. »Obwohl sie die Prinzipien moderner Maschinen verkörpert, war sie im Wesentlichen ein Prototyp mit technischen Unvollkommenheiten.«[13]

Bigelow sah das ganz anders. »Irgendwann im letzten Sommer beschloss das Universitätsteam, das die Maschine betreibt, sie zu ›modifizieren und zu verbessern‹, mit dem Ergebnis, dass sie nach dem Weggang von Bill Keefe, dem letzten der ursprünglichen Ausbildungsingenieure, den Geist aufgab und von Juli bis November 1957 weitgehend außer Betrieb war«, berichtete er 1958 an die Atomenergie-Kommission. Am 22. Dezember wurde Bigelow, wie er weiter erzählt, von Henry Smyth gefragt, »ob ich es übernehmen wolle, das Ding zum Laufen zu bringen ..., da das nach Meinung der Universität ihre einzige Chance sei. Ich dachte darüber nach, und aus verschiedenen Gründen wie zum Beispiel der Tatsache, dass einer der Männer mit elf Kindern seinen Lebensunterhalt mit der Arbeit an diesem Projekt verdiente usw., übernahm ich den Job.« Bigelow teilte das verfügbare Personal in zwei Teams auf, die jeweils eine volle Schicht absolvierten, auch an den Wochenenden, ausgenommen den 25. Dezember und den 1. Januar. »So ungefähr bis zum 1. März kriegten wir die Sache wieder ziemlich gut hin, und von einigen wenigen kleinen Unterbrechungen abgesehen, hat der MANIAC ... alles berechnet, was ihm vor die Flinte kam.«[14]

»Die konsternierenden Entwicklungen der letzten zwei Wochen gipfelten in dem Beschluss, den MANIAC am 1. Juli abzuschalten«, schrieb Martin Schwarzschild am 6. Juni 1958 an Hedi Selberg und konstatierte, dass dies auch das Ende ihrer gemeinsamen Arbeit zur Sternenentwicklung sein würde. »Dein Code ist in den letzten zwei Wochen wunderbar gelaufen ..., und wir haben einen Punkt in der Evolution erreicht, an dem eine neue physikalische Lage entstanden ist – nicht durch das Einsetzen der Heliumverbrennung, wie ich und Fred Hoyle es immer erwarteten, sondern durch eine konvektive Instabilität im Heliumkern. … Ich habe noch immer keine Ahnung, was der Stern tun wird.«[15] Schwarzschilds Universum landete auf dem Abstellgleis.

Abgesehen von einem Rückblick, den er 1976 in Los Alamos vortrug, sprach oder schrieb Bigelow nie wieder öffentlich über den MANIAC. Sogar der Taufname der Maschine wurde getilgt. Als Garret Birkhoff 1954 in einem Aufsatz über numerische Hydrodynamik den MANIAC erwähnte, erhielt er von Herman Goldstine den Rat: »Ich glaube nicht, dass die Bezeichnung ›MANIAC‹ hier als akzeptabel gilt.«[16] In der Folge wurde der in Los Alamos stehende Nachbau als MANIAC bekannt, während der ursprüngliche MANIAC als MANIAC-0 oder einfach als »IAS-Rechner« oder »Princeton-Maschine« bezeichnet wurde. Bigelow sorgte dafür, dass der MANIAC an die Smithsonian Institution in Washington ging. Zur Vorbereitung dieses Transfers wurden alle Peripheriegeräte abmontiert. Am 4. August 1958 zahlte Bigelow der Universität 406 Dollar für »diverse Restbestände« und am 18. Dezember 1959 kaufte er ihr »aus dem eliminierten Rechnerprojekt übriggebliebene Ausrüstung« im Wert von 275 Dollar ab.[17] Auf Initiative Gerald Estrins wurde die ursprüngliche Magnettrommel mit ihrem 2048-Wörter-Speicher dem Weizmann-Institut in Israel geschenkt. Die Überführung des verbliebenen Kerns der Maschine nach Washington erfolgte 1962.

Als Gegenleistung dafür, dass die Universität den Rechner seit seiner Inbetriebnahme kostenlos hatte nutzen dürfen, hatte sie den Mitarbeitern des Elektronenrechner-Projekts das Recht eingeräumt, sich an der Universität einzuschreiben, ein Privileg, das dazu beitrug, junge Elektronikingenieure anzulocken, die für von Neumann arbeiten und gleichzeitig ihren Doktor machen wollten. Bigelow besuchte Vorlesungen der Fakultät für Physik, bis die Universität 1960 seinen Status aufkündigte. »Da Sie aufgrund bestehender Vereinbarungen von der Pflicht zur Entrichtung von Studiengebühren befreit sind, erscheint es uns geboten, dass Sie den Status eines eingeschriebenen Studenten aufgeben«, teilte man ihm mit. »Es steht Ihnen natürlich frei, eine Dissertation einzureichen und sich für Ihre mündliche Abschlussprüfung anzumelden.«[18] Die Türen, die von Neumann aufgestoßen hatte, waren jetzt wieder verschlossen.

Als das Institut den Rechner an die Universität übergab, verständigten sich beide Seiten darauf, dass die am Institut weilenden Gelehrten im Gegenzug freien Zugang zu den Computern der Universität erhalten würden. Als jedoch Astronomen vom IAS 1966 dieses Recht wahrnehmen wollten, kam es darüber zum Streit. »Die Übergabe des MANIAC an die Universität war eine großzügige Geste seitens des Instituts, aber ich fürchte, dass die Folgen außerordentlich unvorteilhaft für uns sind«, klagte Colin Pittendrigh, der sich im Auftrag der Universität um die Angelegenheit kümmerte. »Wir haben deutlich über 100 000 Dollar in den Rechner investiert und dafür sehr wenig brauchbare Berechnungen erhalten.«[19] Oppenheimer antwortete verstimmt mit der Frage, ob man trotzdem eventuell in Betracht ziehen möge, sich an die bestehenden Absprachen zu halten.[20]

Bigelow blieb als Einziger am Institut, nachdem alle anderen Ingenieure abgewandert waren. Trotz der Tatsache, dass er nach Einschätzung von Neumanns »sehr wichtige« Beiträge zum Erfolg des Rechnerprojekts geleistet hatte, »erheblich mehr, als man aus einer oberflächlichen Durchsicht der Veröffentlichungen schließen würde«, wurde die geringe Zahl seiner publizierten akademischen Arbeiten gegen ihn gewertet, auch wenn das IAS keine ausdrücklichen Publikationsanforderungen an seine Mitarbeiter stellte.[21] Der »Interim Progress Report on the Physical Realization of an Electronic Computing Instrument« war zwar vielleicht das folgenreichste Dokument, das das IAS je veröffentlicht hatte, aber das zählte nicht.[22] Ohne von Neumann passte Bigelow nicht mehr ins Bild, und die Mathematik-Fakultät erwartete von ihm einen eleganten Abgang zu IBM oder die Rückkehr zu einer Einrichtung wie dem MIT.

»Ich meine, die meisten von uns, vielleicht mit Ausnahme Bigelows und von Neumanns, ... machten einfach nur ihren Job, und es war ein interessanter Job«, sagt Willis Ware im Rückblick auf die Anfänge im Untergeschoss der Fuld Hall. »Wir hatten nicht den großen Weitblick und die große Weisheit, um all die Konsequenzen vorauszusehen. Es wurde dort, naja, ein kleiner Vektor an den Start gebracht, der sich in der Folge als wichtig erwies.«[23]

Wie kam es, dass der Von-Neumann-Vektor all den anderen Gruppen den Rang ablief, die versuchten, eine Version von Turings Universalmaschine zu bauen? Die Eckert-Mauchly-Gruppe und die Von-Neumann-Gruppe konkurrierten um Geldmittel und Ingenieure. »Eckert und Mauchly haben einen Vertrag mit dem staatlichen Bureau of Standards, zunächst für ein Jahr und 50 Kilodollar«, berichtete von Neumann im November 1946 an Klári. »Sie haben sich zwei von unseren Leuten geschnappt, die wir ihnen zuvor weggeschnappt hatten.«[24] Der von Eckert und Mauchly konzipierte UNIVAC-Rechner war 1949 so weit, dass er in Produktion gehen konnte, und eine Entscheidung der US-Regierung für diese Maschine hätte ihre Führungsposition gefestigt.

»Nach sorgfältiger Erwägung wurde beschlossen ..., dass das Bureau einem Vertrag über drei UNIVACS von Eckert und Mauchly abschließen sollte, einen für das Statistische

Bundesamt und zwei für die Militärverwaltung«, heißt es in einem undatierten Aktenvermerk des National Bureau of Standards, der offensichtlich aus dem Jahr 1949 stammt. »Für gerade einmal zwei Tage schien der Horizont klar zu sein«, fährt der Bericht fort. »Der Weg schien frei. Dieser glückliche Zustand wurde jedoch ziemlich unerwartet beendet, als dem Bureau ... vom Forschungsamt der Marine und vom Air Material Command mitgeteilt wurde, die Eckert-Mauchly Computer Corporation sei bei einer Sicherheitsüberprüfung durchgefallen, weshalb das Bureau bitte keine Geldmittel dieser Institutionen für die Anschaffung der UNIVACS verwenden solle.«[25]

Der Wind drehte sich gegen den UNIVAC und zugunsten des »Defense Calculator« von IBM, später besser bekannt als IBM 701, dessen erstes Exemplar 1953 nach Los Alamos geliefert wurde. Eckert und Mauchly häuften zunehmend mehr Schulden an und sahen sich 1950 gezwungen, ihre Firma (und ihre Patente) an Remington Rand zu verkaufen, General Leslie Groves amtierte dort als Vizepräsident. »Für diese Maschinen sollte es einen vernünftigen Markt geben«, schrieben Goldstine und von Neumann 1949 in einem neunseitigen Brief an Groves, in dem sie eingehend darlegten, wie sie den ENIAC zu einem Rechner mit Programmspeicher umgerüstet hatten und wie Remington Rand ihr aktuelles Lochkartensystem so modifizieren könne, dass man den Rechner zu einer »Allzweckmaschine« machen konnte, mit einem »Speicher, der nicht nur numerische Daten aufnehmen kann, sondern auch logische Anweisungen«.[26] Nach der Übernahme der Electronic Control Company von Eckert und Mauchly reichte Remington Rand Patentverletzungsklagen gegen viele ihrer Konkurrenten ein – nur nicht gegen IBM, mit der Remington Rand 1956 ein Lizenzierungsabkommen auf Gegenseitigkeit schloss.

IBM wurde bald zur führenden Kraft in der digitalen Rechentechnik und holte sich, beginnend mit John von Neumann und seinem auf einen Tag pro Monat festgelegten Beraterjob, viele der fähigen Leute, die sich am IAS zusammengefunden hatten. James Pomerene trat 1956 in die Dienste von IBM und übernahm eine führende Rolle bei der Entwicklung von Hochgeschwindigkeit-Speicherarchitekturen mit Caches und parallelen Multicore-Prozessoren. 1976 wurde er zum IBM-Fellow befördert – ein Status, der mit der völligen Freiheit verbunden war, jegliche Forschungsidee zu verfolgen, ähnlich wie die permanenten Mitglieder des IAS. Herman Golstine verabschiedete sich 1958 aus dem IAS und übernahm die Leitung des mathematischen Forschungszentrums von IBM, das provisorisch im Lamb Estate am Hudson untergebracht war, während die Fertigstellung des Thomas J. Watson Research Center in Yorktown Heights auf sich warten ließ. Dort residierte Goldstine dann ab 1969 als IBM-Fellow. »Auf dem Lamb Estate fühlten wir uns wie Könige, weil wir so viel Rechnerunterstützung bekamen, wie wir wollten«, erinnert sich Ralph Gomory, der 1959 in Goldstines Team eintrat. »Jeden Tag verließ ein Kombi das Gelände und fuhr nach Poughkeepsie. Er lieferte dort unsere Programme ab und kam am nächsten Tag mit den Ergebnissen zurück.«[27]

Jack Rosenberg verließ das IAS 1951, um eine Stelle bei General Electric in Syracuse anzutreten; 1954 zog er nach Los Angeles, um für das geplante neue Computerlabor der UCLA zu arbeiten. Als von Neumanns Tod dazwischenkam, heuerte er beim Scientific Center von IBM in Los Angeles an. »Ein langjähriger IBM-Ingenieur zeigte mir einige Schaltkreisdiagramme von IBMs erstem Elektronenrechner, dem 701«, erinnert er sich. »Er war eine Kopie des Von-Neumann-Rechners, den ich 1947–51 mit entwickelt hatte.« Als IBM Rosenberg 1969 anbot, ihn zum Fellow zu ernennen, lehnte er dankend ab, weil »die Firma zu groß und zu korrupt war«.[28] Noch heute hört Rosenberg Musik aus denselben phasensynchronisierten Lautsprechern, die er 1949 im Hause Einstein aufgestellt hatte. Zum Dank dafür hatte Einstein Rosenberg ein ebenso weitläufiges wie offenherziges Interview gewährt, das Rosenberg in Hi-Fi-Qualität aufnahm, aber unter Verschluss hält. »Einstein sagte, es dürfe nie veröffentlicht werden«, erklärt er.[29]

Gerald und Thelma Estrin übersiedelten 1954 nach Israel, um am Weizmann-Institut für Naturwissenschaft in Rehovot den Bau des WEIZAC-Rechners zu überwachen; 1955 kehrten sie ans IAS zurück, nur um 1956 an die UCLA weiterzuziehen, wo sie an der Einrichtung des neuen Instituts für Computerwissenschaften mitwirkten, einer Brutstätte für eine neue Generation unternehmerisch orientierter Informatiker, zu denen ihre beiden Töchter Deborah und Judy Estrin ebenso gehörten wie Paul Baran, der bei RAND Karriere machte. »Es war ein wunderbarer Zufall, wunderbar für alles, was danach passierte, dass dort nichts zur Geheimsache erklärt wurde«, sagen die Estrins im Rückblick auf ihre Zeit beim Elektronenrechner-Projekt am IAS.[30]

Andrew und Kathleen Booth kehrten nach England zurück und spielten bis zu ihrer Auswanderung nach Kanada 1962 weiterhin eine tragende Rolle bei der Entwicklung des digitalen Rechnens und der Röntgenkristallographie. Als ich ihnen Kopien der Briefe vom Februar 1947 zeigte, in denen Goldstine und von Neumann über Unterbringungsmöglichkeiten für die Booths am IAS diskutiert hatten, zeigten sie sich »amüsiert über die Sorge um unser moralisches Wohlergehen«.[31]

Joseph und Margaret Smagorinsky waren am Aufbau des Geophysical Fluid Dynamics Laboratory in Princeton beteiligt, in dem, anknüpfend an die Arbeit des Meteorologieprojekts am IAS, Klimamodelle entwickelt wurden. Jule Charney und Norman Phillips fanden eine neue berufliche Heimat am MIT, wo sie zum Kern einer Forschergruppe für computergestützte Meteorologie wurden, der es in der Folge gelang, einige der Widersprüche aufzulösen, die zwischen der Überzeugung John von Neumanns, irgendwann werde die Voraussage und Beeinflussung des Wetters möglich sein, und der skeptischeren Haltung Norbert Wieners bestanden. Hedi Selberg brachte ihr Fachwissen ins Princeton Plasma Physics Laboratory ein, und Ralph Slutz wurde Direktor für den Computereinsatz am Nationalen Zentrum für Atmosphärenforschung in Boulder, Colorado. Richard Melville und Hewitt Crane gingen ans Stanford Research Institute und entwickelten dort unter anderem das ERMA-System für die elektronische Verarbeitung maschinenlesbarer Schecks im Interbankenverkehr. Dick Snyder kehrte zur RCA zurück, wo er an der Verbesserung des Magnetkernspeichers arbeitete. Anders als Zworykin im Bereich der Fernsehtechnik gelang es ihm jedoch nicht, die Firma davon zu überzeugen, eine Führungsrolle anzustreben. Morris Rubinoff kehrte an die Universität von Pennsylvania zurück und für ein Zwischenspiel auch zu Philco, wo er Konzeption und Bau des Philco 2000 überwachte, des ersten vollständig mit Transistoren bestückten Computers, der mit asynchroner Rechentechnik arbeitete, einer am IAS entwickelten Errungenschaft. Arthur Burks landete an der Universität von Michigan, wo er 1949 die Arbeitsgruppe »Logic of Computers« gründete, von Neumanns *Theory of Self-Reproducing Automata* herausgab (1966) und 2003 zusammen mit Alice Burks das Standardwerk *Who Invented the Computer?* veröffentlichte.

Robert Oppenheimer wurden 1954 seine Sicherheitsfreigaben entzogen, genau einen Tag bevor sie ohnehin abgelaufen wären; es war ein vorsätzlicher Akt der öffentlichen Demütigung, der alle Nachkriegsträume von einer zivilen Kontrolle atomarer Waffen abrupt beendete. »Die Militärs wollten alles: die Labors, die Computer, die ganze Zukunft im Zeichen der Atomwaffen, von A bis Z«, erklärt Harris Mayer. »Als wir die Atomenergie-Kommission einrichteten, sah sich das Militär von seiner mächtigsten Waffenressource abgeschnitten, die sie natürlich wiederhaben wollten. Am Ende erhielten sie die Befehlsgewalt über die Atomwaffen ebenso zurück wie die Computer. Und sie diskreditierten Oppenheimer, was aber wohl ein untergeordnetes Motiv war.«[32] Oppenheimers Tresor mit AEC-Dokumenten und die Sicherheitsleute in der Fuld Hall, die ihn bewachten, verschwanden. Die Angehörigen des IAS-Lehrkörpers stellten ihre Differenzen hintan, um Oppenheimer vor seinen Gegnern in Schutz zu nehmen, und er blieb Direktor des IAS, bis er 1966 wegen einer Kehlkopfkrebserkrankung seinen Rücktritt erklärte und aus dem alten Olden-Herrenhaus auszog; für das ihm verbleibende Jahr wurde er unser Nachbar. Der einstige Herrscher über die Mesas von Los Alamos und über die Olden-Farm war jetzt ein geisterhaft bleicher, abgemagerter Mann, der auf der anderen Seite unserer Hecke durch den Garten tappte.

Lewis Strauss, Oppenheimers Gegenspieler, blieb bis 1968 Mitglied des Kuratoriums des Instituts und rang sich dann endlich, genervt von der nicht verstummenden Kritik an seiner Rolle in der Oppenheimer-Affäre, zum Rückzug durch. Er blieb ein Freund des FBI: In einem Memo des Chefs des New Yorker FBI-Büros an Direktor Hoover ist nachzulesen, dass »Admiral und Mrs. Lewis STRAUSS mitsamt Adjutant von Mr. STRAUSS« bei ihrer Rückkehr aus Genf am 21. August 1955 »von einem Verbindungsagenten dieses Büros abgeholt wurden, der ihre Zollabfertigung beschleunigte und ihnen die üblichen Freundlichkeiten angedeihen ließ. Admiral STRAUSS machte einige anerkennende Äußerungen über den Direktor und das FBI. Eine davon lautete: ›Mr. HOOVER ist immer da, wenn man ihn braucht.‹«[33]

Abraham Flexner, der 1959 starb, hatte mit dem Institut nach seinem Ausscheiden im Jahr 1939 nicht mehr viel zu tun. Wie sich seine Tochter Jean Lewinson erinnert, hatte er einen endgültigen Schlussstrich gezogen. 1955, als ihr Vater 88 war, berichtete sie: »In diesem Sommer in Ontario ist Dr. Flexner in einem Gewässer geschwommen, das so kalt war, dass Mr. Lewinson nicht einmal seinen Fuß hineinsetzen wollte. Er sägt kein Holz mehr, angelt aber noch und macht Spaziergänge.«[34]

Vladimir Zworykin starb 1982, mitten in der Arbeit an biomedizinischen Anwendungen elektronischer Systeme und frustriert darüber, dass vom Fernsehen, der Erfindung, in die er so große Hoffnungen gesetzt hatte, ein so abwegiger Gebrauch gemacht wurde. Nach dem abgebrochenen Vorstoß mit dem Selectron unternahm RCA nie wieder einen entschlossenen Versuch, in der Entwicklung digitaler Rechner vorne mitzumischen; stattdessen konzentrierte die Firma ihre Ressourcen auf das kommerzielle Fernsehen und ihre in diesem Bereich führende Tochtergesellschaft NBC.

Lewis Fry Richardson lebte bis 1953, gerade lange genug, um seinen Traum von der numerischen Wettervorhersage und seine Furcht vor entfesselten Waffensystemen Wirklichkeit werden zu sehen. Er begrüßte die ENIAC-Wetterprognosen von 1950, über die Jule Charney ihm berichtete, als »einen enormen wissenschaftlichen Fortschritt«, hatte sich zu diesem Zeitpunkt aber längst aus der meteorologischen Arbeit zurückgezogen und sich ganz auf die Arbeit an einer Studie konzentriert, die erstmals 1944 unter dem Titel *The Distribution of Wars in Time* veröffentlicht wurde. Sie kam zu einem ernüchternden Fazit: »Die Übereinstimmung der empirischen Daten mit Poissons Gesetz von den unwahrscheinlichen Ereignissen lenkt unsere Aufmerksamkeit auf die Existenz eines dauerhaften Wahrscheinlichkeits-Hintergrundes. … Wären Kriegsausbrüche die einzigen zu berücksichtigenden Fakten, müssten wir von einem Hintergrund der Kampfeslust sprechen. Da jedoch Friedensschlüsse nach dem Ende von Kriegen dieselbe Verteilung aufweisen, scheint der Hintergrund aus einem unbezähmbaren Verlangen nach Veränderung zu bestehen.«[35]

Norbert Wiener starb 1964 während eines Stockholm-Aufenthalts an Herzstillstand. Verbittert über die zunehmende Militarisierung im Allgemeinen und die strategische Bejahung des Einsatzes nuklearer Waffen gegen die Zivilbevölkerung im Besonderen, hatte der Begründer der Kybernetik angefangen, die militärische Auftragsforschung zu kritisieren. »Maschinen können manche der Begrenzungen ihrer Schöpfer überwinden und tun es auch«, meinte er auf den Seiten der Zeitschrift *Time*. »Das bedeutet, dass sie zwar theoretisch menschlicher Kritik ausgesetzt sein mögen, dass diese Kritik jedoch womöglich unwirksam ist.« Der Autor von *Extrapolation*, *Interpolation*, *and Smoothing of Stationary Time Series* erkannte, dass immer schnellere Maschinen zwangsläufig den Menschen hinter sich lassen würden. »Gerade die Langsamkeit unserer menschlichen Aktivitäten könnte zum Ende unserer effektiven Kontrolle über unsere Maschinen führen«, fügte er hinzu und zitierte computergesteuerte Atomwaffen und computergestützte Manipulationen des Wertpapiermarkts als zwei Beispiele dafür, wie wir Menschen Macht an Maschinen abtreten.[36]

Stan Ulam lebte bis 1984 und pendelte beruflich zwischen Los Alamos, Boulder und (später) Santa Fe. Er bewahrte sich den Ideenreichtum und die mathematische Kreativität, durch die er sich schon als Kind ausgezeichnet hatte, ließ den Kontakt zu seinen noch in Los Alamos arbeitenden Kollegen nie abreißen und hielt die Gespräche am Leben, die einst im Schottischen Café in Lemberg begonnen hatten. »So wie Jungtiere spielen, um sich auf ihr späteres Leben vorzubereiten, kann es sein, dass die Mathematik in einem hohen Grad eine Abfolge von Spielen ist«, spekulierte er 1981, »und vielleicht ist sie das einzige Mittel, um das individuelle oder kollektive menschliche Denken zu verändern und auf eine Zukunft vorzubereiten, die sich heute noch niemand vorstellen kann.«[37] Horden sich selbst replizierender turingvollständiger digitaler Organismen, ganz ähnlich denen, die Ulam sich 1952 ausgemalt hatte, bevölkern heute eine endlose Matrix, und die Firmen und Personen, die diesen Organismen Nahrung verschaffen, werden dafür immer reicher belohnt.

Edward Teller überlebte von Neumann um 46 Jahre. Er zweifelte nie daran, dass die Entwicklung der Wasserstoffbombe richtig gewesen war, bedauerte aber, zugelassen zu haben, dass seine Aussage bei den Oppenheimer-Anhörungen dazu geführt hatte, Oppenheimer als Sicherheitsrisiko einzustufen; auch rang er mit der Frage, ob Geheimhaltung zu mehr oder weniger Sicherheit führt. »Die Wissenschaft lebt von Offenheit«, sagte er 1981, »aber in den Jahren des Zweiten Weltkrieges waren wir verpflichtet, Geheimhaltungsmaßnahmen zu ergreifen. Nach dem Krieg wurde die Praxis der Geheimhaltung hinterfragt, aber verändert wurde nicht viel. ... Die Beschränkungen, die wir uns selbst auferlegen, indem wir Informationen unterdrückten, sind weitaus größer als die Vorteile, die andere daraus ziehen könnten.«[38]

Als junger Mann hatte Teller jahrelang mit dem älteren und schnelleren Johnny konkurriert, und als er ihn endlich eingeholt hatte, erwies sich dies als tragischer Moment für beide. »Die letzten paar Wochen, die letzten paar Monate seines Lebens sah ich ihn ziemlich oft, obwohl ich den Kontinent durchqueren musste, um ihn zu besuchen«, erinnerte sich Teller. »Wir diskutierten über Gott und die Welt. Er war unglaublich schnell. Weiter als er hat keiner von uns je geblickt. Und dann im Krankenhaus wollte er weitermachen. Aber er war mir nicht mehr voraus. Für Johnny von Neumann waren das Denken und die Mathematik eine Lebensnotwendigkeit. Und er wollte mich immer wieder sehen, weil er sich selbst beweisen wollte: ›Ich kann es noch.‹ Aber er konnte es nicht mehr.«[39]

Kurz vor seinem Tod bat von Neumann, der beim Arbeiten jetzt nicht mehr ohne Notizblock auskam, einen seiner Besucher, von dem wir nur das Namenskürzel »JmcD« kennen, um »einen Vermerk über das, worüber wir letzten Mittwoch gesprochen haben«, woraufhin er das folgende »Protokoll« erhielt:

> Wir haben über alles Mögliche gesprochen, aber das Grundmuster sah so aus: Sie sagten, Sie befänden sich in einem Zustand der Introvertiertheit und kämpften mit einem Problem der räumlichen und zeitlichen Klaustrophobie: Räumlich, weil Ihnen ihr physischer Leib in die Quere kommt, zeitlich wegen der Langsamkeit elementarer Reaktionen. … Sie sagten, diese Probleme könnten vielleicht mit Hilfe eines mechanischen Geräts überwunden werden … das eine Buchseite auf eine lichtempfindliche Beschichtung an der Zimmerdecke projizieren würde, dazu ein phosphoreszierender Bleistift, um darauf zu schreiben, ein Gerät, um eine oder mehrere Seiten vorwärts und rückwärts zu blättern, und einen Leuchtmarkierer in mehreren Farben und mit einer Löschfunktion. Sie sagten, diese Dinge zu erfinden, sei schwierig, aber nicht unmöglich. … Die Idee dahinter ist, dass man rein im Geiste ohne störende Physis lesen und schreiben kann.[40]

Nach Johnnys Tod blieb Klári zunächst in Washington, D. C., ordnete seine Angelegenheiten und leitete die Veröffentlichung seiner gesammelten Werke in die Wege. Obwohl beschlossen wurde, nur die bereits vorher veröffentlichten Arbeiten in die Sammlung aufzunehmen, erstreckten sich die *Collected Works* über 3689 Seiten, die, verteilt auf sechs Bände, 1963 erschienen. »Captain« Ian Robert Maxwell, der aus der Tschechoslowakei stammende britische Verleger von Pergamon Press und künftige Parlamentsabgeordnete, versicherte Klári (und Oppenheimer): »Meine Rolle in diesem Projekt ist die eines ›Mechanikers‹, der über die Einrichtungen und das Know-how für eine solche Aufgabe verfügt, und lassen Sie mich sagen, dass ich froh bin, meinen Teil zu diesem edlen Werk beitragen zu dürfen.«[41]

Maxwell schlug Eugene Wigner als Herausgeber vor, während Oppenheimer für den Mathematiker Shizuo Kakutani plädierte. Klári wiederum brachte den Geophysiker Carl Eckart ins Spiel, der in La Jolla lebte und maßgeblich dafür gesorgt hatte, dass in den Vertrag von Neumanns mit der University of California eine Klausel aufgenommen worden war, die es ihm erlaubt hätte, beliebig viel Zeit an der Scripps Institution of Oceanography in La Jolla zu verbringen.[42] Eckart schlug das Angebot aus, und am Ende übernahm Abraham Taub die Herausgeberschaft. Klári und Eckart hatten sich zuvor jedoch zu einer Unterredung über das Projekt getroffen. Sie heirateten 1958.

Es war Kláris vierte Ehe.[43] Die erste war eine Liebesehe gewesen, die zweite eine Geldheirat. Ihren dritten Mann hatte sie wegen seiner Genialität geheiratet, den vierten nahm sie Kaliforniens wegen. Klári ließ sich in La Jolla nieder, direkt oberhalb des Windansea Beach, dessen antiautoritäre Surf-Kultur Tom Wolfe bald darauf in *The Pump House Gang* verewigen sollte.[44] Obwohl Carl Eckart und John von Neumann nach Kláris Meinung »auf ähnlichen Gebieten« tätig waren, hatten sie in menschlicher Hinsicht sogar noch weniger gemein als Johnny mit dem »unintellektuellen Bankier«, den sie vor Jahrzehnten in Budapest geheiratet hatte. »Zum ersten Mal in meinem Leben lehnte ich mich entspannt zurück und hörte auf, das Ende des Regenbogens zu suchen«, schrieb sie auf der letzten Seite ihrer unvollendet gebliebenen Lebenserinnerungen.

»La Jolla ist ein wunderbarer Ort, und endlich habe ich das Gefühl, nicht mehr irgendwohin reisen zu müssen, denn ich bin schon da«, fügte sie in einem mit Bleistift geschriebenen Postskriptum kurz vor ihrem Tod hinzu.[45] Ihre Leiche wurde am 10. November 1963 um 6:45 Uhr wie angeschwemmtes Strandgut am Windansea Beach gefunden, »in einem schwarzen Kleid mit langen Ärmeln, Ärmelstulpen aus schwarzem Pelz, hochgeschlossenem Kragen und Reißverschluss am Rücken«. Im Oberteil des Kleides, »das auf den ersten Blick wie eine wattierte Jacke aussah«, fanden sich »ungefähr 15 Pfund nassen Sandes«. Ihre schwarze Limousine (Johnnys letzter Cadillac) wurde weniger als einen Block entfernt gefunden, mit kaltem Motor. Ihren Schmuck fand man im Haus auf einem Couchtisch im Wohnzimmer neben mehreren Cocktailgläsern »mit Alkoholresten darin«. Ein um zehn Uhr durchgeführter Bluttest ergab einen Blutalkoholgehalt von 1,8 Promille. Der Gerichtsmediziner stellte weitere Untersuchungen an und fand heraus, dass Klári »als gute Schwimmerin bekannt war«. Er zitierte Kláris Psychiater, der »eine Tradition von Todessehnsucht in ihrer Familie« festgestellt hatte. Über ihren Ehemann habe sie geäußert, er sei »desinteressiert, in seine Arbeit vertieft, wolle nicht ausgehen und Leute treffen«. Carl Eckart selbst gab an, er sei »gegen 3:00 Uhr morgens schlafen gegangen«, während seine Frau noch aufgeblieben sei (sie hatten getrennte Zimmer auf entgegengesetzten Seiten des Hauses). Anzeichen eines Traumas wurden nicht gefunden, und Kláris Blutchloridspiegel passte zu einem Tod durch Ertrinken in Meerwasser. In Kláris Lunge wurde Sand gefunden. Ihr Herz, das in guter Verfassung zu sein schien, sich aber nie vom Selbstmord ihres Vaters erholt hatte, wog 280 Gramm.[46]

»Ich höre nie auf, mich über mein großes Glück zu wundern, das mich in dieses aufregende Labyrinth von Menschen und Ereignissen geführt hat«, schrieb Klári in der Einleitung zu *The Grasshopper*. »Ich, ein kleiner Winzling, ein unbedeutendes Insekt, das einfach nur herumschwirrte, um zu sehen, wo man den meisten Spaß haben konnte, und das dann von den orkanartigen Turbulenzen internationaler Ereignisse und weltbewegender Ideen mitgerissen wurde.«[47] John von Neumann starb mit 53, Klári mit 52 Jahren. Angesichts der Geheimhaltung, der ihre Mitarbeit bei der Atomwaffenentwicklung unterlag, und des großen Schattens, den ihr berühmter dritter Ehemann warf, bleibt ihre Rolle bei der Genese des Monte-Carlo-Verfahrens und in der Frühgeschichte der Programmiersprachen im Dunkeln. Vielleicht wäre die zweite Hälfte des 20. Jahrhunderts ohne die Beiträge einer Eiskunstläuferin, die vor 100 Jahren in Budapest geboren wurde, anders verlaufen.

Die Bomben, die unter Klári von Neumanns Mitwirkung entstanden, waren spektakulär erfolgreich. Bis zu dem Zeitpunkt, als die Vereinigten Staaten ihre Bombentests im Gebiet der Marshall-Inseln beendeten, hatten 43 Detonationen auf Eniwetok und 23 auf Bikini stattgefunden, mit einer Gesamtsprengkraft von 108 Megatonnen. Die Rechner erledigten ihren Job tadellos, doch bei Castle Bravo, dem Nachfolger von Ivy Mike, hatte sich ein menschlicher Denkfehler eingeschlichen, vielleicht der größte Irrtum aller Zeiten. Man hatte es versäumt, die Entstehung von Tritium nicht nur aus

Lithium-6, sondern auch aus Lithium-7 zu berücksichtigen. Bei der Explosion am 1. März 1954 rechnete man mit einer Sprengkraft von rund 6 Megatonnen, tatsächlich waren es aber über 15 Megatonnen. Eine Person – ein Besatzungsmitglied des japanischen Fischerboots *Glücklicher Drache* – starb direkt an Ort und Stelle, eine unbekannte Zahl weiterer an den Folgen. Die Nachwirkungen machten es notwendig, die Inseln Rongelap, Rongerik, Ailinginae and Utirik zu evakuieren, und Teile von Bikini sind bis heute unbewohnbar geblieben. Der Fallout wurde um den ganzen Globus getragen. Die Strontium-90-Isotope, die Ivy Mike und Castle Bravo freigesetzt hatten und die sich anstelle von Kalzium in Kinderzähne einlagerten, mobilisierten für die Dauer von zehn Jahren einen weltweiten Protest gegen oberirdische Atomtests.

Die Elektronenrechner der ersten Generation zeugten die Nuklearwaffen der ersten Generation, die Computer der zweiten Generation zeugten eine zweite Generation von Atomwaffen, eine Rückkopplungsschleife, die in den Mikroprozessoren, im Internet und in den interkontinentalen ballistischen Raketen mit Mehrfachsprengköpfen kulminierte. Willis Ware verließ das Institute for Advanced Study im August 1951, nachdem er in Princeton seinen Dr. phil. gemacht hatte. Nach einem Zwischenspiel als Raketenentwickler bei North American Aviation landete er bei RAND in Santa Monica, wo der JOHNNIAC, ein verbesserter Ableger des MANIAC, gerade fertiggestellt worden war. Der JOHNNIAC (John von Neumann Numerical Integrator and Automatic Computer) sollte mindestens zehnmal zuverlässiger sein als sein Vorgänger in Princeton, unter anderem durch einen Arbeitsspeicher aus 40 Selectron-Röhren von jeweils 256 Bits Kapazität. Der JOHNNIAC wurde nicht für die Konzipierung thermonuklearer Waffen eingesetzt, sondern dafür, die Auswirkungen dieser Waffen besser zu verstehen. Die Forschungsberichte, die dabei herauskamen, fragten etwa danach, was Temperaturen, die viermal so hoch sind wie die auf der Oberfläche der Sonne, auf der Erdoberfläche anrichten würden.

Bei RAND begann man sich Gedanken darüber zu machen, wie digitale Kommunikationsnetze aussehen müssten, mit denen die Landesverteidigung auch nach einem atomaren Angriff funktionsfähig blieb; dahinter stand der von Spieltheoretikern entwickelte Gedanke, ein Kommunikationsnetz, das einen Atomschlag überstehen und in der Lage sein würde, wenigstens eine Handvoll verbliebener nuklearer Raketen abzufeuern, sei die beste Vorkehrung gegen einen vorsätzlichen Angriff. Nur abseits der offiziellen Berichte wurde die Möglichkeit erwogen, dass die Überlebenden eines atomaren Angriffs, anstatt zu einem möglicherweise selbstmörderischen Gegenschlag auszuholen, sich darauf einigen könnten, auf einen solchen bewusst zu verzichten. »Es gab einen unausgesprochenen Konsens«, erklärte Paul Baran, ein RAND-Mitarbeiter, der an der Entwicklung der heute als Paketvermittlung (»packet switching«) bekannten Kommunikationsarchitektur mitwirkte, »dass ein sicheres Kommunikationsnetz auch dazu dient, einen Krieg zu beenden oder ihn zu verhindern.«[48]

Barans Studie »On Distributed Communications« wurde 1964 veröffentlicht und spielte für die Entwicklung des Internets eine ebenso wichtige Rolle, wie die *Preliminary Discussion of the Logical Design of an Electronic Computing Instrument* sie für die Entwicklung der Computer hatte.[49] Auch hier wurde beschlossen, die Arbeitsergebnisse weder patentieren zu lassen noch für geheim zu erklären. »Wir waren der Meinung, diese Dinge gehörten in den Besitz der Menschheit«, erklärte Baran. »Natürlich würden die Vereinigten Staaten mit einem überlebensfähigen Befehls- und Steuersystem sicherer sein. Aber sie würden noch sicherer sein, wenn die UdSSR ebenfalls ein überlebensfähiges Befehls- und Steuersystem besaß!«[50]

Aus dem MANIAC entsprang JOSS (JOHNNIAC Open-Shop System), eines der ersten Online-Rechnersysteme, in die sich multiple Nutzer im Timeshare-Betrieb einklinken konnten. Eine Abteilung von RAND, die Systems Development Division, die später als Systems Development Corporation ausgegliedert wurde, entwickelte die ersten Codes mit jeweils mehr als einer Million Zeichen, und zwar für das einflussreiche Luftverteidigungssystem SAGE. Viele der Prämissen, die in den Aufbau des Internets eingegangen sind – von seiner Adressarchitektur bis zu seiner Redundanz –, gehen auf die Entscheidung von RAND zurück, seine Rechner mit 256-Bit-Selectron-Röhren zu bestücken. 1951 bestellt, wurden die Röhren 1952 zum Stückpreis von 800 Dollar geliefert. »Da ist noch etwas, worüber wir Ihnen berichten wollten … und wovon ich glaube, dass es Ihnen und Julian Genugtuung bereiten wird«, schrieb John Williams, Direktor für den Rechnereinsatz bei RAND, im Oktober 1951 an von Neumann. »Wir werden bei RCA 100 Selectrons bestellen.«[51] Ein Grund dafür, dass RAND im Verlauf des darauffolgenden Jahrzehnts so große Würfe gelangen, war der Vorsprung, den sie durch den Verzicht auf die widerspenstigen Williams-Röhren gewannen.

Mit Nicholas Metropolis starb 1999 ein Wissenschaftler, der dafür gesorgt hatte, dass Los Alamos seit 1943 zu den Schrittmachern des wissenschaftlichen elektronischen Rechnens gehörte. »Anders als am Institut in Princeton, wo Johnny sich ins Zeug legen musste, um das Geld zu beschaffen, hatte in Los Alamos Nick alles, was er brauchte«, sagt Harris Mayer. »Und er hatte darüber hinaus auch noch Johnny von Neumann.«[52] Nach dem Tod von Neumanns war Los Alamos der Ort, an dem nachdrücklicher als irgendwo sonst sein unvollendetes Vermächtnis am Leben gehalten wurde.

Robert Richtmyer, der 2002 starb, war 1953 aus Los Alamos ans Courant Institute der New York University gegangen und von dort aus 1964 nach Boulder, Colorado. »Mir drängt sich der Eindruck auf, dass Maschinen heutzutage meistens nicht mehr von Problemlösern gebaut werden, sondern von Leuten, die in den Maschinen einen Selbstzweck sehen«, beklagte er sich 1956 bei Nicholas Metropolis. »John von Neumanns Idee, Zahlen und Befehle in denselben Speicher zu stecken, war ein wunderbarer Fortschritt, aber daraus folgt doch nicht, dass Zahlen und Befehle durcheinanderwürfelbar sein müssen.«[53] Wie Bigelow wunderte sich auch Richtmyer darüber, dass die Art und Weise, wie Computer funktionierten, im Großen und Ganzen weiterhin von Neumanns Ideen folgte. Während die Maschinen und die Codes größer, stärker und komplexer wurden, blieb die grundlegende Arbeitsweise der Systeme unverändert. »Ein eigenartiges Phänomen, das mit der Software-Entwicklung einhergeht, ist die Tendenz, dass die Hardware in Abhängigkeit von ihr gerät«, stellte er 1965 fest.[54]

Von Neumann kehrte bekanntlich nie zur reinen Mathematik zurück, und auch seine Beschäftigung mit dem maschinellen Rechnen litt unter Ablenkungen aufgrund seiner Tätigkeit für die Atomenergie-Kommission. Als in Amsterdam vom 2.–9. September 1954 der Internationale Mathematiker-Kongress stattfand, wurde von Neumann gebeten, den Eröffnungsvortrag zu halten. Angekündigt wurde er als Überblick über »ungelöste Probleme in der Mathematik« und gedacht war er als Fortführung von David Hilberts legendärem Vortrag 1900 in Paris. Doch Neumann lieferte im Großen und Ganzen nur einen Neuaufguss einiger seiner eigenen frühen Arbeiten. »In dem Vortrag sprach er über Operatorenringe, ein Thema, das in den 1930er Jahren neu und in Mode gewesen war«, erinnert sich Freeman Dyson. »Nichts von ungelösten Problemen. Nichts über die Zukunft. Nichts über Computer, das Thema, das, wie wir wussten, von Neumann am meisten am Herzen lag. Jemand sagte auf Deutsch und laut genug, dass es im ganzen Saal vernehmbar war: »Aufgewärmte Suppe.«[55]

Benoît Mandelbrot erinnert sich, gesehen zu haben, wie von Neumann nach dem Vortrag ganz gedankenverloren aus dem Saal ging. »Niemand schloss sich ihm an, er eilte alleine irgendwo hin.« An den folgenden Kongresstagen bemerkte Mandelbrot einen »alten Mann, der sich unter uns mischte, und ich fragte ihn, was er mache«. Es war Michael Fekete, mit dem zusammen der 18-jährige von Neumann 1922 seinen ersten Aufsatz veröffentlicht hatte.

Fekete, später zum ersten Mathematik-Professor an der Hebräischen Universität in Jerusalem berufen, erzählte: »Von Neumann schrieb seinen ersten Aufsatz gemeinsam mit mir. Und er wollte, dass ich meinen letzten Aufsatz gemeinsam mit ihm schreiben solle.« Doch von Neumann war zu sehr von seiner bevorstehenden Berufung in die Atomenergie-Kommission in Anspruch genommen, sodass dieser symmetrische Abschluss nie zustande kam.[56]

Später in der Sitzungswoche traf sich von Neumann mit Oswald Veblen unter vier Augen. Ihre Unterredung dauerte von 22 Uhr am 7. bis um 2 Uhr am 8. September, und es ging dabei unter anderem um die Oppenheimer-Anhörungen und die Absicht von Neumanns, seinen bevorstehenden Weggang vom IAS öffentlich zu machen. »Veblen begann mit einer Tirade gegen L. L. S. [Strauss] und E. T. [Teller] als die Erzfeinde; E. T. sei derjenige, der Me'lissende abgeschossen habe«, berichtete von Neumann später am selben Vormittag an Klári – Me'lissende war ihr privater Deckname für Oppenheimer. »Ich sagte, dass in meinen Augen L. L. S. ein Tyrann sei, aber der beste Vorsitzende, den die AEC je hatte, und

E. T. ein Tor, aber ein Mann mit Verdiensten, der ein persönlicher Freund von mir ist.«

»Am Ende blieben nur zwei Meinungsverschiedenheiten zwischen uns übrig«, fuhr von Neumann fort:

> [Veblen] erklärte, nach seiner Überzeugung sei der Abgang Me'lissendes, ob erzwungen oder freiwillig, sehr schlecht für das Institut. ... Ich war nicht willens zu sagen, dass die letztere Möglichkeit, richtig eingefädelt, nicht das Beste wäre. Außerdem erwähnte er, Me'lissende habe ihm bei früherer Gelegenheit gesagt, er teile meine Auffassungen über einen »schnellen« Präventivkrieg nicht, es könnte aber doch sein, dass ich recht habe. ... Ich sagte ihm, ein »schneller« Krieg sei meiner Meinung nach ... in sehr naher Zukunft kaum mehr möglich.[57]

Die Versöhnung mit Veblen war kurzlebig; von Neumann entfremdete sich zunehmend der Gemeinschaft der Mathematiker, in deren Mitte er seine besten Jahre verbracht hatte.

Oswald Veblen starb 1960 in seinem Sommerhaus am Strand der Blue Hill Bay in Maine, wo er eher im Stil seines norwegischen Großvaters gelebt hatte als im Stil eines IAS-Kurators. Es ist weitgehend sein Verdienst, dass bis heute 235 der 320 Hektar Grundfläche des IAS als Waldschutzgebiet deklariert sind. Darüber hinaus schenkten er und seine Frau Elizabeth 1957 die 32 Hektar Grund, die sie am Stadtrand von Princeton besaßen, dem Mercer County; sie bilden heute das Naturschutzgebiet Herrontown Woods, »wo man den Autoverkehr hinter sich lassen und einfach wandern und sich ausruhen kann«.[58] Zu einer Aussprache mit von Neumann kam es nicht mehr. »Dabei wollte Johnny, bis in seine letzten Tage, in seinen letzten Lebensmonat hinein, niemanden lieber sehen«, sagt Klári. »Ich schrieb Bettelbriefe an Veblen, herzukommen und ihn zu besuchen, aber er kam nicht.«[59]

Am 27. Mai 1953 um 4:50 Uhr, mitten im Endspurt zur Entwicklung einer waffenfähigen Wasserstoffbombe, schreckte ein unvertrautes Geräusch die Ingenieure auf, die in dieser Nacht für die Atomenergie-Kommission ein thermonukleares Problem durchrechneten. »Maus kletterte in Ventilator hinter Regulatorgestell, erzeugte Vibrationen des Ventilators. Ergebnis: keine Maus mehr und eine !!! Sauerei«, verzeichnete das Maschinenlog. (Die Ausrufezeichen ersetzten ein unflätiges Wort.) Unter den Logbucheintrag zeichnete einer der Techniker einen Grabstein mit der Inschrift:

HIER RUHT
MAUS
GEBOREN
?
GESTORBEN
4:50 UHR
27. 5. 1953

Ein anderer Ingenieur quetschte »Marston« dazwischen, sodass die Grabsteininschrift lautete: »HIER RUHT MARSTON MAUS« – eine Anspielung auf Marston Morse, der lange gegen das Überhandnehmen von Ingenieuren am Institut opponiert hatte. Morse, der auf einer Farm in Maine aufgewachsen war, hatte seine Gründe, dem Rechnerprojekt ablehnend gegenüberzustehen, die hier nicht unerwähnt bleiben sollen.

»Im Grunde unseres Herzens sind wir Mathematiker am Institut Geisteswissenschaftler«, schrieb Morse kurz nach Ausbruch des Zweiten Weltkrieges an Aydelotte. Er diente in Vollzeit dem Beschaffungsamt der U. S. Army und blieb dort bis Kriegsende auf dem Posten, was jedoch nichts an seiner Überzeugung änderte, dass das Institute for Advanced Study nach dem Krieg nicht der richtige Ort für die Entwicklung von Waffen sei. »Mathematiker sind die freiesten und individualistischsten aller Künstler«, erklärte er zur Begründung; die Staatsaufträge, aus denen die Geldmittel für das Rechnerprojekt flossen, passten dazu einfach nicht.[60]

Im Oktober 1950, als die Arbeiten am IAS-Rechner auf Hochtouren liefen und die dafür bewilligten Gelder das Budget der Mathematik-Fakultät um mehr als das Dreifache übertrafen, hielt Morse am Kenyon College in Ohio im Rahmen einer Konferenz zu Ehren des Dichters Robert Frost einen Vortrag zum Thema »Die Mathematik und die Künste«. »Hundert Meilen nordöstlich von Derry, New Hampshire liegen die Belgrade-Seen, und der Ausfluss des letzten und längsten dieser Seen ist der Messalonskee«, ließ er seine Zuhörer wissen.

> Ich bin im Tal [des Messalonskee] geboren, »nördlich von Boston«, im Lande Robert Frosts. Dort gab es den »Tauenden Wind«, den »Schnee«, die »Birken« und die »Mauer«, die ausgebessert gehörte: Ich wurde auf einer weitläufigen Farm geboren, umgeben von verzweigten Bachläufen, die nirgendwohin führten – und doch irgendwohin. 40 Hektar Lieschgras- und Kleedreiecke und gestauchte Vierecke goldenen Rispengrases, schön anzusehen und ein Haufen Arbeit. Als Zehnjähriger beharkte ich das alles mit Pferd und Erdrechen und beobachtete dabei das Treiben der Mäuse unter den Hufen der Pferde.

»Die Entscheidung zwischen Kronecker und Weierstraß kann man nicht durch eine Berechnung treffen«, fuhr Morse fort, und »es gibt in der Mathematik ein Zentrum und eine schlussendliche Substanz, deren vollkommene Schönheit rational ist, aber nur ›im Rückblick‹.« Die »Wissenschaft der kalten Nachrichtenpresse, den kraterübersäten logischen

Kern, die Seite, die sich nicht zu irren traut, die Monstrosität der Maschinen, die groteske Vergöttlichung von Menschen, die Gott fallengelassen haben … die Korruption durch eine anmaßende Macht, die heimlich ausgeübt wird und unverstanden bleibt« – all das sei zutiefst fragwürdig.

»Es ist Wissenschaft ohne ihren Halbschatten oder ihre Strahlkraft, nachgeburtliche Wissenschaft ohne Andeutung von Unsterblichkeit«, fuhr er fort. »Der schöpferische Wissenschaftler lebt in ›der Wildheit der Logik‹, in der die Vernunft die Magd ist und nicht die Herrin. Ich hüte mich vor allen Denkmälern, die mit kaltem Blick lesbar sind. Dies ist die Stunde vor Tagesanbruch, in der die Wissenschaft sich im Mutterleib dreht und in der ich als Wartender bedaure, dass es zwischen uns kein Zeichen und keine Sprache gibt außer jener der Notwendigkeit. Ich bin den Poeten dankbar, die der Dämmerung misstrauen.«[61]

Die Geheimhaltung, gegen die Morse opponierte, ist heute eine allgegenwärtige Selbstverständlichkeit. Die US-Regierung produziert seit Jahren mehr klassifizierte als unklassifizierte Information – und weil sogar die Frage, wie viel klassifizierte Information es gibt, der Geheimhaltung unterliegt, werden wir vielleicht nie erfahren, wie viel dunkle Materie existiert. Das Denkmal von Neumanns ist freilich, wie sich mittlerweile zeigt, nicht mit so kaltem Blick lesbar, wie es zunächst den Anschein hatte. Es wird immer eine Wahrheit jenseits des Beweisbaren geben.

Alan Turing erhielt 1946 den Orden des britischen Empire, doch gemäß dem Official Secrets Act durfte er nie offen über seine Arbeit in den Kriegsjahren sprechen. Nach seinem Ausscheiden aus dem National Physical Laboratory 1948 arbeitete er unter der Ägide von Max Newman an der Universität von Manchester, wo die maßgeblichen Leute aus der Computergruppe von Bletchley Park dort weitermachten, wo sie beim Projekt Colossus aufgehört hatten. Alles ging gut, bis Turing 1952 mit einer Anklage wegen grober Unzucht (gemeint war seine Homosexualität) konfrontiert wurde und die Justiz ihn zwang, sich einer »Therapie« mit Östrogen-Injektionen zu unterziehen. Gleichzeitig wurden ihm alle Sicherheitsfreigaben entzogen (und damit auch die Möglichkeit, in die USA einzureisen). Alan Turing starb am 7. Juni 1954, zwei Wochen vor seinem 42. Geburtstag, in seiner Wohnung in Manchester, offenbar an einer Cyanidvergiftung. Seine vielversprechenden neuen Erkenntnisse über die chemische Grundlage der Morphogenese blieben ein Torso. In seinem Heimlabor fand sich eine Glasflasche mit Kaliumcyanid und neben seinem Leichnam lag ein angebissener Apfel – die Umstände seines Todes blieben ebenso ungeklärt wie das Entscheidungsproblem, das seinem Leben eine so bedeutsame Wendung gegeben hatte.

Mit der allmählichen Aufhebung der Geheimhaltung wurden nicht nur die Beiträge Turings, sondern auch die wichtige Rolle des Colossus-Rechners (als der physischen Inkarnation von Turings theoretischen Prinzipien) bei der Entwicklung elektronischer Hardware und Software anerkannt. Am 10. September 2009 äußerte der britische Premierminister Gordon Brown »im Namen der britischen Regierung und aller, die dank Alans Arbeit in Freiheit leben«, sein förmliches Bedauern über die »unmenschliche« Behandlung, die Turing zuteilgeworden war. »Es tut uns leid, Sie hätten etwas so viel Besseres verdient«, lauteten seine Schlussworte.

Kurt Gödel starb am 14. Januar 1978 in Princeton; er wog nur noch 30 Kilo, als Todesursache wurde »Unterernährung« eingetragen. Sein Wunsch, in Hannover die Manuskripte von Leibniz nach den verschlüsselten Hinweisen auf die Zukunft des digitalen Rechnens, des logischen Kalküls und der universellen Sprache zu durchforsten, blieb unerfüllt. In einem von

Hand auf Deutsch geschriebenen Brief vom 20. März 1956 suchte er von Neumanns Rat in einer mathematischen Frage, aus der sich »Folgerungen von der größten Tragweite« ergeben könnten, erhielt aber nie eine Antwort – von Neumann hatte das Briefeschreiben zu diesem Zeitpunkt eingestellt. »Man kann offenbar leicht eine Turingmaschine konstruieren, welche von jeder Formel F des engeren Funktionenkalküls und jeder natürlichen Zahl n zu entscheiden gestattet, ob F einen Beweis der Länge n hat«, schrieb Gödel. »Die Frage ist, wie rasch $\phi(n)$ für eine optimale Maschine wächst.« Die Antwort auf diese Frage (die bis heute aussteht) würde darüber entscheiden, ob man »trotz der Unlösbarkeit des Entscheidungsproblems die Denkarbeit des Mathematikers bei Ja-oder-nein-Fragen vollständig durch Maschinen ersetzen könnte«.[62]

Nils Barricelli starb 1993 in Oslo; während er es aufgegeben hatte, sich mit viraler Genetik zu beschäftigen, arbeitete er nach wie vor an der Vervollkommnung einer neuen mathematischen Sprache, der »B-Mathematik«, mit der man, wie in Leibniz' *calculus ratiocinator*, wahre von falschen Aussagen unterscheiden könnte. Die nur von wenigen seiner Doktoranden beherrschte »B-Mathematik«, die auf einem Rechner namens DEC 10 lief, überlebte ihren Schöpfer nicht lange. Und auch seine numerischen Evolutionsexperimente haben sich fast spurlos verflüchtigt, sodass viele seiner Ideen von Forschern wiederentdeckt werden mussten, die nichts über die frühen Arbeiten Barricellis wussten.

Barricellis Universum ist heute unser Universum. Seine primitiven, eindimensionalen digitalen Organismen – die im Käfig einer 5-Kilobyte-Matrix miteinander konkurrierten, sich vermehrten, sich kreuzten und symbiotische Verbindungen eingingen – waren die Vorfahren der vieltausendfach längeren (aber nach wie vor eindimensionalen) Codeketten, die sich im grenzenlosen digitalen Universum von heute replizieren und kreuzen. Was wir als »Apps« bezeichnen, nannte Barricelli numerische Symbio-Organismen, und ihre Evolution vollzieht sich nicht durch zufällige Mutationen, sondern, wie er es vorausgesagt hat, durch Kreuzen, symbiotische Kooperation und durch massenhaftes Kopieren aus Code-Bibliotheken. Sie funktionieren ähnlich wie die »Sammlergesellschaften« sozialer Insekten, indem sie Geld (und Intelligenz) einsammeln, um ihren Beitrag zur Zukunft des kollektiven Nests zu leisten.

Julian Bigelow starb am 17. Februar 2003 in Princeton. Sechs Wochen später gab die School of Natural Sciences in ihrem neuen Gebäude, der Bloomberg Hall, einen Empfang zu seinen Ehren, dem ein Gedenkgottesdienst im Versammlungshaus der Quäker in Stony Brook vorangestellt war. Das Versammlungshaus mit seinen schlichten Holzbänken, das sich seit 1726 kaum verändert hatte, war voll besetzt. Bei Quäker-Zusammenkünften ist Schweigen eine Form der Kommunikation, eine Ausnahme zu Bigelows Regel, dass die Abwesenheit eines Signals niemals als Signal genutzt werden sollte.

Eine Krankenschwester, die Bigelow während seiner Zeit in der Klinik betreut hatte, brach als Erste das Schweigen. »Obwohl er so müde war, öffnete er die Augen, seine großen blauen Augen, und viele Schwestern sagten: ›Seht euch diese Augen an, obwohl er so schwer krank ist, seht, wie ausdrucksvoll sie sind‹«, erzählte sie.[63] »Julian fand nie die Anerkennung, die er eigentlich verdiente«, sagte Freeman Dyson. »Aber ich habe von ihm nie ein Wort der Klage gehört. Jetzt ist es spät, aber noch nicht zu spät für eine Entschuldigung.« Es gab Geschichten über die vielen Dinge, die Bigelow zu reparieren vermocht hatte, über all die Dinge, die er nicht zu Ende hatte bringen können, und all die Dinge (insbesondere abgefahrene Reifen), die wegzuwerfen er nicht über sich gebracht hatte. »Für ihn gab es kein Problem, das nicht gelöst werden konnte«, sagte Julians Stiefsohn Ted Merkelson, der als Letzter sprach. »Es kam immer nur darauf an, dem Problem auf den Grund zu gehen und sich die nötige Zeit zu nehmen. Und ich glaube, er könnte noch immer jedes Problem lösen. Es ist ihm einfach keine Zeit mehr geblieben.«[64]

Die Ingenieure wurden aus dem Institut verbannt, aber die Computer kehrten zurück. Mehr als 900 davon (mit 200 Terabyte Speichervolumen) sind heute am IAS in Gebrauch, und an dem Gebäude, das einmal das Elektronenrechner-Projekt beherbergte und das heute gemeinsam vom Vorschulkindergarten Crossroads, vom Business Office des IAS und von einem Fitnesscenter genutzt wird, prangt eine Erinnerungsplakette an John von Neumann, die die ungarische Regierung 2003 anbringen ließ. Und immerhin widmet sich die Fakultät für Sozialwissenschaften in zunehmendem Maß dem Studium der Auswirkungen, die von Neumanns Experiment auf die Welt gehabt hat und noch hat.

Der Lagerraum im Untergeschoss der Fuld Hall, in dem 1946 die ersten Werkbänke aufgestellt wurden, diente noch bis vor kurzem als zentraler Serverraum des Instituts, der mit der Außenwelt durch 504 Glasfaserkabel verbunden ist, die über einen 45 Megabits pro Sekunde schnellen Switch laufen. Spiegelbildlich zu Nils Barricellis Versuchen, sich selbst vermehrende numerische Organismen zu züchten, überwacht heute ein spezielles Netzwerkmonitor-System den gesamten Datenverkehr in dem Bemühen, die endlose Flut sich selbst vermehrender numerischer Organismen, die einzudringen versuchen, *draußen* zu halten. »Die Viren werden langsam so intelligent, dass es zu einem regelrechten Rüstungswettlauf gekommen ist«, erklärte der Systemadministrator Rush Taggart 2005. »Das System überwacht den durchfließenden Datenverkehr in Echtzeit. Die Maschinen passen auf die Maschinen auf.«[65]

Dieser Rüstungswettlauf wird nie zu einem deterministischen System führen. Die »Wildnis«, selbst wenn es nur eine digitale ist, wird immer gewinnen. Es gibt Codes und Maschinen, die fast alles tun können, was exakt beschrieben und vorgeschrieben werden kann, aber es wird nie möglich sein, einfach nur durch das Studieren eines Codes festzustellen, was er tun wird. Keine Firewall, die auch nur einfachste Rechenoperationen erlaubt, kann die Rechner hermetisch abschließen. Das digitale Universum wird immer Raum für mehr Mysterien bieten, als selbst Robert Frost sie sich träumen ließ. Die Dämmerung bleibt uns erhalten.

Die ursprüngliche 32×32×40-Bit-Matrix am hinteren Ende der Olden Lane wurde mit kodierten Anweisungen in Gang gesetzt und dann mit einer 10-Bit-Zahl gefüttert, die die Anweisung enthielt, zur Speicherzelle x zu gehen und die an dieser Adresse befindliche nächste Anweisung auszuführen – vielleicht einen Befehl, die bisherigen Anweisungen zu modifizieren. Selbst bei einer so übersichtlichen Ausgangssituation war es nicht möglich, das Endergebnis vorauszusagen.

Im November 2000 wurde im Untergeschoss des West-Gebäudes des Institute for Advanced Study ein Pappkarton gefunden, der bis dahin übersehen worden war. Noch immer stieg der Duft verschmorter Keilriemen aus der dicken Schicht schwarzen, schmierigen Staubes auf, die sich über eine Sammlung von Bedienungsanleitungen für Fernschreiber aus den Jahren des Zweiten Weltkriegs gelegt hatte. Aus irgendeinem Grund waren sie nicht entsorgt worden, als die MANIAC-Ingenieure das Lochstreifenband als Ein- und Ausgabemedium des Rechners durch Lochkarten ersetzt hatten. Unter den Handbüchern lag eine Schachtel mit IBM-Datenverarbeitungskarten, bei denen sich eine mit Bleistift gekritzelte Notiz auf einem in mehrere Stücke zerfallenen Blatt Papier fand, die die Karten als »Barricellis Trommelcode«

identifizierten und beschrieben, wie man sie in die 2048 Wörter schnelle Magnettrommel einführen musste, die 1953 an den Rechner angeschlossen worden war. Dem Kartenstapel beigelegt waren ferner drei Blätter Kassenbuchpapier, von Hand eng beschrieben mit Hexadezimalcodes, die eine digitale Bestandsaufnahme der Naturgesetze verkörperten, die das Universum regierten, das auf den Karten konserviert war. Die Qumran-Rollen des 20. Jahrhunderts.

Die den Karten beigelegten Notizen, gerichtet an »Mr. Barricelli« und unterschrieben von »TWL« (Theodore W. Lancaster), enden mit der Feststellung:

»Es muss mit diesem Code eine Bewandtnis haben, die Sie noch nicht erklärt haben.«

DANKSAGUNG

Am Anfang war die Kommandozeile

Eine Wahrheit, die einem zufliegt, bereitet schwerlich so großen Genuss wie eine mühsam erjagte Wahrheit.

Sir Robert Southwell an William Petty, 1687

Als Dreijähriger lief ich 1956 einmal an der Hand meines Vaters, des Physikers Freeman Dyson, von seinem Büro beim Institute for Advanced Study in Princeton, New Jersey nach Hause, als ich auf dem Boden einen gerissenen Zahnriemen liegen sah. Ich fragte meinen Vater, was das war. »Es ist ein Teil von der Sonne«, sagte er.

Mein Vater war Feldtheoretiker und ein Schüler Hans Bethes, der während des Krieges die Theoretische Abteilung in Los Alamos geleitet hatte. In seiner Dankesrede bei der Verleihung des Nobelpreises, den er für die Entdeckung des Kohlenstoff-Stickstoff-Zyklus bekam, erklärte Bethe: »Sterne haben einen Lebenszyklus ganz ähnlich wie Lebewesen. Sie werden geboren, wachsen, machen eine bestimmte innere Entwicklung durch, und am Ende sterben sie und geben das Material, aus dem sie bestehen, wieder ab, sodass andere Sterne entstehen können.« Für einen Ingenieur ist ein Zahnriemen etwas, das Kraft von der Kurbelwelle auf die Wasserpumpe überträgt. Für einen Physiker ist er etwas, das in unserem Sonnensystem existiert und mit ihm vergeht.

Am Institute for Advanced Study arbeiteten mehr Menschen an Problemen der Quantenmechanik als an ihren Autos. Mit einer bemerkenswerten Ausnahme: Julian Bigelow, der 1946 als John von Neumanns Chefingenieur am Institut anfing. Bigelow, der in der Physik ebenso zu Hause war wie in Mathematik und Elektronik, war auch Mechaniker und konnte selbst einem Dreijährigen erklären, welche Aufgabe ein Zahnriemen hat, warum er reißen kann und ob er aus einem Ford oder aus einem Chevrolet stammt.

Als Kind der Weltwirtschaftskrise warf Bigelow nie irgendetwas weg. Da das Institute for Advanced Study sich auf dem Gelände der früheren Olden-Farm ausbreitete, gehörte zu seinen Liegenschaften eine große Scheune, in der überzählige Bauteile und Utensilien für das von Neumann'sche Elektronenrechner-Projekt gelagert wurden – zwischen Heuballen, einer Egge und anderen landwirtschaftlichen Nutzgeräten. Ich war einer jener Acht- bis Zehnjährigen, die ihre Freizeit damit verbrachten, die Wälder des Instituts zu durchstreifen, und hin und wieder statteten wir der Scheune einen Besuch ab.

Julians Vorrat an elektronischen Bauteilen aus Rüstungsbeständen war bereits nach allem Brauchbaren durchkämmt und ausgeschlachtet worden. Die meisten Teile waren uns fremd und rätselhaft, was uns aber nicht daran hinderte, alles zu zerlegen, was uns in die Hände fiel. Wir wussten, dass Julian Bigelow einen Rechner gebaut hatte, der in einem für Kinder verbotenen Gebäude stand, und wir wussten ebenso, dass Robert Oppenheimer, der in dem zu der Scheune gehörenden Herrenhaus wohnte, eine Atombombe gebaut hatte. Bei unseren Expeditionen in den Wald ignorierten wir Vögel und Säugetiere und gingen auf die Jagd nach Fröschen und Schildkröten, die wir mit den bloßen Händen fangen konnten. Wir lebten immer noch im Reptilienzeitalter. Die Dinosaurier des Computerzeitalters waren zwar Warmblütler, aber die Relais und Vakuumröhren, die wir uns aus ihren Hinterlassenschaften herauspickten, hatten ihren heißen Atem bereits ausgehaucht.

Ich entwickelte eine unbezähmbare Neugier auf die Relikte, die man in der Scheune entsorgt hatte. »Institutionen sind wie Nationen vielleicht am unbeschwertesten, wenn sie keine Geschichte haben«, verkündete Abraham Flexner, Gründungsdirektor des Institute for Advanced Study, 1936. Dieser Einstellung zur Geschichte des Instituts im Allgemeinen und des Elektronenrechner-Projekts im Besonderen, die seine Nachfolger, Oppenheimer eingeschlossen, übernahmen, war es zu verdanken, dass große Teile des dokumentarischen Materials, das den Stoff für dieses Buch geliefert hat, viele Jahre lang in toten Winkeln verborgen war. »Ich bin mir ziemlich sicher, dass hier nichts vorhanden ist, das ihn interessieren würde«, schrieb Oppenheimers Nachfolger Carl Kaysen 1968 in seiner Antwort auf die Anfrage eines Elektrotechnik-Professors am MIT, der sich nach Unterlagen zu von Neumanns Rechnerprojekt erkundigt hatte.

Viele der überlebenden Zeitzeugen – allen voran Alice Bigelow, Julian Bigelow, Andrew und Kathleen Booth, Raoul Bott, Martin und Virginia Davis, Akrevoe Kondopria Emmanouilides, Gerald und Thelma Estrin, Benoît Mandelbrot, Harris Mayer, Jack Rosenberg, Atle Selberg, Joseph und Margaret Smagorinsky, Françoise Ulam, Nicholas Vonneumann, Willis Ware und Marina von Neumann Whitman – nahmen sich Zeit für Gespräche mit mir. »Sie haben vielleicht noch fünf Jahre, bis es keine Zeitzeugen mehr gibt«, warnte mich Joseph Smagorinsky 2004.

2003 gestattete mir die Familie Bigelow, die Unterlagen zu sichten, die Julian kartonweise aufbewahrt hatte. In einer Schachtel fand sich – zwischen technischen Reports aus dem Forschungsamt der US-Marine, technischen Merkblättern für Vakuumröhren, Rundschreiben des U. S. Bureau of Standards und einem Wartungshandbuch für den ENIAC (mit dem Stempel VERTRAULICH) – ein Blatt liniertes Papier, das offenbar jemand zusammengeknüllt und weggeworfen hatte, das dann aber wohl wieder geglättet und aufgehoben worden war. Es war im Querformat beschriftet, und die handschriftliche Überschrift lautete:

> Anweisung: Ein Wort (40bd) soll aus 2 Anweisungen bestehen, sodass jeder Befehl = C(A) = Befehl (1–10, 21–30) • Adresse (11–20, 31–40)

Der Gebrauch der Abkürzung »bd« für »binary digit« lässt den Schluss zu, dass dieses Blatt Papier aus den Anfangstagen des Von-Neumann-Projekts stammt, bevor sich für »binary digit« das Kürzel »Bit« durchsetzte. Ich habe in den zurückliegenden acht Jahren eine Unmenge Zeit damit verbracht, mich durch Schichten von Dokumenten zu graben, während das digitale Universum um mich herum Gestalt annahm. Mein Dank gilt all denen, die Unterlagen aufbewahrt haben, die ansonsten vielleicht nicht erhalten geblieben wären, etwa Alex Magoun bei RCA und Willis Ware bei RAND, und vielen weiteren Hütern institutioneller Gedächtnisse wie den *Annals of the History of Computing* oder dem Charles Babbage Institute mit seiner Sammlung von Oral-History-Dokumenten. Die Liste der Historiker und Biographen, denen ich mehr verdanke, als im Buch deutlich wird, ist lang: William Aspray, Armand Borel, Alice Burks, Flo Conway, Jack Copeland, James Cortada, Martin Davis, Peter Galison, David Alan Grier, Rolf Herken, Andrew Hodges, Norman Macrae, Brian Randell, Jim Siegelman.

Jedes Buch verdankt sein Dasein vorausgegangenen Büchern, ich möchte hier nur einige wenige (in chronologischer Reihenfolge) hervorheben: Beatrice Sterns *History of the Institute for Advanced Study, 1930–1950* (1964), Herman Goldstines *The Computer from Pascal to von Neumann* (1972), Nicholas

Metropolis' *History of Computing in the Twentieth Century* (1980), Andrew Hodges' *Alan Turing: The Enigma* (1983), Rolf Herkens *The Universal Turing Machine: A Half-Century Survey* (1988), William Asprays *John von Neumann and the Origins of Modern Computing* (1990), Martin Davis' *The Universal Computer: The Road from Leibniz to Turing* (2000).

Julian Bigelow und seine Kollegen konzipierten und bauten den neuartigen Rechner in kürzerer Zeit, als ich für das Schreiben dieses Buches brauchte. Ich danke Martin Asher, John Brockman, Stefan McGrath und Katinka Matson dafür, dass sie die Geduld hatten, mir so viel ihrer Zeit zu schenken. Die Familie Bigelow, das Institute for Advanced Study, Françoise Ulam und insbesondere Marina von Neumann Whitman gewährten mir Zugang zu Dokumenten, die die hier erzählte Geschichte zum Leben erwecken. Gabriella Bollobás übersetzte eine umfangreiche Korrespondenz aus dem Ungarischen, mit sensiblem Gespür nicht nur für die Feinheiten der ungarischen Sprache, sondern auch für das emotionale und geistige Klima, das im Budapest der 20er und 30er Jahre herrschte. Béla Bollobás, Marion Brodhagen, Freeman Dyson, Joseph Felsenstein, Holly Given, David Alan Grier, Danny Hillis, Verena Huber-Dyson, Jennifer Jacquet, Harris Mayer und Alvy Ray Smith halfen mir mit ihren Anmerkungen zu vorläufigen Textfassungen. Akrevoe Kondopria Emmanouilides, die 1946 als junge Frau am Institute for Advanced Study die Sachstandsberichte des Elektronenrechner-Projekts tippte und korrekturlas, machte mich auf Fehler aufmerksam, die andernfalls vielleicht unentdeckt geblieben wären.

Mein Dank gilt schließlich all jenen, die die Arbeit, die Gegenstand dieses Buches ist, gefördert haben. »Während alte Männer in … Parlamenten um die Bewilligung von ein paar tausend Dollar stritten, zögerten einige weitblickende Generäle und Admiräle nicht, für irgendwelche Käuze in Princeton, Cambridge und Los Alamos erhebliche Summen bereitzustellen«, stellte Nicholas Metropolis in seinem Überblick über die Entwicklung elektronischer Rechner nach dem Zweiten Weltkrieg fest.

Computer der ersten und zweiten Generation wurden an vielen Orten gebaut und man kann ihre guterhaltenen Fossilien noch heute bestaunen. Doch was genau war es, das die Kettenreaktion zwischen Adressenmatrix und Befehlscodes in Gang setzte – und damit die Initialzündung für das digitale Universum, in dem wir uns bewegen?

C(A) – mehr brauchte es nicht.

VERZEICHNIS DER ARCHIVALISCHEN QUELLEN

AMT Nachgelassene Papiere v. Alan Turing, Archiv des King's College, Cambridge, UK.

CBI Charles Babbage Institute, University of Minnesota, Minneapolis, Mn.

FJD Nachgelassene Papiere v. Freeman Dyson, mit freundl. Genehmigung v. Freeman Dyson.

GBD Persönliche Sammlung des Autors.

IAS Shelby White and Leon Levy Archives Center, Institute for Advanced Study, Princeton, N.J.

IAS-BS Akten von Beatrice Stern, Shelby White and Leon Levy Archives Center, Institute for Advanced Study, Princeton, N.J.

JHB Nachgelassene Papiere v. Julian Bigelow, mit freundl. Genehmigung der Familie Bigelow.

KVN Nachgelassene Papiere v. Klári von Neumann, mit freundl. Genehmigung v. Marina von Neumann Whitman.

LA Los Alamos National Laboratory, Los Alamos, N.M.

NARA U.S. National Archives and Records Administration, College Park, Md.

OVLC Nachgelassene Papiere v. Oswald Veblen, Library of Congress, Washington, D.C.

PM Dokumentenarchiv Priscilla McMillan, http://h-bomb-book.com/research/primarysource.html

RCA David Sarnoff Library and Archives, RCA, mit freundl. Genehmigung v. Alex Magoun.

RF	Rockefeller Foundation Archives, New York, N. Y.
SFU	Nachgelassene Papiere v. Stanisław und Françoise Ulam, mit freundl. Genehmigung d. Familie Ulam.
SUAPS	Nachgelassene Papiere v. Stanisław Ulam, American Philosophical Society, Philadelphia, Pa.
VNLC	Nachgelassene Papiere v. John von Neumann, Library of Congress, Washington, D. C.

ANMERKUNGEN

Vorwort
Die Punktquelle

1 Willis H. Ware, Interview mit Nancy Stern, 19. Januar 1981, Charles Babbage Institute OH 37.

2 John von Neumann, »The Point Source Solution«, in: Blast Wave, Los Alamos Scientific Laboratory, LA-2000 (einer Zusammenstellung ehemals geheimer Teile von LA-1020 and LA-1021, hrsg. v. Hans Bethe, Klaus Fuchs, Joseph Hirschfelder, John Magee, Rudolph Peierls und John von Neumann. Bericht vom August 1947, verteilt am 27. März 1958), S. 28.

Kapitel eins
1953

1 Nils Aall Barricelli, »Esempi numerici di processi di evoluzione«, Methodos, Bd. 6, Nr. 21–22 (1954), S. 46.

2 Institute for Advanced Study Electronic Computer Project, Monthly Progress Report, März 1953, S. 3. [IAS]

3 Deutsche Ausgabe: *Mathematische Grundlagen in der Informationstheorie* (München und Wien: Oldenbourg, 1976).

4 Gregory Bateson, *Mind and Nature* (New York: Bantam, 1979), S. 228.

5 Francis Bacon, *Über die Würde und den Fortgang der Wissenschaften*, hrsg. und mit einem Anhang versehen von Hermann Klenner (Freiburg, Berlin u. a.: Rudolf Haufe Verlag, 2006), S. 321ff.

6 Thomas Hobbes, *Elemente der Philosophie, Erste Abteilung: Der Körper* (Hamburg: Felix Meiner Verlag 1997), S. 17.
7 U. S. Office of Naval Research, A Survey of Automatic Digital Computers – 1953 (erstellt im Februar 1953).
8 Alan Turing, Vortrag vor der London Mathematical Society, 20. Februar 1947, S. 1. [AMT]
9 Institute for Advanced Study, Memorandum for the Electronic Computer Project, 9. November 1949. [IAS]
10 Jack Rosenberg, Interview, 12. Februar 2005. [GBD]
11 John von Neumann, »Defense in Atomic War«, Vortrag bei einem Symposium zu Ehren von Dr. R. H. Kent, 7. Dezember 1955, in: The Scientific Bases of Weapons, Journal of the American Ordnance Association, 1955, S. 23; nachgedruckt in: Ders., *Collected Works*, 1963, Bd. 6, S. 525.
12 Diskussion auf der 258. Sitzung des Nationalen Sicherheitsrats der USA, Donnerstag, 8. September 1955, 15. September 1955, Eisenhower Papers, Dwight D. Eisenhower Library, Abilene, Kansas (Transkript in NASA Sputnik History Collection).
13 Robert Oppenheimer an James Conant, 21. Oktober 1949, in: In the Matter of J. Robert Oppenheimer (Washington, D. C.: Government Printing Office, 1954), S. 243.
14 Minutes, Institute for Advanced Study Electronic Computer Project Steering Committee, 20. März 1953. [IAS]
15 James D. Watson und Francis H. C. Crick, »A Structure for Desoxyribose Nucleic Acid«, Nature 171 (25. April 1953), S. 737.
16 Nils Aall Barricelli, »Symbiogenetic evolution processes realized by artificial methods«, Methodos, Bd. 8, Nr. 32 (1956), S. 308.
17 Semiconductor Industry Association, World Semiconductor Trade Statistics data for 2010, as presented by Paul Otellini, Intel Investor Meeting, 17. Mai 2011.

18 Willis Ware, Interview, 23. Januar 2004. [GBD]
19 Harris Mayer, Interview, 13. und 25. Mai 2011. [GBD]

Kapitel zwei
Olden-Farm

1 James Fennimore Cooper, *Der letzte Mohikaner. Ein Bericht aus dem Jahr 1757*, hrsg. und übers. von Karen Lauer (München: Hanser, 2013), S. 478, 483.
2 A Letter from William Penn, Proprietary and Governour of Pennsylvania in America, to the Committee of the Free Society of Traders of that Province, residing in London, 16. August 1683 (London 1683), S. 3.
3 Häuptling Tenoughan (Schuylkill River), aufgezeichnet von William Penn, Winter 1683–1684, in: John Oldmixon, *The British Empire in America: Containing the History of the Discovery, Settlement, Progress and Present State of all the British Colonies on the Continent and Islands of America* (London 1708), Bd. 1, S. 162.
4 Samuel Smith, *The History of the Colony of Nova-Caesaria, or New Jersey: containing, an account of its first settlement, progressive improvements, the original and present constitution, and other events, to the year 1721* (Burlington: James Parker, 1765; Nachdruck Trenton: William Sharp, 1877), S. 79.
5 Samuel Pepys, *Die Tagebücher 1660–1669*, eingerichtet und hrsg. von Gerd Haffmans, aus dem Engl. übers. von Georg Deggerich (Berlin: Haffmans, 2010), Bd. VIII, S. 1667.
6 The Trial of William Penn and William Mead, at the Sessions held at the Old Baily in London, the 1st, 3d, 4th, and 5th of September, 1670. Done by themselves. In: *A Compleat Collection of State-Tryals, and Proceedings upon High Treason, and other Crimes and Misdemeanours* (London, 1719), Bd. 2, S. 56.
7 Ebd., S. 60.

8 Ebd.
9 William Penn, Petition an Charles II., Mai 1680, in: Jean R. Soderlund (Hrsg.), *William Penn and the Founding of Pennsylvania, 1680–1684* (Philadelphia: University of Pennsylvania Press, 1983), S. 23.
10 William Penn an Robert Boyle, 5. August 1683, in: *Works of Robert Boyle* (London 1744), Bd. 5, S. 646.
11 Urkundlicher Vertrag vom 20. Oktober 1701 zwischen Penn und Stockton, zit. n. John Frelinghuysen Hageman, *A History of Princeton and its Institutions* (Philadelphia: J. B. Lippincott, 1879), Bd. 1, S. 36.

Kapitel drei
Veblens Kreis

1 Walter W. Stewart an Abraham Flexner, 8. Februar 1939. [IAS-BS]
2 Mrs. R. H. Fisher, in: Joseph Dorfman, *Thorstein Veblen and His America* (New York: Viking, 1934), S. 504.
3 Herman Goldstine, Interview mit Albert Tucker und Frederik Nebeker, 22. März 1985. The Princeton Mathematics Community in the 1930s, Transkript 15.
4 Albert Tucker, ebd.
5 Abraham Flexner an Herbert Maass, 15. Dezember 1937. [IAS]
6 Herman Goldstine, in: Thomas Bergin (Hrsg.), *50 Years of Army Computing: From ENIAC to MSRC. A record of a conference held at Aberdeen Proving Ground, Maryland, on November 13 and 14, 1996.* (Aberdeen, MD: U. S. Army Research Laboratory, 2000), S. 32.
7 Forest Ray Moulton, in: David Alan Grier, »Dr. Veblen Takes a Uniform: Mathematics in the First World War«, American Mathematical Monthly 108 (Oktober 2001), S. 928.

8 Norbert Wiener, *Ex-Prodigy* (New York: Simon & Schuster, 1953), S. 254.
9 Ebd., S. 259.
10 Ebd., S. 257.
11 Oswald Veblen an Simon Flexner, 24. Oktober 1923. [IAS]
12 Oswald Veblen an Simon Flexner, 23. Februar 1924. [IAS]
13 Simon Flexner an Oswald Veblen, 11. März 1924. [IAS]
14 Abraham Flexner, *I Remember* (New York: Simon & Schuster, 1940), S. 13.
15 Abraham Flexner, »The Usefulness of Useless Knowledge«, Harper's Magazine, Oktober 1939, S. 548.
16 Klára von Neumann, Two New Worlds, ca. 1963. [KVN]
17 Oswald Veblen an Frank Aydelotte, o. J. [IAS]
18 Oswald Veblen an Abraham Flexner, 19. März 1935. [IAS]
19 Science, New Series, Bd. 74, Nr. 1922 (30. Okt. 1931), S. 433.
20 Herman Goldstine, Interview mit Albert Tucker und Frederik Nebeker, 22. März 1985, The Princeton Mathematics Community in the 1930s, Transkript 15.
21 Oswald Veblen an Albert Einstein, 17. April 1930. [IAS-BS]
22 Albert Einstein an Oswald Veblen, 30. April 1930. [IAS-BS]
23 Herbert H. Maass, Report on the Founding and Early History of the Institute, o. J., ca. 1955. [IAS]
24 Abraham Flexner, »The American University«, Atlantic Monthly, Bd. 136 (Oktober 1925), S. 530–541.
25 Herbert H. Maass, Report on the Founding and Early History of the Institute, o. J., ca. 1955. [IAS]
26 Abraham Flexner, *I Remember* (New York: Simon & Schuster, 1940), S. 356.
27 Abraham Flexner, *Universities: American, English, German* (New York: Oxford University Press, 1930), S. 217.
28 Louis Bamberger und Carrie Fuld, Begleitbrief zum Codicil zu ihren Testamenten, Entwurf, o. J., ca. Januar 1930. [IAS]
29 Oswald Veblen an Abraham Flexner, Januar 1930, in: Beatrice

Stern, *A History of the Institute for Advanced Study, 1930–1950*, 1:126.

30 Abraham Flexner an Oswald Veblen, 27. Januar 1930. [IAS]

31 Louis Bamberger an das Kuratorium, 4. Juni 1930. [IAS]

32 Abraham Flexner, »The Usefulness of Useless Knowledge«, Harper's Magazine, Oktober 1939, S. 551.

33 Julian Huxley an Abraham Flexner, 11. Dezember 1932. [IAS-BS]

34 Louis Bamberger an das Kuratorium, 23. April 1934. [IAS]

35 Oswald Veblen an Abraham Flexner, 19. Juni 1931. [IAS]

36 Charles Beard an Abraham Flexner, 28. Juni 1931, in: Beatrice Stern, *A History of the Institute for Advanced Study, 1930–1950*, 1:104.

37 Felix Frankfurter an Frank Aydelotte, 16. Dezember 1933. [IAS]

38 Abraham Flexner an das Kuratorium, 26. September 1931. [IAS]

39 Abraham Flexner, »The Usefulness of Useless Knowledge«, Harper's Magazine, Oktober 1939, S. 551.

40 Abraham Flexner, »University Patents«, Science, Bd. 77, Nr. 1996 (31. März 1933), S. 325.

41 Abraham Flexner, »The Usefulness of Useless Knowledge«, Harper's Magazine, Oktober 1939, S. 544.

42 Abraham Flexner an das Kuratorium, 26. September 1931. [IAS]

43 Ebd.

44 Abraham Flexner an Louis Bamberger, 15. März 1935. [IAS]

45 Abraham Flexner an Oswald Veblen, 22. Dezember 1932. [IAS]

46 John von Neumann an Abraham Flexner, 26. April 1933. [IAS]

47 Harry Woolf (Hrsg.), *A Community of Scholars: The Institute for Advanced Study Faculty and Members, 1930–1980*, (Princeton: Institute for Advanced Study, 1980), S. IX.

48 Albert Einstein an Königin Elisabeth von Belgien, 20. November 1933 (Einstein Archives, Hebrew University, Jerusalem, call Nr. 32–369.00).
49 Oswald Veblen an Abraham Flexner, 12. April 1934. [IAS]
50 Louis Bamberger an Abraham Flexner, 29. Oktober 1935. [IAS]
51 Herbert Maass, Protokoll des Kuratoriums, 13. April 1936. [IAS]
52 Herman Goldstine, Interview mit Nancy Stern, 11. August 1980, Charles Babbage Institute OH 18.
53 Watson Davis, »Super-University for Super-Scholars«, The Science News-Letter, Bd. 23, Nr. 616. (28. Jan. 1933), S. 54.
54 Abraham Flexner, *I Remember* (New York: Simon & Schuster, 1940), S. 375.
55 Ebd., S. 377f.
56 Frank Aydelotte an Herbert H. Maass, 15. Juni 1945. [IAS]
57 Thorstein Veblen, *The Higher Learning in America* (New York: B. W. Huebsch, 1918), S. 45.
58 Abraham Flexner, *I Remember* (New York: Simon & Schuster, 1940), S. 366.
59 Abraham Flexner an Frank Aydelotte, 15. November 1939. [IAS-BS]
60 Klára von Neumann, Two New Worlds, ca. 1963. [KVN]
61 Frank Aydelotte, Bericht des Direktors, 19. Mai 1941. [IAS]
62 Harry Woolf (Hrsg.), *A Community of Scholars: The Institute for Advanced Study Faculty and Members, 1930–1980*, (Princeton: Institute for Advanced Study, 1980), S. 130.
63 Oswald Veblen an Abraham Flexner, 24. März 1937. [IAS-BS]
64 J. B. S. Haldane, 12. November 1936. [IAS-BS]
65 Deane Montgomery, Interview mit Albert Tucker und Frederik Nebeker, 13. März 1985. The Princeton Mathematics Community in the 1930s, Transkript 25.
66 Benoît Mandelbrot, Interview, 8. Mai 2004. [GBD]

67 Paul Dirac an das Kuratorium des IAS, o. J. [FJD]

68 J. Robert Oppenheimer an Oswald Veblen, 27. Mai 1959. [IAS]

69 Freeman J. Dyson an S. Chandrasekhar, M. J. Lighthill, Sir Geoffrey Taylor, Sydney Goldstein und Sir Edward Bullard, 20. Oktober 1954. [IAS]

Kapitel vier
János Neumann

1 Edward Teller, Interview, 22. April 1999. [GBD]

2 Klára von Neumann, The Grasshopper, ca. 1963. [KVN]

3 Nicholas Vonneumann, Interview, 6. Mai 2004. [GBD]

4 Nicholas Vonneumann, *John von Neumann as seen by his Brother* (Meadowbrook, PA: Nicholas Vonneumann, 1987), S. 17.

5 Nicholas Vonneumann, Interview, 6. Mai 2004. [GBD]

6 Stanisław Ulam, *Adventures of a Mathematician* (New York: Scribner, 1976), S. 80.

7 Herman Goldstine, *The Computer from Pascal to von Neumann* (Princeton: Princeton University Press, 1972), S. 167.

8 Nicholas Vonneumann, *John von Neumann as seen by his Brother* (Meadowbrook, PA: Nicholas Vonneumann, 1987), S. 9.

9 Ebd., S. 10.

10 John von Neumann, Stellungnahme zur Nominierung für die Mitgliedschaft in der AEC, 8. März 1955. [VNLC]

11 Nicholas Vonneumann, Interview, 6. Mai 2004. [GBD]

12 Nicholas Vonneumann, *John von Neumann as seen by his Brother* (Meadowbrook, PA: Nicholas Vonneumann, 1987), S. 16, 23.

13 Ebd., S. 24.

14 Nicholas Vonneumann, Interview, 6. Mai 2004. [GBD]

15 Stanisław Ulam, »John von Neumann: 1903–1957«, Bulletin of the American Mathematical Society, Bd. 64, Nr. 3, Teil 2 (Mai 1958), S. 1.

16 Klára von Neumann, Johnny, ca. 1963. [KVN]

17 Stanisław Ulam, »John von Neumann: 1903–1957«, Bulletin of the American Mathematical Society, Bd. 64, Nr. 3, Teil 2 (Mai 1958), S. 37.

18 John von Neumann an Stan Ulam, 9. Dezember 1939. [SFU]

19 Oskar Morgenstern in: *John von Neumann, Dokumentation der Mathematical Association of America*, 1966.

20 Klára von Neumann, Johnny, ca. 1963. [KVN]

21 Das Werk erschien erst 23 Jahre später in deutscher Übersetzung: John von Neumann und Oskar Morgenstern, *Spieltheorie und wirtschaftliches Verhalten*, hrsg. von F. Sommer (Würzburg: Physica-Verlag, 1967); das Zitat findet sich auf S. 2.

22 Paul A. Samuelson, »A Revisionist View of Von Neumann's Growth Model«, in: M. Dore, S. Chakravarty und Richard Goodwin (Hrsg.), *John von Neumann and Modern Economics* (Oxford: Oxford University Press, 1989), S. 121.

23 Klára von Neumann, Johnny, ca. 1963. [KVN]

24 Edward Teller, zitiert nach: Jean R. Brink und Roland Haden, »Interviews with Edward Teller and Eugene S. Wigner«, Annals of the History of Computing, Bd. 11, Nr. 3 (1989), S. 177.

25 Herman H. Goldstine, »Remembrance of Things Past«, in: Stephen G. Nash (Hrsg.), *A History of Scientific Computing* (New York: ACM Press, 1990), S. 9.

26 Klára von Neumann, Johnny, ca. 1963. [KVN]

27 Cuthbert C. Hurd, Interview mit Nancy Stern, 20. Januar 1981, Charles Babbage Institute, OH 76.

28 Klára von Neumann, Johnny, ca. 1963. [KVN]

29 Françoise Ulam, From Paris to Los Alamos, unveröff., Juli 1994. [SFU]

30 Klára von Neumann, Johnny, ca. 1963. [KVN]
31 Herman Goldstine, Interview mit Albert Tucker und Frederik Nebeker, 22. März 1985, The Princeton Mathematics Community in the 1930s, Transkript 15.
32 Nicholas Vonneumann, Interview, 6. Mai 2004. [GBD]
33 Stanisław Ulam, *Adventures of a Mathematician* (New York: Scribner, 1976), S. 65, 79.
34 Vincent Ford an Stan Ulam, 18. Mai 1965. [SUAPS]
35 Martin Schwarzschild, Interview mit William Aspray, 18. November 1986, Charles Babbage Institute OH 124.
36 Paul R. Halmos, »The Legend of John von Neumann«, American Mathematical Monthly, Bd. 80, Nr. 4 (April 1973), S. 394.
37 Ebd.
38 Eugene Wigner, »Two Kinds of Reality«, The Monist, Bd. 49, Nr. 2 (April 1964), nachgedruckt in: *Symmetries and Reflections* (Cambridge, MA: MIT Press, 1967), S. 198.
39 Raoul Bott, Interview, 10. März 2005. [GBD]
40 Stanisław Ulam, »John von Neumann: 1903–1957«, Bulletin of the American Mathematical Society, Bd. 64, Nr. 3, Teil 2 (Mai 1958), S. 2.
41 Eugene S. Wigner, *The Recollections of Eugene S. Wigner, as told to Andrew Szanton* (New York und London: Plenum Press, 1992), S. 51.
42 Theodore von Kármán (mit Lee Edson), *The Wind and Beyond: Theodore von Kármán, Pioneer in Aviation and Pathfinder in Space* (Boston und Toronto: Little, Brown and Co., 1967), S. 106.
43 Abraham A. Fraenkel an Stan Ulam, 11. November 1957. [SUAPS]
44 Stanisław Ulam, »John von Neumann: 1903–1957«, Bulletin of the American Mathematical Society, Bd. 64, Nr. 3, Teil 2 (Mai 1958), S. 11f.

45 Ebd., S. 12.
46 Paul Halmos, in: John von Neumann, Dokumentation, produziert von der Mathematical Association of America, 1966.
47 Paul A. Samuelson, »A Revisionist View of Von Neumann's Growth Model«, in: M. Dore, S. Chakravarty und Richard Goodwin (Hrsg.), *John von Neumann and Modern Economics* (Oxford: Oxford University Press, 1989), S. 118.
48 Klára von Neumann, Two New Worlds, ca. 1963. [KVN]
49 Eugene Wigner, *The Recollections of Eugene S. Wigner, as told to Andrew Szanton* (New York und London: Plenum Press, 1992), S. 134.
50 Klára von Neumann, Two New Worlds, ca. 1963. [KVN]
51 John von Neumann an Oswald Veblen, 11. Januar 1931. [OVLC]
52 Klára von Neumann, Johnny, ca. 1963. [KVN]
53 John von Neumann an Oswald Veblen, 3. April 1933. [OVLC]
54 Klára von Neumann, Two New Worlds, ca. 1963. [KVN]
55 Klára von Neumann, Johnny, ca. 1963. [KVN]
56 Marina von Neumann Whitman, Interview, 3. Mai 2010. [GBD]
57 John von Neumann an Klára von Neumann, o. J., offenbar im Sommer 1949. [KVN]
58 Israel Halperin, Interview mit Albert Tucker, 25. Mai 1984. Princeton Mathematics Community in the 1930s, Transkript 18.
59 Robert D. Richtmyer, People Don't Do Arithmetic (unveröff., 1995).
60 Oskar Morgenstern in: John von Neumann, Dokumentation der Mathematical Association of America, 1966.
61 Robert D. Richtmyer, People Don't Do Arithmetic (unveröff., 1995).
62 Klára von Neumann, Two New Worlds, ca. 1963. [KVN]

63 Abraham Flexner an Oswald Veblen, 26. Juli 1938 (in: Beatrice Stern, *A History of the Institute for Advanced Study, 1930–1950*, 1:396).

64 Marina von Neumann Whitman, Interview, 3. Mai 2010. [GBD]

65 Cuthbert C. Hurd, Interview mit Nancy Stern, 20. Januar 1981, Charles Babbage Institute OH 76.

66 Marina von Neumann Whitman, Interview, 9. Februar 2006. [GBD]

67 Herman Goldstine, Interview mit Albert Tucker und Frederik Nebeker, 22. März 1985. The Princeton Mathematics Community in the 1930s, Transkript 15.

68 John von Neumann an F. B. Silsbee, 2. Juli 1945. [VNLC]

69 Stanisław Ulam, *Adventures of a Mathematician* (New York: Scribners, 1976), S. 78.

70 Herman Goldstine, *The Computer from Pascal to von Neumann* (Princeton: Princeton University Press, 1972), S. 176.

71 Stanisław Ulam, *Adventures of a Mathematician*, S. 231f.

72 Stanisław Ulam, »John von Neumann: 1903–1957«, Bulletin of the American Mathematical Society, Bd. 64, Nr. 3, Teil 2 (Mai 1958), S. 5.

73 Lewis Strauss an Stanisław Ulam, 12. November 1957. [SUAPS]

74 John von Neumann an Stanisław Ulam, 8. November 1940. [SFU]

75 John von Neumann an J. Robert Oppenheimer, 19. Februar 1948. [VNLC]

76 John von Neumann an L. Roy Wilcox, 26. Dezember 1941. [KVN]

77 John von Neumann, Theory of Shock Waves, Progress report to the National Defense Research Committee, 31. August 1942. Abgedruckt in: *Collected Works, Volume VI: Theory of Games, Astrophysics, Hydrodynamics and Meteorology* (Oxford: Pergamon Press, 1963), S. 19.

78 Martin Schwarzschild, Interview mit William Aspray, 18. November 1986, Charles Babbage Institute OH 124.
79 Klára von Neumann, Johnny, ca. 1963. [KVN]
80 John von Neumann an John Todd, 17. November 1947, in: John Todd, »John von Neumann and the National Accounting Machine«, SIAM Review, Bd. 16, Nr. 4 (Oktober 1974), S. 526.
81 Nicholas Metropolis und E. C. Nelson, »Early Computing at Los Alamos«, Annals of the History of Computing, 4:4 (Oktober 1982), S. 352.
82 John von Neumann an Klára von Neumann, 22. September 1943. [KVN]
83 John von Neumann an Klára von Neumann, 24. September 1943. [KVN]
84 Richard S. Feynman, »Los Alamos from Below: Reminiscences of 1943–1945«, Engineering and Science, Bd. 39, Nr. 2 (Jan.-Feb. 1976), S. 25.
85 Nicholas Metropolis und Francis H. Harlow, »Computing and Computers: Weapons Simulation Leads to the Computer Era«, Los Alamos Science, Bd. 7 (Winter/Frühjahr 1983), S. 134.
86 Richard S. Feynman, »Los Alamos from Below: Reminiscences of 1943–1945«, Engineering and Science, Bd. 39, Nr. 2 (Jan.-Feb. 1976), S. 25.
87 Nicholas Metropolis und E. C. Nelson, »Early Computing at Los Alamos«, Annals of the History of Computing, Bd. 4, Nr. 4 (Oktober 1982), S. 351.
88 Richard S. Feynman, »Los Alamos from Below: Reminiscences of 1943–1945«, Engineering and Science, Bd. 39, Nr. 2 (Jan.-Feb. 1976), S. 28.
89 Klára von Neumann, Johnny, ca. 1963. [KVN]
90 »Allocution Pronounced by the Reverend Dom Anselm Strittmatter at the Obsequies of Professor John von Neu-

mann, in the chapel of Walter Reed Hospital, February 11, 1957«, in: Nicholas Vonneumann, *John von Neumann as seen by his Brother* (Meadowbrook, PA: Nicholas Vonneumann, 1987), S. 64.

91 Nicholas Vonneumann, *John von Neumann as seen by his Brother* (Meadowbrook, PA: Nicholas Vonneumann, 1987), S. 14f.

92 Klára von Neumann, Johnny, ca. 1963. [KVN]

93 Ebd.

94 Marina von Neumann an Klára von Neumann, 28. August 1945. [KVN]

Kapitel fünf
MANIAC

1 John von Neumann, »The General and Logical Theory of Automata« (Vorlesung am Caltech, 20. September 1948), in: Lloyd A. Jeffress (Hrsg.), *Cerebral Mechanisms in Behavior: The Hixon Symposium* (New York: Hafner, 1951), S. 26.

2 Minutes of the Institute for Advanced Study Electronic Computer Project, Meeting #1, 12. November 1945, S. 6. [IAS]

3 Vladimir Zworykin, unveröff. Biographie, o. J., ca. 1975, S. 24 (mit freundlicher Genehmigung von Bogdan Maglich).

4 Dr. Craig Waff im Gespräch mit Dr. Zworykin, 4. September 1976, in: Bogdan Maglich, unveröff. Biographie Zworykins.

5 Jan Rajchman, »Vladimir Kosma Zworykin, 1889–1982«, Biographical Memoirs of the National Academy of Sciences, Bd. 88 (Washington, D. C., National Academies Press, 2006), S. 12.

6 FBI SAC (Special Agent in Charge) Newark an Direktor des FBI, 6. Dezember 1956, zit. n. Albert Abramson, *Zworykin, Pioneer of Television* (Urbana und Chicago: University of Illinois Press, 1995), S. 199.

7 Vladimir K. Zworykin, »Some Prospects in the Field of Elec-

tronics«, Journal of the Franklin Institute, Bd. 251, Nr. 1 (Januar 1951), S. 235f.

8 Jan Rajchman, »Early Research on Computers at RCA«, in: Nicholas Metropolis, J. Howlett und Gian-Carlo Rota (Hrsg.), *A History of Computing in the Twentieth Century* (New York: Academic Press, 1980), S. 465.

9 Jan Rajchman, Interview mit Richard R. Mertz, 26. Oktober 1970, National Museum of American History, Computer Oral History Collection.

10 Richard L. Snyder, Jr., und Jan A. Rajchman, Calculating Device: Patent Nr. 2 424 389 – Patent erteilt am 22. Juli 1947, beantragt am 30. Juli 1943.

11 Jan Rajchman, Interview mit Richard R. Mertz, 26. Oktober 1970, National Museum of American History, Computer Oral History Collection.

12 Jan Rajchman, »The Selectron«, in: Martin Campbell-Kelly und Michael R. Williams (Hrsg.), *The Moore School Lectures (1946), Charles Babbage Institute Reprint Series Nr. 9*, (Cambridge, Mass: MIT Press, 1985), S. 497.

13 Jan Rajchman, »Early Research on Computers at RCA«, in: Nicholas Metropolis, J. Howlett und Gian-Carlo Rota (Hrsg.), *A History of Computing in the Twentieth Century* (New York: Academic Press, 1980), S. 466.

14 Jan Rajchman, Interview mit Richard R. Mertz, 26. Oktober 1970, National Museum of American History Computer Oral History Collection.

15 Jan A. Rajchman, Electronic Computing Device, United States Patent Office Patent Number 2 428 811, Anmeldung vom 30. Oktober 1943, Patent erteilt am 14. Oktober 1947 an Radio Corporation of America (RCA).

16 Jan Rajchman, Interview mit Richard R. Mertz, 26. Oktober 1970, National Museum of American History Computer Oral History Collection.

17 Herman Goldstine, 16. August 1944, in: *The Computer from Pascal to von Neumann* (Princeton: Princeton University Press, 1972), S. 166.

18 Herman Goldstine, Interview mit Albert Tucker und Frederik Nebeker, 22. März 1985.

19 Ebd.

20 Report on History (»Setting forth very briefly the relationship of the ENIAC, EDVAC and the Institute machine«) von Herman H. Goldstine und John von Neumann an Colonel G. F. Powell, 15. Februar 1947. [IAS]

21 Willis Ware, Interview, 23. Januar 2004. [GBD]

22 John W. Mauchly, The Use of High Speed Vacuum Tube Devices for Calculating, August 1942, abgedruckt in: Brian Randell (Hrsg.), *The Origins of Digital Computers: Selected Papers* (New York: Springer-Verlag, 1982), S. 355–358.

23 Nicholas Metropolis, »The Beginning of the Monte Carlo Method«, in: Stanisław Ulam, 1909–1984, Los Alamos Science, Nr. 15, Special Issue (Los Alamos: Los Alamos Scientific Laboratory, 1987), S. 125.

24 John G. Brainerd, »Genesis of the ENIAC«, Technology and Culture, Bd. 17, Nr. 3. (Juli 1976), S. 487.

25 Harry L. Reed, 14. November 1996, in: Thomas Bergin (Hrsg.), *50 Years of Army Computing: From ENIAC to MSRC. A record of a conference held at Aberdeen Proving Ground, Maryland, on November 13 und 14, 1996* (Aberdeen, MD: U. S. Army Research Laboratory, 2000), S. 153.

26 Jan Rajchman, Interview mit Mark Heyer und Al Pinsky, 11. Juli 1975, IEEE Oral History Project.

27 J. Presper Eckert, »The ENIAC«, in: Nicholas Metropolis, J. Howlett, und Gian-Carlo Rota (Hrsg.), *A History of Computing in the Twentieth Century* (New York: Academic Press, 1980), S. 528.

28 Karl Kempf, Electronic Computers within the Ordnance

Corps, History Office, Aberdeen Proving Ground, MD., November 1961.
29 John von Neumann, »Memo on Mechanical Computing Devices«, an Col. L. E. Simon, Ballistic Research Laboratory, 30. Januar 1945. [VNLC]
30 Nicholas Metropolis an Klára von Neumann, 15. Februar 1949. [KVN]
31 Nicholas Metropolis, »The Los Alamos Experience, 1943–1954«, in: Stephen G. Nash (Hrsg.), *A History of Scientific Computing* (New York: ACM Press, 1990), S. 237.
32 John G. Brainerd, »Genesis of the ENIAC«, Technology and Culture, Bd. 17, Nr. 3. (Juli 1976), S. 488.
33 Herman Goldstine, *The Computer from Pascal to von Neumann* (Princeton: Princeton University Press, 1972), S. 149
34 U. S. Army War Department, Bureau of Public Relations, Press Release, Ordnance Department Develops All-Electronic Calculating Machine, 16. Februar 1946.
35 Samuel H. Caldwell an Warren Weaver, 16. Januar 1946. [RF]
36 Herman Goldstine, Interview mit Albert Tucker und Frederik Nebeker, 22. März 1985. The Princeton Mathematics Community in the 1930s, Transkript 15.
37 Herman Goldstine, 13. November 1996, in: Thomas Bergin (Hrsg.), *50 Years of Army Computing: From ENIAC to MSRC. A record of a conference held at Aberdeen Proving Ground, Maryland, on November 13 und 14, 1996* (Aberdeen, MD: U. S. Army Research Laboratory, 2000), S. 33.
38 J. Presper Eckert, »The ENIAC«, in: Nicholas Metropolis, J. Howlett, und Gian-Carlo Rota (Hrsg.), *A History of Computing in the Twentieth Century* (New York: Academic Press, 1980), S. 525.
39 Herman H. Goldstine, »Remembrance of Things Past«, in: Stephen G. Nash (Hrsg.), *A History of Scientific Computing* (New York: ACM Press, 1990), S. 9.

40 J. Presper Eckert, Interview mit Nancy Stern, 28. Oktober 1977, Charles Babbage Institute OH 13.

41 John W. Mauchly, »The ENIAC«, in Nicholas Metropolis, J. Howlett, und Gian-Carlo Rota (Hrsg.), *A History of Computing in the Twentieth Century* (New York: Academic Press, 1980), S. 545.

42 John W. Mauchly, »The ENIAC«, in: Nicholas Metropolis, J. Howlett, und Gian-Carlo Rota (Hrsg.), *A History of Computing in the Twentieth Century* (New York: Academic Press, 1980), S. 547f.

43 John von Neumann, Vortrag an der University of Illinois, Dezember 1949, in: Arthur Burks (Hrsg.), *Theory of Self-Reproducing Automata* (Urbana: University of Illinois Press, 1966), S. 40.

44 Arthur W. und Alice R. Burks, Interview mit Nancy Stern, 20. Juni 1980, Charles Babbage Institute OH 75.

45 Honeywell Inc. vs. Sperry Rand Corp. Nr. 4–67 Civ. 138, mit Urteil vom 19. Okt. 1973. United States Patents Quarterly, 180 (25. März 1974), S. 682, 693f.

46 John W. Mauchly, The »ENIAC«, in: Nicholas Metropolis, J. Howlett, und Gian-Carlo Rota (Hrsg.), *A History of Computing in the Twentieth Century* (New York: Academic Press, 1980), S. 547.

47 Report on History (»Setting forth very briefly the relationship of the ENIAC, EDVAC and the Institute machine«) von Herman H. Goldstine und John von Neumann an Colonel G. F. Powell, 15. Februar 1947. [IAS]

48 John von Neumann an Warren Weaver, 2. November 1945. [RF]

49 M. H. A. Newman, zit. n. I. J. Good, »Turing and the Computer«, Nature, Bd. 307 (1. Februar 1984), S. 663.

50 Report on History (»Setting forth very briefly the relationship of the ENIAC, EDVAC and the Institute machine«) von

Herman H. Goldstine und John von Neumann an Colonel G. F. Powell, 15. Februar 1947. [IAS]

51 Jan Rajchman, Interview mit Richard R. Mertz, 26. Oktober 1970, National Museum of American History Computer Oral History Collection.

52 John von Neumann an J. Robert Oppenheimer, 1. August 1944. [LA]

53 John W. Mauchly, Leserbrief, Datamation, Bd. 25, Nr. 11, 1979.

54 Herman Goldstine, Interview mit Nancy Stern, 11. August 1980, Charles Babbage Institute OH 18.

55 John von Neumann, »First Draft of a Report on the EDVAC. Contract Nr. W-670-ORD-4926 between the United States Army Ordnance Department and the University of Pennsylvania«. Moore School of Electrical Engineering, University of Pennsylvania, 30. Juni 1945, S. 1.

56 John von Neumann an M. H. A. Newman, 19. März 1946. [VNLC]

57 Julian Bigelow, Interview mit Nancy Stern, 12. August 1980, Charles Babbage Institute OH3.

58 John W. Mauchly, Datamation, Bd. 25, Nr. 11, 1979.

59 J. Presper Eckert, Interview mit Nancy Stern, 28. Oktober 1977, Charles Babbage Institute OH 13.

60 John von Neumann an Stanley Frankel, 29. Oktober 1946. [VNLC]

61 John von Neumann, Deposition concerning EDVAC report, o. J., 1947. [IAS]

62 Willis H. Ware, The History and Development of the Electronic Computer Project at the Institute for Advanced Study, RAND Corporation Memorandum P-377, 10. März 1953, S. 6.

63 Arthur W. Burks, Interview mit William Aspray, 20. Juni 1987, Charles Babbage Institute OH 136.

64 Willis H. Ware, Interview mit Nancy Stern, 19. Januar 1981, Charles Babbage Institute OH 37.
65 Retainer Agreement between von Neumann und IBM, 1. Mai 1945. [VNLC]
66 J. Presper Eckert, Interview mit Nancy Stern, 28. Oktober 1977, Charles Babbage Institute OH 13.
67 John von Neumann an Stanley Frankel, 29. Oktober 1946. [VNLC]
68 John von Neumann, »First Draft of a Report on the EDVAC«. Moore School of Electrical Engineering, University of Pennsylvania, 30. Juni 1945, S. 74.
69 Julian H. Bigelow, Report on Computer Development at the Institute for Advanced Study, for the International Research Conference on the History of Computing, Los Alamos, June 10–15, 1976. DRAFT, o. J. (Die zitierte Passage wurde aus dem veröffentlichten Text gestrichen.) [JHB]
70 Klára von Neumann, Johnny, ca. 1963. [KVN]
71 E. A. Lowe an Frank Aydelotte, 10. Oktober 1947. [IAS]
72 Frank Aydelotte an John von Neumann, 22. Januar 1946. [IAS]
73 Minutes of the School of Mathematics, 2. Juni 1945. [IAS]
74 John von Neumann an Frank Aydelotte, 5. August 1945. [IAS]
75 John von Neumann an Frank Aydelotte, 5. September 1945. [IAS]
76 Frank Aydelotte an Samuel S. Fels, 12. September 1945. [IAS]
77 Warren Weaver an Frank Aydelotte, 1. Oktober 1945. [IAS]
78 John von Neumann an Warren Weaver, 2. November 1945. [RF]
79 Marston Morse an Warren Weaver, 15. Januar 1946. [RF]
80 Samuel H. Caldwell an Warren Weaver, 16. Januar 1946. [RF]
81 John von Neumann an Lewis L. Strauss, 20. Oktober 1945. [IAS]

82 John von Neumann an Lewis L. Strauss, 24. Oktober 1945. [IAS]

83 Herman H. Goldstine, Memo an Mr. Fleming, 20. April 1951. [IAS]

84 James Pomerene, Interview mit Nancy Stern, 26. September 1980, Charles Babbage Institute OH 31.

85 J. Presper Eckert, Interview mit Nancy Stern, 28. Oktober 1977. Charles Babbage Institute OH 13.

86 Stanley Frankel an Brian Randell, 1972, in: Brian Randell, »On Alan Turing and the Origins of Digital Computers«, Machine Intelligence 7 (1972), S. 10.

87 Klára von Neumann, The Computer, ca. 1963. [KVN]

Kapitel sechs
Fuld 219

1 Alan Turing, »Systems of Logic Based on Ordinals«, Proceedings of the London Mathematical Society, Ser. 2, Bd. 45 (1939), S. 215.

2 Abraham Flexner an Herbert Maass, 15. Dezember 1937. [IAS]

3 Abraham Flexner an Louis Bamberger, 1. Dezember 1932. [IAS]

4 Klára von Neumann, Two New Worlds, ca. 1963. [KVN]

5 Abraham Flexner an Oswald Veblen, 6. Januar 1937. [IAS]

6 Abraham Flexner an Frank Aydelotte, 7. August 1938. [IAS]

7 Bernetta Miller, zit. n. Joseph Felsenstein, Interview, 20. März 2007. [GBD]

8 Ebd.

9 Bernetta A. Miller, Report on IAS Food Conservation, 17. Mai 1946. [IAS]

10 Bernetta Miller an Frank Aydelotte, 3. September 1946. [IAS]

11 Bernetta Miller an Frank Aydelotte und J. Robert Oppenhei-

mer, 24. September 1947; Bernetta Miller an J. Robert Oppenheimer, 3. Dezember 1947. [IAS]

12 Bernetta Miller, zit. n. Joseph Felsenstein, Interview, 20. März 2007. [GBD]

13 Oswald Veblen, »Remarks on the foundations of geometry« (31. Dezember 1924), Bulletin of the American Mathematical Society, Bd. 31, Nr. 3–4 (1925), S. 141.

14 Stanisław Ulam, Conversations with Gian-Carlo Rota (unveröff. Transkripte v. Françoise Ulam, zus. getr. 1985). [SFU]

15 John von Neumann an Kurt Gödel, 20. November 1930 in: Solomon Feferman (Hrsg.), *Collected Works, Bd. V* (Oxford: Oxford University Press, 2003), S. 336.

16 Stanisław Ulam, *Adventures of a Mathematician* (New York: Scribners, 1976), S. 76.

17 John von Neumann, »Remarks made at the presentation of the Einstein Award to Kurt Gödel at Princeton«, März 1951. [IAS]

18 Kurt Gödel, »Über formal unentscheidbare Sätze der Principia Mathematica und verwandter Systeme I«, in: Solomon Feferman (Hrsg.), *Collected Works, Bd. I* (Oxford: Oxford University Press, 1986), S. 146.

19 Frank Aydelotte an Dr. Max Gruenthal, 5. Dezember 1941. [IAS]

20 Marston Morse, Minutes of the IAS School of Mathematics, 14. Februar 1950. [IAS]

21 A. M. Warren an Abraham Flexner, 10. Oktober 1939. [IAS]

22 John von Neumann an Abraham Flexner, 27. September 1939. [IAS]

23 Ebd.

24 Kurt Gödel an Frank Aydelotte, 5. Januar 1940. [IAS]

25 Stan Ulam an John von Neumann, 18. Juni 1940. [VNLC]

26 Frank Aydelotte an Herbert Maass, 29. September 1942. [IAS]

27 Frank Aydelotte, memo for the Standing Committee, 25. Dezember 1941. [IAS]
28 Kurt Gödel an Earl Harrison, Department of Justice, 12. März 1942. [IAS]
29 Earl G. Harrison an Kurt Gödel, 19. März 1942. [IAS]
30 Frank Aydelotte an Benjamin F. Havens, 21. März 1942. [IAS]
31 Benjamin F. Havens an Frank Aydelotte, 27. März 1942. [IAS]
32 Alan M. Turing an Secretary (Gwen) Blake, IAS, 16. Dezember 1941. [IAS]
33 Frank Aydelotte an Max Gruenthal, 5. Dezember 1941. [IAS]
34 Frank Aydelotte an Max Gruenthal, 2. Dezember 1941. [IAS]
35 Max Gruenthal an Frank Aydelotte, 4. Dezember 1941. [IAS]
36 Frank Aydelotte an Selective Service Board, 14. April 1943. [IAS]
37 Cevillie O. Jones an Frank Aydelotte, 20. April 1943. [IAS]
38 Frank Aydelotte an Selective Service Board, 19. Mai 1943. [IAS]
39 John von Neumann an Oswald Veblen, 30. November 1945. [OVLC]
40 Anmerkungen zu Kurt Gödel, 17. März 1948. [IAS]
41 Kurt Gödel an J. Robert Oppenheimer, 6. September 1949. [IAS]
42 Stanisław Ulam an Solomon Feferman, 13. Juli 1983. [SUAP]
43 John von Neumann an Oswald Veblen, 30. November 1945. [OVLC]
44 Arthur W. und Alice R. Burks, Interview mit Nancy Stern, 20. Juni 1980, Charles Babbage Institute OH 75.
45 Oswald Veblen an Frank Aydelotte, 12. September 1941. [IAS]
46 Frank Aydelotte, Appendix to the Report of the Director, 24. Februar 1941. [IAS]

47 Minutes of the meeting of the professors of the School of Mathematics, 13. Februar 1946. [IAS]

48 Arthur W. und Alice R. Burks, Interview mit Nancy Stern, 20. Juni 1980, Charles Babbage Institute OH 75.

49 Ebd.

50 Arthur W. Burks, Herman H. Goldstine und John von Neumann, Preliminary Discussion of the Logical Design of an Electronic Computing Instrument (Princeton, NJ: Institute for Advanced Study, 28. Juni 1946), S. 53.

51 Herman H. Goldstine an Colonel G. F. Powell, Office of the Chief of Ordnance, 12. Mai 1947. [IAS]

52 G. W. Leibniz an Henry Oldenburg, 18. Dezember 1675, zit. n. Ernst Cassirer, *Freiheit und Form. Studien zur deutschen Geistesgeschichte* (6. Aufl., Darmstadt: Wiss. Buchges., 1994), S. 32.

53 G. W. Leibniz, »Entwurf der geometrischen Charakteristik. Aus einem Brief an Huygens, 8. September 1679«, in: Ders., *Philosophische Werke. Hauptschriften zur Grundlegung der Philosophie, Bd. I* (Hamburg: Felix Meiner Verlag, 1996), S. 56.

54 G. W. Leibniz an Nicolas Remond, 10. Januar 1714, zit. n. http://www.gwlb.de/Leibniz/Leibnizarchiv/Veroeffentlichungen/Transkriptionen1714.pdf.

55 G. W. Leibniz, ca. 1679, in: *Philosophical Papers and Letters*, translated and edited by Leroy E. Loemker (Chicago: University of Chicago Press, 1956), Bd. 1, S. 342.

56 G. W. Leibniz, *Schriften zur Logik und Erkenntnislehre, Philosophische Werke, Bd. I*, hrsg. von Ernst Cassirer und A. Buchenau (Leipzig 1924), zit. n. http://www.gleichsatz.de/b-u-t/spdk/o/52Leibniz1.html.

57 G. W. Leibniz, *Zwei Briefe über das binäre Zahlensystem und die chinesische Philosophie (1716)*, aus d. Urtext neu ed., übers. u. komm. von Renate Loosen (Stuttgart: Belser Presse, 1968), S. 126f.

58 G. W. Leibniz, zitiert nach Erich Hochstetter und Hermann-Josef Greve (Hrsg.), *Herrn von Leibniz' Rechnung mit Null und Eins* (Berlin: Siemens Aktiengesellschaft, 1966), S. 46f.

59 Arthur W. Burks, Herman H. Goldstine und John von Neumann, Preliminary Discussion of the Logical Design of an Electronic Computing Instrument (Princeton, NJ: Institute for Advanced Study, 28. Juni 1946), S. 9.

60 John von Neumann und Herman H. Goldstine, »On The Principles of Large Scale Computing Machines«, Vortrag vor dem Mathematical Computing Advisory Panel, Office of Research & Inventions, Navy Dept., Washington D. C., 15. Mai 1946, in: *Collected Works: Bd. V: Design of Computers, Theory of Automata and Numerical Analysis* (Oxford: Pergamon Press, 1963), S. 32.

61 Julian Bigelow, Interview mit Nancy Stern, 12. August 1980, Charles Babbage Institute Oral History OH3.

62 Martin Davis, *The Universal Computer: The Road from Leibniz to Turing* (New York: W. W. Norton, 2000), S. 113.

63 Kurt Gödel an Arthur W. Burks, o. J., in: Arthur Burks (Hrsg.), *Theory of Self-Reproducing Automata* (Urbana: University of Illinois Press, 1966), S. 56.

64 G. W. Leibniz an Rudolph August, Herzog von Braunschweig, 2. Januar 1697, in: Leibniz, *Sämtliche Schriften und Briefe* (Akademieausgabe), Reihe I, Bd. XIII (Berlin 1987), S. 116f.

65 Kurt Gödel an Marianne Gödel, 6. Oktober 1961, in: Solomon Feferman (Hrsg.), *Collected Works, Bd. IV* (Oxford: Oxford University Press, 2003), S. 438.

Kapitel sieben
6J6

1 J. H. Bigelow, J. H. Pomerene, R. J. Slutz und W. Ware, Interim Progress Report on the Physical Realization of an Electronic Computing Instrument (Princeton, NJ: Institute for Advanced Study, 1. Januar 1947), S. 54.

2 Alice Bigelow, Interview, 24. Mai 2009. [GBD]

3 Julian Bigelow, Interview mit Richard R. Mertz, 20. Januar 1971, Computer Oral History Collection, Archives Center, National Museum of American History.

4 Ebd.

5 Julian Bigelow, Interview mit Walter Hellman, 10. Juni 1979, in: Walter Daniel Hellman, *Norbert Wiener and the Growth of Negative Feedback in Scientific Explanation* (PhD. Thesis, Oregon State University, 16. Dezember 1981), S. 148.

6 Norbert Wiener, *Ex-Prodigy* (New York: Simon & Schuster, 1953), S. 268f.

7 Julian Bigelow an John von Neumann, 26. November 1946. [VNLC]

8 Norbert Wiener an Vannevar Bush, 21. September 1940, in: Pesi R. Masani (Hrsg.), *Norbert Wiener, Collected Works* (Boston: MIT Press, 1985) Bd. IV, S. 124.

9 Norbert Wiener, »Principles governing the construction of prediction and compensating apparatus«, submitted with S. H. Caldwell, Proposal to Section D2, NDRC, 22. November 1940, in: Pesi R. Masani, *Norbert Wiener. 1894–1964* (Basel: Birkhauser, 1990), S. 182.

10 Norbert Wiener und Julian H. Bigelow, Report on D. I. C. Project # 5980: Anti-Aircraft Directors. Analysis of the Flight Path Prediction Problem, including a Fundamental Design Formulation and Theory of the Linear Instrument. Massachusetts Institute of Technology, 24. Februar 1941, S. 38f. [JHB]

11 Norbert Wiener, Extrapolation, Interpolation, and Smoothing of Stationary Time Series, with Engineering Applications, Geheimbericht an das National Defense Research Committee, 1. Februar 1942 (freigegebene Fassung, Boston: MIT Press, 1949), S. 2.

12 Norbert Wiener, *I am a Mathematician* (New York: Doubleday, 1956), S. 243.

13 Alice Bigelow, Interview, 24. Mai 2009. [GBD]

14 Julian Bigelow, Interview mit Flo Conway und Jim Siegelman, 30. Oktober 1999.

15 Ebd.

16 Julian Bigelow an Warren Weaver, 2. Dezember 1941. [JHB]

17 Ebd.

18 Ebd.

19 Julian Bigelow, Interview mit Flo Conway und Jim Siegelman, 30. Oktober 1999.

20 Ebd.

21 Norbert Wiener, *I am a Mathematician* (New York: Doubleday, 1956), S. 249.

22 George Stibitz, Diary of Chairman, 1. Juli 1942, in: Peter Galison, »The Ontology of the Enemy: Norbert Wiener and the Cybernetic Vision«, Critical Inquiry, Bd. 21, Nr. 1. (Herbst 1994), S. 243.

23 Julian Bigelow, Arturo Rosenblueth und Norbert Wiener, »Behavior, Purpose and Teleology«, Philosophy of Science, Bd. X (1943), Nr. 1, S. 9, 23f.

24 Warren S. McCulloch, »The Imitation of one Form of Life by another-Biomimesis«, in: Eugene E. Bernard und Morley R. Kare (Hrsg.), *Biological Prototypes and Synthetic Systems, Proceedings of the Second Annual Bionics Symposium*, veranstaltet von der Cornell University und dem Advanced Electronics Center der Fa. General Electric, abgehalten an der Cornell

University, 30. August – 1. September 1961 (New York: Plenum Press, 1962), Bd. 1, S. 393.

25 W. A. Wallis und Ingram Olkin, »A Conversation with W. Allen Wallis«, Statistical Science, Bd. VI, Nr. 2 (Mai 1991), S. 124.

26 Norbert Wiener, *I am a Mathematician* (New York: Doubleday, 1956), S. 243.

27 Frank Aydelotte an Julian Bigelow, 3. September 1946. [IAS]

28 Verena Huber-Dyson, Text für Gedenkfeier an Julian Bigelow, 29. März 2003. [GBD]

29 Willis H. Ware, Interview mit Nancy Stern, 19. Januar 1981, Charles Babbage Institute OH 37.

30 Julian Bigelow, Interview mit Nancy Stern, 12. August 1980, Charles Babbage Institute Oral History OH3.

31 Ralph Slutz, Interview mit Christopher Evans, Juni 1976, Charles Babbage Institute OH 086.

32 Ebd.

33 Willis H. Ware, Interview mit Nancy Stern, 19. Januar 1981, Charles Babbage Institute OH 37.

34 Akrevoe Kondopria Emmanouilides, Interview, 22. Januar 2004. [GBD]

35 Frank Aydelotte an John von Neumann, 4. Juni 1946. [IAS]

36 Julian Bigelow, Interview mit Richard R. Mertz, 20. Januar 1971, Computer Oral History Collection, Archives Center, National Museum of American History.

37 Julian H. Bigelow, Report on Computer Development at the IAS, for the International Research Conference on the History of Computing, Los Alamos, 10.–15. Juni 1976, Entwurf, o. J. (Text aus der veröffentlichten Fassung entfernt). [JHB]

38 Willis H. Ware, Interview mit Nancy Stern, 19. Januar 1981, Charles Babbage Institute OH 37.

39 Willis H. Ware, The History and Development of the Electronic Computer Project at the Institute for Advanced Study,

RAND Corporation, Memorandum P-377, 10. März 1953, S. 8.
40 Willis H. Ware, Interview mit Nancy Stern, 19. Januar 1981, Charles Babbage Institute OH 37.
41 Ralph Slutz, Interview mit Christopher Evans, Juni 1976, Charles Babbage Institute OH 086.
42 Bernetta Miller, Ausgabenbelege von Anfang November 1945 bis 31. Mai 1946, Electronic Computer Project, 4. Juni 1946. [IAS]
43 Willis H. Ware, The History and Development of the Electronic Computer Project at the Institute for Advanced Study, RAND Corporation, Memorandum P-377, 10. März 1953, S. 8.
44 Klára von Neumann, The Computer, ca. 1963. [KVN]
45 Julian Bigelow, Interview mit Richard R. Mertz, 20. Januar 1971, Computer Oral History Collection, Archives Center, National Museum of American History.
46 Benjamin D. Meritt an Frank Aydelotte, 29. August 1946. [IAS]
47 Willis H. Ware, Interview mit Nancy Stern, 19. Januar 1981, Charles Babbage Institute OH 37.
48 Julian Bigelow, Interview mit Richard R. Mertz, 20. Januar 1971, Computer Oral History Collection, Archives Center, National Museum of American History.
49 Ebd.
50 Herman H. Goldstine an John von Neumann, 28. Juli 1947. [IAS]
51 Frank Aydelotte an Herbert H. Maass, 26. Mai 1946. [IAS]
52 Klára von Neumann, The Computer, ca. 1963. [KVN]
53 Julian Bigelow, Interview mit Richard R. Mertz, 20. Januar 1971, Computer Oral History Collection, Archives Center, National Museum of American History.
54 Willis Ware, Interview, 23. Januar 2004. [GBD]
55 Julian Bigelow, »Computer Development at the Institute for

Advanced Study«, in: Nicholas Metropolis, J. Howlett und Gian-Carlo Rota (Hrsg.), *A History of Computing in the Twentieth Century* (New York: Academic Press, 1980), S. 293.

56 Herman H. Goldstine an John von Neumann, 19. Juli 1947. [IAS]

57 Julian Bigelow, Interview mit Nancy Stern, 12. August 1980, Charles Babbage Institute Oral History OH3.

58 Ralph Slutz, Interview mit Christopher Evans, Juni 1976, Charles Babbage Institute OH 086.

59 Herman Goldstine, Interview mit Nancy Stern, 11. August 1980, Charles Babbage Institute OH 18.

60 Ebd.

61 Julian Bigelow, Interview mit Nancy Stern, 12. August 1980, Charles Babbage Institute Oral History OH3.

62 Julian Bigelow, Interview mit Richard R. Mertz, 20. Januar 1971, Computer Oral History Collection, Archives Center, National Museum of American History.

63 J. H. Bigelow, J. H. Pomerene, R. J. Slutz und W. Ware, Interim Progress Report on the Physical Realization of an Electronic Computing Instrument (Princeton, NJ: Institute for Advanced Study, 1. Januar 1947), S. 12.

64 Ralph Slutz, Interview mit Christopher Evans, Juni 1976, Charles Babbage Institute OH 086.

65 James Pomerene, Interview mit Nancy Stern, 26. September 1980, Charles Babbage Institute OH 31.

66 Julian Bigelow, »Computer Development at the Institute for Advanced Study«, in: Nicholas Metropolis, J. Howlett und Gian-Carlo Rota (Hrsg.), *A History of Computing in the Twentieth Century* (New York: Academic Press, 1980), S. 309.

67 Willis Ware, Interview, 23. Januar 2004. [GBD]

68 Julian Bigelow, Interview mit Richard R. Mertz, 20. Januar 1971, Computer Oral History Collection, Archives Center, National Museum of American History.

69 Julian Bigelow, »Computer Development at the Institute for Advanced Study«, in: Nicholas Metropolis, J. Howlett und Gian-Carlo Rota (Hrsg.), *A History of Computing in the Twentieth Century* (New York: Academic Press, 1980), S. 308.

70 Report on Tubes in the Machine, 8. Februar 1953. [IAS]

71 Julian Bigelow, »Computer Development at the Institute for Advanced Study«, in: Nicholas Metropolis, J. Howlett und Gian-Carlo Rota (Hrsg.), *A History of Computing in the Twentieth Century* (New York: Academic Press, 1980), S. 307.

72 Jack Rosenberg, Interview, 12. Februar 2005. [GBD]

73 Jack Rosenberg, The Computer Project, unveröff. Entwurf, 2. Februar 2002

74 Ebd.

75 J. H. Bigelow, J. H. Pomerene, R. J. Slutz und W. Ware, Interim Progress Report on the Physical Realization of an Electronic Computing Instrument (Princeton, N. J.: Institute for Advanced Study, 1. Januar 1947), S. 15f.

76 James Pomerene, Interview mit Nancy Stern, 26. September 1980, Charles Babbage Institute OH 33.

Kapitel acht
V-40

1 Charles Babbage, *The Ninth Bridgewater Treatise: A Fragment*, 2. Aufl. (London: John Murray, 1838), zit n. George Dyson, *Darwin im Reich der Maschinen. Die Evolution der globalen Intelligenz* (Wien u. a.: Springer, 2001), S. 40.

2 Andrew & Kathleen Booth, Interview, 11. März 2004. [GBD]

3 Ebd.

4 Ebd.

5 Ebd.

6 Ebd.

7 Ebd.

8 Herman Goldstine an John von Neumann, 25. Februar 1947. [IAS]
9 Andrew Booth an George Dyson, 26. Februar 2004.
10 Marston Morse, Protokoll des Standing Committee, 18. März 1946. [IAS]
11 Frank Aydelotte, Protokoll des Standing Committee, 27. Juni 1946. [IAS]
12 Ebd.
13 Frank Aydelotte, »Report of the Director«, 18. Oktober 1946. [IAS]
14 Stanley C. Smoyer, »Memorandum to the Trustees of the IAS«, 7. August 1946. [IAS-BS]
15 Julian H. Bigelow an Frank Aydelotte, 3. Juli 1947. [IAS]
16 Freeman Dyson, Anmerkungen zur Gedenkfeier für Julian Bigelow, 29. März 2003.
17 Morris Rubinoff, Interview mit Richard Mertz, 17. Mai, 1971, Computer Oral History Collection, Archives Center, National Museum of American History.
18 Thelma Estrin, Interview mit Frederik Nebeker, IEEE History Center, Rutgers University, 24.–25. August 1992.
19 Andrew D. Booth und Kathleen H. V. Britten, General Considerations in the design of an all-purpose Electronic Digital Computer, 1947. [JHB]
20 Julian Bigelow, »Computer Development at the Institute for Advanced Study«, in: Nicholas Metropolis, J. Howlett, und Gian-Carlo Rota (Hrsg.), *A History of Computing in the Twentieth Century* (New York: Academic Press, 1980), S. 297.
21 James Pomerene, Interview mit Nancy Stern, 26. September 1980, Charles Babbage Institute OH 31.
22 John von Neumann an Marston Morse, 1. April 1946. [IAS]
23 Institute for Advanced Study Electronic Computer Project, »Agreement Concerning Inventions«, o. J., 1946. [IAS]

24 Julian Bigelow, Interview mit Nancy Stern, 12. August 1980, Charles Babbage Institute Oral History OH3.
25 Abraham Flexner, »University Patents«, Science, Bd. 77, Nr. 1996 (31. März 1933), S. 325.
26 Herman Goldstine an Bigelow, Hildebrandt, Melville, Pomerene, Slutz, Snyder und Ware, 6. Juni 1947. [IAS]
27 Herman Goldstine an Patent Branch, Office of the Chief of Ordnance, 10. Mai 1947. [IAS]
28 »Deposition of Arthur W. Burks, Herman H. Goldstine, and John von Neumann«, o. J., Juni 1947. [IAS]
29 Julian Bigelow, Interview mit Nancy Stern, 12. August 1980, Charles Babbage Institute Oral History OH3.
30 Ebd.
31 Irving J. Good, »Some Future Social Repercussions of Computers«, International Journal of Environmental Studies, Bd. 1 (1970), S. 69.
32 William F. Gunning, Rand's Digital Computer Effort, Rand Corporation Memorandum P-363, 23. Februar 1953, S. 4.
33 Institute for Advanced Study, »Electronic Computer Project Monthly Progress Report«, Juli und August 1947, S. 2. [IAS]
34 Institute for Advanced Study, »Electronic Computer Project Monthly Progress Report«, Februar 1948, S. 2. [IAS]
35 Institute for Advanced Study, »Electronic Computer Project Monthly Progress Report«, April 1948, S. 2. [IAS]
36 Jack Rosenberg, Memo an Julian Bigelow, 10. April 1950. [IAS]
37 J. H. Bigelow, H. H. Goldstine, R. W. Melville, S. Panagos, J. H. Pomerene, J. Rosenberg, M. Rubinoff, W. H. Ware, »Fifth Interim Progress Report on the Physical Realization of an Electronic Computing Instrument«, 1. Januar 1949, S. 31. [IAS]
38 Herman Goldstine an John von Neumann, 2. Juli 1947. [IAS]
39 F. C. Williams und T. Kilburn, »A Storage System for Use

with Binary-Digital Computing Machines« (Entwurf, 1. Dezember 1947), S. 1. [JHB]

40 Arthur W. Burks, Herman H. Goldstine und John von Neumann, Preliminary Discussion of the Logical Design of an Electronic Computing Instrument (Princeton, NJ: Institute for Advanced Study, 28. Juni 1946), S. 8.

41 F. C. Williams und T. Kilburn, A Storage System for Use with Binary-Digital Computing Machines, Draft, 1. Dezember 1947, S. 1. [JHB]

42 Ebd.

43 Ebd.

44 Julian Bigelow, Interview mit Richard R. Mertz, 20. Januar 1971, Computer Oral History Collection, Archives Center, National Museum of American History.

45 Julian Bigelow an F. C. Williams, 11. September 1952. [JHB]

46 J. H. Bigelow, H. H. Goldstine, R. W. Melville, S. Panagos, J. H. Pomerene, J. Rosenberg, M. Rubinoff, W. H. Ware, »Fifth Interim Progress Report on the Physical Realization of an Electronic Computing Instrument«, 1. Januar 1949, S. 2. [IAS]

47 Ebd., S. 4.

48 Julian Bigelow, »Computer Development at the Institute for Advanced Study«, in: Nicholas Metropolis, J. Howlett, und Gian-Carlo Rota (Hrsg.), *A History of Computing in the Twentieth Century* (New York: Academic Press, 1980), S. 304.

49 Institute for Advanced Study, »Electronic Computer Project Monthly Progress Report«, August 1949, S. 4. [IAS]

50 Jack Rosenberg, Interview, 12. Februar 2005. [GBD]

51 Julian Bigelow an Warren Weaver, 2. Dezember 1941. [JHB]

52 Morris Rubinoff, Interview mit Richard Mertz, 17. Mai 1971, Computer Oral History Collection, Archives Center, National Museum of American History.

53 J. H. Bigelow, T. W. Hildebrandt, S. Panagos, J. H. Pomerene, J. Rosenberg, R. J. Slutz, W. H. Ware, »Fourth Interim

Progress Report on the Physical Realization of an Electronic Computing Instrument«, 1. Juli 1948, S. II-16–17. [IAS]

54 Leon D. Harmon, Bericht über Tests mit zwei Gruppen von »Round Robin« Williams-Speicherröhren am IAS, 6. Juli 1953. [IAS]

55 James Pomerene, Interview mit Nancy Stern, 26. September 1980, Charles Babbage Institute OH 31.

56 Julian Bigelow, Interview mit Nancy Stern, 12. August 1980, Charles Babbage Institute Oral History OH3.

57 F. J. Gruenberger, The History of the Johnniac, Rand Memorandum RM-5654-PR, Oktober 1968, S. 22.

58 Willis H. Ware, Interview mit Nancy Stern, 19. Januar 1981, Charles Babbage Institute OH 37.

59 Julian Bigelow, Interview mit Nancy Stern, 12. August 1980, Charles Babbage Institute Oral History OH3.

60 Julian Bigelow, Interview mit Richard R. Mertz, 20. Januar 1971, Computer Oral History Collection, Archives Center, National Museum of American History.

61 Willis Ware, Interview, 23. Januar 2004. [GBD]

62 James Pomerene, Interview mit Nancy Stern, 26. September 1980, Charles Babbage Institute OH 31.

63 »Power Supply and Cooling System for Electronic Computer Project«, o. J., 1953. [IAS]

64 John von Neumann, Memorandum to Commander R. Revelle, Office of Naval Research, 21. Oktober 1947. [VNLC]

65 Institute for Advanced Study Electronic Computer Project Machine and General Arithmetic Operating Logs, IAS.

66 Ebd.

67 Morris Rubinoff, Interview mit Richard Mertz, 17. Mai 1971, Computer Oral History Collection, Archives Center, National Museum of American History.

68 James Pomerene, Interview mit Nancy Stern, 26. September 1980, Charles Babbage Institute OH 31.

69 Willis H. Ware, Interview mit Nancy Stern, 19. Januar 1981, Charles Babbage Institute OH 37.
70 Ebd.
71 James Pomerene, Interview mit Nancy Stern, 26. September 1980, Charles Babbage Institute OH 31.
72 Atle Selberg, Interview, 11. Mai 2004. [GBD]
73 Willis H. Ware, Interview mit Nancy Stern, 19. Januar 1981, Charles Babbage Institute OH 37.
74 Morris Rubinoff, Interview mit Richard Mertz, 17. Mai 1971, Computer Oral History Collection, Archives Center, National Museum of American History.
75 Julian Bigelow, Interview mit Nancy Stern, 12. August 1980, Charles Babbage Institute OH3.
76 Julian Bigelow, Interview mit Richard R. Mertz, 20. Januar 1971, Computer Oral History Collection, Archives Center, National Museum of American History.
77 Ebd.
78 Ebd.
79 Julian Bigelow, »Computer Development at the Institute for Advanced Study«, in: Nicholas Metropolis, J. Howlett, und Gian-Carlo Rota (Hrsg.), *A History of Computing in the Twentieth Century* (New York: Academic Press, 1980), S. 291.

Kapiel neun
Zyklogenese

1 John von Neumann, 1948, zit. n. Freeman Dyson, Interview mit Autor, 5. Mai 2004.
2 Frank Aydelotte an John von Neumann, 5. Juni 1947. [IAS]
3 Philip Duncan Thompson, »A History of Numerical Weather Prediction in the United States«, Bulletin of the American Meteorological Society, Bd. 64, Nr. 7 (Juli 1983), S. 757.
4 Philip Thompson, in: John. M. Lewis, »Philip Thompson:

Pages from a Scientist's Life«, Bulletin of the American Meteorological Society, Bd. 77, Nr. 1, Januar 1966, S. 107f.

5 Ebd., S. 222.

6 Meaburn Tatham und James E. Miles (Hrsg.), *The Friends' Ambulance Unit 1914–1919: A Record* (London: Swarthmore Press, 1920), S. 212.

7 Olaf Stapledon an Agnes Miller, 8. Dezember 1916, in: Robert Crossley (Hrsg.), *Talking Across the World: the Love Letters of Olaf Stapledon und Agnes Miller, 1913–1919* (Hanover und London: University Press of New England, 1987), S. 192f.

8 Ebd., S. 270.

9 Lewis Fry Richardson, *Weather Prediction by Numerical Process* (Cambridge: Cambridge University Press, 1922), S. 219.

10 Ebd., S. XI.

11 Ebd., S. XIII.

12 Ebd., S. 219, S. XI.

13 Philip Duncan Thompson, »A History of Numerical Weather Prediction in the United States«, Bulletin of the American Meteorological Society, Bd. 64, Nr. 7 (Juli 1983), S. 757.

14 Ebd., S. 758.

15 Philip Duncan Thompson, »Charney and the Revival of Numerical Weather Prediction«, in: R. Lindzen, E. Lorenz und G. Platzman (Hrsg.), *The Atmosphere – A Challenge: The Science of Jule Gregory Charney* (Boston, MA: American Meteorological Society, 1990), S. 98.

16 Akrevoe Kondopria Emmanouilides, Interview, 3. Juni 2003. [GBD]

17 Philip Thompson, Interview mit William Aspray, 5. Dezember 1986, Charles Babbage Institute OH 125.

18 Frank Aydelotte, Minutes of the Standing Committee's meeting, 13. Mai 1946. [IAS]

19 IAS, Minutes of the Standing Committee's meeting, 20. Mai 1946.

20 Frank Aydelotte, Minutes of the Standing Committee's meeting, 13. Mai 1946. [IAS]

21 Jule Charney an Stan Ulam, 6. Dezember 1957. [SUAPS]

22 Lewis Strauss, *Men and Decisions* (Garden City, NY: Doubleday, 1962), S. 232f.

23 Vladimir K. Zworykin, »Outline of Weather Proposal,« RCA Princeton Laboratories, Oktober 1945, S. 1, 4.

24 John von Neumann an Vladimir Zworykin, 24. Oktober 1945 [RCA].

25 Lewis Strauss, *Men and Decisions* (Garden City, NY: Doubleday, 1962), S. 233f.

26 Sidney Shalett, »Electronics to Aid Weather Figuring«, New York Times, 11. Januar 1946, S. 12.

27 Ebd.

28 Frank Aydelotte an Lt. Commander D. F. Rex, U. S. Navy Office of Research and Inventions, 8. Mai 1946. [IAS]

29 John von Neumann an Lewis Strauss, 4. Mai 1946. [VNLC]

30 John von Neumann, »Can We Survive Technology?«, Fortune, Juni 1955, S. 151.

31 Institute for Advanced Study, Conference on Meteorology, 29.–30. August 1946, Zusammenfassung, o. J., S. 3. [VNLC]

32 Herman H. Goldstine, Report on the Housing Situation for Meteorology Personnel, 15. Juli 1946. [IAS]

33 John von Neumann, Meteorology Project Progress Report for the period of November 15, 1946 to April 1, 1947, 8. April 1947, S. 4. [IAS]

34 Philip Thompson und John von Neumann, Meteorology Project Report of Progress during the period from April 1, 1947 to December 15, 1947, S. 2. [IAS]

35 Philip Thompson, Interview mit William Aspray, 5. Dezember 1986, Charles Babbage Institute OH 125.

36 Jule Charney an Stanisław Ulam, 6. Dezember 1957. [SUAPS]

37 Ebd.

38 Joseph Smagorinsky, Interview, 4. Mai 2004. [GBD]

39 Jule Charney, Progress report of the Meteorology Group at the IAS, June 1, 1948 to June 30, 1949, S. 2. [IAS]

40 Jule Charney an Philip Thompson, 12. Februar 1947, in: R. Lindzen, E. Lorenz und G. Platzman (Hrsg.), *The Atmosphere – A Challenge: The Science of Jule Gregory Charney* (Boston, MA: American Meteorological Society, 1990), S. 114.

41 Philip Thompson und John von Neumann, Meteorology Project Report of Progress during the period from April 1, 1947 to December 15, 1947, S. 10. [IAS]

42 Margaret Smagorinsky, Interview, 4. Mai 2004. [GBD]

43 George W. Platzman, »The Eniac Computation of 1950 – Gateway to Numerical Weather Prediction«, Bulletin of the American Meteorological Society, Bd. 60, Nr. 4 (April 1979), S. 307.

44 Jule Charney an George Platzman, 10. April 1950, in: George W. Platzman, »The Eniac Computation of 1950 – Gateway to Numerical Weather Prediction«, Bulletin of the American Meteorological Society, Bd. 60, Nr. 4 (April 1979), S. 310f.

45 George W. Platzman, »The Eniac Computation of 1950 – Gateway to Numerical Weather Prediction«, Bulletin of the American Meteorological Society, Bd. 60, Nr. 4 (April 1979), S. 310.

46 John von Neumann, J. G. Charney und R. Fjörtoft, »Numerical Integration of the Barotropic Vorticity Equation«, Tellus, Bd. II (1950), S. 275.

47 Jule G. Charney, »Numerical Methods in Dynamical Meteorology«, Proceedings of the National Academy of Sciences, Bd. 41, Nr. 11 (15. November 1955), S. 800.

48 Thelma Estrin, Interview mit Frederik Nebeker, IEEE History Center, Rutgers University, 24.–25. August 1992.

49 Raoul Bott, Interview, 10. März 2005. [GBD]

50 Jule Charney, »Numerical prediction of cyclogenesis«, Proceedings of the National Academy of Sciences Bd. 40 (1954), S. 102.

51 Clarence D. Smith, »The Destructive Storm of November 25–27«, Monthly Weather Review, 78 (November 1950), S. 204.

52 Jule Charney, Conversations with George Platzman, recorded August 1980, in: R. Lindzen, E. Lorenz, und G. Platzman (Hrsg.), *The Atmosphere – A Challenge: The Science of Jule Gregory Charney* (Boston, MA: American Meteorological Society, 1990), S. 54.

53 Jule Charney, »Numerical prediction of cyclogenesis«, Proceedings of the National Academy of Sciences, Bd. 40 (1954), S. 102.

54 Institute for Advanced Study Electronic Computer Project Machine Log, 27. Mai 1953. [IAS]

55 Norman A. Phillips, Progress report of the Meteorology Group at the IAS July 1, 1952 to September 30, 1952, S. 4. [IAS]

56 Harry Wexler an Chief of U. S. Weather Bureau, 11. Juni 1953, in: Joseph Smagorinsky, »The Beginnings of Numerical Weather Prediction and General Circulation Modeling: Early Recollections«, Advances in Geophysics, Bd. 25 (1983), S. 23.

57 Philip Thompson, Interview mit William Aspray, 5. Dezember 1986, Charles Babbage Institute OH 125.

58 Ebd.

59 Joseph Smagorinsky, »The Beginnings of Numerical Weather Prediction and General Circulation Modeling: Early Recollections«, Advances in Geophysics 25 (1983), S. 25.

60 Institute for Advanced Study Electronic Computer Project Monthly Progress Report: September 1954, S. 3. [IAS]

61 Institute for Advanced Study Electronic Computer Project Monthly Progress Report: March 1955, S. 3. [IAS]

62 Jule Charney an Stanisław Ulam, 6. Dezember 1957. [SU-APS]

63 Richard L. Pfeffer (Hrsg.), *Dynamics of Climate: The Proceedings of a Conference on the Application of Numerical Integration Techniques to the Problem of the General Circulation held October 26–28, 1955, at the Institute for Advanced Study, Princeton, New Jersey* (New York: Pergamon Press, 1960), S. 3.

64 John von Neumann, »Some Remarks on the Problem of Forecasting Climatic Fluctuations«, in: Richard L. Pfeffer (Hrsg.), *Dynamics of Climate* (Oxford & New York: Pergamon Press, 1960), S. 10f.

65 Ebd., S. 132.

66 Ebd., S. 133–136.

67 Ebd.

68 Jule Charney, Conversations with George Platzman, recorded August 1980, in: R. Lindzen, E. Lorenz und G. Platzman (Hrsg.), *The Atmosphere – A Challenge: The Science of Jule Gregory Charney* (Boston, MA: American Meteorological Society, 1990) S. 57f.

69 Jule Charney und Walter Munk, The Applied Physical Sciences, Vortrag zum 25. Gründungsjubiläum des Institute for Advanced Study Electronic Computer Project, 1972. [IAS]

70 Ebd.

71 John von Neumann, »Can We Survive Technology?«, Fortune, Juni 1955, S. 151.

72 Joseph Smagorinsky, »The Beginnings of Numerical Weather Prediction and General Circulation Modeling: Early Recollections«, Advances in Geophysics 25 (1983), S. 29.

Kapitel zehn
Monte Carlo

1 Klára von Neumann, Johnny, ca. 1963. [KVN]
2 Ebd.
3 Klára von Neumann, The Grasshopper, ca. 1963. [KVN]
4 Ebd.
5 Ebd.
6 Ebd.
7 Ebd.
8 Ebd.
9 John Wheeler an Carl Eckart, 23. November 1963. [KVN]
10 Klára von Neumann, The Grasshopper, ca. 1963. [KVN]
11 Ebd.
12 Mariette von Neumann an John von Neumann, 22. September 1937, in: Frank Tibor, »Double Divorce: The Case Of Mariette and John von Neumann«, Nevada Historical Society Quarterly, Bd. 34, Nr. 2 (1991), S. 361.
13 Frank Tibor, »Double Divorce: The Case Of Mariette and John von Neumann«, Nevada Historical Society Quarterly, Bd. 34, Nr. 2 (1991), S. 361.
14 Klára von Neumann an John von Neumann, 11. November 1937. [KVN]
15 John von Neumann an Stanisław Ulam, 22. April 1938. [SFU]
16 Klára von Neumann, Two New Worlds, ca. 1963. [KVN]
17 John von Neumann an Klára von Neumann, 14. September 1938. [KVN]
18 John von Neumann an Klára von Neumann, 6. September 1938. [KVN]
19 John von Neumann an Klára von Neumann, 5. September 1938. [KVN]
20 John von Neumann an Klára von Neumann, 13. September 1938. [KVN]

21 John von Neumann an Klára von Neumann, 18. September 1938. [KVN]
22 Klára von Neumann, Two New Worlds, ca. 1963. [KVN]
23 Harry E. King, Credit Manager des Essex House and Casino-on-the-Park, New York, ans Institute for Advanced Study, 24. Dezember 1938. [IAS]
24 Klára von Neumann, Two New Worlds, ca. 1963. [KVN]
25 Willis Ware, Interview, 23. Januar 2004. [GBD]
26 John von Neumann an Klára von Neumann, 10. August 1939. [KVN]
27 Robert D. Richtmyer, People Don't Do Arithmetic, unveröff., 1995.
28 Stanisław Ulam, *Adventures of a Mathematician* (New York: Scribners, 1976), S. 79.
29 Stanisław Ulam, Conversations with Gian-Carlo Rota, unveröff. Transkript, hrsg. v. Françoise Ulam, 1985. [SFU]
30 Jack Rosenberg, Interview mit Autor, 12. Februar 2005; Marina von Neumann Whitman, Interview mit Autor, 9. Februar 2006.
31 Klára von Neumann an John von Neumann, o. J., ca. 1949. [KVN]
32 Klára von Neumann, Johnny, ca. 1963. [KVN]
33 Ebd.
34 John von Neumann und Oswald Veblen an Frank Aydelotte, 23. März 1940. [IAS]
35 Ebd.
36 Klára von Neumann, Johnny, ca. 1963. [KVN]
37 John von Neumann an Stanisław Ulam, 2. April 1942. [VNLC]
38 John von Neumann an Klára von Neumann, 13. April 1943 [KVN]; S. W. Hubbel [Office of Censorship] an Klára von Neumann, 13. April 1943. [IAS]
39 Klára von Neumann, Johnny, ca. 1963. [KVN]

40 John von Neumann an Klára von Neumann, 8. Mai 1945. [KVN]

41 John von Neumann an Klára von Neumann, 11. Mai 1945. [KVN]

42 Nicholas Metropolis, »The MANIAC«, in: Nicholas Metropolis, J. Howlett und Gian-Carlo Rota (Hrsg.), *A History of Computing in the Twentieth Century* (New York: Academic Press, 1980), S. 459.

43 Edward Teller an John von Neumann, 9. August 1945. [IAS]

44 John von Neumann an Klára von Neumann, 4. Oktober 1946. [KVN]

45 Klára von Neumann, Johnny, ca. 1963. [KVN]

46 John von Neumann an Klára von Neumann, 15. Dezember 1945. [KVN]

47 Klára von Neumann, The Computer, ca. 1963. [KVN]

48 James Pomerene, Interview mit Nancy Stern, 26. September 1980, Charles Babbage Institute OH 31.

49 John von Neumann, Memo an Col. L. E. Simon, Ballistic Research Laboratory, Über mechanische Rechengeräte, 30. Januar 1945. [VNLC]

50 John von Neumann an Carson Mark, 13. März 1948. [VNLC]

51 Stanisław Ulam, 1983, in Roger Eckhardt, »Stan Ulam, John von Neumann, and the Monte Carlo Method«, in: *Stanisław Ulam, 1909–1984, Los Alamos Science, Nr. 15, Special Issue* (Los Alamos: Los Alamos Scientific Laboratory, 1987), S. 125.

52 Stanisław Ulam, *Adventures of a Mathematician* (New York: Scribners, 1976), S. 197.

53 Stanisław Ulam, »Random Processes and Transformations«, in: *Proceedings of the International Congress of Mathematicians, Cambridge, MA, 3. August – 6. September 1950* (Providence, RI: American Mathematical Society, 1952) Bd. II, S. 266.

54 Stanisław Ulam, *Adventures of a Mathematician* (New York: Scribners, 1976), S. 197.

55 Ebd.

56 Andrew W. Marshall, »An Introductory Note (on Monte Carlo Method)«, in: Herbert A. Meyer (Hrsg.), *Symposium on Monte Carlo Methods*, 16. und 17. März 1954 an der University of Florida, veranstaltet vom Wright Air Development Center des U. S. Air Force Air Research and Development Command (New York: Wiley, 1956), S. 14.

57 Stanisław Ulam, *Adventures of a Mathematician* (New York: Scribners, 1976), S. 199.

58 Ebd.

59 Robert D. Richtmyer, People Don't Do Arithmetic, unveröff., 1995.

60 Stanisław Ulam, Zeugenaussage, United States District Court, District Of Minnesota, Fourth Division, 4–67 Civil 138: Honeywell, Inc., Plaintiff, v. Sperry Rand Corporation and Illinois Scientific Developments, Inc., Defendants. Transcript of Proceedings, Bd. 47, Minneapolis, Minnesota, Dienstag, 7. September 1971, S. 7427f.

61 John von Neumann an Robert Richtmyer, 11. März 1947, in: Stanisław Ulam, »Statistical Methods in Neutron Diffusion«, LAMS-551, 9. April 1947, S. 13.

62 John von Neumann an Robert Richtmyer, 11. März 1947, Ebd., S. 6.

63 John von Neumann an Norris Bradbury, 18. Juli 1950, LANL archives, B-9 Files, Folder 635, Drawer 181, zit. n. Anne Fitzpatrick, *Igniting the Light Elements: The Los Alamos Thermonuclear Weapon Project, 1942–1952.* (Los Alamos, NM: Los Alamos Scientific Laboratory, 1999), S. 148.

64 Richard F. Clippinger, A Logical Coding System Applied to the ENIAC. BRL report 673, Ballistic Research Laboratories, Aberdeen Proving Ground, 29. September 1948.

65 Herman H. Goldstine an General Leslie R. Groves, Remington Rand Incorporated, Laboratory of Advanced Research, 14. Juni 1949. [VNLC]

66 John & Klára von Neumann, Actual Technique: The Use of the ENIAC (MS, o. J., ca. 1947). [VNLC]

67 Robert D. Richtmyer, »The Post-War Computer Development«, American Mathematical Monthly, Bd. 72, Nr. 2, Teil 2: Computers and Computing (Februar 1965), S. 11.

68 J. Presper Eckert, »The ENIAC«, in: Nicholas Metropolis, J. Howlett und Gian-Carlo Rota (Hrsg.), *A History of Computing in the Twentieth Century* (New York: Academic Press, 1980), S. 529.

69 Nicholas Metropolis, »The MANIAC«, in: Nicholas Metropolis, J. Howlett und Gian-Carlo Rota (Hrsg.), *A History of Computing in the Twentieth Century* (New York: Academic Press, 1980), S. 459.

70 Ebd.

71 Harris Mayer, Interview, 14. April 2006. [GBD]

72 Harris Mayer, Interview, 13. Mai 2011. [GBD]

73 Klára von Neumann an Françoise and Stan Ulam, o. J. [SUAPS]

74 Stanisław Ulam an John von Neumann, 12. Mai 1948. [SUAPS]

75 John von Neumann an Stanisław Ulam, 11. Mai 1948. [SFU]

76 John von Neumann an Klára von Neumann, 7. Dezember 1948. [KVN]

77 John & Klára von Neumann, Actual Technique: The Use of the ENIAC (MS, o. J., ca. 1948). [VNLC]

78 John von Neumann an Edward Teller, 1. April 1950. [VNLC]

79 Robert D. Richtmyer, People Don't Do Arithmetic, unveröff., 1995.

80 John von Neumann an Klára von Neumann, 14. Januar 1948. [KVN]

81 Robert D. Richtmyer, People Don't Do Arithmetic, unveröff. MS, 10. Oktober 1995.

82 Klára von Neumann an Harris Mayer, 8. April 1949. [KVN]. Bei der in dem Brief erwähnten Maria handelt es sich um Ma-

ria Goeppert-Mayer (1906–1972), eine Mitarbeiterin Edward Tellers. (Sie war nicht mit Harris Mayer verwandt.)

83 John von Neumann, »Various Techniques Used in Connection with Random Digits«, in: A. S. Householder (Hrsg.), Monte Carlo Method, Proceedings of a Symposium held June 29, 30 and July 1, 1949 in Los Angeles. National Bureau of Standards Applied Mathematics Series 12, 11. Juni 1951, S. 36.

84 A Million Random Digits with 100,000 Normal Deviates (Santa Monica, CA: RAND Corporation, 1955), S. XII.

85 Klára von Neumann an Stan Ulam, 15. Mai 1949. [SUAPS]

86 Klára von Neumann an Carson Mark, 28. Juni 1949. [KVN]

87 Herman Kahn, »Use of Different Monte Carlo Sampling Techniques«, in: Herbert A. Meyer (Hrsg.), *Symposium on Monte Carlo Methods*, 16. und 17. März 1954 an der University of Florida, veranstaltet vom Wright Air Development Center des U. S. Air Force Air Research and Development Command (New York: Wiley, 1956), S. 147.

Kapitel elf
Ulams Dämonen

1 John von Neumann an Edward Teller, 7. Oktober 1946. [VNLC]

2 Stanisław Ulam, 14. Januar 1974, in: Conversations with Gian-Carlo Rota, unveröff. Transkripte, hrsg. v. Françoise Ulam, 1985. [SFU]

3 Stanisław Ulam, *Adventures of a Mathematician* (New York: Scribners, 1976), S. 10.

4 Françoise Ulam, From Paris to Los Alamos, unveröff., Juli 1994. [SFU]

5 Mitchell Feigenbaum, »Reflections of the Polish Masters: Interview mit Stan Ulam und Mark Kac« [Interview o. J.] Los Alamos Science, Herbst 1982, S. 57.

6 Françoise Ulam, From Paris to Los Alamos, unveröff., Juli 1994. [SFU]
7 Bruno Augenstein, Interview, 9. Juni 1999. [GBD]
8 Françoise Ulam, Interview, 17. September 1999. [GBD]
9 Claire Ulam, in Stanisław Ulam, 1909–1984, Los Alamos Science, Nr. 15, Sonderausgabe (Los Alamos: Los Alamos Scientific Laboratory, 1987), S. 1.
10 Françoise Ulam, »Stanisław Ulam, 1909–1984«, ebd., S. 6.
11 Gian-Carlo Rota, »The Barrier of Meaning«, Letters in Mathematical Physics, Bd. X (1985) S. 97.
12 Stanisław Ulam, Conversations with Gian-Carlo Rota, unveröff. Transkripte, hrsg. v. Françoise Ulam, 1985. [SFU]
13 Stanisław Ulam, *Adventures of a Mathematician* (New York: Scribners, 1976), S. 114.
14 Françoise Ulam, From Paris to Los Alamos, unveröff., Juli 1994. [SFU]
15 Ebd.
16 Ebd.
17 Ebd.
18 Stanisław Ulam an John von Neumann, 1941. [VNLC]
19 John von Neumann an Stanisław Ulam, 2. April 1942. [VNLC]
20 Stanisław Ulam, *Adventures of a Mathematician* (New York: Scribners, 1976), S. 141.
21 John von Neumann an Stanisław Ulam, 9. November 1943. [SFU]
22 Stanisław Ulam, *Adventures of a Mathematician* (New York: Scribners, 1976), S. 144.
23 Françoise Ulam, From Paris an Los Alamos, unveröff., Juli 1994. [SFU]
24 Ebd.
25 Stanisław Ulam, *Adventures of a Mathematician* (New York: Scribners, 1976), S. 156.

26 Harris Mayer, »People of the Hill: The Early Days«, Los Alamos Science, Nr. 28 (2003), S. 9.
27 Françoise Ulam, From Paris to Los Alamos, unveröff., Juli 1994. [SFU]
28 Ebd.
29 Stanisław Ulam, *Adventures of a Mathematician* (New York: Scribners, 1976), S. 147f.
30 Stanisław Ulam, Conversations with Gian-Carlo Rota, unveröff. Transkripte, hrsg. v. Françoise Ulam, 1985. [SFU]
31 Françoise Ulam, From Paris to Los Alamos, Juli 1994. [SFU]
32 Norris Bradbury beim Los Alamos Coordinating Council, 1. Oktober 1945, in: David Hawkins (Hrsg.), *Manhattan District History: Project Y, the Los Alamos Project, Bd. I: Inception until August 1945* (Los Alamos, NM: Los Alamos Scientific Laboratory, 1946–1947; freigegeben als LAMS-2532, Bd. I, 1961), S. 120f.
33 Françoise Ulam, From Paris to Los Alamos, unveröff., Juli 1994. [SFU]
34 Edward Teller, 13. Februar 1945, in: Françoise Ulam, From Paris to Los Alamos, unveröff., Juli 1994. [SFU]
35 Ebd.
36 Ebd.
37 Stanisław Ulam, Aussage vor dem United States District Court, District Of Minnesota, Fourth Division, 4–67 Civil 138, im Verfahren Honeywell, Inc., Plaintiff, vs. Sperry Rand Corporation and Illinois Scientific Developments, Inc., Defendants. Transcript of Proceedings, Bd. 47, Minneapolis, Minnesota, Dienstag, 7. September 1971, S. 7349.
38 Stanisław Ulam, »Thermonuclear Devices«, in: R. E. Marshak (Hrsg.), *Perspectives in Modern Physics: Essays in Honor of Hans Bethe* (New York: Wiley Interscience, 1966), S. 593.
39 Edward Teller, »The Work of Many People«, Science, Bd. 121 (25. Februar 1955), S. 269.

40 Vannevar Bush und James B. Conant, »Supplementary memorandum giving further details concerning military potentials of atomic bombs and the need for international exchange of information«, Memorandum an den Kriegsminister vom 30. September 1944, in: JCAE declassified General Subject Files, Box 60, NARA. Siehe auch Anne Fitzpatrick, Igniting the Light Elements: The Los Alamos Thermonuclear Weapon Project, 1942–1952. LA-13577-T (Los Alamos, NM: Los Alamos Scientific Laboratory, 1999), S. 103.

41 Edward Teller, »The Work of Many People«, Science, Bd. 121 (25. Februar 1955), S. 268.

42 Ebd., S. 269.

43 Edward Teller, Aussage vor dem United States District Court, District Of Minnesota, Fourth Division, 4–67 Civil 138, im Verfahren Honeywell, Inc., Plaintiff, vs. Sperry Rand Corporation and Illinois Scientific Developments, Inc., Defendants. Transcript of Proceedings, Bd. 47, Minneapolis, Minnesota, Montag, 30. August 1971, S. 6702.

44 Hans A. Bethe, »Comments on the History of the H-Bomb«, geschrieben 1954, freigegeben 1980, mit einer neuen Einleitung von Hans Bethe, in Los Alamos Science, Herbst 1982, S. 47.

45 Edward Teller, Aussage vor dem United States District Court, District Of Minnesota, Fourth Division, 4–67 Civil 138, im Verfahren Honeywell, Inc., Plaintiff, vs. Sperry Rand Corporation and Illinois Scientific Developments, Inc., Defendants. Transcript of Proceedings, Bd. 47, Minneapolis, Minnesota, Montag, 30. August 1971, S. 6771.

46 E. Bretscher, S. P. Frankel, D. K. Froman, N. Metropolis, S. Morrison, L. W. Nordheim, E. Teller, A. Turkevich und J. von Neumann, Report on the Conference on the Super, LA-575, 16. Februar 1950.

47 John von Neumann und Klaus Fuchs, Improvements in

method and means for utilizing nuclear energy, United States Office of Scientific Research and Development, Office for Emergency Management, Invention Disclosure, 28. Mai 1946.

48 Françoise Ulam, From Paris to Los Alamos, unveröff., Juli 1994. [SFU]

49 J. Robert Oppenheimer, General Advisory Committee, AEC, an David Lilienthal, Chairman, AEC, 30. Oktober 1949, mit beigehefteten Mehrheits- und Minderheitsberichten des General Advisory Committee zum Bau der H-Bombe.

50 James B. Conant, Hartley Rowe, Cyril Stanley Smith, L. A. DuBridge, Oliver E. Buckley, J. R. Oppenheimer, I. I. Rabi, General Advisory Committee to the U. S. Atomic Energy Commission, Report v. 30. Oktober 1949, abgedruckt in: Herbert F. York, *The Advisors: Oppenheimer, Teller, and the Super Bomb* (San Francisco: W. H. Freeman, 1976), S. 157.

51 John von Neumann an Joe Mayor, 3. Februar 1950. [VNLC]

52 Françoise Ulam, From Paris to Los Alamos, unveröff., Juli 1994. [SFU]

53 Stanisław Ulam, Aussage vor dem United States District Court, District Of Minnesota, Fourth Division, 4–67 Civil 138, im Verfahren Honeywell, Inc., Plaintiff, vs. Sperry Rand Corporation and Illinois Scientific Developments, Inc., Defendants. Transcript of Proceedings, Bd. 47, Minneapolis, Minnesota, Dienstag, 7. September 1971, S. 7401.

54 John von Neumann, Aussage vor dem AEC Personnel Security Board, 27. April 1954, In the Matter of J. Robert Oppenheimer (Washington, D. C.: Government Printing Office, 1954), S. 655.

55 Ralph Slutz, Interview mit Christopher Evans, Juni 1976, Charles Babbage Institute OH 086.

56 Françoise Ulam, From Paris to Los Alamos, unveröff., Juli 1994. [SFU]

57 Stan Ulam, *Adventures of a Mathematician* (New York: Scribner, 1976), S. 216f.

58 Stan Ulam an John von Neumann, 27. Januar 1950. [VNLC]

59 Stanisław Ulam, »Thermonuclear Devices«, in: R. E. Marshak (Hrsg.), *Perspectives in Modern Physics: Essays in Honor of Hans Bethe* (New York: Wiley Interscience, 1966), S. 597.

60 John von Neumann an Stan Ulam, 7. Februar 1950. [SUAPS]

61 Françoise Ulam, From Paris to Los Alamos, unveröff., Juli 1994. [SFU]

62 Edward Teller, Interview, 22. April 1999. [GBD]

63 Hans A. Bethe, »Comments on the History of the H-Bomb«, geschrieben 1954, freigegeben 1980, mit einer neuen Einleitung von Hans Bethe, in: Los Alamos Science, Herbst 1982, S. 44, 49.

64 Stan Ulam an Hans Bethe, 29. Oktober 1954 [Cornell University/PM].

65 Edward Teller und Stanisław Ulam, On Heterocatalytic Detonations I, Hydrodynamic Lenses and Radiation Mirrors, LAMS-1225, 9. März 1951.

66 Harris Mayer, »People of the Hill: The Early Days«, in: Los Alamos Science, Nr. 28 (2003), S. 25.

67 Harris Mayer, Interview, 25. Mai 2011 [GBD]

68 Theodore Taylor, Interview mit Kenneth W. Ford, 13. Februar 1995.

69 Gordon Dean, Aussage vor dem AEC Personnel Security Board, 19. April 1954, In the Matter of J. Robert Oppenheimer (Washington, D. C.: Government Printing Office, 1954), S. 305.

70 J. Robert Oppenheimer, Aussage vor dem AEC Personnel Security Board, 16. April 1954, In the Matter of J. Robert Oppenheimer (Washington, D. C.: Government Printing Office, 1954), S. 251.

71 Bill Borden, Aktenvermerk vom 13. August 1951 über eine Unterredung mit Admiral Strauss, S. 1 [NARA-JCAE/PM].

72 Klára von Neumann, Johnny, ca. 1963. [KVN]
73 Theodore Taylor, Interview mit Kenneth W. Ford, 13. Februar 1995.
74 John S. Walker, Aktenvermerk »Thermonuclear matters and the Department of Defense«, 3. Oktober 1952 [NARA/PM].
75 Klára von Neumann, Johnny, ca. 1963. [KVN]
76 J. Robert Oppenheimer, Vertragsbriefe vom 14. und 17. März 1950. [IAS-BS]
77 Julian Bigelow, »Computer Development at the Institute for Advanced Study«, in: Nicholas Metropolis, J. Howlett und Gian-Carlo Rota (Hrsg.), *A History of Computing in the Twentieth Century* (New York: Academic Press, 1980), S. 308.
78 Françoise Ulam, From Paris to Los Alamos, unveröff., Juli 1994. [SFU]
79 C. J. Everett und S. M. Ulam, On a Method of Propulsion of Projectiles by Means of External Nuclear Explosions, Los Alamos Scientific Laboratory Report LAMS-1955 (August 1955), S. 3ff.
80 Stanisław Ulam, Aussage vom 22. Januar 1958 vor Senator Albert Gore und Representative James T. Patterson, in Outer Space Propulsion by Nuclear Energy, Hearings held Jan. 22, 23 & Feb. 6, 1958 before the Subcommittee on Outer Space Propulsion of the Joint Committee on Atomic Energy, Eighty-fifth Congress, second session, S. 48.
81 James Clerk Maxwell, *Theorie der Wärme*. Übers. nach der 4. Aufl. d. Originals von F. Neesen (Braunschweig: Vieweg, 1878), S. 374.
82 Stanisław M. Ulam, On the Possibility of Extracting Energy from Gravitational Systems by Navigating Space Vehicles. LAMS-2219 (geschrieben am 1. April 1958, verteilt am 19. Juni 1958), S. 3–7.
83 Ebd., S. 7.
84 James Clerk Maxwell, *Theorie der Wärme*. Übers. nach der

4. Aufl. d. Originals von F. Neesen (Braunschweig: Vieweg, 1878), S. 351.
85 Stan Ulam an John von Neumann, 7. Februar 1949. [VNLC]
86 Stan Ulam an Arthur W. Burks, 27. Januar 1961. [SUAPS]
87 Nicholas Metropolis an Stan Ulam, 7. Juni 1948. [SUAPS]
88 Stan Ulam an John von Neumann, 9. November 1952. [VNLC]
89 George Gamow an Stan Ulam, 20. Juli 1953. [SUAPS]
90 Stan Ulam an George Gamow, 20. Juli 1953. [SUAPS]

Kapitel zwölf
Barricellis Universum

1 Olaf Stapledon, *Der Sternenschöpfer* (München: Heyne, 1982), S. 297.
2 Nils Aall Barricelli, Experiments in Bionumeric Evolution Executed by the Electronic Computer at Princeton, N. J., unveröff., August 1953, S. 2f. [IAS]
3 Gerald Estrin, Interview, 14. April 2005. [GBD]
4 Nils Aall Barricelli, Sur le Fondement Theoretique pour l'analyse des Courbes Climatiques. Diss., Universität Oslo, 1947.
5 Tor Gulliksen, persönl. Mitteilung, 22. November 1995.
6 Simen Gaure, persönl. Mitteilung, 23. November 1995.
7 Kirke Wolfe, Interview, 29. April 2010. [GBD]
8 Nils Aall Barricelli, »Prospects and Physical Conditions for Life on Venus and Mars«, Scientia, Bd. XI (1961), S. 1.
9 Simen Gaure, persönl. Mitteilung, 23. November 1995.
10 Kirke Wolfe, Interview, 29. April 2010. [GBD]
11 Nils Aall Barricelli, »Symbiogenetic evolution processes realized by artificial methods«, Methodos, Bd. VIII, Nr. 32 (1956), S. 307.
12 Frank Stahl, Interview, 25. Februar 2007. [GBD]

13 Simen Gaure, persönl. Mitteilung, 23. November 1995.
14 Atle Selberg, Interview, 11. Mai 2004. [GBD]
15 Institute for Advanced Study Electronic Computer Project, Monthly Progress Report, März 1953, S. 3. [IAS]
16 Nils Aall Barricelli, Application for United States Government Travel Grant for Citizens of Norway, Fulbright Act, to be submitted to United States Educational Foundation in Norway, 8. Dezember 1951. [IAS]
17 John von Neumann an Fulbright office, U. S. Educational Office in Norway, 5. Februar 1952, IAS.
18 John von Neumann an Ragnar Frisch, 10. Dezember 1951. [IAS]
19 Nils Aall Barricelli, »Experiments in Bionumeric Evolution Executed by the Electronic Computer at Princeton, N. J.«, unveröff., August 1953, S. 1. [IAS]
20 Julian Bigelow, Interview, November 1997. [GBD]
21 Nils A. Barricelli, »Numerical Testing of Evolution Theories: Part II«, Acta Biotheoretica, Bd. XVI (1962), S. 122.
22 Claude E. Shannon, An Algebra for Theoretical Genetics, Dissertation, Department of Mathematics, Massachusetts Institute of Technology, 15. April 1940.
23 John von Neumann an Norbert Wiener, 29. November 1946. [VNLC]
24 John von Neumann an Mina Rees, Office of Naval Research, 20. Januar 1947. [VNLC]
25 Nils A. Barricelli, »Numerical Testing of Evolution Theories: Part I«, Acta Biotheoretica, Bd. XVI (1962), S. 70.
26 Institute for Advanced Study Electronic Computer Project Operating Log, 22. Juni 1956. [IAS]
27 Institute for Advanced Study Electronic Computer Project, Final Report on Contract Nr. DA-36–034-ORD-1023, 1. April 1954, S. II-83–85. [IAS]
28 Nils A. Barricelli, »Symbiogenetic Evolution Processes Rea-

lized by Artificial Methods«, Methodos, Bd. IX, Nr. 35–36 (1957), S. 152.

29 Nils Aall Barricelli, »Experiments in Bionumeric Evolution Executed by the Electronic Computer at Princeton, N. J.«, unveröff., August 1953, S. 2. [IAS]

30 Nils A. Barricelli, »Symbiogenetic Evolution Processes Realized by Artificial Methods«, Methodos, Bd. IX, Nr. 35–36 (1957), S. 175.

31 Nils A. Barricelli, »Numerical Testing of Evolution Theories: Part I«, Acta Biotheoretica, Bd. 16 (1962), S. 72.

32 Ebd., S. 94.

33 Ebd.

34 Nils A. Barricelli, »Symbiogenetic Evolution Processes Realized by Artificial Methods«, Methodos, Bd. IX, Nr. 35–36 (1957), S. 159.

35 Nils A. Barricelli, »Numerical Testing of Evolution Theories: Part I«, Acta Biotheoretica, Bd. 16 (1962), S. 88.

36 Nils Aall Barricelli, »Evolution Processes Realized by Numerical Elements«, Institute for Advanced Study Electronic Computer Project Monthly Progress Report, Juli 1956, S. 10f. [IAS]

37 Nils A. Barricelli, »Symbiogenetic Evolution Processes Realized by Artificial Methods«, Methodos, Bd. IX, Nr. 35–36 (1957), S. 169.

38 Gerald Estrin, Interview, 14. April 2005. [GBD]

39 Nils A. Barricelli, »Symbiogenetic Evolution Processes Realized by Artificial Methods«, Methodos, Bd. IX, Nr. 35–36 (1957), S. 164.

40 Nils Aall Barricelli, Experiments in Bionumeric Evolution Executed by the Electronic Computer at Princeton, N. J., unveröff., August 1953, S. 12. [IAS]

41 Nils Aall Barricelli, »Esempi numerici di processi di evoluzione«, Methodos, Bd. VI, Nr. 21–22 (1954), S. 48.

42 Nils Aall Barricelli, »Symbiogenetic evolution processes realized by artificial methods«, Methodos, Bd. IX, Nr. 35–36 (1957), S. 180.

43 Nils A. Barricelli, »Numerical Testing of Evolution Theories: Part II«, Acta Biotheoretica, Bd. XVI (1962), S. 117.

44 John von Neumann, »Statistical Theories of Information«, Vortrag an der University of Illinois, Dezember 1949, in: Arthur W. Burks (Hrsg.), *Theory of Self-reproducing Automata* (Urbana: University of Illinois Press, 1966), S. 60.

45 John von Neumann, Reliable Organizations of Unreliable Elements, o. J., Ende 1951, S. 44. [VNLC]

46 John von Neumann, »The Role of High and Extremely High Complication«, Vortrag an der University of Illinois, Dezember 1949, in: Arthur W. Burks (Hrsg.), *Theory of Self-reproducing Automata* (Urbana: University of Illinois Press, 1966), S. 71.

47 Nils A. Barricelli, »Numerical Testing of Evolution Theories: Part II«, Acta Biotheoretica, Bd. XVI (1962), S. 116.

48 Nils A. Barricelli, »Numerical Testing of Evolution Theories«, Journal of Statistical Computation and Simulation, Bd. I (1972), S. 122.

49 Nils A. Barricelli, »Numerical Testing of Evolution Theories: Part II«, Acta Biotheoretica, Bd. XVI (1962), S. 100.

50 Nils A. Barricelli, »Numerical Testing of Evolution Theories«, Journal of Statistical Computation and Simulation, Bd. I (1972), S. 126.

51 Nils A. Barricelli, »Numerical Testing of Evolution Theories: Part II«, Acta Biotheoretica, Bd. XVI (1962), S. 101.

52 Nils Aall Barricelli, Robert Toombs und Louis Nelson, »Virus-genetic Theory Testing by Data Processing Machines. Parts 1–3«, Journal of Theoretical Biology, Bd. XXXII, Nr. 3 (1971), S. 621.

53 Kirke Wolfe, Interview, 29. April 2010. [GBD]

54 Frank Stahl, Interview, 25. Februar 2007. [GBD]
55 Nils A. Barricelli, »Numerical Testing of Evolution Theories: Part I«, Acta Biotheoretica, Bd. XVI (1962), S. 69 und 99.
56 Ebd., S. 94.
57 Nils Barricelli, »Genetic Language, its Origins and Evolution«, Theoretic Papers, Bd. IV, Nr. 6 (Oslo: The Blindern Theoretic Research Team, 1986), S. 106f.
58 Ebd., S. 107.
59 Nils A. Barricelli, »On the Origin and Evolution of the Genetic Code, II: Origin of the Genetic Code as a Primordial Collector Language; The Pairing-Release Hypothesis«, BioSystems, Bd. XI (1979), S. 19 und 21.
60 Nils A. Barricelli, »Suggestions for the starting of numeric evolution processes intended to evolve symbioorganisms capable of developing a language and technology of their own«, Theoretic Papers (Oslo: The Blindern Theoretic Research Team, 1987) Bd. VI, S. 121.
61 Nils A. Barricelli, »The Functioning of Intelligence Mechanisms Directing Biologic Evolution«, Theoretic Papers (Oslo: The Blindern Theoretic Research Team, 1985) Bd. III, Nr. 7, S. 126.
62 Nils A. Barricelli, »Numerical Testing of Evolution Theories«, Journal of Statistical Computation and Simulation, Bd. I (1972), S. 123f.
63 Nils Barricelli, »The Intelligence Mechanisms behind Biological Evolution«, Scientia, September 1963, S. 178f.
64 Nils Barricelli, »Suggestions for the starting of numeric evolution processes intended to evolve symbioorganisms capable of developing a language and technology of their own«, Theoretic Papers (Oslo: The Blindern Theoretic Research Team, 1987) Bd. VI, S. 144.
65 Carl Woese und Nigel Goldenfeld, »How the Microbial World Saved Evolution from the Scylla of Molecular Biology

and the Charybdis of the Modern Synthesis«, Microbiology and Molecular Biology Reviews, Bd. 73, Nr. 1 (März 2009), S. 20.

66 Nigel Goldenfeld und Carl Woese, »Biology's Next Revolution«, Nature, 25. Januar 2007, S. 369.

67 Nils Barricelli in: Paul S. Moorhead und Martin M. Kaplan (Hrsg.), *Mathematical Challenges to the Neo-Darwinian Interpretation of Evolution: a symposium held at the Wistar Institute, 25.–26. April 1966* (Philadelphia: Wistar Institute, 1966), S. 67.

68 Alan Turing, »Computing Machinery and Intelligence«, Mind, Bd. 59, Nr. 236 (Oktober 1950), S. 456.

69 George Church, 26. Juli 2009.

Kapitel dreizehn
Turings Kathedrale

1 Alan Turing, »Rechenmaschinen und Intelligenz«, in B. Dotzler, F. Kittler (Hrsg.), Turing, *Intelligence Service. Schriften* (Berlin: Brinkmann & Bose, 1987), S. 161f.

2 Sara Turing, *Alan M. Turing* (Cambridge: W. Heffer & Sons, 1959), S. 11.

3 Alan Turing an Sara Turing, von Bord der *Berengaria*, 28. September 1936. [AMT]

4 Sara Turing, *Alan M. Turing* (Cambridge: W. Heffer & Sons, 1959), S. 11.

5 Ebd., S. 11 und 23.

6 Ebd., S. 27 und 29.

7 Alan Turing an Sara Turing, 28. September 1936. [AMT]

8 Alan Turing an Philip Hall, 22. November 1936. [AMT]

9 John von Neumann an Oswald Veblen, 6. Juli 1935. [OVLC]

10 Ebd.

11 Lyn Newman an ihre Eltern, Ende 1937, zitiert n. William

Newman, »Max Newman – Mathematician, Codebreaker, and Computer Pioneer«, in: Jack Copeland (Hrsg.), *Colossus: the Secrets of Bletchley Park's Codebreaking Computers* (Oxford: Oxford University Press, 2006), S. 179.

12 I. J. Good an Sara Turing, 9. Dezember 1956. [AMT]

13 Robin Gandy, »The Confluence of Ideas in 1936«, in: Rolf Herken (Hrsg.), *The Universal Turing Machine: a Half-century Survey* (Oxford: Oxford University Press, 1988), S. 85.

14 Alan Turing, »Über berechenbare Zahlen mit einer Anwendung auf das Entscheidungsproblem«, in: B. Dotzler, F. Kittler (Hrsg.), *Turing, Intelligence Service. Schriften* (Berlin: Brinkmann & Bose, 1987), S. 19.

15 Ebd., S. 20f.

16 Ebd., S. 41.

17 Ebd., S. 31.

18 William Newman, »Max Newman – Mathematician, Codebreaker, and Computer Pioneer«, in: Jack Copeland (Hrsg.), *Colossus: the Secrets of Bletchley Park's Codebreaking Computers* (Oxford: Oxford University Press, 2006), S. 178.

19 Max Newman an Alonzo Church, 31. Mai 1936, in: Andrew Hodges, *Alan Turing: The Enigma* (New York: Simon and Schuster, 1983), S. 111f.

20 Alan Turing an Sara Turing, 6. Oktober 1936. [AMT]

21 Alan Turing an Sara Turing, 22. Februar 1937. [AMT]

22 Freeman Dyson, Interview mit dem Autor, 5. Mai 2004, GBD.

23 Martin Davis, »Influences of Mathematical Logic on Computer Science«, in: Rolf Herken (Hrsg.), *The Universal Turing Machine: a half-century survey* (Oxford: Oxford University Press, 1988), S. 315.

24 Alonzo Church, »Review of A. M. Turing, ›On Computable Numbers, with an Application to the Entscheidungsproblem‹«, Journal of Symbolic Logic, Bd. II, Ausg. 1 (März 1937), S. 43.

25 Kurt Gödel, »Remarks Before the Princeton Bicentennial Conference on Problems in Mathematics«, 17.–19. Dezember 1946, zit. n. George Dyson, *Darwin im Reich der Maschinen. Die Evolution der globalen Intelligenz* (Springer: Wien und New York, 2001), S. 65.
26 M. H. A. Newman, »Alan Mathison Turing, 1912–1954«, Biographical Memoirs of Fellows of the Royal Society, 1 (1955), S. 256.
27 M. H. A. Newman, »Dr. A. M. Turing«, London Times, 16. Juni 1954, S. 10.
28 Herman Goldstine, Interview mit Nancy Stern, 11. August 1980, Charles Babbage Institute OH 18.
29 Julian Bigelow, Interview mit Nancy Stern, 12. August 1980. Charles Babbage Institute Oral History Series OH3.
30 Ebd.
31 Malcolm MacPhail an Andrew Hodges, 17. Dezember 1977, in: Andrew Hodges, *Alan Turing: The Enigma* (New York: Simon and Schuster, 1983), S. 138.
32 Alan Turing, »Systems of Logic Based on Ordinals«, Proceedings of the London Mathematical Society, Ser. 2, Bd. 45 (1939), S. 161.
33 Ebd., S. 172f.
34 Ebd., S. 214f.
35 Ebd., S. 215.
36 Alan Turing an Sara Turing, 14. Oktober 1936. [AMT]
37 Alan Turing an Philip Hall (o. J., 1938). [AMT]
38 I. J. Good, »Pioneering Work on Computers at Bletchley«, in: Nicholas Metropolis, J. Howlett und Gian-Carlo Rota (Hrsg.), *A History of Computing in the Twentieth Century* (New York: Academic Press, 1980), S. 35.
39 C. Hugh Alexander, Cryptographic History of Work on the German Naval Enigma, o. J., unveröff. (1945), S. 19f. [AMT]
40 Irving J. Good, »A Report on a Lecture by Tom Flowers on

the Design of the Colossus«, Annals of the History of Computing Bd. IV, Nr. 1 (1982), S. 57f.

41 Irving J. Good, »Enigma and Fish«, in: F. H. Hinsley und Alan Stripp (Hrsg.), *Codebreakers: the Inside Story of Bletchley Park*, 2. Aufl. (Oxford: Clarendon Press, 1994), S. 164.

42 Sara Turing, *Alan M. Turing* (Cambridge: W. Heffer & Sons, 1959), S. 72f.

43 Irving J. Good an Lee A. Gladwin, 18. Juni 2002, zitiert nach: »Cryptanalytic Co-operation Between the UK and the USA«, in: Christof Teuscher (Hrsg.), *Alan Turing: Life and Legacy of a Great Thinker* (New York: Springer-Verlag, 2002), S. 472.

44 John R. Womersley, Mathematics Division, National Physical Laboratory, A. C. E. Project – Origin and Early History, 26. November 1946. [AMT]

45 Ebd.

46 Ebd.

47 Max Newman an John von Neumann, 8. Februar 1946. [VNLC]

48 Alan Turing, »Report on visit to U. S. A., Januar 1st – 20th, 1947«. [AMT]

49 Sara Turing, *Alan M. Turing* (Cambridge: W. Heffer & Sons, 1959), S. 56.

50 Alan Turing, *Proposed Electronic Calculator*, o. J., ca. 1946, S. 19. [AMT]

51 Sara Turing, *Alan M. Turing* (Cambridge: W. Heffer & Sons, 1959), S. 78.

52 Alan Turing, *Proposed Electronic Calculator*, o. J., ca. 1946, S. 47. [AMT]

53 Alan Turing, Vortrag bei der London Mathematical Society am 20. Februar 1947, S. 9. [AMT]

54 J. H. Wilkinson, »Turing's work at the National Physical Laboratory«, in: N. Metropolis, J. Howlett und Gian-Carlo

Rota (Hrsg.), *A History of Computing in the Twentieth Century* (New York: Academic Press, 1980), S. 111.

55 Charles G. Darwin an Sir Edward V. Appleton, 23. Juli 1947. [AMT]

56 Alan Turing, Intelligent Machinery, Bericht ans National Physical Laboratory, 1948, S. 1. [AMT]

57 Alan Turing, Vortrag bei der London Mathematical Society am 20. Februar 1947, S. 23f. [AMT]

58 Alan Turing, Intelligent Machinery, Bericht an das National Physical Laboratory, 1948, S. 2. [AMT], zit. n. George Dyson, *Darwin im Reich der Maschinen. Die Evolution der globalen Intelligenz* (Wien und New York: Springer, 2001), S. 80.

59 Alan Turing, Vortrag bei der London Mathematical Society am 20. Februar 1947, S. 23. [AMT], zit. n. George Dyson, *Darwin im Reich der Maschinen. Die Evolution der globalen Intelligenz* (Wien und New York: Springer, 2001), S. 81.

60 Alan Turing, Intelligent Machinery, Bericht an das National Physical Laboratory, 1948, S. 6. [AMT] zit. n. George Dyson, *Darwin im Reich der Maschinen. Die Evolution der globalen Intelligenz* (Springer: Wien und New York, 2001), S. 81.

61 Ebd.

62 Ebd.

63 Alan Turing, »Rechenmaschinen und Intelligenz«, in: B. Dotzler, F. Kittler (Hrsg.), *Turing, Intelligence Service. Schriften* (Berlin: Brinkmann & Bose, 1987), S. 177.

64 Alan Turing, Intelligent Machinery, Bericht an das National Physical Laboratory, 1948, S. 17. [AMT], zit. n. George Dyson, *Darwin im Reich der Maschinen. Die Evolution der globalen Intelligenz* (Springer: Wien und New York, 2001), S. 81f.

65 I. J. Good an Sara Turing, 9. Dezember 1956. [AMT]

66 Lyn Newman an Antoinette Esher, 24. Juni 1949. [AMT]

67 Irving J. Good, Ethical Machines (prepared for the Tenth Machine Intelligence Workshop, Case Western Reserve Uni-

versity, April 20–25, 1981), unveröff. Entwurf, 7. Oktober 1980, S. IX.

68 Alan Turing an I. J. Good, 18. September 1948. [AMT]

69 Irving J. Good, Speculations on Perceptrons and Other Automata, IBM Research Lecture RC-115, 2. Juni 1959, basierend auf einer vom Machine Organization Department geförderten Vortragsreihe, 17. Dezember 1958, S. 6.

70 Alan Turing, Intelligent Machinery, Bericht an das National Physical Laboratory, 1948, S. 17. [AMT]

Kapitel vierzehn
Ingenieursträume

1 I. J. Good, »Computers, Causality, and the Direction of Time«, in: *The Scientist Speculates* (New York: Basic Books, 1962), S. 327.

2 Willis Ware, Interview mit Nancy Stern, 19. Januar 1981, Charles Babbage Institute OH 37.

3 Biographical background on J. H. Bigelow, 14. November 1950. [IAS]

4 Ebd.

5 Julian Bigelow, Interview mit Richard R. Mertz, 20. Januar 1971, Computer Oral History Collection, Archives Center, National Museum of American History.

6 Julian Bigelow, »Computer Development at the Institute for Advanced Study«, in: Nicholas Metropolis, J. Howlett und Gian-Carlo Rota (Hrsg.), *A History of Computing in the Twentieth Century* (New York: Academic Press, 1980), S. 291.

7 Julian Bigelow, Interview mit Richard R. Mertz, 20. Januar 1971, Computer Oral History Collection, Archives Center, National Museum of American History.

8 Herman Goldstine, Interview mit Nancy Stern, 11. August 1980, Charles Babbage Institute OH 18.

9 Thelma Estrin, Interview mit Frederik Nebeker, 24.–25. August 1992, IEEE History Center, Rutgers University.

10 Julian Bigelow, Interview mit Nancy Stern, 12. August 1980. Charles Babbage Institute Oral History OH3.

11 Protokoll der Sondersitzung der Mitglieder der Corporation, 25. Oktober 1951. [IAS]

12 Protokoll der turnusmäßigen Sitzung des Kuratoriums, 27. Oktober 1955. [IAS]

13 Julian Bigelow, Interview mit Richard R. Mertz, 20. Januar 1971. Computer Oral History Collection, Archives Center, National Museum of American History.

14 James Lighthill (Fellow of the Royal Society) an Freeman Dyson, 18. November 1954. [IAS]

15 Freeman J. Dyson, The Future of Physics (Vortrag zur Einweihung der Jadwin und der Fine Hall, Princeton University, 17. März 1970). [FJD]

16 John Bahcall, Memo an alle Institutsmitglieder, September 1976. [IAS]

17 Klára von Neumann, Johnny, ca. 1963. [KVN]

18 Ebd.

19 Ebd.

20 John von Neumann, Zeugenaussage vor dem Personnel Security Board der AEC, 27. April 1954, In the Matter of J. Robert Oppenheimer (Washington, D. C.: Government Printing Office, 1954), S. 649.

21 John von Neumann an Klára von Neumann, 16. Mai 1954. [KVN]

22 Harris Mayer, Interview, 14. April 2006. [GBD]

23 John von Neumann an Klára von Neumann, 9. Dezember 1943. [KVN]

24 Klára von Neumann, Johnny, ca. 1963. [KVN]

25 John von Neumann, »The Impact of Recent Developments in Science on the Economy and on Economics«, Rede vor der

National Planning Association, Washington, D. C., 12. Dezember 1955, abgedruckt in: John von Neumann, *Collected Works* (Oxford: Pergamon Press, 1963) Bd. VI, S. 100.

26 Jule Charney an Stanisław Ulam, 6. Dezember 1957. [SUAPS]

27 Lewis L. Strauss, in: »John von Neumann«, Filmdokumentation der Mathematical Association of America, 1966.

28 Julian Bigelow, Interview mit Nancy Stern, 12. August 1980, Charles Babbage Institute Oral History OH3.

29 Stanisław Ulam, *Adventures of a Mathematician* (New York: Scribners, 1976), S. 244.

30 Marina von Neumann Whitman, Interview, 7. Mai 2004. [GBD]

31 Marina von Neumann Whitman, Interview, 3. Mai 2010. [GBD]

32 Nicholas Vonneumann, *John von Neumann as seen by his Brother* (Meadowbrook, PA: Nicholas Vonneumann, 1987), S. 17.

33 Marina von Neumann Whitman, Interview, 3. Mai 2010. [GBD]

34 Stanisław Ulam an Lewis L. Strauss, 21. Dezember 1956. [SUAPS]

35 Julian Bigelow an Jule Charney, 18. Januar 1957. [JHB]

36 Klára von Neumann, Johnny, ca. 1963. [KVN]

37 Memo zum Ablauf der Bestattung John von Neumanns, 11. Februar 1957. [IAS]

38 Stanisław Ulam, *Adventures of a Mathematician* (New York: Scribner's, 1976), S. 242.

39 Marston Morse an John von Neumann, o. J., zit. n. Norman MacRae, *John von Neumann: The scientific genius who pioneered the modern computer, game theory, nuclear deterrence and much more* (New York: Pantheon, 1992), S. 379.

40 Martin Davis, Interview, 4. Oktober 2005. [GBD]

41 Julian Bigelow, Interview mit Flo Conway und Jim Siegelman, 30. Oktober 1999.

42 Julian Bigelow, »Theories of Memory«, in: David L. Arm (Hrsg.), *Science in the Sixties, The Tenth Anniversary AFOSR Scientific Seminar, Cloudcroft, New Mexico, June 1965* (Albuquerque, NM: University of New Mexico Press), S. 85.

43 Julian Bigelow, Physical and Physiological Information Processes and Systems, MS, o. J. [JHB]

44 Julian Bigelow, »Theories of Memory«, in: David L. Arm (Hrsg.), *Science in the Sixties, The Tenth Anniversary AFOSR Scientific Seminar, Cloudcroft, New Mexico, June 1965* (Albuquerque, NM: University of New Mexico Press), S. 86.

45 Ebd., S. 87.

46 Ebd., S. 86.

47 Ebd., S. 85f.

48 Ebd., S. 85.

49 Julian Bigelow, Arturo Rosenblueth und Norbert Wiener, »Behavior, Purpose and Teleology«, Philosophy of Science, Bd. X, Nr. 1 (1943), S. 22.

50 Stanisław Ulam, *Adventures of a Mathematician* (New York: Scribner's, 1976), S. 242. Die erwähnte Vorlesungsreihe waren die Silliman Memorial Lectures.

51 John von Neumann, *The Computer and the Brain* (New Haven: Yale University Press, 1958), S. 79–82.

52 Stan Ulam, zit. n. Gian-Carlo Rota, »The Barrier of Meaning«, Letters in Mathematical Physics, Bd. X (1985), S. 99.

53 John von Neumann, »Problems of Hierarchy and Evolution«, Lecture at University of Illinois, Dezember 1949, in: Arthur W. Burks (Hrsg.), *Theory of Self-reproducing Automata* (Urbana: University of Illinois Press, 1966), S. 84.

54 John von Neumann, »The General and Logical Theory of Automata«, 20. September 1948, in: Lloyd A. Jeffress (Hrsg.),

Cerebral Mechanisms in Behavior: The Hixon Symposium (New York: Hafner, 1951), S. 31.

55 I. J. Good, *The Scientist Speculates* (New York: Basic Books, 1962), S. 197.

56 John von Neumann, »The General and Logical Theory of Automata«, 20. September 1948, in: Lloyd A. Jeffress (Hrsg.), *Cerebral Mechanisms in Behavior: The Hixon Symposium* (New York: Hafner, 1951), S. 21.

57 John von Neumann, Reliable Organizations of Unreliable Elements, unveröff. und undat. MS, Ende 1951, S. 44. [VNLC]

Kapitel fünfzehn
Theorie der sich selbst reproduzierenden Automaten

1 Konrad Zuse, »Some Remarks on the History of Computing in Germany«, in: Nicholas Metropolis, J. Howlett und Gian-Carlo Rota (Hrsg.), *A History of Computing in the Twentieth Century* (New York: Academic Press, 1980), S. 627.

2 Aldous Huxley, *Affe und Wesen. Ein Roman aus der Zeit nach dem Atomkrieg* (München: Piper, 1984), S. 33f.

3 Ebd., S. 34.

4 Nils A. Barricelli, »On the Origin and Evolution of the Genetic Code, II: Origin of the Genetic Code as a Primordial Collector Language; The Pairing-Release Hypothesis«, Bio-Systems, Bd. XI (1979), S. 21f.

5 John von Neumann an Norbert Wiener, 29. November 1946. [VNLC]

6 Ebd.

7 John von Neumann an Irving Langmuir, 12. November 1946. [VNLC]

8 John von Neumann, »Problems of Hierarchy and Evolution«, Lecture at University of Illinois, Dezember 1949, in: Arthur

W. Burks (Hrsg.), *Theory of Self-reproducing Automata* (Urbana: University of Illinois Press, 1966), S. 84.

9 John von Neumann, »The General and Logical Theory of Automata«, 20. September 1948, in: Lloyd A. Jeffress (Hrsg.), *Cerebral Mechanisms in Behavior: The Hixon Symposium* (New York: Hafner, 1951), S. 28.

10 Ebd., S. 31.

11 John von Neumann, »Rigorous Theories of Control and Information«, Lecture at University of Illinois, Dezember 1949, in: Arthur W. Burks (Hrsg.), *Theory of Self-Reproducing Automata* (Urbana: University of Illinois Press, 1966), S. 51.

12 Ebd.

13 John von Neumann, »The General and Logical Theory of Automata«, 20. September 1948, in: Lloyd A. Jeffress (Hrsg.), *Cerebral Mechanisms in Behavior: The Hixon Symposium* (New York: Hafner, 1951), S. 31.

14 John von Neumann, »Problems of Hierarchy and Evolution«, Lecture at University of Illinois, Dezember 1949, in: Arthur W. Burks (Hrsg.), *Theory of Self-Reproducing Automata* (Urbana: University of Illinois Press, 1966), S. 80.

15 Ebd., S. 78.

16 Stanisław Ulam, »John von Neumann: 1903–1957«, Bulletin of the American Mathematical Society, Bd. 64, Nr. 3, Teil 2 (Mai 1958), S. 8.

17 John von Neumann, zit. n. Claude Shannon, »Von Neumann's Contributions to Automata Theory«, Bulletin of the American Mathematical Society, Bd. 64, Nr. 3, Teil 2 (Mai 1958), S. 126.

18 John von Neumann, Entwurfsskizze für ein Buch (offenbar mit Stan Ulam als Co-Autor geplant) zur Theorie der sich selbst reproduzierenden Automaten, undatiert, ca. 1952. VNLC [mit einer Teilauflistung der Themen]

19 Willis H. Ware, The History and Development of the Elect-

ronic Computer Project at the Institute for Advanced Study, RAND Corporation Memorandum P-377, 10. März 1953, S. 16.

20 John von Neumann, »Über ein ökonomisches Gleichungssystem und eine Verallgemeinerung des Brouwerschen Fixpunktsatzes«, Erg. eines Math. Coll., Wien, Bd. VIII, 1937, S. 73f. Siehe auch John von Neumann, »A Model of General Economic Equilibrium«, Review of Economic Studies, Bd. XIII (1945).

21 Institute for Advanced Study Electronic Computer Project, Monthly Progress Report: Juni 1956, S. 1f. [IAS]

22 Nils Aall Barricelli, »Prospects and Physical Conditions for Life on Venus and Mars«, Scientia, Bd. XI (1961), S. 1, 5.

23 Marvin Minsky, in: Carl Sagan (Hrsg.), *Communication with Extraterrestrial Intelligence: Proceedings of the Conference held at the Byurakan Astrophysical Observatory, Yerevan, USSR, 5.–11. September 1971* (Cambridge, MA: MIT Press, 1973), S. 328.

24 Edward Teller, *Memoirs* (Cambridge, MA: Perseus Books, 2001), S. 3.

25 Edward Teller, Interview, 22. April 1999. [GBD]

Kapitel sechzehn
Mach neun

1 Martin Schwarzschild, Interview mit William Aspray, 18. November 1986, Charles Babbage Institute OH 124.

2 Ebd.

3 John von Neumann an Klára von Neumann, 25. Januar 1952. [KVN]

4 Ebd.

5 Martin Schwarzschild, Interview mit William Aspray, 18. November 1986, Charles Babbage Institute OH 124.

6 Martin Schwarzschild an Subrahmanyan Chandrasekhar, 3. Dezember 1946. [Nachlass Schwarzschild, Bibliotheken der Princeton University]
7 Institute for Advanced Study Electronic Computer Project, Final Report on Contract Nr. DA-36–034-ORD-1646, Part II – Computer Use, 1. Mai 1957, S. 21.0. [IAS]
8 Martin Schwarzschild, Interview mit William Aspray, 18. November 1986, Charles Babbage Institute OH 124.
9 Ingrid Selberg, persönl. Mitteilung, 9. September 2010.
10 Institute for Advanced Study Electronic Computer Project, Final Report on Contract Nr. DA-36–034-ORD-1646, Part II – Computer Use, 1. Mai 1957, S. 21.11. [IAS]
11 Ebd., S. 21.14 0. [IAS]
12 John Bahcall, Interview, 10. Mai 2004. [GBD]
13 Martin Schwarzschild, *Structure and Evolution of the Stars* (New York: Dover, 1957), S. 284.
14 John von Neumann, »Discussion on the Existence and Uniqueness or Multiplicity of Solutions of the Aerodynamical Equations«, 17. August 1949, in: Problems of Cosmical Aerodynamics. Proceedings of the Symposium on the Motion of Gaseous Masses of Cosmical Dimensions, Paris, 16.–19. August 1949, S. 75.
15 Stanisław Ulam, »John von Neumann: 1903–1957«, Bulletin of the American Mathematical Society, Bd. 64, Nr. 3, Teil 2 (Mai 1958), S. 5.
16 Julian Bigelow an Maurice Wilkes, 11. Februar 1949. [JHB]
17 Julian Bigelow, Interview mit Flo Conway und Jim Siegelman, 30. Oktober 1999.
18 Julian Bigelow an Warren Weaver, 2. Dezember 1941. [JHB]
19 Stan Ulam an John von Neumann, o. J., ca. 1951. [VNLC]
20 Stanisław Ulam, in: Paul S. Moorhead und Martin M. Kaplan (Hrsg.), *Mathematical Challenges to the Neo-Darwinian Interpretation of Evolution: a Symposium held at the Wistar Institute,*

25.–26. April 1966 (Philadelphia: Wistar Institute, 1966), S. 42.

Kapitel siebzehn
Saga vom großen Computer

1 Olof Johannesson [Hannes Alfvén], *Saga vom großen Computer. Ein Rückblick aus der Zukunft* (Wiesbaden, Limes Verlag, 1970), S. 21.

2 John von Neumann, »The General and Logical Theory of Automata«, 20. September 1948, in: Lloyd A. Jeffress (Hrsg.), *Cerebral Mechanisms in Behavior: The Hixon Symposium* (New York: Hafner, 1951), S. 13.

3 Hannes Alfvén, »Electromagnetic Phenomena in the Motion of Gaseous Masses of Cosmical Dimensions«, in: Problems of Cosmical Aerodynamics. Proceedings of the Symposium on the Motion of Gaseous Masses of Cosmical Dimensions, Paris, 16.–19. August 1949, S. 44.

4 Hannes Alfvén, *On the Origin of the Solar System* (Oxford: Oxford University Press, 1954), S. 1.

5 Hannes Alfvén, »Cosmology: Myth or Science?«, Journal of Astrophysics and Astronomy (1984), Bd. V, S. 92.

6 John von Neumann an Klára von Neumann, 11. September 1954. [KVN]

7 Olof Johannesson [Hannes Alfvén], *Saga vom großen Computer. Ein Rückblick aus der Zukunft* (Wiesbaden, Limes Verlag, 1970).

8 Hannes Alfvén, unveröff. neues Vorwort zu *The Tale of the Big Computer*, Februar 1981 [Alfvén papers, UCSD Libraries].

9 Ebd.

10 Ebd.

11 Olof Johannesson [Hannes Alfvén], *Saga vom großen Compu-*

ter. Ein Rückblick aus der Zukunft (Wiesbaden, Limes Verlag, 1970), S. 17.

12 Ebd., S. 66.

13 Ebd., S. 49.

14 Ebd., S. 45.

15 Ebd., S. 84.

16 Ebd., S. 74.

17 Ebd., S. 75.

18 Ebd., S. 92.

19 Ebd., S. 90.

20 Ebd., S. 107.

21 Sean Parker, private Mitteilung, 17. Juli 2011.

22 Sergey Brin, 8. September 2010.

23 Olof Johannesson [Hannes Alfvén], *Saga vom großen Computer. Ein Rückblick aus der Zukunft* (Wiesbaden, Limes Verlag, 1970), S. 109.

24 William C. Dement, »Ontogenetic Development of the Human Sleep-Dream Cycle«, Science, Bd. 152, Nr. 3722 (29. April 1966), S. 604.

25 Nathaniel Hawthorne, *Das Haus mit den sieben Giebeln* (Zürich: Manesse Verlag, 2004), S. 392.

26 Alan M. Turing, »Computing Machinery and Intelligence«, Mind Bd. 59, Nr. 236 (Oktober 1950), S. 433.

27 Olof Johannesson [Hannes Alfvén], *Saga vom großen Computer. Ein Rückblick aus der Zukunft* (Wiesbaden, Limes Verlag, 1970), S. 101.

28 Ebd., S. 102f.

29 Eva Wisten, persönl. Mitteilung, 25. Oktober 2005. [GBD]

30 Olof Johannesson [Hannes Alfvén], *Saga vom großen Computer. Ein Rückblick aus der Zukunft* (Wiesbaden, Limes Verlag, 1970), S. 104.

31 Ebd., S. 110.

Kapitel achtzehn
Die 39. Stufe

1 John von Neumann an Marston Morse, 23. April 1952. [IAS]

2 Klára von Neumann, The Computer, ca. 1963. [KVN]

3 Julian Bigelow, Interview mit Richard R. Mertz, 20. Januar 1971.

4 Institute for Advanced Study Electronic Computer Project, Final Report on Contract Nr. DA-36–034-ORD-1646 Part II – Computer Use, 1. Mai 1957, S. 10.0. [IAS]

5 Harris Mayer, Interview, 25. Mai 2011. [GBD]

6 Hans J. Maehly an J. Robert Oppenheimer, 21. August 1957. [IAS]

7 Hans J. Maehly, Institute for Advanced Study Electronic Computer Project, Final Report on Contract Nr. DA-36–034-ORD-1646 Part II – Computer Use, for the period 1 July 1954 to 31 December 1956, Mai 1957, S. 14.0. [IAS]

8 Bryant Tuckerman, Report on Post-Mortem Routine, o. J. [IAS]

9 Hans Maehly, Institute for Advanced Study Electronic Computer Project, Final Report on Contract Nr. DA-36–034-ORD-1646 Part II – Computer Use, for the period 1 July 1954 to 31 December 1956, Mai 1957, S. 11.1. [IAS]

10 Julian Bigelow, Interview mit Nancy Stern, 12. August 1980, Charles Babbage Institute OH3.

11 Arthur W. Burks, Herman H. Goldstine und John von Neumann, Preliminary Discussion of the Logical Design of an Electronic Computing Instrument (Princeton, NJ: Institute for Advanced Study, 28. Juni 1946), S. 23.

12 Institute for Advanced Study Electronic Computer Project Monthly Progress Report, Januar 1957, S. 3. [IAS]

13 Henry D. Smyth an Dr. Leonard Carmichael, 11. Juni 1958. [IAS]

14 Julian Bigelow an John R. Pasta, 6. Juni 1958. [JHB]

15 Martin Schwarzschild an Hedi Selberg, 6. Juni 1958 [mit freundlicher Genehmigung von Lars Selberg].

16 Herman Goldstine an Garrett Birkhoff, 28. Januar 1954. [IAS]

17 S. Kidd an R. Vogt, 30. November 1959. [JHB]

18 James I. Armstrong an Julian H. Bigelow, 7. Januar 1960. [JHB]

19 Colin S. Pittendrigh an Carl Kaysen, 31. Oktober 1966. [IAS]

20 J. Robert Oppenheimer, Vermerk auf Brief Roald Buhler an J. Robert Oppenheimer, 30. September 1966. [IAS]

21 John von Neumann, »Biographical background on J. H. Bigelow«, 14. November 1950. [IAS]

22 J. H. Bigelow, J. H. Pomerene, R. J. Slutz, W. Ware, Interim Progress Report on the Physical Realization of an Electronic Computing Instrument (Princeton, NJ: Institute for Advanced Study, 1. Januar 1947).

23 Willis H. Ware, Interview mit Nancy Stern, 19. Januar 1981, Charles Babbage Institute OH 37.

24 John von Neumann an Klára von Neumann, 9. November 1946. [KVN]

25 History of the National Bureau of Standards Program for the development and Construction of Large-Scale Electronic Computing Machines, o. J., vermutl. Ende 1949. [JHB]

26 Herman Goldstine und John von Neumann an General Leslie R. Groves, 14. Juni 1949. [VNLC]

27 Ralph E. Gomory, »Herman Heine Goldstine, 13 September 1913–16 June 2004«, Proceedings of the American Philosophical Society, Bd. 150, Nr. 2 (Juni 2006), S. 368.

28 Jack Rosenberg, unveröff. Erinnerungen, 21. Mai 2008.

29 Jack Rosenberg, Interview, 12. Februar 2005. [GBD]

30 Gerald und Thelma Estrin, Interview, 14. April 2005. [GBD]

31 Andrew Booth, 26. Februar 2004.

32 Harris Mayer, Interview, 25. Mai 2011. [GBD]
33 FBI SAC (Special Agent in Charge), New York, Memo an FBI-Director (Att: Liaison Section), 25. August 1955. [PM]
34 Beatrice Stern, Notizen über Unterredung mit Jean Flexner Lewinson, 23. Oktober 1955. [IAS-BS]
35 Lewis F. Richardson, »The Distribution of Wars in Time«, Journal of the Royal Statistical Society, Bd. 107, Nr. 3/4 (1944), S. 248.
36 Norbert Wiener in »Revolt of the Machines«, Time, Bd. 75, Nr. 2 (11. Januar 1960), S. 32.
37 Stanisław Ulam, »Further applications of mathematics in the natural sciences«, 1981, wiederabgedruckt in: *Science, Computers and People; from the Tree of Mathematics* (Boston, MA: Birkhauser, 1986), S. 153.
38 Edward Teller, »The Road to Nowhere«, Technology Review, 1981, abgedruckt in: *Better a Shield than a Sword. Perspectives on Defense and Technology* (New York: Free Press, 1987), S. 118ff.
39 Edward Teller, Interview, 22. April 1999. [GBD]
40 JmcD an John von Neumann, »A note regarding what we talked about last Wednesday«, o. J., ca. 1956. [VNLC]
41 Capt. I. R. Maxwell an Klára von Neumann, 24. März 1957. [KVN]
42 Verna Hobson, IAS, Notiz über Telefonat mit J. Robert Oppenheimer und Captain I. Robert Maxwell, 2. Oktober 1957. [KVN]
43 Der Leichenbeschauer des San Diego County hielt nach Kláris Tod fest: »Sie befand sich in ihrer fünften Ehe.« In ihrer Autobiographie, die mit der Feststellung beginnt: »Die Katze, sagt man, hätte neun Leben; ich habe nur fünf gehabt«, erwähnt sie einen »berühmt-berüchtigten Maharadscha«, der sie »einlud, in seinem Palast zu wohnen, doch dieses vielversprechende Abenteuer blieb unvollendet dank des

schnellen und entschlossenen Eingreifens meines mehr als alarmierten, zornigen Vaters«.

44 Auf Deutsch erschienen als *Das silikongespritzte Mädchen und andere Stories von Amerikas rasendem Pop-Reporter* (Reinbek b. Hamburg: Rowohlt, 1976).

45 Klára von Neumann, The Grasshopper, ca. 1963. [KVN]

46 »Klára Eckart, age 52, found November 10, 1963«, Coroner's Investigative Report Nr. 1772–63, County of San Diego, 18. November 1963.

47 Klára von Neumann, The Grasshopper, ca. 1963. [KVN]

48 Paul Baran, Interview mit Judy O'Neill, 5. März 1990. Charles Babbage Institute Oral History Nr. 182.

49 Paul Baran, On Distributed Communications, Rand Corporation Memorandum RM-3420-PR, August 1964 (11 parts).

50 Paul Baran, Interview mit Judy O'Neill, 5. März 1990. Charles Babbage Institute Oral History Nr. 182.

51 J. D. Williams an John von Neumann, 18. Oktober 1951. [VNLC]

52 Harris Mayer, Interview, 25. Mai 2011. [GBD]

53 Robert Richtmyer an Nicholas Metropolis, 11. Januar 1956. [VNLC]

54 Robert D. Richtmyer, »The Post-War Computer Development«, American Mathematical Monthly, Bd. 72, Nr. 2, Teil 2 (Februar 1965), S. 14.

55 Freeman Dyson, »Birds and Frogs«, Notices of the American Mathematical Society, Bd. 56, Nr. 2 (Februar 2009), S. 220.

56 Benoît Mandelbrot, Interview, 8. Mai 2004. [GBD]

57 John von Neumann an Klára von Neumann, 8. September 1954. [KVN]

58 Saunders Mac Lane, »Oswald Veblen, June 24, 1880 – August 10, 1960«, Biographical Memoirs of the National Academy of Sciences 37 (New York: Columbia University Press, 1964), S. 334.

59 Klára von Neumann, Two New Worlds, ca. 1962. [KVN]
60 Marston Morse an Frank Aydelotte, 5. Juni 1941. [IAS]
61 Marston Morse, »Mathematics and the Arts«, vorgetragen auf einer Konferenz zu Ehren von Robert Frost, Kenyon College, 8. Oktober 1950. [IAS]
62 Kurt Gödel an John von Neumann, 20. März 1956, in Solomon Feferman (Hrsg.), *Collected Works, Bd. V* (Oxford: Oxford University Press, 2003), S. 375. Der Originalbrief befindet sich in VNLC, ein Transkript ist veröffentlicht unter www.karlin.mff.cuni.cz/~krajicek/goedel-letter.pdf.
63 Gedenkgottesdienst für Julian Bigelow, 29. März 2003. [GD]
64 Ebd.
65 Rush Taggart, Interview, 19. Mai 2005. [GBD]

BILDNACHWEIS

Archiv der University of Pennsylvania: 15
Claire und Françoise Ulam: 12 (Nicholas Metropolis), 35, 38 (George Gamow)
Department of Computer Science, University of Manchester: 42
George Dyson: 7, 46
Joseph Felsenstein: 16
Library of Congress: 14, 39
Los Alamos National Laboratory Archives: 36
King's College Library, Cambridge: 2
Marina von Neumann Whitman: 10, 11, 33, 34, 37
National Archives Image Library, Kew, U. K.: 1
Nicht ermittelbar: 4 (aus: Abraham Flexner, I Remember, New York: Simon & Schuster, 1940), 40 (aus: Lewis Fry Richardson, »The Analogy Between Mental Images and Sparks«, Psychological Review, Bd. 37, Nr. 3, Mai 1930, S. 222), 47 (aus: Erich Hochstetter und Hermann-Josef Greve, Hrsg., Herrn von Leibniz' Rechnung mit Null und Eins, Berlin: Siemens Aktiengesellschaft, 1966)
Princeton University Libraries: 17
RAND Archives: 32
RCA/National Geographic: 19
Shelby White and Leon Levy Archives Center, Institute for Advanced Study: 3, 18, 20, 21, 23, 24, 31 (Alan Richards), 5 (Wilhelm J. E. Blaschke), 9 (Oskar Morgenstern), 6, 8, 22, 25–30, 41, 43–45

U. S. Army/Los Alamos National Laboratory: 13 (NARA Record Group Nr. 434)
Verena Huber-Dyson: 48

PERSONENREGISTER